# KOŚCI PROROKA

ወተጀያተ ነፖኝ፤ተ

# ROKA

AŁBENA GRABOWSKA

# KOŚCI PROROKA

MARGINESY

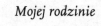

*Mojej rodzinie*

*Natura ludzka jest zawsze i wszędzie
mniej więcej jednakowa.*
Agatha Christie

# ZIEMIA ŚWIĘTA, I WIEK

Trzeciego dnia po pierwszym wiosennym nowiu trzydziestego trzeciego roku po ukazaniu się na niebie gwiezdnego drogowskazu opuściłem żonę i ruszyłem za Nauczycielem. Uczynili tak inni moi bracia rybacy, a każdy z nas miał powód, aby skazać kobiety i dzieci na sierocy los. Nauczyciel, który nas wezwał, twierdził, że to szczególne wezwanie pochodzi nie bezpośrednio od niego, lecz od owego Wielkiego Proroka czy też Mesjasza. Naucza on w naszych stronach i skłania nas – biednych, uciemiężonych Żydów – do buntu. Przyłączyłem się zatem do jedenastu braci i już drugi miesiąc wędruję za Nauczycielem, przymierając głodem. Czasem wątpię, że tego właśnie żąda ode mnie dobry Jahwe.

Kiedy cichcem niczym złodziej opuszczałem domostwo, przebudziła się moja żona Rebeka. Zamarłem w oczekiwaniu na łzy i słuszne żale. Ona jednak przewróciła się tylko na drugi bok i ponownie zasnęła. Do świtu, czasu oporządzenia zwierząt, pozostały jeszcze dwie godziny, nie miała zatem powodu, aby wstać. Później zastanawiałem się, czy Rebeka wiedziała, że zamierzam opuścić ją na zawsze. To przecież od niej pewnego deszczowego dnia dowiedziałem się o Mistrzu czyniącym cuda. Przytaczała relacje innych osób, a jej oczy wyrażały wielki podziw. Wydawało mi się, że bezgranicznie wierzy w słowa zasłyszane nad rzeką od jednej z kobiet, która dowiedziała się od innej, a tej z kolei opowiedziała jeszcze inna, będąca ponoć świadkiem owych cudów.

– Mówią, że wypędza z ludzi choroby i Szatana... – Zniżyła głos, aby jej słowa nie dotarły do naszej córki Miriam.

– Jest kapłanem? – zainteresowałem się. Wcześniej mówiono mi na nabrzeżu, że chromi od urodzenia zaczynali fikać koziołki, kiedy tylko ów Mistrz pojawiał się otoczony swoimi wyznawcami.

– Nie, nie jest kapłanem, chociaż jest uczony w piśmie. To rybak jak ty, mój mężu.

– Rybak? – Nie kryłem zdumienia. – Utrzymuje rodzinę z łowienia ryb?

– Z tego, co mi wiadomo, on nie ma żony ani dzieci. – Rebeka lekko się zarumieniła.

Zgromiłem ją wzrokiem, więc umilkła i wróciła do swoich zajęć. Skoro ten prorok czy uczony rybak nie ma rodziny, to może sobie chodzić po Galilei i wygłaszać kazania. Ja muszę co dzień wypływać w morze i modlić się o dobry połów. A nawet jeśli dopisze mi szczęście, za ryby dostaję tyle co nic, tyle zaledwie, byśmy nie pomarli z głodu, kupili odzienie i czasem dali jałmużnę żebrakowi w świątyni. Byłem jednak głęboko wdzięczny Jahwe za wszystko, co mi ofiarował.

Rebeka nigdy więcej nie wspomniała imienia Proroka, jakby wiedziała, że właśnie wydobyła niebezpieczną broń, ostry miecz, który niechcący skierowała przeciwko sobie. Tego dnia bowiem coś zmieniło się w moim sercu, obudziło się nasienie buntu. Musiało tkwić we mnie od dawna, ale pod wpływem jej słów zakiełkowało i zaczęło wypuszczać listki, na początku nieśmiało, potem coraz odważniej, aż opuściłem dom.

Mój Nauczyciel uczył się od samego Mistrza. Nie zachęcał nas do zadawania pytań, twierdził wręcz, że nie zna odpowiedzi na żadne z nich. A zatem dociekaniem, czemu opuściłem dom, zająłem się ja sam. Czy byłem chory? Nie. Cieszyłem się dobrym zdrowiem, podobnie jak moja rodzina. Czy zbrzydła mi żona? Nie. Miałem piękną, bogobojną, pracowitą i posłuszną żonę. Czy dokuczało mi liczne potomstwo? Nie. Doczekaliśmy się ślicznej i zdrowej córeczki. Owszem, chociaż lata mijały, Rebeka nie dawała mi syna. Z jednej strony pragnąłem spadkobiercy, z drugiej – wiedziałem jednak, że niewiele mu pozostawię: chatę rybacką, łódź jeszcze po moim ojcu, sieci i przede wszystkim dobre rady, kiedy i dokąd płynąć, by cieszyć się obfitym połowem.

Nauczyciel opowiada nam historie przekazane mu przez Mistrza. Jedne wywołują mój podziw, inne – gniew. Choćby ta o rybach. Otóż pewnego dnia uczniowie narzekali na marny połów. Mistrz, usłyszawszy to, kazał im, by popłynęli w inne miejsce, znajdujące się niemal tuż obok poprzedniego. Posłuchali go, choć niechętnie... Ponoć ryb było tam tyle, że pozrywały sieci. Ta historia rozgniewała mnie z dwóch powodów. Po pierwsze marnych połowów miałem mnóstwo i nikt nigdy nie wskazał mi miejsca, w którym znajdowała się ławica. Po drugie po co rybakowi sieć wypełniona po brzegi i tym samym rozerwany niewód? Po co rybakowi tyle ryb, że mogą zatopić go wraz z łodzią? Nauczyciel nie wyjaśnił, czy uczniowie poczuli rozczarowanie, że pozornie dobra rada Mistrza spowodowała zniszczenie ich narzędzia pracy. A ja nie odważyłem się o to zapytać.

*

Rebeka przyszła do mnie we śnie jako ucieleśnienie wyrzutów sumienia.

– Czemuś nas opuścił? – żaliła się.

– Czyż nie jest moją powinnością pójście za głosem Boga, a twoją powinnością bycie posłuszną jego woli?

Spojrzała z takim smutkiem, że odwróciłem głowę.

– Gdybyś szedł za głosem Boga, pogodziłabym się z tym.

Obudziłem się targany niepewnością. Zdarzały się noce, kiedy Rebeka śniła mi się długo, oskarżała mnie o okrucieństwo wobec niej i córki, o to, że skazałem ją na samotne życie.

– Zwróciłam się do starszyzny – powiedziała w jednym z majaków. – Samuel zdecydował, że jeśli nie wrócisz do letniego przesilenia, zostaną mi przyznane prawa wdowy. Wtedy wybiorę sobie męża zgodnie ze swoją wolą. Może on spłodzi ze mną syna?

– Wrócę i zostaniesz ukamienowana jak pierwsza lepsza jawnogrzesznica. Wielożeństwo jest grzechem ciężkim i przestępstwem, kobieto – skarciłem ją, zaciskając dłonie w pięści.

Zaśmiała mi się w twarz, a następnie bez szacunku zaczęła szarpać mnie za ramię. Otworzyłem oczy i zobaczyłem, że szarpie mnie nie Rebeka, lecz jeden z naszych, Ezdrasz, chłopak z naszej wioski, który także postanowił dołączyć do Nauczyciela i iść z nim w nieznane.

– Bracie Arielu, ruszamy...

Musiałem coś bredzić w nocy, ponieważ unikał mojego wzroku. Chciałem to wyjaśnić.

– Bracie Ezdraszu, patrzysz na mnie z obawą. Pewnie mówiłem coś przez sen. Czy nie wiesz, że kiedy człowiek śni, jest zdany na łaskę i niełaskę tego, co sen zsyła?

– Sen dany nam jest od Boga albo Szatana. Twój pochodził od Szatana, bo mówiłeś o jawnogrzesznicy.

Pokręciłem przecząco głową.

– Śnił mi się jeden z archaniołów. Przyniósł mi wieści z domu – skłamałem. – Moja żona jest zdrowa, pogodzona z moim odejściem. Córeczka także. Skąd wzięłaby się jawnogrzesznica? O grzechu bezbożników, który chciałem zmazać przez to, com uczynił...

Milczał, ale czułem, że mi nie uwierzył. Muszę na niego uważać. Czemu w nielicznej gromadzie podążających za Nauczycielem musiał trafić się akurat ktoś z mojej wioski? Kolejne pytanie, które zadawałem samemu sobie.

– Czy ty wątpisz, bracie Arielu, w słuszność swojego wyboru? – zainteresował się nagle. – Sam Mistrz kazał, byśmy zostawili wszystko i podążyli za nim.

– Kim byłbym, gdybym nie posłuchał Jego głosu? A za kogo byś mnie uważał, gdybym ci powiedział, że nie poświęcam ani jednej myśli żonie i córce, które porzuciłem?

Ezdrasz schylił głowę, wkrótce wyprzedził mnie i zaczął iść obok brata Samuela, milczącego, niewysokiego mężczyzny, o mocno umięśnionym ciele. Ja zaś pogrążyłem się we własnych myślach. Najważniejsze dotyczyły Rebeki. Czy dochowa mi wierności?

# PŁOWDIW, XXI WIEK

Upał i kurz. Kurz i upał. Przeklęte miasto. Nie, nie przeklęte. Przecież je kochasz, Margarito. Nieprawda. Kochałam je kiedyś, zanim mnie wchłonęło i wypluło. Nieprawda, Margarito. To Angeł najpierw cię wchłonął, a potem wypluł. Miasto nie miało z tym nic wspólnego. No dobrze, kocham je. Zadowolona? Zadzwonił telefon, pewnie służbowy, bo bułgarski numer, muszę odebrać.

– Margarita Nowak, słucham...

– Cześć, Gitka, jak spałaś?

Spałam mocno i śnił mi się Angeł, którego niby wyrzuciłam z pamięci osiem lat temu. Na szczęście nic nie mówił, siedział tylko i patrzył z uśmiechem na twarzy pokrytej modnym wtedy zarostem.

– Dziękuję, dobrze spałam. Mam zaraz przyjść?

W moim głosie zabrzmiała niechęć. Musiał ją wyczuć, bo się zawahał. Co myślał? Że tęsknię za starymi przyjaciółmi z podwórka albo dawnymi kolegami z wydziału archeologii? Że tęsknię za nim, zawsze roześmianym, a do tego najmilszym i najbardziej koleżeńskim Bułgarem, jakiego poznałam w tym cholernym mieście? Nie mylił się, tęskniłam za nim, ale nie widziałam go osiem lat. I miałam opory przed pierwszym spotkaniem.

– Wiesz, Gitka... Wolałbym, żebyś przyszła zaraz. Przecież nie będziesz się aklimatyzować ani robić innych takich głupot, co?

Tylko Dimityr Paunow, starszy oficer wydziału kryminalnego w Płowdiwie, mówi do mnie Gitka. Nienawidzę swojego imienia. Margarita... Matka musiała zwariować, skoro wybrała właśnie to. Kiedy byłam mała, inne dzieci wyśmiewały się z niego. Często podczas zabawy w piaskownicy miałam wrażenie, że mnie zatłuką łopatkami. Próbowałam kłamać, że mam na imię Małgosia. Gdyby w papierach napisano „Małgorzata Nowak", mogłabym być inną osobą. A na wakacjach w Bułgarii przedstawiałabym się jako Margarita. Wszyscy byliby zadowoleni.

– Gitka, usnęłaś?

– Dobrze, Dimityr, w porządku, zaraz będę. Mam przyjść na komendę?

– Za pół godziny czekam na ciebie przed Dżamiją. Pójdziemy od razu na miejsce, gdzie znaleźliśmy ciało, dopiero potem na komendę.

Wynajęli mi kwaterę w centrum Płowdiwu, przy ulicy Georgiego Benkowskiego. Sypialnia, hol, kuchenka, łazienka z toaletą. W środku, co częste w Bułgarii, brak kabiny prysznicowej, słuchawka zwisająca ze ściany, ale nie wiedzieć czemu nie zdenerwowało mnie to. Mogłabym się wkurzyć, gdyby zamiast sedesu była laminowana dziura w podłodze. Tego w tym kraju nienawidzę: załatwiania się w kucki, jak w lesie. Brr.

Szybko włożyłam cienkie luźne spodnie i białą bluzkę z krótkimi rękawami. Już wczoraj wybrałam ten zestaw na pierwsze spotkanie. Chciałam zrobić dobre wrażenie po latach, a jednocześnie wyglądać tak, jakbym się nie przejmowała.

Dimityr wcale nie stał przez meczetem, tylko siedział w kawiarni i pił kawę. No tak, mogłam się tego spodziewać. Podeszłam, uśmiechnęłam się po dawnemu, przyjrzałam mu się uważnie. Zerwał się z miejsca. Trochę zmężniał, poza tym nic się nie zmienił. Wysoki, ciemny, przystojny. Ładne zęby i wesołe oczy. Musiał mieć wiele kobiet przez te lata.

– Gitka! – Zagwizdał z podziwem. – Piękna jesteś.

W tym kraju się gwiżdże: to komplement. I wiedziałam, że szczery.

– Nic się nie zmieniłeś. – Usadowiłam się na chybotliwym stołeczku. – Może jesteś szerszy w barach. Ale tylko trochę. Podeszła kelnerka.

– Przedłużone espresso – zamówiłam. – I szklankę wody z kranu.

Pokręciła głową. Oni tak mają. Kiwanie głową oznacza „nie", kręcenie – „tak". To pozostałość z czasów zaboru tureckiego. Kiedy Turek przystawiał Bułgarowi nóż do gardła i pytał, czy przyjmie islam, „tak" oznaczało życie, „nie" – śmierć. Dlatego Bułgarzy wymyślili odwrotny kod, aby i przeżyć, i zachować wiarę.

– Jadłaś coś? – zatroszczył się Dimityr, kiedy sączyliśmy kawę. – Przepraszam, że cię poganiałem, ale cisną nas ze śledztwem. Na śniadanie masz jednak czas. Mizerna jesteś. Dopilnuję, żebyś jadła.

– Lepiej, żebym nie zaczęła jeść banic ani milinek – stwierdziłam z przekąsem. – Ciężko pracowałam nad swoją figurą.

– Nie zaszkodzą ci na figurę. – Uśmiechnął się. – Pomożesz nam, więc szybko się uwiniemy ze sprawą i niedługo wrócisz do siebie, do tej twojej zimnej Polski, do której mnie nigdy nie zaprosiłaś.

Zaśmiałam się i szturchnęłam go łagodnie. Zawsze go zapraszałam do Polski. Kiedy przerwałam studia na archeologii i wróciłam do kraju, on jeden wiedział, dlaczego to zrobiłam. Na początku dzwoniłam regularnie, mówiłam, jak się urządziłam, gdzie jestem, co robię i za każdym razem powtarzałam zaproszenie. Zawsze obiecywał, że przyjedzie. Może latem, mówił, bo u was zimą przecież trzyma straszny mróz. Późną wiosną stwierdzał natomiast, że latem też jest zimno, a on musi jechać nad morze. W polskim morzu nie popływa... I tak mijały kolejne lata. Powoli zacierało się wspomnienie naszego ostatniego spotkania na lotnisku. Zanim weszłam do samolotu, tłumaczył mi, że nie powinnam uciekać, że robię duży błąd i żebym się zastanowiła przez wakacje, odpoczęła, a potem wróciła. Do Bułgarii, do Płowdiwu i do niego. To ostatnie dodał z krzywym uśmiechem, lekko zdławionym głosem. Nie wróciłam. Przeniosłam papiery na psychologię, skończyłam ją, podjęłam pracę w szpitalu na oddziale hematologii. Tam, otoczona prawdziwym nieszczęściem, zapominałam o urojonym własnym. Dzwoniłam również kilka razy do Kaliny, mojej byłej przyjaciółki, ale do niej mniej chętnie, bo przecież to ona poznała mnie z Angełem, a on wybrał ją. Kalina zaprosiła mnie na swój ślub. Dowiedziałam się, kto jest panem młodym, i rzecz jasna nie przyjechałam. Kalina się obraziła. Skorzystałam z pretekstu i więcej się do niej nie odezwałam. Słyszałam, że pojechali do Sofii, że urodziła im się córeczka, ale nie znałam jej imienia.

Bułgarscy archeolodzy ciągle coś wykopują: ruiny trackie i rzymskie, amfiteatry, ostatnio nawet arenę wielką jak cała Sofia. Powinni zburzyć Sofię, jeśli chcieliby to wszystko wyciągnąć na powierzchnię. Kalina na pewno nie narzeka na brak pracy. Nie należała do specjalnie zdolnych studentek, ale była szalenie ambitna, no i skończyła studia, w przeciwieństwie do mnie. W Sofii jest pod dostatkiem barów, więc Angeł też ma na pewno dobrą pracę, świetne napiwki i kobiet na pęczki. Dimityr nie studiował z nami, od dziecka chciał być policjantem. Świrował na tym punkcie, choć nikt nie traktował go poważnie. „Będę łapał przestępców, mówił, więc uważajcie". Interesował się bronią, uczył walki wręcz. Namiętnie oglądał seriale o detektywach, bardzo lubił polskie filmy, najbardziej *Vabank*.

Nasze babcie się przyjaźniły, my – siłą rzeczy – też. Dimityr zaproponował, że zabije Angeła za to, co mi zrobił. Szkoda, że się nie zgodziłam. Może byłabym teraz mniej zbuntowana i nieszczęśliwa? Tyle że on nie zostałby policjantem...

Nie mieliśmy ze sobą kontaktu trzy lata. Niespodziewanie zadzwonił tydzień temu i od razu przeszedł do rzeczy, jakbyśmy gadali wczoraj, jakby wiedział, że z marszu mogę się spakować, wsiąść do samolotu i przylecieć do Płowdiwu, bo wiodę życie nijakie i bez celu.

– Hej, Gitka, ja w sprawie tego morderstwa, wiesz...

W teatrze antycznym w Płowdiwie pewnego czerwcowego poranka znaleziono nagie zwłoki mężczyzny pokryte trackimi symbolami. Przy zwłokach nie znaleziono żadnych dokumentów. Co ciekawe, ciało rozpięto na krzyżu, wykonanym z dużą pieczołowitością, a głowę odcięto i położono na tacy umieszczonej obok krzyża. Sekcja wykazała, że mężczyznę otruto. Bułgaria, piąte koło u wozu Unii Europejskiej, nagle stała się tematem numer jeden we wszystkich telewizjach na świecie. Najpierw morderstwo powiązano z terrorystami ze względu na to, że ofierze odcięto głowę. Wiadomo, takie mamy czasy. Szybko jednak tę hipotezę porzucono. Terrorysta raczej wysadziłby się podczas jednego z letnich przedstawień operowych, niż robił widowisko z ukrzyżowaniem. A kiedy zidentyfikowano ofiarę, sprawa przestała być jedynie bułgarska. Śledziłam doniesienia prasowe i programy telewizyjne. Ofiarą okazał się Przemysław Tarkowski, biznesmen z Warszawy, eksposeł na sejm, działacz społeczny, kawaler. Stąd telefon do mnie. Najpierw od Dimityra, potem z Ambasady Republiki Bułgarii w Warszawie, następnie z ambasady polskiej w Sofii, wreszcie z Ministerstwa Spraw Zagranicznych i Komendy Głównej Policji, z którą kilka razy współpracowałam, kiedy moi nieletni pacjenci narozrabiali.

– Chcą kogoś zatrudnić z Polski, to jasne. Od razu pomyślałem o tobie – stwierdził z naciskiem Dimityr.

– Dlaczego o mnie?

Nie kryłam zdziwienia. Nie widzieliśmy się od ośmiu lat, nie słyszeliśmy od trzech i przysięgam, nie przyszło mi do głowy, że wpadnie na pomysł, abym to ja pomagała im w śledztwie. Zresztą nie wiedziałam, że to on je prowadzi. W czym miałabym być przydatna? Przecież porzuciłam archeologię.

– Zastanawiałem się, czy nie zadzwonić do Dana Browna, tylko nie miałem jego numeru. No i podejrzewam, że on by mi nie pomógł tak jak ty. Studiowałaś archeologię, pasjonujesz się Rzymem i Tracją, skończyłaś psychologię, mówisz po bułgarsku, a ofiara to Polak znaleziony w bułgarskim teatrze antycznym...

– Rozumiem – przerwałam. – Co miałabym niby robić? Nie macie u siebie specjalistów od kultury rzymskiej i trackiej? Przecież już nic nie pamiętam ze studiów, potem zajmowałam się czymś innym.

– Przyjedź i pomóż w przesłuchaniach. Utknęliśmy w martwym punkcie, nic do siebie nie pasuje. Koszmarna sprawa. Z jednej strony nas naciskają, z drugiej wydają się zapominać o tym biedaku. W Polsce nie miał rodziny, w Bułgarii też nikogo. Z Polakami w ogóle nie możemy się dogadać.

– Co miałabym u was robić? – domagałam się konsekwentnie odpowiedzi. Serce biło mi szybko, poczułam dawny lęk. Przyjadę do Płowdiwu i co dalej? Chcę tam pojechać czy nie chcę? I co powie na to moja matka?

„Problem z tobą, Margarito, polega na tym, że nie wiesz, czego chcesz, i na domiar złego nie masz pojęcia, czego nie chcesz. Użalasz się nad sobą nieustannie. Czego się boisz?"... Niczego się nie boję, ja tylko...

– Przybliżyć nam Trację, znaleźć jakieś powiązania między tym Polakiem a teatrem antycznym. Nasza psycholożka jest bezradna, chociaż to mądra kobieta. Wiem, że trochę współpracowałaś z policją w Polsce. – Jego głos był mocny, odrobinę natarczywy.

W końcu obiecałam, że się zastanowię. „Właściwie czemu nie", pomyślałam. Zaskoczyła mnie stanowczość tej myśli. Wrócić do Płowdiwu, zobaczyć ruiny, pić bozę, jeść banicę, chodzić do ogrodów cara Symeona. Odciąć się od przeszłości. Nie bać się, że spotkam Angeła. Przecież on jest w Sofii.

– Naprawili śpiewające fontanny – kusił Dimityr.

– Ty draniu! – Roześmiałam się w słuchawkę. – Masz mnie! Uwielbialiśmy je jako dzieci. W ogrodzie cara Symeona wieczorem włączano fontanny, a my patrzyliśmy na nie z rozdziawionymi buziami. Strugi wody strzelały pod niebo przy akompaniamencie muzyki, mieniąc się wszystkimi kolorami tęczy. Mogłam je codziennie oglądać. Później fontanny przestały śpiewać i niszczały pełne śmieci. Uznałam je za symbol swojego życia i historii z Angełem. Naprawdę je teraz naprawili?

– Nie okłamujesz mnie?

– W sprawie fontann nigdy bym cię nie okłamał – zapewnił.

– Słowo pioniera. To co? Mam uruchamiać procedury?

Zaczęłam się pakować i załatwiać sprawy. Wzięłam bezpłatny urlop w szpitalu, co nie spotkało się z entuzjazmem, bo akurat druga psycholożka też była na urlopie. Nawet nie pomyślałam o tym, że we wrześniu kończy mi się umowa, więc po powrocie mogę nie mieć pracy. Przeprowadziłam dramatyczną rozmowę z ojcem i nieco mniej dramatyczną z matką. Spakowałam książki, które mogłyby mi się przydać, i kilka płyt ukochanego Cohena. Po kilku dniach wylądowałam w Sofii, złapałam pociąg do Płowdiwu i oto jestem. Gotowa pomagać w śledztwie dotyczącym Polaka zamordowanego w Bułgarii i przerażona bliskością miasta, które tak długo było moim domem, a potem wypluło mnie niczym wyżutą gumę.

Dimityr zawołał kelnerkę i zapłacił za nas oboje. Nie zaprotestowałam. Kawa jest tu dobra i tania. Zresztą to on mnie zaprosił.

– Witaj w Płowdiwie. Nie masz pojęcia, jak się cieszę, że znów tu jesteś.

Nie mogłam odpowiedzieć, bo ściskało mnie w gardle. Wspinaliśmy się ulicą Saborną. Oglądałam kolejne budynki. Jedne odrestaurowane i odmalowane wyglądały pięknie. Inne to ruiny, puste, z dziurami w ścianach, wybitymi szybami i bluszczem porastającym wnętrza. Pewnie starzy ludzie, którzy tu mieszkali, umarli, a spadkobiercy nie zrzekli się swoich praw, lecz nie stać ich na remont. Przy domu poety Lamartine'a skręciliśmy. Amfiteatr był blisko. Serce mi waliło. Przybiegałam tu, żeby spotkać się z Angełem. Jego rodzice mieszkali niedaleko, na ulicy Pyldin. Oni na piętrze, babcia na parterze. Tyle razy mijałam dom Lamartine'a, zanim Angeł wreszcie dostrzegł, że istnieję.

– Chyba już o nim nie myślisz? – zdziwił się Dimityr. – Minęło tyle lat. Zresztą nie stało się nic naprawdę złego.

Zależy, jak się rozumie „coś naprawdę złego". Faktycznie, nie powinnam myśleć o kimś, kto przed ośmioma laty zniknął z mojego życia. No i gościł w nim niezwykle krótko. Naprawdę nie ma powodu, żebym...

– Pomyślałam. Przecież on tu mieszkał... – wymamrotałam.

– To chyba naturalne.

– Wiesz, dlaczego pytam – obruszył się Dimityr i potknął na bruku.

– Uważaj! – zareagowałam odruchowo. – Te kamienie mają tysiące lat, nie zniszcz ich. Też zdarza mi się czasem o nim myśleć w takim sensie, o jaki pytasz.

– Jakie tysiące? To poczciwe socjalistyczne kamyczki... – zamruczał pod nosem, ale przeszliśmy ze środka ulicy na chodnik. Tam było niewiele lepiej. Kamienne płyty leżały nierówno i należało patrzeć pod nogi, żeby się nie potknąć. – Lepiej nie myśleć za dużo.

– I zobacz, jak skończyłeś – rzuciłam złośliwie. Minęliśmy sklep ze starymi blaszanymi tabliczkami: „Ostrożnie prąd", „Woda niezdatna do picia", „Uwaga, zły pies". – Jestem kobietą, więc czasem więcej myślę na pewne tematy. Inaczej niż ty.

Wzruszył ramionami. On pewnych spraw nie zrozumie. Ja też nie. Może gdybym nie rzuciła wszystkiego i nie wróciła do Polski, sprawy potoczyłyby się inaczej. Poznałabym kogoś, założyła rodzinę, urodziła dzieci. Rozpamiętywanie przeszłości to cecha archeologa.

– Wejście za opłatą. – Ładna dziewczyna uśmiechnęła się do nas.

Dimityr pokazał legitymację policyjną. Dziewczyna spoważniała, jakby nie mogła się uśmiechać przy oficerze. Otworzyła barierkę i weszliśmy do amfiteatru.

*

Kazał go wznieść około roku siedemdziesiątego po Chrystusie rzymski cesarz Trajan, Marcus Ulpius Traianus, na południowym wzgórzu jednego z trzech wzniesień Płowdiwu. Samo miasto jest znacznie starsze, zostało założone przez Traków. Filip Macedoński, ojciec Aleksandra, zbudował jego potęgę trzy tysiące lat temu i nazwał je swoim imieniem – Filipopolis.

Wodziłam wzrokiem po trzech i pół tysiącu miejsc amfiteatru zwróconych na południe ku starożytnemu centrum miasta i górom Rodopom. To jeden z najlepiej zachowanych i – rzecz jasna – najstarszych amfiteatrów na świecie. Przychodziłam tu mnóstwo razy, zwykle z Dimityrem, babcią, z koleżankami, nigdy z Angełem. Z Angełem właściwie nigdzie tak naprawdę nie chodziłam. Był typowym bułgarskim chłopakiem, barmanem w Trimoncjum, tutejszej kultowej knajpie. Studentka archeologii mu nie imponowała. Ciekawe, czy teraz mu imponuje, że jego żona pracuje przy wykopaliskach. Może się roztyła po urodzeniu dziecka i on się jej wstydzi albo zdradza ją jak dawniej... Przestań, Margarito. Ledwie przyjechałaś, a już wydziwiasz.

– Gdzie go znaleziono? – spytałam, żeby odegnać niepotrzebne myśli.

Dimityr spojrzał ironicznie.

– Wiem, że na proscenium, ale chcę, żebyś dokładnie mi pokazał. Po to tu przyszliśmy, nie? W przeciwnym razie mogłam poprzestać na oglądaniu zdjęć.

– Masz rację.

Zeszliśmy stromymi kamiennymi schodkami. Scenę zbito z desek, między kolumnami widniało miasto tonące w słońcu.

– Tu. – Dimityr wskazał miejsce. – Dokładnie tu stał krzyż. Obok taca. Jak widziałaś na zdjęciach, głowę miał zwróconą prosto na wejście.

– Przytargali go przytroczonego do krzyża czy załatwili to na miejscu?

– I to jest najciekawsze. Ukrzyżowano go wcześniej. Dokładnie na podobieństwo ukrzyżowania Chrystusa. Żelazne gwoździe ważą po pół kilograma każdy. Wbito je między ścięgna, fachowo, a nie tak, jak się czasem przedstawia na ikonach, symbolicznie w środek dłoni. Stopy skrzyżowano tak jak u Chrystusa, prawą na lewej.

– Czyli najpierw gościa otruto, potem odcięto mu głowę, ukrzyżowano go, przywieziono i postawiono na wspornikach dokładnie na orchestrionie.

– Jeszcze namalowali mu te złote obrazki, z powodu których tu jesteś.

– Jeśli o nie chodzi...

Nie miałam pojęcia, co znaczą, stanowiły bowiem dziwaczną mieszankę głagolicy, cyrylicy oraz symboli egipskich, trackich i greckich. Jeśli ich nie odszyfruję, skompromituję się na całego.

– Masz jakąś koncepcję? Przynajmniej wstępną?

Miałam wiele koncepcji, niestety, nadawały się one raczej do scenariusza filmu amerykańskiego klasy C niż do ujawnienia podczas konsultacji z oficerami wydziału kryminalnego.

– Jakieś tam mam – mruknęłam wymijająco.

– Świetnie. – W jego głosie aprobata łączyła się z ironią. Chyba starał się odgadnąć, czy „wiem, ale nie chcę powiedzieć", czy „wiem, że nic nie wiem".

– Dimityr, nie wiem, czy się wam przydam. Przecież nie mam pojęcia... Cóż za idiotyczny pomysł z tym przyjazdem! Jeśli już chciałam wrócić, nie musiałam załatwiać sobie papierów z ministerstwa.

– Zapomniałem, jaka jesteś – zaśmiał się Dimityr. – Zlepek niepewności i wątpliwości. Moja Gitka... A ja, zamiast zaprosić cię tutaj na rakiję i fontanny, funduję ci trupa bez głowy przybitego do krzyża.

Spojrzałam przez przypadek na dziewczynę, która wpuściła nas do amfiteatru. Stała sztywno ze wzrokiem zwróconym w naszą stronę. A niech to, ale z nas kretyni. Przecież jesteśmy w miejscu zaprojektowanym tak, aby szept ze sceny był słyszalny nawet w ostatnim rzędzie widowni. Dimityr również się zreflektował.

– Pogadamy w kawiarni.

Wróciliśmy tą samą drogą, pożegnaliśmy uprzejmie dziewczynę i usiedliśmy przy stoliku kawiarni sąsiadującej z amfiteatrem. Przez kraty zerkałam na miejsce, w którym przed chwilą staliśmy, a które stało się sceną zbrodni. Wyglądało zupełnie niewinnie. Z plakatu wynikało, że wieczorem wystawiają tu *Traviatę*.

– Grają przedstawienia? – zdziwiłam się. – W miejscu popełnienia przestępstwa?

Wzruszył ramionami.

– A co mają zrobić? Trupa zabraliśmy, życie toczy się dalej. *Show must go on.*

– Nikt nie oczekuje od ciebie, że rozwiążesz zagadkę. To nasze zadanie – zaczął, kiedy kelnerka przyniosła dwie butelki schweppesa. – Ty masz nam pomóc. Powinniśmy skoordynować działania tutaj i w Polsce. Od tego głównie jesteś, bo znasz oba języki.

– Czyli jeśli nie zgadnę, co znaczą malunki na ciele tego biedaka i jak się wiążą ze sprawą, to nie będzie wstydu? – Trochę mi ulżyło.

– Naoglądałaś się filmów, Gitka. Nie będzie. Gdybyś jednak rozszyfrowała te znaki, wszyscy bylibyśmy szczęśliwi.

Tyle że czułam się tak, jakbym oglądała film sensacyjny. Może to było prostsze, niż wyglądało, a sposób uśmiercenia i znaki nie miały znaczenia? Ale komu by się chciało ukrzyżować człowieka, odcinać mu głowę i wypisywać coś na ciele, jeśli nie chciał grać w jakąś grę?

– Jak go zidentyfikowaliście?

– Hotel zgłosił zaginięcie gościa, my mieliśmy trupa bez dokumentów. Recepcjonistka go zidentyfikowała.

– Dobrze, że zdążył się zameldować. Zginął zaraz po przyjeździe?

Zaprzeczył ruchem głowy.

– Zrobił online rezerwację w Grand Hotelu. Trzy dni przed śmiercią przyleciał samolotem do Sofii, na lotnisku zamówił taksówkę i przyjechał do Płowdiwu. Zameldował się w hotelu i tyle.

Dimityr recytował. Widać, że powtarza te informacje po raz kolejny. Przesiadłam się, bo oślepiało mnie słońce. Było strasznie gorąco. Może z powodu upału ten człowiek przyjechał tu taksówką?

– Stać go było? – zdumiałam się.

– Kurs kosztował dwieście lewów. Facet raczej nie oszczędzał. Taksówkarz niczego specjalnego nie potrafił powiedzieć. Nie rozmawiali, bo po jakiemu niby.

Dwieście lewów, ponad sto euro. No, ale skoro miał pieniądze na Grand Hotel, po co miałby się tłuc pociągiem w tym upale.

– Przyleciał klasą biznes? – spytałam, chociaż nie bardzo wiedziałam, co mogłabym zrobić z tą informacją.

– Tak. Pierwszy wieczór spędził w barze, gdzie popijał rakiję i uśmiechał się do barmanki. Mamy jej zeznania. Też nic specjalnego. Nie próbował jej podrywać, nie rozmawiał z nią z wiadomej przyczyny.

– Rozumiem, że pan eksposeł nie mówił w żadnym języku oprócz polskiego?

– Mówił ponoć po rosyjsku, ale niezbyt dobrze. – Dimityr wychylił ostatni łyk napoju.

Wiele lat temu sprzedawano jeszcze schweppesy pomarańczowe i grejpfrutowe. Babcia czasem dawała mi lewa, żebym sobie kupiła. Potem Bułgaria straciła licencję.

– Co robił drugiego dnia? – zainteresowałam się.

– Nie wiemy. Rano wyszedł z hotelu i taksówką pojechał na ulicę Główną od strony Trimoncjum. Wysiadł w pobliżu poczty. Taksówkarz nie wie, w którą stronę poszedł. Nie rozmawiali, chociaż kierowca próbował.

Trimoncjum, tam pracował Angeł. Przestań, Margarito, kompromitujesz się.

– Tylko trafił na ścianę.

– Właśnie... Próbował poradzić sobie za pomocą decybeli, ale w końcu odpuścił.

Śmieszne. Niektórzy uważają, że wystarczy mówić głośniej, a obcokrajowiec zrozumie.

– Nasz eksposeł wrócił do hotelu około siedemnastej i nie wychodził aż do dziewiętnastej. Potem znów spędził wieczór w hotelowym barze. Obsługiwała go inna barmanka. Z nią też nie rozmawiał, chociaż nie uśmiechał się do niej tak uroczo jak do tej poprzedniej.

– Miał jakiś powód? Wydawał się smutny, zdenerwowany?

– Ona nie odniosła takiego wrażenia. Raczej skupiony albo zamyślony. Może po prostu nie była w jego typie. Wypił dwie rakije i poszedł do pokoju. Następnego dnia powinien zwolnić pokój. O dwunastej piętnaście zadzwoniła do niego recepcjonistka, bo skończyła się doba hotelowa. Nikt nie odebrał. Wtedy obsługa weszła do pokoju. Na środku stała prawie spakowana walizka, w pokoju panował porządek.

– Ktoś widział, jak wychodził?

Rozłożył bezradnie ręce.

– Nikt. W walizce nie było piżamy, co może oznaczać, że albo porwano go z łóżka... – uśmiechnął się Dimityr.

– Albo że sypia nago.

– Właśnie.

Wstaliśmy i zaczęliśmy schodzić w stronę Hisar Kapija, bramy, którą można opuścić stare miasto od wschodu.

– Komórki nie znaleźliście?

– Nie. Mamy numer, niestety, nie udało się jej zlokalizować. Poza zasięgiem.

Tak, właściciel znalazł się poza zasięgiem wszystkich i wszystkiego. Aktualnie w chłodni.

– Żeby skończyć sprawę hotelu... Nikt go więcej nie widział. Przesłuchaliśmy wszystkich. W większości to pracownicy zatrudniani na czas określony. Nawet w takim dobrym hotelu rzadko można znaleźć kogoś z dłuższym stażem. Jeśli zatem pytasz, czy na tej zmianie pracował ktoś, kto zatrudnił się w hotelu po tym, jak ofiara dokonała rezerwacji, to odpowiem ci, że były to cztery osoby. Trzy sprzątaczki i kucharka. Sprzątaczki są tureckimi Cygankami, kucharka przyjechała z Sofii. Jest wysoko wykwalifikowana, specjalizuje się w daniach bułgarskich. Zamknęli restaurację, w której pracowała, i od razu znalazła pracę w Płowdiwie. Jest starszą osobą. Jej syn mieszka i pracuje w Grecji. Wydaje się poza podejrzeniem. Podobnie jak Turczynki.

Cyganki. Zasilają w Bułgarii najniższy personel. O ile w ogóle pracują.

– Kto go znalazł w amfiteatrze?

– Ktoś, kto wracał z imprezy o czwartej nad ranem. Zadzwonił z komórki zszokowany i niepewny, czy nie jest to element dekoracji do spektaklu.

– Co zaplanowano na wieczór tego dnia? Czy to ma jakieś znaczenie?

– Wydaje mi się, że nie. *Traviatę*. To taka opera.

– Jezu, Dimityr, wiem, co to jest *Traviata*! Rozmawialiśmy, że dziś też ją wystawiają.

Minęliśmy jakąś knajpkę.

– Tu zjemy czy idziemy na flaki przy meczecie? – rzucił Dimityr.

No tak, jest południe. Bułgarzy o tej porze zaczynają obiad. Potem idą do domu na dwu-, trzygodzinną sjestę. Następnie wracają do pracy z nowymi siłami. Wieczorem powrót do domu, żeby się przebrać, i wychodzą do miasta. A tak mu się spieszyło, żebym zaczęła pracę.

– Wolę tutaj.

Weszliśmy do przyjemnej restauracji. Na szczęście znaleźliśmy wolny stolik. Usiedliśmy w ogródku. W środku działała klimatyzacja, ale jak zawsze wolałam jeść na powietrzu. Zamówiliśmy to samo: tarator i wątróbkę po wiejsku.

– Ależ dobry – westchnęłam po spróbowaniu taratora.

– Zaledwie przyzwoity – potwierdził Dimityr. – Babcia robiła lepszy. Twoja zresztą też.

No dobrze. Tajemnica tkwi w tym, że moja babcia Sofija i jego babcia Stefka ucierały posiekane orzechy włoskie z czosnkiem, zanim dodały je do jogurtu. Wrzucały też mały pomidor drobno posiekany albo starty na tarce. Ja też tak robię.

– Wątróbkę też skrytykujesz? – spytałam.

– Wątróbka akurat jest taka jak trzeba.

Ja także uznałam, że czepianie się wątróbki byłoby bezzasadne. Uśmiechnęłam się do kelnerki. Nie pozwoliłam Dimityrowi zapłacić za siebie.

– Jesteś gościem – zaprotestował. – A poza tym ta dama straci do mnie szacunek.

Miałam w nosie, co pomyśli o nim kelnerka. Nie będzie mnie utrzymywał.

– No tak, teraz jesteś bardziej Polką. Niewiele w tobie zostało z Bułgarki...

Może i niewiele. Tylko to, że latami cierpiałam i tęskniłam za Angełem, z którym przecież nie łączył mnie długotrwały i głęboki związek. To akurat głęboko bułgarska cecha.

Wychodzimy. Znów mijamy sklep z pamiątkami i śmiesznymi napisami na blaszanych tabliczkach. Sprzedawca siedzi na stołeczku na zewnątrz i uśmiecha się do nas. Myślałam, że to jakiś znajomy Dimityra, ale nie. Mimo to odpowiadam mu uśmiechem. Dimityr patrzy z dezaprobatą.

– Odprowadzę cię teraz do kwatery, odpocznij sobie. Koło trzeciej przyjdź na komisariat. Poznam cię z całą ekipą, pogadamy o śledztwie. Wieczorem zapraszam cię do nas.

Nagle zrobiło mi się jeszcze bardziej gorąco.

– Jak to „do nas"?

Pytałam go przecież, czy jest sam. Chciałam się przygotować na widok ewentualnej żony. Odpowiedział ze śmiechem, że się nie ożenił. Więc jakie „do nas"?

– No do nas, do domu. Mieszkam teraz z Silwiją, na Radost.

Jak mogłam o niej zapomnieć? Imię młodszej siostry wymawiał „Silwja". Nie bawiliśmy się z nią, bo jak z maluchem młodszym od nas o osiem lat biegać po starym mieście? Na ulicy Radost mieszkali ich rodzice, a babcia, obok mojej babci, na Patriarchy Ewtemija. Rano rodzice przywozili go do babci autobusem i szli do pracy. Do Silwii przychodziła druga babcia i pilnowała jej na miejscu.

– Nie wyszła za mąż?

– Daj spokój – żachnął się. – Ma dwadzieścia dwa lata. Studiuje. Jeszcze ma czas, żeby wychodzić za mąż.

– Co studiuje?

– Ekonomię. Chce stąd wyjechać. Jak wszyscy młodzi ludzie. Witaj w Bułgarii.

*

Upał i kurz. Kurz i upał. I te powykrzywiane płyty chodnikowe. O mało nie wybiłam sobie zębów, kiedy się potknęłam.

– Uważaj dziewczyno, bo sobie piękną buźkę pokiereszujesz! – krzyknął za mną niemiłosiernie brudny dziadek, który przysiadł na drewnianym stołku przed domem i patrzył na przechodzących ludzi, dłubiąc pieczone pestki słonecznika.

Nie odpowiedziałam, ale i się nie rozzłościłam. Robisz postępy, Margarito.

W drzwiach mojej kwatery siedział na taborecie Bożydar, właściciel. Podobnie jak tamten brudny dziadek jadł słonecznik i wypluwał łupiny wprost na chodnik. Nic dziwnego, że Płowdiw jest tak strasznie brudny, wszędzie łupiny, liście, pety...

– Kwatera okej, dziewczyno?

– Jasne, wszystko w porządku.

– Chcesz czegoś? Kupić ci coś? Kobieta ma ci posprzątać?

Ta „kobieta" to jego żona.

– Przecież nie zabawię tu długo.

– Przez miesiąc nie będziesz sprzątała?

Faktycznie, kurzy się tu okropnie. Poddałam się.

– Niech przyjdzie i posprząta, ale wystarczy raz w tygodniu. Ręczniki chcę wymieniać co trzy dni. Gdzie tu macie pralnię?

– Kobieta ci upierze, zostaw, co chcesz. Jak powiesz, to ci i wyprasuje.

– Gdzie znalazłeś taką pracowitą kobietę? – Uśmiechnęłam się krzywo.

– Na wsi u babci. Ona też z Płowdiwu, ale poznaliśmy się w Parwomaju. Taki los.

Odpowiedział całkiem poważnie, nie dostrzegł ironii w moim głosie. Jeszcze nie widziałam jego „kobiety".

– Daj jej mój numer telefonu. Idę odpocząć, przepraszam cię, nie pogadamy.

Bożydar przesunął się nieco, ale niewystarczająco i musiałabym się o niego otrzeć. Stałam więc, uparcie patrząc na zdrawec rosnący w donicach poustawianych po obu stronach drzwi. Uwielbiam jego zapach. Wreszcie Bożydar podniósł się i odsunął stołek.

– Możemy cię zabrać wieczorem na miasto, bo ty tu chyba nikogo nie znasz.

Jeszcze czego. Nie mam w planach wychodzenia „na miasto", zanim sobie wszystkiego nie poukładam. Muszę zastanowić się nad tymi znakami. No i Dimityr mnie zaprosił.

– Dzięki, jestem już z kimś umówiona.

– Widzę, że nie jesteś z tych, co siedzą w domach wieczorami. – Zaśmiał się. – Prawidłowo. Młoda, piękna, musisz korzystać z życia.

Ruszyłam wąskimi schodkami na górę. Mieszkanie znajdowało się na ostatnim piętrze. Miało własny balkon i coś naprawdę fajnego – taras na dachu budynku. Tylko do mojego użytku. Widać z niego całe miasto. Wolę spędzić wieczór tutaj niż z Bożydarem i jego „kobietą" na mieście. Nie lubię bułgarskich mężczyzn, nie tylko ze względu na Angeła. Chodzi o to, jak traktują kobiety. Czy naprawdę nie przenosisz swojej niechęci na wszystkich mężczyzn z powodu tego, co ci zrobił ten jeden? To bez sensu, Margarito.

*

Dimityr był szefem. Imponujące. Jego zespół liczył wprawdzie kilka osób, ale przecież o sukcesie decyduje nie ilość, lecz jakość. Jego zastępcy byli jak ogień i woda. Pierwszy, łysy, z brzuszkiem Christo Wapcarow, starszy policjant pamiętający czasy Todora Żiwkowa. Drugi młody i przystojny, Nedko Kolew, widać, że spędzał długie godziny w siłowni. Na muskularnym ramieniu widniał tatuaż smoka. Miałam ochotę powiedzieć mu, że taki smok to dziewczyńska dziara, ale się powstrzymałam. W przeciwieństwie do Christa nie obrzucił mnie niechętnym spojrzeniem, tylko powitał miło. Piękna dziewczyna, Wirginija Popowa, była młodszym detektywem i psychologiem z zawodu, podobnie jak ja. Zrobiła na mnie piorunujące wrażenie, na mężczyznach zapewne również tak działała. W stu procentach wpisywała się w definicję atrakcyjnej Bułgarki. Bardzo zgrabna, włosy czarne, wielkie oczy podkreślone kreską, rzęsy oczywiście przyklejone, usta zrobione, ale dyskretnie. Ubrana niczym piosenkarka na chwilę przed udzieleniem wywiadu w telewizji – w ciasne dżinsy, półprzezroczystą białą koszulę do pępka i sandały na niebotycznych obcasach. Długie paznokcie, a w uszach krzykliwe czerwone kolczyki. Moim zdaniem psycholog, który tak wyglądał, nie wzbudzał zaufania. No i w tym stroju nie pobiegłaby za przestępcą, ale pewnie nie musiała. W grupie byli również Koljo Dżubrow, patolog, to cichy facecik średniego wzrostu, średniej urody i w ogóle dość średni, a także Milena Krumowa, krępa, śniada dziewczyna, która „dopiero zaczyna".

– Margarita Nowak – przedstawiłam się, wymawiając imię z naciskiem. Miałam nadzieję, że Dimitrowi nie przyjdzie do głowy nazywać mnie publicznie Gitką.

– Czekaliśmy na ciebie – odezwała się Wirginija. – Cieszymy się, że jesteś.

Reszta potwierdziła energicznie. To miłe. Sądziłam, że nie będą szczególnie rozentuzjazmowani moim widokiem. W końcu poza znajomością polskiego niczego specjalnego nie wniosę do sprawy. Zresztą raport z Komendy Głównej mają przetłumaczony na bułgarski, a moja wiedza archeologiczna nie czyni ze mnie ekspertki. Dwa lata studiów osiem lat temu...

– Czy wiesz o nieboszczyku coś ponad to, co nam tu przysłali? – Pytanie padło z ust Christa Wapcarowa.

Twarz oblał mi rumieniec. Przed wyjazdem wezwano mnie do komendy. Podpisałam tonę papierów, między innymi klauzulę poufności. Dostałam wszelkie raporty w formie elektronicznej i na papierze. Przestudiowałam je dokładnie, ale nie przyszło mi do głowy, żeby spytać o cokolwiek.

– Nie.

– Jutro o dziesiątej naszego czasu mamy zadzwonić do Polski. Jestem umówiony na telefon z... – Spojrzał na kartkę – Tomaszem Małęczyńskim. Mogę z nim gadać po angielsku, ale skoro mamy ciebie, to będziesz tłumaczyła.

Wymówił „Maleczyński", a Wirginija parsknęła śmiechem. Dimityr zgromił ją wzrokiem. Ona nie będzie mnie lubiła. Ciekawe, dlaczego, przecież jest ode mnie bardziej atrakcyjniejsza.

– Podsumujmy, co wiemy o tym panu – zdecydował Dimityr. Powtórzył wszystko, co przekazał mi rano, o przyjeździe, hotelu i drink barze. O przedstawienie reszty informacji poprosił Milenę. Wyraźnie zadowolona wyprostowała się na krześle i zaczęła recytować jak dobrze przygotowana uczennica.

– Przemysław Tarkowski, lat pięćdziesiąt dziewięć, zamieszkały w mieście Warszawa, Aleje Jerozolimskie czterdzieści dwa mieszkania piętnaście...

Wymawiała nazwę ulicy „aleje jerusalimskie". Bułgarzy mają wielki kłopot z polską wymową.

– Czy ten adres coś ci mówi? – Przystojniak przerwał koleżance, zwracając się do mnie.

– Tak. To jedna z głównych ulic w Warszawie, w samym centrum. Bardzo dobra lokalizacja. Tarkowski musiał odziedziczyć mieszkanie po krewnych, bo raczej nie byłoby go na nie stać. No i kupowanie drogiego lokum w kamienicach, które są wiekowe i często nie wyglądają najlepiej, bywa dość ryzykowne...

– Czyli nic nam to nie daje, tak? – upewnił sie Dimityr.

– Można spytać tego Małęczyńskiego, skąd Tarkowski miał to mieszkanie i jak ono wyglądało. Meble i te rzeczy...

– Rozumiemy – przerwała mi Wirginija.

– Był posłem na sejm kadencji 2007–2011. Wcześniej radny z partii – Milena spojrzała w stronę notatek – Polskie Stronnictwo Ludowe. Do sejmu wszedł jako kandydat bezpartyjny. Co o tym powiesz?

– PSL to partia wiejska, w domyśle ludowa. Ich elektorat wywodzi się ze wsi – zaczęłam się plątać. – Trzeba poprosić jutro o ulotki reklamowe, namiary do dawnego biura poselskiego. Może uda się odnaleźć ludzi, którzy z nim współpracowali, sprawdzić, czym się interesował, w jakich zasiadał komisjach... I dlaczego nie kandydował jako członek tej partii.

– Świetnie, tak zrobimy – zdecydował Dimityr.

– Otoczenie... – kontynuowała Milena. – Nie miał żony, dzieci ani rodzeństwa. Nawet kuzynów. Rodzice, oboje jedynacy, zmarli dziesięć lat temu w odstępie roku. Jedno i drugie na raka. Tarkowski był samotny. Nikt z Polski nie zgłosił się po ciało. Nikt go nie szukał.

– A sąsiedzi? – spytałam.

Gorączkowo próbowałam sobie przypomnieć, co się w takich sytuacjach robi, czego szuka. Moja wiedza ograniczała się jedynie do telewizji i skandynawskich kryminałów.

– Zapisujemy ten punkt. Spytamy.

– Czytałam w raporcie, że był bardzo religijny. Skąd to wiadomo? – rzuciłam.

– Napisali, że chodził do kościoła i tam ciągle coś organizował, zbierał pieniądze na dzieci, działał w jakiejś organizacji kościelnej... – Dimityr grzebał w notatkach – ...Caritas.

Wzruszyłam ramionami. Chyba nikt nikogo by nie ukrzyżował za działalność w Caritasie.

– Rodzaj śmierci nie pasuje do jego religijności – zauważyłam.

– Albo wręcz przeciwnie – sprzeciwiła się Wirginija. – Jezusa ukrzyżowano za jego religijność.

– I wtedy też w grę wchodziła polityka – dodała Milena.

Te dwie kobiety znacznie się od siebie różnią, a jednocześnie w jakiś sposób są do siebie podobne. Trudno stwierdzić, na czym to polega.

– Tyle że Jezus nie chciał mieszać się do polityki, to jego wmieszano – powiedziałam. – A pan poseł kandydował do sejmu dobrowolnie...

– Wy w Polsce jesteście bliżej Kościoła niż my tutaj. Pewnie wiesz lepiej.

Milena stwierdziła to życzliwym tonem, poczułam się jednak w obowiązku wyjaśnić.

– Chodziło mi o fakt, że Jezusa ukrzyżowali jego pobratymcy. Czekali na Mesjasza, by ich uwolnił z rzymskiej niewoli. Jezusowi zaś chodziło przede wszystkim o wolność duchową.

– Moje królestwo nie jest z tego świata – wyrecytował Christo i wzruszył ramionami, bo wszyscy obecni popatrzyli na niego ze zdumieniem. – Mój dziadek był popem – wyjaśnił.

Zapadła cisza. Dimityr spojrzał na Christa, Wirginiję, Milenę, wreszcie przeniósł wzrok na patologa.

– Koljo, może teraz ty nam coś powiesz.

Koljo poprawił się na krześle i przesunął teczkę leżącą na biurku, choć jej nie otworzył.

– Denat został otruty cyjankiem – zaczął. – Jakąś godzinę po śmierci, góra dwie, ucięto mu głowę, następnie spuszczono z ciała krew i przybito je do krzyża. W takiej właśnie kolejności. Głowę odrąbano bardzo ostrym narzędziem, maczetą, mieczem, raczej nie toporem. Narzędzie zbrodni było nowe albo wyczyszczone chemicznie, bo nie znalazłem śladów drewna ani innego materiału.

– Ucięto ją starannie, równiutko. – Wzdrygnęła się Milena.

– Zrobił to fachowiec.

Trudno się nie zgodzić, tyle że nic z tego nie wynika. W pokoju nie było klimatyzacji, kręcił się wentylator. Poczułam zmęczenie. Starałam się jednak skupić, żeby zapamiętać jak najwięcej.

– Gwoździe zrobił kowal rzemieślnik, bo są autentycznie piękne. Starannie, wręcz perfekcyjnie wykonane i...

Dimityr przejechał dłonią po włosach.

– Daj spokój, Koljo, nie napalaj się tak.

– Ja tylko wprowadzam koleżankę w szczegóły sprawy. Poza tym – nachylił się w moją stronę – chcemy znaleźć tego kowala. Na razie się nie udało, ale próbujemy.

– Dziękuję – mruknęłam. – Jak przechowywano głowę, zanim trafiła na tacę?

Wydawało mi się, że Wirginija się skrzywiła.

– Nie w lodówce, jeśli o to pytasz. Nad ranem, kiedy ten młodzieniec zadzwonił i wyciągnął nas z łóżek, szczelnie oblepiały ją muchy. Paskudztwo.

Koljo także się skrzywił.

– Wydawało mi się, że patologa nic nie brzydzi. – Wirginija wyszczerzyła w uśmiechu idealnie białe, równe zęby. Jakaż ona piękna!

– Mylisz się, moja droga. Brzydzę się trupami. Nie cierpię oglądać zwłok rozdętych, jedzonych przez robaki ani innych, podobnych. A już topielcy wywołują we mnie autentyczną odrazę – opisał to w taki sposób, jakby żartował.

– To czemu zostałeś patologiem? – zainteresowałam się, postarawszy się przybrać równie lekki ton. Wiatrak zwalniał obroty. Jeśli się zatrzyma, zemdleję.

– Żywi pacjenci brzydzą mnie jeszcze bardziej. Podobnie śmierdzą, na dodatek się ruszają... To gorsze niż larwy.

Nie wiedziałam, czy znów żartuje, czy mówi poważnie.

– Nie zwracaj na niego uwagi. – Wirginija machnęła ręką. – Dziś powie ci jedno, jutro coś zupełnie innego. Przynajmniej jeśli chodzi o sekcję, trzyma się faktów. Powiedz jej, Koljo, o żołądku.

– Zostawiłem to na koniec, bo tu przynajmniej coś osiągnęliśmy. Otóż na ostatni posiłek denat zjadł rybę i chleb. Poza tym pił wino.

Zastygł z wyrazem triumfu na twarzy. Szczerze mówiąc, nie widziałam w tym niczego specjalnego.

– Wydaje się nam, że to ma znaczenie... – westchnęła Milena. – Specjalistka jakoś nie podziela naszego entuzjazmu.

– Nie – zaprzeczyłam, wodząc wzrokiem po ścianach pokoju. Do tablicy na ścianie przyczepiono zdjęcia oraz informacje dotyczące śledztwa. Na przeciwległej ścianie wisiał wielki plakat z instrukcją udzielania pierwszej pomocy. Obok niego plakat przedstawiający przystojnego motocyklistę z gołym torsem pod rozpiętą kurtką. Zgadłam, że ozdabia ścianę nad biurkiem Wirginii.

– Szkoda... – mruknął Koljo. – A gdybym ci powiedział, że rybę upieczono bez przypraw, chleb z mąki pełnoziarnistej na zakwasie, a wino było niesiarczanowane i niedosładzane, rozcieńczone z wodą, czyli... mszalne? Może wtedy zmieniłabyś zdanie?

Coś zaczynało mi świtać.

– Biblijne jedzenie...– zaczął Nedko. Odezwał się po raz pierwszy. Miał miły, niski głos.

– Raczej stylizowane na biblijne... – uściśliłam. – Jaką rybę zjadł?

– Makrelę.

Ryba, chleb i wino mszalne. Ukrzyżowanie i ucięta głowa. Można to połączyć z religijnością ofiary, tylko w jaki sposób i co z tego mogłoby wyniknąć? Pocieszał mnie fakt, że oni też nie wiedzieli.

– Czy twoim zdaniem uciętą głowę należy łączyć ze Świętym Pawłem czy raczej z Janem Chrzcicielem?

Żebym to ja wiedziała. Wzruszyłam ramionami.

– Jan Chrzciciel bardziej pasuje. W końcu Salome kazała Herodowi podać sobie głowę Świętego Jana na srebrnej tacy...

– Słuchajcie. Chyba musi chodzić o Jana Chrzciciela. Przecież ten człowiek zginął dwudziestego czwartego czerwca. – Wpadłam na pewien pomysł.

– A to jakiś szczególny dzień? – spytała Milena i wstukała coś w komputerze. Pewnie zaczęła szukać w internecie.

– Tak – ożywiłam się. – To dzień narodzin Jana Chrzciciela. Zgodne są co do tego Kościoły katolicki oraz Cerkiew prawosławna. Nie jest to popularne święto, dlatego nam umknęło.

Szczęście, że pamiętałam to ze studiów. Towarzystwo wyraźnie się ożywiło. Dimityr wodził po wszystkich dumnym wzrokiem, jakby chciał pokazać, że miał rację, zapraszając mnie tutaj.

– No to mamy jakiś trop, tylko nie wiemy, co z nim zrobić... Christo nie krył sceptycyzmu. Milena patrzyła z zainteresowaniem. Wirginija żuła gumę. Wiatrak ledwo zipał.

– Musimy znaleźć powiązanie między tym, co znaleźliśmy w jego żołądku, ukrzyżowaniem a napisami na ciele. Nie są to napisy hebrajskie – dodałam.

– Nie są – zgodził się Nedko. – Nie wiemy, czy to litery, znaki czy symbole. Stawiamy na litery, bo wydaje się to bardziej logiczne. Liczyliśmy na ciebie...

Coś mnie tknęło.

– Czemu liczyliście na mnie? – Popatrzyłam na Dimityra. – Czemu nie zwróciliście się do któregoś z tutejszych profesorów? Choćby mojej matki...

Zapadła cisza. Wreszcie przemówił Christo.

– Pytaliśmy... Ją pierwszą.

Czarna dziura. Głupia jesteś, Margarito.

– Odesłała nas do ciebie. – Dimityr kilka razy przeczesał włosy. Wolałby pewnie, żebyśmy podobną rozmowę przeprowadzili na osobności. – Poradziła, żeby sprowadzić ciebie jako konsultantkę. Ona sama jest chwilowo w Egipcie, gdzie...

– Wiem, gdzie jest – przerwałam mu lodowatym tonem. Oczywiście, jak mogłam pomyśleć, że to Dimityr chciał, żebym tu przyjechała.

Muszę się opanować. Nie ich wina, że mam odwieczny problem z własną matką. Chciałabym wstać, wyjść, zadzwonić do niej i wykrzyczeć, że tak się nie robi. Nie sprowadza się podstępem do Bułgarii własnej córki, jakby była przedmiotem. Przez chwilę przyszła mi do głowy absurdalna myśl, że to moja matka nafaszerowała tego biedaka chrześcijańskim jedzeniem, otruła go, ucięła mu głowę i wymalowała na jego ciele znaki. Wszystko po to, by ściągnąć mnie tutaj. Dlaczego nie przyszło mi do głowy, że Dimityr najpierw zadzwonił do niej? Co mu powiedziała, że zdecydował się wciągnąć w śledztwo dwa kraje i – co ważniejsze – przekonać polską policję oraz Ministerstwo Spraw Zagranicznych, że właśnie ja mogę pomóc w śledztwie? I co ja o sobie myślałam, kiedy wierzyłam, że chcą właśnie mnie?

– No dobra dzieciaki, fajrant – oznajmił Dimityr. – Każdy idzie do domu i myśli. Jutro wykombinujemy, co dalej, po rozmowie z tym gościem z Polski.

– Nie mam zamiaru kombinować w domu – żachnęła się Wirginija. – Położę dzieci spać i wychodzę z Wasylem do miasta.

Taka lasencja ma dzieci? Trudno uwierzyć. Może adoptowane.

– Na mnie też nie liczcie. – Koljo wstał z krzesła i uniósł ręce. Kości aż zatrzeszczały. – Konsultantka niech myśli.

Nie spojrzałam na Dimityra. Wyszłam. Słyszałam, że idzie za mną.

– Gitka...

W Polsce, chyba w drugiej klasie podstawówki, powiedziałam, że taki jest skrót od mojego imienia. Któryś chłopak spytał, czy to od „gites-majonez". Potem tak na mnie mówili: „majonezowa".

– Gitka! – Dimityr złapał mnie za ramię.

Chciałam zasypać go pretensjami, ale się powstrzymałam. Skończyłam dwadzieścia siedem lat, a reagowałam jak dzieciak. Nic mi się w życiu nie udało, nic specjalnego nie zrobiłam. To nie wina Dimityra, że czuję się bezwartościowa. To nie jest nawet wina Angeła. To tylko moja cholerna wina, że nie umiem sobie ułożyć życia, że w każdym miejscu czuję się źle, nie u siebie i tak dalej. Odwróciłam się i spokojnie na niego popatrzyłam. Nie dam mu satysfakcji, by usłyszał pretensje czy zobaczył fochy.

– Pamiętasz, że zabieram cię na kolację do nas? Silwija kazała cię przyprowadzić. Będziemy mogli porozmawiać? Nie chciałem...

– Dimityr, wszystko w porządku. Chcę wam pomóc. Zespół jest... fajny. Dogadamy się. – Położyłam mu rękę na ramieniu. Odetchnął z ulgą.

*

Czego właściwie chcesz od swojej matki, Margarito? Odkąd pamiętasz, czepiasz się jej i czepiasz. Co ci takiego zrobiła? Hmm, zastanówmy się. Może to, że przerzucała mnie jak przedmiot z Bułgarii do Polski i z powrotem, bo tak jej akurat pasowało? Do trzeciego roku życia mieszkałam w Polsce, bo matka zakończyła pracę w Egipcie. Zresztą zakończyła ją w samą porę – urodziłam się dwa dni po jej przylocie do Polski. Dobrze, że nie na pustyni albo na pokładzie samolotu. To by dopiero było coś. W domu siedziała ze mną niania, bo mama wróciła na uczelnię. Potem znów pojechała na wykopaliska za granicę, a ja wylądowałam u babci w Płowdiwie. Chodziłam tu do przedszkola i do pierwszej klasy. Nie narzekałam. Ubierali nas w niebieskie kaftaniki i śmieszne majty wydymające się na pupie. Na spacerze szliśmy gęsiego i trzymaliśmy się za te majty. Pamiętam, że szłam za Dimityrem, a on narzekał, że za bardzo go ciągnę. Miłe wspomnienia. Nawet leżakowania nie wspominam źle. I jego, i moja babcia pracowały w fabryce odzieży, szyły sukienki. Raz jedna babcia, raz druga odbierała nas oboje i prowadziła do domu. Tam bawiliśmy się przy akompaniamencie stukotu maszyny do szycia – każda babcia po pracy obszywała prywatne klientki. Gotowych ubrań w sklepie właściwie nie udawało się znaleźć, za to bez problemu kupowało się materiał każdego rodzaju, w dowolnym kolorze i wymarzonej fakturze: od najcieńszych jedwabi, przez gabardyny i rypsy, aż po wełnę na płaszcz. Nie kłam, Margarito – przecież uwielbiałaś patrzeć na szyjącą babcię. W Polsce siedziałabyś w małym mieszkaniu na Ochocie i czekała, aż matka i ojciec wrócą z pracy i chwilę z tobą porozmawiają, zanim pójdziesz spać. Czemu nie masz pretensji do ojca za to, że zniknął z twojego życia?

Druga i trzecia klasa w Polsce, potem znów na dwa lata do Bułgarii, szósta – Polska, siódma i ósma – Bułgaria, liceum w Polsce. Bóg jeden wie, jak trudno zdać egzaminy, kiedy przez ostatnie dwa lata pisało się głównie cyrylicą, a rodzice przysyłali pocztą tylko co drugi wymagany polski podręcznik. A w liceum? Uczyłam się nocami, mimo to zbierałam prawie same dwóje. Przez braki z historii i języka polskiego ledwie zdałam do następnej klasy. Jedna wielka męka i pełne pogardy spojrzenia nauczycieli. Poza tym brak koleżanek i kolegów, ciągła samotność. Znajomi zazdrościli mi, że mieszkam sama. Nie lubili mnie jednak, bo nie robiłam imprez ani nikogo nie zapraszałam. O Dimityra rodzice też dbali tyle co nic. Pracowali i odbierali go od babci albo późnym wieczorem, albo dla wygody w soboty. Tęskniłam za nim w niedziele i nie mogłam znaleźć sobie miejsca. Babcia ubierała mnie z rana w elegancką sukienkę z falbanką i szłyśmy do cerkwi na mszę, najczęściej na stare miasto, do Świętej Niedzieli albo Świętych Konstantyna i Heleny.

Cerkwie są takie klimatyczne. Znikanie popa za carskimi wrotami, mamrotanie po staro-cerkiewno-słowiańsku, zawodzenie starych kobiet na chórze i gryzący w oczy dym z kadzidła... Szczególnie pop Wasyl w Świętej Niedzieli napychał kadzielnicę taką ilością żywicy, że powietrze stawało się siwe, a pod koniec nabożeństwa ludzie niemal się dusili. Paliłam świece i modliłam się o powrót do domu. „Niech mama po mnie przyjedzie", szeptałam. „Niech mnie zabierze do Polski", powtarzałam trochę bez sensu, bo w Polsce tęskniłam i za domem babci przy bazarze Poniedziałek, i za Dimityrem i jego nieokiełznaną fantazją. Za matką wcale.

Drzwi otworzyła Silwija. Nie poznałabym jej na ulicy. Zupełnie nie przypominała Dimityra. On wysoki, umięśniony, bardzo śniady, grube brwi, z owłosionymi rękami i klatką piersiową. Ona drobna, jasna, delikatna.

– Gitka! – Pocałowała mnie w policzek. – Cieszę się, że cię widzę!

Dom na Radost. Tylko w Bułgarii mogą tak nazwać ulicę. Radość. Rzadko mnie tam zapraszano. Podczas tych nielicznych wizyt biegaliśmy z Dimityrem na dach. Tam lelja Rajna, siostra jego babci mieszkająca w domu przylepionym do Dimityrowego, trzymała króliki. Godzinami mogłam patrzeć, jak z zapałem chrupały podsuwane im liście winorośli albo trawę. Braliśmy je na ręce, a one tuliły się do nas, choć nie przestawały jeść. Płakałam za każdym razem, kiedy Dimityr z dziecięcym okrucieństwem mówił, że jego mama piecze z nich pasztety.

– Po polsku punktualna. – Dimityr pojawił się w korytarzu, naciągając pospiesznie tiszert.

Silwija zwróciła mu uwagę, że powinien ubrać się w pokoju.

– Przecież jesteśmy jak rodzeństwo – obruszył się, choć twarz mu ściemniała pod zarostem.

Silwija miała rację. Nie powinien biegać przy mnie rozebrany, nawet do połowy. Zawsze byliśmy blisko, ale bez przesady. Dopiero odświeżaliśmy naszą przyjaźń.

– Siadaj i opowiadaj, co u ciebie. – Silwija nie przypominała małej dziewczynki, wiecznie marudzącej, że nie chcemy się z nią bawić. Była pewna siebie, nawet nieco władcza. Pociągnęła mnie za sobą do pokoju.

– Pewnie większość oficjalnych wiadomości przekazał ci Dimityr – zaczęłam. – Niewiele mam do dodania...

– Nie mówił, co u ciebie słychać. Wyszłaś za mąż? Masz dzieci?

Nagle skurczył mi się żołądek. To pewnie boza kupiona w sklepie koło kwatery. Chyba się skrzywiłam, bo Silwija spytała:

– Co jest?

– Brzuch mnie rozbolał. To pewnie boza...

– Ooo... – W jej głosie zabrzmiała troska. – Ja kupiłam dla ciebie bozyczkę...

Dimityr musiał jej powiedzieć, że lubię ten jęczmienny napój, bo ona nie mogła tego zapamiętać.

– Nie, nie wyszłam za mąż ani nie mam dzieci. – Nie powinna pomyśleć, że to dla mnie jakiś problem.

I najwyraźniej tak nie pomyślała, bo zaczęła wypytywać:

– Taka piękność? Łopatą mogłaś zbierać chłopaków... Doskonale pamiętam, ilu za tobą latało.

– To prawda. – Dimityr skinął głową, patrząc na mnie ciepło. Usiedliśmy do stołu. Za czasów ich rodziców w tym pokoju stały ogromna drewniana szafa i łóżko z materacem sprężynowym, który rzęził przeraźliwie, kiedy się na nim siadało. Uwielbialiśmy na nim skakać, ale po kilku sekundach zjawiała się jego babcia albo lelja Rajna i wrzeszczała na nas okropnie. Wspomnienia. Stół też był wielki, okrągły, pokryty ręcznie haftowanym obrusem i przezroczystą folią – chroniła obrus przed zabrudzeniem i nie zakrywała pięknego wzoru. Ściany pokrywały tapety w krzykliwe róże. Jako dziecko zachwycałam się tym wszystkim. Teraz pokój wyglądał zupełnie inaczej. Na kremowobiałych ścianach wisiały ładne obrazy, między innymi widoki starego miasta. Szafę zastąpiła nowoczesna witryna z kieliszkami i szklankami. Na środku stał stół i cztery krzesła osłonięte fantazyjnymi pokrowcami, każdy z kokardą z tyłu. Do tego – na wprost telewizora – kanapa i stolik.

– Bardzo tu ładnie – pochwaliłam szczerze.

– Zasługa Silwii – odezwał się Dimityr. – Ona urządzała mieszkanie po śmierci rodziców. Zrobiliśmy generalny remont.

– Wiem, jak to jest – przyznałam. – Po powrocie do Polski wprowadziłam się do mieszkania, w którym przed laty mieszkałam z rodzicami. Po ich rozwodzie stało puste, bo ojciec wyprowadził się do babci i został tam po jej śmierci. Wyrzuciłam wszystkie meble, przebudowałam kuchnię, łazienkę. Zmieniłam wszystko, bo... musiałam zacząć od nowa.

Tym razem opowiedziałam niepytana, w końcu to nie tajemnica. Miałam piętnaście lat, zaczynałam właśnie naukę w liceum, kiedy moja matka pojechała na miesięczną ekspedycję do Bułgarii. Śmiesznie: ona tam, a ja wyjątkowo w Polsce. I spotkała miłość swojego życia, archeologa Cwetana Mitkowa. Rzuciła ojca w pięć minut. Wróciła na moment, spakowała rzeczy i pojechała do tego gościa. On nie miał żony ani dzieci. Za to matka, chociaż dobiegała czterdziestki, machnęła sobie z nim dwóch synów. Otoczyła ich i nadal otacza taką opieką, o jakiej ja mogłabym tylko marzyć. Nie mam z nimi kontaktu, chociaż przyrodni bracia nie przestają o to zabiegać. Matka z rodziną mieszka teraz w Sozopolu. Kilka lat temu oznajmiono tam, że na Wyspie Świętego Jana zostały znalezione szczątki Jana Chrzciciela. Głównie Cwetan rozgłaszał te rewelacje: „Prawdopodobnie znaleźliśmy szczątki Jana Chrzciciela. Badania to potwierdziły. To szczątki człowieka, który żył na przełomie starej i nowej ery... Ach i och!". Wierutne bzdury. „Nawet jeśli szczątki pochodziły z pierwszych lat po Chrystusie, to jaka jest gwarancja, że należały akurat do Jana Chrzciciela? A tak, przecież wtedy na ziemi mieszkali tylko Chrystus, wspomniany Jan oraz dwunastu apostołów", powiedziałam matce. Spytałam ją, czy pobrali do porównania DNA od rodziny Świętego Jana. Nawet się nie obruszyła. Stwierdziła, że szczątki są pozbawione głowy i prawicy, więc możliwe, że należą do Świętego Jana. Poza tym wyspy koło Sozopola były miejscem kultu...

Zaraz, zaraz... Jan Chrzciciel...

– Sądzisz, że to ma znaczenie? – ożywił się Dimityr.

Silwija wniosła tacę pełną gołąbków w liściach winorośli. Przełknęłam ślinę. Uwielbiam je.

– Zrobiłaś sarmi? – Patrzyłam z podziwem. Malutkie gołąbki pachniały czubrycą.

– Lelja Rajna! – Zaśmiała się. – Ja gotuję proste rzeczy.

– To ona żyje? – zdziwiłam się niezbyt taktownie.

– Tak, żyje. – Silwija uśmiechnęła się z zadumą. – Mieszka obok, wciąż w tym samym miejscu. Potem ją odwiedzimy, bo chciała cię zobaczyć. Czas się tam zatrzymał. Gotuje nam i przepisała mieszkanie w zamian za opiekę.

To się tutaj często zdarza. Mieszkanie w zamian za opiekę na starość.

– Na razie raczej ona opiekuje się nami – wtrącił się Dimityr. – Uprawia ogród, gotuje. Zobaczysz, ma pomidory, paprykę, fasolę, oczywiście winorośl...

– Dimityr o nią dba – dodała Silwija. – W zeszłym roku zrobił nowe podpórki, bo tamte pamiętały czasy naszych dziadków. Robi opryski, przycina. Jesienią zbiera owoce. Robimy rakiję.

– Znakomite – powiedziałam z uznaniem, przełykając kolejny gołąbek.

– Napijesz się rakii? Dimityr kupił dla ciebie wino, bo mówi, że nie lubisz grozdowki. Czy to się nie zmieniło? – spytała Silwija.

Nie zmieniło się. Nie lubię rakii od czasu, kiedy zamroczona nią, zapłakana i bosa wyszłam od Angeła. Rozhisteryzowana zadzwoniłam z budki do Dimityra. Przyjechał i zawiózł mnie na Radost. Najpierw zarzygałam mu pół łazienki, a później zasnęłam w jego łóżku. On posłał sobie na materacu leżącym na podłodze. Silwija to zapamiętała? Na pewno. Zbudziłam wtedy pół ulicy, przede wszystkim jego rodziców oraz lelję Rajnę.

– Mocny alkohol mi nie służy. W Polsce też nie piję wódki.

– Wracając do Jana Chrzciciela... – Dimityr pogładził się po starannie ogolonej brodzie. Przypomniałam sobie, że goli się dwa razy dziennie, tak silny ma zarost. – Co nam może dać taka informacja? Dlaczego zabijać kogoś w dzień urodzin Świętego Jana i odcinać mu głowę?

Wzruszyłam ramionami.

– Ty jesteś w kryminalnym, nie ja...

– Nigdy nic podobnego tu się nie zdarzyło. Przecież to przypomina scenariusz filmu. Zrozum, w realu nie ma takich morderstw. Pijany mąż wali na oślep żonę: wieśniak siekierą, inteligent pałką. Ktoś truje starą ciotkę albo babkę, bo nie może się doczekać spadku... – Odchrząknął, bo zaniosłyśmy się śmiechem.

– Ja nie o tym, dajcie spokój. – Dimityr po chwili też się roześmiał. – Leliczka jest naprawdę kochana. Poza tym my mamy gdzie mieszkać.

Lelja Rajna to starsza siostra babki Dimityra i Silwii. Kiedyś mi opowiedziała, że rodzice nie chcieli zgodzić się na ślub młodszej córki, zanim starsza nie wyjdzie za mąż. Młodsza i jej ukochany czekali trzy lata, wreszcie pobrali się potajemnie. Rajna nikogo nie znalazła, została sama. Była jak cień, zawsze w pobliżu, pomocna. Wychowywała Silwiję jak własną córkę

– Jedyny punkt zaczepienia to znaki na ciele ofiary – zauważyłam. – Naprawdę nikt nie umie ich odczytać?

– Nie pytaliśmy aż tak wielu osób – wyjaśnił Dimityr. – Do twojej matki zadzwoniłem zaraz następnego dnia. Po prostu mnie zbyła. Trochę mnie to zdziwiło. Bo w końcu czemu...

Najwyraźniej czuł się głupio, że nie powiedział mi o tamtej rozmowie. Matka też nie wspomniała mi, że Dimityr zwrócił się najpierw do niej. Kochana, prawda? Po co uknuła intrygę, by wysłać mnie do Bułgarii? Czy sądzi, że uda się jej ściągnąć mnie do Sozopola? Chce, żebym z nimi zamieszkała, poznała braci przyrodnich? Tyle razy zachwycała się, jacy są zdolni i mili. Pewnie, będziemy jeszcze wielką, szczęśliwą rodziną.

– Mówiła, że znaki nie są trackie, na pewno też nie hebrajskie ani egipskie. – Dimityr uparcie wracał do tematu. Pozwoliłby nam spokojnie zjeść.

– Niby czemu nie trackie? – Skrzywiłam się.

Trakowie właściwie nie używali pisma. Polegali na ustnych przekazach, dlatego prawie nic o nich nie wiadomo. Oczywiście, starożytni Trakowie, nie ci z pierwszych wieków po Chrystusie. Matka z pewnością była tego świadoma.

– Nie mam pojęcia czemu...

Zdawała sobie z tego sprawę, mimo to o niczym nie powiedziała Dimityrowi, tylko kazała mnie sprowadzić. Ona lepiej sprawdziłaby się jako konsultantka. Jest wybitną archeolożką, znawczynią kultury trackiej, rzymskiej i hebrajskiej. Dlaczego nie chciała pomóc?

– Lepiej nie mów przy swoich ludziach, że nie wiesz, co z tym zrobić – zauważyłam.

– Znamy się jak łyse konie. Nie zamierzam udawać mądrego. Cóż, wiele nie szukaliśmy i nie pytaliśmy. Baliśmy się pretensji Polaków. W końcu to deputowany... Muszę przyznać, że pozwalają nam spokojnie prowadzić śledztwo, nie wtrącają się, nawet nie naciskają, żebyśmy jak najszybciej znaleźli winnego. Jestem nawet zaskoczony.

– Zaskakujące, fakt. Ktoś tuszuje sprawę?

Silwija przysłuchiwała się nam z zainteresowaniem.

– Ludzie mają swoje problemy – wtrąciła po chwili. – Biednie tu, prześnie, ludzie coraz mniej zarabiają, ledwie wiążą koniec z końcem. Kto może, ucieka za granicę. Taka sprawa na krótko wywołuje sensację, kilka dni rozprawia się o niej ze znajomymi przy kawie. Potem pojawiają się inne. Ostatecznie to nie był Bułgar.

– A w Polsce nikt go nie chce – dodał Dimityr. – Nie wiemy, co zrobić z ciałem. Oczywiście, jeszcze nie teraz...

– Nie znaleźliście spadkobierców? Kto po nim odziedziczy mieszkanie? – Zanotowałam w pamięci, żeby spytać o to jutro policjanta z Warszawy.

Znów zaprzeczył skinieniem głowy.

– Ponoć Kościół. Przepisał im wszystko. Sam jak palec. W dzisiejszych czasach niemal nieprawdopodobne.

Czyli nikt nie miał motywu, żeby go zabić. Więc dlaczego nie żyje? Po co kogoś zwabiać do innego kraju i tam pozbawiać życia w tak perwersyjny sposób?

– Przepraszam cię, Silwijo, pewnie cię to nudzi. – Zauważyłam, że Silwija patrzy w bok.

– Fakt. Znam to na pamięć. Wciąż słucham o tym gościu i szczegółach jego śmierci. Ale wy się nie krępujcie. Ja przyniosę deser.

– Masz jeszcze deser? Perwersja...

– Krem karmelowy. – Silwija wyszczerzyła równe zęby. – Moje dzieło. Dimityr go uwielbia. Kiedy jest grzeczny i ładnie poprosi, to mu robię.

Odprowadziliśmy ją wzrokiem.

– Wyrosła, co?

Nie da się zaprzeczyć.

– Od kiedy mieszkacie tu razem?

Tak naprawdę chciałam wiedzieć, czy z kimś był. Miałam nadzieję, że się nie zorientuje.

– Od zawsze. Jesteśmy zgodnym rodzeństwem. Nie przeszkadzamy sobie.

– Nie ożeniłeś się?

– Nie. Już mnie o to pytałaś.

– Dlaczego? Jesteś przystojny, masz dobrą pracę.

Nie wyglądał na zdziwionego. Dla Bułgarów to normalne: chcesz coś wiedzieć, pytasz. Nie ma spraw intymnych.

– Jeszcze się ożenię. Mam czas. – Dimityr wzruszył ramionami.

Taką odpowiedzią musiałam się zadowolić. Krem karmelowy okazał się pyszny.

Moje stopy krwawią od całodziennego marszu, wnętrze dłoni pokryło się sączącymi pęcherzami od trzymania kostura. Los pielgrzyma. Próbowałem iść bez podpory, ale okazało się to jeszcze trudniejsze. Co wieczór, kiedy robimy postój, przekłuwam pęcherze kolcem i nacieram sokiem z agawy. Nie na wiele się to zdaje. W pewnej wiosce udzieliła nam gościny stara wdowa. Zauważyła moje stopy i posmarowała je nieznanym mi lekarstwem. Natychmiast poczułem ulgę. Nauczyciel nie patrzył na to przychylnym okiem, gdyż kobieta mruczała przy tym jakieś dziwne słowa, na pewno nie modlitwę do dobrego Jahwe.

– Trzeba czekać do zagojenia ran – mruknęła na koniec.

– Jutro wyruszamy w dalszą drogę – odezwał się brat Samuel. On też miał poranione stopy, choć nie tak bardzo jak ja. Tylko moje krwawiły i ropiały. Czy to dlatego, że jestem starym człowiekiem? Mam prawie trzydzieści lat.

– Dlaczego moje stopy tak krwawią? – zapytałem wdowy.

– Trzeba słuchać swojego ciała – odparła. – Kiedy robimy mu krzywdę, buntuje się przeciw nam, choruje.

Sądzę, że moje ciało gwałtownie domagało się morza. Morska woda zawsze działała na mnie niczym balsam. Kiedy byłem dzieckiem, dostałem wysokiej gorączki. Ojciec, nie zważając na protesty matki, zawinął mnie w prześcieradło i zaniósł na brzeg morza. Trzymał mnie w wodzie całą noc. Pilnował przy tym, by nie zatopił mnie przypływ. Rano słaniałem się na nogach, lecz gorączka ustąpiła. Wyzdrowiałem. Zapamiętałem tę lekcję. Co z tego? Od morza dzieliły mnie teraz całe dni marszu...

– Gdybym mógł zanurzyć się w morskiej wodzie... – westchnąłem.

– Morze to dom – odezwał się Nauczyciel. – Opuściliśmy nasze domy, żeby podążyć za głosem Pana.

Stara coś wymamrotała.

– Dobra kobieto – zagadnął Nauczyciel. – Czy nie znalazłoby się trochę jedzenia dla strudzonych pielgrzymów? Jeszcze jeden skutek oddalenia od morza – głód. Zaglądał nam w oczy i skręcał trzewia każdego dnia. Budziliśmy się i zasypialiśmy z pustymi brzuchami. W domu nie jadłem do syta, ale i nie chodziłem głodny. Rebeka uprawiała poletko. Jedliśmy zebrane przez nią warzywa i owoce oraz złowione przeze mnie ryby. Wspominałem te posiłki. Teraz nasza grupka szła przez tereny suche, niemal zupełnie pozbawione roślinności. Czasem udawało nam się wypić kilka łyków gorzkawej wody z kaktusa. Nikłe poletka wieśniaków były dla nas niedostępne, a oni niechętnie dzielili się z nami swoimi plonami. Nieśliśmy im dobrą nowinę, której oni nie przyjmowali. Traktowali nas nieufnie. Brat Sariusz był myśliwym. Broń pozostawił w domu, zgodnie z nakazem Nauczyciela. Skonstruował więc prymitywne wnyki, w które od czasu do czasu wpadało jakieś małe zwierzę. Po zjedzeniu mięsa jednego z nich rozchorowaliśmy się wszyscy oprócz Nauczyciela. On nie jadł – odmówił posiłku, by więcej zostało dla nas. Pierwszy rozchorował się brat Samuel, który wywalczył dla siebie największą porcję. Ja zwymiotowałem jako drugi. Biegunka i wymioty nie oszczędziły nikogo. Unoszący się wokół odór choroby pozbawił nas resztek sił. Gdybym mógł wtedy zanurzyć się w morzu, wszystko skończyłoby się w mgnieniu oka.

Przez kilka dni pozostaliśmy w tym miejscu i zbieraliśmy siły do dalszego marszu. Nauczyciel modlił się do Jahwe o pokarm i przywrócenie nam sił. Modlitwa poskutkowała. Najpierw znaleźliśmy na skraju lasu jagody, następnie ja i brat Gabriel złapaliśmy dwie duże jaszczurki. Odarliśmy je ze skóry i wycięliśmy miejsca pod nią, w których według brata Sariusza mogła znajdować się trucizna. Kolejne wymioty albo biegunka mogłyby nas zabić.

Leżeliśmy w cieniu krzewów i słuchaliśmy słów płynących z ust Nauczyciela.

– Któregoś wieczoru wierni zebrali się, aby słuchać Mesjasza. Przemawiał długo, opowiadał o swoim królestwie i o Jahwe, dobrym i sprawiedliwym Bogu. Do zgromadzonych dołączali kolejni: mężczyźni wracający z połowu, kobiety i dzieci. Wreszcie zgromadziło się ich tyle, że nie dało się swobodnie przejść. Jeden z najbliższych uczniów Mesjasza podszedł do mnie i powiedział, że zgromadzeni są głodni. Odparłem, że powinna im wystarczać strawa duchowa, którą otrzymują. Zgromadzeni tutaj często szli wiele kilometrów, aby usłyszeć nauki. „Ludzi trzeba nakarmić", nalegał. Nie wiedziałem, co mam zrobić, odesłałem go zatem do Pana. Oprócz słów otuchy i zapewnienia, że najedzą się, kiedy wrócą do domu, nie miałem im nic do zaoferowania. Czekałem, co powie Pan. Kazał uczniom, żeby zebrali od ludzi jedzenie, ile kto ma, i przynieśli do niego. Uczniowie uczynili, jak im kazał. Po pewnym czasie położyli przed nim kilka ryb i kawałki chleba, razem nie więcej niż trzy niewielkie bochenki. Mistrz pomodlił się nad nimi, połamał je na jeszcze mniejsze kawałki i polecił uczniom, aby wszystko rozdali wiernym, najpierw kobietom i dzieciom. „Kobieta pierwsza musi spożyć strawę", zdecydował, a chociaż stał ode mnie daleko, usłyszałem jego słowa tak wyraźnie, jakby stał przy mnie. „Kobieta musi być silna. Mężczyzna jest głową rodziny, a kobieta szyją. I chociaż mąż zapewnia jej utrzymanie, ona sporządza strawę i ona tka nić, z której uszyje szaty".

– A co z dziećmi? – spytał brat Izrael. – Czy dostały choć po kawałku chleba?

– Pan wtedy rzekł: „Dzieci są przyszłością tego świata. To one będą w nim rządziły. Ważne, aby od początku swojego istnienia były blisko Boga. Im dajcie jedzenie zaraz po ich matkach".

– Przecież uczniowie zebrali marne resztki. – Nie potrafiłem zachować milczenia. – Nie starczyło dla wszystkich. Chyba że...

– Chyba że zgromadzonych nie ma tak wielu, jak się zdawało. To chcesz powiedzieć, prawda?

Trafnie odgadł. Nie chciałem jednak, żeby wiedział, jak bardzo wątpię.

– To prawda, Nauczycielu – przyznałem. – Nie skalam ust kłamstwem. Wierzę jednak, że Mistrz znalazł sposób, żeby nakarmić wszystkich.

Rozległy się protesty pozostałych braci. Oni ślepo wierzyli, że Pan w cudowny sposób rozmnożył jedzenie.

– Słusznie, Arielu – zgodził się Nauczyciel. Po raz pierwszy zwrócił się do mnie po imieniu. – Nie powinieneś udawać, że wierzysz w moje słowa, jeśli twoją duszą targają wątpliwości.

Wątpliwości targały nie moją duszą, lecz umysłem. Przecież nie widziałem, jak Mesjasz czyni cuda, jak uzdrawia chromych i wypędza złe duchy. Ani tego jak rozmnożył pokarm.

– Tamtego wieczoru wszyscy najedli się do syta – zakończył swoją opowieść Nauczyciel. – Chleba i ryb starczyło dla każdego. Uczniowie zebrali to, co pozostało. Znacznie, znacznie więcej niż trzy bochenki. Nauczyciel rozmnożył ryby i chleb. Widziałem na własne oczy.

Taką historię nam przytoczył. Mnie się nie podobała, może dlatego, że byłem głodny, a on nie potrafił mnie nakarmić? Obserwowałem go całymi dniami, bo nie miałem nic innego do roboty. Wypijał kilka łyków wody, zjadał kilka liści krzewów albo kilka owoców i szedł. Jego stopy nie krwawiły, jego dłoni nie pokrywały pęcherze po zetknięciu się z kosturem. Modlił się całymi dniami, a bracia mówili, że także nocą. Może nie potrzebował snu, bo miał do wypełnienia misję? Kto to wie... Nie znałem jego myśli. Brat Samuel powiedział nam jedynie, że Nauczyciel kiedyś także był rybakiem.

– Teraz w sieci łapie ludzkie dusze – tłumaczył. – Szuka ludzi dobrych, pobożnych i sprawiedliwych, aby zaprowadzić ich do Pana.

– Co nas czeka po tym, kiedy tam dotrzemy? – odezwał się małomówny brat Eliasz.

– Wszelkie bogactwa świata – wyszeptał brat Ezdrasz. – Nauczyciel o tym mówił. Niczego nam nie zabraknie. Wrócimy do domu powozami. Nasze żony będą chodziły w bogatych tunikach niczym Rzymianki. Naszym rodzinom nie zagrozi głód.

Zapadła cisza. Wreszcie zostało nazwane to, czego pragnęliśmy i co było przyczyną odejścia niektórych z nas z domów.

– Jesteś pewien, że tak mówił? – dociekał Gabriel.

– Jestem pewien. – Ezdrasz żarliwie potwierdził, jego oczy płonęły w ciemności. – Nauczyciel rzekł to tak głośno, że słyszałem mimo oddalenia. Nagroda czeka jedynie najwierniejszych.

– Co to znaczy? – spytałem.

– Tych, którzy modlą się najgorliwiej i najpokorniej znoszą trudy podróży – wyjaśnił z ogniem w oczach.

Odruchowo spojrzałem na swoje stopy. Rany się zabliźniły. Nie wiem, czy sprawił to kilkudniowy odpoczynek, czy maść starej kobiety.

– Nie narzekałem – powiedziałem cicho. – Tamta kobieta sama dała mi maść.

Zaczęli jeden przez drugiego zapewniać, że mnie nie potępiają. Przeciwnie – głęboko mi współczują. Oni sami lepiej znoszą trud wędrówki, jakby ich skóra różniła się od mojej.

– Dlaczego wasze stopy nie krwawią? – zdziwiłem się.

Wtedy podszedł do mnie brat Abiasz. Usiadł i uniósł brzeg szaty. Stopy miał owinięte skrawkami materiału, które wydarł z własnego okrycia, a one przywarły do ciała. Rany Abiasza były głębsze niż moje. Materiał zaś plamiła żółta ropa.

– Bracie Abiaszu... – wyjąkał Gabriel. – Trzeba je opatrzyć.

– To nic – zaprotestował. – To moja pokuta.

– Cóżeś złego uczynił, że znosisz takie cierpienie? Podzieliłbym się z nim maścią, gdyby tego chciał. Na pewno starczyłoby jej dla nas dwóch. Nawet gdyby nie, ja byłbym odrobinę bardziej chory, ale on odrobinę zdrowszy. Jego pokora była największa.

– Zostawiłem w domu starą i bardzo chorą matkę – wyznał cicho.

– Wielu z nas zostawiło rodziny – odezwał się Gabriel.

On odszedł od żony i dwóch synów, żeby do nas dołączyć. Synowie jednak samodzielnie wypływali już na połów. Jego wina była mniejsza niż moja.

– Zostawiłem ją na pewną śmierć – dodał Abiasz. – Nie wstaje, nie gotuje sobie jedzenia. Karmiłem ją co dzień roztartą strawą. Teraz pewnie umrze. Z mojej winy.

– Dlaczego zatem wyruszyłeś w drogę? – spytałem.

Abiasz spojrzał na mnie.

– Wtedy na górze słuchałem Pana. Widziałem to, o czym opowiadał Nauczyciel. Mesjasz rozmnożył chleb. Wszyscy najedliśmy się do syta. Jest coś, o czym nie mówiłem nikomu, nawet matce. – Abiasz zamilkł, jakby nie chciał już nic powiedzieć. Słuchaliśmy cykad.

– Co to takiego? – Nie wytrzymał Izrael.

– Mesjasz do mnie przemówił – wyznał Abiasz.

– Jak to? – wykrzyknął zdławionym głosem Gabriel. – Jesteś pewien?

– Jestem pewien i nigdy tego głosu nie zapomnę. – Abiasz pokiwał głową. – Chwyciłem kawałek chleba rozdawanego przez uczniów. Nie zjadłem go, tylko schowałem dla matki. Schowałem też kawałek ryby. Tego dnia nie wypłynąłem w morze. Szedłem na górę długo, prawie od świtu, bo bardzo pragnąłem ujrzeć i usłyszeć Mesjasza. Chciałem także pomodlić się za zdrowie matki. – Umilkł i wbił wzrok w swoje nogi.

– I co dalej? – niecierpliwił się Ezdrasz. – Opowiedz, bracie.

– Mistrz podszedł do mnie i dotknął skórzanego worka, w którym schowałem jedzenie. „Zanieś to matce", rzekł i wyciągnął ręce. Trzymał w nich duży kawałek chleba i całą rybę. „A to zjedz sam", dodał. „Mistrzu", wyjąkałem onieśmielony jego widokiem i siłą, którą od niego poczułem, „nie mogę sam tyle zjeść, nie wystarczy dla innych". „Wystarczy", zapewnił. „Kiedy ja jestem w pobliżu, dla każdego wystarczy strawy. Zapamiętaj to, dobry człowieku".

– Skąd wiedział, że masz matkę? Czy znał cię wcześniej? – dociekałem.

– Nie wiem skąd. Nie znał mnie. Co więcej, powiedział mi, że choć matka jest chora, pożyje jeszcze jakiś czas. „Czy nie mógłbyś jej uzdrowić?", odważyłem się spytać. „Słyszałem, że stawiasz na nogi chromych i przywracasz ślepym wzrok...". „Twoja matka nie jest ani chroma, ani ślepa. Jest jedynie sędziwa. Jest gotowa na spotkanie z moim Ojcem. To pobożna kobieta, przeżyła swoje życie godnie, wychowała wspaniałego syna. Nie mogę jej uzdrowić, ale mogę pomóc tobie". Spytałem, czy ja jestem chory. Czy widzi oznaki mojej choroby. „Nie bój się, nic ci nie dolega. Kiedy cię wezwę, pójdziesz za mną. Pamiętaj".

– Tak ci rzekł sam Mistrz? – wyszeptałem z zazdrością.

– Tak, to jego słowa. Zdążyłem jeszcze zapytać, kiedy mnie wezwie. Odparł, że usłyszę ten głos i podążę za nim. Mam zostawić matkę, jeśli jeszcze będzie żyła, zostawić wszystko i ruszyć. Tak się stało. Zjawił się Nauczyciel i mnie wezwał. Oto jestem.

Brat Gabriel oddalił się od nas. Siedzieliśmy koło ogniska w milczeniu. Każdy na swój sposób przeżywał opowieść Abiasza. Gdyby to mnie wezwał sam Mesjasz, nie omieszkałbym wyznać to Nauczycielowi.

– Powinieneś powiedzieć o tym Nauczycielowi. Dziwi mnie, że nie zrobił cię swoją prawą ręką.

– Tu wszyscy jesteśmy równi – stwierdził z prostotą. – W jakim celu miałbym mówić mu o tym?

– A w jakim celu mówisz o tym nam? – Starałem się usilnie stłumić zazdrość w swoim głosie.

– Przecież pytaliście.

Wrócił brat Gabriel. Podał bratu Abiaszowi jakieś rośliny.

– To babka. Dobra na rany. Trzeba je oczyścić i opatrzyć.

– Nie – wzbraniał się Abiasz. – To moja pokuta.

– Naszymi uczynkami kieruje sam Mesjasz. – Brat Gabriel nie ustąpił. – Nadszedł czas, abyś wyleczył stopy. W przeciwnym razie zamiast iść na jego chwałę, stracisz nogi, a może nawet i życie. Nie dojdziesz tam, dokąd idziemy. Twoja ofiara pójdzie na marne.

Odwróciłem się, żeby nie widzieć pokrytej potem twarzy chłopca. Wciąż jednak słyszałem jego jęki, kiedy Gabriel zrywał zaropiałe skrawki materiału z jego ran.

– Bierz przykład z brata Ariela – mamrotał Gabriel, polewając rany wodą. – On nie jęknął, kiedy przekłuwał swoje pęcherze.

Wyprostowałem się nieco. Pochwała mnie ucieszyła. Gabriel skończył oczyszczać rany, a ja na powrót patrzyłem na jego sprawne palce. Umył chłopcu nogi, polewając je odpowiednią ilością wody: ani za dużą, ani za małą. I choć w pobliżu znajdowała się studnia, pilnował, aby nie zmarnować ani kropli.

– To ja tobie powinienem umyć nogi – jęczał Abiasz.

– Nie jestem starcem i nie wymagam takiej formy okazywania szacunku. Twoje stopy obmywam, bo ropieją i krwawią, nie z innej przyczyny. Jeśli chcesz mi okazać szacunek, nie jęcz tak. Ułożył liście na ranach, oderwał kawałek własnej szaty i zręcznie owinął stopy Abiasza. Potem wziął jego zniszczone sandały i obejrzał je, kręcąc głową z dezaprobatą.

– Bracie Arielu, ty też podaj mi swoje sandały.

Zdjąłem je i położyłem przed nim bez słowa. Wyglądały niewiele lepiej niż Abiasza. Gabriel wyjął z torby skóry jaszczurek. Widziałem, że suszył je na słońcu, ale nie rozumiałem po co. Aż do teraz... Rano nasze sandały stały naprawione.

– Byłeś rybakiem? – spytałem znów zazdrosny o umiejętności, których mi brakowało.

– Zajmowałem się także szyciem. – Pokiwał głową. – Łatałem sieci, jak wszyscy. Matka nauczyła mnie zszywać bukłaki, a ojciec preparować skórę.

– Skąd znasz rośliny lecznicze? – odezwał się Ezdrasz.

– Też od matki – odparł brat Gabriel. – Wiem niewiele. Umiem odegnać gorączkę i oczyścić ranę.

Nauczyciel zgodził się, żebyśmy przedłużyli postój o dwa dni. Silniejsi udali się na poszukiwanie pożywienia. Mieli nadzieję znaleźć jagody, które moglibyśmy zjeść, rośliny, z których można by ugotować wywar, ale przede wszystkim mięso. Słabsi, w tym ja, czekali na ich powrót. Spojrzałem ukradkiem na Nauczyciela, który oddalił się od obozowiska i pogrążył w modlitwie. Czasem odnosiłem wrażenie, że o nas nie dba. Co warte są jego modły, kiedy nie ma jedzenia? Więcej warte są życzliwość brata Gabriela i jego umiejętności.

# CESARSTWO BIZANTYJSKIE, XII WIEK

Bogu nie są miłe okrutne widowiska. Jestem przerażony. Zaraz skrzywdzą brata Alberta. Mnicha dobrego, życzliwego i nade wszystko pobożnego. Nie wiem, jaka jest jego wina, bo zawsze okazywał ślepe posłuszeństwo starszyźnie zakonnej. Nigdy z jego ust nie padło ani jedno słowo zwątpienia. Nigdy nie dojrzałem na jego czole zmarszczki, świadectwa myśli kalającej jego umysł. A jednak stoi przed nami przywiązany do słupa, z głową nisko opuszczoną. Nawet gdyby mógł, nie ugnie kolan, gdyż my, bogomili, nie wierzymy, że Bóg każe nam klęczeć, kiedy do niego przemawiamy. Wina Alberta musi być poważna, bo wszystkich nas tu zebrano. Staliśmy na zimnym, brukowanym dziedzińcu i patrzyliśmy na sąd nad jednym z naszych ulubionych towarzyszy wiary. Gdyby opuścił modlitwę, źle pracował w kuchni albo – w co niepodobna wierzyć – zwrócił się do przełożonego bez pokory, zostałby wychłostany w obecności starszych i zesłany do najgorszej pracy: opróżniania i szorowania nocników. Za cięższe winy przez rok pracowałby w oborze, wywoził kurze łajno i przerzucał gnój. Suszyłby krowie placki na opał potrzebny w najsroższe mrozy. Karano nas tym zajęciem, lecz ja je wolałem od czyszczenia urynałów. Łajno zwierząt w porównaniu do ludzkich odchodów pachniało lepiej, jego woń usuwało ze skóry potarcie liśćmi zdrawca. Zapach ludzkiego kału nie osiadał na skórze. On wnikał wprost do umysłu, wywoływał wymioty oraz obrzydzenie do wszystkich i wszystkiego, trwające wiele dni i nocy. Nawet chłosta okazywała się czasem lepsza, zależnie od tego, kto ją wykonywał. Jeśli brat Georgi, uderzenia bata naruszały skórę, ale nie powodowały bólu mięśni następnego dnia. Z kolei stary brat Eliasz uderzał mocno, ale zniechęcał się szybko, zwłaszcza jeżeli skazany przysięgał poprawę i głośno krzyczał po każdym świśnięciu bata. Moje plecy znaczyły ślady po chłoście wykonanej przez każdego z braci. Pierwszy raz zostałem wychłostany za to, że zapomniałem zanieść jedzenie do celi starszemu bratu Kristinowi, którego zmogła choroba. Drugi raz – za dobre i naiwne serce. Wysłano mnie na targ po warzywa, a ja ujęty urodą i nędzą jednej ze sprzedających kupiłem od niej cały towar. Pracowałem wtedy w kuchni, razem z bratem Albertem, który dłużej przebywał w zakonie i odpowiadał także za zaprowiantowanie zgromadzenia.

Dobry Albercie, czemu stoisz teraz przed nami, a spod twojej szaty sączy się krew? Czyżby ktoś starał się wymusić na tobie przyznanie się do winy i bił cię po łydkach? O takich metodach czytałem w jednej z naszych ksiąg, ale nigdy nie byłem świadkiem ich stosowania. Brzydziłeś się donosicielstwem i pamiętam, że zrobiłeś wszystko, abym nie poniósł kary.

– Cóżeś przyniósł, nieszczęśniku? – Złapał się za głowę, kiedy dumny z siebie wepchnąłem do kuchni taczkę wypełnioną po brzegi ziemniakami, marchwią, brukwią, kabaczkami i pietruszką. – Wszystko zgniłe.

– Kupiłem po niższej cenie – wyjąkałem. – Od jednej wieśniaczki. Nie chciałem, żeby umarła z głodu. Nie patrzyłem, czym wypełnia taczkę.

– Tam wszyscy wieśniacy umierają z głodu. Dlaczego musiałeś kupić towar od tej jednej?

– Nikt od niej nie kupował – wyjaśniałem zbolałym tonem. Patrzyłem z przerażeniem na warzywa układane przez Alberta na ławie. – Powiedziała mi, że dzięki mnie ojciec nie wygarbuje jej wieczorem skóry...

– Za to tobie wygarbuje skórę brat Eliasz – mruknął Albert.

– Wszystko do wyrzucenia.

Przestraszyłem się i zacząłem płakać. Jeszcze nie zagoiły się moje blizny po poprzedniej chłoście – karze za zmarnowanie jedzenia. Pewnego dnia wyrzuciłem kilka nadgniłych ziemniaków, bo nie nadawały się nawet na zupę. Ktoś na mnie doniósł i bicz brata Eliasza spadał na moje plecy raz za razem, aż się nauczyłem, że jedzenie tutaj jest rzeczą świętą i nie wolno wyrzucić nawet odrobiny. I oto dostanę chłostę z tego samego powodu. Tym razem mocniejszą, bo za taczkę warzyw.

Brat Albert powiadomił o tym incydencie starszyznę, przemilczał zaś moje zauroczenie dziewczyną. Skłamał nawet, że na wierzchu leżały dobre warzywa. Argumentował, że mnie oszukano, i prosił o darowanie kary. Na próżno. Jednak dzięki niemu chłosta była symboliczna i nie zesłano mnie do opróżniania nocników. Nigdy nie zapomniałem Albertowi tego, co dla mnie zrobił. Niedługo po tym incydencie już nie pracował w kuchni. Jego próba dobiegła końca i stał się jednym ze starszych.

Każdego nowego zakonnika przydzielano najpierw na dziesięć lat do prac fizycznych. Dopiero po tym czasie zaczynał właściwą służbę Bogu. Takiego brata widywaliśmy jedynie na wspólnych uroczystościach. My, plebs klasztorny, spaliśmy w dormitoriach, myliśmy się na dziedzińcu nawet zimą i korzystaliśmy ze wspólnych ubikacji. Starsi sypiali w oddzielnych celach, do których przynosiliśmy im wodę do mycia, jadali posiłki w odosobnieniu oraz wychodzili z cel bez opowiadania się. Raz w tygodniu mogli iść na pobliskie wzgórza, spacerować albo modlić się w spokoju. Mogli także korzystać ze wszystkich ksiąg w bibliotece, świeckich i religijnych, łącznie z księgami o Jezusie, dla nas zakazanych. Przywilejów nie dawano starszym raz na zawsze. Jeśli którykolwiek z nich – zdaniem przełożonych – zgrzeszył, mógł zostać odesłany do nas na rok, na dwa lata albo na zawsze. Grzech musiał być jednak ciężki. Za byle co nie karano doskonałych. Biada zatem temu, którego tak potraktowano. Upadek zawsze boli. Po odejściu brata Alberta, jak mówiliśmy, na dwór, do kuchni trafił brat Emmanuel. Wcześniej przez trzy lata należał do starszyzny. Przyłapano go na oglądaniu bezbożnej księgi z historiami o uciechach cielesnych. To bardzo ciężka wina. Wcześniej nosiłem mu jedzenie do celi, teraz on słuchał moich poleceń i pod moim kierunkiem przyrządzał potrawy. Pilnowałem się, aby nie okazywać mu zbyt wiele pogardy. Lecz gdy zmarnował wielki gar rosołu, natychmiast doniosłem na niego i przeniesiono go do przerzucania gnoju. Kilka miesięcy temu pożegnał się z tym światem. Skaleczył się podczas pracy, ubrudził ranę gnojówką, zachorował i umarł. Poszedłem na pogrzeb. Pochowano go w części cmentarza przeznaczonej dla niższych rangą. Mało kto przyszedł go pożegnać. Starszyznę reprezentował tylko dobry brat Albert.

Co zatem zrobił Albert, że czeka go sroga kara? Gdyby popełnił cielesne grzeszki, pracowałby w kuchni albo w oborze. Służę w klasztorze ósmy rok, niedługo przeniosę się do własnej celi. Starszyzna przywita się ze mną przed każdym posiłkiem. Nabiorę sobie zupy jako jeden z pierwszych. Oprócz wywaru dostanę kawałki warzyw, kto wie, może nawet mięsa. Nie będę więcej wzdychał nad miską lury czy podkradał świniakom bobu. Czy zajmę miejsce brata Alberta, a on czy zajmie moje?

– Jesteśmy tu, aby rozpatrzyć sprawę naszego starszego brata Alberta – zaczął brat Eliasz.

Zwykle on jest sędzią, oskarżycielem – brat Filip, obrońcą – Mateusz. Brat Mateusz jest marnym obrońcą, zwykle pomaga oskarżycielowi. Nie broni oskarżonego, nie domaga się łagodniejszej kary, argumentuje, że kara musi dorównać winie. Nie lubię go. Budzi we mnie fizyczną odrazę.

– Albert był naszym bratem – powiedział Filip.

Dobry Boże, przecież go jeszcze nie skazali. Czyżby zrobił coś takiego, że zamierzają go wykluczyć ze zgromadzenia? To gorsze niż śmierć.

– Dowiedziemy ponad wszelką wątpliwość, że dopuścił się zdrady naszej wiary, naszego Boga i was, drodzy bracia.

Na pewno chodzi o obcowanie cielesne, chociaż to zupełnie do Alberta niepodobne. Czyżby uległ pokusie podczas wyprawy do rodzinnego miasta? Jako starszy stażem mógł chodzić do pobliskiej wioski, a nawet po dziesięciu latach odwiedzić rodzinę. Wiem, że miesiąc po pierwszym letnim przesileniu pojechał do domu. Jego matka od lat nie żyła, a samotny ojciec ciężko zachorował. Brat Albert wrócił po kilku dniach, nie pamiętam dokładnie po ilu. Wydawał się przygnębiony. To działo się cztery miesiące księżycowe temu. Może obcował wtedy z kobietą, a ona doniosła o tym naszemu przełożonemu albo komukolwiek z klasztoru? Nie dziwiłbym się Albertowi. Sam często się zastanawiałem, jak by to było, gdybym miał żonę, mieszkał z nią i spłodził dzieci. Uprawiałbym rolę, a wieczorami zasypiał obok swojej kobiety. Czasem gniewałbym się na dzieci, że za głośno się śmieją. Przepraszałbym potem Boga za tak złe i egoistyczne myśli. Nie odważyłem się jednak wyznać ich podczas spowiedzi, bo nic by mnie nie uchroniło przed publicznym wyjawieniem moich grzechów i napiętnowaniem. Tu nie wolno ujawniać takich pragnień pod karą chłosty. Gdybym o tym wspomniał, kolejne dwa lata szorowałbym nocniki. Ojciec oddał mnie bogomiłom, kiedy miałem siedem lat. W sam raz, aby zacząć służyć prawdziwemu, jedynemu Bogu. W domu rodzinnym pozostało pięciu starszych ode mnie braci. Matka zmarła przy porodzie mojej jedynej siostry.

Na szpetnej twarzy brata Filipa błąka się chytry uśmieszek. – Ten plugawy, nikczemny robak uchybił naszej wierze. Widziano go modlącego się w cerkwi z jemu podobnymi poganami, bijącymi pokłony człowiekowi, którego uważają za Mesjasza... W naszych szeregach zawrzało. Czyżby brat Albert stał się wyznawcą Chrystusa? To straszna wina. Bracie Albercie, czemu to zrobiłeś?

– Albert chciał od nas odejść, zdradzić nasze przykazania i przystać do tych, którzy kłaniają się obrazkom uważanym przez nich za święte. Najpierw spiskował z tamtymi ludźmi... Nie ośmieliłbym się nazwać ich wskazanymi przez Boga, chociaż za takich się mają. – Ślina skapnęła mu z ust na podłogę. Szeptaliśmy przerażeni. – Potem wrócił do nas z zarzewiem buntu – kontynuował brat Filip. – Swoim jadem zamierzał zatruć nasze zgromadzenie.

– Co dowodzi jego winy? – zapytał brat Mateusz.

On też wydawał się wielce zadowolony z obrotu spraw. Był stary, najstarszy z nas, prawie ślepy. Kilkakrotnie czytałem mu z księgi osobliwe historie o świecie zamieszkanym przez smoki.

– Oto co znaleziono w jego celi! Zdrajca chował to w sienniku! – krzyknął Eliasz i rzucił na ziemię opasły tom.

Rozpoznałem zakazany dla nas Nowy Testament. Krzyż wyryty na stronie tytułowej kłuł w oczy. Kilku braci z jękiem odwróciło wzrok.

My, bogomili, odrzucamy wiarę w mękę Chrystusową. Nie wierzymy, że ukrzyżowanie człowieka mogło przyczynić się do umocnienia wiary. Podstawą naszej doktryny jest służenie prawdziwie pobożnym i odrzucanie religii opierającej się na okradaniu biednych i wznoszeniu potężnych budowli. Bóg nie potrzebuje świątyń, aby go czczono i kochano. My ich nie budujemy. Gdyby nie konieczność ukrywania się przed światem, burzylibyśmy cerkwie i kościoły. Zbudowali je przecież chciwi i możni.

– Tak, bracia! – Mateusz wygrażał nam sękatą ręką. – Księga ta, narzędzie syna naszego Boga, Satanaela, została tu przyniesiona przez tego, który pragnie naszej zguby.

– Bracia! – Głos Filipa drżał. – Wy wiecie, że nasza wiara mówi o dwóch synach naszego Boga, jednym z nich jest Chrystus, drugim Satanael. Bóg i Szatan stworzyli ten świat, aby ścierało się w nim dobro ze złem. Szatan wystawia nas na próby. Nieustannie kusi. Tego tu oto nieszczęśnika omamił, że Bóg zesłał tu swojego Syna, aby za nas umarł.

Odrzucamy we własnych sercach i umysłach podobne bezeceństwa. Słyszeliśmy o człowieku podającym się za Syna Bożego – został stracony. Fałszerze ksiąg donosili o cudach rzekomo przez niego czynionych, o mnożeniu jedzenia i uzdrawianiu chorych. Niektórzy niegodziwcy chytrze opisywali to w księgach, ogłaszając swoje pismo świętym. Szatan zebrał na ziemi swój plon. Od jedenastu stuleci ludzie umierali za rzekome grzechy, lekceważąc Boga, albo bluźnili mu, kiedy stawiali pałace, wypełniając je niegodnymi wymówić jego imię. Ci niegodni kradli, zabijali i gromadzili majątek. Kultywowali dzieło Satanaela, ku jego radości. My, bogomili, garstka sprawiedliwych, skromnych i dobrych, musimy się temu przeciwstawiać.

Czy to możliwe, aby mądry brat Albert posłuchał Szatana i uwierzył w mękę na krzyżu? Może nawet przyjął chrzest w cerkwi?

– Co masz do powiedzenia, zdrajco? – spytał Filip.

Teraz brat Albert powinien powiedzieć, że nigdy nas nie zdradził, że nie modlił się do ikon w cerkwi, nie spiskował. Taka myśl nigdy by mu w głowie nie postała. Powinien wykrzyknąć, że znaleziona księga nie jest jego własnością. Ktoś wsunął mu ją do siennika. Tylko skąd miałby ją wziąć? Może zatem brat Albert naprawdę jest winny? Dopomóż mu, jedyny nasz prawdziwy i sprawiedliwy Boże. Czy dlatego przez dziesięć lat próby czyścił nocniki, gotował kotły zupy i wywoził gnojówkę, żeby potem pojechać do miasta rodzinnego i zacząć spisek? A jeśli nawet, to dlaczego wrócił? Czyżby przypuszczał, że kogokolwiek tutaj namówi do przeczytania zakazanej księgi? Na pewno nie chciał porzucić klasztoru i wrócić do domu rodzinnego. Nasze rodziny dawno o nas zapomniały. Albert milczał i patrzył na swoje stopy. Spływały po nich strużki krwi. Rany powstały od cienkiego, przecinającego skórę bata. Tak bito za najstraszniejsze winy. Nigdy wcześniej tego nie widziałem.

– Mów, zdrajco! – Filip wymierzył Albertowi policzek.

Albert musi mieć coś na swoją obronę, musi coś powiedzieć, w przeciwnym razie poniesie karę gorszą niż bicie po goleniach. Dlaczego Filip nazywał go zdrajcą? W Albercie było tyle dobra. Pamiętam, kiedy brat Filip ciężko chorował, właśnie Albert pielęgnował go z oddaniem. Starsi bracia chcieli odseparować Filipa, tak bardzo obawiali się rozprzestrzenienia choroby. Albert zgodził się zamknąć w celi razem z nim i tam z pokorą przecinał ropiejące wrzody i oczyszczał je, aż się zabliźniły. Jak wiele wspomnień wracało do mojej pamięci. Jak wiele żalu odczuwałem.

– Bracia... – Mateusz był starcem, z jedną nogą krótszą i twarzą tak pomarszczoną, że przypominała skórkę zeschniętego winogrona. – Bracia, dowiedziono tego plugawego czynu ponad wszelką wątpliwość. Jako obrońca nie mam nic do powiedzenia. Mogę jedynie zapytać cię, nieszczęsny, czemuś zdradził.

– Nie zdradziłem – odezwał się brat Albert.

Poczułem radość, że przemówił. Powiedz im, bracie, że się mylą.

– Nie słyszę, co masz do powiedzenia – odparł brat Mateusz.

– Nie zdradziłem! – krzyknął brat Albert. – To wy zdradziliście! Zdradziliście Chrystusa, bo nie wierzycie w jego istnienie! Bóg tak nas umiłował, że zesłał jedynego Syna, aby nas zbawił.

– Milcz! – przerwał mu Filip.

Przerażenie ścisnęło mi gardło. Czemu Albert wypowiadał tak straszne bluźnierstwa? Nie było dla niego ratunku. W dzieciństwie wierzyłem w Chrystusa, ale od kiedy stałem się bogomiłem, poznałem prawdę. Nie było męki, która zbawia. Nie było świętej dziewicy, która urodziła syna. Nie było anioła, który zstąpił na ziemię i to zapowiedział, ani proroków, przepowiadających jego przyjście. Wreszcie nie było uświęconego ciała Chrystusa, spożywanego w imię zbawienia, ani zmartwychwstania. Żaden człowiek nie może powstać z martwych. Istniały tylko dobroć Boga, zło przynoszone przez Szatana, chciwość i okrucieństwo wyznawców Chrystusa, prześladowanie bogobojnych i zabijanie ludzi innej wiary. I my, bogomili, jako jedyni krzewiący prawdziwą wiarę.

– Przyznał się do winy! – krzyknął Filip.

Ze swoich miejsc podnieśli się Bazyli, najstarszy wiekiem i najdłużej przebywający w zgromadzeniu oraz najmądrzejszy z nas, a także sędziwy Lazar. Bazyli podszedł do Alberta.

– Bracie, Szatan cię opętał...

– To was wszystkich Szatan opętał! To wy wymazujecie dzieło Chrystusa z powierzchni ziemi. Dziełem Szatana jest to zgromadzenie, nie zaś kościoły i cerkwie budowane na jego chwałę. Męczeństwo, jakie zapewne stanie się moim udziałem...

– Zamilcz! – przerwał mu brat Lazar.

Wstrzymaliśmy oddech. Brat Lazar uniósł prawicę, ale Albert nie zamilkł.

– Zamilknę, kiedy wyrwiecie mi język...

– Przyznajesz się do wyznawania szatańskiego kultu?

– Nie przyznam, że kult Chrystusa jest dziełem Szatana. To Syn Boży jest jedynym jego spadkobiercą, to sam Bóg...

Po policzku brata Lazara płynęła łza.

– A więc spytam cię inaczej – wyszeptał. – Czy przyznajesz się do zaprzeczenia naszej wierze? Czy naprawdę nie wierzysz w to, że świat stworzyli Bóg i Satanael, że Mesjasz nie przyszedł jeszcze na ziemię, że Syn Boga nie narodził się z matki dziewicy?

– Przyznaję się do sławienia w trójcy jedynego! – wrzasnął brat Albert. – Miłuję Chrystusa, który jest Synem Bożym!

– Biada mu! – rozległy się pełne przerażenia głosy.

– Biada ci, nieszczęsny! – krzyczałem.

– Czy przyznajesz się, że chciałeś zarazić nas tym plugastwem? – ciągnął Lazar.

– Przyznaję się – powiedział cicho, ale wyraźnie brat Albert i pokiwał głową. – Zmusiliście mnie do wyznawania tej wiary, ale ona nie jest moja. Mój Bóg jest w niebie i Syna swojego jedynego...

– Milcz! – Krzyk brata Filipa przeszedł w pisk.

Wszyscy baliśmy się tych strasznych słów uparcie powtarzanych przez brata Alberta.

– Wierzę w jednego...! – powtarzał ten nieszczęśnik.

Brat Mateusz podszedł i zatkał mu usta szmatą.

– Teraz, bracia, musimy wydać wyrok – zdecydował Lazar.

– My uznaliśmy go za winnego bluźnierstwa. – Na jego twarzy malował się smutek.

Brat Mateusz usiadł. Spojrzałem na brata Iwana, ale on milczał. Wreszcie odezwał się ktoś z tyłu.

– Chłosta!

Brat Eliasz pokręcił głową.

– Czy jakakolwiek chłosta wypędzi z jego duszy Szatana? Nie, bracia. Chłosta to zbyt łagodna kara. Ciało, nawet znękane, pozostaje ciałem. Rana się zabliźnia. Nie ma jednak żadnej nadziei na uzdrowienie wypełnionej jadem duszy, tym bardziej że ten nieszczęśnik nie prosi o łaskę...

– Wykluczyć go! – Z prawej strony dobiegł jękliwy głos. To brat Uriasz. Pracował z nami w kuchni jako pomywacz.

– Tak – zgodził się Eliasz. – Musimy go wykluczyć z naszej społeczności. Czyż jednak otwarcie bram i wyrzucenie go nie stanie się raczej nagrodą? Pozwoli mu wrócić do jego plugawych świątyń, gdzie przyjął chrzest i inne obrzędy? Zamilkliśmy. Pomyślałem, że wygnanie byłoby dla niego najlepsze. Nie chciałem, aby ktoś go krzywdził. Mimo wszystko to Albert, mój brat.

– Zamknijmy go na rok ze świniami! – krzyknął brat Elaja. – Dajmy mu jeść tylko tyle, aby nie zdechł z głodu. Chłostajmy go, a kiedy zabliźnią się jego rany, znów unieśmy bicz...

Brata Elai, cichego, zgarbionego, szukającego uznania starszych, nikt z nas nie lubił. Zrobiłby wszystko, byle tylko przypodobać się starszyźnie. Widocznie w upadku Alberta upatrywał swojej szansy.

– Nie, bracie... – Eliasz zmarszczył brwi. – Przebywanie ze świniami i chłosty nie pomogą.

Brat Filip wstał i podszedł do Eliasza.

– Jest jedna kara, którą możemy wymierzyć. Jedyna, która zmaże tę straszną winę.

– Jaka to kara? – Usłyszałem pełne grozy szepty, pewien, że już wiem.

– Tą karą jest śmierć! – krzyknął Eliasz.

Zapadła cisza. Stojący obok mnie brat Ibrah padł zemdlony. Ja sam czułem, jak krew odpływa mi z twarzy. Śmierć dla Alberta?

– Łaski – odezwał się ktoś z tyłu.

– Kto? Kto się ośmiela prosić o łaskę dla zdrajcy? – syknął Filip.

Milczenie.

– Ktokolwiek chce łaski dla zdrajcy, sam staje się zdrajcą – oznajmił Lazar

Krążyły nad nami kruki. Poczekajcie, jeszcze nie ma trupa. Odlećcie, ptaki przebrzydłe.

To ja powinienem prosić o łaskę. Albert był moim przyjacielem. Wiem, że uległ podszeptom Szatana. Wystarczyło jednak wygnać z niego złego ducha, a powróciłby dawny pobożny członek wspólnoty bogomiłów. Mimo to zacisnąłem usta.

– Zatem kara za zdradę to śmierć.

Wyrok zapadł. Mateusz zapisał go w księdze, którą podsunął mu brat Teresjusz.

– Wyrok zostanie wykonany o zachodzie słońca – oznajmił Filip.

Wyciągnął szmatę z ust Alberta i zwrócił się bezpośrednio do niego.

– Utną ci głowę niczym jednemu z twoich tak nazwanych świętych. Potem przybijemy twoje ciało do krzyża, jak przybito ciało twojego mesjasza. Nie spoczniesz w ziemi. Kruki, szatańskie ptaki, pożywią się twoim chorym ciałem. Czy przyjmujesz wyrok z pokorą?

Patrzyłem na piasek pod moimi stopami. Czy rozkażą nam patrzeć na kaźń? Nie zniósłbym tego.

– Chrystus Pan poniósł męczeńską śmierć – odparł Albert spokojnie. – Niech stanie się ona także moim udziałem.

Brat Mateusz dał znak, abyśmy odeszli. Odwróciłem się i odszedłem, powłócząc nogami. Obejrzałem się jednak przez ramię i natknąłem się na spojrzenie Alberta. Chciałem mu powiedzieć, że gdybym mógł cokolwiek dla niego zrobić, nie wahałbym się ani chwili. Wyczytam w jego oczach, że o tym wie. Nagle Albert gwałtownie się poruszył. Gdyby nie więzy, padłby na kolana.

– Panie mój! – krzyknął. – Panie, nie opuszczaj mnie!

Zanim na powrót wcisnęli mu knebel w usta i pozbawili głosu, Albert zdążył zawołać:

– Bracia! Nie dajcie się zwieść! Nasza Tajemna Księga, ponoć podyktowana przez samego Boga, to wymysł tych, którzy założyli nasze zgromadzenie! Powinna zostać zniszczona.

Knebel go uciszył. Szybko ruszyłem do kuchni. Za godzinę musiałem podać strawę. Modliłem się, abym zdążył i nie dostał chłosty za opóźnienie. Nie miałem jednak odwagi poprosić o pomoc.

– Powiedz, bracie, co mogę zrobić? – usłyszałem nieoczekiwanie.

To brat Elaja. Musiałem się pilnować, aby nie zdradzić mu swoich myśli nieostrożnym słowem. Fałszywy na wskroś. Nigdy nie zapomnę, jakiej kary chciał dla Alberta.

– Pomyślałem, że nie powinieneś być teraz sam – tłumaczył Elaja.

Miałem rację. Przyszedł na przeszpiegi. Struchlałem. Nóż ześlizgnął się po mojej dłoni i z ranki popłynęła krew. Obmyłem dłoń wodą. Miałem pretekst, by nie patrzeć na fałszywego brata. On gorliwie obierał warzywa. W końcu nie wytrzymał.

– Żal ci go? – spytał.

– Żałuję każdego, kto ulega podszeptom Szatana – odparłem spokojnie, okręciłem ranę czystym opatrunkiem i wróciłem do pracy.

– Przyjaźniliście się.

Zesztywniałem z gniewu.

– Pracowałem z nim. Podobnie jak ty pracowałeś z nim w polu. Raz dzięki niemu nawet uniknąłeś chłosty.

– Zapomniałem wtedy obrócić dynie – jęknął Elaja i spuścił wzrok.

Chyba pożałował, że tu przyszedł.

– Dobrze ci radzę, bracie, zajmij się swoją robotą – naparłem.

– Jestem wstrząśnięty tym, co zrobił Albert. Starsi bracia orzekli: oddał się Szatanowi. Nie jest już moim bratem. Niech piekło go pochłonie.

Elaja rzucił nóż i wyszedł z kuchni. To dobrze, bo nie umiał obierać warzyw. Gdyby bracia zauważyli obierki grubsze niż zwykle, mogliby mnie ukarać. Moje myśli krążyły wokół jego ostatnich słów. Czyżby zajrzał do Tajemnej Księgi bogomiłów? My, młodzi, nie mieliśmy szansy jej zobaczyć. Podczas nabożeństw czytano jej fragmenty, ale z innego manuskryptu. Czasem wątpiłem w jej istnienie, chociaż nigdy nie przyznałbym się do tego. Według podań Księga bogomiłów została podyktowana naszemu ojcu Bazylemu przez samego Boga. On wezwał go przed swoje oblicze i przekazał mu wielką mądrość. Bazyli zaś ukazywał się we śnie swojemu synowi Brachtowi i dyktował mu Słowo Boże. Bracht stworzył nasze zgromadzenie, zakazał kultu Chrystusa i Maryi oraz nakazał braciom ślubować życie w czystości.

Mądrości zawarte w Księdze były przekazywane w naszym zgromadzeniu z pokolenia na pokolenie. Samej Księgi nigdy nie widzieliśmy. Ukryto ją kilkaset lat temu. Tylko kilku najdostojniejszych braci wie, gdzie znajduje się oryginał. Gdyby umarli, nie przekazawszy tej wiadomości, ukażą się we śnie najbardziej godnemu bogomiłowi i wyjawią sekret. Czemu Albert mówił, że Księga jest fałszywa? Czy ją widział? A jeśli Księga jest w naszym zgromadzeniu? Może brat Albert dotarł do niej i dlatego zbłądził? A jeśli tak, to w istocie musi być dziełem Szatana.

# PŁOWDIW, XXI WIEK

Rozmowa z policjantem z Polski nie przyniosła wiele. Dowiedzieliśmy się jedynie, że beneficjentem zamordowanego jest warszawska katedra pod wezwaniem Świętego Jana Chrzciciela.

– A niech mnie! – zagwizdał Christo.

– A niech cię co? – spytała Wirginija.

Gapili się na mnie.

– Wciąż nie mamy punktu zaczepienia. – Wzruszyłam ramionami. – Może to przypadek?

– Może przyjaźnił się z jakimś popem? I dałoby się z tym popem porozmawiać? – spytała Milena.

– Z księdzem – poprawiłam odruchowo. – My mamy księży, nie popów. Niezły pomysł, tylko że ksiądz może się powołać na tajemnicę spowiedzi...

– Na co? – To znów Christo.

– U nas wyznaje się grzechy przy konfesjonale. To jest takie zabudowane krzesło. W środku siedzi ksiądz i słucha spowiedzi wiernego...

– Widzieliśmy na filmach – przerwała Wirginija. – Masz nas za kretynów?

Dimityr się zerwał, ale ja zrobiłam minę pod tytułem „daj spokój, każdemu zdarza się gorszy dzień".

– Nie wiem, czy widziałaś na filmie, że ksiądz ma obowiązek trzymać w sekrecie to, co usłyszy podczas spowiedzi.

Wirginija pogładziła czoło. Dziś miała na głowie koczek i wyglądała jeszcze ładniej niż wczoraj. Ubrała się skromniej, w białą bluzkę i spódnicę w kwiatki. Jej drobna figura zginęła w tych ciuchach. Była wyraźnie zła. Może dzieci nie dały jej spać albo zdenerwowała się, że mój przyjazd nie pomógł w wyjaśnieniu czegokolwiek.

– To co? – spytał zaczepnie. – Nie warto dzwonić?

– Zawsze warto – stwierdziłam.

Wentylator pracował. Było kilka minut po dziesiątej, ale upał narastał. Włożyłam bluzkę z krótkimi rękawami, ale z jakiejś sztucznej tkaniny oblepiającej mnie niczym macki ośmiornicy. Powinnam sobie kupić coś w stylu Wirginii, kilka przewiewnych koszul, bawełniane bluzki w kwiaty i motyle, spódnicę zamiast dżinsów.

– Słuchajcie – powiedziałam pojednawczo, chociaż nikt mnie nie atakował. – Jestem tu drugi dzień, dopiero się ogarniam. Dajcie mi chwilę.

Mężczyźni na wyścigi zapewniali, że oczywiście, mamy czas, nie musimy się spieszyć. Dziwnie brzmiały te słowa w ustach policjantów. Nie ma co się spieszyć ze śledztwem, nie denerwuj się, Margarito, nie ma problemu, coś się poradzi. Bułgarska mentalność.

Przecież lubiłaś to powolne życie w upale, przyznaj się, Margarito. Dziś od świtu nie mogłaś się doczekać, żeby kupić sobie banicę i *kiseło mljako*.

– Dzwonimy do katedry – zdecydowałam.

Milena znalazła w internecie numer do zakrystii. Wykręciłam cyfry, które mi podyktowała. Ciekawe czy chcieli mieć taki staroświecki aparat? Tu wszystko wyglądało jak z lat siedemdziesiątych. Ciężka słuchawka drżała mi w ręku. Z drugiej strony odezwał się kobiecy głos.

– Parafia Świętego Jana Chrzciciela, niech będzie pochwalony Jezus Chrystus.

Przedstawiłam się i z grubsza zaczęłam tłumaczyć, o co chodzi.

– Najlepiej, żeby pani przyszła osobiście. – Usłyszałam kobiecy głos.

Domyśliłam się, że to zakonnica.

– Siostro – naciskałam. – Jestem w Bułgarii. Bardzo proszę nam pomóc. Przemysław Tarkowski był kimś więcej niż dobrym katolikiem...

– Tak, wiem – przerwała mi. – To nasz darczyńca i przyjaciel. Pójdę po księdza Mariana, proszę poczekać. On może z panią porozmawiać.

Zakryłam ręką słuchawkę i rzuciłam w stronę Nedka:

– Przynieś nam wody, co?

Uniósł brwi zdumiony i spojrzał na Milenę. Ta zaczęła dźwigać się z miejsca. Dimityr usadził ją wzrokiem.

– Przynieś ze dwie butelki – zwrócił się do Nedka.

W słuchawce odezwał się niski głos.

– Ksiądz Marian Wicher, w czym mogę pomóc?

Znów wytłumaczyłam, kim jestem, gdzie przebywam i po co.

– Czy mogę zadać księdzu kilka pytań? To nie jest oficjalna rozmowa... Chodzi mi o to, że zwracam się do księdza nie jak policjantka. – Którą zresztą nie byłam. Co ty pleciesz, Margarito? Dobrze, że cię nie rozumieją.

– Już rozmawiałem z policją – powiedział. – I raczej niewiele mam do dodania.

– Czytałam protokół, wiem – wtrąciłam szybko. – Mnie chodzi o co innego. Czy może mi ksiądz powiedzieć, jakim człowiekiem był Przemysław Tarkowski?

– Dobry katolik, głęboko wierzący i oddany katedrze. – Padła szybka odpowiedź, jakby ksiądz ją sobie przygotował. Może tylko tak mi się wydawało? Co ma powiedzieć ksiądz z parafii, która dostanie mieszkanie i pokaźną sumę po śmierci gorliwego wyznawcy?

– To wiemy. Testament nie pozostawia co do tego najmniejszych wątpliwości. ale czy ksiądz wiedział, że pan Tarkowski zapisał wszystkie swoje dobra na rzecz katedry?

– Wiedziałem. Często o tym mówił. Nie miał krewnych.

– Naprawdę? I żadnych przyjaciół? Oni często są nam bliżsi niż rodzina.

– Ja byłem jego przyjacielem. A on moim. Głęboko boleję nad jego stratą.

– Czy ksiądz wiedział, że pan Tarkowski wybiera się do Bułgarii? – Nasyciłam głos współczuciem.

– Nie wiedziałem. Nic mi o tym nie mówił. – Znów szybka odpowiedź.

Chyba nie ma powodu, aby kłamać.

– Czy zdarzały mu się takie wyjazdy? Mam na myśli ostatnio? Bo jako poseł chyba jeździł częściej?

– Z tego, co mi wiadomo, to nie. Zdumiała mnie informacja, że zmarł tragicznie w Bułgarii. Jako poseł też prawie nie jeździł. Nie lubił tego. Nie chodził na pielgrzymki. Przyjeżdżał do Częstochowy na Matki Boskiej Zielnej...

– Nie mówił, że chętnie pojechałby do Bułgarii albo dokądkolwiek? Ludzie jeżdżą na wycieczki.

– Przemek nie jeździł. Nie lubił ruszać się z Warszawy. Bał się latać samolotem, nie lubił zwiedzać.

– Nawet zabytków sakralnych?

– Kilka lat temu wziął udział w naszej parafialnej pielgrzymce do Watykanu. Bardzo długo go namawiałem. Argumentowałem, że każdy dobry katolik powinien odwiedzić Watykan.

– Jak przebiegała ta pielgrzymka? Czy stało się coś niezwykłego? Czy oddalił się gdzieś? – Serce zaczęło mi bić żywiej.

– Hmm... – Po chwili milczenia usłyszałam w końcu. – To dziwne, że pani o tym wspomina. Pamiętam, że bardzo interesował się relikwiami. Jakie mają znaczenie dla Kościoła i czy rzeczywiście szczątki świętych się nie rozkładają.

– Czy potem ksiądz rozmawiał z nim o tym? Czy on jeszcze poruszał ten temat?

– Nie, a ja nie pytałem.

– Powiedział ksiądz o tym policji?

– O czym? Że pytał o szczątki świętych?

Faktycznie, nawet gdyby powiedział, to cóż zrobić z tą informacją?

– Nie wspominał o Bułgarii? Może przyjeżdżał tu jako dziecko? Albo lubił bułgarskie wino? Albo arbuzy?

– Przemek nie pił alkoholu. Źle się po nim czuł. O Bułgarii nie wspominał, chociaż...

Czekałam w napięciu.

– Ostatniej niedzieli przed wyjazdem wydawał się jakiś nieswój. Poprosił mnie o spowiedź. Byłem jego spowiednikiem od początku swojej posługi w tej parafii.

– Nie spowiadał się podczas mszy jak inni?

– Nie, kiedy odczuwał taką potrzebę, prosił mnie o to. Wtedy także. Zgodziłem się.

– Spowiadał się? – Z trudem udało mi się ukryć podniecenie.

– Tak, spowiadał...

– Wiem, że ksiądz nie może mi nic powiedzieć o tym, co mówił, chociaż...

– Nie mogę pani przekazać treści spowiedzi, ale proszę mi wierzyć, że nie wyznał mi niczego istotnego dla policji. Naprawdę niczego. Zastanawiałem się nad tym wielokrotnie. Te błahe uchybienia spokojnie mógłby wyznać na spowiedzi powszechnej.

– Może coś ukrył?

Znów cisza.

– Nie wiem...

– Niech ksiądz mi powie, proszę...

– Kiedy skończył wyznawać grzechy, zawahał się na ułamek sekundy. Powiedziałem mu wtedy to, co mówię pani teraz. Za te błahostki nie potrzebował rozgrzeszenia. Dałem mu symboliczną pokutę. Tylko że...

– Miał ksiądz wrażenie, że pan Przemysław czegoś nie wyznał?

– Od razu nie, ale ze zdumieniem zobaczyłem, że podczas mszy nie przystąpił do komunii świętej. Pomyślałem wtedy, że coś zataił i to przeszkadza mu w przyjęciu ciała Chrystusa.

– Dziękuję księdzu za pomoc. Ogromnie dziękuję – powiedziałam i gdy już miałam się rozłączyć, coś przyszło mi do głowy.

– Jeszcze chwilę...

– Muszę się przygotować do mszy. – Ksiądz Marian westchnął po drugiej stronie słuchawki.

– Jeszcze jedno pytanie. Czy zmarły wspominał coś o relikwiach Jana Chrzciciela? Grobie, kościach?

– Tak – odparł ksiądz po chwili ciszy, jakby wygrzebywał informacje z zakamarków pamięci. – Kilka miesięcy temu... Nie pamiętałem o tym, ale teraz, kiedy pani o to spytała...

– Czy może sobie ksiądz przypomnieć?

– Jak pani wiadomo, w naszej katedrze przechowujemy jedynie szczątki błogosławionego Zygmunta Szczęsnego Felińskiego. Przemek marzył o sprowadzeniu szczątków Świętego Jana.

– Wiedział ksiądz o tym, że te szczątki odnaleziono właśnie w Bułgarii?

Tym razem odpowiedź jest kategoryczna.

– Czytałem o tym. Cóż... Szczątki Świętego Jana znajdują się w innym miejscu. Ojciec Święty nie kryje sceptycyzmu wobec tej rewelacji. Prawdę mówiąc, nie wierzę, by tamte kości były prawdziwymi relikwiami.

W Całun Turyński też nie wierzycie...

– Czy ksiądz uwierzyłby, że Przemysław Tarkowski przyjechał do Bułgarii w poszukiwaniu szczątków Świętego Jana?

– Muszę przygotować się do mszy – usłyszałam po chwili przerwy.

– Czy według księdza to prawdopodobne?

– Raczej nie. Powiedziałem mu wtedy, że to bzdury i kaczka dziennikarska.

Podziękowałam za rozmowę i się rozłączyłam. Podniecona podzieliłam się z resztą zdobytymi informacjami.

– Interesował się tym znaleziskiem? – spytał Dimityr. – Przynajmniej tak możemy założyć... Chciał przywieźć szczątki Jana do swojego kościoła...

– Musiałby być głupcem. – Wirginija się skrzywiła.

– Może ktoś miał dla niego ukraść te kości? – zastanawiał się Christo.

– Bez sensu – zwątpił Nedko. Siedział obrażony za to, że wysłałam go po wodę, chociaż z rozmowy i tak nic by nie zrozumiał. Uraziłam jego męską dumę. Przypomniałam sobie słowa Bożydara: „kobieta ci posprząta". – Jak przewiózłby kości? W walizce? Mamy dwudziesty pierwszy wiek.

– Kościół katolicki pod pewnymi względami tkwi w średniowieczu... Nie miałam na myśli tego, że zlecił kradzież kości. Może spotkał się z kimś, kto mógłby zadecydować o przekazaniu relikwii? Wiecie, katolik katolikiem, ale to Polak. Najpierw pogadać nieoficjalnie, wysondować, czy byliby skłonni...

– Odrąbać bodaj kosteczkę? – zażartował Dimityr.

I on przeciwko mnie.

– Masz lepszy punkt zaczepienia? – spytałam.

– Tak. Litery na jego ciele.

– Jeszcze się za to nie wzięłam. – Nieoczekiwanie ogarnęła mnie złość. Wstałam i sięgnęłam po torebkę. – Siedzicie tu i czekacie, co ja zrobię, co powiem, co odkryję... Może byście sami ruszyli tyłki?

– Ruszyliśmy i nic z tego nie wyniknęło – powiedział spokojnie Christo. – Nie denerwuj się.

– Nie denerwuję się, tylko wkurzam, bo wygląda na to, że waszą jedyną praca jest krytykowanie mnie.

Strasznie się oburzyli, zwłaszcza Wirginija. Czyżbym źle ją oceniła? No dalej, piękna, powiedz, co ci leży na wątrobie.

– Margarito – odezwał się Dimityr. – Nie denerwuj się. Chłopaki... – uniósł rękę – ...cisza i spokój. Dziewczyny też cisza i spokój.

Ten wentylator był nieznośny. Kupię chyba jutro jakiś nowocześniejszy, bo huk jego wiatraków nie pozwalał zebrać myśli.

– Nedko i Milena do biblioteki. Szukajcie wszystkiego na temat tych liter i znaków. Wrzućcie skan do komputera, znajdźcie profesorów językoznawców, popów naukowców, co tam chcecie.

Uniosłam oczy.

– Koljo, ty szukasz podobnych zbrodni. Czegokolwiek. Albo niepodobnych, ale związanych z cerkwią, choćby luźno. Zabójstwo popa, jego żony...

– Szukałem trochę. – Koljo pokiwał głową.

– Poszukaj bardziej – przerwał mu Dimityr. – Wirginija, zapomnij o fochach i zrób jakiś profil sprawcy, sprawców czy cokolwiek w tym stylu.

– Przecież już zrobiłam.

– Tak, pasujący do dwóch milionów Bułgarów, o innych nacjach nie wspomnę.

– Nie mówiłam, że zrobił to Bułgar. – Wykrzywiła się. – I muszę dziś wcześniej wyjść, bo...

– Nie interesuje mnie to. – Dimityr podniósł głos. – Jak musisz wcześniej wyjść, bo coś tam, to odpracuj w nocy. Jednym słowem, postaraj się bardziej.

Zbombardowali mnie nieprzyjaznymi spojrzeniami.

– A ja co mam robić? – spytał Christo.

– Spróbuj jeszcze raz poszukać świadków. Może jednak ktoś coś widział albo słyszał. Ustaliliśmy, że sprawcy mieli tylko jedną drogę do amfiteatru. Saborna jest zamknięta szlabanem, a Hisar Kapija za wąska, żeby przejechała nią ciężarówka. Popytaj kelnerów w lokalach niedaleko meczetu.

– I to mi się zaczyna podobać. – Christo zaprzeczył ruchem głowy i wstał. Chusteczką wytarł sobie twarz i uśmiechnął się do nas. Po czym na zdumione spojrzenie Wirginii dodał: – Lubię pracować, tylko trzeba mi nadać kierunek.

Milena pokiwała głową na Nedka. Ten demonstracyjnie wziął butelkę z wodą i wyszedł.

– Ja też mam wyjść? – spytała Wirginija.

– Ja chcesz – rzucił Dimityr. – My idziemy.

A my niby dokąd mamy iść? Nie przydzielił mi żadnego zadania. Mimo to ruszyłam posłusznie za Dimityrem, rzuciwszy Wirginii nieprzychylne spojrzenie. Zatrzymaliśmy się dopiero w kawiarni na ulicy Georgiewa, przy hali targowej. Kafejka, wąskie, ciemne pomieszczenie zastawione kolorowymi stolikami i krzesłami, ulokowane na piętrze. Bez klimatyzacji, w każdym rogu pracuje wiatrak.

– Dwa razy przedłużone espresso – poprosiliśmy. Barman w milczeniu przyjął zamówienie i uruchomił ekspres. W lokalu byliśmy tylko my. Z rzadka ktoś przechodził ulicą.

– Powiedz wreszcie – zachęciłam Dimityra. – Nie rozumiem, czemu nie chciałeś ze mną rozmawiać w komendzie.

– Bo tu jest przyjemniej – uciął dyskusję. – Kiedy się z nią skontaktujesz?

Mowa o mojej matce. Krzesło się chyboce, o mało z niego nie spadam. Dimityr bez słowa przyniósł inne, a to odstawił na bok. Wiem, powinnam do niej zadzwonić, pojechać, porozmawiać z nią. To wydaje się oczywiste. Jest najlepszą specjalistką w interesującym nas temacie, zajmuje się historią Traków i Biblią. Nie rozumiem, czemu nie chciała pomóc Dimityrowi, tylko kazała ściągnąć mnie. Zawsze robiła ze mną, co się jej podobało.

– Ona chce, żebym zadzwoniła. Będzie mną manipulowała i wcale nam nie pomoże. – Nie wierzysz w to, co mówisz, Margarito. Twoja matka chce tylko, żebyś do niej wróciła, poznała przyrodnich braci, pomogła Cwetanowi zbierać figi na konfitury. Rosną u nich na podwórzu, widziałaś na zdjęciach. Lubisz je, prawda?

– Jesteś uparta jak osioł. – Dimityr westchnął.

– Jestem tu dopiero drugi dzień – odparowałam. – Zdaje się, że nie zasypiam gruszek w popiele... Przetłumaczyłam to dosłownie.

– Jakie gruszki? – wybuchnął. – Jaki popiół? Nie palę przecież. – Dopił kawę jednym haustem. – Dobrze, rób, co uważasz. Przyznaję, że ruszyliśmy z kopyta. Obiecaj mi tylko, że w końcu do niej zadzwonisz.

Pokiwałam głową. Dopiłam kawę, potem wychyliłam swoją szklankę wody, sięgnęłam po wodę Dimityra i wypiłam bez słowa. Jeszcze raz pokiwałam kilka razy głową. Niech zgaduje, czy zgadzam się z nim po polsku, czy też po bułgarsku zaprzeczam.

– Cześć.

Nie czekałam na niego, nie zaprosiłam do domu, chociaż miałby kawał drogi, żeby mnie odprowadzić. Nic, złapie autobus z pobliskiego bazaru Czwartek i będzie na ulicy Radost po kilku minutach. Wstąpiłam do pobliskiego sklepu. Mieli tam gotowe dania na wynos. Nie mogłam się zdecydować, bo zjadłabym wszystko. Może znów sarmi? Nie, nie będą takie dobre jak lelji Rajny. Wzięłam smażone kabaczki, faszerowanego bakłażana i zapiekane papryki. W hali targowej kupiłam wino. Zjem wszystko na tarasie, potem pomyślę o tych znakach. To dobry plan.

Już od dwóch miesięcy mijam ścierwo Alberta. Odwracam głowę i staram się nie myśleć o nim jak o bracie. Każda taka myśl może mnie dużo kosztować. Wczoraj śniłem, że Albert prosi mnie, bym go pochował. Odpowiedziałem mu, że nie ma znaczenia, gdzie obrócimy się w proch. Naprawdę tak rzekłem. Po chwili przypomniałem sobie pogrzeb swojej matki i słowa wypowiedziane w chwili składania jej w ziemi. „Z prochu powstałeś i w proch się obrócisz". To chrześcijańska myśl, niewłaściwa w naszym świecie. Obudziłem się przerażony i rozejrzałem wokoło. Moi towarzysze spali. Najpewniej nie mówiłem przez sen, a jeśli mówiłem, to tak cicho, że nie mogłem się zdradzić.

Chcę zapomnieć o Albercie. Brakowało mi go już dawniej, kiedy przeniósł się do części klasztoru przeznaczonej dla starszyzny. Nauczyłem się jednak radzić sobie bez jego wsparcia. Teraz muszę zapomnieć, że kiedykolwiek mi go udzielał. Przez pierwszy miesiąc po egzekucji truchlałem na samą myśl, że brat Lazar albo Bazyli przyjdą do mnie i zaczną mnie wypytywać, czy nie byłem z Albertem w zmowie. A kiedy zaprzeczę, poddadzą mnie torturom. Źle znoszę ból. Przyznałbym się nawet do tego, czego nie zrobiłem. Na szczęście nikt nie zwracał na mnie uwagi. Pracowałem nadal w kuchni, kroiłem i obierałem warzywa, skubałem kurczaki i kuropatwy kupowane od wieśniaków na targu. Odliczałem miesiące. Jeszcze dwadzieścia dwa nowie i znajdę się wśród uprzywilejowanych. Staram się mieć oczy i uszy otwarte. Dużo o tym myślałem i doszedłem do wniosku, że Albert próbował krzewić wśród braci swoją wiarę. W przeciwnym razie nie przeszukano by jego rzeczy i nie znaleziono zakazanej księgi. Oczywiście, ktoś mógł go zobaczyć modlącego się w cerkwi i doniósł o tym naszym przełożonym, ale wydaje mi się to nieprawdopodobne. Czy ktoś przebyłby drogę z Filipopolis do naszego klasztoru, trzy dni w pyle i kurzu, by powiedzieć, że widział bogomiła w chrześcijańskiej świątyni? I po co? Cesarz jest nam życzliwy, pozwala na wyznawanie naszej wiary, co więcej – chroni ją. Gdyby nie uwarunkowania polityczne, może zostałby jednym z nas? Ciekawa myśl, szkoda, że nie mogę się nią z nikim podzielić.

– Bracie Cyrylu. – Usłyszałem cichy szept.

Uniosłem gwałtownie głowę. Pogrążony w myślach nie zauważyłem nadchodzącego brata. Zerwałem się. Mało brakowało, a wysypałbym jęczmień z naczynia.

– Skradasz się tu, bracie Romanie, niczym złodziej – rzekłem niezadowolony i zaraz skarciłem się za to w myślach.

Roman od kilku lat należał do starszyzny. Nie powinienem zwracać się do niego tak niegrzecznie. Przeprosiłem go natychmiast – machnął tylko ręką. Uśmiechnął się i zagadnął:

– Zapowiada się piękny dzień, prawda?

Od kiedy to starszyzna przychodzi do kuchni, do młodszego brata, żeby rozmawiać o pogodzie?

– Prawda. Będzie słonecznie, choć nie tak upalnie jak ostatnio. Odpoczniemy od duchoty.

– Wszyscy narzekamy na duchotę.

– Ja nie narzekam – zaprzeczyłem szybko. – Czym mogę ci służyć, bracie?

W czasie letnich miesięcy, kiedy stałem przy kuchni, upał stawał się nie do zniesienia. Nieraz robiło mi się słabo. Brat Albert kazał mi wtedy wychodzić na powietrze i spokojnie oddychać.

– Tak, tak... – zgodził się szybko Roman. – Chciałem ci przekazać, że w następnym miesiącu w klasztorze będziemy gościć grupę braci z Rodopów. Przygotuj zatem więcej jedzenia. Dostaniesz kilku ludzi do pomocy.

Pokiwałem głową.

– Dziś też mamy gościa, brata pustelnika Kiriaka.

– Mam odmierzone porcje – zatroskałem się. – Nikt mnie nie uprzedził...

– Kiriak zapewne pości – uspokoił mnie Roman. – Ale gdyby zaszła taka konieczność, podziel na pół moją porcję.

Znów pokiwałem głową. Dlaczego on jest dla mnie taki życzliwy?

– Oczywiście. Jeśli pozwolisz, wrócę teraz do pracy. W najbliższym czasie zaplanuję zakup większej ilości jedzenia.

Zaczekałem, aż Roman wyjdzie, ale on nie ruszył się z miejsca.

– Jesteś w kuchni sam, przydzielę ci na stałe braci do pomocy. A dziś sam osobiście pomogę w gotowaniu.

– Czy to wypada, aby starszyzna...? – zacząłem, ale mi przerwał.

– To nie jest oficjalna wizyta, dlatego im mniej osób się dowie, że przychodzi brat Kiriak, tym lepiej. Nie znam szczegółów i nie mogę o tym rozmawiać, ale wezwano go tu w związku ze śmiercią... Alberta. Wizyta mnichów z Rodopów jest także z tym związana.

Usiadł koło mnie na stołku i zabrał się do obierania warzyw. Ja wróciłem do swojego jęczmienia, bo zamierzałem zrobić bozę. Miałem też w planach przygotowanie napoju z żurawiny, co najmniej kilka beczek, by ten odżywczy napój służył nam zimą. To też należało do moich obowiązków, choć pierwszeństwo miały codzienne posiłki.

– Czy to wszystko robisz sam? – spytał Roman, patrząc z niedowierzaniem na wielką kadź z wrzątkiem na zupę dla pięćdziesięciu braci. – Przecież to za wiele pracy dla jednego człowieka.

Też tak uważałem, lecz nie podzieliłem się z nim tą opinią. Kto wie, czy nie jest szpiegiem starszyzny.

– Dawniej tylko pomagałem... Albertowi. Od czasu, kiedy powołano go... na górę, sam gotuję. Do zmywania i podawania przydzielono młodych braci. Jak widzisz, radzę sobie i posiłki są na czas. Pomaga mi w tym moja własna filozofia – dodałem ośmielony jego życzliwym spojrzeniem. Prawie kończyłem czyszczenie ziarna, a on sprawnie wrzucał kolejne oskrobane marchwie do kotła.

– Czy mogę wiedzieć jaka? – spytał, spoglądając na mnie. Płukałem teraz ziarno we wcześniej przygotowanej wodzie.

– Nie myślę o tym, że gotuję dla tak wielu osób. Ani o tym, czy zdążę obrać warzywa i oskubać kurczaka. Nie myślę o tym, że powinienem wydać kwaśne mleko i słodki wywar z szyszek sosnowych na śniadanie... Wreszcie nie myślę o tym, że kij albo bat może spaść na mój grzbiet...

– To o czym myślisz? – Roman skończył z warzywami, podszedł do mnie i zabrał naczynie z wypłukanym jęczmieniem. – Ja nastawię zakwas – dodał. – Ty wracaj do zupy.

Ruszał się sprawnie i nie pytał, co ma robić.

– Mój wuj był bozadżiją – powiedział, jakby czytał w moich myślach. – Jako dziecko pomagałem mu robić bozę, a potem pchałem wózek i krzyczałem: „Chodźcie na bozę, pyszną, świeżą bozęęęę!" – zamilkł i się uśmiechnął.

– Myślę o tym – wróciłem do meritum – żeby obrać kolejną marchewkę, kolejny burak. Tylko o następnym ruchu nożem. Kiedy skubię drób, jestem jedynie tym, który wyrywa pióro, odkłada, wyrywa następne, następne i jeszcze jedno... W ten sposób udaje mi się skończyć pracę i się nie zmęczyć.

– I nie bać bata – westchnął Roman. – Mnie też jest ciężko. Czasem... – Zmitygował się. – Chociaż pewnie myślisz, że na górze tylko się modlimy i czytamy księgi.

Boza nastawiona, zupa bulgocze na ogniu. Zaczęliśmy przygotowywać razem kwaśne mleko na śniadanie i gęsty, lepki wywar z szyszek sosnowych z cukrem, nazywamy miodem z boru.

Oddzieliliśmy to, co pójdzie na wspólny stół, od tego, co Uriasz lub jeden z pomagających zaniesie starszyźnie do ich pokoi. Porozumiewaliśmy się przy tym bez słów.

– Podoba mi się to, co powiedziałeś o gotowaniu.

Mówiłem nie o gotowaniu, ale o życiu. Zabrakło mi jednak odwagi, by sprostować.

– A co ty robisz, kiedy... jest ci ciężko? – spytałem.

– Wyobrażam sobie rodzinną wieś. Opuściłem ją jako dziesięciolatek, więc doskonale wszystko pamiętam.

– Gdzie jest ta wieś?

– Po drugiej stronie Maricy. Mała osada, nawet nie wieś. Kilka chat, poletka. Kury hodowaliśmy tylko my. Dzieliliśmy się jajami z sąsiadami.

– Czemu nie mieszkaliście w większej osadzie?

– Mojego dziadka wygnano z Filipopolis. Był rzemieślnikiem i spotkało go nieszczęście...

Paliła mnie ciekawość. Rozdzielanie mleka za chwilę się skończy i brat Roman odejdzie. Kto wie, czy kiedykolwiek wróci do kuchni. Chcę usłyszeć jego opowieść. W chwilach nudy wymyślam własne historie, bardziej lub mniej prawdopodobne. Nawet o smokach pustoszących ogniem wsie i miasta. Wyobrażam sobie, że dosiadam tych smoków i panuję nad światem. Za nic nie przyznałbym się do tego.

– Chciałbyś poznać moją opowieść?

Kiwam głową i patrzę z uśmiechem.

– A więc dobrze... Mój ojciec pochodził z bogatej rodziny, od pokoleń wyrabiającej złote ozdoby dla Traków i Rzymian. Przyjeżdżali po nie i wykłócali się o to, kto zawiesi na szyi swojej żony większą liczbę łańcuchów i kto ozdobi przeguby swoich kochanek większą liczbą bransolet. Ojciec uczył się od swojego dziadka, słynącego w całym Imperium z biegłości w wyrabianiu najpiękniejszych ozdób ze złota. On również miał wielki talent i pewnego dnia odziedziczyłby warsztat, gdyby nie zazdrość dwóch naszych największych dostawców. Jeden, chcąc zniechęcić drugiego, przywiózł mojemu pradziadkowi złoto gorszej jakości.

– Pradziadek tego nie zauważył?

– Niestety nie. Tracił wzrok. Tylko jego ojciec, czyli mój dziadek, o tym wiedział, ale został zobowiązany do milczenia.

– W takim razie w jaki sposób pradziadek mógł wykonywać rysunki na kolczykach czy bransoletach?

– On wykonywał najważniejszą pracę, a potem zamykał się razem z moim ojcem, który dziecięcą ręką kończył dzieło. Wprawnym okiem rysował w złocie albo wycinał wzory piękniejsze niż te wychodzące spod ręki starca.

– Jednak brakowało mu doświadczenia i nie rozpoznał zanieczyszczonego srebrem złota.

– Dlatego go wygnano?

– Nie dlatego. – Roman pokręcił głową. Drewniana łyżka do mieszania i nakładania mleka zadrżała w jego dłoni. – Bransolety, naszyjniki i diademy zostały już wysłane do Rzymu, więc mój dziadek zdecydował, że pojedzie tam, odnajdzie nieuczciwego dostawcę i wyjaśni całą sprawę. Gdyby tego nie zrobił, pradziadek mógłby zostać oskarżony o kradzież i fałszerstwo Za taką winę ucinano dłoń. Poza tym cała rodzina straciłaby honor. Zabrał mojego ojca i razem ruszyli do Rzymu.

– Dlaczego zabrał ojca?

– Aby potwierdził, że pradziadek traci wzrok, a on sam miał za mało doświadczenia, aby rozpoznać fałszerstwo. Kiedy dotarli do rodziny rzymskiego namiestnika Juliusza Winicjusza, kłamstwo wyszło na jaw. Ozdoby zanieczyszczone srebrem ciemniały. Początkowo dostojnik chciał od razu zatrzymać i ukarać dwóch przybyszy, ale ci tak długo prosili o posłuchanie, że w końcu zgodził się ich przyjąć.

– Wiele ryzykowali – powiedziałem, przejęty opowieścią.

– Winicjusz im uwierzył. Wcześniej kazał mojemu ojcu dowieść, że rysunki na złocie pochodzą z jego ręki. Chłopiec pochylił się nad podanym mu papierem, następnie malował na jedwabiu, wreszcie wyciął specjalnym narzędziem na kolczykach pani domu pawia z rozpostartym ogonem.

Wciąż nie rozumiałem, dlaczego rodzinę Romana wygnano z Filipopolis.

– Nie, bracie! – Prawie krzyknąłem, bo Roman chciał wypłukać w wodzie łyżkę do nakładania mleka. Nigdy tego nie robiłem, obawiając się, że woda zniszczy zakwas, którym przesiąkły i beczka, i łyżka. Brat Albert mi to przekazał. Co dzień rano odkładałem miskę kwaśnego mleka i wieczorem dodawałem ją do świeżego, by skwaśniało do rana. „Pamiętaj, żeby nie szorować beczki, ostrzegał mnie Albert, nie płukać łyżki w wodzie. W tym drewnie jest coś, co pomaga w kwaszeniu. Nie wiem, co to takiego. Jeśli mleko nam się nie skwasi, tylko zwyrodni, pomyśl, jak będą wyglądały nasze grzbiety". Powtórzyłem te słowa bratu Romanowi. Potem zachęciłem go, by dokończył opowieść.

– Talent chłopca zadziwił wszystkich. Nie tylko nie uczyniono im żadnej krzywdy, ale także zatrzymano dostawcę, którego oskarżono o fałszerstwo, i ucięto mu dłoń.

– Wszystko zatem powinno dobrze się skończyć...

– Ojciec i jego ojciec, czyli mój dziadek, zostali gośćmi Winicjusza – westchnął. – I tu dochodzimy do sedna... Mój dziadek był wdowcem. Poznał córkę Winicjusza i zakochał się w niej bez pamięci. Ona niestety odwzajemniła to uczucie. Rodzina Oktawii nie wykazała życzliwości dla tego związku. Kiedy poprosili o zgodę Winicjusza, wybaczenie i przyjęcie do rodziny dziecka, które niebawem miało przyjść na świat, Winicjusz nie chciał ich nawet wysłuchać. Oktawia odeszła razem z nim. W Filipopolis nie przyjęto ich przychylnie. Wieść o uwiedzeniu córki Rzymianina obiegła miasto. Młodych nie wpuszczono do domu rodzinnego. Stary rzemieślnik całkiem stracił wzrok, wkrótce umarł, rodzina podupadła, ponieważ nikt nie wyrabiał już biżuterii. Majątek przejął chciwy krewniak. To jest moja opowieść. – Popatrzył na mnie z uśmiechem, bo zastygłem zasłuchany. – Czy nie powinniśmy wyjść i zadzwonić na śniadanie?

– Mamy jeszcze trochę czasu. Możesz dokończyć swoją historię.

– Co mam ci jeszcze powiedzieć? Może to, że moja matka zmarła ukąszona przez żmiję, pepeliankę, kiedy miałem cztery lata. Ojciec zwariował z rozpaczy i tęsknoty za nią. Pięć lat później pewnego dnia wyszedł na polowanie i nie wrócił.

– Może odszedł i mieszka teraz gdzieś daleko od wioski?

– Niestety. Mój kuzyn znalazł jego ciało rozszarpane przez lwa i nadjedzone przez sępy. Pochowaliśmy te szczątki. Mieszkałem z innymi rodzinami, pracowałem na roli. Mówiłem, że robiliśmy i sprzedawaliśmy bozę... Miałem dziesięć lat, kiedy do naszej osady przyszedł brat Lazar. Poczęstowałem go bozą. Spytał, czy umiem czytać. Potwierdziłem. Ojciec mnie nauczył, podobnie jak wszystkiego, co umiał: rozpoznawania złota po kolorze i fakturze, rysowania na nim, a nawet robienia skomplikowanych zapięć.

– I tego uczyłeś się w wiosce? Skąd mieliście złoto?

– Matka dała Oktawii po kryjomu, kiedy ta odchodziła z domu. Nie handlowaliśmy nim w obawie, że napadną nas i ograbią. A byliśmy zupełnie bezbronni w naszych chatach. Z wielkim trudem broniliśmy swoich domostw przed wilkami i innymi drapieżnikami. Kiedy odchodziłem z bratem Lazarem, zabrałem to złoto. Potem rzecz jasna ofiarowałem je bogomiłom.

– Podziwiam cię, bracie – wyznałem po dłuższej chwili.

– Za co? My, bogomili, gardzimy złotem jako symbolem bogactwa i władzy. Papieże obwieszają się kosztownościami. Potem na chwałę Pana wyściełają swoje sypialnie skórami, łoża atłasem, a podłogi kobiercami. Patrzą, jak ich wierni umierają z głodu. Bóg tego nie chce...

Wiem o tym dobrze. Przeciwstawiamy się bogactwu papieży i duchowieństwa. Ubóstwo zbliża nas do Boga. Człowiek, szczególnie duchowny, nie potrzebuje mieć obrazów swojego Boga malowanych złotem. W ogóle nie potrzebuje świętych obrazów. Powinnością duchownego jest dawać świadectwo i nie oczekiwać niczego w zamian. Takie są zasady naszej wiary.

– Jestem wierny naszym przykazaniom, bracie Romanie. W progu dostrzegłem czterech młodych adeptów. Poleciłem im podejść i pouczyłem, co mają robić. Dwóch ma wziąć większy wózek z naczyniami przeznaczonymi dla zwykłych braci. Oni zjedzą w jadalni.

– Polejcie każdą porcję łyżką miodu sosnowego – powiedziałem, bo zauważyłem, że są tu pierwszy raz. – Ta łyżka jest tylko do mleka, ta tylko do miodu. Nie pomylcie się.

Skinęli przejęci głowami. Pozostałym wskazałem drugi wózek. Było na nim miejsce na trzydzieści misek mleka dla starszyzny.

– Zacznijcie od brata Lazara – pouczyłem. – Potem zanieście porcje pozostałym braciom. Na końcu bratu Bazylemu. Długo się modli i nie trzeba mu przeszkadzać. Jeśli któryś ze starszych braci nie wystawi naczynia, zapukajcie. Z szacunkiem, ale stanowczo. Potem przekażcie brudne naczynia do myjni, gdzie mają już czekać na was pomywacze. Zrozumieliście?

Pokiwali gorliwie głowami, potem wywieźli śniadanie. Kiedy wychodzili brat Roman wziął z każdego wózka po jednej misce i postawił na stole.

– Chciałbym zjeść z tobą śniadanie i porozmawiać jeszcze chwilę – oznajmił.

Zdumiony skinąłem głową.

– Świetnie sobie radzisz – zagaił, kiedy nasze miski były już puste.

– Wykonuję tę pracę kilka lat. Może wyjdziemy na zewnątrz. Jest bardzo gorąco.

Zupa gotowała się na wolnym ogniu, więc w kuchni było parno, chociaż do południa jeszcze daleko. O wiele przyjemniej byłoby zjeść w jadalni. Tam panował chłód, zwłaszcza o poranku.

– W takim razie wyjdźmy przed kuchnię – zaproponował.

Tak też zrobiliśmy. Postawiłem na tacy dwa kubki ze świeżą bozą. Brat Roman wyciągnął na zewnątrz polana, na nich usiedliśmy. Zachęciłem go, aby skosztował bozy. Świeża boza jest słodka, wczorajsza – kwaskowata. Osobiście wolę kwaśniejszą bozę. Spytałem, czy chciałby jeszcze odrobiny syropu z szyszek sosnowych, ale on podziękował.

– To zeszłoroczny syrop. Kiedy słońce wejdzie w znak Lwa, musimy znów nazbierać szyszek sosnowych.

– Ile go potrzeba na całą zimę dla naszego zgromadzenia?

– To zależy – odpowiedziałem, przełknąwszy bozę. – Robię także inne syropy. Jeśli jest dobry rok, mamy też wywary z jagód, malin i jeżyn. Rzadko podaję miód latem, bo boję się że nie starczy na zimę. To nasze podstawowe lekarstwo na choroby gorączkowe, dlatego oszczędzam.

– Umiesz obliczyć dokładnie, ile czego potrzeba, prawda? Na przykład wiesz, ile szyszek trzeba zebrać?

– Dziewięćset sześćdziesiąt. – Szyszki to nie kłopot. Sosny w okolicznych borach uginają się pod ich ciężarem. – Do tego potrzeba mi jedną trzecią worka cukru, a ten jest drogi.

Dla mnie to było oczywiste, a Roman patrzył z podziwem.

– Czy pochodzisz z uczonej rodziny, podobnie jak ja? Twoja biegłość w rachunkach jest niezwykła.

Podążyłem za jego wzrokiem. Patrzył na skraj okna, gdzie wielki pająk tkał właśnie sieć. Zaświtało mi w głowie, że brat Roman jest niczym pająk, który zastawia pułapkę, by łapać w nią muchy. Może i mnie chciał złapać? A może jest tu dlatego, że pracowałem w kuchni z bratem Albertem, który zdradził naszą wiarę? – Nie. Moja rodzina była prosta. Uczyłem się pisać i liczyć. Okazało się to dla mnie łatwe. Te umiejętności udoskonaliłem w klasztorze dla adeptów. Przydały mi się w kuchni.

Brat Roman w milczeniu kończył bozę. Ja zaś przypomniałem sobie dzień, w którym ojciec wezwał moich braci i mnie i orzekł, że odda jednego z nas do klasztoru. Do naszej wsi przybył zakonnik. Rozgłaszał, że może zabrać chłopca na nauki, do mnichów. Było oczywiste, że Momcził, najstarszy brat, nie pójdzie. Pomagał ojcu we wszystkim. Z kolei Symeon, tylko rok młodszy ode mnie, pracował i mieszkał w mieście u piekarza. Pozostaliśmy więc ja i Krum, mój wesoły brat, obdarzony wielką wyobraźnią. Ojciec miał zdecydować, którego z nas wyprawi w nieznane razem ze smutnym mnichem. Wyganiając kury na podwórze, a potem sprzątając kurnik, zastanawiałem się, czy chciałbym pójść do klasztoru i się uczyć. Nie potrafiłem odpowiedzieć na to pytanie. Nie wiedziałem, kim jest zakonnik, który przybył do wsi. Nie miałem pojęcia o istnieniu bogomiłów. Sądziłem, że ów człowiek jest popem i zabierze mnie do cerkwi, gdzie nauczę się sprawować liturgię. Nie chciałem zostać popem. Cerkiew napawała mnie lękiem. Nie rozumiałem, co się tam dzieje. Nie potrafiłem wyobrazić sobie, że mieszka tam Bóg. Krum widocznie myślał tak samo, bo spytał mnie, czy gdyby go ojciec wybrał, nie poszedłbym zamiast niego.

– Ty powinieneś się uczyć – przekonywał. – Już umiesz czytać i pisać. Ja ni w ząb, a jestem starszy od ciebie.

– Czytanie nie jest trudne dla kogoś, kto chociaż trochę się stara – zauważyłem z przekąsem.

Zamknąłem drzwi kurnika i usiadłem na podwórzu, by obserwować, czy nie nadlatuje jastrząb. Na noc zamykałem starannie drzwi, żeby lis nie podusił kur. Zrobiłem nawet zabezpieczenie z kamieni, aby małe drapieżniki nie podkopały się pod deskami i nie zdziesiątkowały naszego ptactwa.

– Masz rację, ja się nie starałem. Nigdy nie będę podobny do ciebie. Płakałeś, kiedy ojciec zabrał cię ze szkoły i przymusił do pracy w obejściu.

Sądziłem, że nikt o tym nie wiedział. Mój brat widać znał mnie dobrze. Chciałem dalej się uczyć, ale do pilnowania kur pisanie nie jest potrzebne.

– Pop umie pisać i czytać. Dostaniesz piękne szaty i nie zabraknie ci chleba. Ja się do tego nie nadaję.

– Nie chcę zostać popem – powiedziałem.

Poszedłem po radę do dziadka Momcziła. Siedział jak zwykle przy piecu i wystawiał nogi w stronę ognia. Dziadek mało mówił, moi bracia go nie lubili. Jako jedyny dotrzymywałem mu towarzystwa i opowiadałem wymyślone historie, co bardzo mu się podobało. Odwdzięczał mi się prawdziwymi opowieściami o dzielnej bułgarskiej armii, o tym, jak w roku 986 potężny car Symeon pokonał Bizantyjczyków i wezwanych przez nich na pomoc Węgrów w bitwie pod Bulgarofygon. Wielkiej Bułgarii Bizantyjczycy płacili później daninę w myśl ustaleń haniebnego traktatu. W tej bitwie, Cyrylu, walczył nasz pradziad. Sam pokonał ponad setkę wojowników. Wielki Symeon jako basileus Bułgarii pasował go na rycerza i zaprosił, aby pozostał na ślubie jego córki z małoletnim Konstantynem.

Wiedziałem, że te historie nie zawierają wiele prawdy, ale dziadek opowiadał tak pięknie...

– Co mam zrobić, dziadku, jeśli ojciec odda mnie do klasztoru? Albo jak żyć, jeśli każe mi zostać?

– Cokolwiek zrobisz, będziesz żałował.

Spuściłem głowę z westchnieniem. A potem poprosiłem o opowieść o żałosnym końcu prapradziadka. Nie wiem, czy była prawdziwa, ale prosiłem o nią zawsze, kiedy czułem się nieszczęśliwy, kiedy moi bracia mi dokuczyli albo ojciec ukarał.

– Po wygranej cara i rzuceniu na kolana Bizantyjczyków nikt nie pokonał Bułgarii przez ponad dwadzieścia lat. Pozwalano armii swobodnie plądrować miasta i wsie aż do dawnych ziem greckich. Żołnierze chętnie z tego korzystali. Jedni przywozili złoto, inni kobiety, które zatrzymywali dla siebie albo sprzedawali jako niewolnice. Korynt słynął z najpiękniejszych kobiet na świecie.

Jak zwykle w tym miejscu dziadek przymykał oczy. Opowiadał mi o córach Koryntu. I tym razem oczami wyobraźni ujrzałem kobietę ze skórą białą jak śnieg, z czarnymi włosami i oczami jak gwiazdy. Uśmiechała się do mnie łagodnie i szeptała moje imię. Według mnie moja matka właśnie tak wyglądała. Ojciec mi mówił, że była piękna i dobra. Obraz się rozwiał, kiedy dziadek kaszlnął, a w jego płucach coś zaświstało. Odsunąłem go nieco od pieca. Suche, gorące powietrze mu nie służyło. Potem nabrałem nieco wody z bakyra, przyniesionej ze strumienia przez moją siostrę, i podałem mu. Pił łapczywie.

– Znasz powiedzenie: „Nosił wilk razy kilka"? Właśnie... Armia zwyciężała, grabiła i paliła... Żołnierze obrastali w tłuszcz, w głowach im się mieszało od nadmiaru jedzenia i mocnych trunków. – Wysunął sękaty palec i zakreślił nim w powietrzu koło. – Bizantyjczycy zaczęli wygrywać bitwy, a wreszcie wygrali wojnę. Pod Klidion nasza armia została starta w proch. – Dziadek westchnął głęboko i zamknął oczy. – Schwytano wiele tysięcy żołnierzy, ustawiono na wielkim placu. Zaczęła się kaźń. Oślepiano ich po kolei. Gorące żelazo syczało w zetknięciu z żywą tkanką. Swąd palonych oczu miał dotrzeć do pokonanego cara. Oślepiano dziewięćdziesięciu dziewięciu żołnierzy, setnemu wypalano jedno oko. Ustawiano go na czele ślepców, których miał zaprowadzić do Bułgarii. Mój dziadek, a twój pradziadek stał w szeregu jako dziewięćdziesiąty dziewiąty. Widziałem go, kiedy wrócił do domu. Ja sam jestem prawie ślepy, ale nie cierpię z tego powodu. On też przyjął los ślepca z pokorą. Najstraszniejsza była hańba. Wielka Bułgaria nie istniała, tylko carstwo Bizancjum, którego byliśmy jedynie poddanymi.

– Mam nadzieję, że ojciec mnie nie odda – wymamrotałem, po czym uciekłem do lasu, żeby się wypłakać.

Kiedy ojciec wymienił moje imię, poczułem rozczarowanie. Wydawało mi się, że zrobił to, ponieważ kochał mnie najmniej ze wszystkich swoich synów. Kiedy jednak się ze mną żegnał, uścisnął mnie mocno.

– Ucz się, a dojdziesz do wielkich rzeczy. Choć twoja matka umarła, głęboko wierzę, że patrzy na nas z góry i cieszy się twoim szczęściem. Idź i czyń rzeczy wspaniałe. Módl się za nas, a my zawsze wspomnimy ciebie w naszych modlitwach.

Rozpłakałem się i nikt, nawet Krum, nie śmiał się ze mnie. Utonąłem w objęciach ojca, braci i dziadka. Na pożegnalnej kolacji pozwolono mnie pierwszemu czerpać z misy. Jedliśmy kurę zabitą na moją cześć. Symeon przyszedł z miasta, aby się ze mną pożegnać. O świtaniu bracia mnie uściskali, siostra ucałowała moją dłoń niczym dostojnikowi, dziadek mnie pobłogosławił, a z jego ślepych oczu popłynęły łzy. Ruszyłem z mnichem. Po drodze pokrótce powiedział mi, że nie idziemy do zwykłego klasztoru, lecz do zakonu krzewiącego prawdziwą wiarę. Po sześciu latach nauki przybyłem do klasztoru, który do tej pory jest moim domem. Ucząc się, wierzyliśmy, że dokonamy rzeczy wielkich, potem trafialiśmy do kuchni albo obór zgromadzeń bogomilskich. Ponoć takich miejsc jak nasze było w kraju wiele. Moje należało do najstarszych i największych. Tak mówiono.

Brat Roman skończył jeść i wstał. Wziąłem nasze naczynia i zaniosłem do myjni, potem wróciłem do kuchni i dołożyłem drew do ognia. Zupa pachniała wspaniale, chociaż mięsa dodałem jak na lekarstwo.

– Dziękuję ci za gościnę, bracie Cyrylu. – Skłonił się Roman. – Jestem pod wrażeniem twojej gospodarności i mądrości. – Powiódł ręką po blacie, gdzie stały w słojach przyprawy używane do gotowania, pieczenia i smażenia. Wskazał też belkę z suszącymi się ziołami dodawanymi głównie do wywarów. – Kto je zbiera?

– Ja – przyznałem i szybko dodałem – w wolnym czasie. Próbowałem nauczyć kilku młodszych, ale nie mają daru rozpoznawania ziół. A i wychodzenie poza klasztor bywa trudne...

Jeszcze raz się skłonił i poprosił, bym go odprowadził. Szliśmy dziedzińcem, kiedy minęli nas adepci niosący brudne naczynia. Ukłonili się nisko mnie i Romanowi, chociaż tylko on należał do starszyzny. Podobało mi się to. Brat Roman powiedział, że jestem godny poważania. Kiedy minęliśmy miejsce, w którym leżało to, co zostało z brata Alberta, o mało nie zwróciłem śniadania. Kruki wydziobywały właśnie robaki lęgnące się w jego ciele. Widok niemiły i na dodatek wielce niepokojący.

– Wiem, że to twój nauczyciel i protektor – odezwał się cicho Roman. – Wiem także, że nie wiedziałeś o jego buncie.

Jeden nów później przyszedł do mnie ponownie. Tym razem z braćmi Lazarem i Eliaszem.

– Bracie Cyrylu, czas twojej próby dobiegł końca. – Usłyszałem uroczyste słowa. – Zabierz swoje rzeczy i przenieś się do celi zwolnionej wczoraj przez brata Terensa, niech pamięć jego trwa po wsze czasy, oby zasiadał już u boku Boga naszego.

Przed bratem Terensem w tej celi mieszkał brat Albert. Mój okres próby skrócono o dwadzieścia jeden miesięcy księżycowych...

# ZIEMIA ŚWIĘTA, I WIEK

Wędrujemy przez nieprzyjazne nam tereny, aby spotkać się z Mesjaszem. Tak orzekł nasz Nauczyciel. Poza Nauczycielem jest nas dwunastu. Ja, Ezdrasz, Samuel, Sariusz, Izrael, Eliasz, Luka, Gabriel, Abiasz, Matias, Długi Marek i Krótki Marek. Długi Marek i Matias to rybacy, podobnie jak ja tęskniący za widokiem i zapachem morza. Mają piękne głosy. Wieczorami śpiewają nam pieśni, od których kraje się serce, w dzień ich skoczne melodie pomagają nam utrzymać tempo marszu. Rzadko odpoczywamy, musimy się spieszyć, aby dotrzeć do Jerozolimy przed Mesjaszem. Nauczyciel mówi, że musimy przygotować innych na jego przybycie.

Pewnego wieczoru zawitaliśmy do wioski na zboczu góry. Mieszkańcy okazali nam gościnność, co nie zdarzało się często, bo ludzie bali się wpuszczać do domu obcych. Imię Mesjasza otwierało nieliczne drzwi. On porywał tłumy, kiedy przemawiał. Gdy odchodził, zapominano o nim. Również tacy, którzy głośno chwalili Boga, po odzyskaniu sił w członkach czy władzy w umyśle przyzwyczajali się do zdrowia i z czasem zapominali o Tym, Kto ich uzdrowił. Zastanawiałem się, co należałoby zrobić, aby przekazać pamięć o osobie i naukach Mistrza. Odpowiedź na to pytanie miała przyjść niebawem.

Jak już mówiłem, tutejsi mieszkańcy przyjęli nas dość życzliwie, wysyłając dwóch chłopców, aby wskazali nam stodołę do spania. Podzieliłem się refleksją z pięknym bratem Luką, że dla nas to i tak nadto. Spanie pod dachem i obietnica wieczerzy nie były dla nas codziennością. Chłopcy prowadzili nas przez wieś. Z podziwem patrzyłem na zgrabne domki świadczące o bogactwie ludzi w nich zamieszkujących, kwiaty rosnące w obejściu, świadectwo dostatku wody, i życzliwe uśmiechy dzieci, najwyraźniej żyjących w spokoju. Jeden z naszych przewodników porozumiewał się z nami na migi, odgadłem, że nie słyszał. Drugi mimo uśmiechu na twarzy zerkał na nas z dezaprobatą, zapewne zdumiony nędzą naszego odzienia. Nauczyciel położył ręce na głowach chłopców i odmówił modlitwę. Dzieci pobiegły do swoich domów nagle czymś onieśmielone, a my przysiedliśmy na nagrzanych od słońca kamieniach przed stodołą i czekaliśmy na rozwój sytuacji. Najpierw przyszła starsza kobieta z mlekiem w potężnym bukłaku, kłaniająca się raz za razem. Potem młody mężczyzna przyniósł polana na ogień (nocą panował chłód, chociaż w dzień słońce paliło niemiłosiernie). Położył je przed nami i odszedł szybko, nie odwracając się do nas tyłem. Powtarzał raz za razem podziękowania. Nie wiedzieliśmy, o co mu chodzi. Wreszcie, kiedy już chcieliśmy się położyć, zobaczyliśmy dwóch mężczyzn, z wyglądu szlachetnie urodzonych. Przestraszyłem się, bo miny mieli dziwne.

– Czy to ty pobłogosławiłeś mojego syna Joachima? – spytał starszy, patrząc prosto na mnie. Nauczyciel siedział z tyłu, pochłonięty rozmyślaniami lub modlitwą.

Zaprzeczyłem. Napiąłem mięśnie, gotowy do ucieczki. Widziałem ich krzepkie ciała. Gdyby nas zaatakowali, mielibyśmy niewielkie szanse, chociaż ich było dwóch, a nas jedenastu.

– A który z was to zrobił?

W jego głosie nie słyszałem gniewu, raczej zdumienie.

– Nauczyciel. – Wskazałem go palcem. – On ma moc modlitwy do Jahwe.

– Czy to prawda? – Chciał wiedzieć młodszy.

– To prawda – przyznał Nauczyciel. – Otwórzcie nam, proszę, stodołę. Drzwi są zamknięte i nie możemy wejść.

Obaj zaczęli się kłaniać, sumitować i znów kłaniać. Otworzyli drzwi i wprowadzili nas do środka. Dwóch krzepkich młodzieńców wniosło kocioł z duszonymi warzywami oraz dwa bochenki chleba i bez słowa się oddaliło. Usiedliśmy i nie spuszczając z oczu dziwnych gospodarzy, zaczęliśmy dzielić jedzenie na równe części.

– Gdzie Nauczyciel? – spytałem, oglądając się za siebie. Nie dostrzegłem go, choć wydawało mi się, że szedł tuż obok mnie i przed chwilą rozmawiał z dwoma mężczyznami.

– Poszedł się pomodlić – wyjaśnił Izrael. – Prosił, żebyśmy zjedli sami. On zapewne spędzi noc na modlitwie, poszcząc.

– Dokąd poszedł? – zainteresował się niższy mężczyzna.

– Nie wiem dokąd, nie znamy tej wioski – odparł grzecznie Sariusz. Podzielił już chleb, a teraz sprawnie rozdawał warzywa z kotła.

– Musi jeść, inaczej opadnie z sił – zaniepokoiłem się. – Nie będzie miał siły iść.

Żaden z nas nie wie, dokąd idziemy. Jeśli Nauczyciel zachoruje albo umrze, co się wtedy z nami stanie? I czemu nie chciał porozmawiać z naszymi dobroczyńcami? Goście nie powinni tak postępować.

– Domyślam się, gdzie on może być – powiedział ten niższy i ruszył energicznie ku zachodzącemu słońcu.

– Zaczekajcie, panie – rzuciłem zaniepokojony, że ten mężczyzna, wysoki i silny, może zrobić krzywdę Nauczycielowi. – Nauczyciel nie lubi, kiedy mu się przeszkadza. Nie będziemy wam wadzić. Miłosiernie pozwoliliście wędrowcom ogrzać się przy waszym ogniu i nakarmiliście nas. Chwała wam za to. Jutro rano odejdziemy...

– Chodź ze mną, jeśli chcesz, człowieku – przerwał mi. – Albo zostań i dokończ jedzenie. Jutro zabijemy barana, abyście mogli z nami ucztować. Żałuję, że dziś mieliśmy dla was tylko te warzywa i chleb.

Poszedłem zdecydowany bronić Nauczyciela, gdyby chcieli go skrzywdzić. Zastanawiałem się, czemu żaden z braci nie podążył ze mną. Bezpieczeństwo Nauczyciela uznałem za ważniejsze od zaspokojenia głodu. Miałem nadzieję, że On to zapamięta. I jeszcze jedno – że moi towarzysze nie zjedzą mojej porcji.

– Wierz mi, panie – mówiłem, idąc za nim, bo nie rozumiałem jego słów. – Mamy za sobą wiele dni drogi. Odpoczniemy i pójdziemy dalej.

Czemu mieliby dla nas zabijać barana? Dziwni ludzie. Ostatnie prawdziwe mięso, które jadłem, to świąteczne jagnię, ale miało to miejsce wiele miesięcy temu, jeszcze w moim domu rodzinnym. Jaszczurki, które nam się z rzadka trafiały, albo niewielkie gryzonie były mięsem jedynie z nazwy.

Mijaliśmy pobielone domki. W oknach paliły się świece, większość mieszkańców jadła wieczerzę. Z niektórych dobiegał śpiew matki usypiającej dzieci. Stanęliśmy na niewielkim placu, gdzie na środku rosły krzewy wydzielające piękny zapach. Nieopodal tryskało niewielkie źródło. Przy nim klęczał Nauczyciel i modlił się w skupieniu. Mężczyźni przystanęli, zdecydowani poczekać na koniec modlitwy. Ja wiedziałem, że Nauczyciel zazwyczaj modli się całą noc, więc czekanie może się przedłużyć. Po kilku minutach Nauczyciel podniósł głowę, odwrócił się w naszą stronę i pozdrowił moich towarzyszy skinieniem głowy. Potem wstał i podszedł do nas.

– Dziękujemy wam pokornie za gościnę i strawę – powiedział.

– Panie... – wyszeptał żarliwie starszy mężczyzna. – Czy ty jesteś...? Czy jesteś...?

– Wyczekiwanym Mesjaszem? – dokończył młodszy.

Zrozumiałem, skąd na ich twarzach mieszanka podziwu, szacunku i grozy. Nauczyciel nie uśmiechnął się. Spojrzał na nich, skłonił się i położył lewą rękę na piersi. Prawą zaś uniósł i wykonał gest błogosławieństwa. Mężczyźni schylili głowy.

– Idę pierwszy, torując drogę temu, którego strzępka szaty nie jestem godzien nosić. – Te słowa Nauczyciel wypowiadał za każdym razem, kiedy ktoś go pytał, kim jest i dokąd idzie.

– Musisz być zatem prorokiem! Uzdrowiłeś syna mojego, Noela! – krzyknął starszy z mężczyzn i padł na kolana. – Głuchego od urodzenia. Jedyny syn... Po twoim błogosławieństwie słyszy! Przyszedł do mnie, zatykając uszy rękoma, bo nadmiar dźwięków, do których nie jest przyzwyczajony, przeraził go nie na żarty. Myślał, wybacz nam, panie, że uczyniłeś mu coś złego.

– Nie wiem, o czym mówisz, panie. Ja nie mam mocy uzdrawiania, nie wiedziałem, że twój syn nie słyszy. – Nauczyciel się uśmiechnął.

Mężczyźni spojrzeli na siebie. Zastanawiałem się, czemu Nauczyciel nie chce przyznać się do tego, że potrafi czynić cuda, podobnie jak Mesjasz. Nigdy wcześniej nie uzdrowił nikogo, nie rozmnożył jedzenia ani nie sprawił w żaden sposób, że było nam lżej wędrować. Jeśli w każdej napotkanej wiosce komuś pomoże, nie będziemy cierpieć głodu ani biedy.

– Zawdzięczacie to Bogu najwyższemu – powiedział. – Do niego wznieście modły dziękczynne. Nie do mnie, Jego marnego sługi.

Mężczyźni pokiwali głowami. Najwyraźniej nie wierzyli w to, co usłyszeli.

– Jesteś prorokiem, panie... – powtórzył młodszy. – Tym, który zapowiada nadejście Syna Bożego...

– Jestem prorokiem, który zapowiada nadejście Syna Bożego – powtórzył jak echo Nauczyciel.

– Niech imię Jego będzie pochwalone.

Mężczyźni spojrzeli na mnie.

– Czy jest coś, co możemy zrobić dla ciebie, panie, oraz dla twoich towarzyszy? – spytał młodszy.

– Zrobiliście już dość. Możemy odpocząć w cieniu waszych drzew, skłonić głowy pod waszym dachem, posilić się jedzeniem z waszych stołów. To dla nas bardzo wiele. Bracie Arielu – zwrócił się nieoczekiwanie do mnie, jakby dopiero teraz mnie zauważył – powiedz naszym towarzyszom, że nie przyjdę na wieczorny posiłek. Będę modlił się całą noc, prosząc Boga o szczęśliwą drogę i rychłe spotkanie z Mesjaszem.

– Nauczycielu, miej na względzie nas, zadbaj o siebie. Co stałoby się z nami, gdybyś...? – Nie śmiałem dokończyć myśli. Nauczyciel wielokrotnie mówił o wielkim znaczeniu modlitwy.

– Duch ustępuje przed ciałem.

– Ciało musi dostać strawę, aby duch w nim był wielki – rzekłem i spuściłem jeszcze niżej głowę. Stałem tak pełen pokory, aż usłyszałem słowa, które mnie uradowały.

– Wystarczy mi miska warzyw i kawałek chleba przyniesione tutaj. Wiem, że się martwicie, kiedy poszczę. Zapewniam cię, że moje ciało czerpie moc z ducha i nie potrzebuje strawy. Dziś wieczorem zjem posiłek, ale sam.

Uzdrowienie tego chłopca musiało go wiele kosztować. Twierdzi, że uzdrowienia dokonał Bóg najwyższy. Czyżby się obawiał, że mieszkańcy mijanych wiosek zaczną mu przyprowadzać wszystkich chromych, ślepych i głuchych? Odszedłem, a za mną mężczyźni wypowiadający podziękowania.

– Co możemy dla niego zrobić? – spytał starszy bezradnie.

– Nie przeszkadzajcie mu. Róbcie, o co prosi. On wie, co robi. A my dziękujemy za poczęstunek.

Poprosiłem o wodę i ucieszyłem się, kiedy powiedzieli, że po drugiej stronie góry płynie potok, niewielki, ale wartki. Pragnąłem zanurzyć się w wodzie chociaż na chwilę.

– Czy zapisujecie słowa waszego Nauczyciela? – zainteresował się nagle ojciec uzdrowionego chłopca.

Nie zrozumiałem go. Patrzyłem zdumiony. Drugi mężczyzna najwyraźniej także o tym myślał, bo pokiwał głową.

– Czy nie warto zapisywać czynów i myśli waszego Nauczyciela, aby przekazać te zapiski potomnym?

Aż się zachłysnąłem na te słowa. Absolutna racja! Kto po śmierci Nauczyciela pozna jego nauki? A nauki Mesjasza? Pójdą w zapomnienie wraz ze śmiercią ostatniego potomka uzdrowionego dziecka albo obdarzonego łaską dorosłego. Mesjasz też kiedyś odejdzie, chociaż proroctwa są mgliste i mówią o jego wiecznym życiu.

– Co masz na myśli? – spytałem ostrożnie.

Zapewnili mnie, że mają dobre rozwiązanie, i zachęcili, abym udał się na spoczynek. Sami mieli przynieść Nauczycielowi zupę i chleb. Wróciłem do stodoły. Moi utrudzeni towarzysze spali. Zjadłem to, co mi zostawili, i także zasnąłem.

Rankiem mężczyźni przynieśli zwitek papirusu, który podali Nauczycielowi. Większość braci wciąż spała, czuwał tylko Abiasz, zbudził się też Gabriel, który z kolei zbudził mnie.

– Co to jest? – odezwał się Nauczyciel.

– Papirus – odpowiedział ojciec chłopca, który zaczął słyszeć.

– Spisujcie wasze nauki dla takich jak my.

Nauczyciel wziął do ręki zwitek i spojrzał na nas niepewnie.

– My... – westchnął Eliasz.

Spojrzeliśmy wszyscy po sobie.

– Czy któryś z was umie pisać? – Nauczyciel popatrzył na nas uważnie.

Mężczyźni także skierowali na nas wzrok. Widocznie uznali, że ci, którzy czynią cuda, są także uczeni w mowie i piśmie. Powiedziałem szybko, że umiem pisać, chociaż znałem tylko kilkanaście liter. Potrafiłem zapisać swoje imię, imię żony i córki.

Umiałem liczyć do stu. To mi się przydawało podczas sprzedawania ryb. Na szczęście zgłosił się jeszcze Abiasz. Uczył się przez kilka lat na usilną prośbę matki. Twierdziła, że we śnie objawił jej się anioł i kazał, by posłała syna na naukę. Umiejętność pisania kiedyś miała odegrać w jego życiu znaczącą rolę.

– Anioł wiedział, co mówi. Nadszedł czas. Będziesz zatem spisywał nasze dzieje – zdecydował Nauczyciel. – I naszą pamięć o Mesjaszu. Ariel ci pomoże.

Abiasz przycisnął do piersi papirus, po jego policzkach popłynęły łzy. Młodszy mężczyzna podał mu skórzany worek.

– Zrobiono go z najdelikatniejszej skóry koźlęcia, jest odporny na wilgoć. W środku znajdziesz inkaust i pióro. Zawsze trzymaj papirus w tym worku.

Pozostali bracia zaczynali się budzić. Przecierali oczy i patrzyli ciekawie na przybyłych. Nie wszyscy wiedzieli o uzdrowieniu chłopca. W oczach Sariusza widziałem żal, że tak wspaniała skóra nie posłuży do wyścielenia sandałów.

Byłem zazdrosny, że Abiasz potrafi i to. Jak to możliwe, że miał tyle przymiotów? Dobroć, pokorę, skupienie w modlitwie, chęć poświęcania się... Nagle do moich uszu dotarł gardłowy krzyk. Drgnąłem zaniepokojony. Mężczyźni skłonili się nam i odeszli szybkim krokiem. Spojrzałem na Nauczyciela i uzyskałem jego milczącą aprobatę. Podążyłem za nimi. W domu zastałem matkę tulącą do piersi przerażonego chłopca. Nie dawał się uspokoić. Zasłaniał sobie uszy rękoma i krzyczał wniebogłosy.

– Co się stało? – spytał bezradnie jego ojciec.

– On się boi tego, co słyszy – wyszeptała. – Dźwięki, które od wczoraj stały się nagle częścią jego życia, śmiertelnie go przerażają.

Chciałem sprowadzić Nauczyciela. Skoro umiał przywrócić dziecku słuch, pewnie umiałby także sprawić, żeby dar nie sprawiał dziecku bólu.

– Poszukam Nauczyciela, niech on coś poradzi – zaproponowałem.

Kobieta dostrzegła moją obecność i wyraźnie się zlękła.

– Kto to jest?

Widocznie się bała, że sprawię kolejny cud.

– To jeden z naszych gości. Najbliższy towarzysz tego, który uzdrowił naszego syna – wyjaśnił jej mąż.

W oddali zapiał kur, a dziecko ponownie zaczęło krzyczeć.

– Sprowadź swojego Nauczyciela – zdecydował ojciec chłopca. – Niech coś poradzi.

– Mogę się tylko pomodlić, żeby to nieszczęsne dziecko przyjęło dar od samego Boga. – Nauczyciel odmówił mimo moich usilnych próśb.

– Czyż nie można złagodzić nieco skutków owego daru? – spytał brat Eliasz.

Nauczyciel po raz pierwszy, odkąd go poznałem, wyglądał na zniecierpliwionego.

– Bracie Eliaszu – rzekł – nie ja uzdrowiłem tego chłopca. Zrobił to Jahwe, do którego zwróciłem się w modlitwie. Nie mam mocy, by cofnąć ten dar.

Sariusz wystąpił naprzód.

– Pomódlmy się wszyscy, aby ozdrowieniec wyrzucił z siebie Szatana, który wciąż go nęka, i aby cieszył się zdrowiem danym od Boga.

Zaczęliśmy się modlić. Nie umiałem oprzeć się wrażeniu, że kieruję prośby do Szatana, bo dobry Jahwe zrobił swoje i oddalił się w niewiadomym kierunku. Grzeszyłem tą myślą, co wielce mnie zasmuciło. W jednej chwili przestałem czuć radość z daru, jaki otrzymaliśmy od mieszkańców wioski. Krzyki nieszczęśnika nie ustawały. Nauczyciel poszedł szybko za wzgórze, najpewniej pomodlić się o rozwiązanie sytuacji. Nie chciał przy tym modlić się wspólnie z nami, chociaż prosiliśmy go o to.

Usiadłem koło brata Abiasza.

– Boję się.

– Czego? – Jego czyste czoło nie skrywało lęku. Zazdrościłem mu i tego. We mnie kłębiły się strach i wątpliwości.

– Tego, że nie podołamy postawionemu przed nami zadaniu. Siedzieliśmy sami w stodole na sianie.

– Podołamy z pomocą Bożą. – Nie wypuszczał z rąk worka z cennym darem. – Wierzę, że wszystko jest tak, jak zaplanował Jahwe. Mesjasz przecież powiedział mi, że przyjdzie na mnie czas i przyszedł. Wcześniej matka zaciągnęła dług u swojego pracodawcy, żebym nauczył się czytać i pisać.

– Kto cię uczył?

– Uczony w piśmie.

Abiasz uciekł wzrokiem, a ja zrozumiałem, co musiała zrobić matka Abiasza, żeby on siedział ze mną w stodole w głębokim przekonaniu, że jej ofiara nie poszła na marne.

– Ja tak do końca nie umiem... – wyznałem. – Znam tylko część liter. Prawie nie czytam...

– Z radością cię nauczę. Możemy nawet zacząć teraz...

Nie oskarżył mnie o kłamstwo. Przytaknąłem, wdzięczny za jego propozycję.

– Tylko nie mów Nauczycielowi.

– Jeśli mnie spyta...

– Jeśli spyta, nie będziesz kłamał, ale nie mów sam, z własnej woli. W ten sposób nie powiesz nieprawdy i będę mógł bez wstydu uczyć się czytania i pisania.

Nie zaczęliśmy jednak nauki, przynajmniej nie wtedy. Mieszkańcy poprosili nas o opuszczenie wioski. Już nam się nie kłaniali i nie dziękowali za cud przywrócenia słuchu. Patrzyli na nas z lękiem, zwłaszcza kobiety płakały i przywoływały imię Jahwe.

– Cierpienie naszego syna nie mija! – rzucił gniewnie ojciec.

Czymże jest dar przekraczający możliwości obdarowanego? Musiałem się jeszcze wiele nauczyć nie tylko o tym, co czynił Mistrz, ale też i o tym, czego my, jego słudzy, powinniśmy unikać.

– Już nie jesteście wdzięczni naszemu Nauczycielowi za uzdrowienie chłopca? – spytał Ezdrasz.

Nauczyciel stał w oddaleniu i długo nie zabierał głosu.

– Kiedy przyszliście i stał się cud, sądziliśmy, że wasz Nauczyciel jest jednym z proroków. Wzięliśmy go nawet za zapowiadanego Zbawiciela. Teraz boimy się, że wpuściliśmy do swojego domu Szatana.

– Jak śmiesz, panie, przywoływać jego imię? – Nauczyciel wystąpił do przodu i stanął przed wzburzonymi ludźmi.

Krzyki ucichły. Kobiety wprawdzie nie przestały szeptać modlitw, ale wojownicze nastawienie mężczyzn osłabło.

– Czy ci się to podoba czy nie, on istnieje – odpowiedział mężczyzna. – I przenika do naszego świata. Kto wie, jaką przybiera postać? Może nauczyciela, który przywraca dziecku słuch, a przy tym prawie je zabija.

– Istnieje, ale dawno został strącony w otchłań przez Boga – wyjaśnił Nauczyciel. – Nie może nikomu zaszkodzić, bo czuwa nad nami Najwyższy...

– Zanim został strącony, uczestniczył z Bogiem w dziele stworzenia świata! – wykrzyknął jeden z ludzi stojących z tyłu. Reszta go poparła.

– Szatan nigdy nie brał udziału w dziele boskiego stworzenia! – zaoponował Nauczyciel.

Zdumiały mnie siła i gniewne brzmienie jego głosu.

– Szatan jest współtwórcą wszystkiego – powiedział niski, siwy człowiek, który wyszedł z tłumu i stanął naprzeciwko Nauczyciela. – Tak mówi nauka Mojżesza. Zanim Bóg strącił go w otchłań, Szatan zaraził Jego dzieło swoją złą wolą. Dlatego na świecie jest tyle brzydoty. Dlatego zwierzęta zjadają się nawzajem, a ludzie zabijają ludzi. Dlatego ziemia czasem się rozstępuje i drży. Wreszcie dlatego lawa wytryskuje z wnętrza ziemi, zalewa nasze osady i niesie śmierć.

– Nie powinieneś tak mówić. – Nauczyciel zbliżył się do tego człowieka. Nasłuchiwałem, by nie uronić ani słowa. – Bóg jest dobrocią i mądrością.

– Tak – zgodził się tamten. – Ale nawet on nie jest w stanie naprawić dzieła Szatana. Dlatego ma go przy sobie, podobnie jak swojego syna. Obu kocha jednakowo tego marnotrawnego i tego pokornego, który robi dla niego wszystko, co on mu każe.

– Jesteś mądry i twoją powinnością jest przekazywać tę mądrość innym... – zaczął Nauczyciel, ale uczony mu przerwał.

– Znam swoją powinność względem Boga i ludzi. Ty przybywasz nie wiadomo skąd, dajesz naszemu synowi cierpienie i siejesz w naszych sercach zwątpienie. Nic dziwnego, że wzięliśmy cię za sługę Szatana. Dokonałeś swojego dzieła. Widocznie tak miało być. Nie mamy do ciebie żalu. Tylko opuśćcie naszą wieś, póki czas.

Zaległa cisza. Mędrzec odwrócił się i odszedł.

– To wy odejdźcie, dobrzy ludzie. – Nauczyciel uniósł prawą dłoń. – Idźcie do swoich domów. Wczoraj obiecywaliście nam barana w zamian za uzdrowienie dziecka, dziś lżycie nas i wypędzacie.

Ojciec uzdrowionego chłopca wystąpił do przodu. Na twarzy nie miał gniewu, ale ogromny smutek.

– Słyszeliście, co powiedział mędrzec, do którego zwróciliśmy się o pomoc. Odejdźcie z Bogiem, jeśli z nim przyszliście. Albo z Szatanem, jeśli to on was przysłał. Nie zabijemy dla was barana, ale was nie skrzywdzimy. Taka jest nasza decyzja.

Ostatnie słowa zaakcentował. Uświadomiłem sobie nagle, że nie słychać krzyków chłopca, i powiedziałem o tym.

– Sprowadziliśmy z sąsiedniej wsi starą znachorkę – rzekł mężczyzna. – Rozpaliła ogień i całą noc odczyniała wasze uroki. Teraz chłopiec śpi udręczony, ale ma się znacznie lepiej. W oddali zagrzmiał piorun. Wieśniacy trwożnie popatrzyli w niebo.

– Znachorka uprzedziła nas, że za wami będą szły znaki! – krzyknęła jedna z kobiet, wydaje mi się, że matka dziecka. – Idźcie precz! Musimy składać ofiary, żeby przebłagać tego, co uczynił to zło...

– Co z waszą wiarą w dobrego Jahwe? – zirytował się Izrael.

– Czy nie ma w was odrobiny miłości do niego i wiary w jego dzieło? – spytał Sariusz.

Ludzie się burzyli. Moim zdaniem niepotrzebnie trwaliśmy przy swoim. Powinniśmy opuścić to miejsce. Chłopiec najpewniej przyzwyczai się do dźwięków, przyjmie je najpierw z obawą, a potem z radością. Jego krewni będą w tym czasie składać ofiary i wierzyć, że to one zrobiły swoje, a nie czas, który jest tutaj jedynym lekarstwem.

– Nie proście o pomoc znachorek – przemówił Nauczyciel.

– Uważajcie, komu składacie ofiary. Zasłużycie na gniew jedynego prawdziwego Boga. Czy nie słyszeliście opowieści o tym, jak kazał Abrahamowi złożyć w ofierze syna?

Ponownie rozległy się krzyki i głosy oburzenia.

– Nie! – krzyknął ojciec ozdrowieńca. – Złożymy w ofierze barana, aby przebłagać bogów. Jeśli nie odejdziecie, jednego z was także poświęcimy, aby przestali się gniewać.

– Jest tylko jeden... – zaczął Gabriel. Nie dokończył, bo w ręku wuja chłopca zabłysnął nóż.

Odeszliśmy zatem, zabierając ze sobą papirus i przybory do pisania.

# PŁOWDIW, XXI WIEK

Kurz, upał i duchota. Duchota mimo szemrzącego wiatraka i buczącej klimatyzacji. Kurz i brzydota ulic. Wiem, nie lubisz tego, Margarito. Nie chcesz, aby twoje miasto straszyło wybitymi szybami w sklepach i pustymi domami. Nie chcesz patrzeć na staruszki w biednych sukniach całymi dniami siedzące na stołeczkach przed zaniedbanymi domami i patrzące w przestrzeń. Przyznaj się, Margarito. Litość, współczucie i poczucie winy cię zalewają. Świata jednak nie zbawisz. Możesz za to rozwiązać niektóre z jego zagadek. I zdecydować się na jakąś przynależność. Najwyższy czas.

Mieszkam w Pułapce. Tak się nazywa ta plątanina uliczek, gdzie nie chce przyjechać żaden taksówkarz. Ten, który mnie przywiózł, od razu wyzerował licznik. Rzucił szybko: „pięć lewów", chociaż na liczniku widniała jak wół trójka.

– Pięć... To wprawdzie niedaleko ze stacji, ale ciężko wjechać – wyjaśnił. – Nie zdecydowałbym się wziąć kursu do Pułapki, tylko że od rana czekałem w upale. Klient to klient, chociaż sama rozumiesz...

Zapłaciłam bez słowa, wysiadłam i z satysfakcją obserwowałam, jak nie może znaleźć drogi powrotnej. Nakaz skrętu w prawo, znów nakaz w prawo, w prawo, w prawo i tak w nieskończoność, aż ktoś odważy się złamać zakaz wjazdu bądź pojedzie na wstecznym. Tylko tak można się stąd wydostać. Taksówkarz wjechał w ślepą uliczkę. Ja też w takiej tkwiłam, przynajmniej tak się czułam.

Wpatrywałam się w litery wypisane na ciele zmarłego. Przepisałam je na kartkę, żeby nie musieć oglądać żałosnego korpusu bez głowy. Właśnie, na głowie chyba niczego nie napisano... Muszę sprawdzić. Litery zaczynają śnić mi się po nocach, ale nawet wtedy niewiele z nich rozumiem. Jedne są zwykłymi, powszechnie znanymi bukwami, inne przypominają głagolicę. Nie zostały podzielone na słowa. Myśl, Margarito. Cofnij się, jeśli chcesz wyjść z pułapki. Pojedź na wstecznym. Złam zakaz wjazdu. Zrób to. Przepisałam je jeszcze raz. Od góry do dołu, w kolumnach, chociaż trudno zdecydować, która litera należała do której kolumny. Później po skosie i znów w kolumnach, tym razem od dołu do góry. Pewne symbole się powtarzały. Te, których nie umiałam odczytać. Odsunęłam je w myśli na bok i skupiłam się na rozpoznanych. K, G, A, I, N cyrylicą, głagolicą K, I, T, S, O. Dwa razy po pięć liter, jeśli dobrze je odczytuję. Męczy mnie myśl, że podczas sekcji przeoczono jakiś napis. Pora na konfrontację. Wykręciłam numer Kolja. Odebrał po pierwszym sygnale.

– Halo, piękna...

– Chciałam cię o coś spytać. Tak dla porządku. To znaczy nie posądzam cię absolutnie, tylko chcę się upewnić... – zaczęłam się plątać.

– Pytaj, nie kręć... – sapnął.

– Czy litery i znaki namalowano tylko na tułowiu?

– Tak. Tylko na tułowiu. Kiedy robię sekcję zwłok, patrzę do jamy ustnej, na język, także na fiuta i pod napletek...

To z fiutem mógł sobie darować.

– ...i na owłosioną skórę głowy – ciągnął z lubością. – Żadnych napisów, żadnych wystrzyżonych znaków. Nie włożono mu kulek papieru z sekretnym szyfrem do uszu ani do odbytu, ani do żołądka... Nawet wszy nie znalazłem...

– Przepraszam. Chciałam się tylko upewnić.

– Nic nie szkodzi. Upewniaj się, ile chcesz, dziewczyno. Aktualnie jestem w pracy, czyli do dyspozycji.

Miał szukać zbrodni podobnych albo powiązanych z religią.

– Znalazłeś coś? – Chwila ciszy w słuchawce. – Dwadzieścia lat temu popadia z Plewen złapała swojego męża w łóżku z inną kobietą. Próbowała wybić rywalce z głowy ten romans i niestety oślepiła ją, uszkodziła jej nieodwracalnie prawe oko. Na razie tyle znalazłem. Nie lekceważę nawet pozornie odległych spraw.

Kiedy zastałam Angeła w łóżku z Kaliną, nie próbowałam niczego wybić ani jej, ani jemu. Uciekłam po prostu jak tchórz.

– Dzięki.

– A ty coś odkryłaś? – spytał pozornie obojętnie, ale usłyszałam w jego głosie napięcie. Wydaje mi się, że dopiero wraz z moim przybyciem zespołowi zaczęło zależeć na rozwiązaniu sprawy.

– Rozszyfrowałam kilka liter, ale nie układają się w słowa. Znaków ciągle nie mogę odczytać – wyznałam.

– Hmm, wiesz, tak się zastanawiam... Bo ja też o tym myślałem i powiem ci jedną rzecz, skoro zadzwoniłaś i tak sobie gawędzimy...

Nastawiłam uszu. Czemu mówi mi o tej jednej rzeczy przez telefon, zamiast wtedy przy wszystkich w komendzie?

– To oczywiście pozaprotokolarna refleksja, niepoparta dowodami. Zresztą zastanawiam się, czy jest warta uwagi...

– Wiem – przerwałam mu. – To tylko refleksja. Wal.

– Uhuuu. Walę zatem. Wydaje mi się, że ten, kto pisał te litery, po pierwsze był leworęczny, po drugie się nie spieszył.

– Leworęczny?

– Ano leworęczny, choć nie mogę tego udowodnić. Wydaje mi się, że pisał z prawej na lewo lewą ręką. Wnioskuję o tym z kształtu tych znaków, kąta nachylenia... Nie jestem grafologiem. Poprośmy o taką ekspertyzę.

– Poprośmy, koniecznie. – Zapisałam w rubryce: „poruszyć na zebraniu".

– Powiem Dimityrowi – rzucił. – Zdobędę plus na karcie pod moim nazwiskiem.

Niech tam. W końcu to jego pomysł.

– A to, że się nie spieszył? – spytałam.

Koljo z jednej strony mnie drażnił, z drugiej – uważałam go za świetnego fachowca. Tylko trochę przykurzonego.

– To też powie grafolog, chociaż moim zdaniem malował te litery dość długo. Chyba że jest Chińczykiem.

Co to za koncepcja?

– Czytałem, że chińscy kaligrafowie potrafią błyskawicznie malować te swoje znaki pędzelkiem... – wyjaśnił.

Czekałam w milczeniu, aż skończy się wygłupiać.

– A znów bizantyjscy kaligrafowie potrafili całe poematy zapisać na ziarnku ryżu...

Jeszcze lepiej. Naszego posła zabił chiński kaligraf wespół z bizantyjskim pisarzem na ziarnkach ryżu.

– No, dobra – zachichotał. – Nie kupujesz tego, prawda?

– Denat nie jadł ryżu – stwierdziłam dyplomatycznie. Ja też mam poczucie humoru, chociaż nie pamiętam, kiedy ostatnio go używałam.

– Taak. – Znów chichot. – Nie jadł. Mówiąc serio, te znaki... – Zawiesił głos.

Cała się spinam. Jeszcze tego by brakowało, żeby odszyfrował znaki przede mną. Chociaż co by się stało, Margarito? Chodzi o dobro śledztwa, nie o twój triumf.

– Co ze znakami?

– Nie wydaje ci się, dziewczyno, że to kilka liter napisanych jedna na drugiej?

– Jesteś genialny... – Bingo! Jestem głupia jak but.

– Tylko spostrzegawczy. No i napatrzyłem się na to bezpośrednio. Wy wszyscy patrzycie na zdjęcia, a tam nie widać tego dość wyraźnie. I jeszcze jedno. Stary jestem...

To „jeszcze jedno" będzie trwało do rana.

– Nie jesteś...

– Stary jestem – przerwał – i pamiętam takie pisemko z domu rodzinnego. „Paraleli" czy jakoś tak. Na końcu drukowano zagadkę. Należało odgadnąć hasło. Zdanie albo dwa. Litery napisane jedna na drugiej. Ojciec mnie nauczył to odczytywać.

– Jesteś genialny – powtórzyłam. – Spojrzę twoim okiem.

– Trzeba ustawić kartkę poziomo i spojrzeć tak, jakbyś patrzyła na taflę wody tuż nad jej powierzchnią – kontynuował z lubością.

– Odczytałeś? – Nie wytrzymałam. – Powiedz, co tam jest napisane.

– Tylko cyrylicę. Dwa słowa. Księga i kości. *Voilà...*

Zamilkłam zaskoczona.

– Jesteś naprawdę genialny...

– Nie jestem. I zapomniałem o tym. Dopiero rano mi się przypomniało. Zapewne dlatego, że nie znajduję tych zbrodni kościelnych dla Dimityra. Albo ja kiepsko szukam, albo nasz kler jest czysty jak łza.

– Zacznę patrzeć twoimi oczami – powtórzyłam szczęśliwa, że wyjął z odmętów wspomnień pisemko z dziwacznymi zagadkami.

– Patrz zawsze swoim umysłem, nie sugeruj się niczym i nikim – rzucił i się rozłączył.

Zawsze musiał mieć ostatnie słowo. Cały Koljo. Ale zaczynałam go lubić. Jego i Christa. Pozostali nie chcieli, żebym obdarzyła ich sympatią. Postaraj się, Margarito, czy ludzie muszą zabiegać o to, żebyś ich lubiła? Czy ty lubisz ich? A siebie?

Wróciłam do liter. Odrzuć założenia, patrz na to swoimi oczami albo swoim umysłem. Na jedno wychodzi. Nie, Margarito, to co innego. Oko tylko patrzy, umysł widzi. Co zatem widzi umysł po dwóch latach archeologii, powierzchownych studiach nad Biblią i świętymi językami? Co widzisz, Margarito?

– Ktoś zabił tego biedaka w specyficzny sposób, przedtem nakarmił go jedzeniem podobnym do tego z ostatniej wieczerzy, a potem namalował mu na ciele hieroglify. Dlaczego to zrobił? Pismo, symbole, jedzenie, śmierć, znaki... Chciał coś przekazać. Bawił się z policją w szalonego mnicha? Mało prawdopodobne. Policja go nie obchodziła i nie obchodzi. Prawdopodobnie mordercy zostawili wiadomość dla kogoś innego. Gdyby chcieli zabić tego człowieka, zrobiliby to zwyczajnie i ukryli ciało. Nikt by go tutaj nie znalazł. Tymczasem oni wyeksponowali trupa w amfiteatrze, obmyślili przedstawienie lepsze niż opera. Dlaczego jeszcze musieli napisać wiadomość? Ostrzeżenie dla innych, którzy próbowaliby zrobić to co Przemysław Tarkowski? Czyli dla kogo? Czyli co? – mówiłam głośno do siebie, czekając, aż spłynie na mnie olśnienie.

Zawsze tak się uczyłam. Lepiej przyswajałam wiadomości, kiedy ubierałam myśli w słowa. A co robiłam, kiedy czegoś nie rozumiałam? Przyznaj się, Margarito, w takiej sytuacji prowadziłaś niekończące się polemiki z własną matką. No, dobrze. Jak byś mi mogła pomóc teraz, matko moja?

– Mam wrażenie, mamo, że jeśli odgadnę, do kogo została zaadresowana ta wiadomość, wtedy zdołam ją odczytać – zaczęłam.

– Bardzo dobrze, Margarito, właśnie tu należy szukać. Jak myślisz, do kogo napisał morderca?

– Przemysław Tarkowski nie miał rodziny, więc na pewno nie do jego bliskich. Kościół też się nim specjalnie nie interesował... Do tych, co go tu sprowadzili? Kim byli?

– Nie próbuj zgadnąć imienia i nazwiska. Masz mało danych. Myśl szeroko. Jaka grupa ludzi umiałaby odczytać cyrylicę, głagolicę i te znaki napisane jeden na drugim, podobne do liter hebrajskich i aramejskich...

– Ty byś potrafiła. To wiadomość do ciebie. Zabiłaś tego biedaka, żebym tu przyjechała?

– No widzisz, Margarito... Nie myślisz szeroko, tylko wąsko. Jak muł z klapkami na oczach. Mulica.

Boże... Lektorat z aramejskiego... Znaki hebrajskie. Nie znałam ani aramejskiego, ani hebrajskiego. Ty znasz hebrajski, aramejskiego nie. A może się mylę. Uczyłaś się języków, które są martwe i pozostaną martwe. Nie mówisz ani słowa po angielsku, niemiecku, francusku. Żywe języki nie stanowią przedmiotu twoich zainteresowań. Czemu? Wpatrywałam się w litery i znaki. Jeśli założyć, że wyodrębniłam cyrylicę i głagolicę, pozostają jeszcze trzy grupy znaków. Biblijny pokarm w brzuchu tego człowieka, to i znaki muszą być w jakiś sposób związane z Biblią. Grecki, hebrajski i aramejski, trzy święte języki, na które przetłumaczono Pismo Święte. To jest to. Starobułgarski był czwartym świętym językiem. Mogę się mylić, ale to wreszcie jakiś jasny trop. Jutro poproszę Nedka, żeby zeskanował te znaki, przepuścił je w jakiś sposób przez komputer, może uda się oddzielić poszczególne litery. Nie znam się na tym, ale komputer musi to potrafić. Na nic się nie zda patrzenie jak na taflę wody. Chociaż litery bułgarskie układają się w słowa „kości" i „księga". Kości i księga. Kości mogą należeć do Jana Chrzciciela... O jakiej księdze mowa? Tylko czy przypadkiem nie widzę tego, co chcę zobaczyć?

Jest dwunasta. Powiedziałam Dimityrowi, że będę pracowała u siebie. „Rób, co chcesz, Gitka, to nie piekarnia, żebyśmy stali przy taśmie. Każdy wie, co do niego należy". Teraz bym coś zjadła. Nie jedz tyle banic, Margarito, bo nie zmieścisz się w spodnie pod koniec pobytu. Dobrze, pójdę do supermarketu i kupię pomidory i ogórki. Zjem sałatkę jak normalna kobieta.

Nie będę dzwoniła do Dimityra, nie muszę się z nim dzielić każdym przemyśleniem, zwłaszcza niepotwierdzonym, ulotnym jak wiatr w ogrodzie cara Symeona, fałszywym jak kolory wody w śpiewającej fontannie. Właśnie, fontanny cara. Kiedy pójdziemy je zobaczyć, Dimityrze? Wszystko po kolei, Margarito, na razie idź po zakupy, potem zrób sobie jedzenie. Odpocznij, może ci coś przyjdzie do głowy. Nie napalaj się na „księgę" i „kości"... Przypomina mi się matka i jej zawsze trzeźwe spojrzenie. Kto wie, czy to nie jedna ze ślepych uliczek? Znajdziesz się wtedy w prawdziwej pułapce.

Najpierw pół godziny wybierałam pomidory i ogórki, dopytywałam o świeżość czerwonej cebuli, pytałam, czemu nie ma pietruszki i sera na wagę, tylko w tych nieszczęsnych opakowaniach, a potem pod wpływem nagłej myśli zostawiłam to wszystko i wyszłam ze sklepu z pustymi rękami. Na rogu kupiłam tutmanik z dynią, orzechami i miodem. Gryzłam go pospiesznie w drodze do cerkwi pod wezwaniem Świętej Niedzieli.

– Ej, nie spiesz się tak, bo się udławisz! – zaczepił mnie chłopak ze sklepu z pamiątkami i zabawnymi tabliczkami. Stał w progu i patrzył na mnie.

Pomachałam niedbale ręką, ale przystanęłam. Miał rację. Nie powinnam wejść do cerkwi z jedzeniem.

– Kawę zrobiłem dla dwojga. Chcesz? – Uniósł tygielek. Zrobił kawę po turecku.

Uwielbiam! Stawia się cynowe naczynie na wolnym ogniu, do środka sypie kawę, odmierza wodę, słodzi zgodnie z preferencjami i podgrzewa tak długo, aż płyn trzykrotnie się podniesie. Babcia taką parzyła. Nie kupiła ekspresu przelewowego ani ciśnieniowego, a neski nie znosiła. Pilnowałam tylko, żeby nie mieszała prawdziwej kawy z cykorią. Ot, taką miała fantazję.

– Ale ja cię nie znam.

– Georgi Lebedżiew. A to mój sklep z pamiątkami. I moja kawa w tygielku.

– Masz sitko, żeby odcedzić fusy?

– Jasne.

Usiadłam zatem na stołku przed sklepem, a Georgi zniknął na moment. Wrócił z talerzykiem i sitkiem oraz tacą. Wziął z moich rąk na wpół zjedzony tutmanik, położył na talerzyku, obok umieścił serwetkę, nóż i widelec. Potem do pięknej, malowanej we wzorki filiżanki nalał kawę.

– Proszę. – Podał mi to wszystko, a ja patrzyłam z wdzięcznością. – Takie kobiety należy obsługiwać z fasonem.

No dobrze. Jadłam zatem swój tutmanik na ulicy, ale z talerza, jak dama. Czułam aromat kawy. Ludzi było mało, nie zwracali na nas uwagi.

– Sprzedajesz dużo pamiątek?

– Tak. – Pokręcił głową. – Da się wyżyć. Skupuję wszelkie starocie, lampy, żelazka, książki, szkło. Byle nie były połamane. I blachy z autentycznymi napisami: „Ostrożnie prąd" albo „Woda niezdatna do picia ani kąpieli". Prawie nikt nie pamięta, że to było na poważnie.

– To twój rodzinny sklep?

W domu na Patriarchy Ewtimija znajdowało się mnóstwo staroci. Co się stało z tymi, których nie zabrałam do Polski?

– Coś taka ciekawa? – Wyszczerzył ładne zęby w uśmiechu.

– Tak, rodzinny. Z tyłu jest nasz dom. Mój ojciec sprzedawał wyłącznie stare płowdiwskie pamiątki, obrazy z tutejszymi widokami. Poszerzyłem asortyment. To dokąd tak biegłaś, piękna, zanim zechciałaś przysiąść na mym stołku sklepowym?

– Margarita – przedstawiłam się, przełknąwszy ostatni kęs.

– Dokąd tak biegłaś, Margarito?

– Do Świętej Niedzieli. Muszę porozmawiać z tamtejszym popem.

– Chodzi ci o tego trupa z amfiteatru? – Nie zdziwił się.

– Tak. Skąd wiesz?

– Nie przyszłabyś tu przedwczoraj z policjantem po to, żeby zgarniać nielegalnie zaparkowane auta i sprawdzać koncesję na alkohol.

– Coś wiesz? Widziałeś coś?

Zrobił naprawdę wspaniałą kawę. Piłam małymi łykami, patrząc z zachwytem na filiżankę. Nigdy nie widziałam tak kunsztownego wzoru. Na złotym tle błękitny Święty Jerzy na koniu, przeszywający włócznią smoka. Wszelkie szczegóły niezwykle starannie odmalowane. Wygląda na ręczną robotę, prawdziwe cudo.

– Nic nie widziałem. Spałem jak zabity, na dodatek nie u siebie. Kilka razy mnie o to pytali.

– Ja pytam nieoficjalnie. Może coś słyszał jeden z domowników, jakiś twój znajomy? Może gadacie o tym i macie jakąkolwiek teorię na ten temat?

– Podoba mi się. – Znów ten uśmiech. – Policja prosi mnie o konsultację.

– Chcę poznać twoje zdanie. W końcu zaprosiłeś mnie na kawę. Ta filiżanka jest na sprzedaż? Piękna.

Gdzieś w oddali słychać odgłosy wiertarki i piły. Ktoś pewnie robi remont.

– Wszystko tu jest na sprzedaż. Filiżanka stoi tu od roku. Jakaś babcia wybrała się na tamten świat i wnuczek przyniósł wszystkie jej rzeczy. Część sam wziąłem. Cudne, aż żal sprzedawać.

– W ten sposób, nie zarobisz na życie – zaśmiałam się.

– To samo powtarza matka. Dlatego filiżanka jest na sprzedaż. Jeden lew.

– Żartujesz chyba. Warta jest ze dwadzieścia. – Prawie ją upuściłam.

– Warta jest jeden. Nie targuj się. Jest na niej mój patron. Zauważyłam. Święty Georgi, pogromca Szatana. Najpopularniejszy tutejszy święty.

– Urodziłem się w georgiowden, szóstego maja – wyjaśnił. – Nie mogłem nazywać się inaczej, chociaż to ani po dziadku, ani pradziadku. Cała rodzina ponoć głowiła się, jakie dać imię. W końcu babcia Stana, nestorka rodu, zarządziła, że Georgi i cześć. Ty masz imię po babci?

Nie. Zwyczaj nadawania dzieciom imion po ich dziadkach mocno się tu zakorzenił. To kwestia szacunku do rodziców. Zwłaszcza jak się mieszka w ich domu albo ma nadzieję po nich dziedziczyć. Moja matka się nie podporządkowała. Nigdy nie pytałam, czemu tak zrobiła. Może nie lubiła imienia Sofija.

– Tak bez patronki? Nie boisz się?

No to co, że nie mam patronki. Odstawiłam pustą filiżankę i talerz.

– Naprawdę ani ty, ani twoi znajomi nie macie żadnej teorii na temat tego trupa? Nie wierzę, że o tym nie gadaliście. W końcu takie coś nie przytrafia się codziennie.

Georgi wpatrywał się w dach Muzeum Etnograficznego, wysoko, za domami. Siedzieliśmy niedaleko cerkwi Świętych Konstantyna i Heleny. Za nami była galeria sztuki, po lewej dom Bałabanowa, z tyłu teatr antyczny.

– Jeden mój znajomy ma teorię, ale ja bym mu nie wierzył.

– Czemu? Każda teoria jest dobra. A co on mówi?

– Coś o Biblii, Szatanie i tym podobnych bzdurach. Zresztą się tym zajmuje.

– Zawodowo? Jest popem? Historykiem Kościoła?

Pokiwał głową.

– Nie... Amator historyk. Wielbiciel Płowdiwu. Mieszkał w Sofii, tu miał babcię. Interesuje się wszystkim, co związane z historią miasta. Najbardziej ruinami. Jak kilkanaście lat temu porzucili ruiny na bazarze Poniedziałek i nie otworzyli muzeum, organizował protesty. Niestety, nikt na nie przychodził. Goszko rozwijał transparenty z napisami o dziedzictwie, stał jak idiota, nawołując nie wiadomo kogo do zabezpieczenia tych bezcennych zabytków...

– Muszę z nim porozmawiać. Możesz dać mi jego telefon? – W sam raz człowiek dla mnie.

– Odradzałbym – zaśmiał się. – Goszko jest walnięty w głowę... Sama zobaczysz. Nagada ci głupot. Jeżeli to, co chce osiągnąć, nie będzie pasowało do twojej teorii, naciągnie fakty. Ani się obejrzysz, jak ci tak namąci, że nie będziesz wiedziała, na czym stoisz. Naprawdę daruj sobie. To świr.

Mimo to poprosiłam go o telefon do owego Goszki. Goszko to zdrobnienie od Georgi.

– Taaa, on też jest z tych, co smoka zabijają. Sama zobaczysz, tylko nie mów, że nie uprzedzałem. Zresztą powiem mu, że chce z nim rozmawiać policja. Ucieszy się.

Wylewnie mu podziękowałam.

– Idź do tej swojej cerkwi, bo zaraz sjesta się kończy, i wróć. Zapakuję ci filiżankę. Może coś jeszcze wybierzesz? Tym razem w normalnej cenie. Mam też książki...

Zawstydził mnie. Mijałam jego sklep kilka razy, piłam kawę, uzyskałam być może cenny namiar, ale nie weszłam za próg. Powinnam coś kupić w ramach podziękowania. Nie umiesz się zachować, Margarito.

– Masz coś o Janie Chrzcicielu? Albo coś na temat Biblii? Apokryfy? Opracowania?

– Coś mam, muszę poszukać. – Zmarszczył czoło. – Kupiłem lata temu, nie pamiętam od kogo, nie trzymam tego w sklepie. Nikogo to nie obchodzi. Schodzą tylko stare kryminały, święte pisanie ludzi nie nakarmi ani nie da im rozrywki. W domu mam, w piwnicy. Zadzwonię.

Zostawiłam mu numer telefonu. Ruszyłam do Świętej Niedzieli już spokojnie, Georgi pomachał mi i wszedł do sklepu z parą Niemców zainteresowanych tabliczkami z napisami cyrylicą. Strasznie ich kręcą te litery. Zauważyłam, że robią dużo zdjęć. Wczoraj ofuknęłam jednego takiego, bo zanosił się śmiechem przed Burger Kingiem. Napis po bułgarsku go śmieszył. A gdyby tak się śmiać z ich alfabetu? Albo z japońskich znaków? Litery to element języka, ale także nasza tożsamość. Litery, znaki, pismo...

Cerkiew pod wezwaniem Świętej Niedzieli mieściła się w głębi obszernego podwórza, między ulicami Sławejkowa, Cara Szyszmana i Canki Ławrenowa. Wchodząc, minęłam siedzącą na kamiennych schodach kobietę.

– Wspomóż biedną – zażądała.

– Mogę kupić coś do jedzenia – rzuciłam odruchowo.

Tak odpowiadałam w Polsce na wszystkie prośby o pieniądze. Ludzie naprawdę głodni i uczciwi chętnie się zgadzają.

– Nie chcę teraz jedzenia. Jadłam w domu ser i pomidory – odezwała się niezadowolona. – Czemu nie chcesz dać mi jednego lewa? Zapalę za ciebie świecę w kościele. I będę się modliła.

Kobieta jest dość młoda, nie wygląda na głodną ani zaniedbaną. Wiem, co teraz nastąpi. Jeśli dam jej lewa, powie, że mało, i zacznie cmokać niezadowolona. Jeśli nie dam, zacznie grozić mi klątwą. Decyduję się na pierwszy wariant.

– Mało – powiedziała i cmoknęła. – Masz przecież więcej. Wstyd, taka ładna, dobrze ubrana, a żałuje starej kobiecie pieniędzy. Czego idziesz do cerkwi? Będziesz się modliła? Ja się mogę pomodlić za ciebie. Mnie Pan Bóg prędzej wysłucha.

Żegna się trzy razy po prawosławnemu i rzuca mi kolejne wyzywające spojrzenie. Odchodzę. Nie zamierzałam się modlić, ale co szkodzi zapalić świecę. Kupuję pięć świec po pięćdziesiąt stotinek. Zapalam na niskich świecznikach za zmarłych. Za moją babcię, która mnie wychowała, dziadka, którego nie pamiętam, dwie za rodziców Dimityra i za jego babcię. Po namyśle dokupuję jeszcze pięć. Jedną zapalam obok tej babcinej, za duszę tego biedaka, co stracił życie nieopodal. No, może nie tu je stracił, ale tu zaistniał jako trup ze znakami na ciele. Pozostałe cztery zapalam za żywych. Za mnie, Dimityra, za cały zespół policyjny i za moich braci, niech tam. Podchodzę do carskich wrót. Podobnie jak portyk wykonano je z misternie rzeźbionego drewna. Te same wzory przypominające hafty na płótnie zdobią także carski tron. – Wykonał je mistrz Makrij Negriew. – Dobiegł mnie szept z boku. – Sama cerkiew została zbudowana w 1832 roku. – Głos należy do niewysokiego mężczyzny o poczciwym obliczu. Nie wygląda na przewodnika ani kościelnego. – Mogę cię oprowadzić i wszystko ci opowiem – oznajmił, robiąc przy tym dziwne miny. – Pracuję we wszystkich tutejszych cerkwiach. Sprzątam za miskę zupy i kawałek chleba.

– Dziękuję, ja...

– Naprawdę wszystko wiem o tym miejscu – próbował mnie przekonać. – Od urodzenia tu mieszkam. Jestem sierotą. Przygarnął mnie pop ze Świętych Konstantyna i Heleny, a Pan Bóg pobłogosławił. – Przeżegnał się po prawosławnemu trzy razy. – Pop Sławej nauczył mnie wszystkiego. Opowiem ci, co chcesz.

– Dziękuję, bardzo chętnie, nie tym razem. Przyjdę specjalnie, żeby mi pan opowiedział.

– Wanczo jestem. Zapytaj o mnie, wszyscy mnie znają...

– Dobrze, Wanczo. – Pokiwałam głową. – Przyjdę innym razem. Teraz chciałam się spotkać z popem Wasylem. Jeśli jeszcze żyje...

Do świecznika podeszła starsza kobieta ubrana na czarno i wyjęła świece, które zapaliłam. Wrzuciła je do pojemnika z innymi świecami. Przetopią je i znów sprzedadzą, a kolejni ludzie kupią sobie błogosławieństwo za kilka stotinek. Nie musiała jeszcze wyrzucać moich świec, wypaliły się do połowy. Czułam wyraźny żal, jakbym coś straciła.

– Oczywiście, że pop Wasyl żyje. Tylko co to za życie... – skrzywił się Wanczo.

– Jak to? Może wyjdziemy? Nie wypada tak rozmawiać w cerkwi.

– Niby czemu? Nie ma mszy, a ja mam czas... – Popatrzył zdumiony.

Ludzie mają tu za dużo czasu, pewnie dlatego obcinają trupom głowy i krzyżują ciała w amfiteatrach.

– Pop Wasyl jest bardzo stary i po wylewie. Mało kojarzy. Mieszka na tyłach cerkwi jak kiedyś, tylko teraz główne mieszkanie zajmuje pop Iwan z rodziną, a Wasyl mały pokoik. Jemu też sprzątam. Zawsze był dla mnie dobry, chociaż to groźny człowiek, surowy... Nie kręć się tu, Wanczo, mówił, nie żegnaj się godzinami, poczytaj książkę jakąś... Tak mówił.

Pewnie wiedział, co mówi. Wanczo jest dziwny. Mógłby zagrać u boku Mela Brooksa. Nawet bez mocnej charakteryzacji.

– Co się stało z jego rodziną?

Pop Wasyl miał grubą, wesołą żonę i syna w moim wieku, którego też szykował na popa. Jak on miał na imię? Cyryl chyba. Nie, Metody.

– Nasza popadia umarła z dziesięć lat temu. Stała kobieta i padła. Zawał albo wylew. Teraz wszyscy na to umierają. Metody też umarł. Wyświęcił się na popa, dostał parafię w Sozopolu i... umarł. Jego żona też umarła. Dzieci jeszcze nie mieli.

Wiadomość uderza we mnie jak grom z jasnego nieba.

– Jak to umarł? I jego żona też umarła? W Sozopolu? – Byłam autentycznie zdumiona. Nic o tym nie słyszałam. Matka słowem nie pisnęła, że syn naszego popa prowadził parafię nad morzem. Przecież musiała o tym wiedzieć, znała tę rodzinę. W Sozopolu...

– Na co umarli?

– Na wylew. – Pokiwał głową. – Teraz wszyscy na to umierają.

Na wylew? Tylu członków rodziny umarło na wylew? Jakaś choroba genetyczna? Żony nie mają tej samej puli genów. Dziwne.

– Zobacz – powiedział Wanczo – jakie tu mamy piękne ikony. Ta jest najważniejsza i najstarsza... Napisał ją...

– Wiem, wiem... – przerwałam. – Jesteś pewien, że oni umarli na wylew?

Spojrzał na mnie zdziwiony. Wzruszył ramionami, znów się przeżegnał trzy razy. Nie był pewien, ale nigdy się nad tym nie zastanawiał, to czytam z mowy jego ciała. Moje wykształcenie psychologiczne doszło do głosu.

– Zaprowadzisz mnie do popa Wasyla?

– Trzeba by spytać popa Iwana – zaczął niepewnie.

– W takim razie prowadź do popa Iwana.

Wyszliśmy z cerkwi. Wpadłam na pomysł, żeby Wancza także spytać o naszą sprawę. Powiedziałam o tym jednak dopiero wtedy, kiedy minęliśmy pomstującą żebraczkę. Nie chciałam, żeby mnie usłyszała.

– Słuchaj, czy możesz mi cokolwiek powiedzieć o tym morderstwie w teatrze antycznym?

– Ja nic nie wiem... – Zwinął się nagle, jakby go ktoś uderzył w brzuch.

Oho! Może mamy świadka...

– Wiem, że to było w nocy i nikt niczego nie widział – kontynuowałam z udawaną rezygnacją. – Może coś się jednak mówi? Kto mógł zrobić coś tak... taką profanację – zapomniałam odpowiedniego bułgarskiego słowa. – To podłe ukrzyżować człowieka...

– Bardzo podłe – zgodził się Wanczo. Nie patrzył na mnie.

– I jeszcze odcięli mu głowę... Jesteś z policji? – spytał konspiracyjnym szeptem.

– Nie – uspokoiłam go. – Ale współpracuję z nimi, jestem archeologiem.

– Nie dasz mi zrobić krzywdy?

– Oczywiście, że nie! – Miałam ochotę zaciągnąć go natychmiast na komisariat. – Będę przy twoich zeznaniach i nie pozwolę...

– Ja nic nie widziałem. Spałem wtedy w schronisku – przerwał mi.

– To czemu się denerwujesz? Ktoś ci powierzył jakąś tajemnicę? Ktoś coś widział? Powiedz mnie, nie musisz iść na policję.

Staliśmy przed drzwiami domu popa Iwana. Chciałam przytrzymać Wancza za koszulkę, żeby nie uciekł. Przybliżył twarz do mojej. Nie cofnęłam się, chociaż jego oddech śmierdział papierosami.

– Widziała go lelja Sija...

– Kogo? – Gwałtownie skoczyło mi ciśnienie. – Sprawcę czy ofiarę?

– Samego diabła, bo to on zrobił! – krzyknął Wanczo i uciekł tak nagle, że nie mogłam go zatrzymać, żeby dopytać o szczegóły.

Postałam chwilę pod drzwiami, potem zapukałam. Zastanawiałam się nad słowami Wancza. Czy gdzieś można zlokalizować tę lelję Siję i wyciągnąć od niej coś mniej symbolicznego?

Drzwi otworzyła popadia w średnim wieku, otyła jak czasem bułgarskie kobiety. Wycierała chusteczką spoconą twarz.

– Dzień dobry, ja jestem... znajomą popa Wasyla. Przyjechałam z daleka. Chciałabym go zobaczyć.

W Polsce by to nie przeszło. Nie weszłabym do kogoś do domu ot tak, z ulicy, bez umówienia się na spotkanie. Tu wystarczą uśmiech i słowo.

– Ale... – zmartwiła się popadia. – Pop Wasyl nie czuje się najlepiej. Upały mu nie służą.

– Mimo wszystko bardzo chciałabym go zobaczyć. Mogę przyjść za godzinę, dwie lub wieczorem, jeśli tak będzie lepiej. Zawahała się chwilę.

– Wejdź, proszę. Mówiłaś, że jesteś dla popa kim? Kuzynką?

– Nie. Pop przyjaźnił się z moją babcią. Ja jestem tu przejazdem i chciałam go odwiedzić.

– Aha – powiedziała i podała mi pulchną rękę. – Jestem Lili. Napijesz się wody albo kawy?

– Wody chętnie. Bardzo dziękuję.

Poszła w głąb mieszkania, ja zostałam w przedpokoju. Stało tam krzesło, ale nie wiedziałam, czy wypada usiąść.

– Chodź tutaj, do kuchni! – krzyknęła popadia.

Poszłam grzecznie. Na stole pokrytym ceratą w wesołą kratkę zobaczyłam szklankę z wodą i talerzyk konfitur figowych. Przełknęłam ślinę. Uwielbiam je.

– Poczekaj tutaj. Pójdę zobaczyć, czy nie śpi. Częstuj się.

Zniknęła, a ja rozglądałam się, jedząc konfitury. Były z dojrzałych owoców. Znam jeszcze konfitury z zielonych fig, ale bardziej lubię takie. Przyjrzałam się talerzykowi. Moja babcia miała podobne. Maleńkie, wielkości spodeczka, z cieniuteńkiego szkła, z wyrżniętymi misternymi wzorkami. Wróciła Lili.

– Nie śpi i na dodatek się ucieszył, chociaż nie umiałam mu podać twojego imienia. On tak się nudzi, biedulek. Rzadko ktoś go odwiedza. Prawie nic nie widzi i nie może czytać. Przedtem bardzo dużo czytał, studiował Pismo Święte, jakieś księgi, robił ciągle notatki. Teraz tylko siedzi.

Poszłam za nią do mieszkania popa, z żalem zostawiając odrobinę konfitur na talerzyku. Popadia zapukała do pomalowanych na biało drzwi i weszła, zanim padło chrapliwe „proszę".

– To jest ta twoja przyjaciółka – powiedziała bardzo głośno.

– Przyjechała z daleka specjalnie do ciebie. Bo chce cię zobaczyć i porozmawiać. Chcesz czegoś, kochany? Konfiturek? Owoców?

Staruszek pokiwał głową na „nie", patrząc na mnie uważnie. Lili zamknęła drzwi. Wydawało mi się, że usłyszałam westchnienie ulgi.

– Dobra kobieta – rzekł pop Wasyl. – Świetna na popadię, ale głupia jak but. Pamiętałam go jako postawnego mężczyznę z przyprószonymi siwizną włosami i krótką, elegancko przystrzyżoną brodą. Tu wszyscy popi mają brody. Upodabniają się tym samym do Chrystusa. Teraz pop Wasyl nie był postawny, stopił się w sobie, jak to się tutaj mówi, podupadł na zdrowiu. Włosy ma całkiem siwe, w lekkim nieładzie, brodę dłuższą, amatorsko podcinaną. Oczy nieco przygasłe. Czy nie można by mu zrobić operacji, na litość boską? Mamy XXI wiek, zaćmę leczy się prostym zabiegiem.

– Popadia powinna być głupia? Zawsze myślałam, że musi być co najmniej tak uczona jak jej mąż – zagaiłam.

– I co z tego by jej przyszło? Mszy nie poprowadzi, kazania nie wygłosi... Do baru nie pójdzie, bo nie wypada. Gospodarstwa pilnuje i mężowi pomaga. Po co jej mądrość?

Przyjęłam do wiadomości tę treściwą charakterystykę roli żony w Cerkwi prawosławnej.

– Kim jesteś? Patrzę i patrzę, ale ledwie cię widzę, a i pewnie wyrosłaś.

Pora się przedstawić i powiedzieć, co mnie sprowadza.

– Jestem wnuczką Sofii. Mieszkała przy Patriarchy Eutymiusza. Ja jestem Margarita. Moja mama wyszła za mąż w Polsce.

– A tak... Piękna Sofija. Ależ z niej była piękna kobieta... Zanim się zestarzała, naturalnie. Postawna, wyprostowana, piękne włosy, błyszczące włosy... Nie wyszła drugi raz za mąż, chociaż jej to doradzałem. Tak po przyjacielsku, oczywiście. – Uśmiechnął się.

Nigdy nie rozmawiałam z babcią na ten temat. Rzeczywiście zachwycała urodą i elegancko się nosiła, ale nie była zalotna. Nigdy jej nie widziałam w jakimś większym towarzystwie. Nie chadzała nawet do kawiarni. Przyjmowałam to naturalnie. Kiedy dorosłam, uważałam, że postępowała tak ze względu na mnie. Przecież nie zabrałaby dziecka do baru wieczorem ani na przyjęcie.

– Jak się nazywają córki Świętej Zofii? – spytał pop, przerywając moje, pożal się Boże, refleksje.

– Wiara, Nadzieja i Miłość – odpowiedziałam odruchowo, przyzwyczajona do bycia egzaminowaną na każdym kroku.

Pokiwał głową z aprobatą.

– Co porabiasz? Lili mówiła, że przyjechałaś z daleka. Na grób babci?

– Nie, nie... Babcia ma grób w Polsce. Tak się złożyło. Przyjechałam w związku ze śledztwem. Chodzi o tego człowieka, ukrzyżowanego w teatrze antycznym. Pomagam w śledztwie. Przy okazji pomyślałam, że odwiedzę waszą wielebność.

– Akurat. Pewnie czegoś ode mnie chcesz, nie krępuj się. Siedzę tu sam, ślepy jak kret. Pewnie Lili ci mówiła, że strasznie się nudzę. Gdyby pozwoliła mi czasem wyjść na powietrze... Albo ten mój następca mógłby od czasu do czasu porozmawiać ze mną. To kompletny idiota, ale na bezrybiu i rak ryba.

Jako dziecko okropnie bałam się popa Wasyla. Raz, na Matki Boskiej Zielnej, babcia kupiła białego gołębia. Mieliśmy go wypuścić z intencją za zdrowie mamy. Taki tu zwyczaj. Błagałam babcię, żeby mi pozwoliła to zrobić. Nie chciała się zgodzić. Sprawa oparła się o popa Wasyla. Spojrzał na mnie groźnie i powiedział, że jestem niegrzeczna i pójdę do piekła. Zaczęłam szlochać. Jak przyszło co do czego, nie chciałam gołębia tknąć, chociaż babcia w końcu zmieniła zdanie. Prawie mnie błagała, tłumaczyła, że nie chciała, żeby gołąb mnie dziobnął. Prosiła, żebym go wzięła w ręce.

– Chwyć go delikatnie, Margaritko, i wypuść, tylko nie zapomnij powiedzieć, że to za zdrowie mamy, mamusi twojej kochanej.

W końcu gołąb sam wyleciał. Zamiast wzbić się ponad dziedziniec cerkwi, wleciał do środka. Wydawał przeraźliwe dźwięki i obijał się o sufit, jakby źle widział. Intencja chyba niezbyt się powiodła, ale ostatecznie mama wyszła ponownie za mąż i urodziła dwójkę dzieci.

– Pytaj, póki mam jaśniejszy umysł – zachęcił pop Wasyl. – Bywa, że wszystko mi się myli. Dzisiaj jakoś wyjątkowo dobrze się czuję. Pamiętam twoją babcię. Ależ z niej była kobieta. Gdybym ją poznał, zanim związałem się z tą moją... Ech...

Dziwnie to brzmi w ustach duchownego, ale przecież tu nie obowiązuje celibat.

– Czy wasza wielebność słyszał o tym morderstwie?

– Słyszałem, ale co ja mogę... Ślepy jestem i głuchy... Lili nie chciała mnie denerwować. Powiedziała tylko, że ukrzyżowali jakiegoś biedaka. To tak się dziś młodzież bawi?

– To raczej nie zabawa. Morderstwo. Obrzydliwe i wyjątkowo okrutne. Pomyślałam, że może wasza wielebność ma na ten temat jakąś teorię.

– Twoja babcia pięknie szyła... – Zamknął oczy.

Chyba nic tu nie wskóram.

– Wasza wielebność, przyszłam, bo pewne tropy śledztwa prowadzą do... – Sama nie wiem dokąd. – ...Jana Chrzciciela – dokończyłam niezręcznie. – Studiowałam archeologię, mieszkałam tu trochę i mój znajomy sprowadził mnie jako konsultantkę.

– Co ty mówisz? – Ożywił się. – Do Jana Chrzciciela? Czemu nie pozwalają mu spać spokojnie?

Nie zrozumiałam.

– Chodzi o kości Świętego Jana? – spytałam ostrożnie, widząc wzburzenie popa.

– Zabili mi syna przez te cholerne kości, a teraz nie pozwalają mu spać spokojnie...

Więc jest coś w tej śmierci, co można powiązać z niedawnymi wydarzeniami. Nie myliłam się. Muszę dać znać Koljowi, żeby to sprawdził.

– Ktoś zabił Metodego? – zapytałam cicho. – Słyszałam, że umarł na wylew.

– Akurat, na wylew. Bzdury. Kto tak mówi? Oni? Chcieli to ukryć, ale ja miałem prawo zobaczyć syna. I zobaczyłem. Metody nie umarł na wylew. Uwierzyłabyś, że mąż i żona jednego wieczoru dostają wylewu? Oboje naraz?

Faktycznie, mało prawdopodobne. Od razu tak pomyślałam. Ale morderstwo? Dlaczego?

– Trudno w to uwierzyć. Nie przeprowadzono śledztwa? Nagła śmierć musiała wzbudzić podejrzenia. U nas w Polsce... – gadałam jak najęta. Chcę sprowokować popa, by powiedział coś więcej.

– Dziecko, kiedy pop umiera, nie zwołuje się doktorów, unika sekcji. To osoba święta. Nie powinno się jej kroić.

– No, ale żona...

– Żonę można pokroić, chociaż poniekąd też święta. – Macha ręką. – Nie zrobiono sekcji. Lekarz stwierdził, że zmarli na wylew. Przyjechałem, nie mogli mnie powstrzymać. Zobaczyłem go. Nie umarł na wylew.

– Więc na co?

– Został otruty. Widziałem to.

Mógł zauważyć znaki na ciele lub twarzy. Pop po śmierci poddawany jest specjalnemu rytuałowi. Woła się innych kapłanów, oni przygotowują ciało do pogrzebu. Nie ma mowy o spopieleniu zwłok.

– Co wasza wielebność zauważył? Proszę mi powiedzieć, to ważne.

– Miał zaschniętą pianę na ustach, był cały siny. Sztywny okropnie. Powiedzieli, chociaż nie pytałem, że tak wygląda się po wylewie. Gdyby nie powtarzali „wylew", „wylew", może bym uwierzył. Każdy, kto przychodził pożegnać mojego syna, wypowiadał to słowo, jakby było hasłem. Wiem, że go otruto! – Zaczął głaskać sękatą dłonią poręcz fotela.

Na półkach za jego plecami stał rząd książek. To rzeczywiście smutne, że nie może ich czytać.

– Dlaczego ktoś miałby otruć Metodego?

Chwilę się zastanawiał, czy rozmawiać ze mną na ten temat. Pewnie spodziewał się wizyty towarzyskiej. Może się bał? Tylko właściwie czego? Samotny, stary i bezbronny człowiek. Kto by go atakował?

– Bo odkrył kości Baptysty. W Sozopolu.

Zaniemówiłam z wrażenia. Przecież to Cwetan, drugi mąż mamy ogłosił, że znaleźli kości Jana Chrzciciela. Cwetan był archeologiem, Metody popem. Jak mógł odkryć kości? Przypadkiem? Może Cwetan przywłaszczył sobie to odkrycie? Mam nadzieję, że nie.

– Mówił mi o tym, a ja go najpierw wyśmiałem. Skąd kości proroka w naszym Sozopolu? My, Bułgarzy, mamy manię wielkości. Bułgaria na pół Europy, najlepiej na całą, Bułgar wynalazł komputer, Bułgar odkrył kości Jana Chrzciciela, który najpewniej też był Bułgarem. Szkoda, że Bułgara nie wybrali na papieża.

– Potem wasza wielebność mu uwierzył?

– Tak, napisał mi w liście: kości bez czerepu i bez prawicy. Pochowane w całunie. I księga...

– Jaka księga? – Aż mnie dreszcz przeszedł. Powiedziałabym nawet, że wszystko zaczyna się układać, ale pojawiało się coraz więcej niewiadomych.

– Z powodu tej księgi zabito Metodego. Kości nie ruszył, bo święte. Księgi dotknął. Co więcej, zaczął rozpowiadać w cerkwi, jakiego to dokonał odkrycia.

– Co to za księga? – Starałam się nadać swojemu głosowi w miarę neutralny ton.

– Święta księga, wyjątkowa... – Pop przymknął oczy. – Nie była z pierwszego wieku, nie bój się. Taki głupi nie jestem. Nie uwierzyłbym, że się zachowała do naszych czasów. I tak była stara. Pisana na kawałkach płótna, na papierze, papirusie, w jakimś dziwacznym języku: trackim, aramejskim, starobułgarskim... Nie umieliśmy jej odczytać. Metody uważał, że to apokryf.

Usłyszałam pukanie do drzwi. Tylko nie teraz. Lili wsunęła głowę przez uchylone drzwi.

– Wszystko w porządku, kochaneczki?

– Tak, tak – odpowiedzieliśmy zgodnie. – Gawędzimy sobie.

– Czy ty się aby nie męczysz za bardzo, Wasylku? – spytała słodkim głosem.

– Nie męczę się w ogóle. Daj nam się nagadać, kobieto.

– Chciałam tylko wiedzieć, czy nie zjedlibyście arbuza?

– Przynieś, pewnie. Arbuzy w tym roku piękne, wielkie...

Lili zniknęła urażona, a po chwili wróciła z miską pełną krwistoczerwonych kawałków owocu, talerzykami na pestki i dwoma widelcami. Szykowała się, żeby karmić popa.

– Ja to zrobię – zaproponowałam.

– Poradzisz sobie?

– Tak – odparłam szybko. Nie chciałam, żeby nam przeszkadzała. Kto wie, kiedy znów uda mi się go odwiedzić?

Wyszła niechętnie. Chyba do niej dotarło, że nasza rozmowa jest szalenie interesująca albo pop Iwan wysłał ją na przeszpiegi.

– Nie widziałem tej księgi. Metody pisał mi o niej. Że stara, bardzo stara, mimo to doskonale zachowana.

– Może została z rzeczami syna waszej wielebności?

– Kiedy pojechałem pożegnać Metodego, już jej nie było. Pytałem, nikt nic nie wiedział – westchnął i przełknął kęs arbuza. – Szukałem, gdzie mogłem, ale patrzyli na mnie jak na wariata.

Hmm... Księga, kości, śmierć. Czy to ma coś wspólnego ze śmiercią tego Polaka w amfiteatrze? Opowiedziałam popowi Wasylowi pokrótce o tym, co się wydarzyło w amfiteatrze. Słuchał i połykał podawane przeze mnie kawałki arbuza.

– Uważaj – powiedział nieoczekiwanie. – Być może natrafiłaś na coś niebezpiecznego.

Będę uważała, chociaż nie zamierzam kraść świętej księgi, a kości są w Sozopolu, co powszechnie wiadomo. Nie wszyscy jednak wierzą, że to kości Baptysty.

– A co mi może grozić? – Co ja zrobię z tymi informacjami? Jak je sprawdzę?

– Pewnie ten z amfiteatru też tak myślał. Mało to fanatyków religijnych? Pamiętaj, że Hitler... – Nie ustępował.

– Tak daleko bym nie sięgała. – Nie miałam zamiaru, żeby dyskusja weszła na kompletnie abstrakcyjne tory.

– Mówimy o Baptyście, czyli o czasach około dwóch tysięcy lat przed Hitlerem. Pamiętaj, jakie znaczenie miały takie szczątki... Religijne ogromne. Ludzie zabijali dla relikwii. Hitler wierzył, że najświętsze ikony i szczątki świętych pomogą mu wygrać wojnę.

– Chodzi mi o to, że to współczesna zbrodnia... Uważam, że jej symbolika jest na pokaz.

Pop wypluł pestkę na podłogę. Pochyliłam się, żeby ją podnieść. Nie chciałam, żeby Lili na mnie pomstowała.

– Współczesna, ale sięga daleko wstecz. Kto wie, jak daleko i jak głęboko. Nie lekceważ żadnych znaków. Na pewno są...

– Na ciele tego biedaka znaleźliśmy napisy... – wyznałam. Dość spekulowania.

– Gdybym widział, spróbowałbym odczytać. A wiesz... Metody w liście wysłał mi zdjęcia tej księgi. I ilustracji. Piękne. Naprawdę. Jedna z nich przedstawiała człowieka bez głowy. Sądziłem, że to Święty Paweł.

– Nie Święty Jan?

– Nie pamiętam... – Skrzywił się. Po jego brodzie ciekła strużka soku. Wytarłam ją chusteczką. – Odczytanie tego, co znajdowało się na zdjęciach, odłożyłem na później. Za bardzo wtedy cierpiałem po ich śmierci. Nie chciałem też specjalnie przyglądać się zdjęciom. Obyś nigdy nie doświadczyła bólu utraty dziecka.

Czy utrata dziecka, które jest zaledwie embrionem, boli mniej niż utrata dorosłego syna? Po co tak porównywać? Uspokój się, Margarito, i pytaj o litery. Po to tu przyszłaś.

– Wasza wielebność ma ten list? Wiem, że o wiele proszę, ale oddam. Obiecuję.

– Gdzieś mam, tylko nie wiem gdzie...

– Może w jakiejś szufladzie? W szafce? Czy mogłabym poszukać?

– Raczej nie. – Popatrzył na mnie jakby przytomniej i trochę smutno. – Zapewne włożyłem list do jednej z książek. Zawsze tak robiłem. Potem nie potrafiłem schowanego listu znaleźć.

– Nie pamięta wasza wielebność, co tam było napisane? – Z każdą minutą zaczynam tracić nadzieję.

– Te znaki i litery były dziwne. Mieszanina różnych świętych języków. Jakby ktoś pisał szyfrem. Jestem duchownym, nie lubię takich zabaw. To, co dało się odczytać, czyli głagolica, cyrylica i hebrajski, mówiły o prześladowaniach mnichów, ukochanych przez Boga i namaszczonych do głoszenia jedynej prawdziwej wiary. Stąd uznałem, że to jakieś apokryfy. Co jak co, ale to nie my byliśmy narodem wybranym. Pewnie tę księgę pisał jakiś braciszek, który dość swobodnie zinterpretował Nowy Testament.

– Skoro znajdowały się tam jedynie patriotyczne treści, skąd wiadomo, że miało to coś wspólnego z Nowym Testamentem? – Bo pisano o dwunastu towarzyszach podróży i ich nauczycielu. Mieli spisywać jego dzieje. Mogło chodzić o Chrystusa albo Jana Chrzciciela, skoro rysunki przedstawiały człowieka bez głowy. Podpis pod rysunkiem wszystko gmatwał, dlatego Metody do mnie napisał i prosił, żebym przyjechał. Nie zdążyłem... – Pop Wasyl się zmęczył. Przysnął na chwilę, zaraz jednak się zbudził i spojrzał na mnie całkiem przytomnie. – Pytaj, pytaj, bo zaraz nie będzie ze mnie pożytku.

– Jaki był podpis pod zdjęciem?

– Nie umiałem go odczytać do końca... Coś o Szatanie i karze. A przecież Święty Jan zginął inaczej. O karze można mówić w przypadku Świętego Pawła, Rzymianie złapali go i ukarali, ale wtedy skąd Szatan? Przecież Rzymianie wtedy nie wierzyli w chrześcijańskiego Boga. I pamiętam jeszcze o czymś, co mnie dręczyło...

– Co?

– Wielkie litery...

Wielkie litery?

– Słowo Szatan pisane wielką literą. Tak samo jak Bóg, jak Nauczyciel. – Przysnął.

Uznałam, że muszę go zostawić w spokoju. Przyjdę tu znów z Dimityrem albo Mileną. Może uda się znaleźć ten list?

– Nie chcę dłużej męczyć waszej wielebności – powiedziałam, kiedy pop Wasyl znów otworzył oczy. – Czy mogę jeszcze tu wrócić?

– Chciałem pojechać w następnym miesiącu. Do Metodego. Uzgodniłem to ze swoimi zwierzchnikami. Nie zdążyłem. Metody został otruty w dzień urodzin Świętego Jana Chrzciciela. Żadnej księgi u niego nie znalazłem. Po pogrzebie wróciłem do siebie i mógłbym przysiąc, że ktoś myszkował w moich rzeczach. Może znaleźli list. Kto wie... Przyjdź, pewnie. Poczytałabyś mi.

Właśnie. Powinnam mu poczytać, zamiast wypytywać o bolesne sprawy.

– Czy wasza wielebność nie może zoperować katarakty? – spytałam jeszcze. – To prosta operacja, zupełnie bezpieczna. Wzrok się natychmiast poprawia. To tak, jakby odsunąć zasłonę...

– U nas to nie takie proste – zaśmiał się. – Trzeba czekać kilka lat na swoją kolej i zapłacić prawie dwa tysiące lewów. Tak, tak... My tu mamy trudne czasy. Już nie poczytam swoich ulubionych pism Świętego Marka ani *Wojny peloponeskiej* Tukidydesa...

Nie przeczyta też znaków na ciele denata.

# CESARSTWO BIZANTYJSKIE, XII WIEK

Brat Albert jest już tylko wyschniętymi na słońcu kośćmi i włóknami ścięgien, których nie zdołały rozdziobać ptaki. Ktoś skruszył jego czerep, resztki kopnął pod płot. Nie widziałem kto, takie zachowanie jest podłe. Brakuje także prawej dłoni. Dwa kruki oderwały ją od przedramienia i odleciały z łupem poza mury naszego zgromadzenia.

Starszyzna, do której i ja się obecnie zaliczam, nie wyraziła zgody na pochówek szczątków, chociaż jeden z najstarszych braci, Rafael, argumentował, że to się nie podoba Bogu.

– Ukaraliśmy go. Szczątki zasługują na to, by spocząć w ziemi. My dokonaliśmy osądu. Teraz... ten nieszczęśnik należy do Boga.

– Bóg nigdy go nie przyjmie – uciął dyskusję brat Lazar. – Nie wybacza takiej małości, podłości i zdrady.

Brat Matias kazał pod osłoną nocy zebrać to, co zostało z Alberta, do płóciennego worka i dostarczyć sobie do celi. Potem widziałem, jak szeptali we dwóch z bratem Lazarem. Nie chcieli zapewne, aby ktokolwiek się dowiedział, co się stało z tym workiem.

Należałem do starszyzny i uczestniczyłem w zgromadzeniach Z początku nie odzywałem się ani słowem. Nie dlatego, że nie chciałem zwracać na siebie uwagi dopóty, dopóki sprawa brata Alberta nie zostanie zapomniana. Po prostu uważałem, że wobec tych doświadczonych modlitwą i postem starszych braci, biegłych w świętych bogomilskich pismach, jestem nikim. Głosowałem tak samo jak większość z nich, rozglądając się jedynie dyskretnie, kto unosi dłoń, a kto woli wstrzymać się od głosu. Zwykle podnosiłem prawicę za bratem Lazarem, Matiasem albo Romanem, nigdy pierwszy.

Powitano mnie tu życzliwie i słowem nie wspomniano, że zostałem przyjęty dwie zimy wcześniej niż inni. Brat Lazar odmówił krótką modlitwę podczas pierwszego zgromadzenia starszyzny, reszta w milczeniu pokiwała głowami. Brat Roman przesłał mi życzliwy uśmiech.

– Obyś spełnił pokładane w tobie nadzieje, bracie Cyrylu – powiedział brat Lazar, a ja najpierw zastanowiłem się, o jakich nadziejach mowa, a następnie się zawstydziłem. Zapewne taką formułę słyszał każdy, kto przestąpił próg sali na górze, gdzie zasiadała starszyzna, aby radzić w najważniejszych sprawach.

Posiłki, co przyznaję z satysfakcją, znacznie się pogorszyły. Wypytałem dyskretnie, kto zajął moje miejsce, i dowiedziałem się, że teraz kuchnią zajmowało się aż pięciu braci. Za moich czasów prace porządkowe wykonywali pomywacze, specjalnie wyznaczeni bracia chodzili na targ, aby kupować wskazane przeze mnie produkty, jednak z gotowaniem radziłem sobie sam. Nauczony przez Alberta i dzięki zdobywanemu powoli doświadczeniu przygotowywałem wspaniałe potrawy nawet z lichych składników. Teraz wyznaczono aż pięciu mnichów na moje miejsce, aż pięciu! I mimo to jedzenie było znacznie gorsze.

– Gdzie gotuje pięciu mnichów, nie ma włożyć co do kichów – rzucił podczas jednego z obiadów brat Roman, a Teresach mu zawtórował:

– Tam, gdzie w pięciu się krzątają, innym kiszki marsza grają.

– Zgoda. Lepiej rymujesz – roześmiał się Roman, ale zamilkł pod groźnym spojrzeniem brata Zachariasza. – Proszę o wybaczenie – wymruczał i z pokorą wrócił do gryzienia niedogotowanej pietruszki.

Nie powinni się śmiać ani skarżyć. W naszym zgromadzeniu nie obowiązywał całkowity zakaz jedzenia mięsa, nie stosowaliśmy wyniszczających postów. Mogliśmy gotować rosół, piec chleb i kupować cukier na syrop z szyszek sosnowych. Słyszałem, że większość zgromadzeń radykalnie zmniejszała mnichom racje żywnościowe, posty obowiązywały w czasie każdego nowiu i trwały nawet do dziesięciu dni, a pokutnicy poprzestawali na wypijaniu kilku łyków wody. Obiło mi się też o uszy, że nie wolno im zbierać jagód ani grzybów, bo wszelka materia jest dziełem Szatana i tym samym złem wcielonym. Widziałem kiedyś mnichów ze zgromadzenia w Presławiu. Mieli przeżarte ranami dziąsła i liszaje na ciele. Opuścili nasze zgromadzenie oburzeni, kiedy dostali zupę z warzywami. Moi bracia nie powinni zatem narzekać. Nie odezwałem się jednak. U nas panowały inne obyczaje. Gdybym podał taką strawę, wiłbym się pod uderzeniami bata. Nie chciałem jednak, aby karać młodych za ich brak doświadczenia. Nie zdążyłem wychować następców. Poza tym bałem się, że wobec braku przyzwoitych posiłków starszyzna przypomni sobie, że wezwano mnie wcześniej, ześlą mnie na dół, abym znów gotował, a tego już bym nie chciał. Przyzwyczaiłem się szybko do małej celi, do spokojnego snu nieprzerywanego chrapaniem braci Tytusa i Damiana ani zgrzytaniem zębów Gracjana, zmagającego się z robakami. Spałem tu godzinę dłużej, śniąc o wędrówkach po polach i łąkach, pływaniu w wodzie w upalne dni i czytaniu ksiąg.

Wędrówki pozostały w snach, ale bliskość ksiąg mnie upajała. Mogłem w wolnym czasie, wcale nie takim krótkim, czytać prawie wszystko, co zgromadzono w naszej bibliotece. Trzysta woluminów zapraszało, abym skorzystał z mądrości w nich zawartych.

Księgi zadziwiały pięknem. Cudowne litery kryły wiedzę na temat zbóż, które szumiały na okolicznych polach, kwiatów, które dawały wonny napój gaszący pragnienie, i liści, które leczyły rany. Były też księgi religijne, najliczniejsze, chociaż zauważyłem, że zawierały więcej ilustracji niż tekstu. To dziwne, że na temat Boga piszący mieli mniej do powiedzenia niż na temat tego, co stworzył. Może bali się o nim pisać? Nasze nauki ponoć ciągle są udoskonalane, dogmaty dodawane, a świadomość religijna zmienia się nieustannie. Tymczasem rośliny i zwierzęta zostały stworzone, istnieją niezmienne i nie pozostaje nam nic innego niż obserwować je i opisywać oraz zachwycać się nimi. To ostatnie czyniłem po kryjomu, gdyż wszystko, co widzimy na ziemi, zarówno ludzie, jak i rośliny oraz zwierzęta jest materią, a tę stworzył Satanael. Oszukał Boga, aby móc być przy dziele stworzenia, i do ducha, który jest dziełem Boga dodał ciało. Bóg na zawsze go przeklął i strącił z piedestału, ale świat został już stworzony. Tak głoszą nasze księgi. Zatem wszystko, co żyje, jest złe. Satanael chce, by słaby człowiek cieszył się jego dziełem. Tak też czyniłem w skrytości serca, w kuchni, obserwując naturę, i teraz wśród starszyzny, czytając o tym w księgach.

Księgi manichejskie zajmowały najwyższe półki. Od dawna nikt po nie nie sięgał. Dopiero ja zdmuchnąłem kurz z *Szapura wtajemniczonego*, cudownej księgi napisanej prawie tysiąc lat wcześniej w języku syryjskim. Manichejczycy, nasi bracia w wierze, pisali swoje dzieła po syryjsku, a ja znałem ten język jak wielu bogomiłów. Upajałem się eschatologiczną, tylko pozornie zwykłą historią poświęconą szachowi Szapurowi Pierwszemu i księciu Perozowi, jego bratu. Czytałem *Żywą Ewangelię*, *Pragmateję* i *Księgę misteriów*, zgadzając się z jej dogmatami albo polemizując z nimi. *Księga gigantów* napawała mnie zachwytem, listy uczonych Greków, Aramejczyków i Syryjczyków uczyły pokory.

Bibliotekarz, brat Odris, miał we mnie oddanego czytelnika, chociaż bywało, że okazywał mi zniecierpliwienie, kiedy prosiłem o księgę, która stała w trudno dostępnym miejscu. Niemal słyszałem, jak jego stare kości trzeszczały, kiedy wchodził na drabinę. Prócz ksiąg kanonicznych w bibliotece zgromadzono także inne. Najbardziej ceniłem sobie *Żywot Maniego, Psalmy Tomasza i Kephalaia*. Wszystko, co zrodziło środowisko manichejskie, było mądre i dobre. Prawie niematerialne.

Największą półkę zajmowały księgi podyktowane przez samego Stwórcę po to, abyśmy czerpali wiedzę o jedynie prawdziwym Bogu i jedynych prawdziwych jego rządach w niebie i na ziemi. W zgromadzeniu, w którym się uczyłem, dostawałem najwyższe noty z tych historii. Studiowałem je z pasją, fascynowały mnie. Bo czyż nie jest niezwykłą historia o Mojżeszu prowadzącym lud wybrany przez pustynię? Albo o zburzeniu murów Jerycha? Nasz Bóg jest sprawiedliwy. Karze pychę i chciwość. Potrafi zniszczyć miasto, jeśli jego mieszkańcy nie zasługują na spokojny żywot. Jeśli my kiedyś obrazimy go naszymi myślami albo uczynkami, zniszczy również nas.

Kochałem też historię o pomieszaniu języków. Sam poznałem dobrze grecki, hebrajski, syryjski i aramejski oraz łacinę. Jak już mówiłem, chciałem się uczyć i dobrze mi to szło.

Przeczytałem całą Biblię, którą my, bogomili, oczyściliśmy z wersetów podyktowanych przez Szatana. Większość ksiąg była u nas zakazana, tak jak Księga Rodzaju, przedstawiająca fałszywy opis stworzenia świata. Psalmy mogłem jednak czytać do woli, rozkoszując się pięknym językiem, miłością do Boga zawartą w słowach czystych i dobrych. Księgi prorocze wywoływały we mnie dreszcze. Najcenniejsza księga w naszych zbiorach, niechętnie udostępniana mi przez brata Odrisa, to księga prorocza Jana Baptysty. Zapowiedział on przyjście Mesjasza i zabito go, kiedy głosił prawdę o Synu Bożym oraz wydarzeniach z ostatnich jego dni. Sam Baptysta, od którego przejęliśmy zwyczaj jednoczenia się w wodzie, był naszym mistrzem, wzorem do naśladowania. Ileż bym dał, aby stać się jego uczniem! Czytałem więc historię jego życia przekazaną nam przez mistrza Bazylego, jemu z kolei przekazaną przez ojca założyciela naszego zgromadzenia, samego Bogomiła. Była jeszcze najświętsza Księga. Trzymałem w ręku jej kopię, jedną z dwóch dostępnych w naszych zbiorach. Świętej Księgi jeszcze nigdy nie widziałem.

W zgromadzeniu, w którym przebywałem wcześniej, czytałem wiele ksiąg, ale nie pamiętam szczegółowo. Było mi tam lżej. Wprawdzie bili nas, uczniów, przykładnie za najmniejsze przewinienie, ale nie głodzili i pozwalali czytać w każdej wolnej chwili. Oczywiście po odmówieniu *Ojcze nasz*, jedynej prawdziwej modlitwy, powtarzanej przez każdego bogomiła sto dwadzieścia razy dziennie. Szczególnie upodobałem sobie wtedy lekturę księgi proroka Baptysty oraz dozwolonej dla nas części Nowego Testamentu – ewangelii Jana Apostoła.

Kiedy pracowałem w oborze, na polu, w kuchni, brakowało mi czasu na czytanie. Brat Odris patrzył na mnie jak na najnędzniejszego robaka, bo gniewał się, kiedy pracujący fizycznie przychodzili do biblioteki. Komuś takiemu jak ja nie wypożyczyłby nawet antymanichejskich *Dziejów* Świętego Archeleusa, tekstów koptyjskich ani baśni arabskich. Wiem, bo daremnie błagałem go o pożyczenie *Chronologii* Birumiego. Ze złością patrzył na ręce uwalane ziemią, odwracał się od szat pachnących gnojówką i kręcił przecząco głową, kiedy błagałem o cokolwiek do czytania. Nie chciał mi udostępniać ksiąg, chociaż szorowałem palce piaskiem i patykiem wydobywałem spod paznokci ziemię, aż ciekła krew. Teraz nie tykałem ziemi, nie pachniałem gnojówką. Brat Odris witał mnie życzliwie i nieomal z honorami. Już nie pamiętał tego, że kiedyś okazywał mi pogardę. Nie pamiętał mnie sprzed czasów, kiedy zamieszkałem na górze. Ja sam ledwie siebie pamiętałem. Zaiste stałem się innym człowiekiem.

*

Czytałem właśnie prawdziwą historię stworzenia świata przez Boga i Szatana, pasjonujące dzieje ich walki o człowieka, kiedy ktoś zapukał do mojej celi. Z żalem oderwałem oczy od opowieści o dobrym Ablu, synu Boga, i złym Kainie, synu Szatana, pierwszym człowieku mordercy, który uległ podszeptom swojego strąconego w otchłań ojca, obdarzonego wtedy jeszcze boską mocą.

– Proszę – chrząknąłem, bo nagle poczułem niepokój. Przez chwilę miałem nawet wrażenie, że się duszę. Nigdy do tej pory nie zakłócono mi sjesty. Co więcej, nie musiałem odmawiać *Ojcze nasz* wraz z innymi. Starszyzna mogła to robić indywidualnie. W sumieniu każdy decydował, czy odmówi modlitwę sto dwadzieścia razy dziennie, jak nakazywało nasze prawo.

Do celi wszedł brat Roman. Zerwałem się na równe nogi. Poprzednia wizyta przyniosła nieoczekiwaną i całkowitą zmianę mojego życia. Czyżby teraz przyszło mi za to zapłacić?

– Mogę? – Wskazał pień drzewa służący mi za siedzisko.

Kiwnąłem głową i próbowałem oddechem uspokoić bijące gwałtownie serce. Brat Roman usiadł. Wyjął ostrożnie z kieszeni kilka jagód i podał mi z uśmiechem. Przyjąłem je niechętnie. Pożywienie otrzymywaliśmy tylko o wyznaczonych porach. Jedzenie poza nimi karano. Nie otrzymałbym chłosty, ale starszyzna mogła zakazać mi wizyt w bibliotece na jakiś czas. Mimo to przyjąłem dar i usiadłem na sienniku.

– Co czytasz, bracie?

Bez słowa pokazałem księgę. W napięciu czekałem, aż Roman wyjawi powód swojej wizyty. Połknąłem jagody prawie niepogryzione. Bałem się, że intensywnie fioletowy kolor zabarwi moje zęby i tym samym zdradzi zakazany posiłek.

– Bracie Cyrylu, wysłano mnie do ciebie z pewną misją... – zagaił.

Zdenerwowałem się, chociaż brat Roman nie wyglądał na kogoś, kto ma mi przekazać, że będę na powrót obracał gnojówkę albo liczył marchewki na zupę. Odetchnąłem nieco, ale nie straciłem czujności. Zamieniłem się w słuch.

– Czy pamiętasz, jak mówiłem ci o odwiedzających nasz klasztor mnichach z Rodopów?

Pamiętałem. Ich wizyta przeszła niemal niezauważona. Niewiele jedli i zostało po nich sporo pożywienia, które podzieliłem między pozostałych braci, pominąwszy starszyznę. Czyżby to się wydało?

– Oczywiście, pamiętam... – zacząłem ostrożnie. – Czyżby nie zadowoliła ich nasza gościna?

Nie widziałem ich na oczy. Rozmawiali jedynie z „doskonałymi". Wiem to, bo proszono mnie, abym podał dziesięć lepszych porcji do pomieszczenia za biblioteką. Co więcej, brat Zachariasz pouczył mnie, abym tacę ze strawą przyniósł osobiście i pozostawił we wskazanym miejscu. Nie mogłem wejść do pomieszczenia ani nawet poprosić kogoś o pomoc. Nie odważyłem się zapytać brata Zachariasza, skąd tyle ostrożności.

– Ależ skąd – zaprzeczył. – Nasi goście docenili twój kunszt kulinarny i wysoką jakość potraw.

Jak ładnie ujął fakt, że moja zupa, choć smaczna, zawierała niewiele składników.

– Czy ich misja się powiodła?

– Bracie Cyrylu. – Roman spojrzał na mnie uważnie. – To, co powiem, zmieni całkowicie twoje życie.

Opanowałem chęć złapania się za serce. Cóż takiego może mi powiedzieć? Czy mój los ma stać się jeszcze lepszy? Według mnie lepsze jest wrogiem dobrego. Taka filozofia życiowa pozwalała mi przetrwać. Nie marzyć o poprawie losu, a jeśli stanie się to moim udziałem, nie żądać więcej.

– Nie rozumiem...

– My, bogomili, rośniemy w siłę. – Zaczerpnął głęboko powietrza. – Miłościwie nam panujący władca cesarstwa bizantyjskiego, oby żył długo i panował w dobrym zdrowiu, wspiera nas. Widzi naszą głęboką wiarę i oddanie Bogu. Lecz jesteśmy solą w oku chrześcijańskiej władzy kościelnej.

Wiedziałem o tym aż nazbyt dobrze. Przyjdzie czas, kiedy cesarz straci kontrolę nad klerem, a wtedy Władyka ogłosi, że bogomili czczą Szatana, nie uznają męki Chrystusa i Dzieła Zbawienia. Co więcej, uważają Jezusa za Logosa, zesłanego przez Boga, lecz nie zrodzonego przez Marię. Wreszcie nie widzą człowieczeństwa Jezusa, który nie odczuwał ludzkich potrzeb, nie jadł, nie spał, nie żył z kobietą. Kler podniesie krzyk i zacznie szydzić z naszych dogmatów albo mówić o nich szeptem jak o największej herezji. Wytkną nam wiarę w to, że Chrystus nie żył w ludzkim tego słowa znaczeniu, a skoro nie żył, nie mógł też umrzeć. Jego serce nigdy nie przestało bić, ponieważ nigdy przedtem nie biło. Zatem i aktu zmartwychwstania być nie mogło. Musimy udawać, że nasza wiara stanowi jedynie odłam obrzędów prawowiernych. W przeciwnym razie czeka nas zguba. Zaczną się prześladowana, może nawet podobne do tych, których doświadczyli pierwsi chrześcijanie. Nagle zaczęło mi się wydawać, że bicie nas, ćwiczenie w głodzie i samotności było przygotowaniem do czasów, które nieuchronnie nastąpią. Żywiłem nadzieję, że nie odbędzie się to za mojego życia albo że nas, bogomiłów, będzie wtedy tak wielu, że przeciwstawimy się klerowi.

– Czyżby cesarz podupadł na zdrowiu albo tracił wpływy? – spytałem zaniepokojony.

Roman spojrzał na mnie uważnie.

– Wiadomo mi jedynie, że Władyka z Trimoncjum nie zezwolił na otwarcie kolejnego naszego zgromadzenia. Przedstawicielstwo naszych braci napisało w tej sprawie do cesarza i otrzymało wymijającą odpowiedź. Ponoć cesarz cierpi na przewlekłą chorobę, co nie pozwala mu zbadać sprawy.

– Może istotnie jest chory?

– Ten list jest dosyć zagadkowy. Cesarz bizantyjski nie przyznałby się do słabości. Wszelkie choroby są uważane za dzieło Szatana albo karę za nieposłuszeństwo Bogu. Ktoś chciał wzbudzić w nas, bogomiłach, niepokój.

– Może nie on zatem napisał ten list?

– Właśnie... Podejrzewamy, że list został przechwycony, a odpowiedź napisali popi z Presławia lub Starej Płaniny. Posłaniec dziwnym trafem zmarł zaraz po przekazaniu odpowiedzi.

– To oznacza tylko jedno: prawosławny kler nie tylko nam nie sprzyja, lecz także stara się pozbawić nas niezależności i ochrony cesarza. Dlaczego?

– Kler nigdy nam nie sprzyjał. Car Piotr I pozwolił, aby Ormianie, ci wyznawcy praktyk paulicjańskich, zasiedlili Trację i połączyli się z bułgarskimi myślicielami, zwolennikami naszego ojca Bogomiła. Car odpierał zarzuty kleru, że niszczy wiarę chrześcijańską. Piotr I był wielkim władcą i myślicielem. Zajęty podbojami i budowaniem imperium nie bawił się w gierki garstki popów i bojarów narzekających, że bogomili nie uznają świętych obrazów, nie kłaniają się w cerkwiach i nie przyjmują sakramentów. Z tego powodu szeptano nawet, że jest jednym z nas. Teraz staliśmy się częścią wielkiego Bizancjum. Wszystko się zmieniło. Jerozolima należy do chrześcijańskiego świata. Męka Chrystusowa jest dogmatem ich wiary. Nie tylko prawosławny kler jest naszym wrogiem. Przyjdzie czas, kiedy poprą ich łacinnicy wspierani przez papieża. Będziemy musieli się zmierzyć z potężną armią wrogów. – Dziwne, że mówił do mnie tak otwarcie. – Lud nienawidzi kleru i bojarów – kontynuował. – Kocha prawosławnego Boga, ale popów nienawidzi. Mimo że zamknięty za murami, wiedziałem to i owo. Używałem oczu i uszu, kiedy wychodziłem na targ. Słyszałem skargi uciśnionych chłopów na cesarza i na kler. Zgromadzenia cerkiewne, które powinny jednoczyć głodnych i pomagać im, przekonywały, aby ostatnie ziarna zboża oddać nieznającym umiaru w jedzeniu i piciu duchownym. Chłopi słuchali ich i umierali z głodu.

Jeszcze gorsi byli bojarzy. Ich okrucieństwo sankcjonowała władza świecka i kościelna. Mieli część chłopów na własność i mogli z nimi robić, co tylko chcieli, także zabić. Słyszałem o dzieciach wrzucanych na arenę między walczące psy. Psy rozszarpywały dzieci na strzępy, a na widowni goście bojara krzyczeli z uciechy. Słyszałem o kobietach wykorzystywanych na oczach ich mężów i zabijanych za narażenie pana na pokusy. Słyszałem o mężczyznach sprzedawanych za długi, gnanych zimą kilometrami na północ, aby chociaż w części pokryć życie ich panów ponad stan.

– Bardziej nienawidzą bojarów – stwierdziłem.

Przypomniałem sobie pręgierze, pod którymi wili się chłopi bici przez panów tak strasznie, że pozostawały jedynie gołe kości. Patrzyłem ze współczuciem, jak żony i obdarte dzieci po zakończeniu kaźni czuwały przy nich dopóty, dopóki nie wyzionęli ducha.

Dziewczyna, od której kupiłem zgniłe warzywa, należała do wolnych chłopów. Kto wie, czy nie mieli oni jeszcze gorszego losu. Ich niewielkie poletka nie dawały takich plonów, by mogli wyżywić rodzinę i zapłacić obowiązkowe daniny bojarom oraz klerowi. Umierali z głodu, zimna i pracy ponad siły. Płacz matek i żon rozlegał się w każdej chłopskiej chacie, a ziemia wzbierała od stawianych wszędzie grobów.

– Na świecie jest wiele niesprawiedliwości – mówiłem ostrożnie. – Czyż nie zostaliśmy powołani do tego, żeby pokazać światu prawdziwą wiarę i tym samym chociaż trochę ulżyć ludziom biednym i poczciwym?

– Jesteś niewinny w swojej wierze, mój bracie. – Popatrzył na mnie smutno. – Jest nas jednak garstka w porównaniu z klerem.

– Co mamy zatem począć?

– Możemy jedynie odnieść moralne zwycięstwo. Jeśli cesarz odwróci się od nas, kto wie, co się z nami stanie. My, bogomili, nie płaciliśmy daniny. Nie posiadaliśmy nic, zatem nie można było nam niczego zabrać. Nie wznosiliśmy świątyń, nie pisaliśmy ikon. Zgromadzenia, w których szkoliliśmy adeptów, i te, które zajmowaliśmy jako dorośli mnisi, otrzymywaliśmy od rodzin bogatych braci albo zapisywano je nam w testamencie. Kler ani bojarzy nie mogli nam ich zabrać.

– Jeśli Aleksy Komnen nas wesprze – powiedziałem z namysłem – możemy krzewić naszą wiarę wśród chłopów. Wystarczy go przekonać, że prosty lud kocha cesarza. W przeciwieństwie do bojarów dbających tylko o własny interes.

Naszą wiarę przekazywaliśmy w ukryciu. Szeptaliśmy o tym, że mamy jedyną właściwą Księgę Rodzaju i znamy najprawdziwszego Boga. Nie mieliśmy rzeszy wyznawców, raczej grupy zwolenników, którzy otwarcie nie mogli przyznać się do sympatyzowania z nami. Sprzyjali nam zwłaszcza najbiedniejsi chłopi. Miałem w tym swój udział. Nadwyżkę pożywienia zawsze rozdawaliśmy biednym. Nie wymagaliśmy ani przyznawania się do tego, ani mówienia o nas innym. Kiedy nam dziękowano za uratowanie od śmierci głodowej, mówiliśmy jedynie, że to nasza powinność.

Nie dodałem, że wypełniamy swoją misję na podobieństwo pierwszych chrześcijan. Nigdy nie wypowiem tych słów głośno, ale widzę wyraźną zbieżność między działalnością Apostołów a naszą. Naszą wiarę i dogmaty przekazujemy ustnie, tak jak nas nauczył ojciec Bogomił. Nie potrzebujemy do tego Świętej Księgi. Choć jeśli ona rzeczywiście istnieje, jest dostępna nielicznym, najwyższym czcicielom ducha. To wszystko jednak za mało, aby uchronić się przed atakiem kleru.

– Nie sądzę, aby cesarz poświęcił nam czas – powiedział Roman z namysłem. – Szykuje się na wojnę. Pozostawia stolicę jak zwykle w rękach wojska, ale... Podobno patriarchowie przekonali go, że tylko ich modlitwy zapewnią armii zwycięstwo.

Dawni carowie wygrywali bitwę za bitwą. Więzili przegranych, poddawali okrutnym torturom. Nikogo nie oszczędzali, nawet własnych braci. Więzili uzurpatorów, wyłupywali im oczy albo wyciągali trzewia na zewnątrz ciała. Wygnani szli, trzymając je w chustach, aby nie wypadły na drogę. Przygodni szalbierze wpychali im je na powrót do brzuchów. Kiedyś wieść o zwycięstwach i karach dla pokonanych roznosiła się po całej Bułgarii. Prawosławni patriarchowie próbowali nie dopuścić do tego, aby delegacja bogomiłów pokłoniła się władcy. Bogomili nie zostali odesłani z kwitkiem tylko dzięki swoim wpływom. Potem car umarł, a za nim kolejny i jeszcze następny. Bułgaria była już tylko częścią Bizancjum, a ja dorosłem i wiele lat żyłem, martwiąc się tylko o to, aby dokładnie przerzucić gnojówkę albo na czas podać posiłek. Pracowałem i się modliłem. Teraz słyszę od Romana o sprawach większych, ba, wielkich nawet. Miałbym się stać częścią historii bogomiłów? Czy do tego zmierzał Roman?

– Cesarz wygra tę wojnę i wróci w chwale – zapewniłem. – Jest potężnym władcą i wybitnym strategiem... Nie wierzę w jego chorobę. To silny człowiek.

– Masz rację. – Roman pochylił się ku mnie. – Krucjata zakończyła się sukcesem chrześcijaństwa. Stłamszono niewiernych. Dźwignięto Królestwo Jerozolimskie...

– Tym bardziej nie ma powodu, aby się lękano garstki bogomiłów...

– Tak. Ale nasi sprzymierzeńcy na wschodzie skłaniają się ku sojuszowi z Serbami. Od południa ziemie bizantyjskie są nieustannie najeżdżane przez niewiernych. Tylko patrzeć, jak cesarz będzie potrzebował kleru, aby bronić Konstantynopola. Już prosił o wsparcie łacinników. Łacinnicy mieli swoje królestwo zachodnie i niechętnie mieszali się do spraw wschodu. Jeśli zechcą wesprzeć cesarza, wpływy papieża staną się nieograniczone. Z którym światem jest po drodze bogomiłom? Łacińskim czy prawosławnym?

– Cesarz będzie sam bronił Konstantynopola... – Zaczynałem rozumieć wywody Romana. – A jeśli łacinnicy dołączą do niego, to tylko z obawy przed najazdem niewiernych.

– Tak. Będzie gromadził armię, aby odsunąć Turków, chociażby brzegi imperium łupili zachodni rycerze – zgodził się ze mną brat Roman.

– Jeśli zacznie się kolejna wojna o Konstantynopol, tutejszy kler wybije nas jak kaczki.

– O tym właśnie rozmawialiśmy z mnichami z Rodopów. – Pokiwał smutno głową. – Wysoko w górach istnieje jedno z największych naszych zgromadzeń... – Brat Roman zamilkł i spojrzał wyczekująco.

Słyszałem o tym zgromadzeniu. Tamtejsi bracia nazywali siebie pielgrzymami, nie hodowali zwierząt, nie uprawiali roli. Gardzili materią, nawet powietrzem, bez którego by umarli. Żyli z dnia na dzień, na granicy śmierci głodowej, modlili się i pościli. Mówiono też, że karali swoje ciała biczowaniem nawet za myśl sprzeczną z doktryną bogomiłów.

– Bracia z Rodopów nie krzewią naszej wiary. Ponoć w bibliotece nie mają ani jednej księgi – zauważyłem.

– Nieprawda, bracie – zaprzeczył łagodnie Roman. – To najbardziej skuteczni apostołowie bogomiłów. Nie waham się użyć tego słowa. Apostołowie.

Spuściłem głowę. Wyobrażałem sobie ich jako odrażających starców walczących z materią aż do śmierci.

– Przekazują sobie mądrości ze Świętej Księgi podczas modlitw. Nieustannie pielgrzymują. W przebraniu żebraków odwiedzają najdalsze zakątki świata i nastawiają uszu. Jeśli ktokolwiek wie coś o posunięciach kleru i możnowładców, to właśnie oni – dodał.

A zatem nie tylko głodują i się samobiczują. Są oczami i uszami bogomiłów. Nie wiedziałem o tym.

– Wiesz doskonale, że musimy udawać podobieństwo naszej wiary do chrześcijańskiej. Udało nam się przetrwać. Co więcej, pielgrzymujący bracia z całej Bułgarii niosą słowo w innych krajach. To bracia z Rodopów niestrudzenie przemierzają setki mil, aby zasiać w ludziach prawdziwą wiarę. Zdołali także przeniknąć w szeregi tutejszego duchowieństwa i poznać jego plany względem nas.

Milczałem wstrząśnięty jego słowami.

– Przybyli, aby nam o tym powiedzieć? – spytałem wreszcie.

– I ostrzec nas.

Tylko o co chodzi bratu Romanowi? Jak nasze zgromadzenie może się przygotować na atak kleru?

– Pora, abyś mi powiedział, z czym przychodzisz – odważyłem się zadać to pytanie.

Pokiwał głową, wstał i odmówił *Ojcze nasz*. Razem z nim wypowiadałem głośno słowa modlitwy. Odniosłem wrażenie, że po raz pierwszy rozumiem ich znaczenie. Pomyślałem o moim ojcu, moich braciach i siostrze. Ani ich nie odwiedziłem, chociaż nigdy o nich nie zapomniałem. Czy żyją?

– Kościół chrześcijański przygotowuje kolejną wyprawę krzyżową... – Usłyszałem.

Zapomniałem o bliskich pozostawionych w rodzinnej wsi. Znów byłem bratem Cyrylem, bogomiłem, świeżo przyjętym do starszyzny, pragnącym dokonać wielkich rzeczy.

– Naprawdę? Niedawno zakończyła się pierwsza krucjata. Powstało Królestwo Jerozolimskie. Chrześcijanie mogą otaczać czcią ziemię, po której stąpał Chrystus, i pielęgnować jego pusty grób. Po cóż im znów zadłużać się i podróżować miesiącami na Bliski Wschód?

Jako bogomili głęboko pogardzaliśmy bezprawiem, przemocą, której dopuszczano się z imieniem Boga na ustach. Donoszono nam o drogach pełnych ukrzyżowanych kobiet i dzieci pozbawionych życia za to, że wyznawały inną wiarę. Słyszeliśmy o możnych tego świata, którzy zamiast dać jeść swoim ludziom, opłacali legiony żołnierzy jadących do Ziemi Świętej, aby łupić, mordować i puszczać z dymem świat nierzadko bardziej cywilizowany od naszego.

Ponoć większość rycerstwa wzięła udział w wyprawie z najbardziej szlachetnych pobudek. Sprzedawali ziemie należące do rodziny, aby kupić konia i wyposażyć ojca lub syna na daleką wyprawę. Widziałem ich ciągnących z zachodu, północy i południa na wschód w zbrojach, które kosztowały nędzę poddanych, z łopoczącymi chorągwiami, na których widniał czerwony krzyż. Mówiono, że pustoszyli mijane miasta. Zrabowane przez nich dobra później odbierali im rozbójnicy. Nierzadko wyrzucali je sami krzyżowcy, bo złote puchary i marmurowe posągi nie przydawały się im podczas wędrówki ani walki.

– Miejsca drogie chrześcijaństwu znajdują się wciąż w rękach niewiernych. A możni tego świata nie spoczną dopóty, dopóki nie zdobędą wszystkiego, co według nich im przynależy.

Chrześcijański Bóg zwyciężył. Zatknięto flagę z krzyżem na murach Jerozolimy, ukarano przegranych, pozostawiono legiony, aby broniły świeżej zdobyczy.

– Bóg jest dobrocią. Grabież i morderstwo są dziełem nie Jego, ale Szatana.

– Bracie Cyrylu, ani my dwaj, ani całe nasze zgromadzenie, nawet wszystkie zgromadzenia bogomiłów nie zapobiegną temu, co ma nastąpić. Dojdzie do kolejnej krucjaty, a my... weźmiemy w niej udział.

Mniej zdumiałaby mnie wiadomość o tym, że słońce przestało świecić, a księżyc nie wzejdzie na nieboskłon.

– Niemożliwe.

– To postanowione. Jeśli chcemy przetrwać, musimy dać świadectwo naszej wiary w jedynego Boga i naszej lojalności wobec chrześcijańskiego świata.

Będziemy niczym starozakonni, którzy nigdy nie uznali Chrystusa za zbawiciela. Tyle że oni go ukrzyżowali i od tego czasu doświadczają prześladowań ze strony jego wyznawców. My nie ukrzyżowaliśmy Jezusa. Dlaczego zatem mamy iść i w jego imię ratować świat przed morzem dzieci Allaha?

– Nie szkolono nas w walce – zaprotestowałem. – Nie jesteśmy jak krzyżacy ani maltańczycy, ani tym bardziej jak templariusze. Żaden z nas nie umie utrzymać miecza. I nie mamy mieczy... – Mój głos nie dochodził do umysłu brata Romana, który wydawał się entuzjastą wyprawy do Jerozolimy.

– Miecze powstają na północy – wyjaśnił. – Są wykuwane tysiącami i przywożone do naszego cesarstwa. Cesarz kocha północne miecze. Są lepsze od rzymskich, tamtejsze rudy żelaza ponoć są bardziej wartościowe i kowale silniejsi. Wieść niesie, że gromadzi armię.

– Będziemy uczyć się walczyć? Czy to chciałeś mi zakomunikować, bracie Romanie?

– Nie, drogi Cyrylu... Bogomili nie wezmą udziału w krucjacie.

– Przed chwilą mówiłeś, że miecze...

– Sprowadzimy miecze i rycerzy tylko po to, aby bronili naszych braci, którzy udadzą się do Konstantynopola.

Nadal nic nie rozumiałem.

– Wizyta mnichów z Rodopów miała na celu opracowanie planu. Jeśli chcemy przetrwać w naszej wierze, musimy ukorzyć się przed chrześcijańskimi możnowładcami. Pójdziemy do Konstantynopola. Pozornie naszym celem będzie chęć wzięcia udziału w krucjacie. Milczałem. Brat Roman rozentuzjazmowany mówił dalej.

– Cesarz nam sprzyja. Więcej niż sprzyja. Pamiętasz, bracie, wizytę dostojnika, który przybył tu z dwoma rycerzami kilka lat temu?

Kiwnąłem głową. Dobry brat Albert wziął mnie wtedy pierwszy raz do kuchni. Sam nie mógł sprostać oczekiwaniom dostojnika, który nas odwiedził. Pytałem go, kim jest ów gość, ale nie umiał albo nie chciał mi powiedzieć.

– Wieść głosi, że odwiedził nas wtedy sam wielki cesarz Aleksy Komnen i zaprosił przedstawicieli naszego zgromadzenia do Konstantynopola. Rozum i serce podpowiadają mi, że chce przyjąć naszą wiarę. Musimy go do tego ostatecznie przekonać.

– Dlaczego zaprosił właśnie nas? – Nie mogłem otrząsnąć się ze zdumienia. Przypomniałem sobie kunsztowne ozdoby, jakimi udekorowano uzdę i siodło konia dostojnika, i efektowne zbroje rycerzy. To mógł być cesarski koń i rycerze Aleksego.

– Ponieważ nasze zgromadzenie założył ojciec Bogomił. I jeszcze coś... To u nas jest ukryta Księga. Pokażemy ją Aleksemu Komnenowi, a on przyjmie naszą wiarę.

Odebrało mi mowę. A więc Tajemna Księga istnieje naprawdę. Co więcej, mielibyśmy pokazać światu coś, co jest naszą największą tajemnicą, pilnie strzeżonym skarbem.

– Powiemy, czym jest w istocie nasza religia, dlaczego nie chcemy pozostawać pod zwierzchnictwem Rzymu. Poprosimy cesarza o ochronę naszych zgromadzeń i prawo do swobodnego wyznawania naszej wiary. Jeśli wiarę przyjmie sam cesarz, wtedy nikt już nam nie zagrozi. W zamian zadeklarujemy poparcie dla działań Władyki, wspólną modlitwę z prawosławnymi, a jeśli będzie trzeba, to także z katolikami. Udowodnimy, że chrześcijanie są naszymi braćmi.

– Może jeszcze pokłonimy się papieżowi? To jest pomysł...

– Moje zdumienie było tak wielkie, że zapomniałem o szacunku wobec brata Romana.

Ten jednak nie wydawał się urażony. W jego oczach widziałem tylko entuzjazm.

– Musimy uzyskać poparcie Konstantynopola. Nikt nie jest prorokiem we własnym kraju, zwłaszcza że nie wiadomo, jaki jest ten kraj. Jeśli cesarz zachoruje, przegra wojnę albo chociaż jedną z bitew, zapłoną stosy.

– Pokornie przepraszam za nieprzemyślane słowa. – Pochyliłem głowę. – Zgrzeszyłem brakiem wiary i szacunku. Proszę o wybaczenie.

– Nie przepraszaj, bracie. – Roman położył mi rękę na ramieniu. – Twoje słowa dowodzą jedynie miłości do współbraci. To szalony plan, wiem. Zgadzam się jednak, że nasza jedyna nadzieja.

Zamilkliśmy.

– Jestem sługą Bożym mającym nadzieję, że moja służba jest Bogu miła. Uczynię wszystko, czego ode mnie zażądasz ty albo którykolwiek z braci.

– Niech się tak zatem stanie. Twoim zadaniem będzie służba Świętej Księdze. Zostaniesz jednym z uczestników wyprawy. Co więcej...

Szalony plan wydał mi się nagle atrakcyjny. Dane mi będzie zobaczyć Konstantynopol. Czy chciałem podążyć do tego wspaniałego miasta? Oczywiście, że tak. To moje najskrytsze pragnienie. Do tej pory nigdy nie pomyślałem, że mogłoby się spełnić. Nikomu o tym nie mówiłem, nawet Albertowi, z którym dzieliłem się grzesznymi myślami o posiadaniu kobiety i dzieci. Wiedziałem, że mnie nie wyda, ale nie odważyłem się wspomnieć o świecie, który pragnąłem poznać. Teraz miałem zobaczyć najokazalsze budowle, wzniesione Bogu na chwałę, wszystko, czym głośno pogardzamy, ale co w skrytości ducha podziwiamy i adorujemy. Zobaczyć potęgę tamtego Boga.

– Czy zgadzasz się wziąć udział w niezwykle niebezpiecznej misji? Masz prawo odmówić. Nie spotkają cię z tego powodu żadne represje.

Nie bałem się. Co mnie tutaj czeka? Odliczanie dni, modlitwa powtarzana codziennie, strawa, księgi. „Lepsze jest wrogiem dobrego", zaszeptało mi w głowie. „Opamiętaj się, Cyrylu. Powiedz, że nie jesteś godzien. Póki nie jest za późno".

– Zgadzam się z lekkim sercem. – Położyłem dłoń na piersi.

– Masz świadomość, że możesz zginąć?

– Jestem gotów oddać życie w obronie naszej wiary i Księgi.

– W głowie mi szumiało. Serce kołatało nie ze strachu, ale z radości.

– To nie wszystko, bracie Cyrylu...

Spojrzałem wyczekująco. Cóż może jeszcze się stać?

– Każdy ze strażników Świętej Księgi pozna część jej tajemnic... Będziemy ją przepisywać, kopiować, aby w przypadku grabieży nie zaginęła. Tak mówi brat Lazar...

Nie wierzyłem własnemu szczęściu. Poznam tajemnicę naszej Księgi!

– Księga powinna zostać przepisana, aby każdy miał przy sobie egzemplarz na wypadek grabieży?

– Księga jest jednym jedynym świadectwem, które podyktował Bóg naszemu najświętszemu ojcu Bazylemu. Dlatego zostanie powielona. Tak aby na wypadek grabieży, mogła zostać oddana bez straty.

Milczałem, analizując jego słowa.

– Bracie Cyrylu, szpiedzy ruszą za nami – powiedział, wstając. – Szpiedzy i złodzieje, nawet mordercy. Możemy poświęcić życie, oddać fałszywą księgę. Jednak ta prawdziwa musi dotrzeć do Konstantynopola.

Na zewnątrz brat Jeremiasz uderzał w gong wzywający na popołudniowe modlitwy i grupowe wyznawanie win, które praktykowaliśmy w zgromadzeniu.

– Kiedy ruszamy? – spytałem.

– Zaraz po zbiorach. W sierpniu.

Był marzec.

– A kiedy mogę zacząć przepisywać Księgę? – wyszeptałem zdławionym głosem.

– Jutro, wraz z innymi wybranymi...

– Kim są wybrani?

Brat Roman stał przy drzwiach. Zabrzmiał gong, zapraszając na wspólne wieczorne modły.

– Jutro się dowiesz. Teraz chodźmy. – Niecierpliwym gestem nakazał mi wyjść. – Jeśli dobrze się sprawisz i twoja praca dla bogomiłów przyniesie owoce, będziesz mógł prosić, o co tylko chcesz...

Kości Alberta bez czaszki i prawicy spoczywały w worku w celi brata Matiasa. Najbardziej na świecie chciałbym, aby zostały pochowane. Postanowiłem, że tego właśnie zażądam.

# ZIEMIA ŚWIĘTA, I WIEK

Zaczęliśmy spisywać dzieje wędrówki do Jerozolimy, zatem zdarzenie w wiosce zapoczątkowało coś dobrego. Zajmowaliśmy się tym ja i Abiasz. Pozostali tylko z początku byli zupełnie obojętni. Po zaledwie jednym dniu marszu pojawiła się wrogość. Sariusz doradzał nawet, aby wyrzucić ów cenny dar jako przesiąknięty nienawiścią tamtych wieśniaków.

– Dar nie był szczery – powtarzał. – Dlatego to, co z niego wyniknie, nie będzie dobre.

– Przeciwnie – upierał się Abiasz. – Otrzymaliśmy go jako najbardziej szczery. Kto wie, skąd wziął się w tej wiosce? To bardzo cenna rzecz. Może jakiś dostojnik zostawił go albo zmarł i papirus pozostał w wiosce?

– Zaczynasz fantazjować, bracie. – Eliasz poklepał Abiasza po ramieniu. – Sądzę, że jesteś godny, aby spisywać nasze dzieje.

– Nie będę pisał o naszych dziejach, tylko o Mesjaszu – zaprotestował Abiasz.

Dlaczego mnie pomijał?

– Ja będę spisywał wspomnienia Nauczyciela i Abiasza o naukach Pana – dodałem.

– Nie umiesz pisać – zauważył Izrael.

– To nie jest... – zaprotestowałem.

Ja i Ezdrasz poświęciliśmy dla tej wędrówki najwięcej. Czemu inni tego nie widzą? Izrael był sam, rodzice mu umarli, żony nie miał. Czemu wygłasza takie opinie?

– ...prawda – dokończył za mnie Abiasz. – Ariel ma pewne braki, ale któż ich nie ma? Ja sam mam trudności z przypomnieniem sobie wszystkiego, czego się nauczyłem. Nie pisałem przez wiele lat.

Wiedziałem, że z trudnością zabierał się do pisania nie dlatego, że nie potrafił, tylko sprawiało mu to wielki ból. Mówił mi, że przypomina sobie wtedy porzuconą matkę, i chociaż słowa Jezusa, że zaopiekuje się nią, stanowią pewne ukojenie, to Abiasz już zawsze będzie obwiniał się o ten podły w jego mniemaniu czyn.

– Ariel szybko się uczy i niebawem mnie prześcignie – oznajmił.

– Mimo wszystko uważam, że powinniśmy sprzedać skórzany worek w najbliższej wiosce i kupić jedzenie. Papirusu i przyborów do pisania nikt niestety nie kupi...

– Nauczycielu, powiedz im... – prosiłem.

Nauczyciel jednak szedł w milczeniu. Izrael się uśmiechnął. Abiasz przytulił worek do serca.

– Nie... – rzucił szybko i poszukał wzrokiem aprobaty Nauczyciela. – To byłby wielki błąd i... grzech. Nauczycielu, proszę, pozwól mi moim pisaniem chwalić Boga i Mesjasza...

– Pozwól nam, Nauczycielu – prosiłem razem z Abiaszem.

– Panu by się to podobało...

Sariusz zgadzał się z Izraelem, najpewniej dlatego, że w skórze, z której zrobiono worek, widział jedynie materiał na podeszwy naszych sandałów. Eliasz i Gabriel wydawali się obojętni w kwestii spisywania opowieści o Nauczycielu i Mesjaszu. Nie wyobrażałem sobie, że możemy wyrzucić albo zniszczyć coś tak cennego.

– Ja także jestem za tym, aby wyrzucić worek – zabrał głos brat Luka.

– A my przeciwnie – odezwali się bracia Matias i Długi Marek. Krótki Marek, który we wszystkim słuchał Długiego, zawtórował mu.

– Sądzę, że należy wykorzystać ten dar – zdecydował w końcu Nauczyciel. – Abiaszu, pisz tak, jak umiesz, i to, co pamiętasz.

– A ja, Nauczycielu? – dociekałem.

– Ciebie niech Abiasz nauczy wszystkiego, co potrafi.

– Nauczycielu, czy i ty zechciałbyś zostać kronikarzem? – odważyłem się spytać. – Potrafisz czytać i pisać, mówiłeś nam to.

– Nie, Arielu... Nie zostałem powołany po to, aby pisać kronikę. Moim zadaniem jest iść i spotkać Chrystusa. Waszym także...

– Kronika została nam zesłana od Boga – przypomniał Abiasz. – Za twoją sprawą Nauczycielu. Nie zaprzeczaj, proszę.

– Tak było – zgodził się Nauczyciel. – Piszcie, moi bracia w wierze. Ja będę się modlił.

– Czy opowiesz nam o chwalebnych czynach Pana? O jego drodze do mądrości? Mówiłeś, że przyszedł na świat jako syn człowieczy z rodu Dawida. Czym zadziwił faryzeuszy w świątyni? Kto go nauczył pisma świętego?

– Jego ojciec – odpowiedział Nauczyciel po chwili wahania.

– Czy byliście razem jako dzieci? – wtrącił Gabriel. – Może łowiliście razem ryby?

– Nie. Kiedy Jezus się urodził, jego rodzina musiała uciekać do Egiptu... Król... Wielki Herod wydał rozporządzenie, aby zgładzić wszystkich chłopców, którzy nie ukończyli dwóch lat.

– Jak to się stało, że ty przeżyłeś? – drążył Matias.

– Moi rodzice zmarli wcześnie... – Nauczyciel rozłożył bezradnie ręce. – Nigdy nie dowiedziałem się, gdzie mnie ukryto.

– Kto nauczył cię czytać i pisać, Nauczycielu? – Bracia Matias i Długi Marek zadali to pytanie jednocześnie, a Krótki Marek zatrzymał naszą wędrówkę, aby nie pominąć niczego z jego odpowiedzi.

– Mój wuj, daleki krewny ojca, wziął mnie na wychowanie i wykształcił. Powinienem teraz spłacać dług, zostać kupcem i pomagać sędziwemu wujowi w sklepie. Nie zrobiłem tego, gdyż Pan mnie powołał. – Pochylił głowę.

– Jak to? – przerwał ciszę Ezdrasz.

Nauczyciel wskazał widoczną w oddali kępę krzaków i drzew.

– Pójdźmy tam i zostańmy na noc. Odpowiem na wasze pytania...

Miejsce na nocleg wydawało się odpowiednie. Żadnych kolczastych krzaków, nawet małe źródło wody, przy którym modliliśmy się, a potem złapaliśmy dwa gołębie i upiekliśmy je w żarze. Nie mieliśmy dużo jedzenia, ale starczyło dla wszystkich, gdyż zerwaliśmy kilka owoców z drzewa chlebowego. Nie wiedziałem, że rosną w tych okolicach. Jadł nawet Nauczyciel.

– Śnił mi się którejś nocy... – zaczął opowiadać. – Pytał, gdzie jestem. Odpowiedziałem: „Czy ty jesteś kuzynem moim, Jezusem z Nazaretu? Twoja matka jest siostrą mojej nieżyjącej matki". Pokiwał głową i zniknął. Przychodził do mnie przez czterdzieści nocy i za każdym razem powtarzał: „Gdzie jesteś, Janie?". Ja także zadawałem mu pytania, a on odpowiadał na nie.

– O co pytałeś, Nauczycielu?

– O wszystko, co wydawało mi się ważne... – westchnął. – Gdzie był, czy się uczył, czy jest kapłanem uczonym w piśmie, czy ożenił się i ma rodzinę wreszcie czy rzeczywiście jest Synem Bożym... Odpowiedział: „Tak, Janie jestem Synem Bożym". Wtedy spytałem, kim ja jestem.

– Co odpowiedział?

– „Jesteś tym, który przygotuje ścieżkę dla mnie. Będziesz chrzcił ludzi wodą, aby przygotować na wydarzenia, które dopiero nastąpią". To jego słowa.

– Powiadają, że ochrzciłeś samego Jezusa...

– Tak, we śnie wskazał miejsce, gdzie mam na niego czekać.
– Pokiwał głową. – Spotkaliśmy się wtedy po raz pierwszy jako
dorośli ludzie. Ochrzciłem syna w imię Ojca i Ducha Świętego...
Siedzieliśmy w milczeniu. Każdy z nas myślał zapewne o Jezusie, synu człowieczym. Nie umiałem pojąć, jak człowiek zro-
dzony z kobiety jest w istocie synem samego Jahwe.

– Czy to on kazał ci nas powołać?
– Tak, właśnie tak. – Nauczyciel zakopał kości gołębi, aby
nie przypełzło robactwo. – Powiedział, kogo mam poprosić,
aby przyłączył się do mnie. Wymienił wszystkich dwunastu...
Siedzieliśmy oniemieli ze zdumienia.

– Szukałem was wszystkich, aż znalazłem. Tylko... – zawiesił
głos.

– Tylko co, Mistrzu?
– Jeden ze wskazanych, młody Barnaba, kupiecki syn, nie
chciał iść. Dwa dni koczowałem u wrót jego domu, prosząc go
i przekazując wolę Jezusa jemu i jego rodzicom. Nie zdołałem
go przekonać. Prosiłem Jezusa o wskazówkę, ale nie chciał lub
nie mógł mi jej udzielić.

– Co zrobiłeś, Nauczycielu? – Chciał wiedzieć Sariusz.
– Powołałem innego.
– Kogo? – spytał Abiasz. – Skąd wiedziałeś, że okaże się
godzien?
– Nie wiedziałem – odpowiedział Nauczyciel i popatrzył na
mnie. – Obyś okazał się godzien, Arielu, i spełnił swoją rolę...

*

Pierwszą literę Abiasz postawił dopiero następnego dnia po
wschodzie słońca, chociaż nie mógł się tego doczekać, a z niepokoju i niecierpliwości nie zasnął tej nocy. Ja także nie mogłem
spać. Więc to tak. Jezus nie wybrał mnie, nie wskazał. Dlaczego
zatem opuściłem rodzinę i poszedłem za głosem Nauczyciela?

– O czym tak myślisz? – Zwrócił się w moją stronę Abiasz, chociaż doskonale wiedział, co mogło zaprzątać moją głowę.

– Obym okazał się godny – powtórzyłem za Nauczycielem.

– Godny czego?

– Nie wiem. Nie wiem, jaka ma być moja rola... Może mam zginąć w obronie Nauczyciela, może mam spisywać nauki Jezusa i pokazać je jako świadectwo. Nie wiem. – Czułem się bezradny i pusty jak skorupka jajka.

Jednak już następnego dnia nie mogłem się doczekać, kiedy zaczniemy pisać. Abiasza zżerał niepokój, że nie pamięta dobrze alfabetu. Wreszcie zapisał pierwszą literę. Zapamiętałem dokładnie jej wygląd: M jak Mesjasz. To piękny znak, dostojny i równy. Kilka razy napisałem go patykiem na piasku, żeby nie marnować cennych kartek.

– Pięknie – pochwalił mnie Abiasz. – Masz talent.

Od tej chwili chłonąłem wiedzę na temat liter, ich wymowy i znaczenia. Abiasz stawiał je, a moje serce się radowało. Wędrówka już nie wydawała mi się tak trudna, a nagroda na jej końcu tak mglista. Teraz miałem inny cel: pisać najpierw razem z Abiaszem, później samodzielnie.

Abiasz nie podzielał mojego entuzjazmu. Pisanie, którego początkowo nie mógł się doczekać, szybko zaczął traktować jak pokutę, brzemię, które należy dźwigać. Przypominał sobie coraz więcej z nauk, które przekazywał mu jego nauczyciel. Często jednak nie wiedział, jak zapisać dane słowo, dlatego rysował w to miejsce ilustrację albo zastępował nieznaną sobie literę znakiem, który tylko on i ja umieliśmy odczytać.

– Boję się, bracie, że nasze historie będą dla innych niezrozumiałe – powtarzał.

Wielokrotnie opowiadał o trudzie i ograniczeniach, które napotyka.

– Musisz wierzyć, że twoją ręką kieruje Bóg – tłumaczyłem mu za aprobatą Nauczyciela, a on pochylał się nad papirusem, wzdychał ciężko i znów pisał. – Jezus ciebie wskazał...

Po miesiącu wytężonej pracy znałem prawie wszystkie litery, którymi posługiwał się Abiasz. Spisałem także swoją pierwszą historię, tę o głuchym chłopcu, ale inaczej niż Abiasz. Zawarłem w niej własne refleksje. Ludzie wciąż wierzą w sprawczą moc Szatana, w jego współdziałanie z Bogiem. Zły, korzystając z dobrej woli Dobrego, psuje dzieło stworzenia, a Dobry nie potrafi się temu przeciwstawić. To dlatego świat nękają powodzie, trzęsienia ziemi i erupcje wulkanów. To dlatego są tereny żyzne, dające plon i mogące wykarmić tych, którzy na nich pracują. Myślę, że Bóg stworzył morze i zapełnił je rybami, ale Szatan dodał do tego morza soli, aby zabijała tego, który się jej napije. Byłem bliski zrozumienia tego, co tamten człowiek z wioski miał na myśli. Wielokrotnie zastanawiałem się nad jego wypowiedzią i doszedłem do wniosku, że rację ma on, nie Nauczyciel. Mesjasz i Szatan to synowie naszego Jahwe. Jahwe jest ojcem, który nie odtrąca swojego dziecka, tylko trzyma je przy sobie, aby nie uczyniło więcej złego.

– Nauczycielu, opowiedz nam o synu marnotrawnym – poprosiłem któregoś wieczoru. – Chcielibyśmy z Abiaszem zapisać i tę historię.

Odpoczywaliśmy wszyscy razem na skraju rzadkiego lasu i jedliśmy dwa dzikie króliki, które upolowali Sariusz z Eliaszem, razem z ugotowanymi ziarnami fasoli rosnącej przy jednej z dróg.

– To historia, którą Mesjasz opowiadał wielokrotnie, aby nawrócić grzeszników – zaczął.

Ojciec z opowieści Nauczyciela był bogaczem lekceważącym dobrego, oddanego sobie syna, kiedy ten służy mu, jak umie, z pokorą i radością, a tęskni do drugiego, który zabiera swoją część majątku i odchodzi z domu. Nie waham się użyć słowa „głupi", tak postrzegałem ojca z przypowieści. Nie zgadzałem się z tym, jak postąpił. Czy to możliwe, aby mądry ojciec słuchał niepokojących wieści o pijaństwie swojego dziecka, trwonieniu majątku i otaczaniu się jawnogrzesznicami, a mimo to nie miał do syna żalu? Według mnie mądry ojciec wygnałby takiego syna, kiedy ten z podkulonym ogonem wróciłby do domu. Nie kazałby zabijać dla niego cielca i przede wszystkim nie poniżałby dobrego syna.

Moim braciom podobała się ta opowieść.

– Czy naprawdę w niebie jest radość większa z jednego nawróconego grzesznika niż ze stu pokornych sług? – dociekał Matias.

– Tak mówił Mesjasz – odparł Nauczyciel.

– Czy nie zadano mu pytania o sprawiedliwość? – Eliasz był tak nieśmiały, że odzywał się bardzo rzadko.

Nauczyciel nie umiał tego wyjaśnić.

– Przyjmijcie tę opowieść taką, jaka jest, i nie zadawajcie pytań. Nie wątpcie w mądrość słów Mesjasza.

Ja jednak wątpiłem, do czego się nie przyznałem ani przed Nauczycielem, ani przed Abiaszem, którego nie waham się nazwać swoim najlepszym przyjacielem. Zapisałem tę opowieść o synach inaczej, tak jak przedstawił ją tamten uczony z wioski. Abiasz zapisał dokładnie słowa Nauczyciela. Z czasem historii było znacznie więcej. Dzieliliśmy się zapisanymi opowieściami. Zaczynał zwykle Abiasz, ja kończyłem. Abiasz nie czytał tego, co napisałem, więc zmieniałem zakończenie tak, aby wydało się bardziej zrozumiałe dla innych.

– Nauczycielu? – spytałem któregoś dnia. – Czy wszystkie nauki Mesjasza są zrozumiałe dla ludu?

– Nie, Arielu. – Zawahał się, ale powiedział: – Ludzie wielokrotnie prosili o wyjaśnienie zawiłych kwestii... Mesjasz odsyłał ich wtedy do swoich uczniów bądź sam wyjaśniał.

– A jak wyjaśnił kwestię wiary? – wtrąciłem.

– Błogosławieni, którzy nie widzieli, a uwierzyli... – zaczął Nauczyciel, po czym przytoczył błogosławieństwa, które Mesjasz wygłosił podczas jednego z kazań.

– Naprawdę jest wielkim człowiekiem... – wyszeptał Gabriel.

– Jest Synem Bożym, sam Bóg mu dyktuje, co ma rzec. – Abiasz uniósł pióro i zaczął zapisywać owe błogosławieństwa, które podyktował mu Nauczyciel. Ja zająłem się spisywaniem wątpliwości.

Zapisałem pytania, które sam chciałbym zadać Jezusowi. O tym, dlaczego jest na świecie tyle niesprawiedliwości. Dlaczego jedni są biedni, a inni bogaci.

– Kiedy pokażemy nauki Jezusa wszystkim ludziom, myślisz, że świat się zmieni? – Pewnego dnia zwrócił się do mnie Luka. Nie wiedziałem tego, a Nauczyciel jak zwykle modlił się w odosobnieniu.

– Jeśli ich nie pokażemy, nic się nie zmieni – odpparłem, ale nie byłem pewien, czy mam rację.

– Nawracali się nie tylko ci, którzy sami słyszeli Chrystusa – zauważył Eliasz.

– Tak. – Pokiwał głową Samuel. – Ja nigdy go nie widziałem ani nie słyszałem, mimo to podążyłem za nim.

Pamiętam Samuela z początku naszej podróży: otyły, ledwie chodził. Teraz skóra na nim wisiała. Pozostawał cichy, skromny i chętny do dzielenia się ostatnim okruchem. Ja wciąż czułem głód, nie umiałem oddać ostatniego ziarenka ciecierzycy, on czynił to bez wahania. Postanowiłem być bardziej doskonały. Najbardziej bowiem chciałem okazać się godny tego, że Nauczyciel powołał mnie zamiast Zachariasza. Pragnąłem także zostać ulubionym uczniem Jana Baptysty, a kto wie, może samego Jezusa.

– Ja też nigdy go nie widziałem – przypomniał Ezdrasz.

– Ja także nie – odezwałem się.

- Przecież wiadomo, że prócz Nauczyciela tylko ja byłem świadkiem kazania i rozmnożenia chleba – uśmiechnął się Abiasz. – Błogosławieni, którzy nie widzieli, a uwierzyli – powtórzył słowa Nauczyciela.

Nauczyciel opowiadał nam o jawnogrzesznicy, którą Jezus wziął w obronę, kiedy pobożni Żydzi chcieli ją ukamienować. Powoływali się przy tym na prawo Mojżeszowe.

– Co dokładnie rzekł Jezus? – indagowałem.

– Arielu... – uśmiechnął się Nauczyciel, co mnie zdumiało, gdyż widziałem uśmiech na jego twarzy po raz pierwszy. – Mesjasz rozmawiał z kapłanem, który trzymał kamień, nie słyszeliśmy, co mówił.

– Kazał mu przebaczyć? – naciskałem.

– Nikomu nie można kazać, aby przebaczył – odezwał się Gabriel.

Ucichliśmy wszyscy. Gabriel niósł w sobie bolesną tajemnicę. Wyznał ją nam niedawno, kiedy prosiłem, by każdy z nas podzielił się swoją historią.

– To co powiedział? – dopytywałem się.

– Najpewniej to, że ten, kto jest bez grzechu, niech pierwszy rzuci w nią kamieniem.

Umilkliśmy na dłuższą chwilę.

– Co się dalej stało? – Izrael nie wytrzymał ciszy.

– Odłożyli kamienie i odeszli, a Pan zwrócił się do tej kobiety słowami: „Idź i nie grzesz więcej". Wybaczył jej.

Gabriel opuścił głowę. Jego brat poróżnił się z ojcem i pozostałymi braćmi o należną mu część majątku. Chciał spieniężyć swoją część majątku i ruszyć w świat. Bracia i ojciec zgodzili się na to, ale Gabriel się sprzeciwiał. Wypłynął z bratem na ryby, aby porozmawiać z nim na osobności. Chciał przemówić mu do rozsądku. Nadeszła burza i łódź zatonęła. Gabriel dopłynął do brzegu, jego brat utonął. Dlatego Gabriel zdumiał się, kiedy Pan go powołał. Odszedł z domu wielce rad, bo nie umiał przebaczyć sam sobie, chociaż ojciec i bracia nie winili go za tę śmierć.

– Pan nasz, Jezus, potrafi wybaczać – powiedział głęboko zamyślony. – Czy wybaczyłby, gdyby jemu samemu coś się stało z winy innych?

Nauczyciel położył mu rękę na głowie.

– Pan wybaczy nawet swoim oprawcom, chociaż mam nadzieję, że cierpienie nigdy nie stanie się jego udziałem. Modlę się o to codziennie.

– Jakie cierpienie, Nauczycielu? – pytaliśmy.

– Przecież słyszeliście, co mówił Abiasz i co ja także wam mówiłem. Pochwycą Pana i będą próbowali zaprzeczyć jego naukom. Jeśli nie zdołamy go ochronić... – Pokręcił głową. – Nie rozumiem wszystkiego. Nie wiem... Modlę się codziennie o łaskę wiary, ale wciąż jestem słaby, wątpiący...

O jakim zwątpieniu mówił? Przecież to on nas zebrał i prowadził do Jerozolimy. Musiał wierzyć najmocniej. Musiał posiadać najgłębszą wiarę, skoro był krewnym Zbawiciela i sam go ochrzcił.

– Jak możesz wątpić, Nauczycielu? – Wyręczył mnie Samuel.

– Nie ty...

– Jeśli ktoś wątpi, to znaczy, że bardzo wierzy.

– Kiedy Jezus nas wyzwoli? – spytał nagle Luka.

– O czym ty mówisz? – zdumiał się Krótki Marek.

– Kiedy Jezus wyzwoli nas z jarzma rzymskiego? – Luka kręcił z niezadowoleniem głową. – Płacimy cezarowi podatki, namiestnicy Rzymu gnębią nas i prześladują...

– Luko... – Nauczyciel spojrzał ze smutkiem. – Nie zrozumiałeś, co mówiłem. Nie rozumie ten, kto zbawienie pojmuje w prosty sposób.

Ja także pojmowałem nasze zbawienie w prosty sposób. Jezus był nadzieją dla nas wszystkich. Wierzyłem, że uwolni nasz lud. Mogę zanieść nadzieję ludziom, ale nie wzniecę jej w sobie sam. Potrzebuję świadectwa, żywego słowa.

Nagle rozległ się krzyk Luki.

– Żmija!

Zielone jadowite stworzenie, zapewne zaniepokojone przez Lukę, zatopiło zęby w jego małym palcu. Byłem jak sparaliżowany. Niektórzy rzucili się w kierunku Luki, inni, tak jak Nauczyciel, wznieśli ręce ku niebu. Gabriel wyjął nóż, złapał nieszczęsnego za rękę i jednym ruchem odciął palec. Luka wył przerażająco.

– Czemuś to uczynił? – Sariusz oderwał kawałek szaty i okręcił Luce dłoń, aby zatamować krew.

– Jad dotarłby do serca. Umarłby, gdybym tego nie zrobił. Odszedłem, aby poszukać ziela Ducha Świętego, które widziałem przy drodze nieopodal miejsca, w którym się zatrzymaliśmy. Szukałem gorączkowo poganiany przez pełen bólu krzyk Luki. Czy żmija ukąsiła właśnie jego, bo pytał o uwolnienie nas, Żydów, z niewoli rzymskiej? Mojżesz wyprowadził naród wybrany z ziemi egipskiej, z domu niewoli. Czy Jezus nie uczyni tego samego?

Znalazłem archangelicę i zebrałem kwiaty. Wróciłem do Luki z zamiarem podania ich nieszczęsnemu. Wprawdzie Luka już nie krzyczał, ale na pewno nie przestał cierpieć. Znałem właściwości przeciwbólowe i uspokajające tego ziela, które ludziom wskazał ponoć sam archanioł Gabriel. Wszyscy siedzieli pogrążeni w modlitwie, także Luka, blady, ale spokojny. Padłem obok nich na kolana i także się modliłem. Widocznie siła modlitwy była większa niż moc przyniesionego przeze mnie arcydzięgla.

– Bogu dziękuj, nie mnie – rzekł Nauczyciel, kiedy wypowiedzieliśmy słowo „amen".

Spojrzałem na nich, nie rozumiejąc. Luka wyciągnął ku mnie dłonie. Żadnego palca nie brakowało!

– Jak...? – zdziwiłem się.

– Nagle ból minął, a ja zobaczyłem, że znów mam wszystkie palce. Bóg sprawił kolejny cud... – Wzniósł oczy ku niebu.

Niebo rozdarła błyskawica, potem jeszcze jedna i kolejna. Wszystkie miały kształt krzyża.

– Jesteśmy blisko. – Luka uniósł zdrową dłoń.

Nauczyciel to musiał sprawić, choć jak zwykle zaprzeczał. Skinęliśmy na siebie głowami z Abiaszem, a potem oddaliliśmy się, aby zapisać, co widzieliśmy.

Christo był pod wrażeniem, zagwizdał głośno.

– Nie no, dziewczyno... *Chapeau bas.*

Zdałam im relację mojej rozmowy z popem Wasylem.

– Sprawdziłeś tego popa Metodego z Sozopola? – Dimityr też był zadowolony. Więcej nawet, wyglądał na autentycznie dumnego ze mnie. Siedziałam wyprostowana. Niech nikt nie mówi, że jedynym moim atutem jest znajomość polskiego.

– Owszem. – Koljo zerknął na mnie. – Przeoczyłem tę śmierć...

Zadzwoniłam do niego od razu po wyjściu od popa Wasyla i przekazałam mu szczegóły.

– I? – Nie wytrzymała Milena.

– Nic. – Wzruszył ramionami. – Data urodzenia. Data śmierci. Przyczyna: wylew krwi do mózgu.

– Może trzeba gdzie indziej poszukać? – spytał Nedko.

Ten też zerknął na mnie z podziwem. Dziś z własnej nieprzymuszonej woli przyniósł wodę dla wszystkich. Po kawę wysłał jednak Milenę. Od niektórych nie można za wiele wymagać.

– Poszukaj sam gdzie indziej – odparował Koljo. – Nic nie znajdziemy. W żadnym archiwum kościelnym nie napiszą, że pop został otruty. Nie ma nawet wzmianki o tym, że jego żona umarła tego samego dnia. Gdybym nie wiedział tego od Margarity, nic bym nie znalazł. – Minę miał jednak zadowoloną.

– No co tam chowasz w zanadrzu, Kolki? – Wirginija uśmiechnęła się do niego jednym ze swoich najpiękniejszych uśmiechów. Koljo nie dał się prosić.

– Zadzwoniłem do lekarza, który stwierdzał zgon popa z Sozopola i jego żony. Niby nie miał nic do dodania, ale... – Zawiesił głos. To dopiero gwiazdor.

– No mów! – Wirginija przestała być słodka.

– Zdenerwował się natychmiast. Krzyczał, że nie może pamiętać szczegółów śmierci osób, które zmarły lata temu. Powiedział jednak, że umarli tego samego dnia, i dodał, że byli tacy młodzi. I zakończył: „Proszę przestać do mnie wydzwaniać". Czyli dzwonił ktoś jeszcze.

– Zadzwonię do niego jeszcze raz – oznajmił Dimityr. – Jak będzie trzeba, oficjalnie go przesłucham. Biorę to na siebie. Coś jeszcze?

– Pytałem, czy jest pewien diagnozy. Bo, dodałem, dwoje młodych ludzi nie umiera w jedną noc na wylew krwi do mózgu. Powiedział, że jest pewien, chociaż kiedy się dowiedział, co się stało, uznał, że to czad.

– Co? – spytała Milena.

– Czad. Tlenek węgla. Ludzie od tego umierają w łazience, jak mają nieszczelny piecyk gazowy albo złą wentylację. Zasypia się i... koniec. Całe rodziny umierają.

Znów odezwał się ten koszmarny wentylator. Buczał w sposób irytujący. Nie wypuszczał mgiełki wody. Bluzka lepiła mi się do pleców.

– Czemu zmienił zdanie? Musiał widzieć, że nie zmarli z powodu czadu. – Postanowiłam podzielić się wiedzą. – Zaczadzeni mają mocno zaróżowioną skórę. To charakterystyczne.

Jakoś nie wywołałam entuzjazmu. Musisz się popisywać jak w szkole, Margarito? I ty chcesz, żeby ludzie cię lubili?

Koljo wzruszył ramionami.

– Coś z nim było nie tak. Z tym doktorem. Sądzę, że nie miał czasu dokładnie obejrzeć ciała popa. Może mu nie pozwolili. Popadii chyba też nie. Ktoś mu zapłacił i wypisał na akcie zgonu to, co mu kazano.

– Kto kazał? – odezwała się Wirginija.

– A to pytanie do ciebie, kochaneczko. A tak à propos. Miałaś zrobić nowy profil mordercy.

Jak ona robi, że się nie poci? Na dodatek jej bluzka się nie gniecie.

– Nic się nie zmieniło – odpowiedziała niechętnie. – Organizacja białych fanatyków religijnych albo ludzi chcących na takich pozować.

Albo to takie proste, albo ona jest kiepskim fachowcem. Może napuścić ją na Wancza? Opowiadałam im o Wanczu, prosiłam, żeby go przesłuchali, ale stwierdzili zgodnie, że na tym etapie to ja powinnam z nim rozmawiać nieoficjalnie. No pewnie. Najłatwiej. Wanczo, Georgi, Goszko. O tym ostatnim jeszcze im nie mówiłam. Trzeba zachować jakieś sukcesy na później.

– Mówię wam. – Koljo spoważniał. – Nie chodzi o zmowę milczenia, tylko o tradycję.

– A inna gwałtowna śmierć popa? Może jakiś wypadek samochodowy? – Spóbowałam wywołać zainteresowanie.

– Też nic takiego nie znalazłem. A nie, przepraszam... – Spojrzał w notatki. – Czepełare. Kilka lat temu lawina błotna zasypała popa. Deszcze padały kilkanaście dni. Skarpa była niezabezpieczona. Zresztą wtedy zawaliło się tam kilka budynków, głównie blisko rzeki. Pop wyszedł, żeby sprawdzić, czy samochód stoi, i nie wrócił.

Najwyżej położone bułgarskie miasto, w Rodopach. Malownicze, spokojne. Pojechałam tam kiedyś z babcią, jak zabronili jej wyjazdu nad morze ze względu na problemy z krążeniem. Zachowałam piękne wspomnienia. Milczeliśmy chwilę.

– Wygląda to na przypadkową śmierć. Nieszczęśliwy wypadek. Zginęły tam wtedy jeszcze dwie osoby, świeckie, i w innej części miasta.

Mnie też to tak wyglądało, ale co szkodzi zapamiętać i wrócić do tematu, gdyby się okazało, że jednak nie?

– A ty, Christo? – spytał Dimityr. – Coś masz?

Skinął głową, a ja dopiero po chwili uświadomiłam sobie, że zaprzecza. Mówiłam mu o tej lelji Sii, która widziała diabła. Ciekawe, czy zdołał ją odnaleźć.

– Przepytałem jeszcze raz wszystkich sprzedawców, mieszkańców... Ze szczególnym uwzględnieniem starych babć siedzących w oknach. Nic.

– Może się ciebie bały i nie chciały z tobą gadać? – Skrzywił się Nedko.

– Chciały, chciały... Jedna nawet ze skóry wyłaziła. Gadała ponad godzinę. – Christo się nie obraził na tę uwagę.

– Coś widziała? Można ją przesłuchać? – dopytywał Dimityr. – Pamiętaj, że czasem takie głupie gadki okazują się prawdą. Zresztą, komu ja to mówię. Jesteś stara wyga.

– Widziała, jak synowa dosypuje jej coś do zupy, żeby wysłać ją na tamten świat. – Christo zignorował Dimityra i jego niezręczne komplementy. – Zięć z kolei najpierw zabił jej córkę, a potem przejął majątek. Zabierają kobiecinie papiery i wysyłają ją do domu starców. Regularnie stamtąd ucieka. W historii pojawia się także zmarły brat okradający ją z kosztowności.

Westchnęliśmy.

– Może to prawda? – Zaryzykowałam pytanie.

– Słusznie, należy uczynić takie założenie zgodnie z tym, co nakazuje nam nauka i nasz wódz, więc sprawdziłem. Naturalnie kradnącego ducha odpuściłem. Córka tej pani zmarła na raka w młodości. Rok po ślubie, tragedia. Zięć płakał przez dwa lata, potem ożenił się, ma dzieci i mieszka gdzieś w blokach, w Trakji bodajże. Teściowej nie odwiedza, do majątku nie ma praw, bo mieszkał z tą córką w domu swojej matki. Nie ma powodu mordować byłej teściowej. Synowa też raczej nie ma zamiaru jej zabijać. Mieszka z mężem i dwiema córkami w Kyrdżali, niechętnie przyjeżdża. Syn próbował matkę wziąć do siebie, nie chciała. Nie zapisała im też mieszkania w zamian za opiekę, więc też nie mają interesu w wysłaniu jej na tamten świat. Dodam jeszcze, że ma na imię nie Sia, tylko Penka.

– A tę Się znalazłeś? – dociekałam.

– Znalazłem dwie babcie, które się tak nazywają i tam mieszkają. Żadna nic nie widziała, ani człowieka, ani diabła. Jedna jest ślepa i głucha, druga tylko głucha. Nic...

– Pogadam z Wanczem i poproszę, żeby mnie zaprowadził do tej właściwej Sii.

– Właśnie, ten twój Wanczo...

Nastawiłam ucha.

– Wanczo to Iwan Gidikow. Jest tym, za kogo się podaje. To znaczy sierotą wychowanym w miejskim sierocińcu. Nie ma wykształcenia, sprząta po kościołach i opowiada turystom różne historie o mieście *et cetera*. Kiedy był mały, pop Sławej złapał go na kradzieży monet z cerkiewnych ikon i zamiast wezwać stróżów prawa, zajął się nim. Pilnował, żeby nie chodził głodny i nie kradł. Mały się do niego przywiązał. Potem został „dzieckiem starego Płowdiwu" i do dziś się tam kręci.

– Rozmawiałeś z nim? Może go wezwać na komendę?

– Wanczo zapadł się pod ziemię. Przedwczoraj widziano go przy Świętej Niedzieli jak oprowadzał turystów, w tym pewną piękną pannę. – Skłonił się w moją stronę.

Pewnie pseudożebraczka mu doniosła.

– Jak to: zapadł się pod ziemię? – spytała Milena.

– Normalnie. Nie wrócił do schroniska, we wszystkich miejscach, w których bywał, nie pojawił się od przedwczoraj. Był człowiek, nie ma człowieka

– Przyczaił się gdzieś – powiedziałam niepewnie. – To raptem niecałe dwa dni.

Dimityr miał niepokój wypisany na twarzy.

– Słuchajcie – odezwał się Koljo. – Mówimy o bezdomnym. Przecież go nie uprowadzili i nie zamordowali.

Miałam taką nadzieję. Ucichliśmy na chwilę. Odczuwałam dziwne mrowienie w szyi. Tak dzieje się zawsze, ile razy ma się wydarzyć coś złego. A jeśli on naprawdę coś wiedział i dlatego zniknął?

– No dobrze. – Dimityr zerwał się z krzesła. – Nedko, zrobiłeś coś z tymi literami?

Patrzyłam na te litery tak, jak mi radził Koljo, ale niewiele zobaczyłam. Może dlatego, że uparcie wracały do mnie słowa „kości" i „księga". Jeśli ktoś chciałby ostrzec innych przed wywozem kości Baptysty z Sozopola i dawać do zrozumienia, że wie o tajemnej księdze, wystarczyłoby, żeby napisał to wszystko cyrylicą. Po co jeszcze hebrajski i aramejski?

– Zrobiłem, to znaczy program zrobił. Sfotografowałem każdy znak, nie wiem, czy na pewno dobrze. – Skrzywił się Nedko.

Pokazał zdjęcia. Potem powiesił je na korkowej tablicy obok fotografii zwłok. Ja dostałam swoje wczoraj. Przyniósł mi je do domu wraz ze słoikiem konfitur z czarnych jagód. Nie wiedziałam, co mam zrobić. Z Nedkiem. Bo konfitury wzięłam. Byłam w dresie, wokół bałagan, wszędzie porozkładane zdjęcia i notatki. On ubrany odświętnie, koszula rozchełstana, dżinsy bajeranckie, konfitury w kolorowej torebce. W końcu kazałam mu poczekać, przebrałam się szybko i poszłam z nim na flaki do słynnego baru przy meczecie. Chyba nie tego oczekiwał, ale pogadaliśmy chwilę i przekonałam się, że jest całkiem sympatyczny i niegłupi. To mięśnie i zarost wywołują wrażenie, że nie jest zbyt mądry.

– Twoim zdaniem będzie jeszcze jakiś trup? – spytał.

Uwielbiam flaki po bułgarsku. Polskich nie znoszę, są za tłuste i za ciężkie. Tutejsze są gotowane na mleku z octem winnym i czosnkiem.

– Mam nadzieję, że nie. Jeden nam wystarczy w zupełności.

– Jesteś bardzo mądra, wiesz?

Coś mruknęłam i pochyliłam się nad miseczką. Czy musisz zachowywać się jak uczennica, Margarito? Dobiegasz trzydziestki. Dzidzia piernik. Weź tego gościa do domu, niech cię przeleci na kanapie. Nie, nie, przecież razem pracujemy. Tak nie można.

– Jestem konsultantką, to zobowiązuje. – Wzięłam się w garść.

– Długo się znacie z Dimityrem?

– Od urodzenia. Jest dla mnie jak brat. Znam, znałam całą jego rodzinę. Nasze babcie się przyjaźniły.

Potem odprowadził mnie do domu i podziękował za wspólny wieczór. Na szczęście nie próbował wprosić się na drinka. Wróciłam na taras i noc zastała mnie przy gapieniu się na litery i znaki. W tle daleko zaczęły śpiewać kolorowe fontanny. Znów mnie to ominęło.

– Gitka...

– Tak? – Wyprostowałam się jak w szkole.

Dimityr mi się przypatrywał. Reszta gadała, patrząc na nas od czasu do czasu. Cholera, przepuściłam to, co mówił Nedko o literach.

– Bujasz w obłokach.

Żeby tylko Nedko nie wychlapał, że był u mnie wczoraj z konfiturami. Chociaż jakby powiedział, to co by się stało? Przecież do niczego nie doszło. Uspokój się, Margarito.

– Nie bujam, tylko się zastanawiam.

– Kiedy zadzwonisz do matki?

Zaskoczył mnie. Odpowiedź jest jedna: nigdy. Nie odezwę się do niej do końca życia. Nie licz na to. Nie rozwiążemy zagadki. Zapomnij.

– Zadzwonię. Kiedy zabierzesz mnie na fontanny?

– W sobotę?

– Trzymam za słowo.

Odsunęliśmy się od siebie. Podszedł do nas Nedko. Patrzył niepewnie.

– No co? – spytał Dimityr.

– Czy mam coś jeszcze dla ciebie zrobić? – Spojrzał na mnie. Milczałam, bo nie wiedziałam, co powiedzieć.

– To znaczy dla was. Czyli dla nas.

Rozległo się buczenie i coś głośno strzeliło. Aż podskoczyłam na krześle. Z wiatraka wyleciał dym i rozszedł smród palonego plastiku.

– Kup nowy wiatrak – żachnął się Dimityr z przekąsem, po czym wstał i rzucił w przestrzeń. – Do jutra.

Odszedł bez pożegnania, nawet się nie obejrzał. Chyba się zdenerwował. Byle tylko nie zapomniał o śpiewających fontannach. Przecież wiedział, że je kocham.

\*

– Kiedy zamierzałaś się do mnie odezwać? – Dzwonek telefonu wyrwał mnie ze snu. Spojrzałam na zegarek. Pięknie.

– Jest siódma rano – powiedziałam słabym głosem. – Dla mnie to jak szósta. Wiesz, że w Polsce jest godzinę wcześniej.

Coś brzęczało w słuchawce. Za oknem wstawał świt. Z dołu dobiegał klekot wózka ciągniętego po ulicy, potem ktoś rzucił przekleństwo. No tak, jakiś dostawca utknął w Pułapce.

– Będziesz udawała, że mnie nie słyszysz? – Padło z drugiej strony.

– Nie, nie, mamo... Daj mi chwilę. Jest tak wcześnie...

Westchnęła. Jakże demonstracyjnie. Wstałam z łóżka, starając się zebrać myśli. Chciałam się przygotować do tej rozmowy, zadzwonić z pełnym zestawem frazesów i pytań. Cóż, stało się inaczej.

– Już jestem. Co tam? – spytałam niezręcznie.

Zaraz na mnie nawrzeszczy.

– Wszystko w porządku. Cwetan i chłopcy są zdrowi. Ja wróciłam z Egiptu i nieprędko znów tam pojadę. Na razie zostaję w Sozopolu.

Ani słowa o odwiedzinach. Wyszłam na balkon. Na Benkowskiego, tuż obok mojego apartamentu, potężny wózek dostawczy uderzył w słup. Nic się wózkowi nie stało, ale stłukły się jakieś rzeczy. Czerwona ciecz ciekła spod kół. Nie widziałam dokładnie. Chłopak klął, zdenerwowany. Pewnie będzie musiał oddać pieniądze właścicielowi, no i wykonać jeszcze raz kurs z zamówieniem. Ciekawe, dokąd szedł. Tuż za rogiem po prawej oddzielona słupkami i wąskim chodnikiem ciągnęła się szosa. Ulica Benkowskiego kończy się ślepo. Słupki mają zapobiegać, żeby kierowcy nie próbowali wjeżdżać na szosę. Może szedł na Żelezarską. Jest tam mała knajpa. Sprzedają dania domowe. Jeszcze nie byłam, ale widziałam przez okno. Może dzisiaj pójdę na faszerowane papryki?

– Giita...

No tak, rozmawiałam z matką.

– Jestem, jestem...

– Nie ma cię wcale. Chyba rzeczywiście zadzwoniłam za wcześnie. Chciałam cię złapać przed wyjściem do pracy.

Obok tej knajpy na Żelezarskiej jest zakuskwalnia, miejsce gdzie sprzedają śniadania. Pomyślałam, że może tam dziś kupię banicę. Mają trochę inne niż te na Głównej. Tak zwane wite, zawijane. Ciasto wypełnia się serem i zawija w ślimak.

– Dziś sobota, nie idę do pracy.

– A tak – poprawiła się. – Przepraszam w takim razie. Giita...

– Tak, mamo?

Mama mówiła do mnie Giita albo Giiita. Liczba liter „i" zależy od jej nastroju. Im bardziej jest zdenerwowana, tym więcej „i".

– Zapraszam cię do nas do Sozopola. Może mogłabyś...

No dalej. Powiedz: „wybaczyć" albo „zapomnieć, że rzuciłam ojca, ciebie i tu przyjechałam".

– Może mogłabyś przyjechać... nie do nas, ale nad morze? Jeśli bardzo nie chcesz się widzieć z Cwetanem i chłopcami, wynajmę ci kwaterę.

Ona tak serio?

– No... – odpowiedziałam niepewnie. – Nie wiem.

Jesteś tak żałosna, Margarito. Nic nie umiesz powiedzieć. Nie umiesz podjąć decyzji.

– Przemyśl to, kochanie.

Nigdy nie mówiła do mnie „kochanie". Najpierw pójść na kawę, potem na banicę czy odwrotnie? Dylemat. Jeśli najpierw napiję się kawy, żołądek zacznie mnie boleć.

– Przemyślisz to?

– Tak, przemyślę. – Stchórzyłam. – I odezwę się do ciebie.

– Ja się odezwę. Powiesz mi, co ze śledztwem?

– Nie wiem, czy mogę o tym mówić. – Starałam się nadać swojemu głosowi poważne brzmienie. – Czy to nie ściśle tajne.

– Mitko mi trochę opowiadał... – Jej głos wyrażał ulgę.

Mówiła na Dimityra „Mitko", jego babcia z kolei wołała „Dimo". Żartował, że nie wie, jak się nazywa. Odpowiadałam serio, że na mnie też każdy mówi inaczej.

– ...kiedy cię prosił, żebyś to ty została ich konsultantką – kończę spokojnie jej myśl.

Już się obudziłam. Nawet podjęłam decyzję, że wypiję teraz nie kawę, tylko bozę. Zjem banicę na śniadanie, koło dziesiątej wyjdę na kawę. Widziałam bardzo fajną kawiarnię na ulicy Stoiłowa, jakby galerię i kawiarnię w jednym. Byłam tam wczoraj i nieomal nie kupiłam filiżanek wyglądających jak zgniecione papierowe kubeczki. Ciekawy projekt.

– Prosił, ale musiałam odmówić. Jechałam do Egiptu. Poleciłam mu ciebie.

Nie skomentowałam. Albo nie – zmieniłam zdanie.

– Przecież wiesz, że studiowałam tylko dwa lata, nie znam aramejskiego.

– Ja też nie znam.

– Znasz hebrajski i wiesz sto razy tyle co ja o Trakach i pierwszych Bułgarach, Bizancjum i całej reszcie.

– Dlatego chcę ci pomóc. Bardzo chciałam, żebyś przyjechała. Tęsknię...

Pominęłam to milczeniem. Wzięłam do ręki filiżankę od Georgiego. Zapakował ją w papier zamiast w folię bąbelkową. Rozwinęłam ją i postawiłam na toaletce.

– Przyjadę. – Zaczęłam się łamać.

– Mogę coś dla ciebie zrobić? W związku z tym śledztwem?

W tle ktoś ją zawołał. Może Cwetan. Pewnie będzie zaraz kończyć. Utrudnię jej to.

– Pamiętasz Metodego? Syna popa Wasyla?

– Oczywiście, że pamiętam. Zmarł tutaj, w Sozopolu. Tragedia. Taki młody człowiek.

– Na wylew krwi do mózgu?

Chłopak z wózkiem chyba rozwiązał jakoś problem, bo zniknął. Teraz czarny citroën próbował zaparkować na wąskim miejscu przed warsztatem krawieckim.

– Nie na wylew – odezwała się po dłuższej chwili. – Zmarł we śnie razem z żoną. Uznano, że zaczadzieli. Jak się czuje pop Wasyl?

A to ciekawe.

– Jest prawie ślepy, ledwie słyszy, ale nie traci wigoru. Nowego popa nie widziałam. Z opisu wnioskuję, że nie jest tak inteligentny i oczytany jak Wasyl. Popadia niżej średniej.

– Cieszę się, że Wasyl dobrze się czuje. – Pominęła uwagę o popadii. – Biedny Metody, biedna Ana.

Miała na imię Ana. Przypomniałam sobie, że była śliczna, miała uduchowioną twarz.

– No właśnie. Można by ich śmierć uznać za przypadek, tyle że kiedy pojawiają się dwie przyczyny zgonu, trudno nie nabrać podejrzeń. Coś z tym zrobiliście?

– A co miałam zrobić? – odparła znów po dłuższej chwili. – Ogłosić, że w Sozopolu grasuje morderca?

Ta jej logika, której wszyscy zawsze ulegają...

– Bałaś się, że zginiesz? Czy o los waszych odkryć?

– O siebie się nie boję – oznajmiła pewnym głosem.

Niemal ją sobie wyobrażałam: suchą, żylastą, o surowych rysach, mimo to piękną. Moją matkę, która zawsze wiedziała, czego chce, czego nie chce i realizowała swoje pragnienia. Można być jej przyjacielem albo wrogiem. Nic pośredniego.

– Boję się tylko o dzieci – rzuciła. – To był bardzo zły moment. Dla mnie.

– Bałaś się również o odkrycie. – Ja też umiem być konsekwentna. Nie bezlitosna jak ona, ale konsekwentna.

– Wtedy nie wiedziałam, co myśleć o tym odkryciu. Cwetan i Metody uważali, że znaleźliśmy kości Jana Chrzciciela. Nie powstrzymałam Cwetana od ogłoszenia tych rewelacji w gazecie. Na szczęście potem, kiedy zaczęły się głuche telefony, próby zabrania nam znaleziska, odkręciłam to jakoś. Metody nie chciał zaprzeczyć, chociaż go prosiłam.

Zatkało mnie.

– A więc wiedziałaś, że Metodego otruto przez te kości i wzięłaś udział w tuszowaniu sprawy?

– Tak. To nie do końca prawda i wielki skrót myślowy, ale... tak. Niczego nie tuszowałam. Cerkiew nie wnikała, nie chciała skandalu. Nic nie zrobiłam.

– Mamo... – Podejrzewałam ją o coś takiego.

– Przyjedź, porozmawiamy. To nie jest dyskusja na telefon.

Milczałam. No dalej, teraz powinna mi zaproponować jakieś profity z tytułu tego przyjazdu.

– Przyjedź – powiedziała cicho, natarczywie. – Powiem ci wszystko, co wiem. Pomogę wam...

– Nie mogę teraz, muszę odczytać znaki.

Muszę pamiętać, że mam do czynienia z osobą, dla której jedyną świętością są odkrycia archeologiczne. Wiesz o tym dobrze, Margarito. Dobrze to rozegraj.

– Pomogę ci odczytać te znaki. Wyślij mi je mejlem. – Skapitulowała.

Udawałam, że się waham. Dobrze wiedziała, że potrzebuję jej pomocy. Znaki wysłaliśmy do kilku profesorów językoznawców, żaden nie potrafił ich odszyfrować. Nawet profesor Tesnarow, który podobno po aramejsku mówi tak dobrze jak po bułgarsku. Tylko czy byłam gotowa na jej wtrącanie się do moich spraw? Stanowczy ton, rozstawianie mnie po kątach?

– Dobrze, wyślę ci wszystko, co mam. Próbowałam je układać na wszelkie możliwe sposoby. I nic.

– Wyślij mi wszystkie kombinacje i oryginalne zdjęcie. – Ledwie dosłyszalny oddech ulgi. – Postaram się.

– Jeszcze jedno. Nie chcę, żeby Cwetan...

– W pełni zrozumiałe – przerwała mi natychmiast.

Mogłaby powiedzieć, że nie znam go i nie wiem, jak wspaniałym jest człowiekiem. Potem powinna jeszcze raz zachęcić mnie do przyjazdu, gdzie na własne oczy przekonałabym się o prawdziwości jej słów. Milczała jednak.

– Rozmawiałam wczoraj z ojcem – dodałam. – Wszystko u niego w porządku, jakbyś pytała. Zdrowy, dobrze się czuje i ma jakąś panią.

– To świetnie – odezwała się matka obojętnie. – Bardzo się cieszę.

Odkreśliła ojca grubą kreską. Nie spodziewałam się niczego. Pod tym względem nie przypominała bałkańskich kobiet. One dźwigają swoje krzyże, wzdychają nad nieszczęściem małżeńskim i mówią „tak mi było pisane". Pada słowo „kismet", które można tłumaczyć jako szczęście, fart, ale także przeznaczenie, *ananke*.

– No to dochodzimy do ostatniego punktu dyskusji... Gdzie książka?

Zawahała się.

– Jaka książka?

Tu ją mam. Skoro wiedziała o kościach, musiała słyszeć o księdze. Pewnie ją widziała. Może nawet ukryła.

– Ta, o której mówił pop Wasyl – wyjaśniłam spokojnie. – Książka, której fragmenty Metody wysyłał Wasylowi. Zdjęcia rysunków i tak dalej. Gdzie jest ta książka? Przecież to wy musieliście ją znaleźć w którymś z grobów?

– Nie było żadnej książki. Nie zachowałaby się w żadnym z grobów przez tyle wieków. Nie znaleźliśmy żadnej książki.

– Skąd ta pewność? – atakowałam, choć nie dociskałam śruby.

– Przecież byłam przy tych odkryciach. Nie Metody, tylko ja. No i jeszcze... – Zamilkła.

– Co jeszcze? Jak masz mi pomóc, to pomóż...

Nie wiedziałam, czy mnie okłamuje. Była do tego zdolna. Potem by powiedziała, że to dla mojego dobra.

– Po śmierci Metodego zabrałam z jego pokoju notatki, pisma, korespondencję, której nie wysłał. Nie znalazłam tam książki, o której mówisz.

– Zabrałaś zmarłemu prywatne notatki? – Nie wytrzymałam.
– Policja cię tam wpuściła? Jezu...
To dlatego pop Wasyl nic nie znalazł.
– Zabrałam. – W jej głosie nie usłyszałam skruchy. – Nie pytałam o zgodę policji. Chodziło mi o to, żeby nie dostały się w niepowołane ręce. Przejrzałam je pobieżnie. Nie czytam prywatnych listów.
– Może tę książkę trzymał na półce? Między powieściami?
– Książkę, która ma więcej niż sto lat, zobaczyłabym na każdej półce z odległości kilometra. Nawet gdyby stała w drugim rzędzie. Fakt. Zobaczyłaby. Nawet przez ścianę. Tego, że jej córka ma serce złamane i nie radzi sobie z życiem, nie widziała.
– Nie było żadnej książki – powtórzyła.
– Dobrze, skoro mówisz, że nie było, to nie było. – Przyjęłam do wiadomości, spokojnie.
Musiałam się zastanowić, co Metody mógł z nią zrobić. Nie wysłał jej ojcu, miała zbyt wielką wartość, żeby powierzyć ją poczcie. Dał jakiemuś przyjacielowi na przechowanie? Tylko czy znajdę po latach przyjaciół Metodego w Płowdiwie lub w Sozopolu? Gdzie ich szukać?
– Wyślę ci te zdjęcia i bardzo dziękuję za pomoc – powiedziałam.
– Gito, przyjedź do nas, proszę – poprosiła łamiącym się głosem.
Pokiwałam głową, choć nie mogła tego zobaczyć. Potem się rozłączyłam.
Odechciało mi się i bozy, i banicy. Albo nie, pomyślałam, że wyślę jej te wszystkie zdjęcia od razu, potem pójdę na kawę. Kupię kanapkę w piekarni na rogu Benkowskiego i Altseko. Są świetne.

*

Coś ty sobie myślała, Margarito? Że Dimityr jest tu szefem absolutnym, panem i władcą, a nad sobą ma tylko smętnego łysego komendanta, który patrzy na twój biust i trzęsą mu się ręce? Dimityr powiedział mi w poniedziałkowy poranek, że czeka nas audiencja u jego przełożonej. Okazałam zdumienie, w końcu nikt słowem nie pisnął, że jest jeszcze jakaś „szefowa".

– Wróciła z urlopu... – mruknął, nie patrząc na mnie, co dało mi do myślenia.

Jak zwykle źle oceniłam rzeczywistość, intencje i potencjalną dramaturgię całej sytuacji. Sądziłam, że szefowa jest solidną komendantką w co najmniej średnim wieku, najpewniej w okularach, służbistką, ubraną w zielony niedodający jej urody mundur. Wyobrażałam sobie, jak po matczynemu będzie patrzyła na Dimityra, okaże życzliwość mnie i powie: „Dzieci, róbcie swoje, tylko pamiętajcie, żeby zawsze zjadać śniadanie, bo ta dzisiejsza młodzież nic nie je, tylko kawę pije. I żeby tam żadne z was się nie narażało na niebezpieczeństwo podczas oglądania tych starych kamieni w teatrze, bo wiecie, jak jest – chwila nieuwagi i noga złamana".

Przede wszystkim jej gabinet w najmniejszym stopniu nie przypominał pakamery, w której urzędował nasz zespół operacyjny. Szefowa zajmowała przestronny pokój na ostatnim piętrze budynku, pełen roślin doniczkowych poustawianych na parapetach i podwieszonych pod sufitem. Ściany pomalowane na przyjemny waniliowy kolor doskonale pasowały do kilku grafik, które powieszono wiszących na każdej z nich. Żadnych kiczowatych ozdób. Na biurku wzorowy porządek, żadnych zdjęć dzieci ani męża. Zastanawiałam się, czy ma rodzinę, na oko dobiegała czterdziestki.

– To właśnie Margarita Nowak, nasza konsultantka – przedstawił mnie Dimityr.

– Jana Manołowa. – Mocno ścisnęła mi dłoń i uśmiechnęła się służbowo.

Była szalenie atrakcyjna. Nie piękna jak Wirginija, ale to taki typ kobiety, który na każdym przyjęciu zwraca na siebie uwagę. Regularne rysy, długie czarne włosy starannie uczesane, dyskretny makijaż, złoty łańcuszek na szyi, markowy zegarek. Ubrana w jedwabną bluzkę i szarą, wąską spódnicę za kolana. Jej buty mają dziesięciocentymetrowe obcasy. Przestępców zapewne nie ściga.

– Proszę. – Wskazała nam krzesła. Sama zajęła fotel za biurkiem.

Usiedliśmy bez słowa.

– Słucham... – Jana popatrzyła na Dimityra.

– Jak się udał urlop? – spytał.

Jana rzuciła mu spojrzenie pełne dezaprobaty.

– Dziękuję – odpowiedziała sucho. – Miałam piękną pogodę. Wypoczęłam, ale wróciłam i nie widzę na biurku żadnego raportu. Czy to oznacza, że nie napisałeś go, czy też, że śledztwo nie posunęło się w czasie mojej nieobecności ani na jotę?

Miała niski, dość nieprzyjemny głos. Taki tembr jeden z moich chłopaków określał mianem „zapiaszczony". Dimityr zaczął jej opowiadać o postępach naszego śledztwa. Wyeksponował moją rolę, wymienił poza tym każdego członka zespołu. Słusznie, każdy coś zrobił, może poza Wirginiją, która „pracowała nad profilem psychologicznym sprawców, bo już wiadomo, że zbrodni nie dokonał jeden człowiek". Jana kiwała głową.

– Świetnie, chociaż brakuje konkretów.

Nie dało się ukryć. Chociaż wiedzieliśmy więcej, nie przyprowadziliśmy jej „Szatana, który to zrobił". Szatana pisanego wielką literą. Zastanawiam się, czy coś powiedzieć. Może powinnam wesprzeć Dimityra, wyraźnie się męczy. Albo lepiej nie, z jakiej racji. Siedziałam zatem z przyklejonym do twarzy uśmiechem wzorowej uczennicy. Wyciągnęłam z torebki chusteczkę, żeby coś zrobić z rękami, i muskałam nią nos. W gabinecie działała klimatyzacja. Nie jak u nas na dole wiatrak, który buczał, szemrał albo dymił.

– Napiszę ten raport. Zaraz do tego siądę – zapewnił ją jak uczeń, który nie odrobił lekcji.

– Byłabym wdzięczna, bo jutro mam spotkanie w Sofii – zawiesiła głos.

Co to oznacza, że ma spotkanie w Sofii, poza tym że przynajmniej jeden dzień jej tu nie będzie?

– Jedziesz do Sofii? – spytał Dimityr zduszonym głosem.

Nagle mnie olśniło. Ależ jesteś głupia, Margarito! Przecież napięcie między nimi mogło wywołać burzę magnetyczną. Musieli być razem, tylko coś nie poszło. Relacja przełożona – podwładny? Starsza kobieta – młodszy mężczyzna? Żona – kochanek? Pewnie wszyscy tu o tym wiedzą, stąd milczenie.

– Tak, jadę do Sofii, ponieważ mam tam przełożonych – wyjaśniła z krzywym uśmiechem i dodała, cedząc każde słowo. – Ja też mam przełożonych.

Oczywiście. Jemu nie przestało na niej zależeć. Widać to gołym okiem. Tylko po co gadał te bzdury o młodości, że nie będzie się wiązał? A Silwija czemu nic nie powiedziała? Głupia jesteś, Margarito. Miała ci opowiadać przy kolacji, że jej brat posuwał swoją szefową?

– Zaraz napiszę ten raport. Margarita mi pomoże.

Całe szczęście, że nie powiedział „Gitka" i że mam pomóc w raporcie. Nie chciałabym, żeby pisał o wszystkim, co wiemy. Trzeba to sprytnie skomponować, żeby wszyscy byli zadowoleni.

– A więc to ty jesteś Gitka – zwróciła się nieoczekiwanie do mnie.

– No tak – powiedziałam jak kretynka, bo żadna inteligentna odpowiedź nie przychodzi mi do głowy.

– Towarzyszka dziecięcych zabaw Mitaka...

Mitak? Serio? Tak się mówi o małym chłopcu, który biega z piłką po podwórku. Nie musiałam patrzeć na Dimityra, wiem, że był zażenowany. To nie miało nic wspólnego z uczuciem, posuwała go dla zabawy. Był jej chłopakiem zabawką. Wkurzała mnie.

– Tak – powtórzyłam mocniejszym głosem. – Znamy się od dzieciństwa. A pani z jakiej dzielnicy Płowdiwu pochodzi?

Nie drgnęła jej nawet powieka.

– Pochodzę z Kuklen.

Wieśniara, znaczy się. My z Dimityrem mieszkaliśmy w antycznych ruinach, dotykaliśmy historii w mieście równym wiekiem Troi i Mykenom, oddychaliśmy tym samym powietrzem co syn tej ziemi, Spartakus, późniejszy przywódca buntu niewolników. Ona najwyżej biegała boso po polach z arbuzami. Robi mi się nieco lepiej.

– Malownicza miejscowość – powiedziałam. – Mój wuj miał tam przyjaciela. Każdej jesieni jeździli warzyć rakiję.

Udało mi się sprowokować ją do zaciśnięcia ust.

– Mam też spotkanie w Ministerstwie Spraw Zagranicznych – odezwała się w końcu. – Ma być ktoś z Polski. Sprawa jest przecież międzynarodowa.

Zaczynam się pocić. Mam na sobie ciasny tiszert i rozkloszowaną spódnicę. Włosy związałam chustką zawiniętą jak opaska. Wyglądam jak *pin-up girl*, a ona jak kierowniczka domu aukcyjnego w Nowym Jorku. Muszę sobie kupić ładniejsze ubrania. Nie mogę tak się pokazywać tego typu ludziom.

– Jano... – W głosie Dimityra usłyszałam zaniepokojenie. – Czy to znaczy, że mogą nam odebrać śledztwo?

O tym nie pomyślałam. Czy to prawdopodobne? Najpierw zatrudniliby konsultantkę z zagranicy, a potem zabraliby śledztwo? A może chcą mnie zabrać razem ze śledztwem do Sofii? Nigdy w życiu.

– Zawsze mogą – wyjaśniła Jana beznamiętnie. – I tak się dziwię, że pozwolili nam je prowadzić tutaj, a nie zabrali trupa do Sofii. W końcu to był polski deputowany.

Ale samotny i nikt się nim nie interesował, nawet Kościół, któremu zapisał majątek.

– Polska strona wyciszała tę sprawę, jak mogła. Wy, Polacy – znów zwrot głowy w moją stronę i zimne zielone spojrzenie – macie skłonność do rozdmuchiwania sprawy na samym początku. Atakują was, zabijają waszego współplemieńca, w dodatku w okrutny sposób... Krzyk na pół Europy i... cisza. Wyjaśnij mi to.

Miała rację. Sama się nad tym zastanawiałam. Czytałam o tym w internecie i gazetach, a kiedy przyjechałam, temat ucichł. Poza tym media nie podały wszystkich drastycznych szczegółów i natychmiast gasiły sugestie, jakoby zbrodni dokonali muzułmańscy fundamentaliści. Mój ojciec powiedział, że jeszcze kilka lat temu byłoby na Żydów, teraz się patrzy, czy jakiś uchodźca nie znajdował się w pobliżu.

– Sądzę, że to dobrze – odparłam spokojnie. – Takim sprawom nie służą zagrywki medialne. Jestem pewna, że nie chciałaby pani, aby polskie media siedziały wam tu na głowie i krzyczały, że źli Bułgarzy mordują dobrych Polaków. Stąd krok do złego prawosławnego i dobrego katolika. Mamy jeden cel: znaleźć sprawców. I nic nam nie powinno w tym przeszkadzać.

Ona mówiła do mnie po imieniu, ja zwracałam się do niej per „gospożo", czyli „szanowna pani". Lepiej taką mieć po swojej stronie. Szkoda tylko, że Dimityr wpadł przy niej w panikę i tracił zdolność logicznego myślenia.

– Komuś zależy, aby tej zbrodni nadać charakter religijny – kontynuowałam ładną bułgarszczyzną wypracowaną dzięki latom nauki i czytania Iwana Wazowa oraz Jordana Jowkowa. – Nie mamy jeszcze pewności, czy rzeczywiście tak jest. Tropy prowadzą do Jana Chrzciciela i kości odkrytych w Sozopolu. Część archeologów podważa ich autentyczność.

– Czyli nie zajmujecie się szukaniem sprawcy, tylko odpowiedzią na pytanie, czy jakieś kości należą do Jana Chrzciciela? Naoglądaliście się pewnie filmów i czujecie się jak bohaterowie thrillera historycznego?

– Nie – zaprzeczyłam grzecznie. Teraz piłka znalazła się po mojej stronie. – Szukamy sprawcy. Cały zespół go szuka. Ja jako konsultantka staram się odczytać napisy na ciele zmarłego i tym samym przyczynić się do wyjaśnienia sprawy. Takie wyznaczono mi zadanie.

Dimityr odetchnął z ulgą. Biedak, strasznie się bał tej swojej zdzirowatej czterdziestki.

– Świetnie – powiedziała Jana. – Zatem niech każdy robi, co umie najlepiej. Wracaj w takim razie do znaków i mam nadzieję, że uda ci się znaleźć powiązanie. A co do ciebie... – Przesunęła wzrok na Dimityra. – Poproszę o raport.

– Jasne. Wyślę ci mejlem przed jutrzejszym rankiem albo, jeśli chcesz, wydrukuję i przywiozę na dworzec...

Nie rób tego!

– Nie – ucięła Jana. – Poczekam na raport tutaj.

– Do nocy? – spytał Dimityr zrezygnowany.

– Tyle, ile będzie trzeba. Mam co robić, bez obaw.

Chyba teraz powinna powiedzieć, żebyśmy sobie poszli. Wstałam. Dimityr siedział.

– Do widzenia, Margarito – pożegnała mnie grzecznie Jana i ponownie ścisnęła mi dłoń. – Poczekaj, proszę, na Dimityra w waszym pokoju.

O takich kobietach mówi się, że trudno im cokolwiek zarzucić poza tym, że istnieją. Czy mnie się zwidziało, czy właśnie wyprosiła mnie za drzwi?

W pokoju siedział cały zespół, każdy przy swoim stanowisku. Milczeli. Był tak ewidentny kontrast między naszym pokojem a gabinetem Jany, że aż mnie zatkało na widok byle jak postawionych biurek zawalonych papierami, odrapanych ścian i nędznych plakatów. Po chwili wybuchłam śmiechem. W czterech kątach pokoju stały cztery nowiuteńkie wiatraki, każdy z innej parafii, i cichutko pracowały.

– Posłuchaliśmy polecenia służbowego – powiedziała Milena. – Ja przyniosłam, Koljo, Christo i Nedko...

Nie przestałam się śmiać.

– Czyli poznałaś już Janę Bibijanę... – odezwał się Koljo z krzywym uśmiechem.

Nazwał ją zaskakująco trafnie. Jan Bibijan to bohater jednej z najbardziej znanych bułgarskich książek. Niegrzeczny chłopiec, który najpierw sprzymierza się z diabłem, a potem wyrywa mu ogon i zyskuje dzięki temu niezwykłą moc. Diabeł nazywał się po bułgarsku „Fiut". Zawsze byłam ciekawa, jak to imię przetłumaczyć na polski.

– Poznałam – przyznałam.

– Jest dobrą policjantką – odezwała się Milena.

Nikt nie zaprzeczył ani nie potwierdził. Jan Bibijan przechodzi w końcu przemianę, w czym pomaga mu zamiana głowy z Kalczem, chłopcem ulepionym z gliny. Kto zamieni się na głowy z Janą Manołową?

– Straszy, że zabiorą nam śledztwo, jeśli nie rozwiążemy sprawy – dodałam. – No i nie napisaliśmy raportu...

– Niech zabierają. – Wirginija wzruszyła ramionami.

Ta dziewczyna nie miała pojęcia, czym jest ambicja. Co ona tu w ogóle robiła z takim podejściem?

– Hmm... Twoja pierwsza większa sprawa, Wirginijo i od razu przegrana – zauważył Koljo, wyjątkowo zrezygnowawszy z maski błazna. – Nie byłoby ci głupio?

Brawo, z ust mi to wyjąłeś.

– Mam na koncie kilka rozwiązanych spraw – mruknęła wyraźnie obrażona. Dziś uczesała się w luźny kok i włożyła zwiewną sukienkę w japońskie wzory.

– Ależ nikt nie zaprzecza – wtrącił Christo. – Jak trafnie orzekłaś, tamtą kobietę znalezioną w tapczanie udusił jej mąż, zwłaszcza że zostawił kartkę na stole z przyznaniem się do winy i adnotacją, że jego powieszone zwłoki znajdziemy w warsztacie za domem...

Wirginija zacisnęła usta.

– I oczywiście miałaś rację, że utonięcie w płytkim stawie mężczyzny, który miał trzy promile alkoholu we krwi, było nie nieszczęśliwym wypadkiem, tylko morderstwem, którego dokonał równie pijany szwagier podkochujący się w jego żonie...

Kobieta za chwilę miała eksplodować.

– I tamta sprawa – ciągnął Christo. – Staruszka, która zalazła za skórę sąsiadowi...

– Dosyć tego. – Nie wytrzymała. – Zgoda. Też nie chcę, żeby nam zabrali sprawę. – Potoczyła po nas wściekłym spojrzeniem. – Ale co ja mogę zrobić? To przerosłoby każdego! Myślicie, że nad tym nie siedzę? Już mi różne rzeczy wychodziły z tego profilu, wszystkie równie durne...

– Dajcie jej spokój. – Wzięłam ją w obronę. – To sprawa jedna na milion. Prawdopodobnie najważniejsza dla każdego z was, z nas – poprawiałam się. – Wszyscy robimy, co możemy.

Wrócił Dimityr. Wyglądał, jakby go ktoś przecisnął przez praskę.

– Nici z fontann – rzucił w moją stronę. – Będę pisał raport. Wyślijcie mi to, co macie.

– Pomogę ci – powiedziałam, bo użył liczby pojedynczej. Mam nadzieję, że Jana nie zabroniła mu poprosić mnie o pomoc. Dokładnie te same słowa padły z ust Nedka. Pomodliłam się, żeby jego chęć pomocy nie oznaczała, że chce mnie zabrać na spektakl z fontannami.

Dimityr popatrzył najpierw na mnie, potem na Nedka.

– Wszyscy pomożemy – zadeklarował Koljo. – Jesteśmy zespołem. Chciałbym dodać, że to żadna łaska, bo powinniśmy te raporty pisać na bieżąco, nie wtedy, kiedy szefowa tego zażąda. Reszta pokiwała głową.

– Byłoby miło – powiedział do mnie Dimityr i posłał pozostałym pełne wdzięczności spojrzenie. – Dobra. Nedko, ty mi daj zeskanowaną i posegregowaną dokumentację zdjęciową. Ma być tego dużo.

– Jest bardzo dużo – mruknął Nedko i natychmiast zaczął działać.

– Wybierz takie zdjęcia, na których nie widać dokładnie znaków. Nie będziemy odsłaniać wszystkich kart. Jednocześnie mamy zrobić wrażenie, że to jest sprawa trudna i śmierdząca, a na dodatek nie przyniesie wielkiej chwały temu, kto ją rozwiąże.

Atmosfera nieco się rozluźniła.

– Koljo, dawaj wszystkie powiązane sprawy, nawet tę z popem zalanym błotem. Wirginijo, napisałaś profil?

– W większości to notatki. Mam pięćdziesiąt stron, ale to głównie głupoty...

– Świetnie. Przeczytaj, popraw i wydrukuj. Mileno, dawaj wszelkie notatki służbowe, to, co wisi na tablicy, zdjęcia naszych zawalonych biurek i tak dalej.

Ona też pokiwała głową.

– No to do roboty – powiedział Christo. – Mam dwa pudła zeznań. Zeskanuję i opatrzę komentarzami.

– A ja? Co ja konkretnie mam zrobić? – Chciałam wiedzieć.

– Opisz te historie biblijne, dodaj archeologię, zrób skan alfabetów, najlepiej kilku, od bułgarskiego, przez hebrajski i głagolicę, po aramejski – poradził Koljo.

Dobry pomysł.

– Dołóż wyciągi z Biblii i spisz zeznanie popa – dodał Christo. – Tak jak pamiętasz.

Też racja, chociaż będę musiała posiedzieć nad tym kilka godzin. Zjadłabym coś.

– Tu? – Nie wytrzymałam. – Tu będziemy to robić? Bez obiadu?

– Tu – westchnął Christo i też otworzył laptop. – Do roboty, pszczółki. Królowa czeka.

– Kto skończy najszybciej, idzie po pizzę – pocieszyła mnie Wirginija.

– Żartujecie chyba. – Skrzywił się Christo. – Zadzwonię do swojej kobiety, przyniesie nam zaraz drob sarmę. Robiła wczoraj.

– Serio? – uśmiechnęła się Milena. – Wykarmi nas wszystkich? Kochana Maryjka...

Przełknęłam ślinę. Naprawdę kochana ta żona Christa. Uwielbiam drob sarmę. To podroby jagnięce gotowane z ryżem, podawane z *kiseło mljako*.

– Pracuj! – zażartował Dimityr. – Bo nie dostaniesz.

Uderzyłam go lekko dłonią w czubek głowy. Posłał mi krzepiący uśmiech. Pochyliliśmy się nad laptopami.

\*

Wieczorem mieliśmy wszystkiego dość, ale przynajmniej raport wyglądał imponująco. Miał wiele stron i ci z ministerstwa powinni być zadowoleni. Miałam nadzieję, że Jana też. Swoją drogą dziwna kobieta. Pracowaliśmy do nocy, a ona przez cały czas siedziała w swoim gabinecie. Kiedy wszystko zostało napisane, podsumowane i zeskanowane, Dimityr zadzwonił, wziął grubą teczkę i zniknął za drzwiami. Siedzieliśmy w komplecie, nikt się nie ruszył. Tylko Wirginija odebrała telefon od męża, pouczyła go, że ma nie narzekać, wróci, kiedy będzie mogła, po czym wstała, żeby otworzyć okno i wyłączyć wiatraki.

– Jana przyjmie raport? – Nie wytrzymałam napięcia. Podniosłam się, żeby umyć garnek po drob sarmie, który opróżniliśmy do ostatniego ziarenka ryżu.

– Przyjmie, przyjmie... – mruknął Koljo.

Do pokoju wszedł Dimityr.

– Fajrant – powiedział z wyraźną ulgą. – Teraz piłka jest po ich stronie. Skoro jutro nie ma szefowej, możecie pracować w domu.

Gwizdy i oklaski. Dimityr ukłonił się wszystkim po kolei, jakby występował na scenie. Dziwne, ale pierwszy raz poczułam się częścią zespołu. Nie przeszkadzała mi wredna szefowa ani praca do późnej nocy. Solidaryzowałam się z kolegami w obliczu nieznanego wroga w postaci urzędników ministerstwa. No i żona Christa swoim daniem poprawiła mi humor.

Wyszłam z Dimityrem. Noc była ciepła, świeciły gwiazdy.

– Nie pytaj – uprzedził mnie.

– Nie pytam – odparłam.

– Albo pytaj i miejmy to z głowy. – Zmienił zdanie.

Szliśmy wąskim chodnikiem ramię w ramię. Potknęłam się i prawie upadłam, Dimityr złapał mnie za rękę. Potem nie puścił, a ja się nie wyrywałam.

– Co poszło nie tak?

– Wszystko. Jest starsza, jest moją szefową i miała męża.

– Skoro miała męża, to coś mogło pójść dobrze... – Ścisnęłam go za rękę.

Teraz on się potknął i głośno zaklął. Nie wiem, czy przekleństwo było wymierzone w połamane płyty chodnikowe czy w seksowną Janę i jej życiowe wybory.

– Mogła, ale kiedy on się o nas dowiedział, zerwała ze mną. Groził, że ujawni sprawę przełożonym. Nie chciała ryzykować stanowiska. Potem i tak się rozstali, ale... za dużo przykrych rzeczy zostało powiedzianych, żeby wróciło to, co było.

Ja nie powiedziałam nic przykrego, kiedy zastałam Angeła z Kaliną. Bo moje wyznanie, że jestem w ciąży, nie było „przykrą rzeczą". Chciałam tylko, żeby Kalina dowiedziała się, jaki to drań. Dziw, że po tym wyszła za niego za mąż. Zapraszała mnie na ślub. Nie zainteresowali się tym, co stało się z dzieckiem. Pewnie mi nawet nie uwierzyli.

– I możesz z nią pracować w jednej firmie? – spytałam.

– A dokąd mam pójść? Nie wchodzimy sobie w drogę, wypełniam jej polecenia...

– Ale ci nie przeszło? – drążyłam temat.

Doszliśmy do wschodniej bramy miasta. Usiedliśmy w kawiarni. Dimityr zamówił piwo, ja lampkę wina. Czułam się wypruta. Wyglądało na to, że przyszedł moment na jakąś wyjaśniającą rozmowę. Czekałam, aż się odezwie.

– Sam nie wiem, czy mi przeszło czy nie. Tobie przeszło? – spytał.

Wino było za zimne i za kwaśne. Miałam ochotę je wylać.

– Nie mówimy o mnie... – przypomniałam.

– Jasne, omawiamy to, co ci się podoba.

– Chodzi mi o to, że Angeł nie miał żony... – Odczekałam chwilę, aż mnie przeprosi, ale nie zrobił tego.

Wychylił piwo do końca i zamówił jeszcze jedno.

– Przecież on od jakiegoś czasu chodził z Kaliną. Wiedziałaś o tym.

Sądziłam, że kiedy poszedł ze mną do łóżka, przestał z nią chodzić. Kalina też go chciała. Wszystkie go chciałyśmy, jakby był bogiem albo chociaż prawdziwym aniołem, jak wskazywało jego imię.

– A więc *de facto* ty byłaś tą trzecią. Sama się podłożyłaś.

Można to i tak zinterpretować. Na romantycznej kolacji nad Maricą Angeł trzymał mnie za rękę i zapewnił, że skończył z Kaliną. Pytałam go o to. Przecież nieraz leżeliśmy na wąskim łóżku w jego pokoju na piętrze przy Sweta Petka. Trwało to miesiąc. Seks noc w noc, od trzeciej, czwartej nad ranem, bo wtedy kończył pracę. Wstawałam o ósmej i wymykałam się na zajęcia, nieprzytomna ze zmęczenia i szczęścia. Wracałam wieczorem i czekałam na niego. Dał mi klucz do mieszkania. Kalina ani razu tam się nie pojawiła. Aż do tego wieczoru, kiedy pobiegłam podzielić się z nim wiadomością, że jestem w ciąży. Dlaczego mi to zrobił? Przecież wiedział, że przyjdę. Miałam klucz...

– Mnie samej trudno to wyjaśnić. – Dopiłam wino i zamówiłam kolejne, chociaż smakowało paskudnie. – Byłam bardzo młoda, zakochana. Trudno mi to wytłumaczyć. Przez cały miesiąc wydawało mi się, że jestem w raju. A potem zobaczyłam swojego anioła z inną kobietą.

– Miesiąc? Serio? Przez miesiąc cię posuwał, a ty zaszłaś w ciążę... Nie zabezpieczałaś się? Co ty, Gitka, gazet nie czytałaś? Matka ci nie mówiła, skąd się biorą dzieci?

Nigdy tego nie omówiliśmy z takimi detalami. W tamtą noc nie pytał o szczegóły. Nie, matka mi nie mówiła, skąd się biorą dzieci. Sama przeczytałam w książce. Miałam wtedy pierwszy orgazm przy czytaniu.

– Nie znęcaj się nade mną.

– Robię to, żebyś ty mnie nie wypytywała... – Zawołał kelnerkę i poprosił o coś na ząb do piwa i wina. Wzięliśmy sery, orzechy i arbuz.

– Ja wiem, że to żałosne, i wierz mi, nie mam nic na swoje usprawiedliwienie. Czułam się wtedy jak ostatnia frajerka.

– Czemu wyjechałaś? Uciekłaś? Chłopak cię wystawił, jasne, to boli, ale ty się zachowałaś, jakby ci wyrżnęli w pień rodzinę. Porzuciłaś wszystko i wszystkich. Studia, ludzi, którzy cię kochali...

Milczałam, gryząc kaszkawał. Z perspektywy mojej dzisiejszej wiedzy sama nie rozumiem, czemu wtedy tak zareagowałam. Tyle że Dimityr nie wiedział wszystkiego, a ja mu nie powiem całej prawdy.

– Gdybym nie była w ciąży, pewnie próbowałabym się otruć – wyznałam. – No wiesz, żeby go ukarać. A tak uciekłam.

– Sądziłem, że ochłoniesz, pozbędziesz się kłopotu i wrócisz.

– Pokręcił głową z niedowierzaniem.

Kłopot. Ja chciałam tego dziecka. Myślałam, że je urodzę i będę wychowywała, bo jest jego. Planowałam przyjazd ze śliczną dziewczynką albo uroczym chłopczykiem, może scenę w progu mieszkania, łzy, przeprosiny... Chociaż po tym, co się stało, raczej nie byłabym w stanie wrócić. Teraz wróciłam. Minęły lata, zdusiłam tamto w sobie i przyjechałam. Czego się mnie czepia?

– Nie pozbyłam się kłopotu – zaprzeczyłam.

Jak mógł pomyśleć, że potrafiłabym usunąć ciążę? Nie jestem specjalnie religijna, ale po prostu nie umiałabym tego zrobić. Dimityr patrzył na mnie uważnie.

– To co się stało? Urodziłaś? – spytał z niedowierzaniem.

Nie, nie urodziłam. Byłam w dwunastym tygodniu, kiedy poczułam w dole brzucha przenikliwy ból i zaczęła ze mnie wypływać krew. Pojechałam do szpitala. *Abortus in tractu*, powiedział młody lekarz. Tak się zdarza, proszę pani, to nawet częste w przypadku pierwszej ciąży. Jest pani zdrowa, będzie pani mogła mieć dzieci, oczywiście, całe tabuny. Natura czasem sama eliminuje płody, które mają jakieś wady. Albo bez powodu...”.

– Więc trzeba było wrócić. Na studia i... do mnie, do nas.

Może trzeba było, ale mnie ogarnęła olbrzymia rozpacz i rozczarowanie. Nie chciałam widzieć tych kamieni, ruin, wąskich uliczek ani wdychać zapachu spalin, winogron i fig. Po prostu nie mogłam. Nie powiedziałam mu tego jednak.

– Jestem teraz – skwitowałam. – I powiem ci... – Zabrakło mi słów, coś nieoczekiwanie dławiło mnie w gardle. – Powiem ci: dobrze, że jestem teraz. Tu i z tobą. Tak czuję. Dochodzę do wniosku, że tamto było dziecinne, głupie, niepotrzebne. Ale minęło. Teraz jestem tu i tylko to się liczy.

Zrobił serię min, które nie wiedziałam, co mogłyby oznaczać.

– Czyli prawie ci przeszło?

– Prawie. – Złapałam ostatni kawałek sera.

– Nie bądź taka, podziel się. – Wyciągnął do mnie rękę.

– Możemy zamówić coś jeszcze – przekomarzałam się, ale po chwili oderwałam kawałek sera i dałam mu.

Spojrzał na mnie uważnie i jakoś tak szczególnie.

– A ty zapomnisz o swoim nieudanym romansie, który zrujnował ci życie emocjonalne na kilka ładnych lat? – przerwałam ciszę.

– Jeśli nie wyjedziesz pod koniec lipca, zapomnę na pewno...

Teraz powinien powiedzieć, że mnie kocha, a ja powinnam zrobić przerażoną minę. Potem powinien się roześmiać i zapewnić mnie, że żartował.

– Zostań – rzucił. – Znajdziemy ci tu fajnego męża. Mam nawet na oku jednego mojego kolegę, który mnie pytał...

No i czar prysnął, kiedy z przyjaciela z lat dziecinnych wylazł stręczyciel. Zadzwonił mój telefon. Spojrzałam na ekran i skasowałam połączenie. Matka. Dochodziła północ. Nie chciało mi się z nią rozmawiać. Jeśli odczytała znaki, rozmowa może poczekać do rana. Wyskoczył esemes: „Zadzwoń, proszę, to bardzo ważne. Nieistotne, która jest godzina". Zawsze tak pisała, nawet jeśli chciała się dowiedzieć, co u mnie słychać. Zadzwonił też telefon Dimityra. On odebrał. Słuchał przez chwilę, twarz mu coraz bardziej tężała.

– Zaraz tam będziemy...

– Co się stało?

Gestem przywołał kelnerkę. Wyciągnęłam portfel, bo Dimityr zaczął szukać pieniędzy w kieszeniach.

– Dokąd idziemy? – Rozejrzałam się za taksówką.

– Kto wie, że byłaś u popa Wasyla? – Spojrzał na mnie przenikliwie, długo.

– Kilka osób na pewno, przecież nie robiłam z tego tajemnicy. Georgi, klienci jego sklepu, Wanczo, żebraczka, Lili... Każda z tych osób mogła powiedzieć o mojej wizycie stu kolejnym. Ale co się stało?

– Znaleziono go dziś po południu martwego w łóżku.

Serce mi waliło. Był sędziwy i schorowany, ale czy to przypadek?

– Jak zmarł?

– Wydaje się, że naturalnie. Jednak ktoś z domowników twierdzi, że zginęło coś z pokoju.

Pisanie nadało mojemu życiu sens. Zostałem kronikarzem, czułem brzemię odpowiedzialności.

– Dlaczego tak zależy ci na tym, aby wszystko zapisać? – spytał pewnego wieczoru Sariusz, kiedy próbowałem ledwie żywy po wyjątkowo trudnym dniu spisać kilka myśli Nauczyciela.

Wskazałem palcem na ostatnie notatki uwiecznione na kawałku skóry koziołka. Na papirusie ofiarowanym przez mieszkańców tamtej wioski nie było już miejsca, dlatego pisałem na wszystkim, co tylko się do tego nadawało.

– Moja kronika będzie świadectwem ważnych spraw. – Chciałem uciąć dyskusję i wrócić do pisania, ale Sariusz, a za nim Gabriel i Izrael usiedli koło mnie i zerkali mi przez ramię.

– Zapisałeś zdarzenie z... – Izrael szukał najwłaściwszego słowa – ...palcem?

Pokiwałem głową.

– Kto by chciał czytać coś takiego? – powątpiewał Sariusz.

– To był cud – żachnął się Gabriel. – Cuda świadczą o tym, że jesteśmy blisko.

– Blisko czego? – spytał Eliasz.

– Blisko kogo – podkreśliłem. – Blisko Jezusa, który jest Synem Bożym, blisko Nauczyciela, który ma moc czynienia cudów.

– Palec mu odrósł niczym jaszczurce – mruknął Sariusz. – W przyrodzie to możliwe.

– Jeszcze nie widziałem, aby komuś odrósł odrąbany palec.

– Mój kuzyn stracił rękę – odezwał się Samuel. – Zaplątała się w sieć. Nie odrosła mu. Dlatego to, co zrobił Nauczyciel, jest cudem.

Sariusz siedział z pochyloną głową, najwyraźniej się nad czymś głęboko zastanawiając.

– Zapisałem także to, jak polujesz i że niejeden raz uratowałeś nam życie, a także jak dzielisz się swoją wiedzą z innymi... – pospieszyłem z zapewnieniem.

– Właśnie. – Dosiadł się do nas Eliasz i zwrócił do Sariusza.

– Nauczyłeś mnie polować. Kiedy opuszczałem wieś, nie umiałem łowić ryb i naprawiać sieci. Teraz wiem, jak zakładać wnyki i łapać ptaki na pętlę. Nawet wytrawić skórę na sandały lub do pisania dla Ariela i Abiasza.

– Tak – potwierdził Sariusz. – Ale czy kogokolwiek to powinno ciekawić?

– Twoim zdaniem powinienem zapisywać jedynie słowa Nauczyciela? – spytałem niezadowolony.

– Tak – przyznał Gabriel.

– Nie – zaprzeczył w tej samej chwili Abiasz.

Dołączali do nas pozostali. Każdy miał na ten temat nieco inne zdanie.

– Jest nas dwunastu – powiedziałem w końcu – ale tylko ja i Abiasz potrafimy pisać. To nasze zadanie. Dostaliśmy je od samego Boga. Zanim nie trafiliśmy do tamtej wioski, nie miałem pojęcia, po co zostałem powołany.

– Nie licząc Nauczyciela – przerwał mi Izrael. – On jest uczony i potrafi pisać.

– Nauczyciel nie chce pisać – zauważył Krótki Marek.

– Ani specjalnie mówić – dodał Długi Marek. – Wyciągamy z niego historie siłą.

Chciałem, żeby sobie poszli, bo krew jaszczurki wymieszana z ziemią i sokiem z glistnika wysychała na słońcu. Za chwilę będzie niezdatna do użytku.

– Nie każdy lubi nauczać – zauważył pojednawczo Matias.

– Nauczyciel powinien lubić mówić i nauczać... – westchnąłem.

Zwiesiliśmy głowy.

– Wracając do najważniejszego... – odezwałem się ponownie. – Abiasz i ja potrafimy pisać. Abiaszu, zniechęciłeś się. – Starałem się, aby mój głos nie był pełen wyrzutu. – Nie mam do ciebie żalu. Umiałem mniej od ciebie, teraz czuję, że spisywanie naszych dziejów jest moim powołaniem i moją radością.

– Uczeń przerósł mistrza. – Abiasz lekko mi się ukłonił. – Zwłaszcza że mistrz nie okazał się tak uczony, jakby się wydawało.

– Arielu, czy ty przypadkiem nie chcesz udowodnić, że Nauczyciel się nie pomylił, kiedy ciebie powołał? – zagadnął mnie Luka.

Coś takiego chodziło mi po głowie. Rozłożyłem bezradnie ręce. Czułem się pisarzem. Chciałem ludziom nieść słowem nie tylko prawdę na temat wydarzeń, których byłem świadkiem, ale także tłumaczyć im, jak powinni ją rozumieć.

– Być może – odpowiedziałem sucho. – Nie wam to osądzać.

– Ariel jest pisarzem. – Dobiegł mnie głos Nauczyciela.

Nie zauważyliśmy, że podszedł do nas. Skłoniliśmy głowy z szacunkiem. Jan Chrzciciel usiadł między nami.

– Ariel jest pisarzem... – powtórzył. – To znak. Dar. Proszę, bądźcie wdzięczni, że spłynął na Ariela. To większy cud niż uzdrowienie głuchego chłopca i przytwierdzenie palca.

Wszyscy zaprotestowaliśmy, nawet ja, chociaż jego słowa bardzo mi pochlebiły.

– Macie rację, moi uczniowie – zgodził się, kiedy się uciszyliśmy. – Poświęcam wiele czasu modlitwie, niewiele zaś wam. Tymczasem jestem tu dla was, nie dla Jezusa. On mnie nie potrzebuje tak jak wy. Przynajmniej dopóki się z nim nie spotkamy.

Zaczęliśmy protestować i przepraszać, że wcześniej wymówiliśmy te słowa. Znów nam przerwał.

– To prawda. Nie zaprzeczajcie. Nie wynika to jednak z mojej złej woli. Nie wiem, co mam wam przekazać. Jezus rzekł mi: „Powołaj dwunastu uczniów i idź z nimi do Jerozolimy". Zapytałem, czemu mam tak uczynić. Wśród was będą wojownicy, kapłani, lekarze, myśliwi oraz kronikarze wydarzeń, które nastąpią. Tak mi powiedział. Zrobiłem zatem to, co kazał i oto idziemy. A wśród was są wojownicy i kronikarze, i myśliwi... Nie ma na razie lekarzy ani kapłanów. Musimy pokornie czekać, aż takimi się staniecie.

– Czy Jezus nie dał ci, Mistrzu, żadnych wskazówek co do tego, jak masz nas przygotować na te wydarzenia? – spytałem.

– Nie dał. Sam nie wiem, jakie to wydarzenia i jak mam się na nie przygotować. Sam nie rozumiem, jedynie wierzę. Czy to czyni mnie błogosławionym?

Przytaknęliśmy gorliwie. Nagle Sariusz rzucił przed siebie pętlę i złapał gołębia siedzącego na gałęzi blisko nas. Szybko ukręcił mu łepek i spojrzał na nas triumfalnie.

– Eliaszu, nazbieraj trochę grzybów. Dodamy je do zupy, którą ugotujemy wieczorem... – polecił wielce zadowolony.

Potem umilkł pod surowym spojrzeniem obu Marków.

– Czemu tak na mnie patrzycie? – spytał Sariusz ze złością w głosie. – Opowieściami nie napełnimy brzuchów.

– Mógłbyś okazać trochę szacunku – wytknął mu Gabriel. – Nauczyciel do nas mówi, a ty patrzysz tylko, co by tu upolować.

Sariusz zerwał się na równe nogi.

– Spokój! – zarządził Nauczyciel.

Sariusz natychmiast usiadł, Gabriel i Markowie pochylili głowy.

– Każdy został powołany z innych powodów. Powtarzam wam to. Ja sam nie wszystko rozumiem. Wiem tylko, że kapłani powinni się modlić, kronikarze pisać, a lekarze leczyć ludzi. Myśliwi zaś polować. Bądź błogosławiony, Sariuszu. Dziękujemy ci, że zawsze myślisz o tym, aby zapewnić nam strawę.

Pochylił się i ucałował myśliwemu stopy. Poczułem ukłucie zazdrości.

*

Następnej nocy zdarzyło się nam coś jeszcze bardziej niezwykłego. Sam Jezus z Nazaretu odwiedził mnie we śnie. Pisałem do późna, korzystając z pełni księżyca. Nagle poczułem ogarniającą mnie senność. Nie zdążyłem nawet schować do worka zapisków, tylko położyłem się i zamknąłem oczy. Poznałem go od razu. Szczupły, chudy wręcz, ciemnowłosy mężczyzna odziany w skromną szatę.

– Panie. – Zgiąłem kolana i spuściłem wzrok.

– Arielu – powitał mnie. – Wiesz, kim jestem...

– Tylko ty, Panie, mógłbyś odwiedzić mnie we śnie. Tyś jest Jezus z Nazaretu, krewny Nauczyciela, nasz Zbawiciel.

– Jam jest.

Trwaliśmy tak w milczeniu, ja wciąż klęczący, on przyglądający mi się uważnie.

– Czy chciałbyś mnie o coś spytać, Arielu?

Chciałem zadać wiele pytań. Dokąd idziemy, czy dojdziemy do celu, czy wypełnimy misję. Zamiast tego jednak chciałem wiedzieć, co się dzieje z Rebeką i Miriam.

– Opiekuję się nimi – odpowiedział. – Są zdrowe i mają się dobrze.

– Co to znaczy, że opiekujesz się nimi? – Nie uspokoiło mnie to, raczej zaniepokoiło.

Jezus milczał.

– Czy Rebeka ma nowego męża? – odważyłem się spytać.

– Nie, Arielu. Twoja żona nie została uznana za wdowę. Nie ma nowego męża. Jest ci wierna i czeka na twój powrót.

– Czy kiedyś wrócę do nich?

– Masz wolną wolę. Zrobisz, co uznasz za dobre.

– Nie powołałeś mnie, Panie, Nauczyciel wezwał mnie dlatego, że Zachariasz nie chciał iść. – Wziąłem do ręki kronikę. – Czy jesteś jednak zadowolony z mojej obecności?

– Powołałem cię, Arielu...

– Powołałeś Zachariasza... – Uniosłem wzrok. Jezus uśmiechał się do mnie dobrotliwie.

– Ty tu jesteś, zatem wyciągnij wnioski.

– Mówią, że moje pisanie nie ma sensu. – Przycisnąłem kronikę do serca. – Mówią, że pycha przemawia z tych kartek...

– Jakaż to może być pycha, skoro chcesz stworzyć księgę dla mnie i o mnie? Wszystko, co człowiek robi na chwałę pańską i boską, jest dobre.

– Jak zaniosę tę księgę między ludzi? Czy ludzie mi uwierzą?

– Tysiąc ksiąg zaczyna się od jednej księgi – pouczył mnie Jezus. – Księga zaczyna się od pierwszej opowieści, ta od pierwszego słowa. Twoje słowa są jak ziarna rzucane przez siewcę. Jedno z nich spadnie na drogę, drugie na skałę, trzecie między ciernie, czwarte na żyzną glebę. Siewcą jestem ja, ale ty także będziesz wraz ze mną rzucał ziarna między ludzi. Droga to ludzie, którzy słyszą Słowo Boże, ale z powodu Szatana go nie przyjmują. Skała to ci, którzy wierzą, ale nie okazują Bogu należnej czci. Ciernie oznaczają tych, którzy są pod wpływem Szatana. Żyzna gleba to wierzący i słuchający Słowa Bożego. Twoje słowa będą spadały między ciernie, na skały i drogę. Te, które dotrą do dobrych ludzi, wykiełkują. A oni wydadzą kolejne nasiona. Jaka jest pierwsza opowieść w twojej księdze?

– O tym, jak opuściłem żonę, aby podążyć za tobą, panie – odparłem ze wstydem.

– Nie wstydź się tego. To dobra opowieść. Opuściłeś żonę z miłości do mnie...

– Uczyniłem to, panie, z niewiadomego dla mnie powodu – przyznałem. – Wtedy nie znałem ciebie ani nie kochałem... Pragnąłem sławy, wielkich czynów, a we własnej wiosce byłem jedynie rybakiem. Nie przymierałem głodem, lecz nie miałem posagu dla córki. Musisz to wiedzieć. Przecież wiesz wszystko. Za sylwetką Jezusa wstawało słońce.

– Wiem o tym, dlatego twierdzę, że kierowała tobą miłość do mnie. Miłość silniejsza niż ziemskie przywiązanie. Powołałem cię, abyś to ty napisał księgę, która trafi do ludzi. Wraz z innymi księgami, które powstaną, da świadectwo mojemu życiu na ziemi. Oraz mojej śmierci...

– Nie, panie – przestraszyłem się. – Dlaczego miałbyś umierać? Nie dopuścimy do tego. Podążamy do Jerozolimy, aby ciebie chronić...

– Nie możecie oszczędzić mi losu, który przeznaczył mi Ojciec... – Pokręcił przecząco głową.

Chciałem coś powiedzieć, ale znów uniósł dłoń i powstrzymał mnie.

– Nie zostaliście do tego powołani...

Milczałem, a w mojej głowie kłębiły się setki myśli.

– Arielu, nie poddawaj się podszeptom ludzi. Idź prostą drogą. Jeśli z niej nie zboczysz, zostaniesz zapamiętany jako wielki kronikarz moich dziejów.

– Jak miałbym zboczyć z drogi, panie?

– To łatwe, Arielu. – Uśmiechnął się. – Wystarczy się mnie zaprzeć w obliczu zagrożenia. Wystarczy zapomnieć o cudach, których byłeś świadkiem. Wystarczy ulec pokusie...

– Nigdy nie ulegnę pokusie cielesnej...

Uśmiechnął się i zniknął. Miałem oczy otwarte. Nad nami wstawał świt.

*

Kolejnej nocy przyszła do mnie Rebeka, bardzo zmieniona. Opuściłem ją ledwie kilka nowi temu, a ona wyglądała jak stara kobieta. Szła pochylona, z posiwiałymi włosami, w żałobnym ubraniu.

– Rebeko! – zawołałem za nią.

Obejrzała się, ale mój widok ją przestraszył.

– Dokąd idziesz, Rebeko?

– Modlić się za twoją duszę, mój mężu. Umarłeś, a ja cierpię po twojej śmierci...

– Nie umarłem. Pan mnie powołał do wielkich czynów.

– Jakich czynów? – zdumiała się.

– Piszę księgę, świadectwo słów Jezusa i jego życia. Moją księgę będą czytali potomni, a ty i Miriam będziecie ze mnie dumne.

– Miriam nie żyje. – Zalała się łzami. – Oboje umarliście. I ja niedługo umrę z rozpaczy.

Przebudziłem się zlany potem. Miriam nie żyje, zakołatało mi w głowie. Ja też umarłem. Nie, to niemożliwe. Skoro ja żyję, Miriam także nie umarła. To pokusa, o której mówił Chrystus. To Szatan, który chce zniweczyć moje dzieło. Nie mogę ulec tej pokusie. Nie mogę.

Modlącego się zastał mnie świt.

*

Kolejne dni mijały mi na modlitwie i uzupełnianiu księgi. Gnębiłem Nauczyciela o każdą opowieść, która mogła wyjść z ust Jezusa Chrystusa. Prosiłem go o rodzinne wspomnienia. Początkowo niechętny uległ, kiedy opowiedziałem mu o swoim śnie. Pominąłem ten o Rebece jako nasłany przez Szatana. Wspomniałem tylko o tym, w którym Jezus prosił, abym nie zaniechał pisania, i mówił, że będę siewcą, jeśli nie ulegnę pokusie.

– Słowa Jezusa, które wypowiedział w twoim śnie, są znamienne. Jesteś tu po to, aby pisać – rzekł Nauczyciel, a pozostali przyznali mu rację.

– Tak, Nauczycielu. – Schyliłem głowę.

– Jesteśmy już blisko. – Nauczyciel położył rękę na mojej głowie. – Niedługo dojdziemy do Jerozolimy, gdzie przeżyjemy z panem naszym Jezusem święto Paschy.

– Wręczymy mu księgę. – W moim głosie brzmiała pewność.

– Tak zrobimy, Arielu, mój synu...

W ten oto sposób spełniłem swoje pragnienie. Stałem się najważniejszym uczestnikiem wyprawy do Jerozolimy. Miałem nadzieję, że również ulubionym uczniem Jana Chrzciciela. I potem samego Jezusa. Przejdę do historii jako ten, który został siewcą słów o Bogu. Najważniejszym z ludzi. Muszę tylko omijać pokusy, takie jak sen, w którym zjawiła mi się Rebeka.

## CESARSTWO BIZANTYJSKIE, XII WIEK

Jest nas dwunastu, niczym Chrystusowych apostołów, tyle że idziemy nie za Mesjaszem, a za bratem Lazarem. Lazar jest wiekowy, został naszym przewodnikiem ze względu na mądrość, roztropność i doświadczenie. Niestety, spowalnia nasz marsz. Szybko się męczy i nie jest w stanie iść dłużej niż dwie, trzy godziny w ciągu dnia. Po tym czasie przesiada się do skórzanej leżanki, którą przytraczamy do jednego z koni, i podróżuje w pozycji horyzontalnej. Nie powinien brać udziału w wyprawie. Traci co dzień więcej sił, ale nie mogę zadać tego pytania ani jemu, ani nikomu innemu. Chociaż wyruszyliśmy po zbiorach, pod koniec sierpnia, słońce wciąż stoi wysoko i upał mocno nam dokucza. To męczące nawet dla mnie, młodego i silnego, dlatego rozumiem Lazara. Wiekiem dorównuje mu jedynie Edran, ale on ma więcej siły, niż można by przypuszczać. Edran idzie ramię w ramię z Lazarem, pomaga mu i podtrzymuje go na duchu i ciele. Trzymają się nieco z tyłu i szepczą między sobą nieustannie. Kiedy Lazar zaczyna podróż na leżance, Edran idzie samotnie, mamrocząc coś pod nosem. Nigdy nie udało mi się usłyszeć, czy odmawia *Ojcze nasz*, czy też z jego ust padają inne słowa. Oprócz Edrana, Lazara i mnie do Konstantynopola idą brat Roman, Matias, Odris, Ibrah oraz Metody. Pozostali czterej towarzyszący nam bracia nie należą do naszego zgromadzenia. To dwaj surowi przybysze z Rodopów, Rajko i Miro, oraz brat Tesar z Presławia i Kusman z Warny.

Towarzyszy nam pięciu milczących rycerzy – mają za zadanie chronić nas przed rozbójnikami grasującymi na drogach. Zostali sowicie opłaceni i zobowiązani do tego, aby oddać życie za Księgę. Na razie nie ma takiej potrzeby. Idziemy polnymi drogami, omijamy główne trakty. Dotychczas nie napotkaliśmy nikogo prócz głodnych dzieci i ich matek, mdlejących w słońcu na polach w poszukiwaniu resztek kapusty i buraków pastewnych, które ktoś mógłby przeoczyć podczas zbiorów. Mamy dwa powozy zapasów Kilka worków mąki i kaszy, soczewicy, fasoli, kiszone warzywa – turszija, świeże – głównie czosnek i cebulę, nawet suszone mięso. Trzy razy dziennie zatrzymujemy się, aby odpocząć, napoić konie i ochłodzić się w cieniu drzew. Posiłki przygotowujemy wspólnie. Zwykle są to podpłomyki i odrobina turszii. Dwa razy w tygodniu jemy suszone mięso. Bracia z Rodopów nie jedzą nawet podpłomyków. Ograniczają się do spożycia odrobiny surowej mąki, czasem rozrobionej z wodą. Zaraz zacząłem dowodzić, że powinni jeść, aby nie opaść z sił, ale szybko zamilkłem pod ciężkim wzrokiem brata Lazara. Sami Rajko i Miro spojrzeli na mnie nieżyczliwie i podziękowali za troskę. Więcej się do nich nie odezwałem. Rycerze także są małomówni, chociaż rozmawiają między sobą. Do nas odzywają się rzadko i zawsze zdawkowo. Mam wrażenie, że nami pogardzają. Nie żałują sobie jedzenia. Nie robią nic oprócz oporządzania swoich koni, nawet nie pomagają w rozładunku pożywienia. Przychodzą na gotowe i wykłócają się o większe porcje. Złość we mnie wzbiera, kiedy bracia z Rodopów oddają im swoje jedzenie. Rycerze wpychają pokarm do ust palcami, wycierają brudne ręce we włosy. Oni także cuchną, podobnie jak Miro i Rajko. Może dlatego, że nawet na noc nie zdejmują całych zbroi. Nigdy się nie myją. My, bogomili, przywiązujemy wielką wagę do czystości. Czyste ciało jest lepszą siedzibą dla ducha niż oklejone brudem.

Patrzę na nich z niechęcią. Kiedy idziemy, nie schodzą z koni nawet na chwilę. Konie wydają się równie zamknięte w sobie jak ich jeźdźcy. Bracia też niewiele mówią. Mogę porozmawiać jedynie z bratem Romanem. Tylko on chce słuchać o moich wątpliwościach i spostrzeżeniach. Jest tak samo życzliwy mi jak w dniu, kiedy przyszedł do kuchni, i tym, kiedy w zaciszu celi zrobił ze mnie strażnika Świętej Księgi bogomiłów. Wielką zagadką jest dla mnie brat Matias. Przede wszystkim nie wiem, czemu go wybrano. Jest otyły, chociaż niewiele je. Żółtawe białka oczu zdradzają chorą wątrobę. Kiedy myjemy się pod osłoną nocy w jeziorze, stawie lub rzece, czuję kwaśno-gorzki zapach jego ciała. Matias nie brata się z nikim. To jest mi na rękę. Tuż przed wyjazdem ukradłem mu kości brata Alberta i ukryłem w worku z soczewicą. Postanowiłem, że zabiorę je i pochowam w Konstantynopolu. Może nawet udałoby mi się wyprosić dla niego pochówek w Jerozolimie. Czułem, że Albert nie może odejść na wieczny spoczynek, dopóki jego kości nie zostaną pochowane. Minęło wiele miesięcy od jego śmierci, dlatego ziemia, w której go pochowam, musi być szczególna. Tak zdecydowałem. Zabrałem kości, kiedy Matias przebywał w bibliotece, a w to miejsce położyłem gałęzie. Matias chyba nie był świadomy zamiany. Śmiało spoglądałem mu w oczy podczas przygotowywania posiłków i zagadywałem przyjaźnie.

– Bracie Matiasie, czy zechcesz mi pomóc w znalezieniu suchych gałęzi na podpałkę? – prowokowałem go bezczelnie.

Wydawał się nie reagować na słowo „gałąź". Może istotnie nie wiedział, że znienawidzone przez niego kości są ukryte w soczewicy, a w jego celi umieściłem co innego.

– Ja z tobą pójdę, Cyrylu. – Zrywał się Roman. Matias obojętnie patrzył na mnie i nie ruszał się z miejsca.

– Czemu tylko my pracujemy podczas wyprawy? – pytałem niezadowolony. – Reszta braci odpoczywa, czekając, aż nazbieramy gałęzi, rozpalimy ogień i ugotujemy posiłek. To niesprawiedliwe.

Roman łajał mnie za takie słowa.

– Jesteśmy najmłodsi i musimy służyć innym.

– Rycerze powinni pomagać – mruczałem dalej niezadowolony, patrząc, jak Roman pokornie zgina kark, by wyszukać najodpowiedniejsze gałęzie na rozpałkę. Uważałem Romana za najszlachetniejszego z braci. Może jedynie Albert dorównywał mu poświęceniem i dobrocią. Nie widziałem, aby siedział bezczynnie. Kiedy nie miał nic do roboty, bo czekaliśmy na przykład, aż strawa się ugotuje, masował Lazarowi opuchnięte nogi, zbierał w lesie grzyby, czyścił je i suszył, aby służyły nam w dalszej drodze. „Nigdy nie należy zakładać, że zapasy są wystarczające", mruczał. Przynosił wielkie bukiety rumianku, podbiału, dziurawca i mięty i wieszał na dyszlach wozów, żeby wyschły. Robiliśmy potem napar z tych ziół, gdyż Roman upierał się, byśmy zawsze gotowali wodę do picia. Lubiłem najbardziej wywar z sercokształtnych listków podbiału dobry na gardło i łagodzący kwaśny posmak turszii.

– Nie wolisz odpocząć choć odrobinę? – Zwróciłem się do niego któregoś dnia, widząc go, jak wraca po północy i ledwie żywy ze zmęczenia pada na posłanie obok mnie. – Coś ty robił, bracie?

– Brat Odris ma bóle pod żebrami. Zaniosłem mu cebulę i zrobiłem okład, aby dolegliwości nieco zelżały.

– Cebula pomaga jedynie na stłuczenia – powiedziałem cicho, starając się nie zasnąć podczas rozmowy. – Czy brat Odris upadł i się uderzył?

– Nie. Bóle zaczęły się w dniu wczorajszym po kolacji. Dziś ledwie szedł.

– Nie powinien iść pieszo. – Pokręciłem w ciemności głową. – Powinien podróżować na leżąco jak Lazar.

Brat Odris jako bibliotekarz rzadko opuszczał pomieszczenie z księgami. Nie nawykł do pracy fizycznej, nie nosił ksiąg. Robili to pomocnicy. Nic dziwnego, że kilka tygodni po wyjściu z klasztoru był trzy ćwierci od śmierci.

– Też tak uważam. Odris powinien podróżować na wozie. Jest miejsce, bo przecież zużyliśmy część zapasów. Albo niech rycerze użyczą mu konia.

– Sądzisz, że się zgodzą?

Długo milczał.

– Płacimy konnym sowicie, karmimy ich... Muszą nas słuchać. Poproszę Lazara, by wydał im polecenie.

– Możemy zagrozić zmniejszeniem im porcji.

Poruszył się w ciemności.

– Zostawmy to na czasy, kiedy jedzenia naprawdę zabraknie.

Nie powinno zabraknąć, jeśli nikt nie będzie opóźniał marszu. Powinniśmy dotrzeć do Konstantynopola po trzech miesiącach księżycowych marszu. Na razie – po czterech tygodniach wędrówki – nie mieliśmy opóźnienia. Nie napotkaliśmy także żadnego niebezpieczeństwa.

– Jeśli nie będzie opóźnienia, to i jedzenia wystarczy.

– Lazar jest słaby, ale z pomocą Boga dotrze do celu. Edran, chociaż sędziwy, ma wiele siły. Sądziłem, że Odris także...

Starsi bracia nie powinni brać udziału w takiej wyprawie. Nie ja jednak o tym decydowałem.

– Cebula nie pomoże. To pewnie żółć.

Na żółć płynącą w niewłaściwym kierunku umarł mój nauczyciel w seminarium. Biedak, strasznie się męczył.

– Co mogłoby pomóc?

– Jeśli to żółć, nic nie pomoże – wyszeptałem i zanim zapadłem w sen, dodałem jeszcze, że jutro obejrzę brata Odrisa i poszukam ostropestu plamistego. Zasypiając, przypomniałem sobie jeszcze, że brat Odris powinien popijać każdy posiłek sokiem z czerwonego buraka doprawionego natką pietruszki.

Rano wraz z Romanem znaleźliśmy brata Odrisa martwego. Twarz miał wykrzywioną spazmem bólu, rękę trzymał na piersi.

– To przez żółć? – spytał Roman, pobladły.

Pokręciłem głową. Wskazałem krwawe wybroczyny na gałkach ocznych i krew zaschniętą w kącikach ust.

– Nie – wyszeptałem. – Apopleksja.

– Jesteś pewien, że to nie zaraza?

Wschodził świt.

– Jestem pewien.

Obudziliśmy brata Lazara i powiedzieliśmy mu o odejściu Odrisa. Słuchał skupiony.

– Trzeba go pochować – zdecydował. – Jego Księgę poniesie ktoś inny. Wraz z Edranem zdecydujemy kto.

Bezwiednie dotknąłem skórzanego futerału umocowanego na biodrze. Każdy z nas miał nadzieję, że niesie tę właściwą, jedyną i najświętszą relikwię. Prawda była taka, że nie wiedzieliśmy, która z Ksiąg ukrytych w skórzanych workach przytroczonych do naszych bioder jest prawdziwa, a która stanowi jedynie jej bezwartościową kopię. Boski i szatański zarazem pomysł świętej pamięci brata Odrisa. Czy jest już czystym duchem i stoi przed obliczem Jedynego i Najświętszego?

Przez trzy miesiące poprzedzające wyprawę kopiowaliśmy Świętą Księgę bogomiłów i zmienialiśmy jej treść, tak jak nam się podobało.

Brat Odris czytał nam fragmenty, my zaś zapisywaliśmy je po swojemu. Nie ujrzeliśmy oryginału. Bracia Ibrah i Metody błagali o możliwość przeczytania Księgi. Tłusty brat Matias chciał jedynie spojrzeć na wybrane karty traktujące o najważniejszych dla bogomiłów sprawach. Roman pragnął tylko ujrzeć pierwszą stronę księgi, aby widok jej autora, samego Boga, który podyktował ją Bogomiłowi, natchnął go, aby jak najlepiej zataił jej treść.

Ja się nie odezwałem, czym wzbudziłem zainteresowanie brata Odrisa.

– A ty, synu – spytał. – Jakich argumentów użyjesz, aby ujrzeć nasz największy sekret?

Nie wyznałem prawdy. Słówko szepnięte przez kogoś ze starszyzny lub kaprys mogły spowodować, że zostałbym odsunięty od wyprawy.

– Nie proszę o pokazanie księgi, ponieważ ufam decyzjom starszyzny i przyjmuję je z pokorą.

Pozostali bracia zamilkli zawstydzeni.

– Tak bardzo pragniemy dostąpić zaszczytu ujrzenia Księgi – wyszeptał ze skruchą Metody.

Był nieco starszy ode mnie, wesoły i przyjacielski. Odnosiłem się do niego życzliwie, ale z rezerwą. Miałem wrażenie, że został wybrany ze względu na swoje miłe usposobienie i jako ulubieniec brata Odrisa. Nie mogłem oprzeć się wrażeniu, że to on niesie autentyczną Księgę.

– Doświadczacie! – Lodowaty ton brata Odrisa przeniknął nas do głębi. – Doświadczacie łaski Bożej i wypełniacie jego wolę.

– Pokornie prosimy o wybaczenie... – zaczął brat Roman, ale Odris przerwał mu natychmiast.

– Powiedziałem: dosyć! Wracajcie do pracy!

Pracowaliśmy codziennie między dziewiątą rano a południem. Kiedy stawialiśmy się w czytelni, już czekały na nas przygotowane do pracy pulpity. Punktualnie o dziewiątej wyłaniał się z biblioteki brat Odris, niosąc uroczyście najświętszy skarb bogomiłów. Księgę spowijał biały materiał, ponoć utkała go matka naszego ojca Bogomiła, według wskazówek Boga udzielonych mu we śnie. Materiał – gruby, ale gładziuteńki – musiał zostać utkany z najdelikatniejszej wełny owczej i na specjalnych krosnach. Brat Odris dotykał płótna w rękawiczkach. Nie mogłem dostrzec samej Księgi. Widziałem jedynie, że nie liczyła wiele stron. Księga stworzenia świata, przepisana dla nas i bogato ilustrowana, była obszerniejsza.

Starałem się wiele nie rozmyślać podczas pracy. Szczególnie należało skupić się na słowach brata Odrisa. Po dwóch godzinach pisania owoce naszych wysiłków oceniali bracia Lazar, Edran i Odris. Tekst należało fałszować umiejętnie. Musiał być dość wierny oryginałowi, ale na tyle niewłaściwy, aby nikt nie zaczął wyznawać według niego wiary. Nie wiem jak przepisywali pozostali bracia, ale ja próbowałem mu nadać brzmienie „chrześcijańskie". Wydawało mi się, że najłatwiej „schować" nasze dogmaty tak różne od chrześcijańskich, w naukę człowieka podającego się za Mesjasza. Już mój pierwszy tekst o strąceniu Szatana w otchłań za nieposłuszeństwo przypominał historię starotestamentową. My bogomili wiemy, jaka jest prawda. Bóg dopuścił Szatana do tego, aby z nim stworzył świat, a kiedy ten niszczył ducha, wypełniając go materią, Bóg kazał mu iść precz. Chciał sam dokończyć dzieło. Satanael poprosił go wtedy o wybaczenie, przyrzekł posłuszeństwo i poprosił o kolejną szansę. Bóg w swojej dobroci dał mu ją, przecież miał przed sobą własnego syna. Ofiarował mu ziemię i morze, pozwoliwszy nasycić je materią. Miał nadzieję, że Szatan nie będzie przeszkadzał jego dziełu. Sam zajął się tworzeniem istoty doskonałej, stworzonej na jego obraz i podobieństwo. Człowiek miał pierwotnie składać się jedynie z ducha. Materia kalałaby jego doskonałość i oddalała od Boga. Szatan nie miał w sobie ani krzty dobra. Lepił z materii najbardziej fantazyjne stworzenia. Jedne umiały pływać i oddychać pod wodą, inne wznosiły się w przestworza i nie spadały na ziemię. Jeszcze inne chodziły po ziemi. Bóg zajęty stwarzaniem człowieka i tchnieniem w niego życia od czasu do czasu spoglądał na jego dzieło. Zaniepokoił się dopiero, kiedy zobaczył, że

Szatan powołał do życia silne zwierzęta, aby pożerały słabsze. Wielkie ptaki spadały na ziemię niczym błyskawice i porywały zwierzęta, aby się nimi posilić. Ryby zjadały się wzajemnie. Bóg się rozgniewał i odebrał niewdzięcznikowi dzieło stworzenia po raz kolejny. Umieścił człowieka poza obrębem czasu, w rajskim ogrodzie, obawiając się, że Szatan skala go materią. Szatan zdołał się dostać do ogrodu, zbrukał jego duszę i człowiek stał się materią, w której jedynie na czas określony spoczywa wątły duch. Widząc to, Bóg wygnał i człowieka, i Szatana, przeklinając zło, które uczynił. Od tego czasu Bóg czuwa jedynie nad duchem w nas mieszkającym, gardząc cielesnością, która należy do Satanaela.

Zmieniłem tę opowieść na podobieństwo biblijnej. Był w niej wąż kuszący niewiastę, ale nie podawał jej jabłek, a zatopił w niej swoje ostre zęby i tym samym w jej duszę wsączył jad. Kobieta już na zawsze miała pozostać bardziej materialna i wysysająca ducha z doskonalszego duchowo mężczyzny.

Moja historia podobała się bratu Odrisowi. Śmiem twierdzić, że wydawała się najlepsza ze wszystkich napisanych, ponieważ w kolejnych dniach to ode mnie zaczynał czytanie napisanych tekstów.

– Bracie Cyrylu, obyś nigdy nie zboczył z obranej ścieżki. Byłbyś dla nas śmiertelnym zagrożeniem – powiedział kiedyś głośno.

Ucieszyłem się. Czułem się wspaniałym pisarzem, najlepszym. Kątem oka dostrzegłem pełen aprobaty wzrok brata Romana. Roman był dobry, od dawna to wiedziałem. Ktokolwiek mógł uczynić coś na chwałę bogomiłów, mógł liczyć na poparcie i życzliwość Romana.

Posłuszeństwo, jedna z doktryn bogomiłów, nakazywało mi nie zadawać pytań. Pięciu z nas fałszowało tajemną Księgę, do Konstantynopola szło dwunastu. Każdy z nas przytroczył do pasa skórzany worek z księgą. Tylko jedna Księga była najprawdziwszą, sekretną tajemnicą bogomiłów. Co najmniej jeden musiał wiedzieć, kto niesie oryginał. Zapewne martwy brat Odris...

Wraz z bratem Romanem kopaliśmy grób. Jeszcze brat Metody miał pomóc, ale zasłonił się pełnym przerażenia gestem.

– Odris nie zmarł na zarazę. – Spojrzałem ze wstrętem na Metodego.

– Skąd możesz to wiedzieć? – spytał butnie.

– Wiem. Zauważyłem na jego ciele wszelkie oznaki apopleksji. To ona go zabiła.

Potem pomodliliśmy się nad ciałem Odrisa i złożyliśmy go do grobu. Rycerze także uczestniczyli w pochówku, ale nie modlili się z nami, stali jedynie przy grobie. Wyraźnie bali się naszej wiary. Surowy obrzęd, w którym nie uczestniczył żaden duchowny, gdzie nie było kadzenia zwłok i śpiewania modlitw, to było dla nich za mało, aby uznać człowieka za godnie pożegnanego. Śmierć zadana od Boga jest doskonała. Tylko taka. Odebranie sobie życia powoduje utratę ducha, który zostaje na zawsze zatrzymany w ciele. Podobnie jest z człowiekiem, którego ukarano śmiercią. Jeśli człowiek swoją ręką zada śmierć innemu, wtedy jego dusza także staje się nic niewartą materią.

– Niech brat Metody niesie księgę Odrisa – polecił Lazar.

Dlaczego Metody? Czym sobie zasłużył na taki zaszczyt? Najbardziej zasłużyłem ja albo brat Roman. Skupiłem się na stłumieniu złych uczuć, tak aby nikt nie wiedział, co czuję. Spojrzałem na brata Romana. Na jego twarzy malowała się łagodność.

Postawiła na swoim, ale nie do końca. Nie spotkam się z nią i jej nową rodziną sama. Jechaliśmy z Dimityrem kilka godzin. Oficjalna wizyta. W związku ze śledztwem.

Jana Bibijana wróciła z Sofii. Nie wiem, czy wieść o śmierci popa Wasyla zrobiła na niej jakieś wrażenie, ale dostaliśmy pozwolenie na rozszerzenie śledztwa. Jednocześnie mruknęła, że „ugasiła pożar", dodała „na razie" i wywaliła nas z gabinetu. Dosłownie. Kazała nam wyjść, bo miała konferencję prasową na najwyższym szczeblu.

Rozszerzenie śledztwa oznaczało kontakt z moją matką. Co ja bym dała, żeby jej nie oglądać! Nie bądź hipokrytką, Margarito. Nie dasz rady z tymi symbolami sama, dla niej to pestka, kaszka z mleczkiem i bułka z masłem.

– O czym tak myślisz? – zainteresował się Dimityr.

Jeździł jak Bułgar. Za szybko i ścinał zakręty.

– O tym, że jeździsz jak wariat. Wszystko mi podchodzi do gardła.

– A tak serio? – Nie zwolnił ani na chwilę. Wszedł w zakręty na czwórce. Kto go uczył jeździć? Proszę, wyprzedził na trzeciego. Wprawdzie nic nie jechało z przeciwnej strony i widać długi, pusty odcinek drogi, ale tak się nie robi.

– Zwolnij, bardzo cię proszę! – Nie wytrzymałam. – Nie chce mi się jechać do matki, nie mam też ochoty, żeby wyprawiała mi pogrzeb!

– Nie wiedziałem, że dla ciebie to takie trudne. – Zwolnił.
Ja też nie wiedziałam.

– Gitka – powiedział, biorąc kolejny ostry zakręt. – Zjedziemy sobie tutaj, fajna kawiarnia. Mają dobrą banicę i sami pieką milinki. Pogadamy chwilę, okej?

Pokiwałam głową, licząc, że odbierze to jako brak zgody.
W sumie dobrze, że szybko jechał. Jeśli dotrzemy do Sozopola wcześnie, załatwimy sprawę i od razu wrócimy, bez noclegu. Nie oszukuj się, Margarito, gdyby tak się dało, to załatwilibyśmy wszystko przez telefon. Musimy porozmawiać, prawdopodobnie także z Cwetanem. Wycieczka na wyspę, gdzie Cwetan i Metody znaleźli kości proroka, też wydaje się nieuchronna. No i zadeklarowaliśmy, że zostaniemy. Przestań histeryzować.

– Jedziemy tam służbowo – podjął, kiedy już siedzieliśmy przy kawie. – Nie odbieraj tego osobiście. Musimy ruszyć śledztwo.

– U nas, w Polsce, o takich tekstach mówi się, że to zaklinanie rzeczywistości...

– Zachowujesz się jak dziecko. – Odgryzł kawałek milinki. – Miałem pojechać z Wirginiją?

Ma rację, Margarito. Zachowujesz się jak dziecko. Chociaż nie powinniśmy jechać we dwoje. Przydałoby się zabrać ze sobą Wirginiję i Christa. Może Kolja? Chodziło przecież o kości.

– Powinniśmy zabrać Kolja – powiedziałam, wracając do banicy.

Nie była tak dobra jak ta przy meczecie, ale niezła. Kawę podano nam w filiżankach, nie w plastikowych jednorazowych kubeczkach, więc nie narzekałam.

– Koljo przyjedzie jutro, żeby obejrzeć kości. Autobusem... Nedko i Wirginija pojechali pociągiem. Chcieli mieć trochę wolnego i przelecieć się po plaży.

– Chyba sobie ze mnie żartujesz. – Prawie udławiłam się ostatnim kawałkiem banicy. Mam ochotę wyjść i wrócić do Płowdiwu stopem.

– Słuchaj, jak cię kocham, to mam ciebie dość. Jesteś rozkapryszona i rozhisteryzowana do granic możliwości. Masz ego jak stąd do tej swojej Polski. Myślisz tylko o sobie, swoich uczuciach i, pożal się Boże, tragedii, która cię spotkała. Gdyby była wojna i ludzie ginęliby w bombardowaniach, siedziałabyś w kościele i modliła się, żeby bomby spadły na dom Angeła.

Z tymi bombami przesadził, ale w pierwszych słowach ma rację.

– Okazałem wystarczająco dużo taktu. Jedziemy tam dziś oboje. Mogłem cię wysłać samą i cześć. Co mnie obchodzi twoja matka, nigdy jej nie lubiłem. – Rozkręcał się. – Ale nie, ja nie chciałem zostawić cię z nią sam na sam, bo wiem, jak reagujesz... I mam tu... Córunię mamuni, która zaraz zamieni się w płaczące dziewczątko i rozwali mi śledztwo. – Odłożył kawałek banicy na talerzyk.

Widać było, że jest wściekły. To prawda, okazał takt i zrozumienie, a ja jestem kretynką. Sama się zastanawiałam, czemu nie towarzyszy nam choćby Koljo, a teraz mam pretensje.

– Mogłeś mi powiedzieć, że oni też jadą. – Dopiłam kawę. – Jesteśmy zespołem, pamiętasz? Co do reszty: pełna zgoda. Masz rację. Zadowolony?

– Nie będę cię przepraszał, bo powiedziałem, co myślę.

– Nie przeprasza się za prawdę. Jest okej.

– Mogę przeprosić za te bomby na Angeła.

– Nie trzeba – dodałam z naciskiem.

– Jednak przesadziłem... – Nie ustępował.

– Nie! – wrzasnęłam i wyszłam z kawiarni.

Wielokrotnie wyobrażałam sobie, jak Kalina wpada pod samochód i ginie na miejscu, a ja zajmuję się Angełem i biednymi sierotami. Czułam się jeszcze podlej, ale tak robiłam. Przynajmniej na początku. Dimityr miał rację. Jestem kretynką rzadkiej wody.

Przez pół godziny jechaliśmy w milczeniu. Zastanawiałam się nad śledztwem i własną osobą. Może powinnam zaprzestać tych autoanaliz. Wystarczy, Margarito. Zajmij się wreszcie innymi ludźmi, ratuj bezdomne koty, pomagaj sierotom, zbieraj paczki na święta. Albo wyskocz przez okno i uwolnij świat od swojej osoby.

– Dobrze – odezwałam się. – Koljo przyjeżdża jutro. To oficjalne, tak? Mamy poprosić o zgodę na obejrzenie wykopalisk czy wieziesz nakaz?

– Nie mamy nakazu, bo nie ma takiej potrzeby. – Jechał na szczęście nieco ostrożniej. – Ale coś mi tam śmierdzi...

Mnie też śmierdzi. Związek matki z Cwetanem.

– Ten Cwetan... – odezwał się nagle. – Co ty o nim wiesz?

– Prawie nic – odparłam zgodnie z prawdą. – Nigdy nie chciałam go poznać. Wiesz, solidaryzowałam się z ojcem. Swoich przyrodnich braci też widuję rzadko, chociaż nic mi nie zrobili. Czemu pytasz?

– Wiesz, jak się poznali?

Za oknami ciągną się pola słoneczników. Przypominam sobie, jak któregoś razu dłubaliśmy razem pestki na podwórzu i matka Dimityra kazała nam posprzątać ten bałagan. Dimityr próbował przekupić Sylwiję, żeby zamiotła łupinki, ale cwaniara strasznie się targowała. Wreszcie wpadliśmy na genialny pomysł, aby zamieść pestki sami. Zajęło nam to jakieś pięć minut. Negocjacje z młodszą siostrzyczką ponad godzinę.

– Chyba na konferencji naukowej, dla archeologów. Tak myślę – zastanawiam się głośno. – Czemu pytasz?

– Bo Cwetan nie jest archeologiem, tylko historykiem. Chociaż nie skończył studiów. Przez dwa lata studiował historię, potem przeniósł się na historię sztuki, w międzyczasie zaliczył rok filologii orientalnej.

Siedzę oniemiała. Nigdy nie pytałam, kim jest z zawodu. Uznałam, że archeologiem jak ona.

– Tak sobie skakał po różnych kierunkach, aż wreszcie wrócił do Sozopola, wyremontował dom po rodzicach i zaczął przyjmować letników. Zajmował się także biznesami. Założył firmę handlową, coś tam sprzedawał, kupował. Biznes najwyraźniej dobrze się kręcił, ponieważ wybudował kolejne dwa rodzinne hotele. Potem poznał twoją matkę i wydaje się, że pod jej wpływem wrócił do dawnych zainteresowań.

– Co to znaczy „zajmował się biznesami"? – Odzyskałam mowę.

– Oficjalnie handlował dewocjonaliami. Tak ma wpisane w rejestrze.

Nie wiedziałam, co o tym myśleć. Starałam się rozdzielić osobistą niechęć do Cwetana od śledztwa.

– To chyba nic złego.

– Zgoda. Każdy może sprzedawać prawosławne dewocjonalia albo produkować katolickie krzyże i obrazki i sprzedawać je odbiorcom z Polski. Zwłaszcza jak ma żonę pół-Polkę. Łatwiej się dogadać i tak dalej. Może nie ma się czego czepiać...

Słoneczniki skończyły się, teraz mijaliśmy pola kukurydzy.

– Może nie ma, ale ktoś się powinien temu przyjrzeć.

– Christo się przygląda – odpowiedział beznamiętnym głosem.

Świetnie. A Wirginija prześwietlała moją matkę.

– Powiedz jeszcze, co robi Wirginija, miejmy to z głowy.

– Wirginija została, bo strona polska nagle się ożywiła i żąda wydania ciała. Negocjuje z nimi, załatwia formalności i takie tam.

– Przecież ja to mogłam zrobić. Byłoby mi o wiele łatwiej niż jej. Mogłam to zrobić przed odjazdem albo nawet z Sozopola. Czemu...?

Nagle rozumiem. Nie chodziło o to, aby cokolwiek ułatwiać.
– W końcu trzeba będzie oddać ciało – zauważyłam. – Człowiek powinien zostać pochowany.

– Taaa, żeby osiągnął spokój wieczny. Jasne. Jestem za, tylko musimy skończyć swoją robotę.

– Chciałabym, żebyś wiedział, że zamierzam być profesjonalistką – westchnęłam. – Naprawdę się postaram. Wszystko, co mówiłeś, to prawda.

Ledwie dostrzegalnie kiwnął głową. Nie wiedziałam, czy to potwierdzenie czy zaprzeczenie.

– A Jana? – spytałam.

– Co Jana? – Zjeżył się i odruchowo wcisnął pedał gazu. Wciąż bolesny temat, znaczy się. Odpuść mu, Margarito.

– Chodzi mi o to, czy naprawdę załatwiła w Sofii, że nie zabiorą nam śledztwa.

– Ponoć – skwitował i znów docisnął pedał. – Jej też zależy na sukcesie. Poza tym ona jest naprawdę dobra i... Chciałaby poznać prawdę.

– A to świetnie – rzuciłam.

Dimityr zdjął nogę z gazu. Odetchnęłam z ulgą, przeżyjemy. Do Sozopola dotarliśmy przed dwunastą. Na podwórku domostwa w zgodnym szyku czekali na nas moja matka, Cwetan i dwóch moich przyrodnich braci, a także pies. Mama mnie objęła ciasno i pocałowała w czoło, co mnie, nie wiedzieć czemu, zdenerwowała już na wstępie, ale nie dałam po sobie poznać. Uśmiechnęłam się lekko do Cwetana, uścisnęłam jego rękę. Wszystko w tym człowieku było w sam raz. Uścisk nie za mocny, nie za lekki, uśmiech przyjacielski, ale nie natarczywy, miła twarz, nie w typie cwany przystojniak, głos nie za niski, nie za wysoki.

– Mieliście dobrą podróż? – spytał.

– Tak – odpowiedział za nas dwoje Dimityr. – Nawet upały nas ominęły.

– Nie macie klimy? – wyrwał się starszy z moich braci, Krum.

– Mamy, mamy – uspokoił go Dimityr. – Ty jesteś pewnie Krum. – Podał mu rękę.

– A ja Kubrat. – Nie wytrzymał młodszy.

Ściskam obu braciszków. To już duzi chłopcy, dosłownie i w przenośni. Sprawiają miłe wrażenie. Nagle robi mi się wstyd. Kiedy byli mali, zasypywali mnie rysunkami, własnoręcznie robionymi maskotkami, pisali listy, na które odpisywałam zdawkowo. Teraz też piszą kartki na święta i wysyłają prezenty urodzinowe, w większości własnoręcznie robione. Wysyłałam im prezenty na święta i urodziny, po konsultacji z matką, ale nie okazywałam serdeczności. Mam jednak te wszystkie rysunki w Polsce. Niczego nie wyrzuciłam, słowo. Wyjmuję z torebki upominki dla nich. Na szczęście pomyślałam o tym. Nie wiedziałam, czy lubią czytać, jakie ubrania im się podobają, dlatego wybrałam bezpieczny wariant – paczka słodyczy, a w środku po sto lewów. Cwetanowi wręczam torcik wedlowski.

– Pamiętam, że lubisz.

Jest zaskoczony. Patrzy na mnie z wdzięcznością. Dla mamy przywiozłam torebkę, ma do nich słabość. Nie kupiłam jej w Polsce, ale w Płowdiwie, po tym, jak okazało się, że pojadę do Sozopola. Zobaczyłam odpowiednią, choć drogą, i pomyślałam o niej.

– Dziękuję – powiedziała z zachwytem. Wygląda na to, że jest mile zaskoczona i zadowolona z prezentu. – Zapraszamy, zapraszamy...

Pogłaskałam psa po łepku, tłumacząc mu, że przepraszam, nic dla niego nie mam, bo nie wiedziałam o jego istnieniu.

– To Ramzes – przedstawił go Kubrat.

– Ramzes? – zaśmiał się Dimityr.

– Błąkał się po wykopaliskach – wyjaśnił. – No i podobny jest do egipskiego psa.

– Już ci mówiłam, że nie ma rasy egipskiej. – Matka przewróciła oczami.

Zaczęła tłumić wyobraźnię swoich synów. Uspokój się Margarito, jest miło, nie napalaj się tak, nie krytykuj.

– Jest – odparł niezrażony chłopiec.

Ma ciemne, kręcone włosy i śniadą cerę. Kubrat jest bardzo podobny, tyle że włosy ma proste, opadają mu po obu stronach twarzy. Ładne dzieci. Ja jako dziecko nie byłam specjalnie ładna, chociaż może jedynie niefotogeniczna. Na zdjęciach stoję skrzywiona albo ze sztucznie przylepionym uśmiechem.

– Zaprowadzę was na górę. – Cwetan wziął moją walizkę do ręki. – Pewnie chcecie się odświeżyć, poczekamy z obiadem.

– Ale to kłopot – zaprotestował Dimityr.

Wiem, że wynajął sobie nieopodal kwaterę. Nie chciał być gościem matki, poza tym uznaliśmy, że sama więcej z niej wyciągnę.

– Żaden kłopot – odparł Cwetan. – Mamy wolne pokoje. Chyba sobie nie wyobrażasz, że będziesz spał u obcych ludzi.

Cwetan jest dla mnie obcy, co dopiero dla Dimityra.

– Dziękuję, to bardzo miłe. – Dimityr zgrywał nieśmiałego.

– Naprawdę bardzo, bardzo miłe, ale ja zamówiłem kwaterę...

– Żartujesz chyba – powiedzieli oboje jednocześnie. – Odwołaj kwaterę. Zostajesz tutaj.

Dimityr spojrzał na mnie niepewnie. Chciałabym, żeby został.

– Dziękuję, Cwetan, dziękuję, Ewangelino – odezwał się w końcu.

No właśnie, matka ma na imię Ewangelina. W skrócie Ewa. Jak pierwsza kobieta, ta co posłuchała diabła i zerwała jabłko z zakazanego drzewa. Tak, wiem, to nie było jabłko tylko brzoskwinia czy morela, całe dzieciństwo mi to wbijała do głowy. Taka dumna ze swojego imienia. Trzeba przyznać, że strzał w dziesiątkę. Ewa, jak archeolog, specjalistka od Słowa Bożego i Dziejów Apostolskich. Jak bohaterka mojej ulubionej powieści Harriet Beecher Stowe *Chata wuja Toma*, Ewangelina St. Claire, ta, która umiera na gruźlicę, pozostawiając mnie zapłakaną i cierpiącą bardziej niż po śmierci samego wuja Toma.

Poszliśmy do dwóch pokojów na piętrze. Dzieliła nas z Dimityrem cienka ściana. Łazienkę mamy wspólną. W moim pokoju stało łóżko przykryte kolorową kapą. Była też prosta szafa i stół z krzesłem. Na stole wazonik z kwiatami i kartka z hasłem do Wi-Fi. Bułgarzy mówią „łaj-faj", co mnie zawsze śmieszy. Szybko otworzyłam walizkę i wyjęłam sukienkę. Odświeżyłam się w łazience, przebrałam. Zapukałam do Dimityra. Wyszedł w świeżym tiszercie. W ręku trzymał sporą paczkę. Zajrzałam do jego pokoju. był identyczny, tylko kapa inna – w granatową kratkę.

– Co tam masz? – spytałam, pokazując paczkę.

– Keks lelji Rajny, tutmanik dyniowy i wino. Chciałem wziąć rakiję, ale pewnie mają własną. Ładnie wyglądasz.

Uśmiechnęłam się do niego. Na dole w wielkim salonie nakryto do stołu. Braciszkowie stali przy swoich krzesłach, pies leżał w kącie. Nie dostrzegłam Cwetana i mamy.

– Siadajcie, zaraz podam obiad! – Rozległo się z kuchni.

– Pójdę z tym do kuchni, dobrze? – Dimityr zostawił mnie z braćmi i zniknął w korytarzu.

Chłopcy spoglądali na mnie wyczekująco. Powinnam coś powiedzieć, ale nic nie przyszło mi do głowy. O czym rozmawia się z nastolatkami?

– Dzięki za kasę – wyręczył mnie Krum.

– Nie ma za co. Nie wiedziałam, co wam kupić...

Zaległa niezręczna cisza.

– ...bo mało o was wiem – skończyłam niezręcznie. – Moja wina.

Chciałabym dodać, że to się zmieni, ale nie chcę rzucać słów na wiatr. Chłopcy wciąż się nie odzywają. Cisza zrobiła się trudna do zniesienia. Podszedł do mnie pies i trącił łbem. Wdzięczna mu za to pogłaskałam go po ciemnym łbie.

– Uważam, że Ramzes to fajne imię – zagaiłam.

Ożywiają się obaj.

– No – powiedział Krum. – To jest w ogóle bardzo fajny pies. I zna się na ludziach.

– Kiedyś był człowiekiem – dodał Kubrat.

– Też uważam, że zwierzęta są bardziej ludzkie od nas. – Nie przestałam głaskać Ramzesa po łbie. Zaczął machać ogonem coraz intensywniej. Rozejrzałam się. W dużym salonie stało kilka stolików, na których mama postawiła wazony z kwiatami. Przypomniałam sobie, że to jej słabość. Cięte kwiaty. Kiedy tylko mogła, stawiała wazony na stołach, stolikach, parapetach. Nie lubiła kwiatów doniczkowych, nie znosiła kaktusów, za którymi z kolei przepadała babcia. Szkoda, że zapomniałam, kupilibyśmy bukiet kwiatów po drodze.

Wrócili mama, Dimityr i Cwetan. Każde z nich przyniosło półmisek z jedzeniem i postawiło na stole. Naprawdę się postarali: duszone warzywa w sosie pomidorowym i smażone kabaczki z czosnkiem, półmisek sarmi. Ciekawe, kto je zwijał. Mama nigdy nie lubiła gotować. Od tego był ojciec. Czy teraz Cwetan gotował?

– Iwanka robiła sarmi – wyjaśniła matka, jakby czytała w moich myślach. – W większości to ona gotuje.

– Wspaniale gotujesz, skarbie – zaprotestował Cwetan.

– Właśnie, mamo! – Krum miał wypchaną buzię duszonymi bakłażanami. – Super gotujesz. Robisz najlepsze musaki i giuwecze.

– Ciasta najlepsze. Rewane jest super – dodał Kubrat.

No proszę... Może to klucz do niej. Sama nauczyłam się gotować, kiedy miałam dziesięć lat. Wyjechała do Mezopotamii, a nam z ojcem zepsuła się lodówka, w której leżało zamrożonych czterdzieści krokietów z mięsem, czterdzieści kotletów schabowych oraz dwa gary bigosu i jeden gołąbków. Jak już zakopaliśmy to wszystko w lesie, zrobiliśmy zakupy i tak się zaczęło. Pierwsze próby były skromne, ale z czasem udoskonaliliśmy się kulinarnie. Babcia nie lubiła gotować. Robiła proste mandże i keks z orzechami. Może gdybym grymasiła, byłoby inaczej, ale ja wszystko jadłam bez protestów. Dobre dziecko.

– Mamy na deser rewane – powiedziała matka.

– Świetnie. – Upiłam łyk wina.

Wino mają własne, jak mi wyjaśnił Cwetan, ale nie robią go sami. Pochodzi z winnicy dzierżawionej przyjacielowi. Cwetan ma dużo ziemi.

– Bardzo dobre wino – pochwaliłam. – Uwielbiam rewane. Za babci domem była cukiernia. Babcia dawała mi pięćdziesiąt stotinek, żebym kupiła sobie kawałek.

To taki keks nasączony syropem truskawkowym albo malinowym. Strasznie słodki i strasznie pyszny.

– To mama nie piekła dla ciebie rewane? – spytał Kubrat z prostotą.

– Nie miała czasu. Dużo jeździła po wykopaliskach. Byłam z babcią. Albo z moim tatą.

Nie ma powodu, żeby udawać, że nic się nie wydarzyło. Nie zamierzałam robić z tego tarczy ochronnej. Dorastasz, Margarito. Gratulacje.

– To prawda – potwierdziła mama i odwróciła się w kierunku Kruma i Kubrata. – Dużo wyjeżdżałam i Gita zostawała sama. Nie byłam dobrą matką.

Nie zaprotestowałam. Nie jestem aż taką hipokrytką. Chłopcy spojrzeli na mnie ze współczuciem. No, bez przesady.

– Dałam radę. Każdy powinien żyć, jak chce. Wam też to radzę. Decydujcie sami. Chociaż pewnie obaj będziecie zajmować się archeologią, tak?

– Nie – odparli chórem i wybuchnęli śmiechem.

– Ja zostanę policjantem – stwierdził Krum.

– Serio? – spytał Dimityr. – Czy tylko tak mówisz?

– Jak najbardziej serio. – Skrzywił się Cwetan i machnął ręką, a potem zwrócił się do Dimityra. – Bez obrazy. Uważam twój zawód za szlachetny. Nie chciałbym jednak zamartwiać się, czy mój syn jest bezpieczny.

Też bym nie chciała.

– Moi rodzice też protestowali – wyznał Dimityr. – A ja od najwcześniejszego dzieciństwa wiedziałem, że będę w kryminalnych. Pamiętasz, Ewo?

– Pamiętam. – Uśmiechnęła się i odwróciła w kierunku Cwetana. – W szkole ukradziono pieniądze przeznaczone na wycieczkę. Oczywiście natychmiast posądzono Cyganów. A Mitko usiadł, pomyślał, potem krążył po szkole, wypytywał... I nie tylko odkrył złodzieja, lecz także odzyskał pieniądze.

Przypomniałam sobie. Chłopcy z drużyny piłkarskiej je ukradli. Chcieli kupić sobie piłkę i getry. Dano im szansę, nie wyrzucono ze szkoły. Jakiś miesiąc później zaczaili się w pięciu na Dimityra wieczorem i spuścili mu taki łomot, że miał złamane żebro. Ja go wtedy znalazłam. Pomogłam mu się przebrać i wytrzeć krew, sprawdziłam palcami, czy ma wszystkie zęby na miejscu. Na szczęście nic mu się wielkiego nie stało, poza lekkim zwątpieniem w stosunki międzyludzkie. Nie zrezygnował też ze swoich marzeń.

– A ty kim chcesz być? – spytałam Kubrata.

– Jeszcze gorzej. Weterynarzem.

– Dlaczego gorzej? – zdziwiłam się. – Chyba nic gorszego niż policjant nie mógłbyś wybrać.

– Mógłby – wtrąciła matka. – Psychologię.

Na szczęście Dimityr, Cwetan i chłopcy wybuchnęli śmiechem. Ja też się zaśmiałam, co mi tam.

– Nie chcę być psychologiem, bo lepiej rozumiem zwierzęta niż ludzi – dodał poważnie Kubrat. – Z tego powodu nie mógłbym zostać także policjantem.

– Dojrzałe słowa – przyznał Dimityr z aprobatą. – Wiesz, czego chcesz. Brawo.

– Może zostanę pisarzem – rzucił w pewnej chwili i zawiesił na mnie spojrzenie. Jego ojciec przewrócił oczami, matka się skrzywiła. Właściwie dlaczego nie?

– A jakie książki będziesz pisał? Historyczne? – kontynuowałam

– Nie. – Machnął ręką, jakby chciał coś odpędzić. – Kryminały. Zarobię mnóstwo pieniędzy i wydam je na podróże.

– Świetnie – powiedział Dimityr. – Kupię twoją książkę na pewno.

– No. – Kubrat się rozpalił. Na bladej buzi wykwitły rumieńce. – Nawet już coś napisałem, ale muszę trochę poprawić. Nikomu jeszcze nie pokazywałem... – Zerknął na mnie ukradkiem. Czyżby chciał mnie uszczęśliwić swoim dziełem?

– Lubisz czytać? – spytał jeszcze Dimityr.

– No. Najbardziej *Harry'ego Pottera*. Super jest...

Mama spojrzała na syna z ciepłym uśmiechem. Na mnie tak nie patrzyła. Nie czuję jednak zazdrości. Skończyłam psychologię i nie wiedziałam nawet, czego nie chcę. Widzisz, Margarito. Masz tu do czynienia z fajnymi młodymi ludźmi, mogłabyś porozmawiać, nauczyłabyś się czegoś.

– Też czytałam. Wszystkie siedem tomów. Po polsku i po angielsku. Przeczytam też po bułgarsku. Dziwię się nawet, że nie dostałam listu z Hogwartu... Mogłabym się zakumplować z Hermioną... – włączyłam się do tego wątku.

– Za stara jesteś – stwierdził poważnie. – Już by cię nie przyjęli.

Cwetan go zmitygował. Niepotrzebnie. Mam tego świadomość. Tydzień przed wyjazdem skończyłam dwadzieścia osiem lat. Pewnie Kubrat sądził, że za chwilę rozpadnę się ze starości. Matka przysłała mi kartkę okolicznościową, a ojciec przyjechał do Warszawy i poszliśmy do kina oraz na kolację.

– Którą postać lubisz najbardziej? – dopytywał. Może nie uwierzył, że czytałam Harry'ego.

– Hermionę i Syriusza Blacka. A ty?

– Dumbledore'a i Lupina.

Dyrektor szkoły i nauczyciel obrony przed czarną magią ukrywający, że jest wilkołakiem. Moje psychologiczne wykształcenie wskazywało, że chłopak potrzebował autorytetów. Niezbyt to dobrze świadczyło o jego rodzicach.

Na deser podano rewane i keks Dimityra. Mama otworzyła konfitury morelowe.

– Pewnie figowych masz powyżej uszu – powiedziała. – Zapakuję wam przy wyjeździe, ale teraz otworzyłam morelowe, bo chłopcy przepadają.

– Uwielbiam morelowe – stwierdziłam. Po co się tak tłumaczy? Niepotrzebnie.

Po obiedzie chłopcy i Cwetan zniknęli w czeluściach domu. Widocznie matka ich uprzedziła, że będą fachowe rozmowy. Może gdzieś podsłuchiwali pod oknem. Miałam taką nadzieję. Braciszkowie wzbudzili we mnie wiele ciepłych uczuć, muszę się do nich zbliżyć. Siedzieliśmy przy stole z Dimityrem. Przyglądałam się, jak gładził koronkowy obrus i rozglądał dyskretnie dokoła. Wiedziałam, co myśli. Taka wybitna archeolog, a wystrój mieszkania współczesny. Żadnych antyków, pamiątek z wykopalisk ani zdjęć z grobowcem faraona. Nigdy nie była sentymentalna. Ma wiele zdjęć, raczej fotografie dokumentujące, a nie podkreślające sukcesy. Poza tym prawdziwy archeolog rzadko miewa w domu przedmioty przywiezione ze stanowisk. Przecież autentyków nie wolno przywłaszczać, kopia byłaby nie na miejscu. Kiedyś spytałam, czemu nie przywiezie chociaż kamienia z takiego miejsca. Spojrzała na mnie tak zdumiona, jakbym negowała istnienie Tutenchamona. „Po co miałabym przywozić kamienie, na litość boską, Giiita, opanuj się dziewczyno". Tak mi wtedy powiedziała i dodała, że nie może się doczekać, aż sama zacznę studiować archeologię, wtedy wreszcie zrozumiem, czym jest ta praca, miłością i nienawiścią zarazem, najwyższym szczęściem i męką. Takie dyrdymały powtarzała cały wieczór. Trudno mi się przyznać do tego przed sobą, ale to ona załatwiła mi studia. Maturę zdawałam w Polsce. Byłam na jakimś egzaminie w Sofii, ale nie mam pojęcia, czy zdałam. Użyła wpływów w ministerstwie i dostałam indeks. Jak Kalina, tyle że ona dostała się na archeologię uczciwą drogą.

Cóż, na studiach jedynie się męczyłam. Od czasu sprawy z Angełem stały się po prostu nie do zniesienia.

– To co? – spytałam. – Możemy zaczynać?

Odruchowo przestawiłam jeden z wazonów. Stał za blisko krawędzi parapetu, jeszcze by spadł. Miała rękę do kwiatów, nie wiem czemu. Może dlatego, że były nietrwałe. Ucięte, wytrzymywały kilka dni. Przeciwieństwo wykopalisk, gdzie przebywała wśród przedmiotów, które przetrwały tysiące lat.

– Chciałem ci podziękować ... – zaczął Dimityr.

Mama wyjęła z szuflady sekretarzyka plik kartek oraz wydrukowane zdjęcia liter i znaków.

– To ja jestem twoją dłużniczką – ucięła. – Dowlokłeś ją aż tutaj...

– Gdyby nie chciała, nie przyjechałaby... – spuentował Dimityr.

– Mam na myśli przyjazd Gity do Bułgarii. Mnie by nie posłuchała i wcale się jej nie dziwię. Byłam fatalną matką, zwłaszcza w Bułgarii.

Mowa o mnie, tyle że ja tu jestem.

– Byłaś fatalną matką też w Polsce – wyrzuciłam z siebie, zanim zdążyłam pomyśleć.

Matka wcale nie była zakłopotana ani smutna. Ona nie rozumie przenośni.

– W Bułgarii gorszą. – Patrzyła na mnie z obojętną miną.

Poddałam się. Nie miałam ochoty na konfrontację, a już nigdy przenigdy nie dojdzie do rodzinnego katharsis i padania sobie w ramiona. Kto wie, czy nie zaprzyjaźnię się z chłopcami, z nią na pewno nie zamierzałam smażyć konfitur ani układać bukietów.

– Może i tak. – Też siliłam się na obojętny ton. – Dziękujemy za wspaniały obiad.

Teraz się uśmiechnęła. Nie zrozumiała aluzji. Nieważne Margarito, skup się na znakach. Na szczęście Dimityr mnie wyręczył.

– Czy mogę nagrywać twoją wypowiedź, Ewo? – zapytał. – Nie zapamiętam wszystkiego.

– Ależ oczywiście. – Zdjęła ze mnie wzrok i rozłożyła zdjęcia na stole. Swoje notatki położyła na krześle, ułożone w schludny stosik. Nie widać, co w nich jest, ale znając ją, odczytała znaki.

Dimityr włączył dyktafon. Matka chrząknęła.

– Nie odczytałam przekazu. Chyba dlatego, że takowego nie ma. – Podjęła właściwy temat.

– Musi być – zaprotestowałam rozczarowana. – Taka zagadkowa śmierć. Znaki, symbole, litery... My z Dimityrem uważamy, że to wiadomość.

– Nie powiedziałam, że nie odczytałam przesłania, tylko że nie ma przekazu. Te znaki nie są literami i nie układają się w wiadomość pisemną.

Postukała palcem w literę Γ.

– To nie jest „g". To niepełne „tau". Odjęto po prostu prawe ramię.

– Skąd takie przypuszczenie? – Dimityr zamaskował zaskoczenie. – Wybacz, Ewo, ale jeśli już, to jest lewe ramię.

– Nie, prawe – powiedziała stanowczo. – Tu masz lustrzane odbicie. Zobaczcie. Litera „tau" to ostatnia litera alfabetu hebrajskiego. Jak „omega". Oznacza koniec. W symbolice chrześcijańskiej to jeden z pierwszych symboli krzyża i odkupienia grzechów przez Chrystusa.

– Prawe ramię jest odcięte niczym prawa ręka Jana Chrzciciela? Nie za daleko się posuwamy?

– Tak sądzę. Oczywiście to moje zdanie, ale takich symboli jest tutaj więcej. Tu na przykład. – Matka popatrzyła uważnie na zdjęcia i pokazała literę X, bułgarskie „h". – To nie jest „h", ale krzyż Świętego Andrzeja.

– Czym jest krzyż Świętego Andrzeja? – spytał Dimityr, jeszcze bardziej zaskoczony.

– To jeden z symboli krzyża. – Z jakiegoś powodu poczułam się w obowiązku udzielić odpowiedzi. – Ponoć apostoła Andrzeja przybito do krzyża, który miał taką właśnie formę. Zresztą może i to jest litera „h", gdyż znak wzięto od słowa Χριστος, czyli Chrystus. Może występować w wersji pionowej albo poziomej...

– Właśnie – przytaknęła matka. – Bardzo popularny znak, stosowany w heraldyce, na flagach Szkocji, Teneryfy...

– Szkocja i Teneryfa to raczej daleko od naszego trupa. – Dimityr pogładził brodę.

– Ten znak najczęściej występuje na przejazdach kolejowych albo w herbach i flagach miast rosyjskich. Ma symbolizować wierność wobec państwa rosyjskiego – dodałam.

– Bardzo dobrze – pochwaliła mnie matka. – Sama to wynotowałam. Chociaż stwierdzenie, że ktoś chciał zwrócić uwagę na Rosję przez umieszczenie tego krzyża, jest tu na wyrost. Podobnie wskazanie na Rosję, aby podkreślić kwestię prawosławia. To także wydaje mi się naciągane.

Nam też się tak wydawało. Tylko nie przybliżyło nas to do rozwiązania zagadki.

– Wracając do krzyża Świętego Andrzeja... – westchnął Dimityr. – Na ciele zabitego ktoś namalował go i w pionie, i w poziomie, częściej jednak w pionie, może to jednak jest „h" jak Chrystus? Na przykład ten znak obok „i".

Teraz z kolei on pokazał palcem na literę I. Matka znów pokręciła głową.

– Nie wydaje mi się – uznała. – To nie jest litera „i", a obok nie stoi „h".

Olśniło mnie nagle. Nałożyłam I w środek znaku X.

– Monogram gwiaździsty – powiedziałam podniecona.

– Chrystogram.

– Tak – potwierdziła matka. – Skrót imienia ΙΗΣΟΥΣ, czyli Jezus. W religii prawosławnej jest złożony z liter X i P... – Znalazła właściwe zdjęcie i pokazała. – To jest starsza forma i występuje na plecach tego biedaka. Z kolei I z X układają się w krzyż. Początkowe litery słowa „Chrystus", względnie słów „Jezus Chrystus".

– Jak stary jest ten symbol? – Dimityr patrzył z podziwem.

– Napis wraz z krzyżem ujrzał podobno Konstantyn Wielki, kiedy przed bitwą z Maksencjuszem miał wizję. Rok trzysta dwunasty naszej ery. To pierwsze pewne podanie.

– Dlaczego ktoś miałby malować na ciele tyle symboli Chrystusa, a zabić człowieka w taki właśnie sposób? Moim zdaniem to zaprzeczenie istoty chrześcijaństwa. Odarcie męki Pańskiej z sensu – zastanawiał się głośno Dimityr.

Matka też przybrała zafrasowaną minę.

– Też tego nie rozumiem. Męka Pańska jest okrutna. Chrystus cierpiał tak straszliwie, aby nas zbawić za grzechy. Zapominamy o jej istocie... W rytuałach, sporach o obrzędowość zanikają największe wartości.

– Może chodzi o to, że zamiast doceniać jego ofiarę, malujemy jajka i wieszamy bombki na choinkach?

– Tak. Chodzi mi o ofiarę – potwierdziła matka. – Ofiarę oddania za kogoś życia. Za większą sprawę. O wątpliwości, które targały Chrystusem na krzyżu. Był w końcu tylko człowiekiem. Jako Bóg wiedział, że musi tak cierpieć, ale ludzka istota nie umiała się z tym pogodzić. Stąd słowa: „Panie, jeśli możesz, odsuń ode mnie ten kielich...".

– Są tu jeszcze jakieś inne krzyże? – westchnął Dimityr.

– Mnóstwo. – Z twarzy matki zniknęło współczucie dla umęczonego Chrystusa – Krzyż maltański.

– Wiem, jak wygląda krzyż maltański – zaprotestował Dimityr. – Byłem na Malcie z... ze znajomą. Ten jest inny.

– Symbole przez wieki ulegały artystycznym przemianom. Ale zasadnicze ich elementy są takie same. To krzyż maltański. – Przytknęła palec do znaku, który ja wzięłam za literę „k" i jej lustrzane odbicie.

– Oparty na krzyżu greckim w Bizancjum pojawił się prawdopodobnie w szóstym wieku. Bułgaria była jeszcze wtedy wielkim cesarstwem...

Tak, znamy te dywagacje, jak to Bułgaria była największym imperium na świecie. Większe bzdury słyszałam tylko w swojej drugiej ojczyźnie i traktowały o Polsce od morza do morza. Nic jednak nie powiedziałam. Matka najwyraźniej głęboko się nad czymś zastanawia.

– Powiedz to, Ewo – zachęcił ją Dimityr.

Wahała się. Nie było to dla niej typowe, że nie jest czegoś pewna, lecz to zazwyczaj oznaczało, że właśnie rozwiązuje zagadkę. Zwykle jej z pozoru absurdalne i zaskakujące pomysły okazywały się prawdą, a ci, którzy byli tego świadkami, nagle dostrzegali, jak elementy układanki wskakiwały na swoje miejsce i tworzył się skomplikowany wprawdzie, ale logiczny obraz.

– Jeśli się mylę, spowolnię śledztwo... – Spojrzała niepewnie na Dimityra.

– Nie można go spowolnić bardziej. – Dimityr parsknął śmiechem. – Mów. Nic nie mamy bez tych znaków.

Zachęciłam ją spojrzeniem. Znów czujesz się jak kretynka, Margarito, prawda? Masz świadomość, że nawet gdybyś skończyła archeologię, kopała latami pod okiem matki, czytała wszystko, cokolwiek ona ci podsunie, nie dorównałabyś jej intelektem.

– Dobrze – odchrząknęła. – Na początku ten krzyż był symbolem Republiki Amalfi. Wiecie...

– Kupcy z Amalfi założyli w 1070 roku szpital i bractwo w świętym mieście Jerozolimie, świeżo odbitym z rąk niewiernych... – Dimityr nie wiedział, więc wyjaśniłam. – Później przekształcili się w zakon joannitów. I chociaż benedyktyni używali właśnie takiego symbolu już pięćdziesiąt lat wcześniej, to najbardziej jest utożsamiany z Jerozolimą i pierwszą krucjatą.

– No, ale mamy kości Jana Chrzciciela z pierwszego wieku, symbolikę chrystusową. I nagle jedenasty wiek? To bez sensu...

– Moim zdaniem ma to głęboki sens. Jedenasty wiek. Państwo bułgarskie wchodzi w skład cesarstwa bizantyjskiego. Cesarstwo jest zbyt duże i nie do opanowania. Papież nawołuje do odzyskania Ziemi Świętej z rąk niewiernych...

– Pierwsza krucjata – powiedział Dimityr, najwyraźniej z wysiłkiem przypominając sobie historię chrześcijaństwa – zdaje się, że skończyła się sukcesem.

– Tak – uspokoiłam go. – Powstało Królestwo Jerozolimskie. Zakony rycerskie pilnowały jego murów, niby nastał pokój.

– Nie cierpię tych krucjat – westchnął. – Jestem niewierzący, ale zabijanie niewiernych zawsze mnie męczyło. Ja jestem raczej zwolennikiem skromnego duchowieństwa, surowych klasztorów i służenia ludziom.

– Ty naprawiasz zło tego świata – stwierdziłam miękko.

– Nie kpij, Gitka. – Oddał mi uśmiech.

– Też tak uważam – przytaknęła mi matka. – Tacy jak ty są potrzebni światu. Ale... *ad meritum*. Powiedziałeś coś niezmiernie ważnego. O skromności duchowieństwa... I to druga myśl potwierdzająca moją teorię.

– Tata pyta, czy dziś będziecie chcieli odwiedzić wykopaliska.

– Do pokoju wpadł Kubrat. Spojrzeliśmy po sobie. Nie powiedzieliśmy słowa o Kolju.

– Jutro – wyręczył mnie Dimityr, patrząc na Ewę. – Przyjedzie także nasz patolog. Czy mógłby jedynie zerknąć na kości? Nie mamy nakazu ani nic takiego.

– Powiedz ojcu, że jutro tam pójdą, jeszcze z jednym panem z Płowdiwu...

– Aha! – odkrzyknął w biegu i znikł.

– Nie możemy oddać wam kości, ale patrzeć możecie, ile chcecie.

– Dziękujemy, naprawdę. – Dimityr przyglądał się mi natarczywie.

Wiedziałam, umawialiśmy się, że poproszę matkę o towarzyszenie nam w jutrzejszej wyprawie, ale jakoś te słowa nie chciały przejść mi przez gardło.

– Ewo, czy możesz pójść z nami i wszystko nam wyjaśnić? – spytał Dimityr. Kretyn by się domyślił, że to miała być moja kwestia.

– Nawet miałam was poprosić, żebyście pozwolili mi nieco się pomądrzyć, ale niestety jutro rano mam zobowiązania... Akurat jutro nie będę mogła.

– Mądrego to i miło posłuchać – rzuciłam w przestrzeń i nie wytrzymując tego napięcia, podeszłam do okna. Oddychałam szybko, płytko, jak zawsze, kiedy dopadały mnie lęki. Nauczyłam się tego na psychologii.

Matka powinna teraz pójść za mną i mnie objąć. Nie zrobiła tego. Zamiast konfrontacji wybrała powrót do dyskusji o znakach. Przecież nie chciałaś katharsis, Margarito, i wolałabyś, żeby to Dimityr cię obejmował. Tyle że on tego nie zrobił. Jego gest oznaczałby przyznanie się, że jesteś słaba. Nigdy nie dopuści do sytuacji, w której mogłabyś się źle poczuć.

Oddychanie pomogło. Powoli się uspokajałam. Popatrzyłam przez okno. Podwórze małe, charakterystyczne dla nadmorskich domów. Przestrzeń wykorzystuje się tutaj na budowanie gigantów mogących pomieścić złaknionych słońca letników. Kilka metrów kwadratowych przed domem, aby posadzić winorośl i nieliczne kwiaty, bo tak wypada. Na środku podwórza ktoś, pewnie Cwetan, ustawił meble ogrodowe. Tylko Bułgarzy potrafią pić kawę, kiedy tłumy przechodzących niemal zaglądają im do filiżanek.

Wokół krzeseł biegali Kubrat z jakimiś dzieciakami. Dziewczynka łapała go za koszulę. Krzyczeli głośno, śmiali się. Uświadomiłam sobie, że głośne krzyki i śmiech są charakterystyczne dla Bułgarii. Taka nadekspresyjność zawsze mi przeszkadzała. Jeśli zostanę w Bułgarii, będę musiała się przyzwyczaić do tego, że wszyscy są głośni, okazują z podobnym entuzjazmem szczęście i nieszczęście. Przestań się nad sobą użalać, Margarito, i uświadom sobie wreszcie, że coś w twoim życiu się zmienia. i zdaje się są to zmiany na dobre.

– Cwetan, wbrew swojemu imieniu, nie lubi kwiatów – zagaiła matka.

Poczułam jej wzrok na plecach.

– Nie jego wina, że rodzice go tak nazwali... – Odwróciłam się.

Dimityr miał niepewną minę, matka też spoglądała zalękniona. Czego się bali?

– Ja też nie mam ręki do kwiatów – powiedział Dimityr. – Do zwierząt też chyba nie...

– Do ludzi masz – oznajmiłam mu.

Mama spuściła wzrok.

– To mów o swoim drugim pomyśle – poprosiłam cicho.

Ożywiała się. Jej twarz się zmieniła jak za dotknięciem czarodziejskiej różdżki.

– Tak jak mówię, jest to tylko pomysł, ale tobie może się spodobać, bo jest w nim mowa o księdze... – zaczęła.

\*

Miałam mętlik w głowie. Po minie Dimityra widziałam, że on też.

– Mów, co chcesz, ale twoja matka jest naprawdę dobra...

– Co mam powiedzieć? – Wzruszyłam ramionami. – Jest najlepszym archeologiem w Bułgarii, najlepszą specjalistką od Ziemi Świętej, znaków biblijnych, Bizancjum, Egiptu, Atlantydy i licho wie, czego jeszcze.

Był niemal bajkowy wieczór. Właśnie wróciliśmy ze spaceru nad morzem. Przeszliśmy całą plażę. Trzeba przyznać, że linia brzegowa jest naprawdę piękna. Brodziliśmy bosymi stopami po wodzie. W pewnej chwili Dimityr wziął mnie za rękę, a ja jej nie wyrwałam. Przeciwnie, ścisnęłam jego palce, potem uśmiechnęłam się do niego.

Milczeliśmy. Matka zrobiła nam taką burzę mózgów, że potrzebowaliśmy wyciszenia. Chcieliśmy znaleźć jakąś mniej zatłoczoną knajpkę z widokiem na morze, ale o tej porze wszystkie po brzegi wypełniły się letnikami. Weszliśmy więc do monopolowego i ja wybrałam breezera, Dimityr piwo Kamenicę. Znaleźliśmy jakąś altankę, usiedliśmy na kępie trawy i patrzyliśmy w niebo. Dimityr kilka razy próbował zacząć rozmowę na temat śledztwa, ale uciszałam go gestem.

– Będziesz mi teraz pokazywała gwiazdy? – spytał z rezygnacją.

– Patrz w gwiazdy, dopóki ja nie poukładam sobie wszystkiego w głowie. – Upiłam łyk zielonego breezera. Nie mogłam odżałować, że nie ma już grejpfrutowych schweppesów.

Minęła nas grupka hałaśliwej młodzieży. My też tak wracaliśmy z wieczornych wypadów po starym mieście. Któregoś razu Angeł namówił nas na wyprawę do Aloszy. To pomnik radzieckiego wojownika wyzwoliciela na jednym ze wzgórz Płowdiwu, wybudowany w ramach wielkiej wdzięczności Bułgarów dla zwycięskiej Armii Radzieckiej. Dosyć daleko od starego miasta. Udawałam entuzjazm, choć denerwowałam się, że babcia na mnie czeka zmartwiona. Dimityr próbował mnie odwieść od tego pomysłu. Rano miałam pociąg do Sofii, a on obiecał, że wróci przed północą. Ja się jednak uparłam, zwłaszcza kiedy Angeł powiedział do Dimityra, żeby nie był zazdrosny. Dimityr wzruszył ramionami, odwrócił się na pięcie i poszedł. Myślałam, że do domu. Potem się okazało, że czekał na mnie ukryty za drzewami, szedł bezszelestnie za mną, a jak tylko Angeł zostawił mnie samą, żeby pójść dalej w miasto, wyszedł zza krzaków, przyprawiając mnie nieomal o zawał serca. Miałam pretensję, że za mną idzie. Nie mam piętnastu lat, mówiłam zdenerwowana, mogę sama wrócić i takie tam. On się nie odzywał. Odstawił mnie tylko bezpiecznie do domu i odszedł, gwiżdżąc. Nigdy mu nie podziękowałam za troskę.

– Dziękuję ci, że wtedy czekałeś na mnie... Wtedy pod pomnikiem Aloszy.

– O czym ty mówisz? – Skrzywił się.

Przypomniałam mu całe zajście. Potrząsnął głową.

– Nie pamiętam – upierał się.

– Pamiętasz.

Ja też jestem uparta.

– Skoro wiesz lepiej... – Poddał się. – Chodźmy.

Wstałam i otrzepałam spodnie. Najpierw zamoczyłam nogawki słoną wodą, a teraz upaćkałam piachem i trawą. Będą do wyrzucenia.

– Chcę jeszcze posiedzieć. Potem będę do nocy pisał raport dla Jany. – Złapał mnie za rękę i posadził obok siebie. – Zostańmy. Jest tak przyjemnie. – Odwrócił twarz w moją stronę i uśmiechnął się lekko. – Romantycznie.

Zaczęłam się śmiać cicho.

– Jesteście tacy prości w obsłudze. – Pokręciłam głową. – Szczyt romantyzmu to księżyc i gwiazdy.

– Ja jeszcze kupuję kwiaty i przynoszę wino – dodał ze śmiertelną powagą.

Miałam ochotę odpowiedzieć, ale dotarło do mnie, że żartuje. Uderzyłam go lekko ręką w ramię.

– Pomogę ci. Z tym raportem. Tak jak wtedy. Czemu miałbyś robić to sam? Chyba że chcesz...

– Nie chcę. – Znów się skrzywił i westchnął.

– Co ci powiedziała tamtego dnia, zanim tu przyjechaliśmy? – spytałam.

Gromadka młodych ludzi przeszła koło nas. Jeden z chłopaków wyraźnie pijany zatrzymał się pod drzewem, ignorując nas, i rozpiął rozporek. Dimityr się zerwał. Z kieszeni spodni wyjął legitymację policyjną, jednak za późno. Chłopak już polewał drzewo mocnym strumieniem, patrząc na nas ironicznie. Machnął w moim kierunku przyrodzeniem, które trzymał w rękach. Dimityr zrobił krok w jego stronę.

– Zostaw. – Wstałam i chwyciłam go za rękę. – Zostaw...

Powoli odeszliśmy.

– Po co się wtrącasz? – spytał.

Najwyraźniej uraziłam jego męską dumę.

– Będziesz się bił z kimś takim? Zawleczesz go na komisariat? Szkoda czasu...

– Mnie nie szkoda – gorączkował się. – Dlaczego tego nie rozumiesz? Przecież on cię obraził w mojej obecności. Chciałem... chciałem...

Z jakiegoś powodu się wzruszyłam. Stanęłam naprzeciw niego, wspięłam się na palcach i pocałowałam go delikatnie w górną wargę.

– Dziękuję – powiedziałam. – Jesteś rycerski. Niczym ci rycerze chroniący bogomiłów w drodze do Bizancjum.

Stał sztywno. Zaskoczył go mój pocałunek. Uniósł ręce, ale nie objął mnie, tylko westchnął.

– Coś się ze mną dzieje, nie mogę się ogarnąć... – poskarżył się.

– Śledztwo, Jana, ja... – wyliczyłam potencjalne problemy. – Co ci powiedziała?

– Zwłaszcza ty... – Parsknął śmiechem. – Jana życzyła mi owocnej podróży i przypomniała, kto jest szefem.

Czar prysnął.

– Twoja mama ... – powiedział po chwili. – Te jej wywody. Brzmi to z jednej strony logicznie, z drugiej niczym tania sensacja.

Szliśmy wąskimi uliczkami miasta w stronę domu matki i Cwetana. Znów trzymaliśmy się za ręce. Co więcej machaliśmy złączonymi rękami jak dzieci. W tym geście było coś tak naturalnego, bliskiego i uroczego, że się uśmiechałam. Dobrze mi.

– Czemu się śmiejesz? Nie kupujesz jej sugestii?

Tak jak powiedział, brzmią zbyt sensacyjnie, ale doświadczenie mnie nauczyło, że w sprawach zawodowych Ewa Mitkowa wyróżniała się niezwykłą intuicją.

– I jak ona dostrzegła te wszystkie krzyże spośród plątaniny bohomazów? Podziwiam.

– Krzyż jerozolimski jest charakterystyczny – mruknęłam.

– Tak, ale tylko ona umiała go ułożyć spośród narysowanych literek T. Wiedziała, które trzeba połączyć i w jaki sposób. Jest chyba nastawiona na rozwiązywanie zagadek.

– Jeśli zada sobie pytanie, odpowie. Jeśli nie, będzie tkwiła w błogiej nieświadomości. Ale tylko na własne życzenie.

Byliśmy niedaleko domu. Puściłam jego rękę, zaśmiałam się cicho. Znów go uderzyłam lekko po plecach.

– Boisz się mamusi...

– Nie boję się, tylko nie chcę, żeby sobie coś pomyślała.

Dotarliśmy już prawie pod dom.

– Idziemy pisać ten raport do mnie czy do ciebie? – spytał fachowo. – A może do salonu, żeby mamusia sobie nic nie pomyślała?

Uniosłam rękę. On chwycił ją delikatnie, przyciągnął mnie do siebie i mówił pozornie groźnie.

– Nie bij mnie, bo się poskarżę.

Złapał mnie, uniósł, położył sobie na ramieniu i wniósł po schodach na górę. Wisiałam głową w dół na wpół roześmiana, na wpół rozzłoszczona. Jak na komendę zmaterializował się Cwetan. Przepuścił nas na schodach. Nie wiem, jaką miał minę, ale na pewno chciał pójść do matki i jej nagadać o tym, co widział.

– Pomóc ci? – spytał Dimityra.

– Nie. Dam sobie radę. Strasznie się upiła...

Uniosłam gwałtownie tułów i głową trafiłam w szczękę Cwetana. Poleciał do tyłu i upadł na schody. Dimityr mnie nie puścił.

– Nic ci nie jest? – spytał Cwetana lekkim tonem.

– Nie, nie, skąd... – odpowiedział.

Odwróciłam głowę, żeby zobaczyć, co mu się stało. Miał krew na wardze. Ale numer. Dimityr jakby nic zaniósł mnie do swojego pokoju i położył na łóżku. Usiadł na dywaniku i oparł głowę na moim biodrze.

– No i co narobiłeś? – spytałam, ale nie byłam zła. – Zaraz poleci do matki i powie, że dałam mu w szczękę w jego własnym domu. W dodatku upita na umór.

– Jeśli ma jaja, nie powie – zaśmiał się.

Ja też się zaśmiałam. Wstałam z łóżka i usiadłam obok niego na dywaniku.

– Napiszmy ten raport i omówmy strategię na jutro. Koljo już jest?

– Dzwonił, że przyjechał i wykąpał się w morzu...

Westchnęłam ciężko. Moje palce tańczyły po klawiaturze. Nie wiedziałam, co takiego możemy Janie powiedzieć, a co powinniśmy zatrzymać dla siebie. Może zresztą źle to postrzegałam. Ona była komendantką policji, przełożoną Dimityra, on kierował śledztwem. Musi mieć wyniki, żeby i ona mogła się wykazać. Inaczej zabiorą nam śledztwo, a mnie odeślą do Polski. Zaraz, jakie odeślą, nie jestem dzieckiem. Możesz zostać w Bułgarii, Margarito. Kto ci broni? A co ja bym tu robiła? Mieszkała kątem u Dimityra w Płowdiwie? Albo u Cwetana w Sozopolu? Swoją drogą Cwetan jest dziwny. Czy to możliwe, że on tak strasznie kocha moją matkę? Po tylu latach małżeństwa patrzy w nią jak w obraz, spija słowa z jej ust, gotuje, sprząta, zarabia, kręci się wokoło niej, jej wykopalisk, tych kości... Z drugiej jednak strony jeśli on udaje, to właściwie czemu miałby to robić? No i byłby w tym świetny. Oscar za rolę drugoplanową to za mało. Ludzie się odnajdują w różnym wieku, zakochują w sobie, tworzą rodzinę. Czego się czepiasz, Margarito? Mamusia nie podporządkowała życia tobie, więc jest be? Świat cię nie kocha? A ty? Nie masz swoich dzieci, to nie wiesz, jakbyś się zachowała.

– Przypomnij mi, co twoja mama mówiła o świętej księdze bogomiłów? – Dimityr obudził mnie ze snu.

– Chodzi o odwieczną walkę dobra i zła, światła i ciemności – zaczęłam powoli, zbierając własne myśli. – Czyli to, co nas stworzyło, ukształtowało i trzyma w ryzach. Dobro, które jest dalekie, duchowe i trudno dostępne, i zło, które jest bliskie, namacalne i łatwe do osiągnięcia. My, chrześcijanie, wierzymy, że Bóg jest dobrem, stworzył świat, człowieka z miłości i dał mu wszystko...

– A bogomiłowie oprócz tego, że nie znosili pazerności i bogactwa to uważali, że świat stworzył Szatan?

Zastanawiałam się nad tym. To mógł być kluczowy wątek śledztwa, ale jeśli mama się myliła? Zaprowadzi nas to na manowce.

– Wszystko co materialne stworzył Szatan i to jest złe, a świat duchowy został stworzony przez Boga.

– Czyli wierzą, że Szatan też był Bogiem?

– Właśnie. – Ucieszyłam się, że zaczyna rozumieć. – Stąd przyrostek „-el", Satanael. Mieli całą historię na temat tego, jak Satanael wadził się z Bogiem. Zaznaczam, że nie chodziło o boga Jahwe, to był bóg Izraelitów. Ten bogomilski był inny, oczywiście jedyny właściwy...

– Kolejna wiara... Czemu się nie przyjęła? Moim zdaniem była lepsza od tych, które dziś mamy. A to stworzenie świata przez Szatana bardzo pasuje do tego, co się przez wieki dzieje z tym światem.

– Niewykluczone – zgodziłam się, ale ostrożnie, bo nie wiedziałam, do czego zmierza. – Tyle że wiara ma szansę zaistnieć, jeśli nie jest elitarna. Musi mieć w sobie coś, co zapewnia jej masowość. Innymi słowy musi być atrakcyjna.

– To by stało w sprzeczności z masowymi prześladowaniami chrześcijan, krucjatami, umieraniem za wiarę.

– Nie – zaprzeczyłam. – To jest właśnie atrakcyjne. Zależy tylko, z której strony na to patrzysz. Jeśli od strony ofiary, możesz mieć wątpliwości. Te oczywiście rozstrzygasz na swoją korzyść. Jak w chrześcijaństwie definiuje się zwątpienie? Jeśli wątpisz, to znaczy, że bardzo wierzysz.

– Czemu jest tyle wojen? Gdzie jest Bóg? – Spojrzał na mnie z politowaniem.

Wzruszyłam ramionami. Nie jestem gotowa dźwigać świata na własnych barkach.

– Skąd wiadomo, że ci, którzy stoją w cerkwi, reprezentują słuszną linię? Babcia mi mówiła, że w czasie wojen bałkańskich nacierały na siebie dwie armie. Na czele każdej z nich szli popi z krzyżami. I jedni, i drudzy modlili się do tego samego prawosławnego Boga o zwycięstwo dla swojej armii.

– Bogomiłom zabrakło atrakcyjności? – Podniósł głowę. – Ich wiara nie była według ciebie *cool*?

Nie znałam go z tej strony. Czemu uparcie mnie atakował?

– Nie była. – Mimo wszystko zachowałam spokój i profesjonalizm. – Mieli się wyrzec wszelkiej materii, bo była złem. A że nie jest to niemożliwe, czuli się skażeni. Pościli, głodzili się, głosili całkowitą ascezę. Za każdą grzeszną myśl karali się chłostami. Nie mieli majątków, nie budowali cerkwi, nie interesowały ich kosztowności. Mądrości księgi poznawali tylko nieliczni.

– Nie znali nawet własnych dogmatów? – zdziwił się.

– Nie znali. Przynajmniej ci mniej znaczący. Księga była jedna, przechowywana w którymś ze zgromadzeń. Przekazywali sobie jej zawartość ustnie. Nie jestem pewna, czy ona naprawdę istniała... Mimo przekazów. Możliwe, że ich oszukano i księga okazała się jedynie apokryfem...

– Czyli? – wszedł mi w słowo. – Poproszę po ludzku.

– Czymś, co powstało w późniejszych wiekach albo zostało napisane przez uczniów apostołów, uczniów ich uczniów lub tych, co to tylko sobie wyobrażali, że są uczniami. Święte księgi powstały z inspiracji Boga. Bóg osobiście dyktuje je ludziom.

– A gdyby święta księga naprawdę istniała, to czy mogłaby znaleźć się w Sozopolu?

– Nie mam pojęcia, jakim cudem mogłaby tu trafić. – Rozłożyłam bezradnie ramiona. – Ale do głowy przychodzi mi coś innego, o czym mama nie mówiła... – przerywam teatralnie.

– No co? Oświeć mnie, mądralo.

– Prawdopodobnie właśnie w Płowdiwie założono pierwsze zgromadzenie bogomiłów. Być może ich księgę przechowywano właśnie tam. Wyobraź sobie ten klasztor, mnichów, którzy nie mają świątyni. Jedynym ich skarbem jest księga. Chcą ją pokazać Aleksemu I Komnenowi. Idą do Bizancjum... – Przymknęłam oczy.

– Ja się już zgubiłem... W co wierzyli bogomili, a w co ty wierzysz? I co ma do tego Jan Chrzciciel? – przerwał.

Tupnęłam nogą. Nie robiłam tak od czasów dzieciństwa. Nie rozbawiło go to.

– Każda wiara jest oparta na pewnych założeniach, które przyjmujesz bez zadawania pytań. Nie ma dowodów? Błogosławieni, którzy nie widzieli, a uwierzyli. Na świecie jest zło i Bóg nie interweniuje? Bóg dał człowiekowi wolną wolę. Skąd się biorą święte księgi? Ktoś je napisał na podstawie przekazów... – Nagle straciłam impet. Niepotrzebnie nacierałam. W Bułgarii przecież nie uczą religii ani w szkole, ani poza nią. Jego babcia chodziła do cerkwi, on chyba nie. – Chodziłeś kiedyś do cerkwi?

– Czy to konieczne, abym poprowadził śledztwo?

Obawiam się, że tak. Bez tego nie zrozumie dogmatów, obrzędowości, tego, co pcha ludzi do strasznych czynów, i tego, co każe ludziom umierać w imię tego samego Boga.

– Spróbuję ci to wyjaśnić. Mandejczycy uważają, że wywodzą się od Jana Chrzciciela, a bogomiłowie wywodzą się od mandejczyków. Stąd związek kości, proroka i świętej księgi z naszym trupem.

– Kurczę... – Złapał się za głowę. – Nie ogarnę tego. Nie nadaję się do takich spraw.

– Każda sprawa jest taka sama – pocieszyłam go. – Zostaw znaki na ciele i te wszystkie symbole. Pozostaje ci szukanie motywu, świadków, odcisków palców.

Wzniósł oczy ku niebu.

– Skoro mnie uczysz mojego zawodu, to znaczy, że nawet ty nie wierzysz w moje umiejętności.

– Nie mów tak. – Podeszłam blisko i popatrzyłam mu prosto w oczy. – Ja w ciebie wierzę. I cały twój zespół też. Wszyscy się damy za ciebie pokroić.

– Rozkleiłem się jak jakiś dzieciak, wybacz. Co ze mną robi ta sprawa... – Zwiesił głowę.

Złapałam go za rękę i ścisnęłam krzepiąco palce. Przytrzymałam.

– Mandejczycy – kontynuowałam, jakby nigdy nic – to ci, którzy łączyli w swoich wierzeniach wiarę żydowską, chrześcijańską, zaratustriańską i nawet bogów egipskich. „Manda" to inaczej gnoza, czyli wiedza. Wierzyli, że oczyścić się ze szkodliwej materii można jedynie poprzez wiedzę i poznanie.

– Logicznie – przyznał zmęczonym głosem. – Choć i tak nie zrozumiem.

Ja też byłam wykończona. Podróż, obiad, potem rozmowa, spacer brzegiem morza, może już pora na sen. Już miałam to zaproponować, kiedy Dimityr odwrócił głowę w moją stronę.

– Czy nie oni właśnie posługiwali się językiem aramejskim? Jednym z języków świętych?

– Oni. – Także się ożywiłam. – Uważam, że język aramejski to bardzo ważne ogniwo.

– Jak ogniwo, kiedy od tysięcy lat nikt się nim nie posługuje?

– W polskim liceum uczyłam się łaciny i wtedy uważano to za normalne. Teraz to ekstrawagancja – powiedziałam. – Aramejski... Starożytny język semicki. Wiele elementów aramejskiego jest w języku hebrajskim i babilońskim. Choćby alfabet, kształt liter. Dziś alfabet hebrajski nazywany jest „aszuri", od potomków Aszura, syna Szema, syna Noego. Przez tysiąc lat był oficjalnym językiem mówionym i pisanym na Bliskim Wschodzie – przekonywałam. Nagle przestałam czuć się zmęczona. – Syria, Palestyna, Egipt... Jedenasty wiek przed Chrystusem W Biblii słowa aramejskie są w Księdze Rodzaju. Aramejski nigdy nie został wyparty przez grecki, nawet po podbojach Aleksandra Macedońskiego, ani przez arabski mimo zajęcia Damaszku i Jerozolimy.

– Błagam – przerwał mi. – Skaczesz po tysiącleciach. Wierzę ci, tylko już nic mi nie tłumacz. To, co już powiedziałaś, całkowicie mnie przekonuje. Aramejski, bogomili, Jan Chrzciciel...

– Chrystus mówił po aramejsku – podkreśliłam.

– Przecież mówię, że jestem przekonany. – Położył rękę na czole. – Mamy więc związek z Janem Chrzcicielem, Egiptem, bogomiłami i przekazem. Teraz potrzebujemy tylko znaleźć jakiegoś historyka mordercę, który biegle posługuje się aramejskim, czyta Dana Browna i reaktywował sektę bogomiłów. A ja muszę jeszcze znaleźć sposób na przedstawienie tej sprawy Janie.

– Wygłupiasz się – oznajmiłam niezadowolonym tonem.

– Współczesny język aramejski, naturalnie w różnych jego odmianach i dialektach, jest używany w dzisiejszym Libanie, Syrii, Iraku, Izraelu, że nie wspomnę o krajach, do których wyemigrowali używający aramejskiego. I tu masz Europę, na czele z Rosją, Australię, oczywiście Stany Zjednoczone.

– Jana głowę mi urwie – jęknął. – Może wróćmy do księgi, co?

Jana urwała już ogon diabełkowi o wdzięcznym imieniu „Fiut" i macha tym ogonem nad Dimityrem.

– Dobrze – zgodziłam się. – Teraz księga. Księga nie musi być książką w naszym pojęciu, prawda?

– Właśnie. To może być kilka spisanych albo narysowanych dogmatów, ważne świadectwo. Odmawiali jedną jedyną modlitwę, *Ojcze nasz*, za to sto dwadzieścia razy dziennie. Przekazywali sobie wiarę ustnie. Mieli księgę... To coś więcej niż ustne przekazy.

Zaczynał rozumieć. Wreszcie. Co więcej, ja sama zaczynałam rozumieć.

– Przypomnij mi, czy ta księga powstała dzięki objawieniu?

– Nie do końca. Bogomił, ich założyciel, ponoć spisał ją na podstawie snów.

– Przychodził do niego anioł i zwiastował? – Skrzywił się. Jednak nie dowierzał.

– Przychodził do niego we śnie sam Bóg i dyktował mu ją... – sprostowałam. – Dimityr, więcej wiary, człowieku.

Znów umilkliśmy, a każde z nas najwyraźniej w głowie analizowało nowo poznany wątek. Ja myślałam bardziej o związku między Janem Chrzcicielem a bogomiłami, Dimityr oscylował pewnie między śmiercią Metodego i jego żony a zabójstwem polskiego posła.

– Dla bogomiłów to kluczowa sprawa – wróciłam do meritum. – Byli w trudnej sytuacji, jeszcze nie prześladowani, ale już krytykowani przez duchowieństwo. Rozumiesz? Każdy głosi własną wiarę i uważa, że tylko on ma monopol na prawdę.

Nie odpowiedział. Potarł powieki rękami, jak śpiące dziecko. Rozczulające.

– Nie mieli wyjścia – ciągnęłam. – Musieli przekonać cesarza w Konstantynopolu, że ich wiara jest co najmniej tak istotna jak chrześcijańska. Oczywiście także bizantyjska we wszystkich jej odmianach.

– Przecież to szaleństwo – zauważył znużony.

– Nie – zaprzeczyłam energicznie. – A skąd się wzięło chrześcijaństwo? Marketing szeptany. Dwunastu apostołów, którzy poszli nie wiadomo dokąd. Część z nich niewiele zdążyła zdziałać, bo zginęła w ramach prześladowań. Ci, którzy zostali, mówili o Chrystusie innym, kolejni jeszcze następnym. Poczytaj Dzieje Apostolskie. Są pasjonujące.

– Musieli być pewni swoich dogmatów, skoro wybrali się do Bizancjum, żeby pokazać księgę cesarzowi... – Dimityr posłał mi karcące spojrzenie i zignorował opowieści o dziejach apostolskich. – Czy jest pewne, że doszli z księgą do Konstantynopola?

– Doszli... Cesarz dał ciała, a może oni, nie wiadomo. Nie ma też zgody co do tego, co stało się z księgą.

– Tylko jak w tym znaleźć nitkę, która zaprowadzi nas do kłębka, czyli do zabójcy tego posła?

Rozłożyłam bezradnie ręce. Wyszukałam w komórce Cohena i nastawiam. Leonard jest dobry na wszystko. Nawet na pisanie raportu dla Jany.

– Co to za mruczando? – spytał Dimityr. – Zaśniemy przy tym...

– Nie znasz Cohena?

– Kogo?

Boże, oni tu nie znają Leonarda. Biedacy. Jeśli zostanę w Bułgarii, przede wszystkim nauczę ich tej pięknej muzyki.

– Przydałoby się coś bardziej energetycznego – powiedział ostrożnie, ale skapitulował pod moim spojrzeniem. – Dobrze, dobrze, niech leci. Nawet miłe dla ucha. W klimacie średniowiecza.

– Przydałoby ci się trochę kultury – wycedziłam. – W klimacie średniowiecza to jest twój umysł.

\*

Była głęboka noc. Wciąż nie spaliśmy, chociaż oczy nam się kleiły. Nie potrafiliśmy się rozstać. Wyłączyłam Leonarda i głaskałam Dimityra po głowie. Zatapiałam palce w jego włosach i zataczałam kręgi. Drapałam lekko paznokciami. Dimityr przymknął oczy i mruczał. Odsunęłam rękę.

– Nie... – jęknął. – Nie przestawaj...

Zaśmiałam się cicho, odczekałam chwilę i znów zanurzyłam palce w jego czuprynie. Teraz ciągnęłam go lekko za kosmyki.

– To takie przyjemne... – wyszeptał. – Też ci tak zaraz zrobię.

Chyba każdy lubi dotykanie włosów.

– To na czym stoimy? – spytałam, zmieniwszy pozycję tak, aby głowa Dimityra opierała się na moim ramieniu.

– Siedzimy...

Bardzo śmieszne. Siedzieliśmy w moim pokoju, na poduszkach, z komputerem na podłodze i sporządzaliśmy notatki o dziesiątkach tysięcy znaków podsumowujące to, co przekazała nam moja matka. Przy okazji powstawał raport dla Jany Bibijany. Ciekawe, czy kupi nasze rewelacje o bogomiłach i ich tajemnej księdze. Wątpię.

– Dimityr, mogę cię o coś spytać?

– Aha... – odpowiedział, nie otwierając oczu.

– Czy skończyłeś z Janą?

Spiął się. Poczułam to wyraźnie. Czar chwili prysnął.

– Czemu mnie o to pytasz? – Odwrócił głowę w moją stronę. Minę miał nieszczęśliwą. A więc wciąż coś do niej czuł. Z takiej francy jak Jana trudno się wyleczyć, chociaż można próbować.

– Nie wiem, czemu pytam... – odpowiedziałam szczerze. – Po prostu... jesteś moim przyjacielem. Zależy mi na tobie, a to jest tak zwana sprawa zadawniona, która jednak kładzie się cieniem na twoje życie.

Nie umiałam się wysłowić. Dimityr zmienił pozycję. Teraz siedział naprzeciwko mnie i patrzył poważnie.

– Pierwszy raz nazwałaś mnie swoim przyjacielem.

Oczywiście, że jest moim przyjacielem, zawsze był. Najlepszym. Jedynym.

– A nie czułeś, że za takiego cię uważam? – zdumiały mnie wątpliwości.

– A mogłem tak czuć, kiedy zerwałaś kontakt ze mną, przestałaś odpisywać, oddzwaniać? – odpowiedział pytaniem na pytanie.

Zamilkłam. Dalej Margarito, wytłumacz mu, o co wtedy tak naprawdę chodziło. Czy zraniona duma kazała ci uciec od wszystkiego, rodziny, przyjaciół i odpowiedzialności, czy jednak to, co przeszłaś tamtej nocy? Powiedz mu, Margarito, że sama nie wiesz, czemu zaszyłaś się w Polsce z dala od ludzi, chodziłaś do pracy i wracałaś z pracy, uważając, że jesteś bardzo potrzebna małym pacjentom. Albo powiedz mu prawdę o tym, co się wtedy stało. Przestań oszukiwać i siebie, i jego.

– Już to przerabialiśmy. Daruj mi. Te stracone osiem lat to wystarczająca kara.

– Nie przerabialiśmy – upierał się.

– Dobrze, przeróbmy – zgodziłam się. – Ale w skrócie. Nie traćmy ani chwili dłużej. – Nabrałam powietrza. – Zrobiłam błąd, uciekłam. Jestem egocentryczna, myślę tylko o sobie. Mam pretensje do świata, że nie jestem jego ulubienicą, chociaż nie dzieje mi się jakaś szczególna krzywda. Wystarczy? Czasu nie cofnę.

Siedzieliśmy oboje po turecku, zwróceni do siebie twarzami. Za oknami już ciemno. Słaba lampka nocna dawała ciepłe, intymne światło.

– Już nie będziesz uciekać?

– Nie.

– Mogę ci wierzyć?

– Możesz mi wierzyć.

Moja ręka powędrowała w kierunku jego głowy. Znów zanurzyłam palce w jego miękkich, gęstych włosach. Jego oddech przyspieszył.

– Jest mi obojętna. Tak myślę... Ale tyle razy, ile dzwoni i każe mi się stawić, przeklinam swoją głupotę, idę i robię jej dobrze.

Jakby mnie uderzył w twarz. Cofam rękę.

– Chciałaś prawdy – wycedził przez zaciśnięte zęby.

Nie odrywałam od niego wzroku. Dotknęłam jego policzka. On ujął moją dłoń, przytknął sobie do ust i pocałował delikatnie wewnętrzną stronę.

– Obiecaj mi, że już nigdy tego nie zrobisz. – Przybliżyłam twarz do jego twarzy. Zamknął oczy. – Obiecaj mi.

Nic nie mówił, więc znów wbiłam w niego wzrok. Pokręcił głową. Chciałabym uznać to za zgodę, ale nie mogę. Zwłaszcza że na mnie nie patrzy.

– Powiedz to, bo nie wiem, czy ci wierzyć.

– Czemu ci na tym zależy? Śledztwo się skończy i odjedziesz... – Otworzył oczy.

– Może nie.

– Nie?

– Może nie, jeśli obiecasz.

Za oknem świecił księżyc.

– Już nigdy nie będę ostatnim idiotą, który nie może uwolnić się od niekochanej kobiety – zaczął nieskładnie. – Bez sensu... Znów przybliżyłam twarz do jego twarzy. Oparłam czoło na jego czole. Trzymał mnie ciągle za rękę. Drugą objął mnie delikatnie i przyciągnął do siebie. Zatrzymaj się, Margarito, tak nie wolno. Jesteś porąbana, niedojrzała, kompletnie nie dla niego. Jeśli zaczniecie się całować i pójdziecie, nie daj Panie Boże, do łóżka, to będzie koniec wszystkiego. Nie będzie między wami przyjaźni, zaufania, poczucia bezpieczeństwa. Przytuliłam się do niego. Oparłam głowę w zagłębieniu szyi. Miałam wargi tuż przy jego uchu.

– Przepraszam – powiedziałam. – Przepraszam za tamto. Za tamte lata. Za wszystko, co ci zrobiłam.

– Ja też przepraszam. Przepraszam, że nie zdołałem cię ochronić.

Nie mógł cię chronić, Margarito, powiedz mu to. Niech tego nie dźwiga. On nie jest winien, że poszłaś do Angeła jeszcze raz. Że poczekałaś, aż Kalina sobie pójdzie, i wróciłaś do jego mieszkania.

– To nie twoja wina – szepnęłam mu do ucha. – Nie twoja.

Pocałowałam go delikatnie w płatek ucha i ponownie złożyłam głowę na jego ramieniu. Nic nie mówił. Czułam jego rękę na swoim karku. Odezwij się do mnie, Dimityrze. Nie zostawiaj mnie ze wspomnieniem, które znów wróciło.

– Nie mieszaj mi w głowie – odezwał się w końcu. – Jeśli odejdziesz znowu, nie zniosę tego. Ledwie się wtedy pozbierałem.

– Nie odejdę.

Nie do końca rozumiałam, co się ze mną działo i czemu właśnie się poddawałam, ale w tamtej chwili straciło to znaczenie.

– Obiecujesz? – Odchylił moją głowę, żeby spojrzeć mi w oczy.

– Obiecuję – przyrzekłam, wytrzymując jego spojrzenie.

Dotknęłam ustami jego warg. Przez chwilę nie oddawał pocałunku. Może on ma chociaż tyle przyzwoitości, żeby nie brnąć w to dalej.

– Czy widzisz we mnie Angeła? Bo jeśli tak, to...

Angeł to diabeł. Ty jesteś moim aniołem.

– Angeł to mrzonka. – Objęłam go mocniej i coraz śmielej poczynałam sobie z jego wargami. Wreszcie oddał moje pocałunki. – Przecież wiesz, szczeniacka sprawa. Ile razy mam powtarzać, jaka jestem głupia?

Może to nie był czas na twoją prawdę, Margarito, ale kiedyś musisz mu powiedzieć. Jesteś pewna, że nie chcesz zrobić tego teraz? Potem może być trudniej.

– Powiedz, że nie robię za substytut. – Serce waliło mu jak młotem. Czułam to przez cienką koszulkę.

– Nie gadaj tyle – poprosiłam. – Jestem tego pewna jak niczego na świecie.

Nie sprecyzowałam, czy mam na myśli odegnanie widma Angeła, czy też to, że najbardziej na świecie chciałabym tę noc spędzić w ramionach Dimityra. Trudno w takim oszołomieniu i nagłym pragnieniu drugiego człowieka zastanawiać się nagle nad sobą i analizować całą przeszłość. Odsunęłam zatem te myśli na bok. Sprawa z Angełem już nigdy nie położy się na mnie cieniem. To przeszłość, zabliźniona rana, szczeniacka wpadka. Czy aby na pewno, Margarito?

Dimityr drżał. Jego pocałunki czułam teraz na szyi. Jeszcze można wszystko cofnąć, przytulić się, pocałować na dobranoc i rozejść do swoich pokojów. Tylko że się już rozebrałaś, Margarito, on zresztą też. No dalej, przestań udawać, jak to chciałabyś iść spać, tylko skieruj jego głowę niżej i powiedz, jak ma ci sprawić przyjemność. A potem kochaj się z nim tak, żeby nigdy nie zapomniał tej nocy.

*

Koljo stał na wyspie i witał nas wylewnie, kiedy przybiliśmy do brzegu motorówką.

– Szefie. – Rozpostarł ramiona. – Najpiękniejsza.

Nastąpiła prezentacja. Przedstawiłam Kolja Cwetanowi i jakimś dwóm mężczyznom, którzy przypłynęli tu z nami. Sama poznałam ich chwilę wcześniej, nie wiem, czemu Cwetan ich sprowadził. Coś tam mówił o własnej łodzi, która jest w naprawie, i uprzejmości tych ludzi. Wyglądali jak mafiosi. Ledwie widziałam na oczy i z całych sił starałam się, żeby nie było po mnie widać uniesień ostatniej nocy.

Wyspa Świętego Jana leży w niewielkiej odległości od miasta. Jest niezamieszkana. Znajdują się tu jedynie ruiny dwunastowiecznego monastyru i cerkwi oraz latarnia morska z końca XIX wieku. Zanim Cwetan znalazł te kości i postanowił wybudować pawilon ku czci, wyspa miała status jedynie rezerwatu przyrody. Żyje na niej kilkadziesiąt gatunków ptaków, poza tym foki, tak zwane mniszki, i zające. Śpiew ptaków słyszałam, fok ani zajęcy nie było widać. Może je spłoszyliśmy.

– No, no, no... – Cmoknął Koljo, przyglądając nam się uważnie. – A wy już po... śniadanku.

Boże drogi, skąd on to wiedział? Stary cynik. Skąd może wiedzieć, że kochaliśmy się zachłannie do rana i złapaliśmy niecałą godzinę drzemki?

– Cieszę się bardzo. – Klepnął Dimityra po plecach. – Naprawdę się cieszę.

Chwyciłam zdumione spojrzenie Cwetana. A ten czego chce? Matki nie widziałam rano, zresztą co by mi zrobiła? Powiedziała, że takie bezeceństwa nie pod jej dachem? No, bez przesady.

– Koljo. – Dimityr poczuł się do upomnienia swojego bądź co bądź podwładnego. – Daruj sobie idiotyczne komentarze. Nie wiem, o co ci chodzi, i nie chcę wiedzieć.

Czy mieliśmy wypisane na twarzach, co robiliśmy? Wracałam wspomnieniami do tej nocy. To takie cudowne i egzaltowane. Zapewnialiśmy się wzajemnie o swojej miłości, przeklinaliśmy moją głupotę, która nas rozdzieliła na tyle lat, i rozmawialiśmy o wzajemnej tęsknocie? Wszystko to stłumiłaś w sobie Margarito, jakbyś zapadła w sen. Teraz też śnisz. Cóż z tego, że w tym śnie występują księżyc, cudowny kochanek, czarownica oraz potwory?

– Możemy zobaczyć te kości? – spytałam Cwetana.

Cwetan nie miał na twarzy żadnych śladów wczorajszego urazu, wyglądał jak zwykle, czyli na pogodnego, przemiłego męża mojej matki, który oddałby wszystkie skarby świata, żebym tylko zechciała dołączyć do jego trzódki.

Koljo natychmiast przybrał poważny wyraz twarzy. „Mafiosi" skinęli nam głowami bez słowa i odeszli na bok. Wyjęli papierosy.

– Jestem tu od świtu, w przeciwieństwie do... – chrząknął. Dimityr posłał mu mordercze spojrzenie. – Dziękuję za możliwość tak dokładnego przyjrzenia się temu znalezisku – dokończył żarliwie.

– Nie ma za co – wybąkał Cwetan.

Odwrócił się i pokazał palcem na budowlę wzniesioną, aby stanowiła sanktuarium dla kości proroka. Z niewielkiego budynku wyszła ładna młoda kobieta. Cwetan rozpromienił się na jej widok.

– To Ilina – przedstawił. – Moja... nasza właściwie, asystentka. Poprosiłem, żeby towarzyszyła panu Dżubrowowi i udzieliła wszelkiej koniecznej pomocy. Ilina wie wszystko o tym miejscu i o kościach.

Koljo kiwnął z uznaniem głową. Asystentka oblała się wdzięcznym rumieńcem. Co to za jedna? Jak się tu dostała? Przywiózł ją jakiś inny Cwetanowy asystent czy też sama sobie poradziła?

– To wielce pouczające dla mnie, starego patologa, zobaczyć coś tak cennego – powiedział znów Koljo. Gdybym go nie znała, przysięgłabym, że słyszałam wzruszenie w jego głosie.

Poszliśmy w stronę pawilonu. Ja też byłam wzruszona i czułam mrowienie w ciele. Już nie byłam archeologiem, tak naprawdę nigdy się nim nie stałam, ale nie mogę nie odczuwać tego specyficznego podniecenia, jakie wiąże się z wielkimi odkryciami. Zaraz zobaczę kości liczące ponad dwa tysiące lat. Czy to w ogóle możliwe, żeby kości tyle przetrwały? Z jednej strony miałam wątpliwości, jak wszyscy. Zanim tu przyjechałam, pytałam o to znajomego lekarza. Powiedział: absolutnie nie. Jednak ojciec, do którego skierowałam to samo pytanie, nie był tak radykalny. Mówił o specyficznych warunkach, mikroklimacie, izolacji od bakterii, grzybów i wszelkich pierwiastków oraz o boskości. „Nie zapominaj, Gito, że chodzi o kości świętego", oznajmił jak najbardziej serio. Czy wbrew zdrowemu rozsądkowi i historycznym danym mogłabym i ja przez chwilę przypuszczać, że mam przed sobą kości Jana Chrzciciela?

Leżały w przeszklonej gablocie ułożone w porządku anatomicznym. Nie był to kompletny szkielet. Brakowało czaszki, kości prawej ręki i lewej kości udowej. Przypominam sobie serial

*Kości.* Przydałaby się nam taka wiedza. Cwetan opowiadał, jak to się stało, że odkryli wykopaliska, o antycznych świątyniach i miejscach trackiego kultu, który przed wiekami panował na tych wysepkach. W jego opowieści było więcej emocji niż faktów, ale to, co mówił, przekonywało. To odkrycie jego życia. Zadedykował je mojej matce. Musiał jej dać coś na miarę odnalezienia tekstu *Kephalai* w Egipcie w 1930 roku. Matka, która ma za sobą lata pracy w Egipcie, udowodniła i udokumentowała, że wbrew powszechnym wierzeniom Trakowie mieli pismo, dostała na zwieńczenie swojej kariery domniemane kości Jana Chrzciciela. Jeden na milion archeologów miał tyle szczęścia. Ale ona jest jedna na milion, nawet ty to musisz przyznać, Margarito. Aż do jej wykopalisk w kościele koptyjskim i sensacyjnych doniesień w szkołach uczono dzieci, że Trakowie przekazywali sobie wiedzę z pokolenia na pokolenie ustnie, ojciec – synowi, matka – córce. Nic się po nich nie zachowało, bo nie znali pisma. To jej zawdzięczamy prawdę. Ona znalazła słynne malowidło, na którym przedstawiono Orfeusza pochylonego nad księgami. Obraz ukryty głęboko w grobowcu pod kościołem. Orfeusz stoi pośród wielu gęsto zapisanych papirusów. Domniemywać należy, że on i jemu podobni spisali nie tylko historię Traków, ale także opowiadania, sztuki, słynne bachanalia, o których dziś tylko echo Rodopów zaświadczyć może. I ta spuścizna zaginęła. I jakby tego było mało, splendoru, pochlebnych artykułów w prasie fachowej i popularnej, odznaczeń państwowych, uścisków dłoni prezydentów Polski i Bułgarii oraz cara – prawowitego następcy tronu – trafiły się jej kości z I wieku naszej ery. Co więcej, przyniósł je w darze ukochany mężczyzna, w miejscowości, w której matka mieszkała. Jakież to romantyczne i praktyczne zarazem...

Koljo nie mógł oderwać wzroku od szkieletu. Ja położyłam nabożnie rękę na gablocie.

– Czy ktoś chciał się tu włamać? – spytałam Iliny.

– To wyspa – uściślił szybko Cwetan. Za szybko. – Trzeba płynąć łódką i jest ochrona... – dodał. Znów za szybko.

Między miastem a wyspą pod wodą znajduje się skamieniały cedrowy las, zatopiony siedemdziesiąt milionów lat temu. Wycieczki zatrzymują się w tym miejscu, aby turyści mogli podziwiać podwodne drzewa, kotwice pamiętające czasy Macedończyka albo fragmenty starożytnych statków.

„Czy słyszysz wicher Cheronei, którego odtąd słuchać masz..." Lechoń?

– Zabezpieczenia są w środku – powiedziała spokojnie Ilina. – Zrobiła je firma mojego ojca.

Wymieniła nazwę. Byłam pod wrażeniem. To największa firma w Bułgarii. Słyszałam o niej, ale nie przypominam sobie kontekstu. Zacznij myśleć głową, Margarito, zamiast wiesz czym. Usiłowałam się skupić na tym, czego powinnam się dowiedzieć o działalności archeologicznej Cwetana. Tyle że koło mnie stoi Dimityr, a ja go kocham. Wczoraj to odkryłam, jestem szczęśliwa i nie umiem myśleć o aramejskich znakach, kościach takich czy innych, Cwetanie i jego, ich, pięknej asystentce oraz jej ojcu. Zaraz, zaraz, czy ta firma nie była kilka lat temu powiązana z działalnością mafijną sięgającą daleko w głąb Rosji? Muszę to sprawdzić.

Wczoraj Dimityr powiedział, że zawsze mnie kochał, pragnął i o mało nie zabił Angeła, bo winił go za moją ucieczkę. A ja po raz kolejny pochyliłam się nad swoją głupotą i rozpłakałam z żalu za zmarnowanym czasem. Skup się, Margarito, postaraj się chociaż trochę.

– Ilino – wróciłam do interesującego mnie tematu. – Pytałam, czy ktoś chciał się tu włamać.

– Zasadniczo nie – odparła niepewnie i spojrzała na Cwetana. – Właściwie...

Przeniosłam wzrok na męża mojej matki i zatopiłam w nim spojrzenie. No dalej, powiedz, co jest grane.

– Twoja matka o tym nie wie – zaczął niepewnie i popatrzył na tę swoją Ilinę, jakby go miała wyciągnąć z głębin oceanu. Koljo demonstracyjnie przyglądał się ścianom w pomieszczeniu.

– Niedługo będą tutaj tablice z informacją o pochodzeniu kości. Niestety, jeszcze nie otrzymaliśmy pozwolenia z Cerkwi, nie przyznano nam oficjalnie... – dodała szybko Ilina.

Przerwałam jej. Niech mi nie mydlą oczu.

– Cwetan? O czym nie wie moja matka?

Cwetan znów rzucił spojrzenie Ilinie. Dimityr przenosił wzrok z Cwetana na Kolja. Koljo wyglądał jak jeden wielki znak zapytania.

– W zeszłym roku na wyspę przypłynął Krum – powiedział w końcu cicho Cwetan. – Z kolegami i dziewczyną. Kupili piwo i... przypłynęli. Wcześniej „pożyczyli" sobie łódź. Krum opowiadał im o kościach, o tym, jakie są stare. Nie zachowywali się specjalnie dyskretnie. Próbowali zajrzeć do środka. Znam tu wszystkich, więc zatuszowałem sprawę, dałem mu z liścia i na tym sprawa się skończyła.

Matko jedyna! Krum włamujący się do sanktuarium rodziców, żeby zaimponować dziewczynie.

– Przykro mi – rzucił Dimityr w kierunku Cwetana.

– Pewnie mnie potępiacie i uważacie, że powinienem wsadzić własnego syna do więzienia. Będziecie mieli dzieci, to inaczej pogadamy. – Nie potrafił stłumić agresji w głosie.

Ten też wie, że kochaliśmy się całą noc? No tak, on prędzej. Krum chciał zaimponować dziewczynie. To ma sens.

Przypomniałam sobie, jak Dimityr wyzwany przez Angeła wdrapał się na mur polikliniki. Miał stać na kamieniu wąskim na stopę, w dodatku na jednej nodze. Oczywiście upadł z wysokości dwóch metrów. Tylko się potłukł. Cudem. Może dlatego, że ja tam stałam i zwalił się na mnie całym ciężarem. Miałam sińca na pół uda. Zamiast mi podziękować, objechał mnie, że staję mu na drodze.

Biedny Krum. Będę go musiała spytać, czy tak się w istocie stało. Czy dziewczyny lubią kości? Raczej zaimponowałyby jej kradzież łodzi i nocna przejażdżka nad cedrowymi skamielinami.

– Nie potępiam nikogo i niczego. Jestem po prostu zdumiona. Kubrat i Krum wyglądają na dwa chodzące ideały – wyjaśniłam.

– To wspaniali chłopcy – zapewniła gorliwie Ilina. – Zwłaszcza Krum... To znaczy Kubrat też oczywiście – zaczęła się plątać.

– Poniósł konsekwencje – wycedził zimno Cwetan. – Nie pojechał na wakacje do Anglii. Kara dobrze mu zrobiła. Mógł nas skompromitować. Mogliśmy stracić bezpowrotnie szansę na uznanie tych kości za relikwię...

– No właśnie – przytaknęła gorliwie Ilina. – Zresztą on się tłumaczył wtedy, że przecież pop go namawiał. Oczywiście to była nieprawda, ale sprawdziliśmy to i...

– Jaki pop? – W głosie Dimityra zabrzmiała nuta zainteresowania.

Zesztywniałam. Cwetan położył rękę na szkle gabloty. Wyglądało to tak, jakby chciał zasłonić kości. Widziałam, jak starał się spojrzeniem uciszyć Ilinę. Za późno. Mógł ją uprzedzić, żeby trzymała buzię na kłódkę.

– Mieliśmy tu takiego popa – rzucił Cwetan ze zniecierpliwieniem. – Bardzo oczytany, interesował się historią. Przychodził do nas do domu, bo to wasz znajomy z czasów płowdiwskich. Chłopcy go znali. Wątpię jednak, żeby sugerował coś takiego. Metody by nigdy nie namawiał dzieciaków, żeby w nocy przeprawiały się przez morze. Nie wiem, skąd ci się to wzięło, Ilino.

– Tak przecież mówił, kiedy go odbieraliśmy z komisariatu – bąknęła Ilina.

Jeszcze lepiej, a więc razem pojechali po krnąbrnego synka. Ciekawe, co matce powiedział.

– Nie pamiętam – uciął. – Wątpię, żeby tak właśnie to przedstawił. Może miał na myśli to, że Metody dużo im opowiadał o Janie Chrzcicielu. To właściwie on pierwszy rzucił, że kości mogą należeć do proroka. Kiedy znaleźliśmy kości, wiedzieliśmy, że są bardzo stare, ale nie przyszłoby nam do głowy, że to mogą być kości drugiego po Chrystusie.

– Raczej pierwszego przed Chrystusem – poprawia Cwetana Koljo. – A na jakiej podstawie ten pop wpadł na pomysł, że stare kości mogą należeć do rzeczonego Baptysty? Czemu nie do Świętego Piotra albo niewiernego Tomasza? Jeszcze paru apostołów można by obdarzyć tymi kośćmi. Do wyboru, do koloru...

Cwetan się skrzywił. Chyba miał dość odpowiedzi na to pytanie.

– Kościom brakuje prawicy i głowy – pospiesznie wyjaśnia Ilina. – Według legendy...

– Znamy legendę – przerywam jej. – Wiemy, gdzie znajduje się prawica.

– No tak. Jesteś przecież córką Ewy...

Ależ to brzmi. Ja, córka Ewy. Dobre.

– Czy możemy porozmawiać z tym popem? – spytał Koljo.

Dobrze, że to on poruszył ten temat. Ja przecież nie mogłam ukrywać, że nie pamiętam Metodego. Kto wie, czy matka nie powtórzyła Cwetanowi naszej rozmowy.

– Niestety, dwa lata temu przydarzył się nieszczęśliwy wypadek... – powiedział Cwetan z żalem w głosie.

– Pop i jego żona zmarli we śnie – wpadła mu w słowo Ilina. – Zatrucie tlenkiem węgla. Tragedia. Na szczęście nie mieli dzieci, bo i one pewnie... To straszna trucizna.

Nie mam wątpliwości, że Metodego zabito. To samo mogło spotkać jego ojca. Skąpe ślady na ciele, które zdołaliśmy dostrzec, wskazywały na ponowny udar lub zawał serca. Kto wie, czy ktoś nie pomógł mu opuścić tego świata. W końcu tak niewiele potrzeba.

Wystarczy przytknąć starcowi poduszkę do twarzy i chwilę przytrzymać. Nie będzie krzyczał, umrze prawie że śmiercią naturalną. Muszę porozmawiać z Kubratem. Wypytać go o tamto zdarzenie. Tylko czy zechce cokolwiek mi wyznać? A może naprawdę to tylko szczeniacki wybryk?

– A jak udało się potwierdzić fakt, że kości pochodzą z Ziemi Świętej? – dociekał Koljo.

Znów odpowiedziała Ilina. Była zdenerwowana. Zbyt dużo faktów ujawniła. Cwetan nie pouczył asystentki, na jakie pytania ma odpowiadać, a których unikać. To może świadczyć o jej niewinności i obciążać Cwetana. Dalej, Margarito, przyznaj się do tego, ile byś dała, żeby to on zabił tego nieszczęśnika z teatru antycznego. Zdemaskujesz go i wsadzisz do więzienia. Ależ by to była zemsta. Na nim, na matce. Jakiś odwet za cierpienia moje i ojca. Przestań, Margarito, miałaś nie być dziecinna.

– Jeśli pan zechce pójść ze mną, udostępnię wszelkie wyniki badań. Ogólnie mogę tylko powiedzieć, że to rutynowe badania i procedury. – Ilina wchodziła na pewny dla siebie grunt. – Badania radioizotopem węgla i ocena pyłków kwiatowych, szczątków roślin oraz odchodów zwierzęcych charakterystycznych dla rejonów Ziemi Świętej.

– Da się określić, o który konkretnie rejon chodzi? – Zauważyłam, że Cwetan miał mnie dość, Koljo dobrze się bawił, Ilina się denerwowała, a Dimityr nie mógł się skupić.

– Okolice Jerozolimy. – W jej głosie pobrzmiewa duma.

– A czemu nie powstało tutaj jeszcze muzeum i tak dalej? – Dimityr stara się zaistnieć.

Cwetan robi zmartwioną minę.

– Możemy przedstawiać certyfikaty, ale nijak nie jesteśmy w stanie udowodnić, że chodzi właśnie o Jana Chrzciciela. Nie chodzi jedynie o stare kości. W muzeach są starsze. My chcemy mieć miejsce kultu, nie muzeum.

– Czemu Metody przypuszczał, że to Jan Chrzciciel? Czy tylko na podstawie tego, że szkielet nie ma prawicy i głowy? – Wciąż wracam do tego pytania. Musiało być coś, co go do tego właśnie przekonało. Słabo go pamiętam, ale to nie był człowiek głupi ani owładnięty myśleniem o Bułgarii pełnej relikwii.

Ilina rozłożyła ręce. Ja także tego nie wiedziałam. Co odkrył Metody, że zapłacił za to życiem? Co było tak ważnego czy też kosztownego, że otruto jego i jego żonę? Gdzie list, który napisał do ojca, i co ważniejsze – Księga, o której mówił? Czy ona była kluczem do rozwiązania zagadki?

– Tego nie wiemy – przyznała niechętnie Ilina. – Metody odtwarzał drogę Świętego Jana Chrzciciela do Jerozolimy. W apokryfach znalazł fragment o tym, że Baptysta wraz z uczniami przemieszczali się w kierunku Jerozolimy. Chcieli wyjść Mesjaszowi naprzeciw. Prorok albo Nauczyciel, bo tak go nazywali uczniowie, miał im w końcu wyznać, że istnieje proroctwo o męczeńskiej śmierci Chrystusa. O tym, że wśród uczniów znajduje się zdrajca, przez którego Mesjasz zostanie uśmiercony. Baptysta, niejako wbrew wierze, starał się odnaleźć zdrajcę, tym samym zapobiec męce i śmierci Mesjasza.

– Skąd o tym wiesz? – spytałam.

– Opowiadał mi o tym. – Lekko wzruszył ramionami. – Byliśmy zaprzyjaźnieni. Kiedy zmarł... Dla mnie to osobista tragedia.

– Pokazywał ci te apokryfy? – Zerknęłam na Cwetana, który uciekł wzrokiem.

– On miał mnóstwo starych ksiąg, apokryfów, nawet papirusów, które zostały przetłumaczone na staro-cerkiewno-słowiański – zaprzeczył energicznie. – W kółko opowiadał o Baptyście i o tym, że istnieje jakiś tekst o zdradzie. O innej zdradzie niż ta na krzyżu, o takiej, w wyniku której Jana Chrzciciela zamordowano.

Wiemy o tym, ta zdzira kazała go zabić.

– Ponoć śmierć Jana w wyniku kaprysu tej kobiety to legenda. Tak opowiadał Metody. Znalazł nawet ważny fragment w jakiejś książce z antykwariatu.

– Widziałaś to ma własne oczy? – Oblało mnie gorąco.

Zaprzeczyła ponownie.

– Tylko mówił, jak przechodził obok sklepu ze starociami i wtedy coś go tknęło, zobaczył tę książkę i kupił. Znalazł w niej fragment o Janie. Wtedy właśnie pokazały się doniesienia o znalezionych szczątkach. Metody postarał się o to, żeby objąć w Sozopolu parafię. Szczęśliwym zrządzeniem losu okazało się to możliwe, a na dodatek wyszło na jaw, że za odkryciem stoi twoja mama, przyjaciółka jego i jego ojca.

No tak. Szczęśliwe zrządzenie losu, tylko nie dla Metodego.

– Widziałaś tę książkę?

– Nie. Pokazywał mi przepisany swoją ręką fragment, po bułgarsku. Jakby przetłumaczony. Bo Księgę napisano w innym języku.

To musiało ją wiele kosztować. Czemu Cwetan tego nie powiedział?

– Mówił ci, jak te kości się tu znalazły?

– Nie, on też nie wiedział. Ciągle szukał. I w pewnej chwili zaczął wątpić, że może to kości kogoś innego. Nie zdążyliśmy o tym porozmawiać...

Mafiosi zmaterializowali się obok nas. Nie miałam szansy mocniej przydusić Iliny. No tak, Cwetan wspominał, że musi wrócić w południe na ląd, bo ma coś bardzo ważnego do załatwienia.

– Dziękuję ci za pomoc – zwróciłam się do Iliny.

– Tak, tak. Absolutnie. Dziękujemy za tę wyjątkową możliwość. – Koljo szczerzył zęby w uśmiechu. – Wpiszę sobie w życiorys zawodowy, że oglądałem kości Baptysty.

Wsiedliśmy do motorówki. Ilina została. Ciekawe, jak sobie poradzi. Nigdzie nie widziałam niczego, czym mogłaby wrócić na ląd. Może przepłynie wpław? Mafiosi byli nieco bardziej rozluźnieni. Rozmawiali z Cwetanem. Koljo i Dimityr z ożywieniem dyskutowali po cichu. Podeszłam do mafiosów.

– Panowie byli tak uprzejmi... – Uśmiechnęłam się sztucznie. – Bardzo doceniamy panów pomoc...

To dziwne, że osobiście nas zawieźli. Wystarczyło przecież dać Cwetanowi łódź albo poprosić jakiegoś pracownika. Nie mogłam oprzeć się wrażeniu, że chcieli nas przypilnować. Tylko czy mnie i Dimityra, czy też Cwetana?

– Ależ – przerwał mi pierwszy, starszy, ale wciąż przystojny – przyjaciele Cwetana są naszymi przyjaciółmi.

– Gdyby pani chciała obejrzeć Sozopol bardziej... od środka, to zapraszam – dodał drugi.

Jest młody i przystojny, nawet bardzo przystojny, wysoki, pięknie zbudowany. Wcześniej nie zwróciłam na to uwagi. Moje myśli wypełniał Dimityr. Nie zauważę innego mężczyzny, choćby nie wiem jak atrakcyjnego.

– Dziękuję za propozycję.

Dla dobra śledztwa oczywiście. Przypominam sobie, że przystojniak przedstawił się jako Momcził. Carskie imię. Kolejne takie w Sozopolu: Kubrat, Krum, teraz Momcził. Co o tych dwóch mężczyznach mówił Cwetan? Zerknęłam na kłócących się Dimityra i Kolja. O co chodzi?

– Przepraszam – uśmiechnęłam się ze skruchą do Momcziła. – Rano byłam cokolwiek zmęczona. Podróż, mnóstwo wrażeń, świadomość, że zobaczę coś wyjątkowego... Pięknie tu macie...

– To prawda – przyznał ten drugi, Petyr. Przybijamy do brzegu. Wyspa jest bardzo blisko lądu. – Tyle razy chciałem się stąd wyprowadzić i zawsze zostawałem.

Śmiejemy się we czwórkę z Cwetanem i Momcziłem.

– Skąd się znacie? – rzucam.

Cwetan i Petyr popatrzyli po sobie.

– Chodziliśmy razem do szkoły, do jednej klasy. Cwetan to prymus, a ja – macha ręką – szkoda gadać. Co za czasy, prawda, Cwetczo?

Cwetan pokręcił głową, że tak. Było w nim coś sztucznego, jakby się spinał.

– Cwetan był świetnym uczniem, ulubieńcem nauczycieli, zwłaszcza nauczycielek – wspominał Petyr. – Zawsze miał kasę i najlepsze dziewczyny... I spadał jak kot na cztery łapy. A ja... Przyjęli mnie do Burgas do szkoły samochodowej i wyrzucili po roku.

– To musiał z ciebie być niezły rozrabiaka. – Wpatrywałam się w niego z podziwem. – Teraz też rozrabiasz?

Jak z ucznia zawodówki samochodowej, w dodatku wyrzuconego ze szkoły stał się szanowanym obywatelem Sozopola, właścicielem licznych biznesów?

– Wtedy wzięli mnie w kamasze – powiedział, pomagając mi zejść z łódki. – I tam utemperowali. Wróciłem jak nie ten sam człowiek. I od tego czasu jestem przykładnym obywatelem Sozopola. – Mrugnął do mnie. – Bardzo przykładnym.

Cwetan mówił po drodze, że Petyr ma kilka hoteli, dużą restaurację w centrum i dwie galerie sztuki. Prowadzą razem interesy. Dużo bym dała, żeby wiedzieć o tym więcej.

– Jaki jest „Sozopol od środka"? – spytałam Momcziła.

– Z radością ci pokażę. – Oczy mu się rozjaśniły.

Cwetan niewiele mi o nim mówił. To syn jakiegoś partyjniaka z czasów socjalizmu. Dużo takich w Bułgarii. Tatusiowie dorobili się wielkich majątków. W jedną noc przy zmianie ustroju przejmowali kopalnie, huty, przedsiębiorstwa, głównie TKZS, czyli nasze PGR-y... Ich majątki warte są miliony. Dzieci tych bonzów to już nowe pokolenie. Są dobrze wykształceni, studiują za granicą, mówią kilkoma językami. Zwykle pozostają w USA, Anglii czy Szwajcarii. Kiedy im się to opłaca, wracają i prowadzą

„interesy". Piją dobre wina, szoferzy wożą ich dzieci do prywatnych szkół, a ich kochanki jeżdżą terenowymi bmw. Momcził przyjechał do Sozopola jakieś dziesięć lat temu. Zajął się podupadającą kopalnią uranu. Po śmierci tatusia, niegdyś bliskiego współpracownika Todora Żiwkowa, przejął interes i kręci biznes. Podobam mu się, widzę to wyraźnie. Cwetan mówił, że nie ma rodziny. Czemu taki przystojniak się nie ożenił? Gej czy szuka tej jedynej?

– Dziś wieczorem? – Spojrzałam odrobinę zalotnie. – Jutro wracamy do Płowdiwu.

– Dziś wieczorem – potwierdził. – Często jeżdżę do Płowdiwu – dodał. – Prowadzę tam interesy.

Ciekawe. Moja głowa aż huczała od domysłów. Mam nadzieję, że uda mi się coś z niego wyciągnąć. Najpierw jednak muszę się dowiedzieć, co powiedział im Cwetan. Koljo i Dimityr skończyli się kłócić, Cwetan wyglądał na zniecierpliwionego. Petyr i Momcził zerkali na swoje samochody zaparkowane pod przystanią.

– Do zobaczenia zatem. – Machnęłam ręką Momcziłowi, uśmiechnęłam do Petyra i Cwetana. Mówiłam mu, że po obejrzeniu kości idziemy na miasto. Nie dodałam, że czekają na nas Milena i Nedko, tylko że do domu zamierzam wrócić dopiero na kolację. Przyjął do wiadomości i mruknął, że przekaże matce.

*

Siedzieliśmy w kawiarni przy brzegu morza wszyscy razem.
– I co myślicie? – spytał Koljo.
Wcześniej pokrótce streściliśmy przebieg wizyty na Wyspie Świętego Jana. Milena i Nedko byli pełni podziwu. Z ich min wyczytałam, że i ona miałaby ochotę obejrzeć słynne kości.
– Kiedy będzie można normalnie oglądać relikwie? – zainteresowała się.

– Jeszcze nie uznano kości za relikwie – odpowiedziałam, zastanawiając się, o czym Koljo dyskutował tak zawzięcie z Dimityrem, że ten nie zorientował się, że umówiłam się na wieczór z innym mężczyzną. – Dopiero się o to starają.

– Nie można by po prostu uznać, że kości są stare i cześć? Pokazywać je ludziom za opłatą, organizować wycieczki na wyspę? Zbudować kawiarni?

Sęk w tym, że oni tego nie chcą. Z jakichś powodów zależy im na splendorze, chwale, religijnym kulcie. Chcą świątyni, a nie chatki z krzyżem, pokłonów przed relikwią, a nie starych kości wystawionych pod szkłem, wiernych stojących w kolejce do świątyni od samego świtu, a nie turystów pijących piwo i zaśmiecających wyspę.

Nie odpowiedziałam Nedkowi. Miałam nadzieję, że moje karcące spojrzenie i rzucone przez Milenę: „ale z ciebie ograniczony kretyn", wystarczyło.

– No dobrze – mruknął Koljo, po czym wyjął z kieszonki na piersi długopis, wziął serwetkę ze stołu i narysował krzyż o równych ramionach. – Co to jest? – Popatrzył na mnie.

– Krzyż grecki – wyrecytowałam nieco zdumiona. – Uważany za najstarszy symbol krzyża. Czemu pytasz?

– Coś jeszcze symbolizuje? – Przykrył dyskretnie serwetkę dłonią, bo kelnerka przyniosła nam wodę i kawy.

Upiłam łyk. Życiodajny płyn rozlał się po moim ciele. Byłam w takim stanie, że powinnam przyjąć tę kawę dożylnie.

– Równe ramiona to cztery strony świata. Do chrześcijaństwa wprowadził go w 322 roku egipski mnich Pachomiusz, stąd też zwany jest także krzyżem Pachomiusza – dodałam.

– Znów Egipt – odezwała się Milena.

– To kolebki cywilizacji. Egipt, Grecja, Rzym, Chiny... – Wzruszyłam ramionami. – Ludzie od wieków potrzebują porządku, wierzeń, symboli. Jeśli nie umieją ich wymyślić, pożyczają sobie albo zawłaszczają. To normalne. Ja bym nie przydawała temu jakiegoś szczególnego znaczenia.

– Próbuję myśleć jak wy i znaleźć jakieś powiązania – nadąsała się Milena.

– Znajdziesz ich całe mnóstwo – pocieszyłam ją. – Na przykład złamany krzyż grecki to tak zwany hakenkreuz, czyli swastyka. Hitler wziął ten znak z Azji, gdzie symbolizuje szczęście i powodzenie. Sam symbol jest wieloznaczny, wielokrotnie go modyfikowano. Ramiona mogą się łamać w prawo, w lewo, być zaokrąglone, całkiem okrągłe, wreszcie się łączyć. Każda taka odmiana to inna kultura i odmienna symbolika, ale wszystko od wszystkiego wychodzi, da się powiązać ze sobą i tak dalej. Ergo, Milenka, powiązań jest mnóstwo, my musimy trafić na te właściwe.

Dimityr posłał mi spojrzenie „jaka ty jesteś mądra". Koljo złagodził nieco swoje ironiczne spojrzenie.

– Chodzi mi o to, że te wszystkie symbole są starożytne. Współcześnie nikt nie wymyśla takich rzeczy – upierał się Nedko.

– Bardzo się mylisz. Teraz też mamy pełno symboli. – Większej bzdury nie słyszałam w życiu. – Wszystkie znaki drogowe, logo...

– Nie udawaj, że nie wiesz, o czym mówię. Chodzi mi o coś naprawdę głębokiego. Teraz się tego nie wymyśla.

– Też się mylisz – tłumaczyłam cierpliwie. – Na przykład Leonard Cohen ma na grobie wyryty charakterystyczny symbol. Sam go stworzył i używał na książkach i płytach od 1984 roku, czyli naprawdę współcześnie. To są tak zwane zjednoczone serca, połączenie heksagramu, czyli gwiazdy Dawida, z symbolem pierwotnych sił jin i jang...

– Kto? – Nedko zakrztusił się kawą.

– Leonard Cohen – odpowiedziałam zrezygnowana. Zapomniałam, że drugi bard w historii ludzkości, po Orfeuszu, nie jest znany w Bułgarii. Orfeusza pewnie też znają tylko dlatego, że Bułgaria, właściwie Tracja, to jego ojczyzna. – Taki piosenkarz z Kanady. Był Żydem, ale studiował zen, w ogóle czerpał z symboliki chrześcijańskiej. Bardzo znany.

Zerknęłam na Kolja, minę miał nieprzeniknioną, Milena popatrzyła z politowaniem, Dimityr, któremu puszczałam piosenki Leonarda, taktownie milczał.

– Moja babcia mówiła, że krzyż to symbol życia – odezwał się Nedko po chwili milczenia. – A ja nie mogłem tego pojąć. Przecież to śmierć, i to taka straszna śmierć...

Odpuściłam symbolikę współczesną. Skupiłam się na pierwszym wieku po Chrystusie. Koljo i Milena zaczęli się śmiać. Zastanawiałam się nad słowami Nedka.

– Nie śmiejcie się – zgasiłam ich. – Nedko ma rację. Kto wie, czy właśnie nie jest to klucz do wszystkiego. Krzyż uważany za symbol życia. Tu wyraźnie zwiastuje śmierć. Mamy śmierć, jedną, drugą, trzecią... I nie widzimy tego, patrzymy tylko na legendę o zmartwychwstaniu.

– Toś se panna pofilozofowała. – Wyszczerzył w uśmiechu zęby Koljo. – Nic, nic, szukaj rozwiązania, szukaj...

– Czemu narysowałeś ten znak? – spytałam.

– Myślałem, że już nikt mnie nie zapyta... – Koljo podniósł palec. – Ale zważywszy na trudy podróży i wydarzenia ostatniej...

Dimityr odstawił gwałtownie butelkę z wodą na blat stołu. Rozległ się trzask, ale szkło nie pękło. Nedko i Milena spojrzeli zdumieni, ja nieco przestraszona, Koljo z kpiną. Podeszła kelnerka.

– Podać coś jeszcze?

– Macie coś słodkiego? – W głosie Mileny pobrzmiewała nutka zażenowania. Jest otyła, powinna dbać o linię.

– Baklawę, lody, rewane... – wyrecytowała kelnerka przez chwilę zagłuszona przez szum morskich fal.

– Jakie lody? – włączyłam się do dyskusji, podczas gdy mężczyźni mierzyli się wzrokiem.

– Deser lodowy albo oddzielne gałki. Śmietankowe, czekoladowe, truskawkowe, jagodowe, bakaliowe.

– To dla mnie czekoladowe, bakaliowe i śmietankowe, bez żadnych sosów ani bitej śmietany – zamówiłam.

– A dla mnie tylko czekoladowe. – Zarumieniła się Milena. – Dwie kulki i trochę orzeszków na to. Też bez śmietany.

Kelnerka spojrzała na mężczyzn, ale Koljo i Dimityr nie spuszczali z siebie wzroku. W końcu odeszła, kiedy Nedko zamówił drugą kawę. Cisza między nami nabrzmiewała w nieznośny sposób, chociaż znajdowaliśmy się w samym środku gwarnej kawiarni, nad naszymi głowami krzyczały mewy, a fale tłukły o przystań. Na plaży hałasowały dzieci, z okolicznych barów dobiegała muzyka. Z pomocą przyszła nam mewa, oby żyła w zdrowiu i szczęściu, która z głośnym plaśnięciem postanowiła pozbyć się nieznośnego ciężaru. Zielone guano rozbryzgnęło na samym środku stolika. Oberwaliśmy wszyscy. Mieliśmy zielone kropki na ubraniach, Dimityr i Koljo na twarzy. Nedko zaklął głośno. No tak, włożył jakąś dizajnerską koszulkę, która pewnie kosztowała fortunę.

– Nie trzyjcie tego – powiedziałam głównie do Mileny, która ucierpiała najbardziej i z nieszczęśliwą miną usiłowała serwetką doprowadzić białą bluzkę do stanu sprzed obryzgania ptasim gównem. – Zejdzie, tylko trzeba pokropić sokiem z cytryny i uprać w chłodnej wodzie.

Milena westchnęła. Posłałam jej pełne solidarności spojrzenie. Powściągnęłam chęć wytarcia Dimityrowi plam z twarzy. Wyszli razem z Koljem – najwyraźniej na poszukiwanie łazienki.

– Zejdzie – zapewniałam ją. – Nie zostanie ślad. Zaraz też ci wyschnie na słońcu.

Zjawiła się kelnerka z lodami. Na widok zielonej kupy na stoliku ledwie powstrzymała uśmiech. Wzięliśmy w ręce kawę i lody, dziewczyna zebrała brudne szklanki ze stołu, zniknęła gdzieś, ale szybko wróciła ze ścierką i płynem do mycia. Po chwili postawiliśmy lody i kawę na czystym stoliku. Wrócili Dimityr i Koljo.

– Koljo, skąd wziąłeś ten krzyż? – podjęłam. – Na ścianie wisiał zwykły, prawosławny. Podobnie przy tablicy informacyjnej...

– Ten wydrapano na prawej kości piszczelowej. Prawie niezauważalny, ja zauważyłem... – ogłosił tę rewelację triumfalnym tonem.

Nic nie zauważyłam. Czemu jesteś taka beznadziejna, Margarito? Krzywię się ze wstydu. Koljo podniósł filiżankę i wypił kawę.

– Może przypadek? – przerywa ciszę Milena.

Koljo posyła jej karcące spojrzenie.

– Może przypadek, chociaż ja zawsze powtarzam, że w przypadki nie wierzę... – Upił kolejny łyk, postawił kawę na spodek i uniósł palec w charakterystycznym dla siebie geście triumfu. – ...i mam dowód, że nie przypadek, bo w identycznym miejscu na kości piszczelowej lewej był inny znak. Taki...

Narysował na serwetce pionową linię, następnie trzy przecinające ją linie poziome w górnej części krzyża.

– Krzyż papieski lub feruła – powiedziałam ze zdumieniem.

– A to znowu co?

– No właśnie. – Koljo miał minę poważną, patrzył na mnie ze skupieniem na twarzy. – Czegoś takiego nie zauważyłem na ciele naszego denata.

Zastanawiałam się nad tym, co krzyż papieski może robić na kości proroka.

– Twoja mama mówiła o tym, że widzi powiązanie z pierwszą wyprawą krzyżową i bogomiłami – przypomniał Dimityr. Dotychczas siedział cicho, wyraźnie zgnębiony rozmową z patologiem sądowym.

– Kim? – Nedko spojrzał na niego ze zdumieniem.

Wytłumaczyłam mu naprędce to, co powiedziała o symbolach moja matka. Wyłuszczyłam także kwestię bogomiłów, odrzucania przez nich wartości chrześcijańskich, ich niechęć do papiestwa i wschodnich hierarchów oraz świętej księgi, której losów nie znamy, ale przypuszczamy, że może mieć związek z zabójstwem.

– Nic z tego nie rozumiem – pożalił się. – Przecież to Żydzi ukrzyżowali Chrystusa. Oni wynaleźli krzyż. Co papiestwo ma z tym wspólnego?

– Nedko jest katolikiem – wtrąciła Milena. – Pochodzi z wierzącej, katolickiej, bułgarskiej rodziny. Przyjął pierwszą komunię, a jak przyjechał do Płowdiwu Jan Paweł II, niech mu Bóg odpuści grzechy, Nedko był z rodziną na prywatnej audiencji.

Zatkało nas na moment. Nedko miał taką minę, jakby zamierzał eksplodować.

– No co, nie widzieliście wierzącego Bułgara w moim wieku? W dodatku katolika?

Pokręciliśmy głowami, a potem wybuchnęliśmy śmiechem.

– Dobra. – Stłumiłam śmiech. – Nedko... Krzyż to nie jest żydowski wynalazek. To jeden z najstarszych symboli cywilizacji. Dwie kreski skrzyżowane ze sobą. Pewnie ludziom w jaskiniach łatwo było je narysować, a jednocześnie widzieli w tym coś fascynującego. Formą krzyża był egipski symbol słońca, ankh, tak, ten, który masz na szyi. Litera T, z kołem na jej szczycie. Krzyże znajdują się w piramidach egipskich, na głowach mumii i pismach faraonów. To stąd krzyż wziął się w Kościele koptyjskim w Egipcie. W Ameryce był symbolem boga słońca, u innych Indian zaś przeciwnie – symbolizował deszcz. W Chinach, co ciekawe, oznaczał liczbę pięć. Ma wprawdzie cztery ramiona, ale jako piąty uznawano jego środek...

Mówiłam i jadłam lody. Czułam się już znacznie lepiej. Na szczęście. Cała czwórka słuchała mnie w skupieniu.

– Co do jego roli jako symbolu śmierci i tortur, to tutaj ponoć Semiramida, ta od wiszących ogrodów, wpadła na pomysł, żeby torturować ludzi, wieszając ich na rzeczonych krzyżach. Jednym z pierwszych, którzy masowo zabijali przy użyciu tegoż narzędzia, był nasz kochany rodak Aleksander Macedoński. Po zajęciu Tyru w 333 roku przed naszą erą kazał ukrzyżować dwa tysiące mieszkańców miasta. Rzymianie mieli raczej dyżurne krzyże do zabijania, ale nieszczęśnika przybijali do belki, którą wciągali na górę. Żydzi wtedy nawet nie stosowali krzyża do tortur.

– A jak zabijali? – zatroskał się nagle Nedko.

– Kamienowali – odpowiedzieliśmy razem z Koljem.

Dojedliśmy lody już w milczeniu. Coś przyszło mi do głowy.

– Krzyżem papieskim oznaczano niekiedy budowle, które nie podlegały lokalnej hierarchii cerkiewnej, tylko należały niejako bezpośrednio do najwyższych władz. Może właśnie w ten sposób oznaczono te kości. Jako coś, co należy do wyższej instancji. Jak myślisz, Koljo, czy te oznaczenia były nowe, czy stare?

– Sądzę, że stare, ale widziałem je przez gablotę. Są ledwie dostrzegalne. Mają jakiś centymetr... Czy twój ojczym tego nie zauważył, nie uznał za stosowne o tym powiedzieć, czy też liczył, że nikt na to nie wpadnie?

– To nie jest mój ojczym, bo mój ojciec żyje – sprostowałam sucho. – Nie wiem. On nie jest archeologiem. Moja mama jest.

– To możliwe, żeby nie zauważyła? – spytał cicho Dimityr.

– Spytamy ją przy kolacji. Może nie uznała tego za istotne albo przeciwnie, uznała za oczywiste.

Rozważałam wszelkie za i przeciw. Moja matka zawsze stanowiła dla mnie zagadkę. Jej wiedza i możliwości intelektualne przytłaczały mnie od dziecka. Tak jest do dziś. Dała zresztą temu świadectwo podczas wczorajszego wykładu. W tyle głowy kołatała mi się myśl, którą odrzuciłam. Wracała jednak do mnie natrętnie i chcąc nie chcąc, zaczynam rozważać jej potencjalną prawdziwość. Czy to możliwe, żeby moja matka ukrywała coś przede mną, żeby miała cokolwiek wspólnego ze śmiercią Metodego i jego żony? Czy nie wiedziała, że na kościach są znaki? Wreszcie czy podczas wczorajszej mowy nie nakierowała przypadkiem moich podejrzeń na inne tory? Bogomili... Według niej miejsce znalezienia zwłok jest jednoznaczne. To właśnie do Płowdiwu, pod koniec X wieku cesarz bizantyjski Jan I Tzimiskes kazał przesiedlić część ormiańskich paulicjan. Stąd wziął się zakon bogomiłów. Jeśli ich święta księga rzeczywiście istniała, musieli ją przechowywać w jednym z pierwszych założonych zgromadzeń. Musimy wrócić do Płowdiwu i kontynuować poszukiwania. Jeśli matka ma rację, tam znajdziemy rozwiązanie. Tylko czy rzeczywiście ją ma? Czy mam iść tym tropem, czy też nie dać się na niego nabrać? A może jej chodzi o to, żebym opuściła Sozopol? Tylko po co miałaby mnie ściągać do Bułgarii, potem błagać nieomal na kolanach, żebym przyjechała do jej nowego domu? To kompletnie nie miałoby sensu.

– A wam jak poszło? – spytał Dimityr.

Nedko i Milena spojrzeli jedno na drugie. Wreszcie Milena zaczęła recytować:

– Zajrzeliśmy do szpitala, w którym pracuje doktor Petrow. To on stwierdził zgon popa Metodego oraz jego żony. Jest ordynatorem oddziału wewnętrznego tutejszego szpitala.

– W pierwszej rozmowie tego nie powiedział. Jasny gwint, przeoczyłem to. – Zdenerwował się Dimityr.

Miałam ochotę wziąć go za rękę i pocieszyć tym samym, ale zrezygnowałam. To jest prawdziwy facet, Margarito, nie potrzebuje, żebyś trzymała go za rączkę.

– Ordynatorem? – zdziwiłam się. – To w Bułgarii aktu zgonu nie podpisuje lekarz z pogotowia ratunkowego?

– Wezwano go – uściśliła Milena i dodała z naciskiem: – Jako przyjaciela rodziny...

– Rozmawialiście z nim? – wtrącił Dimityr. – Coś z niego wycisnęliście, czy ja mam go przemaglować?

Milena spojrzała na Nedka, on wyszczerzył do niej zęby.

– Nie musisz – powiedział przeciągle. – Co nieco się dowiedzieliśmy.

– Nedko był niesamowity. – Milena spojrzała na niego z niekłamanym podziwem.

Mogliby tworzyć parę, chyba dobrze im się razem pracuje. Tyle że on był typem „patrzcie, jaki jestem piękny", a ona to raczej „nikt mnie nie kocha".

– Wszystko odbyło się w trybie szybko, szybko... Upierał się, że zmarli od czadu. Potem nas wyrzucał, bo bardzo zajęty. Nedko spytał, dlaczego nie przeprowadzili sekcji zwłok, a on oburzony stwierdził, że popa się nie kroi bez potrzeby. I wtedy spytaliśmy, czemu w takim razie nie poddano autopsji żony. Przecież to osoba świecka...

– I co on na to? – Nie wytrzymałam.

– Wykręcił się sianem, że niby świecka, ale nie do końca. Pierdu pierdu.

Jasne. Ja też w to nie wierzyłam. Mogło być jednak tak, że nikt niczego nie tuszował. Przyszedł lekarz, nie dostrzegł ran, uznał, że nieszczęście się stało i nie ma czego szukać.

– A ta nadzwyczajna rzecz, którą od niego wyciągnęliście? – Tym razem Koljo zadał pytanie.

Znów popatrzyli po sobie.

– Ten pop miał cukrzycę. W młodym wieku. To się okazało tu, w Sozopolu. Doktor Petrow go leczył. Insuliną. W raporcie nie ma o tym mowy, ale doktorowi wypsnęło się, że ma dokumentację medyczną. Chcieliśmy obejrzeć, nie dał...

– Bez nakazu nie da. – Dimityr przebierał palcami po blacie.

– Insuliną można zabić – powiedziałam to, co dla wszystkich wydawało się oczywiste. – Mogli zrobić zastrzyk Metodemu i jego żonie. Podaje się podskórnie, cienką igłą, nie ma śladu. Wystarczy tylko poczekać, prosta sprawa...

– Bingo! – zawołał Koljo i gwizdnął przeciągle.

– A kiedy wspomnieliśmy o możliwości ekshumacji żony popa, to się normalnie przeraził. Wyszliśmy, on odczekał kilka minut, wsiadł do bmw i pojechał... zgadnij dokąd. Miałam tylko nadzieję, że nie do domu mojej matki.

– Na plebanię! – Nedko zatriumfował. – Po drodze rozmawiał przez komórkę, nie wiemy z kim.

– Co mógłby robić na plebanii? – myślałam głośno.

– Modlić się za nas? Za siebie? – podrzucił odpowiedź Koljo.

– Do cerkwi nie wszedł. – Nedko był lekko urażony. – Siedział u nowego popa kilka minut, potem pojechał do domu. Sprawdziliśmy. Jego żoną jest Jordanka Petrowa, siostra niejakiego Petyra Todorowa. To jest właśnie wspólnik twojego... no, wiesz. – Spojrzał na mnie z ukosa, ale ja wytrzymałam to spojrzenie. Nie biorę odpowiedzialności za kogoś, kto mi się do rodziny dostał. Bez przesady.

– Byliście na plebanii? – spytałam.

– Jasne, że tak – przytaknęła gorliwie Milena. – Otworzyła nam starsza pani, popadia. Pytaliśmy nawet, czego chciał doktor. Pop gdzieś wyszedł. Doktor coś zostawił dla popa, chwilę z nią porozmawiał i poszedł, bo się spieszył. Tyle nam powiedziała.

To nie musiało czegoś oznaczać. Mógł zostawić mu leki albo książkę. Albo proponować, że zaśpiewa w najbliższą niedzielę w chórze cerkiewnym.

\*

– Czego chciał Koljo? – spytałam, kiedy rozchodzimy się każde w swoją stronę. My zaplanowaliśmy spacer, a potem wizytę na plebanię. Koljo razem z Mileną i Nedkiem mieli wolne. Chcieli pójść na plażę.

Szliśmy uliczkami Sozopola. Jako dziecko przyjeżdżałam tu kilka razy z babcią. Podobało mi się, chociaż pamiętam, że nie pozwalała mi wchodzić do morza. Sama siadała na ręczniku w kapeluszu oraz czarnych okularach i robiła swetry na drutach. Tęskniłam za koleżankami i Dimityrem, bo nikogo tu nie znałam. Mieszkałyśmy w skromnym domu, w dwuosobowym pokoju z łazienką na korytarzu. Wieczorami wychodziłyśmy na spacery. Szłyśmy dystyngowanym krokiem, babcia i ja za rękę, chociaż byłam już nastolatką. Cały Sozopol można obejść w kilkanaście minut. Potem siedziałyśmy na balkonie i każda z nas robiła to, co lubiła. Ja przeważnie czytałam albo pisałam wiersze o swojej niespełnionej miłości do Angeła, babcia nuciła albo patrzyła w dal. Dzieciaków żadnych nie było. Po trzech dniach dostawałam świra i odliczałam dni do powrotu.

– Miałem z nim męską rozmowę – mruknął Dimityr. – Koljo jest dla mnie jak ojciec, mentor, opiekun... Jak trzeba, przyciśnie do piersi, jak trzeba, da w łeb albo pogrozi.

– Groził ci w związku z czym?

Popatrzył na mnie. Uśmiechnął się miękko, z miłością.

– W związku z tobą. Jak cię skrzywdzę, to mi szczękę pogruchocze.

– To chyba nie będzie konieczne? – Zatrzymałam się i zajrzałam mu głęboko w oczy.

– Nie, bo to ty pewnie skrzywdzisz mnie – powiedział cicho.

Zatrzymałam się gwałtownie. Figowce pachniały, słońce świeciło tak mocno, że kolory drzew i domów wyglądały na wyblakłe.

– Nie mów tak... Nie po wczorajszej nocy.

– Zostaniesz w Płowdiwie? – Uśmiechnął się lekko.

Wczoraj mu to obiecałam i wierzyłam święcie, że tak zrobię. Świecił księżyc, oplatały mnie jego ramiona. Dziś świeci słońce i stoimy naprzeciwko siebie, wdychając woń kwiatów i liści. Patrzyłam na niego poważnie. Twarz miał napiętą, wzrok utkwiony we mnie. Co mu zrobiłaś, Margarito? Czy jesteś pewna, że sobie z tym poradzisz? Że go nie opuścisz i nie zawiedziesz?

– Zostanę z tobą – przyrzekłam cicho, mrużąc oczy. Słońce mnie oślepiało. – W Płowdiwie, Sozopolu, Sofii, gdziekolwiek chcesz.

Odetchnął z ulgą. Wiedziałam, że zapyta mnie o to jeszcze wielokrotnie. Przy każdym zwrocie śledztwa, gorszym dniu, zaprzeczeniu dotyczącym innych spraw, dopóki mi bezgranicznie nie zaufa. Czy to wytrzymamy?

– Słuchaj. – Przybliżyłam się do niego. – Jesteś pewien, że mamy czego szukać na plebanii? Nedko bardzo dobrze się sprawił...

– Pewnie nie mamy, ale chciałbym tam zajrzeć – odparł, a potem uniósł twarz ku górze. Patrzył na słońce. – Kompletnie się rozsypałem. To, że jesteś... Z jednej strony jestem tak szczęśliwy, że nie mogę tego opisać. Ale dziś zbudziłem się i przeraziłem, że to był tylko sen. Wiele takich snów miałem w czasie ostatnich lat.

Chwyciłam go za brodę i ściągnęłam w dół. Uszkodziłby sobie wzrok. Słońce mocno świeciło. Objęłam go, nie przejmując się tym, że stoimy na ulicy i mijają nas ludzie.

– Ja się nie boję, że znikniesz – powiedziałam z naciskiem. – Nie teraz. Nie po wczorajszym dniu.

Objął mnie i mocno przycisnął do siebie. Poczułam jego brodę na czubku swojej głowy.

– A jaka jest ta druga strona? – spytałam.

– Nie teraz. Nie tutaj... – Pocałował mnie delikatnie. – Na drugą stronę przyjdzie czas...

Staliśmy przed plebanią. Ja twarzą w kierunku okien, dostrzegłam uchylającą się firankę.

– Chodź, ktoś nas zauważył. – Pociągnęłam Dimityra za rękę.

– Jest jeszcze trzecia strona – dodał. – Nie myślę. Głowę mam wypełnioną tobą, poza tym pustkę... Jana powinna odsunąć mnie od śledztwa, bo nie myślę.

– Bzdury. Chodź – zaśmiałam się.

*

Popadia była starszą panią ubraną w skromną szarą sukienkę. Nie nosiła żadnych ozdób, tylko złoty krzyżyk. Przedstawiliśmy się, przeprosiliśmy, że zakłócamy jej spokój. Zaprosiła nas do środka i poprowadziła na werandę. Pachniało tam oszałamiająco drzewkami cytrusowymi rosnącymi w wielkich donicach. Zostawiła nas podziwiających ten niezwykły ogród i zniknęła w domu.

– Nie wiem, w czym mogłabym państwu pomóc. – Postawiała na stoliku tacę z wodą w karafce, dwie szklanki oraz małe talerzyki z konfiturami figowymi. Od razu się poczęstowałam. Mistrzostwo świata. Pochwaliłam głośno.

– Kiedy przyjechaliśmy z mężem, było już dawno po pogrzebie tych nieszczęśników – dodała.

– Czy przesłuchiwała państwa policja? – spytał Dimityr.

– A czemu mieliby mnie przesłuchiwać? Albo mojego męża? – Popadia unosi ze zdumieniem brwi.

Faktycznie, dobre pytanie. Czego mogliby chcieć od kolejnego popa, skoro uznali śmierć Metodego za nieszczęśliwy wypadek. Ja bym ją przesłuchała za sam fakt bycia siostrą wspólnika Cwetana.

– Chcieliśmy jedynie się dowiedzieć, czy odziedziczyli państwo jakieś rzeczy po zmarłym tragicznie poprzedniku? – Dimityr także pochwalił konfitury i niezwykły widok roztaczający się z werandy.

Była starszą, steraną życiem kobietą. Wyglądała na umęczoną. Czemu? Przecież nie musiała nic specjalnie robić jako popadia, zapewne nie pracowała. Mogłaby chadzać na spacery, a nawet dyskretnie opalać się na plaży.

– Nic. Już mówiłam policji i wszystkim innym – odpowiedziała. Usiadła z nami i także wzięła konfitury.

– A kto pytał? – Wzięłam podsuniętą mi czekoladkę. To stary zwyczaj. Moja babcia zawsze miała w domu pudełko, otwierała je przy gościach i częstowała. Każdy brał jedną, potem pudełko wracało do lodówki w trosce o to, aby czekoladki się nie roztopiły.

– A, różni pytali – odpowiedziała. – Miejscowi zbieracze pamiątek, artyści szukający ikon do kopiowania, jakieś osoby z pomocy społecznej. Im chodziło o ubrania, ale z tego, co wiem, wszystko oddano. I z tutejszego muzeum, chodziło o książki...

– Jestem córką Ewy Mitkowej – powiedziałam nagle.

Kobieta okazała zdumienie. W pierwszej chwili nie mogła sobie przypomnieć, o kogo chodzi, potem jednak jej twarz rozjaśnił uśmiech.

– Ach tak, to ta sławna archeolożka, bardzo miła. Była tutaj, kiedy się sprowadziliśmy. Mój mąż nie wierzy, że na tej wyspie znaleźli kości Świętego Jana.

No tak. Próżno by szukać związku przyczynowo-skutkowego między tymi dwoma zdaniami.

– Odwiedzała nas wielokrotnie... – kontynuowała z ożywieniem. – Mąż oprowadzał ją po cerkwi. Bardzo się interesowała... Też pytała o biednego popa i o to, co po nim zostało. Pożyczyła mu ponoć jakieś manuskrypty czy książki i chciała je odzyskać. Dziwne, że przyszła tak późno. Dopiero potem jak przyjechał jego ojciec...

Popatrzyliśmy na siebie z Dimityrem. Musiała szukać tajemnej księgi w cerkwi. Pewnie przyszło jej do głowy, że Metody nie trzymał czegoś tak cennego w swoim pokoju. Ciekawe, czy znalazła...

– Mówi pani o ojcu tego popa?

– Tak. – Nieproszona nałożyła nam na talerzyki kolejną porcję konfitur. – Biedny człowiek. Oczywiście przyjechał na pogrzeb, ale zapewne z żalu nie myślał racjonalnie. Przyjechał, jak się tylko sprowadziliśmy, i prosił o pokazanie wszystkiego, co zostało. Powiedzieliśmy mu to, co twojej matce. Że nie zostało nic.

– Widzieli państwo kości Jana Chrzciciela? – spytałam.

Zaprzeczyła z niezadowoloną miną.

– Mnie się to nie podoba – przyznała nagle. – Rozmawiałam o tym z Petkiem. Ja rozumiem, że on bardzo chce. Że można by zrobić sanktuarium, ale czemu bazować na oszustwie?

Ciekawe, uważała, że własny brat jest oszustem.

– Czemu nie wierzy pani w autentyczność kości, skoro nawet ich pani nie widziała? – dociekał Dimityr.

Popadia popatrzyła na niego obrażona.

– Mój drogi – odpowiedziała po namyśle. – Gdyby to była prawdziwa relikwia, nie trzeba by tylu nacisków. Ponoć trzy sozopolskie parafie zgodziły się świadczyć na korzyść tych kości. Tylko my się opieramy.

– Dlaczego? – Teraz ja zadałam pytanie. – Autentyczność Całunu Turyńskiego także jest podawana w wątpliwość, ale nie przeszkadza to ludziom traktować płótna jak relikwię, obdarzać kultem, a nawet oficjalnie kwestionować wyniki badań naukowych.

Kobieta miała nieprzenikniony wyraz twarzy. Czyżby należała do osób niedających się przekonać żadnym argumentem?

– Nie ma w Biblii żadnej wzmianki, aby Jan Chrzciciel przebywał na tych terenach. Poza tym to oficjalne stanowisko władz prawosławnych. Kości nie są autentyczne. Tamci duchowni, kiedy to usłyszeli, wycofali poparcie. I ci panowie, co to tu chcieli biznesy na tym robić, musieli obejść się smakiem.

– Kogo konkretnego ma pani na myśli? – Dimityr wbił w nią wzrok.

– Pani powinna więcej o tym wiedzieć, bo to zdaje się przyjaciele rodziny.

Nie naciskaliśmy. Miałam wrażenie, że wiem, kogo ma na myśli.

– Mój brat... – Oblała się rumieńcem. – Jako dziecko był nicponiem. Wpędził do grobu naszą matkę, niech Bóg odpuści jej grzechy.

– Chyba nie naciska na panią w sprawie tych kości? – powiedziałam z oburzeniem.

– Rodzina powinna trzymać się razem – rzuciła i nie odwróciła wzroku.

Coś przyszło mi do głowy.

– Czy pani brat prosił panią o coś związanego z religijnym pokarmem? – spytałam niezręcznie, a Dimityr wpatrywał się we mnie z mieszaniną zdumienia i uwielbienia. – Zboże albo wino mszalne?

– Nie, ale mąż się skarżył, że zginęła mu butelka takiego wina... – Otworzyła szeroko oczy. – Myśleliśmy, że to dzieciaki albo ktoś dla żartu. Przecież to nie jest smaczne. Brat by tego nie zabrał. On pija piwo i rakiję.

Machnęłam ręką z lekceważeniem.

– Coś mi przyszło do głowy głupiego i tyle...

– Spytaj swojego, no... męża Ewy – powiedziała, a ja zamarłam. – On produkuje takie wino mszalne, praśne. Z tego, co wiem, sprzedaje je do różnych cerkwi. My zaopatrywaliśmy się u niego.

Spojrzeliśmy po sobie z Dimityrem.

– Czy jest pani zadowolona, że przyjechała tutaj? – spytałam jeszcze. – Wcześniej państwo pełniliście posługę w...?

– W Sofii. – W tonie jej głosu pobrzmiewało lekkie oburzenie. – Zesłano nas tu nagle, a nasza parafia dostała się w ręce młodego i niedoświadczonego popa. My opiekowaliśmy się trudnymi dzielnicami, prowadziliśmy działalność socjalną na szeroką skalę. Teraz szkoda mówić. I cerkiew... – Wzruszyła ramionami.

– To cerkiew Świętego Jerzego – wyjaśniłam cicho. – Została wzniesiona na ruinach bazyliki z pierwszego wieku. To miejsce pamięta czasy, kiedy chrześcijaństwo stawało się religią państwową. Trudno o coś bardziej odpowiedniego.

Popadia nie wydawała się przekonana.

– I ta miejscowość... – prychnęła. – Owszem jest tu pięknie, ale to letnisko, kurort. Przyjeżdżają ludzie i całymi nocami biegają po ulicach, krzyczą i śmiecą. Coś strasznego.

– Ja bym powiedział, że miasto jest romantyczne i czarujące. – Dimityr uśmiechnął się ujmująco do popadii, ta spojrzała na niego nieco życzliwiej. – Plaże są piękne, piaszczyste, klimat sprzyja artystom, stąd tylu tu malarzy i pisarzy.

– No... – Oparła się o krzesło. Obserwowałam uważnie mowę jej ciała. – Dużo tu malarzy. Ciągle tu coś malują. Do cerkwi przychodzą i piszą ikony. Potem je sprzedają. Biznes taki. Nic wspólnego z Bogiem. – Przeżegnała się trzy razy. – O pisarzach nie słyszałam.

Zebraliśmy się do wyjścia, uznałam, że nic ciekawego od niej już nie uzyskamy. Nieoczekiwanie popadia zmieniła temat.

– Mam syna w pana wieku. – Wskazała palcem na Dimityra. – Z biednym Metodym chodzili razem do seminarium.

Usiadłam z powrotem na krześle.

– Ach tak? – Dimityr wpatrywał się w kobietę z wielkim zainteresowaniem. – Czy syn nie otrzymał propozycji objęcia tej parafii?

– Syn jest w Watykanie – odpowiedziała sucho. – Przy samym papieżu, niech będzie żywy i zdrowy, bo to dobry człowiek. Czeka go wielka kariera. Wybrał drogę nieco inną niż my.

Wywnioskowałam, że ma na myśli syna, a nie papieża Franciszka. Widziałam, że Dimityr uniósł brew. Potem mu wyjaśnię, że syn nie objął parafii, nie wziął sobie żony, tylko będzie się piął w hierarchii kościelnej. Czy mógł coś wiedzieć na temat zaginionej księgi? Zanotowałam w pamięci, żeby do niego zadzwonić i zapytać.

– To pięknie – zapewnił ją gorliwie Dimityr. – Musi być pani dumna z syna.

Niechętnie pokręciła głową.

– Czy pani mąż mógłby nam coś jeszcze dodać? – spytałam. Tym razem wyraźnie pokiwała głową na „nie".

– Już mówiłam. – Wstała, dając nam do zrozumienia, że pora zakończyć wizytę. – Wszystkie przedmioty osobiste zabrała rodzina. Książki zostały, ale z tego, co wiem, znajdowały się tutaj, zanim Metody objął parafię. Taki dobry chłopak – rozczuliła się nagle. – Pamiętam go z czasów, kiedy mój Kirył studiował. Przychodził do nas do domu. Skromny jak mnich, pobożny, żona taka śliczna. Oboje nie żyją, niech Pan Bóg odpuści im winy, a mnie pozwoli zrozumieć, czemu się trzeba godzić z jego wolą.

– Dziękujemy. – Wstałam, a za mną Dimityr.

– Długo tu zabawicie? – spytała uprzejmie, odprowadzając nas do wyjścia.

– Skoro tu jesteśmy, trochę zabawimy. – Nie umiałam się powstrzymać. – Uwielbiam morze.

– Strasznie brudne – skrytykowała kobieta i zamknęła drzwi.

– To najstarsze miasto na wybrzeżu – powiedziałam z oburzeniem, kiedy szliśmy wąskimi, kamiennymi uliczkami. – Pierwsza wzmianka o nim pochodzi z epoki brązu. Okoliczne wody pełne są kotwic i szczątków statków sprzed dwóch, trzech tysięcy lat. Kotwica jest zresztą na monetach z szóstego wieku przed naszą erą. To symbol miasta – rozkręciłam się. – To dowodzi, z czego żyły te tereny i na jakim poziomie cywilizacyjnym. Zresztą jeden z dowodów na to, że już wtedy pływano. Ludzie handlowali, wymieniali się towarami...

– Cóż poradzisz, kiedy tej pani to nie pasuje. Woli Sofię.

– Nazywanie Sozopola „tylko kurortem" to jak mówienie, że Rzym jest pełen pomazanych ścian albo że budowle w Egipcie są obtłuczone.

Objął mnie ramieniem i zajrzał w oczy. Uspokoiłam się nieco.

– Oprócz tego, że Metody pracował w świątyni zbudowanej na ruinach rzymskich z pierwszego wieku, jakie mamy tu związki z chrześcijaństwem albo tymi bogomiłami?

Wzruszyłam ramionami. Sama nie wiem. Matka pewnie od razu by znalazła głębokie i jednoznaczne związki.

– Miasto zostało skolonizowane przez Milezyjczyków. Nazwali je Antheia, nazwę wkrótce zmieniono na Apollonia. Ta z kolei wzięła się od tego, że na wyspie stał posąg Apollina – myślałam głośno.

– Na wyspie? – zdziwił się Dimityr.

– Tak. Sozopol był wyspą. Już nie pamiętam, kto kazał wybudować groblę. Za to posąg polecił przenieść do Rzymu Lukullus.

– To musiał być wspaniały posąg, skoro mu się tak podobał – przekomarzał się.

– Kolos... – uśmiechnęłam się. – Nie gorszy od Rodyjskiego.

Słońce przypiekało. Popatrzyłam na zegarek. Po pierwszej. Powinniśmy coś zjeść.

– Pytałem o te powiązania chrześcijańskie...

– To jedno z pierwszych miast, które stały się chrześcijańskie. – Zapomniałam o jedzeniu i znów wskoczyłam na „fachowe" tory. – Pierwszy biskup pojawił się na początku piątego wieku i to był, uważaj, biskup katolicki. Dopiero w czternastym wieku pojawiły się wyraźne wzmianki o biskupach prawosławnych. Chodź. – Pociągnęłam go za rękę. – Wejdziemy.

Weszliśmy do jednej z sozopolskich galeryjek, gdzie lokalni artyści wystawiają swoje prace. Przyglądaliśmy się pięknym ceramicznym rzeźbom przedstawiającym zwierzęta, słońce, drzewa, liczne obrazki z widokami morza i Sozopola, wreszcie krzyże prawosławne i ikony. Nie dociekałam, czy to przypadkiem nie jest jedna z tych galerii Momcziła albo Petyra. Powinnam powiedzieć Dimityrowi o tym, że jestem z pierwszym z nich umówiona na wieczór, ale odsuwam to na później. Miałam przeczucie, że nie będzie zachwycony. Kupiłam żółty ozdobny kafelek z wizerunkiem uśmiechniętego słońca.

– Zastanawiałaś się nad tym? Niezręcznie pytać cię o to, ale...

Serce mi biło, bo myślałam o Momczile i o tym, dokąd zamierza zabrać mnie wieczorem.

– Nie chcę, żeby między nami było jakieś „niezręcznie" – odpowiedziałam. – O co ci chodzi?

– O rolę Ewy w tym wszystkim.

Owszem, analizowałam, dlaczego moja matka przeszukiwała cerkiew, chociaż to wydaje się oczywiste.

– Będzie trzeba ją o to zapytać... – Dimityr zapłacił za drugi kafelek, bliźniaczy do mojego, przedstawiający księżyc i gwiazdy. – I Kruma o tamto włamanie.

Wyszliśmy wprost na oślepiające słońce. Zatrzymałam się przed wejściem i zdjęłam ciemne okulary, schowałam je do torebki. Objęłam go ramionami. Dotknął czołem mojego czoła. Skorzystałam z okazji i szybko wyznałam, że zamierzam wieczorem spotkać się z Momcziłem. O dziwo, nie potraktował tego osobiście. Byłam nawet nieco rozczarowana. Spodziewałam się sceny zazdrości.

– Nie puściłbym cię, ale wydaje mi się, że ten gość nic ci nie zrobi.

Jednak był zazdrosny, widziałam to po napiętej linii szczęki.

– Może coś z niego wyciągnę? – Bardzo chciałam zaimponować Dimityrowi i całej reszcie.

– Moim zdaniem nic nie wyciągniesz, bo jeśli on ma coś za uszami, to na pewno nie będzie się zwierzał tobie.

Jeszcze zobaczymy.

– Nie wyobrażaj sobie, Gitko, że jesteś dziewczyną Bonda – dodał i wskazał palcem smażalnię ryb, gdzie wśród tłumu dostrzegliśmy wolny stolik. Po chwili sączyliśmy już piwo i czekali na zamówienie.

– Nie wyobrażam sobie, bo nie jesteś Bondem. – Moje piwo jest z sokiem malinowym. Kiedy upijałam łyk, Dimityr posłał mi zdumione spojrzenie.

Kelnerka przyniosła Dimityrowi cacę, a mnie makrelę. Do tego bułgarskie frytki i dwie szkopskie sałaty. Uwielbiam tutejsze frytki. Nie mają nic wspólnego z polskimi mrożonkami, podobnie ryby. Wiadomo że zostały złowione świtem przez właściciela albo jego pracowników, względnie kupione na przystani prosto z kutra. Były wyśmienite. Musiały smakować Przemysławowi Tarkowskiemu. Jadł makrelę na ostatni posiłek.

– Jesteś od niego przystojniejszy – dokończyłam. – Od Bonda i od Momcziła.

– Nedko i Milena spróbują być blisko ciebie. Ja nie mogę, bo ten gość mnie zna. Mimo wszystko uważaj... – Pochylił się nad swoim daniem. Minę miał zafrasowaną.

A może miał na myśli to, że ja sobie nie radzę z mężczyznami? Chce przywołać historię z Angełem. Margarito, nie pozwól traktować się protekcjonalnie.

– Nie potrzebuję nianiek – oceniłam zimno. – Wiem, że pamiętasz, jak wtedy było, ale to inna sytuacja. Nie będziesz musiał mnie ratować. I nie próbuj kontrolować.

– Nie mówię o ratowaniu i nie próbuję kontrolować. Gitka, czemu tak do mnie mówisz? – Spojrzał zdumiony.

Ależ z ciebie kretynka, Margarito. Po co się na niego rzucasz? Przeproś go i bądź profesjonalistką.

– Ma po mnie przyjechać – powiedziałam łagodniejszym tonem. – Nie wiem, dokąd pójdziemy. Pewnie do jego restauracji.

Spróbuję popytać o różne sprawy związane z Sozopolem. Może coś mu się wymsknie. W porządku?

Pokiwał głową. Czyli nie w porządku, ale da radę.

– A co ty będziesz robił w tym czasie?

Uśmiechnął się, ale widzę, że był jeszcze nieco urażony.

– Spróbuję poznać twoją rodzinę. Może to będzie kiedyś moja rodzina. Pogadam z twoją matką o Płowdiwie, o tym, jak tam kiedyś było, a jak jest teraz... Może nakieruję temat na Metodego, a twoja matka opowie mi wyczerpująco, czego szukała w cerkwi i czy to znalazła. A potem wybiorę się na spacer z nastolatkami i przypomnę sobie, jak miałem tyle lat co oni i chciałem zaimponować dziewczynie, w której się beznadziejnie kochałem. Dobre plany?

Ależ ty głupia jesteś, Margarito. Nie zasługujesz na kogoś takiego jak Dimityr. Nie spieprz sprawy, błagam cię.

Siódmy dzień żydowskiego święta Paschy, koniec miesiąca nisan. Opuściliśmy gościnne zielone Jerycho. Do Jerozolimy wraz z nami ciągnie morze wiernych. Mieszamy się z tłumem. Nauczyciel nawykły do odosobnienia i samotny nawet wśród nas widać źle się czuje popychany przez mijających nas wiernych.

– Powinniśmy znaleźć się w Jerozolimie przed nimi albo przemówić do nich – zauważa. – Oby ta tłuszcza nie stratowała Pana.

– To wszystko bogobojni Żydzi, Nauczycielu – powiedziałem.

– Nie trzeba im wskazywać drogi – dodał Długi Marek. – Zobacz, wielu z nich idzie, powtarzając głośno modlitwę.

Nauczyciel milczał przez chwilę.

– Pan mówił o pozorach. Nie dajcie się zwieść. Szatan czyha wszędzie.

Trudno zrozumieć, czemu mówi o Złym, kiedy zewsząd dochodzą głosy modlitw.

– Jeśli czai się tu co złego, zniknie, kiedy tylko złożymy ofiarę w Jerozolimie. – Samuel uchylił się przed grupą pielgrzymów ciągnących barana na sznurku.

– Nie idziemy tam, aby złożyć ofiarę. Nie mamy nawet zwierzęcia ofiarnego...

Minęła nas kobieta niosąca w rękach koźlę beczące żałośnie.

– Muszę mu dać wody – powiedziała. – Inaczej zdechnie...

– Mało jest jej dla nas, a co dopiero dla zwierzęcia. – Jej mąż spojrzał na nią nieprzychylnym wzrokiem.

Nauczyciel uniósł swój bukłak.

– Proszę, dobrzy ludzie, napijcie się.

Mężczyzna podszedł i niepewnie wziął wodę. Chciałem zaprotestować. Wspinaliśmy się wysoką ścieżką. Od dwóch dni nie widzieliśmy świeżej słodkiej wody. Oszczędzaliśmy, jak tylko się dało. Czemu Nauczyciel chciał oddać naszą wodę obcym ludziom? Mężczyzna pił łapczywie, starał się nie uronić ani kropli. Poczułem skurcz suchego gardła. Po nim bukłak przejęła jego żona i także wpiła w niego usta. Później wpatrzyła się w Nauczyciela. Ten zachęcił ją gestem i kobieta dała wodę zwierzęciu. Koziołek uspokoił się, wypił podaną wodę. Koło kobiety stała smutna dziewczynka.

– Koźlę poisz, a o dziecku zapominasz – napomniał ją Abiasz.

– To nie moje dziecko – usprawiedliwiła się.

Byłem oburzony. Szła do Jerozolimy z modlitwą na ustach, a nie widziała nic poza czubkiem własnego nosa. Miał rację Nauczyciel. Modły to jeszcze nie wiara. Ofiary to jeszcze nie chwalenie Pana.

– Niech się napije – zachęcił Nauczyciel.

Dziewczynka piła zachłannie, strużki wody ściekały jej po brodzie. Napojona, rzuciła nam bukłak i uciekła w tłum. Złapałem bukłak w locie. Dostrzegłem zachętę ze strony Nauczyciela i też wziąłem potężny łyk, po nim następne, aż żołądek mi zaciążył. Woda była zimna, miała cudowny smak. Podałem bukłak po kolei wszystkim moim towarzyszom. Potem trafił między ludzi. Widziałem, jak dziesiątki, może setki piją, ocierają usta i wznoszą oczy ku niebu w dziękczynnej modlitwie.

– Rozmnożyłeś wodę, Nauczycielu – zauważył ze spokojem Izrael.

– Nie. Uczynił to Jezus. Jesteśmy już blisko.

Nasz krok stał się żwawszy.

– Dlaczego nie rozmnożyłeś wody wcześniej? – spytał Samuel. – O mało nie postradaliśmy życia na pustyni. Czy nasze życie nic dla ciebie nie znaczy? Trzeba było umierającego koźlęcia ofiarnego, abyś dokonał cudu?

To niesprawiedliwe wobec Nauczyciela. On nie dokonuje cudów siłą woli ani nawet wiary. Staje się tak niejako mimochodem, trudno stwierdzić za jaką przyczyną. Wierzę, że Nauczyciel jest tylko narzędziem w rękach Boga.

Wieczorem, kiedy odpoczywaliśmy, podeszła do nas tamta dziewczynka, której daliśmy pić, i wskazała nas palcami.

– Oni – powiedział i skierowała wzrok na Nauczyciela. – On. Jej ojciec i matka padają na kolana.

– Mesjaszu, bądź pozdrowiony... – Kłaniają się Nauczycielowi.

– Nie jestem Mesjaszem. Odejdźcie – odezwał się Jan Chrzciciel.

– Tamto naczynie jest już puste. Daj nam inne, pełne wody... – poprosił ojciec dziewczynki.

Cud się skończył, a dobrzy ludzie przyszli po kolejny.

– Oddałem wam wszystko. Nie mam już wody i nie mam naczynia, aby ją zebrać.

– Widzieliśmy – upierał się mężczyzna. – Wypito dziesięciokroć więcej wody, niż mogło się pomieścić w bukłaku. Prorocy mówili, że Mesjasz rozmnoży cudownie chleb.

– Tak czynił Jezus z Nazaretu – zgodził się Nauczyciel. – Rozmnożył chleb i rybę, żeby nakarmić ludzi. Byłem przy tym. Ja nie mam mocy, aby rozmnożyć wodę. Odejdź, człowieku.

Kobieta szarpała męża za rękaw. Odeszli i zabrali ze sobą dziecko. Potem podchodzili do nas ludzie, których napoiliśmy jako pierwszych. Zapraszali na wieczerzę. Zabili koziołka.

– To miało być wasze zwierzę ofiarne. Czemu to zrobiliście? – spytał Nauczyciel.

– Jesteś Mesjaszem, panie. Tobie złożymy ofiarę.

– Nie jestem Mesjaszem. – Nauczyciel pokręcił głową niezadowolony. – Odejdźcie. Nie możecie składać ofiar człowiekowi. Nie jesteście poganami. Zjedzcie to zwierzę w pokoju, w Jerozolimie zaś złóżcie inną ofiarę.

Nie chcieli odejść, a my byliśmy bardzo głodni. Zaczęliśmy błagać Nauczyciela, aby pozwolił nam się posilić. Zezwolił. Sam nie chciał iść.

– Błagam cię, panie. – Kobieta padła na kolana. – Jeśli dotkniesz mięsa swoimi rękami, ono też się rozmnoży tak jak woda.

Patrzyliśmy wyczekująco. Nauczyciel protestował, ale szedł z nami, gdzie czekali liczni kuzyni owej rodziny. Upieczone koźlę było małe. Nie starczyłoby dla dwóch tuzinów ludzi. Każdy z nas spożył po niewielkim kęsie. Nauczyciel modlił się przed posiłkiem, przyjął swoją część, ale nie doszło do cudu. Rodzina była rozczarowana.

– Może ty nie jesteś Mesjaszem... – zwątpił mężczyzna ogryzający kość.

Nauczyciel bez słowa odszedł do odosobnionego miejsca, aby się modlić. My też odeszliśmy. Rodzina była wyraźnie niezadowolona, że podzieliła się z nami mięsem.

– Powinniśmy poprosić Mistrza, aby wygłosił kazanie dla tych ludzi – zauważyłem, kiedy szykowaliśmy się do snu.

– Prosiłem – oznajmił Matias. – Eliasz i Izrael także. Nawet nam nie odpowiedział.

Mrowie ludzi zasnęło wśród rozgwieżdżonego nieba. Modliłem się do Boga, abyśmy zrozumieli, czego od nas oczekuje. Nikt bowiem nie ma wątpliwości co do jednego – nadchodzi czas próby.

*

Minęliśmy Betanię. Ponoć zaledwie kilka dni wcześniej był tu Jezus z Nazaretu z uczniami. Taką wiadomość przyniósł nam Luka, który ma w wiosce krewnych.

– Gościł u swoich przyjaciół – zdał nam relację. – Łazarza, Marii i Marty... Sześć dni i sześć nocy. Nauczał i błogosławił. Łazarz został przez Jezusa wskrzeszony. Wielu dało takie świadectwo. Nauczyciel także nam o tym mówił.

– Jeśli któryś z was wątpi, że Syn Boży wskrzesił tego człowieka, niech się uda do jego przyjaciół... – powiedział.

Kryliśmy się przed ludźmi w odosobnieniu, na prośbę Jana, ponieważ nie chciał, aby różni ludzie nagabywali go i prosili o chleb. Mimo to ciągle ktoś do nas podchodził, padał na kolana i albo chwalił Pana, albo prosił o jedzenie lub pieniądze.

– Żaden z nas nie wątpi – zapewniłem go. – Nauczycielu, nigdy nie zaprzemy się nauki Pana.

Poszliśmy pokłonić się Łazarzowi oraz jego siostrom, tak jak nakazał nam Nauczyciel. Początkowo nie chcieli nas przyjąć, ale Nauczyciel wystąpił, Maria go poznała i zaprosiła nas do środka.

– Jezus mówił o niezwykłym poruszeniu... – powiedział Łazarz. – Prosił, abyśmy nie opuszczali wioski i nie szli za nim do Jerozolimy.

– Dlaczego? – spytałem.

Łazarz miał na rękach wyraźne, chociaż zabliźnione ślady. Czy to blizny spowodowane rozkładem.

– Jezus Chrystus mówił o zburzeniu Jerozolimy... – wyszeptał. Jego siostry pochyliły głowy w modlitwie.

– Nauczycielu? – zwróciliśmy się do Mistrza.

– Czy mówił o tym także w czasie kazań? – spytał Nauczyciel.

– Mówił o tym do ludzi. – Marta pochyliła głowę. – Błagaliśmy, aby tego nie robił.

– Ludzie pragną wolności, lecz nie umieją o nią walczyć – dodała Maria. – Wierzą, że wolność dokona się za sprawą Jezusa.

– Nauczycielu? – Ponownie skierowaliśmy wzrok ku Janowi.

– Ja sam nie rozumiem tego, co ma nastąpić – odrzekł. – Wiem tylko, że nie o takiej wolności mówi.

– Jeśli rozgniewa tłum, a faryzeusze powiedzą, że starał się zburzyć świątynię lub w inny sposób podżegał do zamieszek, to będzie...

– Co na to jego uczniowie? – wtrąciłem.

– Pozostała ich jedynie garstka. – Łazarz bezradnie rozłożył ręce. – Wielu nie wytrzymało trudów wędrówki, innych posłał w świat i pouczył, o czym mają mówić. Podobnie jak my, nie rozumieją jego dzieła.

– Czy prawdą jest, że byłeś martwy i Pan cię wskrzesił? – odważyłem się spytać.

Moje pytanie nie spotkało się ze zrozumieniem ze strony moich braci. Zaczęli czynić mi wymówki, ale Nauczyciel ich powstrzymał.

– Jezus dawał świadectwo. Także i tym czynem. Chciał, aby wierni o tym wiedzieli. Opowiedz, Łazarzu, albo ty, Marto.

– Okazał nam boską moc. My też nie wierzyłyśmy, że coś takiego jest możliwe – powiedziała Marta. – Nasz brat skonał na naszych rękach. A Jezus...

– Widziałeś Jahwe? – zdziwiłem się.

– Nie widziałem. – Łazarz pokręcił przecząco głową. – Nie pamiętam też chwili śmierci. Byłem chory i pogodziłem się z tym, że odchodzę, modliłem się. Pamiętam moje płaczące siostry, nic więcej. Potem ktoś powtarzał moje imię. Otworzyłem oczy i jestem...

– Wiem, co powiecie. – Marta miała łzy w oczach. – Że Łazarz nie umarł naprawdę.

Zaczęliśmy zaprzeczać.

– Otworzyła się moja skóra pod całunem i zalęgły się w niej robaki. Ciało zatruła śmierć. Skóra długo odpadała ze mnie płatami, niczym z trędowatego. Teraz mam jedynie niewielkie blizny i żyję.

Modliliśmy się wspólnie z Łazarzem i jego siostrami. Potem na prośbę Nauczyciela poszliśmy do Jerozolimy pod osłoną nocy. Wydostaliśmy się z domu Łazarza tylnym wejściem za wielką palmą daktylową, żegnani błogosławieństwem gospodarzy.

– Zostańcie u nas – poprosiła Marta. – Kto wie, jakie dzieło zniszczenia ma się dokonać w Jerozolimie podczas kolejnej Paschy.

– Musimy być świadkami. – Nauczyciel nie uległ prośbom.

Przed frontową bramą domu czekały trzy tuziny ludzi, domagając się, aby wyszedł do nich Mesjasz.

– Wiemy, że tam jest! – krzyczeli.

– Rozejdźcie się ludzie – uspokajał wzburzonych Łazarz. – Jezus z Nazaretu dawno opuścił ten dom. Jest w Jerozolimie. Tam go szukajcie.

Nad ranem staliśmy u wrót miasta.

*

Nie spotkaliśmy Pana, chociaż wszędzie dało się odczuć jego obecność.

– Był tu – mówił z przejęciem jeden z pielgrzymów. – Uzdrawiał chorych, przywrócił wzrok córeczce mojego kuzyna. Chwalmy Pana!

Grupka ubogich wznosiła oczy ku niebu.

– Wjechał na oślicy do miasta. Ludzie rzucali mu swoje szaty, aby kopyta zwierzęcia nie brudziły się o jerozolimskie aleje.

– Tłum krzyczał i wiwatował – dodał wysoki mężczyzna z barankiem ofiarnym pod pachami.

– Rzucaliśmy liście palmowe – wtrąciła kobieta we wdowich szatach. – Kiedy wróciłam do domu, zobaczyłam, że ktoś przyniósł mi chleb, wino i zwierzę ofiarne.

– To Zbawiciel – potwierdzali wszyscy. – Uwolni nas spod rzymskiego jarzma.

Nauczyciel unosił rękę ku górze raz za razem i uspokajał rozentuzjazmowanych oraz nasycał nadzieją wątpiących.

– Gdzie Mesjasz jest teraz? – pytaliśmy.

– Naucza w świątyni... – mówili jedni.

– Odpoczywa w domu swoich przyjaciół – dodawali drudzy.

– Rozmawia z uczonymi w piśmie – szeptali kolejni. – Jerozolima będzie znów wolna.

– Jest wszędzie – pisnęła dziewczynka bliźniaczo podobna do tej, którą napoiliśmy na górze. – Pan nasz, Jezus Chrystus, jest wszędzie!

– Poczekaj! – krzyknąłem na nią, ale wmicszała się w tłum i straciłem ją z oczu.

W świątyni zastaliśmy poruszenie. Stoły, na których handlowano, leżały poprzewracane, zwierzęta ofiarne biegały między nimi. W kopułę świątyni uderzały skrzydła gołębi. Zewsząd dochodził wrzask pokrzywdzonych handlarzy.

– Imię jego niech będzie przeklęte! – wrzeszczał tłusty kupiec. Daremnie usiłował złapać biegające po dziedzińcu baranki.

– Niech zaraza spadnie na jego rodzinę! – wrzeszczał właściciel gołębi.

– Czemu oni złorzeczą Jezusowi? – pytaliśmy zgromadzonych.

Lichy człowieczek stanął obok nas i wysyczał przez zaciśnięte zęby.

– Poprzewracał stoły i zniszczył ich dobytek. Powiedział: „Dom mój będzie nazwany domem modlitwy, a wy czynicie z niego jaskinię zbójców"... Oj, niedobrze uczynił, niedobrze.

– Chcemy usłyszeć jego nauki. – Gabriel złapał człowieczka za rękę. – Gdzie możemy go znaleźć?

– Niedobrze, czcigodni panowie, niedobrze. Kapłani źli bardzo. Nie ukorzył się przed nimi, kazał, by to jemu się kłaniano.

Wielki pan. Położył rękę na moim czole i guz, który miałem od dzieciństwa, zniknął. Matka moja łzami się zalewa i modli się gorliwie, modli się...

Niewiele rozumieliśmy z tej mętnej przemowy. Krzyki pokrzywdzonych handlarzy i złorzeczenia mieszały się z modlitwą wiernych.

– Moja matka kazała mi wrócić i ostrzec Mesjasza... – dodał jeszcze. – Moja matka żebrze przed kościołem wschodnim i słyszy, co mówią, słyszy...

– Co ci matka mówiła? – dociekał Nauczyciel.

– Niech on ucieka – wyznał nieszczęśnik, trzęsąc się ze strachu. – Jeden z jego zwolenników go wyda. Kapłanom nie podoba się, że tłumy za nim idą. Nie podoba się uzdrawianie. Mówią, że podżega do wojny.

– Jezus nie podżega do wojny – zaprotestował Sariusz.

Mężczyzna ogląda się trwożnie na boki.

– Sam słyszałem, jak mówił, że zburzy świątynię i odbuduje ją w ciągu trzech dni. Kapłani twierdzą, że budowano ją sto lat i żaden człowiek jej nie odbuduje. Jezus głosił, że tego dokona. Potem mówił o zrównaniu z ziemią całej Jerozolimy. Kamień na kamieniu nie zostanie, bo to jest rzymskie miasto. Musi wrócić do Żydów, w przeciwnym razie Bóg zniszczy je podobnie jak Sodomę i Gomorę.

Patrzyliśmy na nieszczęśnika coraz bardziej przerażeni.

– Przeznaczenie się dopełnia – wyszeptał Krótki Marek. – Miałeś rację, Nauczycielu. Tylko my możemy uratować Pana.

– Niech uchodzi stąd! – Człowieczek odbiegł na kilka kroków. Oddzielał nas napływający do świątyni tłum.

– Jeśli go kochacie, zabierzcie go stąd. Już go zdradzono!

– Co mamy robić, Nauczycielu?

Nauczyciel nie odpowiadał.

– Dobry człowieku – zwrócił się do jednego z lamentujących nad zniszczonym straganem kupców. – Czemu płaczesz i złorzeczysz Panu? Handlujesz w jego świątyni, czytasz pisma święte.

Człowiek spojrzał na nas z nienawiścią na twarzy.

– Zaczynam handlować piętnastego adar – wycedził. – Właśnie przeniosłem się do świątyni. Prawo tego nie zabrania. Chcę wykarmić swoją rodzinę. Mam kilkoro głodnych dzieci i niedomagającą żonę. Jestem bogobojnym Żydem. Muszę uiścić podatek świątynny w tutejszej walucie. Jak mam to teraz uczynić? Moje zwierzęta pouciekały, rozsypane pieniądze wyzbierali żebracy i ci, którzy wcale nie umierają z głodu.

– Zabraniacie ludziom przynoszenia własnych zwierząt ofiarnych. – Twarz Nauczyciela była zacięta. – Muszą je kupować od was. Bywa, że odkładają pieniądze cały rok, że własnym dzieciom odejmują od ust.

– Nie muszą kupować. Mogą przynieść własne i wnieść opłatę.

Dobrze wiedzieliśmy, że chciwi kupcy za pozwoleniem kapłanów ograbiali ubogich. Kazali płacić za własne zwierzęta ofiarne, celowo je czasami odrzucając, aby zdesperowani Żydzi, którzy wędrowali tygodniami, pozostali bez ofiary do złożenia.

– Dobrzy ludzie, uciszcie się! – krzyknął Jan. – Nie godzi się na powrót stawiać stołów lichwiarzy! Pozbierajcie monety i przeznaczcie je dla najbiedniejszych, a dzieło Zbawienia stanie się i waszym dziełem!

Przez tłum przecisnął się arcykapłan. Tłum umilkł na jego widok.

– To Annasz. – Dobiegły do nas szepty. – Wielki kapłan. Właściciel świątynnych straganów.

– Czy to prawda, że dzieła zniszczenia i bluźnierstwa Bogu dokonał człowiek zwany Jezusem z Nazaretu?

Nagle zaległa cisza. Modliłem się, aby Nauczyciel nie wdał się z tym człowiekiem w dyskusję. To by mogło oznaczać dla nas więzienie.

– Wiemy, w której gospodzie zatrzymał się Jezus. – Usłyszałem cichy głos Ezdrasza. – Tamci ludzie donieśli mi o tym, bo widzą, że go szczerze chwalimy. Chodźmy tam.

Nauczyciel chciał coś powiedzieć, ale błagalny wzrok mój i moich towarzyszy sprawił, że się powstrzymał.

– Chodźmy tam – zgodził się.

Zniknęliśmy w tłumie.

*

Nie było Chrystusa w gospodzie, o której mówili ludzie. Karczmarz nic nie słyszał o człowieku czyniącym cuda. Wziął nas za rzymskich szpiegów.

– Płacę podatki – powiedział, wyjmując beczki z wozu. – Jestem dobrym Żydem.

– Czy możemy przenocować w twoich pokojach? – spytał Nauczyciel.

Karczmarz wymienił cenę. Nie mieliśmy pieniędzy.

– Zapłacimy modlitwą, błogosławieństwem twojego domu – odezwał się Ezdrasz. – Albo pozostawimy ci wyprawione skóry jaszczurek.

Pokazał pęk skór, ale gospodarz nie zmienił zdania. Jego twarz wykrzywiła złość.

– Precz, bo psami poszczuję...

– Jestem myśliwym – spróbował Sariusz. – Mogę nałapać dzikich królików, skoro nie chcesz skór jaszczurek.

– Precz, powiedziałem!

– Pozwól nam spać chociażby w oborze razem ze zwierzętami – poprosił Nauczyciel i uniósł dłoń.

Gospodarz był wściekły. Kiwnął głową na jednego ze swoich pracowników. Ten zawołał kolejnego i podeszli do nas we trzech.

– Darmozjady – syczał. – Żebracy, co nie umieją żyć z pracy własnych rąk. Plenicie się niczym robactwo, plagi egipskie...

Nauczyciel skłonił się mężczyznom i dał znak, abyśmy odeszli.

– Odejdziemy zatem. Pozostańcie w spokoju, dobrzy ludzie. Spaliśmy na przedmieściach miasta w opuszczonej stodole. Bukłak, który nam pozostał, był pusty, Sariuszowi udało się wybłagać dwie kobiety idące ulicą, aby zaprowadziły go do siebie na podwórze i pozwoliły zaczerpnąć wody ze studni. Byliśmy głodni i spragnieni.

Rano znów udaliśmy się do świątyni. Stoły były uprzątnięte, tylko na tych z szarfami kapłana Annasza kupcy znów sprzedawali zwierzęta ofiarne. Ceny były tak wysokie, że biedacy z jękiem odchodzili na bok, złorzecząc, że Bóg odwróci się od nich, ponieważ nie będą w stanie złożyć ofiary.

– Dla Boga ofiary nie są ważne. – Chodziliśmy między nimi, powtarzając te słowa. – Módlcie się, nie zabijajcie zwierząt. Módlcie się do Boga i czyńcie dobrze innym. Nie wykorzystujcie ubogich, nie zasmucajcie bardziej nieszczęśliwych, czyńcie dobro, gdzie tylko możecie.

Znów nas przepędzali słudzy kapłana.

– Kim jesteś? – spytał Nauczyciela sam arcykapłan Annasz. – Ty jesteś jednym z nich?

– Nie jestem apostołem, jeśli o to pytasz – odparł Jan z godnością. – Jestem tym, który idzie przed Panem, aby przygotować ludzi na Jego przyjście.

– Jesteś jego sprzymierzeńcem czy moim? – powiedział, śmiejąc się, Annasz. – Przewrócisz moje stoły czy kupisz ode mnie gołębia niosącego pokój?

Był tłusty, oddychał z wysiłkiem, siwą brodę miał splecioną w kunsztowne warkocze. Nosił bogate szaty. Idąc schodami świątyni, strącał drogim butem biedaków żebrzących u jej wrót.

– Jestem sprzymierzeńcem ubogich...

– Wiem, kim jesteś. Zwą cię Chrzcicielem, bo każesz ludziom zanurzać się w wodzie i w ten sposób dajesz im nową wiarę. Zaprzeczają naszym prorokom, mówią, że Jezus z Nazaretu jest Zbawicielem.

– Chrzczę w imię Boże – odpowiedział Nauczyciel.

Annasz był wyraźnie zły.

– Twój Jezus był tu dziś znowu. Pytałem, mocą jakiej władzy wyrzuca handlujących. Nie odpowiedział, tylko spytał, skąd pochodzi wiara i sakrament chrztu. Z nieba czy od ludzi...

– Mówił o tobie, Nauczycielu – potwierdził Eliasz.

– Tak, mówił o tobie. Że tu jesteś i zjednoczysz się z nim niedługo. Oby pod rzymskim batem!

Nauczyciel nie wydawał się przestraszony.

– Co rzekliście Jezusowi? – dociekał.

– Jedni mówili, że z nieba, a on wtedy spytał, czemuście nie uwierzyli? Inni powiedzieli, że od ludzi, na to on: „Bójcie się Jana proroka, on tu jest i czeka na mnie".

– A ci niepewni? – wtrącił Abiasz.

– Oni mówili, że nie wiedzą. Wtedy Jezus rzekł, że nie powie im zatem, mocą jakiej władzy czyni to, co czyni.

Patrzyliśmy jeden na drugiego. Nastroje w świątyni poprawiły się od poprzedniego dnia zapewne za sprawą potrojonej straży. Gdzie przebywa Jezus z Nazaretu? Dla niego tu przyszliśmy.

– Czy masz wiedzę, panie, gdzie jest Jezus z Nazaretu? – spytał Annasz.

Nauczyciel pokręcił przecząco głową.

– Zatem jeśli go odnajdziesz, Janie, zwany Prorokiem, wskaż nam miejsce jego pobytu. Rzymianie wyznaczyli za niego nagrodę, nie chcemy z nimi sporów.

Odchodzimy stamtąd coraz bardziej zaniepokojeni.

– Co mamy robić, Nauczycielu? – spytaliśmy bezradnie.

– Musimy znaleźć naszego Pana i zmusić go, aby opuścił Jerozolimę.

*

Wreszcie go zobaczyłem. Jest zwyczajny, ale bije od niego siła.

– Bądź pozdrowiony, Panie. – Schyliliśmy głowy, a on przywitał się z Janem i kiwnął na nas ręką.

Byliśmy na Górze Oliwnej. Mesjasz siedział z Piotrem, Janem, Jakubem oraz Andrzejem. Pozostali jego towarzysze odeszli. Nie chciał mówić o nich, chociaż pytaliśmy, gdzie są.

– Musisz uciekać Mistrzu – powiedział Jan.

Andrzej zerwał się. Był silny. Mógłby obronić Mesjasza, gdyby groziło mu niebezpieczeństwo.

– Tak też mówię Jezusowi, ale on nie chce słuchać. Mówi, że przemawia przeze mnie Szatan. – Padł na kolana przed Jezusem.

Jezus patrzył na niego i się uśmiechał. Położył rękę na jego głowie i poprosił, aby wstał.

– To, co będzie moim udziałem, musi nadejść.

– Panie. – Wystąpiłem do przodu. – Mówiono nam, że oskarżałeś faryzeuszy w świątyni, że kapłani chcą cię wydać Rzymianom.

Czy dla niego porzuciłem Rebekę i Miriam? To dziwny człowiek. Wydawał się nieobecny, ale przecież rozmawiał z nami. Nie umiałem tego wyjaśnić. Ponownie powtórzył mi, że Bóg określa, co stanie się jego udziałem.

– Panie. – Abiasz zabrał głos. – Jeśli Rzymianie cię uwiężą, jak dokonasz dzieła zbawienia?

– Rzymianie byliby łaskawsi niż Żydzi – odezwał się apostoł zwany Piotrem. Siedzący obok młody i piękny mężczyzna patrzył to na niego, to na Jezusa.

– Jeśli dowiedzą się, że chcesz uwolnić Żydów z ich jarzma...
– Złożył ręce jak do modlitwy.

– Jeśli Żydzi mają cię sądzić...

Przypomniałem sobie, co mówił Annasz w świątyni, i powtórzyłem to Jezusowi. Moi towarzysze wspierali mnie, podobnie jak uczniowie Jezusa. Mówiliśmy jeden przez drugiego. Wszyscy błagaliśmy go, aby uchodził z miasta. On nas nie słuchał. Poprosił, abyśmy pozostawili go w spokoju. Odszedł, by się pomodlić. Kiedy wrócił, miałem wrażenie, że rozmawiam z innym człowiekiem. Był jakby wyższy, włosy miał dłuższe, a z rąk emanowało światło. Padliśmy na kolana. Zaiste przed nami stał Bóg, skoro potrafił się tak przeobrazić.

– Pójdźmy do gospody po drugiej stronie góry. Uwolniłem syna gospodarza od demona, który go nękał. Sprzyja nam i nas nakarmi.

Zdjąłem z ramienia worek z kroniką. Uniosłem i ofiarowałem Chrystusowi.

– Co to jest? – spytał Jakub.

– To kronika naszej podróży do Jerozolimy, Panie – spieszy z wyjaśnieniem Abiasz. – Ariel spisuje nasze myśli i to, co nam się po drodze zdarzyło.

Jezus zamknął oczy.

– Panie, pragnę spisać twoje słowa, dać świadectwo – zaznaczyłem.

– Spisz zatem i daj, zamiast przerywać mi co chwila i nakłaniać, abym uniknął przeznaczonego mi losu.

Poszliśmy szybko, osłonięci ciemnością. Bałem się, że ktoś nas rozpozna i każe zamknąć. Minęła nas jedynie mała dziewczynka. Znów miałem wrażenie, że to ta sama, którą już napotkaliśmy na naszej drodze. Spojrzałem w nieodgadnione oblicze Jezusa. Obejrzałem się. Dziewczynka zniknęła.

# CESARSTWO BIZANTYJSKIE, XII WIEK

Myślałem tylko o Księdze. Co dzień wstawałem, przygotowywałem z bratem Romanem posiłek, sprzątałem, zaprzęgałem wozy, wymieniałem uprzejmości z pozostałymi braćmi, próbowałem rozmawiać z ochraniającymi nas rycerzami, chociaż to ostatnie było bardzo trudne. Starałem się zachowywać zwyczajnie, odmawiałem często *Ojcze nasz*, ale to niewiele pomagało. Nie przynosiło ukojenia ani zapomnienia. Nie rozwiewało wątpliwości, nie gasiło głodu w sercu ani pytań w umyśle. Księga była we mnie, w głowie, w piersiach, nawet w nogach. Walczyłem ze sobą, ale nie opuszczała mnie myśl, że to ja jestem najbardziej godny, aby wnieść ją triumfalnie do Konstantynopola i ogłosić wszystkim jej mądrość. Byłem pewien, że to, co noszę przytroczone do pasa, nie jest prawdziwą Księgą, jedynie kopią, być może tą, którą samodzielnie wykonałem. Pozbawioną wartości, która nie przetrwa wieków. Nie będzie świadectwem naszej mądrości. Nie zmieni biegu historii. Tylko jeden, jedyny zbiór zapisów może to uczynić. Mój umysł nie chciał się oczyścić. Nawet podczas odmawiania modlitwy dźwięczało mi w głowie pytanie. Który z nas niósł tę jedyną, najprawdziwszą i najświętszą tajemnicę?

– Czy jesteś chory, bracie? – spytał mnie zafrasowany Roman.

– Nie, nie... – zaprzeczyłem. – Jestem tylko zmęczony.

Brat Roman naprawdę się o mnie troszczył, co mnie męczyło. Odpowiedziałem w końcu, że przeżywam śmierć brata Odrisa. To go uspokoiło, ale tylko na chwilę.

– Brat Odris doznał łaski Boga – rzekł z pełną wiarą. – Nie zmaga się już z materią.

– Tak – przytaknąłem i nagle spytałem brata Romana: – Czy najświętsza Księga jest materią?

Wytrzeszczył oczy.

– Nie. – W jego głosie pobrzmiewała niepewność. – Nasza Święta Księga nie może być materią...

Żaden z bogomiłów nie zadał takiego pytania. Tego byłem pewien.

– Przecież jest spisana, a zatem jest materią, czyli wytworem Satanaela. – Z satysfakcją patrzyłem na udręczoną twarz Romana.

– Bracie – szepnął. – Świadectwo naszego Boga przekazane we śnie jest czystą wiarą, najświętszym duchem.

– A to, co niesiemy do Konstantynopola, jest triumfem wiary nad duchem czy też dziełem Szatana pozornie tylko danym nam przez Boga?

Roman był przerażony. Być może żałował, że rekomendował mnie jako członka wyprawy. Niech żałuje. Nie zależało mi na tym. Akt buntu ukoił nieco moje skołatane serce.

– Nie wolno ci myśleć inaczej – dodał żarliwie. – Oczyść umysł, kochany bracie. Niech nic go nie zatruwa. Pomódlmy się razem.

Udałem, że odmawiam *Ojcze nasz*. Przecież wiedziałem, że modlitwa nie pomaga. Myśleć mogłem, co chcę. Tylko musiałem ostrożnie wypowiadać myśli. Musiałem się z nimi kryć, udawać, że nie mam wątpliwości. Już w klasztorze kiełkowały we mnie zasadnicze pytania. Kto, co, dlaczego? Czy mają rację? Czy są godni? Czy ja nie jestem godniejszy? Podczas drogi już nie musiałem tak bardzo uważać. Nie wygnają mnie, nie wychłoszczą. Nic mi nie zrobią.

Czasem myślałem o tym, aby odnaleźć Księgę i uciec z nią. Widziałem siebie, jak triumfalnie wkraczam do Konstantynopola i składam przysięgę na wierność cesarzowi. Niosę mądrość od samego Boga i przekazuję ją niewiernym i błądzącym. Po co zwoływać kolejne wyprawy krzyżowe? Nie lepiej zagłębić się w mądrości Księgi? Papieże, czekajcie na mnie. Poznacie tę mądrość z moich ust. Ja, skromny mnich Cyryl, brat Bogu miły, przekażę ją wam. Jestem najbardziej godny.

– Jak myślisz, bracie – zagadnąłem następnego dnia Romana. – Kto niesie prawdziwą Księgę?

Cały poprzedni dzień odmawiałem z nim modlitwy, wieczorem zbierałem zioła i przygotowywałem ludzi oraz zwierzęta na kolejny dzień podróży. W nocy usunąłem zropiały ząb jednemu z rycerzy, bo jego jęki nie pozwalały nam spać. Nie wypowiedziałem słowa skargi, chociaż byłem bardzo zmęczony. Wszyscy jesteśmy zmęczeni. Idziemy dwa miesiące. Spieszymy się, aby zdążyć na święto, którego nie celebrujemy. Połowa miesiąca augusta. Święto tej, która mieniła się matką Chrystusa.

Ja i Roman robiliśmy najwięcej. Lazar był najstarszy, ograniczał się do intonowania modlitw i podziękowań, kiedy krzątaliśmy się przy nim. Podobnie czynił Edran, chociaż nie był tak stary i niedołężny jak Lazar. Matias, Ibrah i Metody zbierali jedynie chrust na podpałkę i pomagali Lazarowi. Złościło mnie, kiedy widziałem, jak idą koło niego i Edrana, odmawiając modlitwę. Wkupiali się w jego łaski. Może liczyli na to, że to któryś z nich dostąpi zaszczytu niesienia Księgi. Pozwalali się obsługiwać mnie i Romanowi, chociaż my także należeliśmy do starszyzny. Matias nawet nie mówił „dziękuję".

– Jeśli jest ci ciężko, bracie – odezwał się Roman, któremu poskarżyłem się, że żaden z braci nam nie pomaga – mogę przejąć od ciebie część obowiązków. Będę wstawał godzinę wcześniej i kładł się godzinę później.

– Bracie – przerwałem. – Pracujemy tylko my dwaj, ponad siły. A musimy je mieć, aby dotrzeć do celu. Niech Lazar nakaże, aby Matias, Odris i Ibrah pomagali nam. Powiedz to naszemu najstarszemu bratu. Być może nie widzi, że tracimy siły, podczas kiedy tamci...

– Nie mogę, bracie. – Roman stanowczo potrząsnął głową.

Wieczorem słyszałem, że jednak rozmawia z trzema braćmi, których wymieniłem, i prosi ich, aby przejęli część naszych zadań. Tylko tłusty Matias się zgodził i obiecał, że będzie mył naczynia po wieczornych posiłkach i nosił wodę z rzeki. Ibrah i Metody milczeli. Zerknąłem na Metodego, miał obojętną twarz.

– Niosę dwie księgi, to wyczerpujące. – Usłyszałem.

Cóż za pycha. Niegodna bogomiła.

– Oczywiście – przytaknął Roman, chociaż powinien go skarcić i zagrozić, że poskarży się Lazarowi lub Edranowi.

– Pozostali bracia także powinni pomagać. Idziemy razem. Nie godzi się, aby maszerowali w odosobnieniu, jedli nasze jedzenie i korzystali z ochrony żołnierzy – poskarżyłem się bratu Romanowi, kiedy szliśmy wreszcie na spoczynek.

– Bracie Cyrylu, nie poznaję cię. – Roman był zasmucony. – Nie możemy o nic prosić. Na pewno nie obcych.

Bracia z naszego zgromadzenia przynajmniej z nami rozmawiali. Tesar z Presławia i Kusman z Trimoncjum przyjmowali od nas jedzenie i usługi, kiwając głowami, czasami dziękując, ale nie kwapili się do pomocy. Może to oni nieśli Księgę? Kto wie... Rajko i Miro z Rodopów nie wypowiadali więcej niż kilka słów dziennie. I nie były to słowa podziękowania. Prawie nic nie jedli, nie wiedziałem, skąd brali siły do marszu. Może byli przyzwyczajeni do ascezy. Widziałem przypadkiem, jak Miro myje się w rzece. Widok dość przykry. Wychudzone ciało i plecy pokryte gęsto bliznami od ran zadanych biczem. Na szczęście bracia z Rodopów nie biczowali się podczas drogi, jedynie sypiali na gołej ziemi. Trzymali się od nas z daleka. To dobrze, ponieważ ich szaty były brudne i wydzielały fetor. Moją głowę wypełniały złe myśli związane z poczuciem krzywdy. Brat Roman musiał to wyczuć, gdyż nie próbował mnie zagadywać. Widać uznał, że tylko modlitwa może mnie uspokoić.

– Kto niesie Księgę? – ponowiłem pytanie.

– Nie wiem, bracie – odpowiedział.

Znów poczułem złość, ale zdusiłem ją w sobie. Powiedział prawdę. Nie wiedział. Po Odrisie Księga, którą niósł, dostała się w ręce Metodego. Brat Lazar oraz Edran musi wiedzieć, kto niesie prawdziwą Księgę. Wydaje się oczywiste, że to któryś z nich jest strażnikiem największej świętości bogomiłów.

– Musimy się tego dowiedzieć – odezwałem się spokojnie do Romana, a ten przystanął na chwilę i spojrzał na mnie przerażony.

– Nie możemy – wyszeptał.

– Musimy – naciskałem. – To dla bezpieczeństwa Księgi.

– Księga jest na pewno bezpieczna – przekonywał mnie, ale już nie tak pewnym tonem. Zasiałem w nim ziarno zwątpienia.

– Czemu miałaby nie być?

– Było nas dwunastu, teraz jest jedenastu. Brat Lazar coraz bardziej niedomaga. Wrzody na jego nogach w niektórych miejscach się otworzyły.

Wczoraj je opatrywaliśmy. Już nie wydzielały jedynie słodkawego zapachu jak wcześniej, cuchnęły zgnilizną. Bezskutecznie namawiałem naszego mentora, aby pozwolił przeciąć je i oczyścić lub choćby umyć ranę ługiem, który wziąłem jeszcze z klasztoru. Odpędził mnie, krzywiąc się z bólu. Potem pozwolił jedynie opatrzyć ranę na nowo. Doświadczenie uczy mnie, że w ranie gnieździ się złe. Trzeba je wydrapać, aby zginęło. Pod opatrunkiem złe będzie się mnożyło, aż zawędruje krwią wyżej i wyżej, do serca, albo co najgorsze do umysłu. A może nie byłoby to wcale dla nas najgorsze?

Będziemy wędrowali jeszcze tydzień, najwyżej dziesięć dni. Nasze zapasy się kurczą. Coraz trudniej znaleźć osłonięte drzewami miejsce, w którym może się skryć szesnastu uczestników wyprawy, dwa wozy i siedem koni. Drżę przed rozbójnikami, którzy mogą spostrzec dym unoszący się w powietrzu. Czy pięciu rycerzy nas obroni?

– Widziałeś nogę brata Lazara? – zwróciłem się do Romana.

– Zaczerwienienie podchodzi nad kolano. Nie wiem, czy brat Lazar dojdzie do Konstantynopola.

– Co radzisz, bracie? – spytał.

Uważał na pewno, że ciało jest tylko materią. Ja sam tak sądziłem, ale w tym przypadku ciało było nośnikiem naszej tajemnicy, naszej wielkiej sprawy. Jeśli ciało się rozpadnie, pociągnie za sobą także umysł. Kto zatem zaprowadzi nas przed oblicze wielkiego władcy?

– Musisz przekonać brata Lazara, aby pozwolił mi przeciąć wrzody. Mnie nie usłucha.

– Porozmawiam z nim – przyrzekł Roman.

– Zrób to szybko, Romanie. – Przyjrzałem mu się badawczo.

– Jeszcze dwa, trzy dni, złe wejdzie w krew i nie będzie innego ratunku jak ucięcie nogi. W przeciwnym razie dojdzie do serca i zatrzyma je. Wcześniej zatruje umysł...

Żaden bogomił nie zgodziłby się na takie leczenie. Nasze ciała były niczym, ale nie wolno nam odcinać nic, co nie odrastałoby z woli Boga.

– Jesteś tego pewien, bracie?

Tak pewien jak niczego wcześniej. Skinąłem głową. Zastanawiałem się, czy w czasie przecinania rany brat Lazar mógłby zdradzić mi tajemnicę. Mogłem podać mu zioło, które sprawiłoby, że wyzna, komu powierzono prawdziwą Księgę. Jeśli to on ją miał, zamienię niepostrzeżenie swoją na jego. Ja stanę się strażnikiem Tajemnicy.

Późnym wieczorem przyszedł brat Roman. Zawsze trzymaliśmy się razem, rozkładając posłania na noc.

– Brat Lazar nie zgadza się na przecięcie rany.

– Dlaczego? – Poczułem, jakby mnie ktoś uderzył za nie moje winy.

– To Bóg jest strażnikiem Księgi. – Roman na mnie nie patrzył. – Z jego woli idziemy do Konstantynopola. To On ją niesie i On pokaże cesarzowi.

Nie rozumiałem. Roman zobaczył w moich oczach wahanie.

– Jednym słowem, jeśli Bóg chce, aby Księga dotarła do Bizancjum, tak się stanie. Brat Lazar twierdzi, że jego zdrowie, nawet życie nie ma najmniejszego znaczenia.

– Czyli to nie on niesie Księgę? – zastanawiałem się głośno.

– A zatem to Edran.

A może Roman, najlepszy, najszlachetniejszy i najsilniejszy z nas?

– Bracie mój... – Dobiegł cichy głos Romana. – Porzuć te myśli, z gruntu złe. Nie ulegaj Szatanowi. Proszę...

A niech brat Lazar zdechnie na zarazę, skoro jest tak pyszny, że nie potrzebuje ludzkiej pomocy.

– Chciałem jedynie pomóc. – Pochyliłem głowę.

Roman tego nie powiedział, ale dosłyszałem, że Lazarowi nie podoba się moja, jak to nazwał, „gorliwość".

Zasypiam, zastanawiając się, jakie przewinienie mogłoby zakończyć moją podróż. Co trzeba by uczynić, aby zostać odesłanym i nie dostąpić zaszczytu wniesienia Księgi do Konstantynopola? Rano zbudził mnie krzyk. Zerwałem się na równe nogi i co sił pobiegłem w kierunku wibrującego w moich uszach dźwięku. Bracia Ibrah i Metody siedzieli na swoich posłaniach z wytrzeszczonymi oczami. To jeden z nich krzyczał. Chyba Ibrah. Metody siedział przykryty po brodę. Jego twarz także wyrażała cierpienie.

– Co się stało? – dopadłem Ibraha, ale odepchnął mnie, wykrzywiając twarz w grymasie bólu.

Musiał bardzo cierpieć, bo oczy miał wytrzeszczone, twarz zaczerwienioną i szybko oddychał. Metody wyglądał podobnie.

– Pomogę, tylko muszę wiedzieć, co się stało. – Chciałem zsunąć przykrywający brata pled, ale trzymał go kurczowo ręką.

– Bracie, czemu nie chcesz pozwolić mi pomóc.

Za nami zbierali się pozostali bracia oraz strażnicy zwabieni krzykiem.

– Co się wam stało? Czy ktoś was napadł?

– Szatan – zacharczał brat Metody.

Czemu zacni bracia przywołują to straszne imię? Sprawa musi być poważna. Czyżby rzeczywiście ten, którego imię wymawiamy ze strachem i niechęcią, nawiedził nasz obóz? Brat Roman też tak musi myśleć, bo powiedział:

– Jesteśmy coraz bliżej celu. Satanael może zrobić wszystko, aby utrudnić nam wyprawę!

Pochylamy głowy i szepczemy *Ojcze nasz*. Żołnierze odchodzą chwiejnym krokiem, ale nie zwraca to niczyjej uwagi.

– Wypędzić źródło Szatana! – podchwycił Matias.

– Szatan! Wypędzić go! – Tym razem ja wypowiadam te słowa. Napawam się nimi. Szatan. Wydaje się wielkim nieobecnym, a mimo wszystko boimy się jego imienia. Czy ono wystarczy, abym zbliżył się do swojego celu?

– Dość tego! – krzyczy brat Lazar i unosi sękatą rękę, a potem podchodzi do jęczących, zwijających się z bólu braci i zrywa z nich zasłonę.

Ze względu na wysoką temperaturę w nocy śpimy w cienkich, krótkich koszulach. W blasku świtu ukazuje się nam dziwne zjawisko. Widzimy opuchnięte genitalia naszych braci. Cofamy się z przerażeniem. Brat Lazar sam zaczyna odmawiać *Ojcze nasz*.

Modlitwę odmawiają także Metody oraz Ibrah, chociaż głosy im się łamią z bólu i upokorzenia. Po modlitwie otaczamy ich ciasno, w kręgu. Patrzę ze smutkiem.

– Nieprzystojne zabawy... – wycedził brat Lazar po zakończeniu modlitwy. – Wpuściliście Szatana do waszych serc.

– Nie, bracie. – Metody spróbował wstać, ale ból musi być nieznośny. Miał jądra wielkości dojrzałych jabłek.

– Nieprzystojne zabawy! – powtórzył głośniej Lazar. – Wasza wina jest widoczna!

– My nigdy – jęczał z kolei Ibrah.

On z kolei przyrodzenie miał nie tylko opuchnięte, ale także krwistoczerwone. Cofnęliśmy się przerażeni.

– Zaraza. – Dotarł do mnie pełen przerażenia głos brata Romana.

– Nie znam takiej zarazy – powiedziałem z mocą.

– Ja też, bracia, nie znam takiej zarazy! – Głos brata Lazara był straszny i zwiastował karę. – Nie znam takiej zarazy, która powoduje podobne objawy! Wy niegodni nosiciele Księgi! Potwory! Pomioty Szatana!

Odpowiedział mu jedynie jęk chorych i przyspieszone oddechy pozostałych. Daremnie obwinieni zasłaniali się koszulami. Brat Edran podszedł do nich i odsłonił cienkie płótno. Przełknąłem ślinę. Nigdy nie widziałem nic brzydszego. Widok takich zmienionych, opuchniętych i zniekształconych narządów napełnił mnie obrzydzeniem.

– Pomioty Szatana! Precz! – Brat Lazar pieklił się straszliwie.

Ponownie zastygliśmy wszyscy i przerwaliśmy mamrotanie modlitwy. Brat Lazar wyrzucił dwóch pielgrzymów? Jak to może być?

– Słyszeliście, co rzekł brat Lazar, najstarszy i najmędrszy z nas? – odezwał się milczący do tej pory Rajko z Rodopów. – Zabierajcie swoje nędzne ciała i precz stąd.

Ani Ibrah, ani Metody nie ruszyli się z posłań. Przeciwnie, skulili się jeszcze bardziej.

– Możecie wziąć zapasy jedzenia, które pozwolą wam przetrwać – dodał Rajko. – Tylko tyle możemy dla was zrobić. Precz! Nie słyszałem, aby kiedykolwiek wcześniej wypowiedział tyle słów. Podejrzewałem nawet, że nie zna naszego języka. Wszyscy patrzyliśmy na niego z szacunkiem. Wszyscy poza oskarżonymi braćmi. Ma rację. Bracia, którzy mieli być strażnikami skarbu, narazili go na zbezczeszczenie.

Mimo wszystko nie mogłem uwierzyć, że brat Lazar bez porozumienia z innymi braćmi, bez sądu, choćby bez rozmowy z Edranem chce wygnać Ibraha i Metodego.

– Litości... – jęknął Roman, ale brat Lazar posłał mu gniewne spojrzenie.

– Nie ma litości dla nikogo, kto swoim zachowaniem naraża naszą świętą wyprawę na klęskę!

– Nie brońcie ich, bracia – dodał brat Rajko. – Nie są warci obrony.

– Litości! – powtórzył Ibrah. – Lepsza jest śmierć...

– Nie proście o nią. – Lazar splunął i podszedł do obu leżących braci.

Widziałem ból w jego oczach. Rana musiała mu bardzo dokuczać. Zwykle wykonywał tylko kilka kroków, głównie aby wstać z wozu i położyć się na posłaniu, potem z powrotem na wóz.

W jego ręku błysnął nóż. Przez chwilę myślałem, że brat Lazar chce zranić albo wręcz zabić Metodego lub Ibraha. Oni także tak myśleli, bo obaj zamknęli oczy i zaczęli głośno odmawiać *Ojcze nasz*. Lazar złapał jednak za skórzany rzemień, którym była przytroczona do pasa księga Ibraha, i przeciął go jednym ruchem. To samo zrobił z pasem Metodego.

– Wracajcie do zgromadzenia, jeśli macie odwagę – wycedził.

– Albo niech was zjedzą wilki.

– Łaski, bracie. – Metody z trudnością dźwignął się na kolana. Ta pozycja jeszcze bardziej zdenerwowała brata Lazara. Podobnie Erdan, który nic dotychczas nie mówił, wydawał się wzburzony. Wystąpił przed szereg i pomógł wstać Metodemu, a następne Ibrahowi.

– Nie możecie dalej z nami iść – powiedział. – Odejdźcie...

– Zostaw ich, bracie! – krzyknął Rajko i złapał za rękę Edrana.

Stary brat cofnął się i pochylił głowę. Patrzyłem, kiedy odchodzili. Włożyłem im do worków nieco więcej ziarna, ryzykując gniew brata Lazara. Dołożyłem po bukłaku na wodę. Żałowałem ich. Ból i obrzęk utrzymają się jeszcze co najmniej trzy dni i noce.

Tak działa *Heracleum* z rodziny *Apiaceae*. Objawy są znacznie bardziej nasilone, kiedy natarta sokiem skóra styka się ze słońcem. Niestety, nie mogłem uzyskać takiego efektu. Nie był jednak potrzebny, a i zadawanie cierpienia większego niż to konieczne nie wydawało się potrzebne. Przy *Heracleum* trzeba uważać. Musiałem wyciskać sok z rośliny tak, aby nie podrażnić własnej skóry, co nie było łatwe, zwłaszcza że pracowałem pod osłoną nocy. Poradziłem sobie jednak. To roślina trująca. Wystarczy kilka kropel roztartych na genitaliach, a skóra robi się czerwona i pokryta pęcherzami nabrzmiewającymi płynem. Nikt nie będzie mnie posądzał, ponieważ do wieczornego naparu dodałem kilka łodyg maku, co działa nasennie. Wszyscy spali, bracia i pilnujący nas żołnierze. Im dałem więcej maku do wody. Bałem się, że z racji swojej funkcji mają czulszy sen. Podobnie więcej wywaru dolałem do napojów „obcych braci". Dobrze zrobiłem, gdyż jak zwykle wypili tylko kilka łyków. Gdyby zobaczyli mnie, jak nacieram genitalia Ibraha i Metodego, to teraz ja wracałbym do Filipopolis sam, z woreczkiem mąki na plecach, bez Księgi, honoru i nadziei.

Nieszczęśnicy wypili wodę z mojej ręki, bo niczego nie podejrzewali. Sam udawałem, że piję ów płyn. Pod osłoną nocy dokonałem dzieła. Zostali wygnani, a ich księgi odebrane. Zyskałem tym samym pewność, że ani jeden, ani drugi nie byli strażnikami tajemnicy. Brat Lazar zabrał wprawdzie oba skórzane worki, ale nie poprosił nikogo, aby wziął na siebie ciężar noszenia dodatkowych ksiąg. Przeciwnie, zabrał je sam, a potem umieścił w schowku, w którym trzymaliśmy część pieniędzy. Było nas o trzech mniej.

Brat Lazar umarł w męczarniach pięć dni później. Nie z mojej winy, nawet w najmniejszym stopniu. Opiekowałem się nim i towarzyszyłem mu do końca. To wielki zaszczyt dla tak zwykłego bogomiła jak ja. Kolejny po dostąpieniu przywileju pozostania strażnikiem Księgi.

Brat Edran niechętnie zgodził się, abyśmy po wygnaniu Metodego oraz Ibraha znaleźli osłonięte od słońca i ludzkiego wzroku miejsce i przeczekali, aż brat Lazar odejdzie do Boga.

– Wybacz, bracie – argumentowałem odważnie. – Brat Lazar nie może iść, nie może także jechać. Mógłby podróżować jedynie na pierwszym wozie, a tam jest umieszczony zapas zboża. Morowe powietrze, jakie wydziela jego rana, może przesiąknąć przez worek i uszkodzić nasze zapasy.

– Rozumiem, że w klasztorze zajmowałeś się jedzeniem i może wiesz coś więcej niż zwykły mnich, ale tu nie chodzi o brata Lazara ani nawet o nasze bezpieczeństwo. Tu idzie o większą sprawę.

Spojrzałem tęsknie na zachodzące słońce. Za lasem rosły słoneczniki, obecnie dojrzałe, gotowe do zebrania i uzyskania gęstego oleju. Przypomniałem sobie, jak w klasztorze czekałem na tę chwilę, jak szukałem najlepszych, najbardziej dojrzałych słoneczników, a potem całymi dniami wyłuskiwałem białawe pestki. Skonstruowałem nawet własne żarna, aby nie męczyć rąk ugniataniem Część z nich służyła mi do wyrobu oleju, część piekłem, aż ich łupinka ciemniała, a potem posypywałem odrobiną soli. Sól kosztowała więcej niż słoneczniki, ale u nas w klasztorze pieczone pestki z solą uważano za danie sprzyjające ascezie. Bracia uwielbiali je i gromadzili się przed kuchnią niczym wygłodniałe ptaki. Czynili tak starsi i młodsi. Brat Lazar bardzo je lubił i przychodził po nie sam. Nie czekał, aż pestki zostaną mu przyniesione do celi. Uśmiechnąłem się do tych wspomnień. Wydały mi się tak odległe i zupełnie nie moje. Jakby w klasztorze w Filipopolis przebywał ktoś zupełnie inny.

Pozwalano mi zatem kupować sól od kupców, którzy z kolei nabywali ją, mocno zanieczyszczoną, u rybaków. Nauczyłem dwóch młodszych braci, jak oddziela się drobinki kamieni od rzeczywistej soli i jak wyskrobuje czarną rudę z powierzchni białych kryształów, a potem tłucze zapamiętale, aby kryształ zamienił się w drobinki. Na to także mi pozwalano, od kiedy natchnąłem brata Alberta, aby porozmawiał ze starszyzną i wykorzystał kupców do krzewienia naszej wiary. My, w przeciwieństwie do mnichów z Rodopów czy Presławia, nie pielgrzymowaliśmy. Cóż jednak przeszkadzało, abyśmy podobnie jak apostołowie Chrystusa krzewili naszą wiarę w taki sposób, jak tylko jest to możliwe?

Przypomniałem sobie brata Alberta. Słoneczniki zwiesiły głowy w zachodzącym słońcu, brat Lazar cicho sapał, odpoczywając w cieniu z nogą uniesioną ku górze, co przynosiło mu wyraźną ulgę. Ciekawe, czy w tym roku pod naszą nieobecność bracia kuchenni przygotują słoneczniki, jak należy. Spojrzałem jeszcze raz w groźne oblicze brata Edrana.

– Czy brat Edran, jeden z doskonałych, mój wzór do naśladowania i niedościgniony w wierze, zechce narazić naszą misję na niepowodzenie?

– Nie muszę z tobą rozmawiać, nie muszę niczego ci wyjaśniać... – mruknął niezadowolony, ale ton miał łagodniejszy.

Byłem przekonany, że brat Edran mnie nie lubi. Nigdy mnie nie lubił. Może czuł, że jestem zagrożeniem? Byłem skromny, bogobojny, przyjmowałem kary i zaszczyty z równą pokorą, a jednak on bacznie mnie obserwował.

– Bracie Edranie, kiedy nasz brat i przewodnik Lazar odebrał księgi wygnanym Metodemu i Ibrahowi, pozostawił je w wozie z zapasami...

– Brat Lazar wiedział, co robi! – przerwał mi zagniewany Edran.

Nie mam wątpliwości, że wtedy wiedział, ale choroba podeszła już bardzo wysoko. Za chwilę zła krew zatruje umysł i zatrzyma serce. Bratu Lazarowi już miesza się w głowie.

– Bracie Edranie. – Usłyszałem koło mnie pełen pokory głos Romana. – Żołnierze stoją u wrót bram Konstantynopola. Nie wpuszczą do miasta chorego człowieka. Jeśli zobaczą nogę brata Lazara, to wszyscy zostaniemy wyrżnięci w pień i nasza misja...

Głos rozsądku został wysłuchany. Nie bez znaczenia było wsparcie mnichów Mira i Rajka, którzy najwidoczniej poinformowani o sytuacji przez Romana zdecydowali się na rozmowę z Edranem.

Dosłyszałem rozmowę Edrana z konnymi.

– Zostaniemy tutaj do niedzieli albo krócej, jeśli...

– Jeśli wasz mnich umrze wcześniej? – spytał wysoki rycerz.

– Jeśli nasz doskonały brat opuści ciało i zostanie czystym duchem, wtedy...

– Przestań, mnichu – przerwał mu wysoki. – Nam za jedno. Dotrzymajcie tylko słowa...

– Dotrzymamy. – Brat Edran pochylił głowę, chociaż powinien mu powiedzieć, że płacimy im szczodrze, chociaż palcem nie kiwnęli, i karmimy co dzień, kilka razy dziennie, aż bracia z Rodopów, zwykle małomówni i obojętni, żymali się między sobą, że rycerzom rosną brzuchy i gdyby nadeszło niebezpieczeństwo, źli ludzie albo wilki, nie mieliby siły się ruszyć. A Kusman odpowiedział wtedy ze śmiechem, jakiego nigdy wcześniej ani później nie słyszałem, że pewnie dlatego niektórzy z nich nie zdejmują kolczug ani ubrań, gdyż boją się, że nie włożą ich z powrotem na pękate brzuchy.

– Gdyby wilki nas napadły, rycerze staną i zabiją zwierzęta odorem swoich ciał – stwierdził brat Matias.

Dostąpiłem zaszczytu opieki nad chorym bratem. Pielęgnowałem go z oddaniem. Podawałem mu zioła uśmierzające ból i zbijające gorączkę. Zwilżałem mu wargi wodą. Poprosiłem pozostałych, aby nie zbliżali się do nas.

– Jeśli to, na co cierpi brat Lazar, jest zarazą, niech tylko ja ucierpię – powiedziałem.

Brat Edran obdarzył mnie po raz pierwszy życzliwym spojrzeniem, a Roman, ten poczciwy, najlepszy z ludzi po Albercie, natychmiast zaproponował pomoc i wszelkie oddanie dla Lazara.

– Bracie Romanie, tu wystarczy jeden z nas. Ty zajmij się żywymi. Ja pozostanę przy umierającym – zadeklarowałem.

Wiedziałem, że gęsty, żółty płyn wypływający z rany starca jest groźny, ale tylko dla tego, kto dotknie go gołą, zranioną ręką. Nie wolno dopuścić, aby dostał się do czyjejś krwi. W przeciwnym wypadku nic nikomu nie grozi. Zaraza nie rozprzestrzenia się z powietrzem, jak sugerowałem. Brat Lazar cierpi na chorobę, z której powodu jego krew jest słodka niczym miód, a na urynie siadają muchy zwabione kwaśno-słodkim zapachem. W krótkim czasie traci się wzrok i powstają rany na ciele. Znam się na tym. Studiowałem księgi, których nikt inny nie chciał czytać. Grecki, aramejski i łacina nie mają przede mną tajemnic. Bóg chciał, żebym posiadł tę wiedzę i ją wykorzystał. Skoro posłał mnie na wyprawę, miał w tym swój cel. Musiałem tylko trzymać pełnego poświęcenia brata Romana z dala ode mnie. Na szczęście zrozumiał, że jego misją jest usługiwanie ponuremu bratu Edranowi, zniecierpliwionemu Matiasowi, milczącym Tesarowi i Kusmanowi oraz spoglądającym podejrzliwie Rajkowi i Mirowi z Rodopów. Mogłem zatem w spokoju wypytywać konającego, majaczącego starca o to, która Księga jest prawdziwa.

– Czemu mnie dręczysz, Szatanie? – pytał w przebłyskach świadomości.

– Umierasz, bracie – wyznawałem zgodnie z prawdą. – Wyjaw prawdę. Nie zabieraj jej ze sobą do piekła.

– Nie pójdę do piekła, odejdź – łkał, a ja wtedy dolewałem kroplę ziela bielunia dziędzierzawy i czekałem, aż Lazar wyjawi prawdę.

Majaki powodowane przez owo zioło są niezmiernie uciążliwe. Nie bardziej jednak niż te, które mieszkają w żółtej ranie brata Lazara. Czułem się zatem usprawiedliwiony, słuchając jego halucynacji. Zioło działa tak, że nawet jeśli nie chcesz, nie możesz bronić się przed jego działaniem. Brat Lazar, mimo że bardzo chory, bronił się zaciekle przed jego wpływem, ale ja czekałem cierpliwie, wiedząc, że w końcu ulegnie.

– Odris pragnął powierzyć przenajświętszą tajemnicę znajdzie – mamrotał. – Znajda niesie Księgę...

– Kto jest znajdą? – szeptałem.

A zatem to nie Roman ma prawdziwy rękopis ojca Bogomiła. Roman nie był znajdą. Opowiadał mi przecież o swojej rodzinie. A zatem Matias musi mieć Księgę.

– Czy Matiasowi powierzyliście najświętszy sekret bogomiłów? – spytałem z niedowierzaniem. – Temu leniwemu, wiecznie zaspanemu mnichowi, który tylko by jadł, spał i korzystał z owoców pracy innych?

– Najbardziej niegodny niesie Księgę. – Wił się konający Lazar. – Najbardziej niegodny. Nie chciałem, Boże nasz jedyny, nie chciałem. Umieram, bom zasłużył.

Otarłem mu pot z czoła. Chłód wody przyniósł mu ulgę.

– Słusznie prawisz, zasłużyłeś na to, aby umrzeć. Cierpiałeś na słodką chorobę, a jednak ani razu nie odmówiłeś sobie słodkiego ani tłustego. Biłeś, kiedy my ulegaliśmy pokusie, a sam tuczyłeś swoje ciało – naciskałem.

– Nie chciałem, nie chciałem... – Zamknął oczy.

Z bieluniem nie wolno przesadzić. W przeciwnym razie halucynacje mogą nie dawać prawdy albo zabić chorego. Zwilżyłem mu usta wodą. Bieluń powodował, że wysychały i pękały.

– Nie chciałem... – powtórzył.

Jego twarz wyostrzyła się. *Facies hipocratica*, świadectwo nieuchronności śmierci. Już niewiele mu pozostało. Niech wyjawi tajemnicę. Kiedy zaczynałem tracić nadzieję, że słowa „nie chciałem" brałem za żal za nie dość ascetycznym życiem, brat Lazar otworzył oczy i spojrzał na mnie zupełnie przytomnie.

– Nie chciałem, aby brat Roman pozwolił ci cieszyć się przywilejami starszyzny.

Drgnąłem pod wpływem tych spokojnych, przytomnych słów.

– Dlaczego? – Nie mogłem powstrzymać żalu we własnym głosie. – Nie dość dobrze wam służyłem jako bezimienny mnich? Założę się, że jedząc moje potrawy, pijąc olej na trawienie i korzystając z moich wynalazków, nie interesowałeś się nawet, kim jestem?

– Miałem rację – sapnął. – Zostałeś skażony przez tego, tego...

– Brata Alberta – podpowiedziałem mu z satysfakcją. – Dobrego, pobożnego człowieka, którego zabiliście. Sądzisz, że to spodobało się Bogu?

– Ten, ten... Szatan chciał zniszczyć nasze zgromadzenie... – wyszeptał.

– Ależ nie – zaprzeczyłem.

Pochyliłem się nad nim, jakbym z troską i starannością obmywał mu twarz. Nie chciałem, aby ktokolwiek widział, że rozmawiamy.

– Albert nie chciał niczego niszczyć. Wy go zabiliście. Albert to męczennik, taki sam jak Jezus Chrystus. Nasz Bóg jest dobry, a wy skaziliście jego pamięć bestialskim mordem.

Spojrzał na mnie przytomnie.

– Nie spodoba mu się, że dopuściliśmy Szatana do takiej wyprawy... – wyszeptał.

– Powiem ci bracie, że brat Albert także idzie z nami – wyznałem z lubością. – Zabrałem jego kości i chciałbym pochować je w Ziemi Świętej. Ziemia, po której stąpał pan nasz Jezus Chrystus, uświęci męczeńską śmierć Alberta.

Stare oczy zapłonęły gniewem, ale brat Lazar znajdował się jedną nogą na tamtym świecie. Czekałem na jego ostatnie słowa. Często zdarza się, że umierający odzyskuje siły i niczym dopalająca się świeca wydobywa z siebie krótki, jasny płomień, a potem gaśnie. Muszę uchwycić ten moment przed zgaśnięciem.

– Odpowiadaj – zażądałem, omywając jego wargi wodą z bieluniem. – Kto niesie Księgę?

– Ty, niegodny...

Umarł cicho. Zamknąłem mu oczy, wylałem zakażoną wodę, aby nikt przypadkiem jej nie skosztował, a potem zmówiłem modlitwę sam, zanim zawołałem pozostałych, aby uspokoić myśli. To ja byłem strażnikiem Tajemnicy. To mnie powierzono Księgę. Brat Lazar wyjawił mi to przed śmiercią pod wpływem zioła prawdy. Nie mógł kłamać. Kochany bracie, jestem najbardziej godny, aby zanieść Księgę do stolicy Imperium. Najgodniejszy z godnych.

*

Zbudził mnie szelest. Po przeżyciach ostatnich dni nie spałem najlepiej. Miałem majaki, nie potrafiłem ich odpędzić, chociaż próbowałem. Widziałem we śnie rozpadającego się brata Lazara, który próbował odebrać mi Księgę, i żywego Alberta, który kradł własne kości. Lazar i tak by umarł. Bóg tak chciał. Ja mu tylko wydarłem tajemnicę. Dotknąłem mojej Księgi ukrytej w skórzanym, zaszytym pojemniku, przytroczonym do pasa. Moja Świętość, moja Tajemnica. Czerpałem z niej siłę do dalszego działania. Szelest się wzmógł. Ogarnął mnie lęk. Było jeszcze ciemno. Czyżby wilki albo inne zwierzęta? Do tej pory wędrowaliśmy względnie spokojnie, nie licząc oczywiście śmierci Odrisa, Lazara i wygnania Ibraha oraz Metodego. Nie napadali nas ani ludzie, ani zwierzęta. Nie napotykaliśmy zresztą ani jednych, ani drugich. Wydawało się nawet, że wynajęci rycerze darmo jedzą nasze ziarno i przyjmują zapłatę za ochronę. Nie mieli przecież co robić. Czemu spokój nas opuścił? Czy to kara za winy? Moje czy te zadawnione, za mękę zadaną Albertowi?

Drgnąłem. Próbowałem otworzyć oczy, ale powieki miałem dziwnie ciężkie. Nie powinienem pić wody makowej, ale byłem tak bardzo znużony.

– Romanie... – Wyciągnąłem rękę i dotknąłem delikatnie śpiącego towarzysza.

Na szczęście był tam, niedaleko mnie, wierny, prawie równie dobry jak Albert. Nie poruszył się. Przeraziłem się. Czyżbym za bardzo nasycił wieczorną wodę makiem? Czemu Roman się nie rusza? Czyżbym popełnił jakiś błąd?

Leżałem otumaniony i moje członki nie słuchały mnie, a jednak wstałem najwyższym wysiłkiem woli. Kręciło mi się w głowie. Zrobiłem niewielki krok, ale źle oceniłem odległość dzielącą mnie od przyjaciela. Potknąłem się o leżące ciało Romana i upadłem. Na szczęście, Roman się poruszył. A więc żyje. Poczułem ulgę. Za nic nie chciałbym go skrzywdzić.

– Romanie – jęknąłem. – Wstań, coś się stało.

Widziałem jak przez mgłę. Złapałem Romana za rękę. Razem próbowaliśmy wstać. On także miał zawroty głowy. Daremnie usiłował wstać na nogi.

– Ratunku! – zawołał przerażony.

Obejrzałem się za siebie. Mgła, która spowijała moje oczy, z wolna znikała. Szelesty i trzaski narastały. Wtem dostrzegłem to, co wcześniej wypatrzył brat Roman. Jeden z naszych wozów, ten pełen zapasów, płonął. Ogień nie był jeszcze zbyt wielki, ale czerwone języki lizały drewnianą obudowę. Deski pokryte olejem wydzielały swąd spalenizny. Paliło się także płótno, które pokrywało wóz. Swąd dymu, początkowo niewyczuwalny, nagle uderzył mnie w nozdrza z całą mocą. Nasze zapasy płonęły. Nie taki miałem plan. Co mogło się stać?

– Ratunku! – zawtórowałem.

Odpowiedziała mi cisza. Wydawało się, że konni powinni rzucić się do gaszenia pożaru, ale nigdzie ich nie dostrzegłem. Jeden z nich zawsze czuwał, a pozostała czwórka spała, otaczając nas ze wszystkich stron. Teraz nie widziałem nigdzie ich posłań. Brakowało czasu na dywagacje i rozpamiętywanie tego, co się stało poprzedniego wieczoru.

– Ratunku! Bracia zbudźcie się! – krzyczeliśmy jeden przez drugiego, próbując ustać na nogach i dotrzeć do wozu, aby stłumić ogień. Wreszcie nasz krzyk zdołał poruszyć innych.

– Bracia!... – Roman trzymał się pnia drzewa.

Stałem już całkiem dobrze na nogach. Działanie wody ze środkiem usypiającym ustępowało powoli.

– Pożar! – krzyczał któryś z obcych towarzyszy, chyba brat Kusman z Warny.

Dostrzegłem, że on również słaniał się na nogach i nie mógł zachować równowagi, ale czymkolwiek był otumaniony, czuł się chyba najlepiej z nas. Pierwszy dotarł do płomieni i właśnie polewał wóz wodą, którą wieczorem przynieśliśmy z Romanem z jeziora i przygotowaliśmy na rano, oczyszczając ją z mułu i pasożytów, które mogły dostać się do naszej krwi i poważnie nam zaszkodzić. Woda była daleko. Wróciliśmy z bratem Romanem ledwie żywi ze zmęczenia. Brat Matias chciał użyć wody, aby się umyć przed snem, ale skarciłem go ostrymi słowami i zasnął obrażony. „Co jedliśmy wieczorem?", myślałem, tłukąc ogień miotłą owiniętą w worek, który pozostał po zjedzonej w drodze mące. Jakaś niepamięć pokrywała mój umysł.

– Trzeba zedrzeć materiał! – Usłyszałem głos Rajka. – On pali się najmocniej.

Rajko miał rację. Materiał został nasączony olejem i alkoholem, następnie wysuszony w słońcu, aby był sztywny i dobrze okrywał wóz, chroniąc zapasy przed upałem czy deszczem.

– Zostaw, bracie! – krzyknąłem. – Poparzysz sobie ręce.

Ale Miro, który się do nas przyłączył, nie zwracał uwagi na moje słowa. Podobnie Kusman, który nożem rozciął materiał z drugiej strony i zdzierał go z determinacją i energią zdumiewającą jak na osobę, która jadła w ciągu całego dnia kilka kęsów chleba i wypijała trzy łyki wody. Może przez to działanie truciziny go ominęło.

Udało się ugasić płomienie, zanim na dobre się rozprzestrzeniły. Nikt nie odniósł większych obrażeń, poza niewielkimi poparzeniami dłoni brata Rajka. Spłonęły jednak nasze zapasy. Kiedy otworzyłem worki, buchnął duszący smród dymu. Mąka, kasza, ryż nadawały się jedynie do zakopania.

– Co się stało? – dosłyszałem głos brata Edrana.

No tak, nasz przewodnik wstał najpóźniej i chociaż nie było po nim widać śladu działania środka nasennego, nie pomagał w gaszeniu pożaru. Co więcej, na jego twarzy nie widniały ślady strachu.

– Ktoś podpalił jeden z wozów! – gorączkowałem się. – Wcześniej uśpił nas czymś, żebyśmy i my zginęli.

Brat Edran stał spokojnie. Nie wydawał się wzruszony.

– Jesteś pewien, bracie, że sam nie zaprószyłeś ognia? – Przyglądał mi się badawczo.

Brat Miro podszedł i stanął koło mnie. Dołączyli do nas Rajko, Roman i Kusman. Staliśmy brudni, osmaleni i spoceni naprzeciwko czystych i spokojnych braci Edrana, Matiasa oraz Kusmana.

– Jestem pewien. – Nie patrzyłem na brata Edrana. Nie chciałem, aby poczuł złość bijącą ode mnie. – Nie miałem powodu, aby palić ogień. Było jeszcze zbyt wcześnie na śniadanie. Spałem, kiedy...

– Czemu nie pomogliście nam gasić ognia? – Głos Rajka pobrzmiewał gniewem.

– Nie czuliśmy dymu i nie widzieliśmy ognia. – Brat Matias także przyglądał się nam badawczym wzrokiem. – Kto dostrzegł ogień?

– Ja. – Spojrzałem na niego wyzywająco.

– Czyż to nie ciekawy przypadek? – Matias uśmiechnął się krzywo. – Brat Cyryl zawsze jest pierwszy. Pierwszy przy chorych, pierwszy przy zmarłych i pierwszy przy ogniu...

Po wygnaniu Metodego to on stał się moim największym wrogiem. Czemu był mi tak bardzo niechętny. Zatrząsłem się z oburzenia.

– Wstaję pierwszy, gotów by służyć...

– Nie tłumacz się, bracie – przerwał mi Roman drżącym głosem. – To brat Matias powinien się tłumaczyć.

– Co?! – krzyknął Matias. – Ja?!

Po czym zamachnął się na mnie, ale zanim zdołał uderzyć, powalił go na ziemię cios brata Rajka.

– Milcz, podły człowieku. – Rajko potarł dłonią pięść. Nie posądzałem go o taką siłę. – Nie jesteś godzien, aby z nami dźwigać zaszczyt, jakim jest strzeżenie Tajemnicy.

Matias leżał na ziemi i nie mógł się podnieść. Podszedłem do niego i podałem mu rękę. Uniósł głowę i spojrzał na mnie spojrzeniem pełnym niechęci. Po chwili wahania wziął moją dłoń i dźwignął się ciężko.

– Powinieneś zostać ubiczowany. – Brat Edran miał pogardę w głosie. – Jeśli brat Cyryl nie ujmie się za tobą, zostaniesz ukarany.

– Nie karz go, bracie Edranie. – Pochyliłem głowę. – Nie uraduje mnie to, a jedynie przekona Szatana, że zatriumfował.

Brat Edran pokiwał głową.

– Szlachetna decyzja – powiedział brat Rajko.

Pochyliłem skromnie głowę.

– Lepiej sprawdźmy, czy coś da się uratować – orzekł brat Kusman. – I poszukajmy konnych.

Podeszliśmy do wozu, a Roman, Kusman i Rajko poszli szukać rycerzy. Wszyscy, nawet Matias, chwiali się, jedynie Edran trzymał się prosto.

– Nie ma worka z suszonym mięsem oraz beczki z kiszonką – mruknąłem rozczarowany po wstępnych oględzinach.

– Nie ma konnych... – Rajko miał na twarzy wypisane zdumienie.

– Szukaliśmy w okolicy – dodał Kusman. – Są ślady kopyt wszystkich pięciu.

Edran patrzył na nas podejrzliwie.

– Nie ma konnych – powtórzył Roman bezradnie, po czym opadł na ziemię. Jego ciałem wstrząsnął szloch.

– Rycerze uciekli, a wcześniej podpalili nasze zapasy! – wrzasnął Matias. – Gonić ich!

– Bądź cicho, bracie, przynajmniej dopóki nie dowiemy się, co się stało. – Brat Edran był teraz najstarszy z nas. Po śmierci Lazara, a wcześniej Odrisa, to on przejął tytuł „najdoskonalszego".

– Rycerze nas zdradzili. Oto, co się stało. – Głos Rajka zabrzmiał mocno, chociaż przebijało w nim rozgoryczenie.

On też przysiadł na ziemi. Miałem rozmazany obraz przed oczami, widziałem moich braci w podwójnej, a nawet potrójnej poświacie. Oni zapewne czuli się tak samo.

– Konni podali nam truciznę, a potem podpalili nasze zapasy i uciekli – podsumował brat Miro to, o czym już wiedzieliśmy.

Edran wciąż się nie odzywał.

– Dlaczego? – spytał bezradnie Roman.

– Właśnie, dlaczego? – Głos Matiasa był pełen rozpaczy. Najwyraźniej zapomniał już, że jeszcze przed chwilą mnie posądzał o zniszczenie zapasów.

– Czy zabrali także pieniądze? – zainteresował się Roman, chociaż odpowiedź wydawała mi się oczywista.

To Miro poczuł się najszybciej na tyle sprawny, że udał się, by przeszukać wozy. Z najwyższym wysiłkiem wstałem i poszedłem mu pomóc. W końcu to ja wiedziałem, gdzie co się znajduje. W ciszy dokonywaliśmy inwentaryzacji.

– Zostawili nam jedynie trochę ziarna i ukryty przez brata Cyryla worek z suszonym mięsem – relacjonował Miro beznamiętnie.

– Jest także dzban z oliwą – powiedziałem, dotykając niewielkiego naczynia wypełnionego złotym płynem. – Widocznie nie chcieli obciążać koni niewygodnym bagażem albo bali się, że rozbije się w drodze.

– Na co nam naczynie z oliwą? – rzucił ze złością brat Miro.

– Nie mamy pieniędzy – wyszeptałem. – To jedyna cenna rzecz.

Konni zabrali pieniądze. Nie wszystkie, bo część ukryłem między deskami powozu, w skrytce wydłubanej pod osłoną nocy. Inną część – z kośćmi brata Alberta w worku z dodatkowymi okryciami. To dlatego nie mogłem pozwolić, aby brat Miro przeszukiwał wozy sam.

– Wóz, który się palił, jest całkiem uszkodzony – stwierdziłem, pokazując spalony dyszel i oderwane koło.

– Nawet gdyby był sprawny, to i tak nie mamy koni – przypomniał brat Roman.

– Mamy jeszcze jeden wóz. Mniejszy i bez zapasów, ale to zawsze coś... – ocenił Edran.

W jego głosie dosłyszałem zwątpienie. Dalej, bracie Edranie, okaż się godny przywództwa. Tracisz resztkę zapasów i pieniądze, ale jesteś blisko celu. Pamiętaj, co jest najważniejsze. Czy spalony ryż i ukradzione kiszonki warte są rozpaczy? Jesteśmy o trzy dni drogi od Konstantynopola, blisko miasta Edirne. Nawet z pustym brzuchem dotrzemy do celu. Ale czy mamy jeszcze jakiś cel? Czy mamy nasze Księgi?

– Co z Księgami? – spytał.

Dotknąłem swojej Tajemnicy ukrytej pod mnisim habitem. Podobnie uczyniła reszta z nas, ze zgromadzenia w Filipopolis. Jako ostatni Księgi dotknął brat Edran, a potem zdjął z pleców niewielki worek i wyjął z niego księgi zabrane Metodemu i Ibrahowi.

– Macie swoje Księgi? – spytałem braci z innych zgromadzeń.

Ku mojemu zdumieniu pokręcili przecząco głowami. Wtedy pojąłem. Oni nie nieśli fałszywych Ksiąg. Tylko my je mieliśmy. Podszedłem do drugiego wozu. Był prawie pusty, nie licząc siana ułożonego starannie i dwóch worków, jednego wypełnionego po brzegi woreczkami z ziołami, które zbieraliśmy z Romanem, drugiego, który zawierał wysuszone na słońcu grzyby. Dorodne kapelusze kań, małe, żółte kurki i prawdziwki nanizane na sznurek. O ile łatwiej byłoby podpalić drugi wóz. Tyle że wtedy nie uczyniono by nam większej szkody. Sprawdziłem. Kości brata Alberta tkwiły pod ziołami.

– Bracie Edranie?

Wpatrywaliśmy się w niego wszyscy.

– Co mam czynić? – spytał bezradnie.

Roman zaczął odmawiać modlitwę *Ojcze nasz*. Miał rację. Te słowa koiły nasze dusze, zawsze pomagały nam podjąć właściwe decyzje. Teraz też tak się stało.

– Brat Cyryl i brat Roman pójdą do miasta i spróbują sprzedać oliwę i... grzyby. Wypytajcie także miejscowych. Może dowiecie się czegoś o konnych. Dlaczego nas okradli i dokąd odeszli.

– Nie mogli ujść daleko – zauważył Kusman. – Ogień ledwie się tlił, a materiał na wozie jest łatwopalny.

– Brat Tesar i brat Kusman pójdą ich śladem – decydował dalej Edran. – Znajdźcie ich i sprowadźcie z powrotem. Zostali sowicie opłaceni.

To niedobra decyzja. Tesar i Kusman, choć w sile wieku, byli mnichami. Nie mieli szans w starciu z pięcioma uzbrojonymi ludźmi.

– Oni są uzbrojeni i mają konie – zaprotestował Tesar. – Już mają nad nami kilka godzin przewagi, a podróż konno jeszcze ją zwiększy.

– Nie powiedziałem, że macie z nimi walczyć... – Brat Edran wydawał się zbity z tropu.

– Nie mogą z nimi walczyć. – Wystąpiłem przed szereg. – Brat Tesar ma rację. Konni zabiją ich. A kto wie, czy nie wrócą tu po nas, aby nas dobić, kiedy dowiedzą się, że przeżyliśmy.

– Niech tak będzie. – Edran pokiwał głową. – To mądra rada. Pozostaniemy na miejscu i spróbujemy naprawić zniszczenia.

Nie mogłem dopuścić do tego, aby bracia znaleźli kości Alberta.

– Nie możemy tu zostać – zaprotestowałem. – Konni podali nam silny środek nasenny i okradli. Zabrali nam pieniądze i papiery uwierzytelniające naszą misję. Jak myślicie bracia, dlaczego?

– Nie chcieli nas zabić, tylko udaremnić nam podróż do Bizancjum... – Brat Roman pierwszy zrozumiał.

– Właśnie – potwierdziłem.

– Nie wiedzieli, że niesiemy cesarzowi Świętą Księgę... – zaoponował Edran.

– Owszem, ale słyszeli nasze rozmowy. Musieli się zorientować, że idziemy do Bizancjum z jakąś misją. To rycerze Chrystusowi. Idziemy z zakonu, jesteśmy odziani w mnisie habity, a mimo wszystko nie modlimy się, nie grzebiemy zmarłych tak jak nakazuje tradycja chrześcijańska. Nie postawiliśmy na grobie Lazara ani Odrisa krzyża...

– Uciekli, bo się nas bali! – krzyknął Matias.

– Sądzili, że jesteśmy przedstawicielami Szatana i idziemy, aby zniszczyć chrześcijański świat – podsumowałem. – Nie jesteśmy tu bezpieczni. Musimy porzucić spalony wóz, wziąć ten mniejszy, choćbyśmy mieli się do niego sami zaprząc, i pójść do Konstantynopola. Musimy tam dotrzeć jak najszybciej.

Wszyscy, nawet Edran pokiwali głowami. Odetchnąłem z ulgą. Przyjęli moją wersję wydarzeń.

– Poczekajcie na nas. Z bratem Romanem spróbujemy rozeznać się, czy drogi są bezpieczne.

– Idźcie, bracia. – Edran spojrzał na mnie życzliwie. – My przygotujemy się do drogi.

Wszyscy boją się Szatana, a on nie jest groźny. Trzeba się tylko liczyć z jego mocą i omijać, gdyż walka z tym potężnym boskim synem nie ma sensu. To właśnie przekazałem konnym poprzedniego wieczoru. Jak zwykle trzymali się na uboczu. Jak zwykle jedli posiłek, ale nie rozmawiali z nami.

– Zbliżamy się do celu – zagadnąłem.

Odpowiedział mi jedynie pomruk. Postawiłem misę z jedzeniem na serwecie, którą z kolei rozłożyłem na ziemi.

– Jedzcie na zdrowie, bracia. – Wciągnąłem powietrze, gdyż jak zwykle otaczał ich smród. Ponury rycerz postawił koło misy z jedzeniem butlę samogonu.

Miałem już odejść, kiedy jeden z nich odpowiedział.

– Dziwni z was mnisi...

Przyjrzałem mu się uważnie. Zapewne przemawiał w imieniu ogółu. Jego słowa nie miały być obraźliwe. Wyraził tylko to, o czym zbrojni szeptali w ukryciu. „Jak zdumiewające jest postrzeganie innych", pomyślałem. Uważacie nas za bezbożników, dziwaków i innowierców, a jednak od prawie trzech miesięcy darmo jecie strawę, którą wam szykujemy, i wędrujecie z nami gotowi oddać życie za naszą misję. My uważamy was za brudasów, pijaków i głupców, a jednak powierzamy wam za pieniądze bezpieczeństwo Księgi.

– Dlaczego dziwni, bracie? – Zatrzymałem się i pochyliłem głowę w pełnym szacunku geście.

– Nie jesteśmy twoimi braćmi – mruknął najstarszy.

Nie on był ich przywódcą, ale wyglądał na najbardziej zaprawionego w bojach. Na twarzy miał szramę biegnącą od lewej skroni aż do kąta szerokich ust. Częściowo bliznę przykrywał potężny wąs. Milczałem.

– Wy możecie nazywać nas dziwnymi, ale ja nie mogę mówić do was „bracia"? – Pozwoliłem sobie na zuchwalstwo.

– Wszyscy jesteśmy braćmi w Chrystusie – odezwał się ten pierwszy, prawie gładkolicy, młody, z kędzierzawą czupryną. Wyglądał na wesołego i niestroniącego od alkoholu. Widocznie nie chciał sporu.

– Właśnie – potwierdziłem.

– Oni nie wierzą w Chrystusa – odezwał się kolejny, podobny do zbója, czarny, z kędzierzawymi włosami. Patrzył na mnie spod krzaczastych brwi. – To przecież bogomili.

Słowa w jego ustach zabrzmiały pogardliwie. Drgnąłem. Musieli wiedzieć, kim jesteśmy, przecież nie zdołalibyśmy ich oszukać, dołączyli do nas wprawdzie, kiedy byliśmy dzień drogi od naszego zgromadzenia, ale musieli znać swoich zleceniodawców. Do tej pory ochrona odbywała się za milczącym przyzwoleniem. U kresu naszej wyprawy po raz pierwszy usłyszałem, że jednak się różnimy. Że bycie bogomiłem stanowi powód do wstydu dla chrześcijanina.

– Wierzymy – zaprzeczyłem. – Logos był Synem Bożym...

– To dlaczego nie stawiacie krzyży i nie budujecie cerkwi? – zarechotał przywódca. – Już ja tam wiem, że w nic nie wierzycie. Zdecydowałem się w jednej chwili. Nie zaślepił mnie gniew, nie poddałem się Szatanowi. To ten człowiek był gniewem i Szatanem zarazem.

– Wyznajemy ubóstwo, a w cerkwi aż kipi od złota. Jemy tyle, aby przeżyć, podczas kiedy wasi biskupi umierają z przejedzenia, modlimy się do Boga i szanujemy Szatana jako stwórcę świata, podczas kiedy wy modlicie się do Szatana, a Boga się tylko boicie – wyjaśniłem ze spokojem.

Zapadła cisza.

– Mógłbym cię zabić za te słowa! – Ich przywódca nagle wstał.

– Ależ panie. – Nie ruszyłem się nawet na krok. – Przyjmując pieniądze za ochronę naszej sprawy, staliście się niejako naszymi wyznawcami.

– Nie! – Zerwał się gniewnie najmłodszy, którego nazwałem Gładkolicym.

– Nie! Nigdy! – krzyknął zarośnięty.

Pozostali zaczęli im wtórować. Pozwoliłem ich gniewnym słowom przebrzmieć. Moi bracia byli daleko, nie słyszeli tej rozmowy. Brata Romana, który zwykle pomagał mi z jedzeniem dla rycerzy, także nie było. Udał się po wodę.

– Wiecie, że jesteśmy bogomiłami – przypomniałem im. – Macie inną wiarę. My wam nie wadzimy. Przeciwnie, uczciwie płacimy za waszą pracę. Nasze modlitwy sprawiają, że lekka to praca.

Liczyłem, że na mojej twarzy dostrzeże powagę, nie gniew, ale tacy jak on tylko czekali, aby wzbudzić w sobie zapalczywość. Imię Chrystusa tylko pomagało im go wywołać.

– Skąd mieliście złoto, żeby nas opłacić? Odpowiadaj! – krzyknął ten z blizną, kiedy nie kwapiłem się, żeby odpowiedzieć.

– Tego nie wiem, jestem tylko skromnym mnichem... – Pochyliłem głowę. – To decyzja starszyzny, doskonalszych braci.

– Przecież jesteście tacy ubodzy... – zakpił „bliznowaty".

– Ślubujemy ubóstwo, jak chrześcijańscy apostołowie. – Ukłoniłem się. – Ale tak, jak mówił ten, którego uważacie za Syna Bożego: oddajemy Bogu, co boskie, i cesarzowi, co cesarskie...

– Złoto na wyprawę – zarechotał i rzucił z pogardą: – Myślałby kto, że idziecie pokłonić się cesarzowi bizantyjskiemu. Za chwilę dowiem się, że przewodniczycie drugiej krucjacie!

Wszyscy się śmiali. Nie byli daleko od prawdy. Brat Roman mówił mi o tym, kiedy odwiedził mnie tamtego pamiętnego dnia.

– Jeśli pozwoli to zachować nasze wartości... – Z mojej twarzy nie schodziła powaga.

Nie bałem się go i on najwyraźniej miał tego świadomość. Moja postawa pełna pokory, a jednocześnie godności musiała im imponować.

– Plenicie się niczym zaraza – wtrącił się przywódca. – Gorsi jak niewierni, bo w ukryciu nie wierzycie.

Jeśli chcemy przeżyć, musimy się ukrywać. Co przyszło Chrystusowi z jawnego obnoszenia się ze swoją wiarą?

– Czemu się nas nie boisz? – mruknął spokojny, stateczny rycerz, który do tej pory nie odezwał się nawet słowem. – Możemy cię zabić. Twoje życie nie jest warte funta kłaków...

– Wiem o tym panie – przytaknąłem. – Ale to Bóg zdecyduje, ile jest warte moje życie, a ile twoje. Widzisz zatem, jak nasza i wasza wiara podobna jest w pewnych aspektach.

Przywódca wstał i uniósł miecz.

– Zostaw go, Anzelmie! – „Spokojny" stanął między mieczem a mną twarzą do swojego przywódcy.

Najwyraźniej miał posłuch nawet u dowódcy, ponieważ ten opuścił miecz i splunął na ziemię.

– Rozejdźmy się w pokoju – wycedził.

Ja ani myślałem, aby się ruszyć.

– Jak myślisz, panie? – spytałem, jakby nic takiego przed chwilą nie zaszło. – Za czyją sprawą wędrujemy tyle dni, a nie napadają nas ani zbójnicy, ani nie brakuje nam jedzenia? Zostaliście sowicie opłaceni, ale nie spada na wasze głowy niebezpieczeństwo.

Spojrzeli po sobie.

– Modlimy się do Pana naszego – odpowiedział. – Dlatego jesteśmy cali i zdrowi.

– Przypominam ci, mnichu, że dwóch twoich towarzyszy gryzie ziemię – dodał drugi i zarechotał. – Nas jedynie pogryzły wszy. Czyje modły są zatem lepsze?

– Śmierć nie ma znaczenia, a nawet jest pożądana – wyjaśniłem spokojnie.

Strawa im stygła. Wyraźnie dyskusja ze mną była bardziej interesująca niż napełniony brzuch.

– A dlaczegoż to? To straszna śmierć... – Ten z blizną otarł brodę ręką. Starałem się nie skrzywić z odrazą. W brodzie kłębiły się resztki gnijącego jedzenia.

– My, bogomili, wierzymy, że ciało jest materią. Tak jak wszystkie rzeczy materialne zostało stworzona przez Szatana. Śmierć uwalnia ducha od materii i pozwala spotkać się z Bogiem.

– Wiara w duszę jest chrześcijańska – przyznał Gładkolicy i nieco uspokojony chwycił za łyżkę.

– Jest wiarą w moc sprawczą stwórcy – zgodziłem się. – My nie boimy się śmierci. A wy, którzy wierzycie w to, że po śmierci traficie do nieba albo piekła, czemu tak się jej lękacie?

Przywódca zaczął kaszleć, najwyraźniej coś utkwiło mu w gardle. Podszedłem i jednym, niezbyt mocnym uderzeniem spowodowałem, że kawałek, który utkwił mu w przełyku, opadł spokojnie do żołądka. Mężczyzna zakaszlał kilka razy, a potem odetchnął głęboko. Spojrzał na mnie nie tyle z wdzięcznością, ale bez gniewu. Nie podziękował jednak.

– Dziękujemy ci, mnichu, za strawę podawaną nam co wieczór – mruknął najstarszy. – Dobry z ciebie człowiek. Lepszy niż tamci...

– Nikt nie jest lepszy. – Znów się skłoniłem. – Wszyscy jesteśmy równi w obliczu Boga tu, na ziemi. Dopiero po uwolnieniu ducha zaczynamy się różnić.

Jego słowa pochlebiły mi. Konni musieli zauważyć, że ja i Roman pracujemy najciężej, podczas gdy reszta często odpoczywa albo zatapia się w modlitwie i rozmyślaniach.

– Jesteśmy już blisko celu. – Najmłodszy czknął i się uśmiechnął. Miał jeszcze wszystkie zęby, chociaż niektóre wyraźnie czerniały.

– Bardzo blisko. – Uśmiechnąłem się lekko. – Ale zanim dotrzemy, czekają nas próby, wyrzeczenia i cierpienie.

Wpatrzyli się we mnie w milczeniu.

– Jakże to? – Naznaczony blizną odrzucił na bok miskę. On nie powiedział słowa na temat tego, że kiedyś usunąłem mu ropiejący ząb, a tym samym jeśli nie uratowałem mu życia, to przynajmniej ulżyłem w bólu. Może nie pamiętał zamroczony alkoholem, który wypił, że to ja mu pomogłem.

– Szatan będzie próbował przeszkodzić nam w naszej misji – wyjaśniłem z prostotą.

– Modlicie się do Szatana... – Przywódca spojrzał na mnie płonącymi z gniewu oczami.

– Ależ skąd – zachowałem spokój. – Tyle że on jest czujny. Dopuścił nas aż tutaj, aby uśpić naszą czujność. Teraz zaatakuje ze zdwojoną siłą. Powinniście odejść i schronić się w mieście.

– Jesteśmy niedaleko Konstantynopola – zdumiał się Gładkolicy.

– Miałem na myśli Edirne. Dojedziecie tam w dwa dni... – Wpatrzyłem się w nich uważnie.

– Mijaliśmy Edirne. To mieszane miasto, chrześcijańsko-muzułmańskie. Od wieków nie szkodzimy sobie. – Najstarszy znów uciszył przywódcę rycerzy, a ten ponownie posłuchał jego głosu.

– Mój ojciec brał udział w wyprawie na Jerozolimę. W Edirne przyjmowano nas jak przyjaciół. Także i potem...

Po utworzeniu się Królestwa Jerozolimskiego muzułmanie uznali się za pokonanych. Nie zaatakowaliby rycerzy chrześcijańskich.

– Będę się radował, jeśli po twojej stronie jest słuszność, panie. Najbardziej z tutaj zgromadzonych chciałbym dotrzeć do Konstantynopola cały i zdrowy. Cieszę się także, że już nie potrzebujemy waszej pomocy.

– Jak to? – odezwał się najmłodszy, ale umilkł pod karcącym spojrzeniem „bliznowatego".

– Kończą nam się zapasy i pieniądze.

– Co ty mówisz, mnichu? – Przywódca posłał mi złe spojrzenie.

– Wybaczcie, panie, ale strawa, którą wciąż wieziemy, jest skażona. Kiedy brat Lazar umierał, przebywał zbyt blisko worków z jedzeniem, dlatego...

Patrzyli po sobie niespokojnie.

– Chcesz nas otruć? – spytał najstarszy, patrząc na pustą miskę po zupie.

– Nie, panie... Gdyby tak było, nie wyznawałbym prawdy.

– Jeśli ziarno jest zakażone, sami też zginiecie.

– Tak jak mówiłem, panie. – Ponownie się ukłoniłem. – To nasz Bóg zdecyduje, kto zginie, a kto dotrze przed oblicze samego cesarza.

Wrócił brat Roman. Patrzyliśmy, jak stawia nieopodal naczynia z wodą.

345

– To woda, którą pijemy wieczorem – powiedziałem cicho i sięgnąłem do kieszeni habitu. Wyjąłem z niego trzy strąki datury, pięknej kuzynki bielunia. – Wrzućcie to do naszej wody. Osłabi nas, ale nie zabije. Będziecie mogli odejść w spokoju.

– Jesteś pewien? – spytał ten z blizną.

– Sam oceń, panie, czy wasza obecność nie jest zbyt niebezpieczna... – Ukłoniłem się.

Najstarszy przyjrzał mi się uważnie. – Jeśli kłamiesz...

Nie oderwałem od niego spojrzenia.

– Czemu miałbym to robić? – spytałem. – Proszę o jedno...

– A więc jednak są jakieś warunki... – Przywódca zaśmiał się krótko.

– Tylko prośba – odrzekłem. – Proszę, abyście pozostawili nam konie, które ciągną wozy...

– A jedzenie? – wyrwało się najmłodszemu.

Starałem się nie patrzeć na nich z politowaniem.

– Nie mamy już zapasów. Nie mamy także pieniędzy... Wy macie brzęczące monety i w najbliższym mieście kupicie za nie, co tylko będziecie chcieli.

– Dlaczego to robisz? – spytał najstarszy i pokiwał głową. Jego twarz wyrażała zdumienie i skupienie.

– Chronię naszą Tajemnicę – rzekłem zgodnie z prawdą. – Już nie jesteście nam potrzebni. Teraz stanowicie zagrożenie.

Stary rycerz spojrzał na mnie uważnie. Przez krótką chwilę miałem ochotę odwrócić wzrok, ale nie zrobiłem tego. Przywołałem nieliczne strzępki opowieści, które słyszałem, kiedy im usługiwałem. O zabijaniu niewiernych, gwałtach na kobietach, mordowanych dzieciach, paleniu wsi... Nawet jeśli mu się wydaje, że jest lepszy od innych, to nie ja go będę sądził, tylko jego Bóg.

– Odejdziemy w spokoju, mnichu – rzekł.

Ukłoniłem się i oddaliłem bez słowa, chociaż chciałem powiedzieć „amen".

*

Leżeli dwie godziny drogi od obozowiska. Jeden koło drugiego. Razem zażyli truciznę i razem umarli. Mieli twarze wykręcone w paroksyzmie bólu. Najmłodszy nie wiedział zapewne, co się z nim dzieje, bo w oczach miał bezgraniczne zdumienie. Ten z blizną umarł chyba pierwszy, bo leżał najbliżej obozowiska. Tuż po nim zmarł przywódca i dwóch kolejnych, ten, który się ze mnie naigrawał, i najstarszy, którego zdążyłem obdarzyć szacunkiem. Było mi go żal, ale cóż. Wszyscy oni wybrali. Ich Bóg dał im wolną wolę.

Brat Roman chwycił się za serce.

– Co oni zrobili? – wyszeptał.

Brat Roman w dobroci swojej chciał pozostać czysty. Nie wiedział, że moją misją nie było strzeżenie Tajemnicy, ale pozbycie się rycerzy. U kresu drogi miałem sprawić, aby konni nas opuścili. Nie chciałem tego robić, obawiałem się, że morderstwo skazi moją duszę. Najdoskonalszy brat Bazyli wydał mi takie polecenie. Płakałem i błagałem go o to, aby odsunął ode mnie takie brzemię. Wzbraniałem się. A jeśli moja dusza nie trafi przed oblicze Boga? A jeśli mój czyn nie będzie Bogu miły? Brat Bazyli był nieugięty.

– To twoja najważniejsza misja – rzekł. – Jedyne zadanie, jakie masz wykonać. Jeśli nasz Bóg obwini kogokolwiek, nie będziesz to ty, ale ja.

– A jeśli to zrobię, czy dostąpię zaszczytu niesienia Księgi? – spytałem zbielałymi ze strachu wargami.

– Ta misja jest ważniejsza niż niesienie Najświętszej Tajemnicy, uwierz mi...

Nie uwierzyłem.

Zgodziłem się zabić konnych, lecz nie własnymi rękoma. Otóż skłoniłem ich, aby sami pozbawili się życia. Najpierw przekonałem, aby opuścili nas i uciekli. Potem dałem do ręki narzę-

347

dzie, którym mogli nam uczynić krzywdę. Czy rycerze z krzyżem na piersiach i imieniem Chrystusa na ustach mogą się połakomić na kilka sztuk złota i uszczuplone zapasy? A jednak tak się stało. Rycerze, którym płaciliśmy za ochronę, z którymi dzieliliśmy się pożywieniem i którym usługiwaliśmy przez trzy nowie, bez wahania podali nam truciznę, a następnie ukradli zapasy, by uciec pod osłoną nocy. Czy byłem pewien, że skuszą się na te okruchy, które mieliśmy? Nie, ale pozostawiłem wszystko w rękach Boga, a on już dokonał okrutnego czynu za mnie. To nie było trudne. Wystarczyło powiedzieć, że nie mamy już pieniędzy, że mogą odejść wolno, a my nie będziemy ich ścigać. Jak bez broni i zbroi moglibyśmy ich skłonić, aby oddali nam konie i zapasy? Nie musiałem zatem straszyć ich diabłem ani opowiadać przerażających wizji potępienia odmalowanych w naszych księgach stworzenia. Ludzka natura jest bowiem zawsze taka sama. Człowiek pragnie spokoju i bogactwa. Skusi się, gdy zobaczy łatwy zysk. Nie trzeba mieszać do tego ani Boga, ani Szatana.

– Dlaczego oni nie żyją? – Brat Roman trzymał się za serce.

A więc nie wiedział, czemu zawdzięczam uczestnictwo w wyprawie. Tak, bracie Romanie, nasz przeor wezwał mnie do siebie i kazał pozbyć się konnych tuż przed bramami Konstantynopola. W istocie to nie tobie zawdzięczam zaszczyt bycia pielgrzymem.

– Żaden z pozostałych pielgrzymów nie jest na tyle bystry, żeby to zrobić – wyznał.

Czyżby widział we mnie kogoś więcej niż pokornego bogomiła, którym wydawało mi się, że byłem?

– Wola twoja bracie... – wyszeptałem, leżąc przed jego stopami. – Jest zbyt okrutna. Czyż nie wystarczy powiedzieć rycerzom, że mają nas opuścić przed bramami Konstantynopola?

– Nie mogą wrócić i rozprawiać o naszej Świętej Księdze. Papiści zorganizują wtedy krucjatę i ruszą na Konstantynopol, ścierając nas po drodze w proch.

– Nie dowiedzą się o niej... – próbowałem go przebłagać, aby nie obciążał mojej duszy zbrodnią.

– Nawet tak opaśli i gnuśni ludzie jak krzyżowcy są ciekawi. – Bazyli wykrzywił twarz w pogardzie. – Domyślą się, że bogomili nie idą do Konstantynopola po wsparcie cesarza. A wtedy mogą nam wydrzeć naszą wiarę. Kto wie, czy nie dostali zadania w swoim zgromadzeniu, że mają nas zgładzić pod bramami miasta.

Pojmowałem to aż nazbyt dobrze. Brat Roman sam mi o tym opowiadał.

– Zgoda, bracie. – Dotknąłem czołem stóp doskonałego brata Bazylego. – Oby moja ofiara miała sens.

– Cesarz Konstantynopola przyjmie naszą wiarę. Stanie się jednym z bogomiłów, a my zaniesiemy tym samym naszą wiarę na cały świat. Wyrzucimy z cerkwi chciwych chrześcijan i spalimy ich nic niewarte ikony. Duch zatriumfuje nad materią!

Wciąż leżałem z czołem wbitym w stopy najdoskonalszego, ale wyobrażałem sobie, jak na starej twarzy maluje się ekstaza. Musiał wyglądać tak, jak cztery wiosny temu, kiedy wielki cesarz pod osłoną nocy i w największej tajemnicy odwiedził nasz klasztor, aby pytać o naszą wiarę i wyrazić chęć, by ją wyznawać. Tak, rok 1114 był dla naszego klasztoru przełomowy.

– Odejdź i wypełnij swoją misję, a Bóg wynagrodzi ci to stokrotnie.

Opowiedziałem zatem bratu Romanowi o tym, co kazał mi zrobić nasz przeor. Przeraził się.

– Jesteś mordercą.– Zaczął dygotać na całym ciele.

– Nie, bracie... – zaprzeczyłem. – Ja im tylko kazałem odejść. Powiedziałem, że nie mamy już zapasów, wskazałem gdzie jest złoto. Złamałem nakaz brata Bazylego, który kazał mi zabić rycerzy.

– To niemożliwe, żeby ci to nakazał... – Patrzył na mnie przestraszony. – Skalałbyś się i nigdy nie dostąpiłbyś zaszczytu...

– Dlatego złamałem zakaz, a konni zginęli z własnej ręki. Chciwość ich zabiła. Ja pozostałem czysty.

Wpatrywał się we mnie z tym samym wyrazem grozy.

– Błagałem brata Bazylego... – zacząłem.

– Bracie, Cyrylu, wierzę ci – przerwał. – Teraz rozumiem, czemu pewne sprawy przybrały taki, a nie inny obrót, czemu brat Bazyli tak naciskał mimo sprzeciwu rady. Czemu przedwcześnie zostałeś... Za moją niejako sprawą...

Ukrył twarz w dłoniach.

– Pozostałeś czysty i ja też – zaznaczyłem.

– Pozbawiłeś nas resztek zapasów – wyszeptał.

Już nie spoglądał na mnie nieufnie, teraz patrzył z rozpaczą w oczach.

– Nie kazałem im palić naszego ziarna – odparłem smutno. – Wreszcie nie kazałem im kraść naszych zapasów. Gdyby tego nie zrobili, żyliby.

Opowiedziałem mu jeszcze, jak podałem kwiaty i pouczyłem, aby dodali je do naszej wody.

– Mogłeś nas otruć. – W jego głosie zabrzmiało niedowierzanie.

– Zrobiłem to, aby nie pozarzynali nas swoimi mieczami. Gdybyś słyszał, z jaką pogardą wymawiali słowo „bogomili". Powiedziałem im, aby podali nam środek nasenny, żeby uratować nam życie. Trucizna znajdowała się w mięsie. Natarłem paski mięsa muchomorem sromotnikowym, dla pewności dołożyłem kilka kapeluszy tych grzybów. Nie podałem im jej. Oni sami sięgnęli po śmierć, kradnąc nam mięso.

– Nie chciałbym mieć w tobie wroga, bracie... – Roman patrzył na mnie z podziwem.

– Gdyby nas nie okradli...

– Nie zginęliby – dodał z mocą i tym samym wreszcie znalazł się po mojej stronie. – Sami wybrali śmierć.

Popatrzyłem na leżącego najstarszego rycerza. Rozczarował mnie. On także jadł skradzione mięso. Uważałem go za sprawiedliwego i byłem przekonany, że prawość go ocali i przeżyje. Patrzył na mnie pustym, martwym wzrokiem. Wyobrażałem sobie, ile bitew wygrał, jak wiele dni szedł o głodzie i chłodzie, aby wyrwać Jerozolimę z rąk niewiernych. Jak wiele musiał poświęcić, aby mienić się rycerzem Jezusa. Wystarczył jeden kęs zatrutego mięsa, by leżał na mchu toczony przez larwy much. Podszedłem i wyjąłem mu zza pazuchy woreczek, w którym trzymał sproszkowaną mumię.

– Co to jest? – spytał Roman.

– To rycerz pierwszej krucjaty – wyjaśniłem. – Ci najbardziej znamienici wracali przez Egipt. Tam plądrowali groby faraonów.

– Dlaczego? – zainteresował się, jakby ten fakt był ważny w obliczu pięciu trupów rozkładających się na spalonej słońcem ziemi nieopodal Konstantynopola.

– Z dwóch powodów. Po pierwsze, szukali złota, a faraon bywał chowany z kosztownościami, o jakich się nie śniło...

– Może chcieli je ofiarować swoim świątyniom. – Popatrzył na mnie z nadzieją.

– Wątpię, bracie Romanie – odparłem zgodnie z prawdą. – Kradli i niszczyli na potęgę. Byłem prawie pewien, że ukradną złoto i zapasy. Są przyzwyczajeni do rozbojów. Ich Bóg im to wybacza.

Nie mieliśmy wiele czasu. Odór trupów na palącym słońcu mógł sprowadzić na nas nieszczęście.

– A drugi powód? – dociekał, kiedy nie odpowiadałem.

– Mumie kradli z powodów praktycznych. Wierzyli, nieszczęśni, że proszek z ciała faraona ma uzdrawiającą moc. Jest najlepszym lekarstwem...

– Musimy ich pochować – powiedział Roman, puszczając mimo uszu moje tłumaczenia.

Pokręciłem głową. Nie mamy na to czasu. Niech ich zwierzęta zjedzą albo niech tu gniją. Wskazałem dół porośnięty rzadką, wypalona słońcem trawą.

– Zaciągnijmy ich tam...

Pochyliłem się i ściągnąłem trupowi kolczugę.

– Pomóż mi, bracie – poprosiłem.

Roman pochylił się nad kolejnym martwym. Z wyraźną odrazą zaczął ściągać zbroję. Odrzucił ją, a następnie zdjął metalową ochronną kurtkę.

– Zabierzmy miecze – dodał.

Nie znałem go takim. Sądziłem, że będzie bał się chrześcijańskich zwłok. Tymczasem on odganiał muchy chmarami obsiadające opuchnięte korpusy.

– Nie możemy ich zabrać. Są zbyt ciężkie i nie mamy ich do czego przytroczyć – zaoponowałem.

– Kolczugi założymy na własne grzbiety, a miecze poniesiemy... Są zbyt cenne, żeby je pozostawić.

– Chcesz nimi walczyć? – Nie zdumiałbym się, gdyby brat Roman przytaknął.

– Nie – zaprzeczył. – Ślubowałem, że nigdy nie użyję miecza do walki. Nawet w słusznej sprawie. Ale to jest bardzo cenne. Możemy sprzedać te miecze albo dać je cesarzowi w darze.

Pokiwałem głową. Miał rację. Miecze mogą się przydać. Musimy tylko dobrze je schować.

– Zostawmy ich. – Wyprostowałem się.

Trzymaliśmy w rękach pięć długich mieczy i trzy krótkie ostrza.

– Ale ich wiara wymaga, abyśmy... – Roman odgonił rojące się muchy.

– Ich wiara nie wymaga od nas niczego... – Tym razem byłem stanowczy. – A nasze bezpieczeństwo wymaga, byśmy uciekali. Powinniśmy czym prędzej dojść do miasta.

– Zakopmy chociaż worek z mięsem, aby nikt inny go nie znalazł – poprosił brat Roman.

Kiwnąłem głową. Nie było powodu, aby ginęli niewinni. Zaciągnęliśmy martwych, wrzuciliśmy ich ciała do płytkiego dołu i przysypaliśmy piaskiem. Brat Roman rękami wyżłobił jamę. Złożyliśmy tam worek z zatrutym mięsem i grzybami.

– Niech Bóg przyjmie ich do siebie – powiedział brat Roman.

Przed oczyma stanął mi dobry brat Albert i jego niesprawiedliwa kaźń. Obym mógł pochować jego szczątki.

– Mówisz jak chrześcijanin. – Omal się uśmiechnąłem.

– To zmarli chrześcijanie – westchnął.

Potem zasypaliśmy dokładniej dół, chociaż zwłoki i tak były widoczne dla każdego, kto podejdzie na skraj dołu. Po namyśle wrzuciliśmy spalone słońcem liście. Nie byłoby dobrze, gdyby ktoś znalazł umarłych krzyżowców.

– Poszukajmy koni – orzekł brat Roman.

– Na pewno odbiegły daleko. Nie mamy czasu. Musimy iść.

– Konie nam pomogą – zaoponował. – Mogą pociągnąć wóz albo iść z dobytkiem przytroczonym do grzbietów.

Miał rację. Gdybyśmy znaleźli chociaż jednego konia, nasza wyprawa byłaby uratowana. To ważne...

– A jeśli po drodze spotkamy kogoś? – Wskazałem na miecze, które trzymaliśmy w rękach.

– Mimo wszystko musimy poszukać. Gdybyśmy znaleźli chociaż jednego... – Brat Roman uniósł rękę do góry, a potem zamknął oczy.

Zrozumiałem, że ma jakiś magiczny sposób znajdowania koni, które uciekły. Stałem, milcząc. Nagle zaczął wydawać ustami jakieś dźwięki, jakby kląskanie, mlaskanie.

– Co robisz? – spytałem. – Idźmy tamtą drogą, jest w miarę osłonięta. Gdybym był koniem...

Uciszył mnie i ponownie zaczął wydawać te same odgłosy. Wreszcie nasza cierpliwość została nagrodzona. Z oddali, po północnej stronie usłyszeliśmy ciche rżenie konia.

– Tam! – Wskazał palcem.

Pobiegliśmy. Koń wydawał się spokojny. Poznał nas i wyraźnie ucieszył, bo zastrzygł uszami.

– Gdzie są twoi towarzysze? – Roman delikatnie złapał zwierzę za uzdę, a potem przytulił twarz do lśniącej szyi.

Przemawiał cicho w nieznanym mi języku. Nie wiedziałem, że tak dobrze rozumie zwierzęta. Przez całą wyprawę trzymał się daleko od koni, nie podchodził, nie karmił ich. Podobnie żaden z nas. To jedyna powinność konnych dbanie o własne zwierzęta, które były czystsze i pachniały lepiej niż ich właściciele. My zajmowaliśmy się tylko dwoma zwierzętami ciągnącymi wozy.

– Weźmy konia i wracajmy – ponaglałem go.

Słońce stało wysoko. Za chwilę na drogach zaroi się od kupców zmierzających do cesarskiej stolicy.

– Jest jeszcze jeden – odpowiedział cicho brat Roman. – Czuję go. Bądź cicho, bracie...

W klasztorze nie dotykałem zwierząt. Mieliśmy parę koni, które służyły „doskonałym", gdy podejmowali rzadkie wyprawy do Filipopolis. Brat Gryfon się nimi zajmował, ponieważ w dzieciństwie miał do czynienia z końmi.

– Prowadź, koniku...

Koń zrobił krok i obejrzał się na Romana i na mnie. Podążyliśmy za nim w milczeniu. Szliśmy dwa kwadranse, aż wreszcie zobaczyliśmy je. Dwa rumaki stały przy drodze, przy zaschniętym drzewie i strzygły uszami. Obok nich zobaczyliśmy dwóch mężczyzn we wschodnich ubraniach. Na nasz widok odsunęli się od zwierząt.

– Odejdźmy – wyszeptał brat Roman.

– Za późno – odpowiedziałem. – Widzieli nas. To nasze konie...
Ukłoniłem się mężczyznom.

– Niech będzie pochwalone imię Najwyższego – powiedziałem po aramejsku.

Nie zrozumieli mnie. Powtórzyłem te same słowa po łacinie, grecku i bułgarsku. Znów nic. Wreszcie uniosłem dłoń i nakreśliłem w powietrzu znak krzyża. Potem wskazałem na konie. Spojrzeli po sobie.

– Może to kupcy – rzekł brat Roman, ściskając uzdę konia.

– To nasze konie – powtórzyłem w stronę mężczyzn. – Oddajcie nam je i odejdziemy w pokoju.

Pierwszy zrozumiał gest. Zaczął coś szybko mówić do swojego towarzysza. Poznałem język Serbów. Nie znałem go, ale był bardzo podobny do bułgarskiego. Powtórzyłem zatem po bułgarsku prośbę o oddanie koni.

– Co tu robicie? – spytał mnie po bułgarsku z silnym wschodnim akcentem.

– Idziemy do Konstantynopola, panie. – Ukłoniłem się. – Oczekuje nas sam cesarz.

Drugi nieoczekiwanie się roześmiał.

– Czyżby? – Złapał oba rumaki za uzdy. – Dwóch obdartusów, którzy zgubili konie?

– Oddajcie nam konie, dobrzy ludzie, i pozwólcie odejść – odezwał się brat Roman.

– Najpierw udowodnijcie, że są wasze. – Pierwszy wyszczerzył zęby i dobył miecza.

Gorączkowo zastanawiałem się, co mam zrobić. Nie umiałem walczyć. Nawet obecność dwóch mieczy za sznurem, który opasywał habit zakonny, w niczym by mi nie pomogła. Umiałem pisać i czytać w kilku językach, wiedziałem, jak posługiwać się mocą ziół, i miałem Tajemną Księgę, ale nie potrafiłbym unieść i utrzymać miecza.

Było za późno, aby odejść. Na ucieczkę nie mieliśmy szans. Brat Roman stał jak słup, ja zastanawiałem się, co zrobić.

– Zapłacimy – powiedziałem.

– A zatem macie także pieniądze. – Drugi się roześmiał i także dobył miecza. – Możemy mieć konie i złoto.

Brat Roman wyciągnął jeden z krótkich, ostrych mieczy zabranych rycerzom. Uniósł go w kierunku mężczyzn, a ci zaczęli się śmiać.

– Tym będziesz walczył, żałosny mnichu?

Pomyślałem, że Roman chce bronić księgi przytroczonej do pasa. Nie wiedział przecież, że to ja niosę tę prawdziwą. Właśnie, Księga. Nadeszła pora, aby użyć kopii, które nie mają żadnej wartości.

– Tam, gdzie rozbiliśmy obóz, mamy coś bardzo cennego – dodałem.

Żaden z mężczyzn nie opuścił miecza ani nie starł z twarzy szyderczego uśmiechu.

– Tam, gdzie rozbiliście obóz, jest was pewnie więcej. Któryś z was umie walczyć? – rzucił pierwszy.

– Dalej, mnisie psy! – wrzasnął drugi. – Nie ma czasu na pogawędki. Oddawać miecze i złoto...

– W imię! – krzyknął Roman i uniósł mieczyk wysoko nad głowę.

– Oddaj im Księgę! – krzyknąłem w tej samej chwili.

– Nigdy! – wrzasnął i ruszył na mężczyzn ciężkim krokiem, ale upadł jak długi, ponieważ długi miecz, przytroczony prowizorycznie do pasa, zaplątał się w suknię zakonną.

Jeden z mężczyzn spojrzał na Romana z pogardą, drugi podszedł do mnie z mieczem.

– A tobie życie miłe?

Pokiwałem głową.

– To daj mi tę księgę, o której wspominałeś.

Podszedłem do brata Romana, nie odwracając się plecami do wojownika. Pochyliłem się nad nim.

– Nie, nie... – błagał Roman, zasłaniając Księgę, chociaż wzrokiem próbowałem go uspokoić. Prawdziwa Księga znajduje się u mnie i nie może dostać się w ręce niegodnych.

Siłą odebrałem mu kopię bezcennego dzieła, a on płakał, wzywając głośno imię Boże.

– Co jest w środku?! – krzyknął ten pierwszy, groźniejszy, wskazując brodą na skórzany worek. – Otwórz!

Pewnie krzyki mężczyzn i płacz Romana sprawiły, że żaden z nas nie usłyszał tętentu końskich kopyt. Nagle między nas wpadło trzech mężczyzn na lśniących czarnych rumakach. Poznałem ich po strojach. Cesarscy żołnierze. Okrążyli nas i wyjęli miecze z pochew. Nasi oprawcy padli na kolana i dotknęli czołami ziemi. Brat Roman wciąż leżał skulony, ja stałem, trzymając w dłoniach skrytą w skórzanym worku Księgę. Pochyliłem jednak głowę w pełnej szacunku pozie.

– Kim jesteście? – spytał jeden z rycerzy po łacinie.

Dostrzegłem dla nas szansę.

– My dwaj jesteśmy zakonnikami z dawnej Bułgarii – powiedziałem, szybko wskazując na siebie i brata Romana. – Idziemy pokłonić się cesarzowi Bizancjum, świętego imperium, oczekuje nas.

Jeden z konnych zeskoczył z rumaka i podszedł do mnie z uniesionym mieczem.

– Ci mężczyźni chcieli nam ukraść konie... – dodałem szybko.

– Panie, on mówi nieprawdę! – krzyknął jeden z kupców, ten, który szydził z nas, i pierwszy wyciągnął miecz. – Znaleźliśmy te konie, a oni napadli nas i chcieli je odebrać!

– To nasze konie! – zaprzeczyłem.

– To złodzieje, panie! – dodał drugi z mężczyzn. – To oni nas napadli. Spójrzcie, panie, ile mają mieczy!

Nic nie powiedziałem. Nosiliśmy zakonne szaty, na nich kolczugi, a za sznur mieliśmy zatknięte po kilka mieczy rycerskich. Racja nie była po naszej stronie.

– No dalej, mnichu... – ponaglił rycerz. – Tłumacz się. Skoro zabrano ci konie, czemu nie umiałeś ich odebrać? Masz kolczugę i dużo broni...

– To nie moje miecze, panie – wyznałem cicho. – Idziemy z Filipopolis do Konstantynopola, gdzie miłościwie nam panujący cesarz czeka na nasz pokłon. Jesteśmy mnichami i nie umiemy walczyć. Ochraniali nas rycerze chrześcijańscy, ale zdradzili i uciekli z resztką zapasów i końmi. Nie tylko swoimi, ale także tymi, które ciągnęły nasze wozy. Bez koni nie dotrzemy przed oblicze cesarza. Poszliśmy z bratem – wskazałem na wciąż leżącego na ziemi brata Romana – aby ich poszukać.

– I znaleźliście? – spytał rycerz.

Wciąż trzymał miecz wysoko uniesiony. Pozostali nie zsiadali z koni.

– Tak, panie – potwierdziłem. – Znaleźliśmy, ale cała piątka była martwa. Pochowaliśmy ich, wcześniej zabrawszy miecze. Szukaliśmy koni i wtedy natknęliśmy się na tych ludzi.

– To nieprawda, szlachetny panie! – wrzasnął drugi z mężczyzn. – Oni nas zaatakowali! My się jedynie broniliśmy!

– Chcieli przekupić nas cenną zdobyczą! – dodał pierwszy. – Ten człowiek nie jest chrześcijaninem! Dalibóg. nie jest! A to, co ma w rękach, nazwał skarbem!

– Jesteś chrześcijaninem? – Chciał wiedzieć rycerz.

– Jestem bogomiłem, panie – wyznałem z dumą. – A to, co niesiemy do Konstantynopola, to nasza najświętsza Księga.

– Jeśli kłamiesz mnichu, zabiję cię. – Podszedł do mnie.

– Nie kłamię, panie. – Nie cofnąłem się i nie spuściłem wzroku.

Wyciągnąłem rękę, w której trzymałem księgę owiniętą w skórę.

– Spójrz, szlachetny panie – dodałem. – To jedna z ksiąg, które wieziemy w darze. Jesteśmy gotowi oddać za nie życie.

– Ten człowiek kłamie! – krzyknął klęczący mężczyzna. – To bogomili! Ścierwa! Wierzą w Szatana!

– Powiesić ich! – wrzasnął drugi.

Rycerz uniósł miecz. Odruchowo zamknąłem oczy. Usłyszałem świst ciężkiego żelaza. Pierwszy agresor padł bez jednego jęku. Drugi zaczął się trząść.

– Darujcie, panie! Jesteśmy niewinni!

– W takim razie wstań i walcz ze mną – polecił rycerz. – Jeśli zdołasz sprawić, abym cofnął się poza tę linię, weźmiesz konie i pójdziesz wolno.

Mężczyzna wstał niepewnie. Wyciągnął miecz i ruszył na rycerza z krzykiem. Ten powalił go jednym ciosem. Jeszcze przez chwilę nieszczęsny wił się z bólu, potem znieruchomiał.

– Możesz ich przeszukać – zwrócił się do mnie. – Co znajdziesz, to twoje. Bierzcie konie i odejdźcie wolno.

– Daruj, panie – powiedziałem. – My nie kradniemy. Nie będziemy przeszukiwać tych ludzi i nie zabierzemy im nic, choćby mieli złoto i kosztowności.

Rycerz spojrzał na mnie z ogromnym zdumieniem. Pozostała dwójka zsiadła z koni.

– A zatem naprawdę te miecze należą do was.

– Już mówiłem, panie, nie należą do nas, ale do rycerzy, którzy nas zdradzili. Zabraliśmy je, gdyż musimy dotrzeć przed oblicze cesarza.

Rycerz, który ze mną rozmawiał, zbliżył się. Pozostali dwaj podeszli do brata Romana i pomogli mu wstać.

– Chcesz te miecze ofiarować najjaśniejszemu panu? Taki jest cel waszej wyprawy?

– Nie – zaprzeczyłem zgodnie z prawdą. – Celem jest przedstawienie naszej najświętszej Księgi, największej tajemnicy.

Konstantynopol czeka na nas. Nic nie może nam przeszkodzić w tej wyprawie, dlatego... dlatego...

Brat Roman wciąż się nie odzywał.

– Mnichu... – powiedział drugi rycerz. – Jesteście dzień drogi od Konstantynopola, ale dzień, w którym przekroczycie próg pałacu, może nigdy nie nadejść. Jak zamierzacie wejść przez bramę miasta? Jak dotrzeć do pałacu?

– To było moje zadanie – odezwał się brat Roman, który odzyskał mowę. – Z pomocą Bożą dostąpimy zaszczytu przyjęcia przed oblicze najjaśniejszego z władców, pana tego świata, łącznika między tym, co wschodnie i zachodnie, przyszłości ziemskiego padołu...

Rycerze spojrzeli po sobie. Tym razem ja stałem wstrząśnięty.

– Rzeczywiście sprzyjają wam niebiosa – przyznał ten trzeci.

– Należymy do gwardii cesarskiej. Zaprowadzimy was do miasta, jeśli przekonacie nas, że cesarz rzeczywiście was oczekuje.

– Cztery wiosny temu najświętszy ze śmiertelnych odwiedził nasze zgromadzenie – relacjonował Roman. – I tym samym uświęcił naszą działalność. Mieliśmy dotrzeć na te ziemie, kiedy słońce będzie wysoko w czasie miesiąca augusta. Rok pański 1118 jest rokiem, w którym ponownie pokazała się kometa zwiastująca nadejście przełomu. Ta data się zbliża.

Spojrzałem na Romana. Stał śmiało i rozmawiał z rycerzami. Już się nie bał. Teraz ja zaczynałem się obawiać. Pojąłem, że każdy z uczestników wyprawy ma swoje sekretne zadanie. Każdy nosi tajemnicę. Ja miałem sprawić, aby rycerze nas opuścili dnia jedenastego ósmego miesiąca roku.

– Co miałeś powiedzieć, aby cię wpuszczono do pałacu – spytał pierwszy rycerz

Brat Roman popatrzył na mnie, a ja kiwnąłem głową.

– Granice odgradzające nasze imperium to w istocie dwa słupy. Herkules, gdyby istniał, mógłby je postawić jeden na wschodzie, drugi na zachodzie. Możnowładcy kazali zbudować ścianę, aby chronić pana naszego przed zdradzieckim atakiem. Pan pogniewał się, gdyż zdrajcy drżeli przed nim, odkąd niewiernemu na kolana kazał paść...

Roman przerwał, ja wpatrywałem się z nadzieją w rycerzy. Milczeli chwilę, potem ukłonili się nam.

– Bądźcie pozdrowieni, szlachetni bracia. Pan nasz, Aleksy Komnen, jego imię jest wielkie, oczekuje was. Wskażcie nam drogę do swoich towarzyszy, a my zaprowadzimy was wszystkich przed jego oblicze.

Gospodarz nie był uprzejmy. Okazał zdumienie na nasz widok.

– Nakarm nas, jak obiecywałeś – zażądał Chrystus.

Mężczyzna chciał coś powiedzieć, pewnie to, że jest nas zbyt wielu, ale pokornie pokiwał głową i wpuścił do środka.

– Czy nikt was nie widział, szlachetny panie? – spytał.

Jezus milczał.

– Gospoda jest zajęta, możecie zająć pokój z tyłu, za budynkami. Nikt nie będzie wam przeszkadzał.

Mężczyzna najwyraźniej był przestraszony. Musiał usłyszeć, że zamieszki i awantura w świątyni to dzieło Jezusa. Pewnie żałował, że obiecał gościnę w zamian za uzdrowienie syna.

– Nie możecie zostać na noc... – dodał jeszcze, po czym poszedł po wieczerzę.

Pomieszczenie było niewielkie, dlatego tłoczyliśmy się na ławie. Gospodarz postawił przed nami chleb i dzban wina oraz kilka ryb. To więcej niż skromnie, chociaż dla tak głodnych jak my nie do pogardzenia. Jeśli jednak Pan nie rozmnoży jedzenia, znów będziemy głodni.

– Zamknijcie drzwi – poprosił Jezus, kiedy gospodarz miał wyjść, a potem modlił się długo.

Usiadłem obok Luki i Matiasa, naprzeciwko Jezusa. Po jego prawicy Piotr, po drugiej stronie Jan wpatrujący się w niego z podziwem i miłością. Jakub szeptał po drodze, że to jego ulubiony uczeń. Chciałem odpowiedzieć, że ja jestem ulubionym uczniem naszego Nauczyciela, ale nie mogłem kalać swoich warg nieprawdą. Nauczyciel mimo moich wysiłków nikogo z nas nie wyróżniał.

Osłabłem z głodu, czułem się gorzej niż zwykle. Matias popatrzył na mnie ze współczuciem.

– Jesteś głodny, prawda? Czy Marta i Maria nie ugościły was? – spytał.

Skąd on wie, że zatrzymaliśmy się w Betanii?

– Jezus nam powiedział. Czekaliśmy na was tu, w Jerozolimie. Pan wszystko wie. Zna nasze myśli, nawet zanim przyjdą nam one do głowy.

Spojrzałem na Jezusa. Nie wiem, czy mi się tylko wydawało, ale jego sylwetka była bardziej niż wychudzona, oczy błyszczały niezdrowo.

– Czy Jezus nic nie je? – Wyrwało mi się spod piersi.

– Nie – zaprzeczył spokojnie Jakub. – On nigdy nic nie je. Jest Bogiem.

Jezus skończył modlitwę. Wciąż jednak nie zaczynamy wieczerzy.

– Poproś o wodę – powiedział, a Andrzej udał się do gospodarza i wrócił po chwili ze sporym naczyniem pełnym wody. Ze zdumieniem obserwuję, jak Jezus rozbiera się z wierzchniej szaty i schyla kark przy stopach Piotra. Obmywa je starannie mimo protestów najstarszego z apostołów i przechodzi do kolejnego.

– Gdzie Nauczyciel? – spytałem.

Nie zauważyłem, kiedy odszedł. Czy wszedł z nami do gospody? Nie ma jeszcze Ezdrasza, Samuela, Sariusza i Abiasza. W gospodzie są tylko uczniowie Jezusa i ja.

– Dokąd poszli moi towarzysze? – Chcę wiedzieć.

Kręci mi się w głowie, zapewne z głodu i pragnienia. Kiedy Jezus obmywa mi stopy, staram się zapamiętać jego dotyk. Jest jak błogosławieństwo, jak chrzest udzielony mi kiedyś przez Nauczyciela. Jest jak wspomnienie Rebeki i Miriam, oby nie doznały wielu cierpień z mojego powodu.

– Poprosiłem ich, aby się oddalili – powiedział Piotr i uniósł kielich.

– Zostaw wino, Piotrze. – Choć Chrystus nie patrzy na Piotra, w jakiś cudowny sposób wie, że chce on wznieść toast.

– Panie. – Zawstydzony Piotr odstawił kielich. – Jesteśmy głodni i spragnieni, a ty myjesz nam nogi. Co to znaczy, panie?

Wzrok Jezusa spoczął na mnie, ale odpowiedź skierował do Piotra.

– Będziesz kapłanem, Piotrze. Nie grzesz niecierpliwością. Wszyscy, którym umyłem dziś nogi, będą służyli innym, tak jak ja im dzisiaj usłużyłem. Pamiętajcie o tym.

– Jak mamy być kapłanami? Przecież potępiasz kapłanów? – spytał Tomasz, cichy człowiek, który wpatrywał się w chleb.

– Potępiam chciwych i pazernych, którzy tylko mienią się sługami Bożymi. Wy będziecie sługami ubogich. Nie szanujcie nikogo, kto z moim imieniem na ustach pragnie bogactw. Nie służcie nikomu, kto nóż okręci szarfą z moimi barwami. Ukochałem jedynie ubogich i wierzących.

Nie jestem pewien, czy dobrze zrozumiałem te słowa.

– Przywróćcie kapłaństwu prawdziwą wiarę. Bądźcie przewodnikami ludzi. Nie miejcie bałwanów, tylko słowa pociechy, a mój wizerunek w sercu.

Wszyscy pochyliliśmy głowy.

– Gdzie jest Nauczyciel? – ponowiłem pytanie. – Przybyliśmy tu dla ciebie, nasz Panie, nie szczędząc trudów...

– Patrz, kronikarzu – przerwał mi. – A potem zanotuj i przekaż pisanie potomnym. Będziecie mówili słowami z Ducha Świętego, ale świadectwo zaginie...

– Nie zaginie, panie – zapewniamy wszyscy naraz.

– Zaginie i znajdzie się wypaczone – odpowiedział Jezus. – Wypaczą i sprzedadzą je kapłani, kiedy was zabraknie.

– Nie dopuścimy do tego, panie. Pójdziemy w świat i będziemy uczyć inne narody.

Jezus był jakby nierzeczywisty, a może to moja wyobraźnia płatała figle. Dziwnie się czuję. Uniosłem wraz ze wszystkimi kielich wina, który i on podniósł. Nie zrozumiałem słów, które wypowiedział.

– Pijecie nie wino, lecz krew moją. Pijcie i syćcie się nią.

Gęste i słodkawe wino miało cierpki smak. Byłem bardzo spragniony, lecz nie mogłem się napić. Walczyłem z mdłościami. Jedna kropla spadła na stół, gęsta i lepka jak prawdziwa krew. Co się ze mną dzieje?

– Podzielimy się nie chlebem – kontynuował Jezus – lecz moim ciałem. Oto zamieniłem go w ciało moje. Spożywacie mnie...

Chleb smakował jeszcze gorzej, widziałem po minie jego i moich towarzyszy, że ledwie przełykają kęsy. Siłą powstrzymałem się przed zwróceniem zawartości żołądka.

– Panie – odezwał się apostoł siedzący na samym końcu stołu. – Pójdźmy do tego gospodarza i powiedzmy mu, aby dał nam prawdziwe jedzenie. Wino jest kwaśne i słodkie zarazem, kto wie, czy nie ma w nim octu i miodu. Chleb jest skażony jakąś nieznaną nam...

– Nie trzeba nigdzie chodzić, przynajmniej nie teraz – oznajmił Jezus. – Powiem wam, kiedy macie pójść. Wtedy, gdy przyjdzie na was czas.

Potem zwrócił się do mnie.

– Twój Nauczyciel i wskazani przeze mnie ludzie udali się do domostwa, o którym im powiedziałem. Ty także się tam udasz. Zapiszesz wszystko, co tu się stało. Potem odejdziesz.

– Tak, panie. – Schyliłem głowę. Ciągle czułem się źle.

– Będziesz trzymał Jana Baptystę z dala ode mnie, rozumiesz? Nie rozumiałem, podobnie nie rozumieli tych słów inni.

– Jan nie może mnie zobaczyć po wschodzie słońca.

– Jak każesz, panie... – Bałem się spytać o przyczynę.

Jezus trzymał kielich, ale wino najwyraźniej także mu nie smakowało, gdyż unosił je, jakby chciał wznieść toast, i stawiał na stole. Miał rację Jakub. Jezus nie jadł ani nie pił. Rozumiem, czemu mógł pozostawać na pustyni przez czterdzieści dni bez jedzenia i wody. Pozostali uczniowie powoli żuli chleb.

– Ty jednak przyjdziesz i zapiszesz ponownie to, co zobaczysz – mówił. – Nie będziesz przeinaczał niczego. Nie zdradzisz mnie ani nie oszukasz. Nie do zachodu słońca. Potem ponownie wrócisz do Jana i swoich towarzyszy.

– Tak – powtórzyłem, starając się zapamiętać wszystko, choć nie rozumiałem do końca jego słów.

– Musicie szybko uciekać z Jerozolimy, uczniowie Jana. Macie inne zadania niż oni. – Wskazał swoich apostołów.

– Jakie jest nasze zadanie? – spytał Piotr.

– Twoje to nie zaprzeć się mnie – powiedział Chrystus.

– Panie. – Piotr przemawiał gorliwie. – Nigdy się ciebie nie zaprę, choćby mnie miano ukamienować.

Jezus spojrzał na niego surowo.

– Zaprzesz się mnie nie raz, nim słońce wzejdzie – odparł. – Będziecie się bali własnego cienia – dodał. – Drżeli przed podmuchem wiatru, a potem wstaniecie silniejsi i odważniejsi niż kiedykolwiek. Będziecie umierać w imię moje, lżeni i opluwani przez bezbożnych, odepchnięci przez tych, którym będziecie nieść wiarę.

Dokonywało się tutaj coś dziwnego i wielkiego.

– Wieczerza dobiegła końca, towarzysze moi. Moi umiłowani uczniowie, wybrani spośród tłumu, wierni i oddani.

Spojrzałem na garstkę apostołów. Ponoć na początku było ich dwunastu, ale pokonały ich choroby podczas pielgrzymowania i głoszenia Słowa Bożego. Nauczyciel także wybrał nas tuzin, ale my żyliśmy mimo wycieńczającego marszu i tego, co się zdarzyło. Czy garstka świadków może zanieść nową wiarę we wszystkie miejsca na świecie?

– Nadszedł czas pożegnania – przemawiał Jezus. – Ci, którzy chcą, niech udadzą się ze mną do gaju oliwnego. Będę się modlił za wasze dusze i za swoją sprawę.

Wszyscy zerwali się z miejsc, ale Jezus uniósł rękę i popatrzył na mnie.

– Kronikarzu, zapisz to, co widziałeś, potem odejdź. Nie będziesz niepokojony przez nikogo. Potem uczyń to, co ci nakazałem.

Pokiwałem głową. Następnie Jezus zwrócił się do swojego ucznia, siedzącego z boku.

– Czyń, co masz czynić, niczego nie żałuj. Nie będziesz temu winien. Zbawienie dokona się dzięki tobie.

Wymieniony cofnął się aż pod ścianę. Jego twarz wyrażała bezgraniczną rozpacz.

– Idź, Judaszu – zachęcił go Chrystus.

– Panie, oddal ode mnie to brzemię – poprosił apostoł. – Nie mogę dźwigać tego krzyża.

– Nie będziesz. – Jezus położył rękę na jego głowie. – Idź w pokoju.

Potem zwrócił się do mnie.

– Wyjdźcie razem. Zapisz to, co on – wskazał na Judasza – ci powie.

– A oni? – Pokazałem na pozostałych.

– Będą przy mnie, potem oddalą się na moje polecenie. Muszę wypić swój kielich sam.

*

Na twarzy Judasza widziałem ogromne cierpienie. Szedł szybko, mocno pochylony, z jego oczu płynęły łzy.

– Co masz uczynić, że tak bardzo cierpisz?

– Mam go zdradzić – wyrzucił z siebie i zaczął krzyczeć w stronę gwiazd. Jego głos niósł się echem po ogrodzie oliwnym.

Próbowałem go uspokoić, bojąc się, że zostaniemy pojmani, ale wydawał się głuchy na moje prośby. Krzyczał tak długo, aż przestał wydawać z siebie głos.

Gdzieś w oddali modlił się Jezus, sprawca jego cierpienia.

– Jak to zdradzić? Komu masz go wydać?

– Arcykapłan Annasz i inni chcą go pojmać i oskarżyć o bluźnierstwo.

– Za to, co zrobił w świątyni?

– Tak. – Położył się na ziemi wyczerpany krzykiem i płaczem. – I za to, co robił przez ostatnie trzy lata.

– Przecież nauczał, uzdrawiał i głosił Słowo Boże – sprostowałem, wyjmując swoją kronikę. Zostało niewiele barwnika. Powinienem ważyć słowa. – Czynił dobro...

– Czyni dobro zwykłym ludziom, ale przeszkadza możnym tego świata.

– Jeśli zostanie pojmany, co się z nim stanie?

– Zostanie umęczony i ukrzyżowany. Tak mi powiedział. – Judasz znów spojrzał na mnie z rozpaczą.

– Niemożliwe. Jakie są jego winy? Że nazywa siebie Synem Bożym? Dał temu świadectwo, choćby wskrzesiwszy Łazarza. Że mówi o ubóstwie? Nie ma przecież nic i nikomu niczego nie zabrał.

– Nie rozumiesz... – Zakrył dłońmi twarz. – Ma się dokonać zbawienie, a ja... mam go wydać... On mi kazał, zmusił mnie.

Ciągle nie rozumiałem. Przecież ostrzeżono Jezusa. Tyle osób jest gotowych, aby go ochronić. Na pewno ci, których uzdrawiał, karmił i pocieszał.

– Nie rób tego – poprosiłem bezradnie.

– Zapisz to, dobry człowieku – wyszeptał. – Zapisz to, co powiedziałem, i to, co zobaczysz. Potem biegnij, ile sił w nogach do swoich towarzyszy. Pan ich wybrał, kazał im odejść wraz z Nauczycielem i się ukryć. Każdy z nas ma swój udział w zbawieniu.

– Ja... – zawahałem się. – Ja nie rozumiem...

– Zrozumiesz. Pisz, a potem biegnij, ile sił w nogach, biegnij. Oddalił się. Stanąłem za drzewem oliwnym i obserwowałem gospodę. Wyszedł z niej Jezus w otoczeniu kilku uczniów. Potem udał się sam na niewielkie wzniesienie i padł na kolana. Długo się modlił. Zdążyłem zapisać dziwne słowa, które usłyszałem od Judasza, i to, co miało miejsce podczas wieczerzy. Nie pominąłem niczego, nawet dziwnego smaku chleba i wina. Spisałem wszystko, aby nie uległo zapomnieniu ani wypaczeniu.

Skończyłem, schowałem kronikę do skórzanego worka i zarzuciłem sobie na ramię. Wtedy gaj wypełnił się żołnierzami rzymskimi.

– Rabbi. – Głos Judasza był znów silny i głośny, a potem zobaczyłem, jak podchodzi do Jezusa i składa pocałunek na jego wargach. – Bądź pozdrowiony, rabbi!

Rzymianie natychmiast pojmali Jezusa. Uczniowie starali się zasłonić go, jeden z nich, chyba Piotr, zabrał miecz Rzymianinowi i machał nim w powietrzu. Słyszałem krzyki i złorzeczenia, a potem wszystko ucichło. Żołnierze odeszli z Jezusem, a uczniowie rozpierzchli się nie wiem nawet gdzie.

Nie pobiegłem od razu do gospody, w której czekali Nauczyciel i moi towarzysze. Siedziałem w gaju oliwnym, modląc się i prosząc Boga o wskazówki.

– Jestem tylko marnym sługą. – Składałem ręce, a potem powtarzałem Modlitwę Pańską: – „Ojcze nasz, któryś jest w niebie"...

„Postępuj tak, jak kazał Pan", zadźwięczało mi w głowie. „Idź do swoich towarzyszy i powiedz, co się stało. Może oni coś poradzą. Nauczyciel wie, co czynić. Co tu jeszcze robisz nieszczęśniku?"

Ruszyłem przed siebie, ale uszedłem ledwie sto kroków i zatrzymałem się pod jednym z drzew. Padłem na kolana, szlochając. Nade mną wisiało ciało Judasza, który nie zniósł cierpienia, które miałoby się stać udziałem Jezusa, i odebrał sobie życie po wypełnieniu powinności.

– Czemu, panie, obarczyłeś jego tym zadaniem? – pytałem, grzebiąc wątłe ciało. – Czy nie powołałeś go po to, aby służył ludziom dobrem? Czy musiałeś wyznaczyć mu zadane ponad siły? Czemu właśnie jego tak bardzo doświadczyłeś?

Potem modliłem się nad mogiłą. Przy pasie Judasza znalazłem sakiewkę, a w niej srebrne monety, nie liczyłem, ile ich było. Zabrałem je, by oddać Nauczycielowi. Zapłata za pozorną zdradę może uratować Jezusa.

– Nauczycielu... – Zapukałem trzy razy po cztery uderzenia, dwa krótkie, dwa długie.

Drzwi otworzył mi Sariusz.

– Czy się dokonało? – spytał Nauczyciel.

– Uwięzili go – potwierdziłem.

– Możemy go uratować. Zapłacić... – Wyjąłem pieniądze Judasza.

Nauczyciel pokręcił przecząco głową.

– Kazał nam odejść i nie patrzeć na jego mękę – powiedział. – Jeszcze dziś w nocy ruszymy w drogę.

– Dokąd pójdziemy? – odezwał się Abiasz.

– Pójdziemy w świat – rzekł Nauczyciel. – Pieniądze oddamy ubogim.

– Nauczycielu, nie możemy odejść bez naszych pozostałych towarzyszy – zaprotestowałem. – Musimy ich odnaleźć. Byli w ogrodzie Getsemani, kiedy zabierano Chrystusa. Wiedzą, co powiedział. Jezus kazał mi być kronikarzem tych dziejów, spisać je dla potomnych.

– Teraz to już nie ma znaczenia. – Nauczyciel pochylił głowę. – Będą dawali własne świadectwo, są do tego przygotowani. My także rozejdziemy się po świecie. Będziemy głosić prawdę.

Samuel, Sariusz i Ezdrasz stanęli po mojej stronie.

– Nie. Szliśmy tutaj, aby towarzyszyć Chrystusowi w jego dziele. Cokolwiek miałoby to dla nas oznaczać. Nie odejdziemy niczym tchórze. Zostaniemy do końca i damy świadectwo temu, co zobaczymy. Pomożemy Chrystusowi i Arielowi.

– Cokolwiek stanie się naszym udziałem, nie opuścimy Jezusa – oznajmił Abiasz.

Nauczyciel pokiwał niechętnie głową.

*

Świt zastał nas pod twierdzą Antonia, w miejscu zwanym Litostrotos. Szpiedzy donieśli nam, że właśnie w niej przebywa Jezus. Razem z nami stało tam wielu ludzi.

– Wczoraj szydził z kapłanów, a dziś został zaprowadzony przed oblicze Annasza – powiedział niski mężczyzna, którego twarz kojarzyłem z tłumu pod świątynią. Był jednym ze sprzedawców gołębi. Jezus wywrócił mu stragan.

– Ty go przekląłeś! – krzyknął inny, ten sam, którego Jezus wyleczył z bolesnego guza na głowie.

– Trzymaj język za zębami – dodał inny. – Bo ty także możesz podzielić jego los.

– Ludzie! – Ezdrasz zwrócił się do ludzi pod drzwiami twierdzy. – Dlaczego tak mówicie? Ty – wskazał przysadzistą kobietę – przyszłaś do niego i prosiłaś o błogosławieństwo, bo twoje dzieci nie miały co jeść...

– Tak! – wykrzyknęła kobieta. – I co z tego mam? Powiedział mi, abym dała ofiarę. Wrzuciłam do puszki wszystko, co miałam. Nie nakarmił mnie ani moich dzieci!

– To nie twoja ofiara jest za to odpowiedzialna! – złościł się Ezdrasz. – Po co tu przyszłaś? Idź do domu!

– Nie mam za co świętować Paschy – odpowiedziała, po czym odeszła, zanosząc się płaczem.

– A ty? – Abiasz wskazał palcem mężczyznę z guzem na głowie. – Co tu robisz?

– Modlę się za Jezusa z Nazaretu. – Uniósł złączone dłonie. – Aby jego prześladowcy zniknęli, sczeźli, aby ich ciała pokryły się strupami, a wrzody otworzyły się i aby nasiadały w nie muchy i czerwie...

– Dość! – wykrzyknął Nauczyciel. – Sądzisz, że Pan potrzebuje twoich złorzeczeń?

– Nic innego nie mogę mu dać. – Mężczyzna toczył pełnym pasji wzrokiem po twarzach zebranych. – Jeśli Bóg ześle śmierć na jego sędziów, wtedy Pan będzie wolny.

– Jeśli jest Bogiem, uwolni nas i siebie! – krzyknęła inna kobieta. Zza jej pleców wychyliła się mała dziewczynka, ta sama, którą dwukrotnie już widziałem.

– Czekaj! – Starałem się pochwycić małą, ale ktoś zasłonił kobietę, a potem dziewczynka zginęła w tłumie.

– Tak! – Podniósł się tumult wśród zgromadzonych. – Niech udowodni, że jest Synem Bożym. Niech go Jahwe uwolni!

– Ludzie, tak nie można! – Dało się słyszeć i inne głosy.

– Na jedno skinienie zlecą się anioły i uwolnią go! Jeśli naprawdę jest Synem Bożym!

Wrzaski zagłuszały moje myśli. Nie pomagała uniesiona ręka Nauczyciela. Zwolennicy Jezusa wrzeszczeli na jego przeciwników. Ludzie złorzeczyli sobie wzajemnie.

– Wy byliście z nim! – Drobna kobieta nie mogła opanować złości. – Ponoć wydał go własny uczeń! Może to wy go zdradziliście!

– Zdrajcy! Zdrajcy!

– To nieprawda! – zabrałem głos. – Jezus zapowiadał, że to się ma stać i on...

– Wydał go jego uczeń! Może to ty?!

– Zostawcie go – protestował Nauczyciel. – Nic nie uczynił złego!

– Albo on! – Ludzie zwrócili się przeciwko Piotrowi, który stał w oddali.

– Nie! Nie! – bronił się. – Nie znam go!

– Do lochu! Jest jednym z wichrzycieli! – skandował tłum po prawej.

– Do lochu! To on wydał Jezusa z Nazaretu!

– Nie... – zaparł się ponownie Piotr. – Nie znałem go, ludzie.

– Stałeś u jego boku w świątyni! – wrzasnął człowieczek w bogato zdobionej szacie.

– Nie! – zaprzeczył Piotr po raz trzeci. – Mylicie mnie z kimś!

Odwrócił się i zaczął uciekać. Nikt go nie gonił. Przypomniałem sobie słowa Mesjasza o tym, że Piotr się go zaprze.

– Słuchajcie! Mówią, że zaprowadzono Jezusa do Annasza, a ten nie chciał go uwolnić, tylko potwierdził, że bluźnił przeciw Bogu i złorzeczył władzy. Annasz chce jego śmierci! – relacjonował ktoś.

Arcykapłan Annasz powinien smażyć się w piekle, skoro chce zgładzić Syna Bożego.

– Annasz bał się sam go skazać, dlatego odesłali Jezusa do Kajfasza.

– To gdzie jest teraz nasz Pan? – spytałem.

Nie czułem lęku, nie bałem się, że pojmą mnie i wrzucą razem z nim do więzienia. Gdyby tak miało się stać, Jezus kazałby mi oddać kronikę. Chociaż nie, przeciwstawiłem się mu. Mówił, że mam być świadkiem jedynie jego pojmania w Getsemani, potem odejść wraz z Nauczycielem.

– Jezus jest ponownie w twierdzy, w Litostrotos – odezwał się znów ten człowieczek.

– Skąd wiesz? – spytałem.

– Moja matka żebrze przy kościele wschodnim – powtórzył poprzednią odpowiedź. – Jej modlitw słucha Bóg bardziej niż innych. Jezus czeka na posłuchanie u Piłata z Pontu, namiestnika rzymskiego. Ani Annasz, ani Kajfasz nie chcą wydać wyroku. Chcą, aby zrobił to rzymski namiestnik.

– Piłat z Pontu nie skaże Żyda za winy, o które oskarża go Sanhedryn – stwierdził Sariusz.

– Módlmy się – westchnął Jan Chrzciciel.

Kolejne godziny nie przyniosły rozwiązania. Ludzie odchodzili do swoich spraw, inni zajmowali ich miejsce. Nie dostrzegałem uczniów Chrystusowych, jedynie niewielką, szczupłą sylwetkę Jana, który nie bojąc się pojmania, trwał blisko drzwi do więzienia. Widziałem, że był pogrążony w modlitwie. Podszedłem do niego i ukłoniłem się mu.

– Bądź pozdrowiony, kronikarzu. – Jego głos był smutny, pozbawiony nadziei.

– Co się stanie? I dlaczego?

– Mesjasz to zapowiedział – wyjaśnił. – Umrze i trzeciego dnia zmartwychwstanie. Tak jest zapisane w piśmie.

– Dlaczego? Musiał wam mówić o tym...

– Mówił, chociaż nie wszystko rozumieliśmy. Brak mi nadziei, kronikarzu. Wszystko się ziści, wszystko to, co zapowiadał. Miałem nadzieję, że się myli.

– Czy nie prosiliście, aby nie burzył tej świątyni?

– Błagaliśmy, a on powtarzał, że umrze za nasze grzechy. Módlmy się.

– Gdzie są pozostali? – Ponowiłem pytanie.

– Zapewne pojmani albo uciekli. Was także nie ma wielu.

– Pewnie wrócili się do bram Jerozolimy i czekają, aż do nich dołączymy – odparłem. – Będziemy apostołami podobnie jak wy. Ja będę kronikarzem.

– Powinniście odejść już teraz, w przeciwnym razie zostaniecie pojmani, a twoje pisanie pójdzie na marne. – Spojrzał smutno. – To także przepowiedział. Odejdź, kronikarzu, póki czas.

– Nie odejdziemy – upierałem się.

– Musisz, jeśli nie chcesz zaprzepaścić jego dzieła.

Wtem na balkonie pojawił się Piłat z Pontu. Tłum ucichł.

– Posłuchajcie, co ma do powiedzenia Piłat z Pontu, namiestnik prowincji w imieniu cesarza Tyberiusza Klaudiusza Nerona Druzusa Agryppy! – krzyknął eksponent.

Słońce raziło nas, kiedy spoglądaliśmy w górę na oblicze Piłata.

– Oto człowiek! – przemawia Piłat. – Nie znajduję w nim winy! Uwolnię go!

Oto człowiek! Oto sprawiedliwość! Wiwat namiestnik rzymski uczciwszy niż bogobojni Żydzi. Wiwatujemy, ale zagłuszają nas przeciwnicy Jezusa.

– Jeszcze raz wam powtarzam! – Piłat ociera pot z czoła. – Nie znajduję w nim winy!

– Bluźnił przeciwko Bogu – rzekł Kajfasz. – Ogłosił się królem tej ziemi, a wszyscy wiemy, że jedynym prawdziwym królem jest cesarz rzymski!

– Mówił, że królestwo nie jest z tego świata! – dodał Annasz. – Zamierza podburzać także inne narody!

Tłum zaczął krzyczeć. Poczułem przerażenie. Popychają mnie i straciłem z oczu Nauczyciela.

– Uciekaj! – powtórzył mi bezgłośnie Jan, ukochany uczeń Chrystusa.

– Uciekaj – powiedział głos dziewczynki, ale jej nie dostrzegłem. Musiało mi się wydawać.

– Nauczycielu! – zawołałem.

Dostrzegłem Abiasza niosącego na plecach bezwładne ciało. Nauczycielu, cóżeś ty uczynił? Dni postu zebrały żniwo. Spojrzeliśmy na zlaną potem, nieprzytomną twarz Jana Chrzciciela.

– Wynieśmy go poza ten tłum – zwróciłem się do Abiasza.

Dołączyli do nas Ezdrasz, Samuel i Sariusz.

Odchodzimy poza zgromadzenie. Ktoś życzliwy podał nam wodę, którą próbujemy wlać do gardła Nauczyciela. Ten zakrztusił się i otworzył oczy.

– Kogo mam uwolnić? – krzyczał tymczasem Piłat. – Jest święto Paschy. Tradycja nakazuje, abym uwolnił wam któregoś z więźniów. Mam tu Barabasza, sprawcę okrutnych mordów, i tego oto człowieka, którego z nieznanych mi powodów chcecie ukrzyżować.

– Uwolnij Jezusa – wyszeptał Nauczyciel.

My krzyczymy głośniej, ale nasze głosy niknęły w zbiorowym wrzasku.

– Uwolnij Barabasza! Uwolnij Barabasza!

– Jak oni mogą – jęknął Ezdrasz.

– Tak chciał Pan. – Nauczyciel ponownie stracił przytomność.

– Musimy stąd odejść i znaleźć medyka – rzekł Abiasz.

– Nie zostawimy Jezusa samego – zaprotestował Sariusz.

– Głupcze – powiedział Abiasz. Dziwią mnie ostre słowa w jego ustach. – Oni już go ukrzyżowali. Co chcesz zyskać, jeśli wedrzesz się tam i będziesz próbował zasłonić Pana własną piersią?

– Zginę – oznajmił hardo Sariusz.

– Nie ochronisz go, panie. – Usłyszałem głos dochodzący nie wiadomo skąd. Straciłem przytomność.

\*

Ktoś polał moją twarz wodą. Płyn dostał się do płuc. Zakrztusiłem się.

– Gdzie jestem? – spytałem bezradnie.

Nic nie widziałem w ciemności.

– Ukrzyżowali pana... Zawlekli go na Golgotę i przybili do krzyża – powiedział Abiasz.

– Zaczekajmy, kiedy Rzymianie znudzą się rozrywką i uwolnijmy go. – To był inny głos, chyba Sariusza.

Ciągle słyszałem jak przez mgłę.

– Chcesz podejść na Golgotę i zdjąć skazańca z krzyża, zanim wyzionie ducha?

– Zaczekajmy, aż słońce zajdzie. Wszyscy udadzą się na święto Paschy, a my przekupimy Rzymian.

– Mamy srebrniki Judasza.

– Rzymianie dadzą nam ciało. Chrystus na pewno będzie żył.

– Widziałeś, jak go bili, jak umęczyli? Bili biczem z miedzianymi kulami, mięso odrywało się od kości i spadało dokoła.

– Już powinien nie żyć. Nikogo tak nie męczyli przed nim. Czyje to głosy? Kto to mówi? Czy moi towarzysze?

– Ponoć nie wydał jęku...

– Byłem przy tym, w przeciwieństwie do ciebie. Krzyczał, a kiedy już mu nie starczyło sił, jęczał i złorzeczył.

– Nie, nie mógł złorzeczyć. To Syn Boży, przyjmie każde cierpienie.

– Nie przyjął...

– Słyszałem, jak złorzeczył Bogu.

– Nie, ty zdrajco... Nie!

– Tak! Krzyczał: Boże, mój Boże, czemuś mnie opuścił?!

– To ktoś inny.

– Nie, to Mesjasz.

– Zdrajco...

Mieszało mi się w głowie. Musiałem zebrać siły, wstać i uciekać. Nie, musiałem być tam i uratować Mesjasza, skoro nawet Nauczyciel nie potrafił mu pomóc.

– Bracia... – Otworzyłem oczy i jęknąłem.

Wszyscy płakali.

– Gdzie jesteśmy? – spytałem.

– W tym samym miejscu, w którym pojmano Jezusa. – Usłyszałem.

Ogród Getsemani.

– Nagle robi się całkiem ciemno, chociaż godzina nie jest taka późna. Błyskawice przeszywają niebo. Jest na przemian jasno i ciemno. Kulimy się ze strachu. Nagle wszystko cichnie.

– Co to było? – spytaliśmy Nauczyciela.

Rozłożył bezradnie ręce.

– To Zbawiciel umarł na krzyżu – wyznał Ezdrasz i zwiesił głowę.

– Musimy uciekać – wyszeptałem i spróbowałem wstać.

Było jednak za późno. Ogród wypełnił się strażnikami. Przyszło ich co najmniej tuzin.

– Czy ciebie zwą Janem Chrzcicielem? – spytał jeden z nich.

Nie czekali na odpowiedź, zabrali nas. Szliśmy ze zwieszonymi głowami. Pewnie zabili Chrystusa, teraz zabijają jego uczniów. Przypomniałem sobie słowa Mesjasza. Czemu go nie posłuchałem i nie uciekłem?

# SOZOPOL, XXI WIEK

Momcził był miły, ale nie straciłam czujności. Zaprosił mnie zapewne tylko dlatego, żeby dowiedzieć się czegoś o śledztwie. Udawał wprawdzie, że ten temat go nie interesuje, wypytywał za to o kości i o to, czemu ich szukamy.

– Tak sobie myślę... – powiedział, nie spuszczając ze mnie wzroku. – W twojej wizycie jest jakieś drugie dno. Nie przyjechałaś tu sama, tylko z policją.

– Moja mama pomaga nam w pewnej sprawie – zaczęłam tłumaczyć się, unosząc kieliszek ze znakomitym pinot grigio.

Jestem pewna, że doskonale wiedział o napisach na ciele zamordowanego. Nie miał tylko pojęcia, jak to połączyć z oględzinami kości.

– W kryminalnej sprawie polsko-bułgarskiej? – dociekał. – Powiedz coś, zawsze mnie interesowały takie sprawy. Czytam skandynawskie kryminały...

– Mogę ci powiedzieć tylko to, co oficjalnie wiadomo. – Specjalnie tak powiedziałam, żeby wziął mnie za naiwną.

Dimityr w ostatniej chwili stchórzył i stracił pewność, że to tylko takie „biznesowe" spotkanie. Przyglądając się Momcziłowi, zaczynam rozumieć jego obawy. Poczułam, jak bardzo można się bać tego człowieka o przystojnej twarzy.

– Jezu, uważaj na siebie – powtarzał Dimityr, chodząc po moim pokoju, kiedy przebierałam się do wyjścia i malowałam oczy. – Czemu się malujesz? Dla mnie się nie malujesz.

– Będę uważała – zapewniłam go. Ręka mi trochę drżała, ale kreski na powiekach wyszły równe. – Dla ciebie też się maluję, zapewniam cię. Tylko że nie robiłam tego przy tobie i nie wiedziałeś.

– To jest bez sensu, żebyś z nim szła. – Skapitulował w końcu, usiadł na łóżku i wpatrzył się w sufit. – Niczego się nie dowiesz, a ja tu umrę z niepokoju.

Zaczynam tracić cierpliwość. Bez przesady. Nie gram w amerykańskim filmie, nie będzie mnie gonić horda gangsterów ani czyhać na mnie wynajęty zabójca, nie zostanę otruta przez potomków bogomiłów. Czyżby, Margarito? Metody i Przemysław Tarkowski też tak myśleli.

– Uspokój się. – Podnoszę nieco ton głosu. – Zachowujesz się, jakbym szła z pistoletem na akcję. To tylko randka. Jakby randka... – poprawiałam się. – Do niczego nie dojdzie, bo po pierwsze, nie idę do łóżka na pierwszej randce, po drugie, nie sądzę, żeby on na to liczył, po trzecie, jestem znajomą Cwetana i ten gość mnie nie tknie, po czwarte, pójdziemy do jakiejś restauracji, a za nami pójdą Milena i Nedko, co zepsuje erotyczną atmosferę. Niestety...

Nie rozśmieszyłam go. Patrzył na mnie, gotową, umalowaną nieco zbyt mocno, w kwiecistej sukience, najbardziej elegancką sztuką mojej tutejszej garderoby.

– Zróbmy taki *deal* – powiedział Momcził, odganiając moje wspomnienia. – Ja ci powiem, co wiem i co mogłoby ci się przydać w śledztwie, a ty mi podrzucisz coś, co pozwoli na otwarcie sanktuarium. Może być?

Gra *va banque*. Christo go sprawdził. Momcził był hazardzistą i bankrutem. Przegrał majątek tatusia i swój w ruletkę. Na bogato. Las Vegas, Monte Carlo. Wysokie stawki, szampan, kobiety, głównie modelki. Ma długi. Jacht, na którym jedliśmy kolację, zastawił. Inne dobra, w tym maybach, sprzedane. Pozostały mu tereny na Wyspie Świętego Jana i perspektywa odkucia się, kiedy kości zostaną uznane za relikwie Baptysty. Wybuduje sanktuarium, restauracje i hotele, będzie miał na wyłączność promy, które zawiozą pielgrzymów z miasta na wyspę. Zarobi miliony. Nie powiem mu tego, ale tacy jak on tak czy inaczej przegrywają. Pierwsze potencjalnie zarobione pieniądze przegra w kasynie w Warnie. Nie dotrze do Las Vegas ani nawet do Szwajcarii. Kto wie, czy już nie gra a konto potencjalnych zysków. Jako psycholog zajmowałam się kiedyś pacjentami uzależnionymi. Nie był to wprawdzie hazard, ale uzależnienie od komputera i dotyczyło dzieci, jednak mechanizm pozostaje ten sam. Głód zarobku, irracjonalne przekonanie, że się odkuje. Wiara, że musi się udać. Wola działania za wszelką cenę. Usuwanie z drogi potencjalnych wrogów.

– Kości są autentyczne – oznajmiłam. – Nawet jeśli nie należą do Jana Chrzciciela, to przecież mogłyby. Czy to nie wystarczy, by zbudować sanktuarium?

Przysłał po mnie limuzynę z kierowcą. Dimityr się skrzywił, a ja odwróciłam się tyłem do tego wspaniałego czarnego samochodu i zrobiłam serię śmiesznych min. Chyba miałam wyraźnie wypisane na twarzy, jak bardzo nie imponują mi takie rzeczy. Czy aby na pewno, Margarito? Nie wolałabyś być z kimś, kto zapewni ci dobrobyt i spokój? Jeśli zostaniesz w Bułgarii, nie będziesz miała pracy. Co wtedy zrobisz? Zostaniesz utrzymanką Dimityra?

– Wystarczy, aby otworzyć muzeum, ale papież ani inny wielki nie da nam błogosławieństwa. Muzeum to za mało. Ludzie nie będą przyjeżdżali do jakichś starych kości.

– A może... – postanawiam podzielić się z nim pomysłem, który przyszedł mi właśnie do głowy – można zrobić coś innego, co pozwoli zarobić? Zorganizować wycieczki pozwalające poznać faunę i florę wyspy? Żyje tam tyle chronionych gatunków.

– To za słabe. – Popatrzył ironicznie.

– Albo źródełko, które wypływa z miejsca, w którym tysiące lat temu ktoś zbudował świątynię... Może woda byłaby uzdrawiająca?

Ty tak serio, Margarito? W kraju, gdzie cudowne źródełka mija się na każdym kroku, będziesz doradzała gangsterowi, żeby wykopał studnię? I niby na co miałaby pomagać ta woda? Na nerki, serce, głowę? Musiałaby ślepym przywracać wzrok, a chromych stawiać na nogi, aby ktoś się pofatygował na wyspę.

– Petyr ma taki biznes – przyznał niechętnie Momcził. – Sprzedaje wodę. Ma dużo magnezu, dobra na serce. Nie traci na tym interesie, ale zysk nie jest wielki.

Pewnie to pralnia pieniędzy. Niczym te dewocjonalia Cwetana. Na szczęście firma „Boži dela", czyli „Boskie wyroby", jest zarejestrowana na niego, nie na moją matkę. W razie czego można powiedzieć, że nie wiedziała, co się kryje pod tym szyldem. Zresztą może to zupełnie legalny interes. Na pierwszy rzut oka wygląda bez zarzutu. Christo jeszcze w tym pogrzebie.

– Nie wiedziałam. – Upiłam kolejny łyk. – Sądziłam, że woda w kraju o takim klimacie jest w jakiś sposób deficytowa.

– Bułgaria to dziwny kraj... Nie zdołasz przewidzieć, co marketingowo zaskoczy.

– To skąd przekonanie, że certyfikat autentyczności szczątków da ci tłumy turystów i wielkie zarobki?

– Nie chodzi o pieniądze – oburzył się. – My, Bułgarzy, powinniśmy mieć relikwie. Jesteśmy antycznym ludem.

Akurat. Czekał na mnie w jednej ze swoich galerii. Tam mnie zawiózł kierowca. Imponujące, musiałam przyznać. I jego zachowanie, i sama galeria zamknięta wcześniej, abym w spokoju mogła obejrzeć obrazy i ikony. Oprowadzał nas po niej przyjaciel Momcziła, *ikonopisec* i malarz, niejaki Deczo Deczew. Obrazy były dość ciekawe, głównie marynistyczne z powodu miejsca, w którym się znajdowaliśmy. Trochę widoków Sozopola, cerkwie, nieliczne akwarele przedstawiające ogródki i pojedyncze przedstawiające martwą naturę. Pochwaliłam rysunek fig w starym ogrodzie i winogron rozpiętych na podwórzu stylowego domu. Naprawdę wysmakowane. Deczo zdjął ze ściany rysunek przedstawiający figi i podarował mi go, chociaż protestowałam.

– Prezent od firmy – uśmiechnął się, odsłaniając złotą czwórkę po prawej stronie. – Niech ci przypomina wyprawę do Sozopola.

Potem zaprowadził mnie do pomieszczenia z wyeksponowanymi ikonami. Takiego wyboru nie widziałam nigdzie, nawet w monastyrach rylskim i baczkowskim. Było ich setki, porozwieszane na ścianach jedna przy drugiej. Najbardziej zainteresowały mnie te przedstawiające Świętego Jana Chrzciciela.

– Tak lubisz Świętego Jana? – spytał Deczo.

– Nie tyle lubię, ile zetknęłam się z nim zawodowo – odparłam mile, starając się udawać, że nie widzę, jak Deczo rozbiera mnie wzrokiem. W końcu dał mi ładny prezent i oprowadza mnie po galerii. – Macie tu kości Świętego Jana, dlatego mnie to interesuje. Jak przedstawia się go na prawosławnych ikonach?

Ikony Świętego Jana wiszą na wysokości oczu na najładniejszej ścianie. Można powiedzieć, że na poczesnym miejscu.

– To kopia ikony Deesis... – Pokazuje mi jeden z najsłynniejszych wizerunków Baptysty autorstwa mniszki jerozolimskiej.

Jan Chrzciciel jest na niej podobny do Chrystusa, tylko przystojniejszy, widoczny do pasa, ma ręce wyciągnięte, zgięte w łokciach. Nie widać wody, którą miałby chrzcić ludzi. To dziwny wizerunek.

– A tu jest razem ze Świętym Andrzejem apostołem. – Wskazuje nie mniej słynny wizerunek obu stojących świętych. Jan Chrzciciel trzyma Biblię, a Święty Andrzej księgę z krzyżem na okładce.

Coś mnie zastanawia... Już wiem: na autentycznej ikonie krzyż jest zwykły, tutaj ktoś namalował krzyże Świętego Andrzeja na czterech rogach książki, a na środku namalowanej książki jest jeszcze krzyż jerozolimski. Ciekawe...

– Kto pisał tę ikonę? – spytałam.

– Ja – odezwał się z głębi sklepu żeński głos.

– To Matilda – przedstawia malarkę Momcził, który do tej pory trzymał się nieco w cieniu i oprowadzanie po galerii pozostawił Deczowi.

Podałam jej rękę i zauważyłam, że nosi zegarek na prawej ręce. Czyli leworęczna malarka...

– Bardzo ciekawa interpretacja – pochwaliłam.

– Chodzi ci o te dodatkowe krzyże? Momcził prosił, żebym wymyśliła jakieś modyfikacje... Przyszło mi do głowy, że Święty Andrzej powinien mieć na okładce własny krzyż. Tylko ty to spostrzegłaś – stwierdziła z żalem.

Ja bym też nie zauważyła, gdybym w ramach śledztwa nie przyjrzała się wszystkim najsławniejszym ikonom Baptysty.

– Pięknie napisana ikona. Masz prawdziwy talent.

– Dziękuję. Specjalizuję się w Świętym Janie i Chrystusie. Unikam Świętego Jerzego. Jakoś go nie lubię, ikonicznie naturalnie.

Zaczęliśmy się śmiać. Była miła, spokojna, nie wyglądała na wspólniczkę zbrodni. Nie wyobrażałam sobie, żeby malowała krzyże Świętego Andrzeja na trupie. Tak spokojna jak ludzie niemający nic na sumieniu. Inaczej zachowywali się Deczo i Momcził. Zerkali na siebie raz po raz. Momcził był spocony, chociaż może to skutek uboczny wypitego dziś alkoholu albo anabolików pomagających mu rzeźbić sylwetkę.

– Tu masz kopie uskrzydlonego Świętego Jana – Matilda pokazała kolejne ikony – ale to nie ja je pisałam, tylko malarka z Płowdiwu. Przyjeżdża tu w wakacje na plenery. Maluje zwykle marynistykę, ale ta się słabo sprzedaje. Dorabia sobie pisaniem ikon.

– Czy ona też jest leworęczna? – spytałam.

Kątem oka zauważyłam kolejne spojrzenie wymienione przez Momcziła i Decza. Matilda nie wydawała się zaniepokojona moim zainteresowaniem.

– Tak – przyznała ze śmiechem. – To jakaś cecha charakterystyczna malarzy. Większość z nas jest leworęczna. Tu w galerii nie ma nikogo piszącego prawą ręką. Oprócz Momcziła, on posługuje się biegle dwiema.

Momcził zademonstrował sztuczny uśmiech.

– Piszesz ikony, Momcził? – Zwróciłam się w jego stronę.

– Nie.

– Mógłby – odezwała się od razu Matilda. – Pięknie rysuje, ma rękę do malarstwa sakralnego. Cudnie kopiuje pismo. Żebyś widziała, jak pędzelkiem odrysowuje chińskie znaki. Zatrudnili go nawet kiedyś w filmie kręconym tu na miejscu.

Momcził uśmiechnął się jeszcze szerzej. Deczo miał minę obojętną, Matilda sprawiała wrażenie zadowolonej. Gdyby tylko wiedziała, co sobie pomyślałam.

– Głodna? – spytał mnie Momcził.

– O tak. – Starałam się wyrazem twarzy nie zdradzić myśli. – Tylko chciałabym jeszcze wiedzieć, skąd bierzecie drewno do ikon i farbę?

– Drewno mamy miejscowe... – Matilda najwyraźniej nie rozumiała mojego pytania. – Farba? Ze sklepu.

– Chodzi mi o tę, którą specjalnie mieszacie do pisania ikon. Słyszałam, że malarze nie kupują farb, tylko sami je przygotowują.

– Ach, o to pytasz. Muszę cię rozczarować. Ja kupuję wszystko w sklepie. W Płowdiwie jest takie miejsce z artykułami malarskimi. Zamawiam tam wszystko od lat.

– Jeździsz często?

– Nie. Farbę trzeba przewozić w niskiej temperaturze. Petyr ma samochód chłodnię. Niewielki, do własnych celów. Zaopatruje swoją restaurację. Jak jedzie do Płowdiwu, robię zamówienie w sklepie i on mi wszystko przywozi.

Teraz dopiero nie byłam bezpieczna. Momcził powinien wywieźć mnie w morze i rzucić na pożarcie rekinom. Minę miał zresztą taką, jakby właśnie planował podobną akcję.

– Może jednak pójdziemy coś zjeść? – ponowił pytanie.

– Pewnie, ja też jestem głodna. – Uśmiechnęłam się uroczo.

– Dokąd pójdziemy?

W galerii tylko Matilda zdawała się nie mieć wobec mnie morderczych zamiarów. Gdybym nie wróciła, mam nadzieję, że powie Dimityrowi o wszystkim, co tu zaszło.

– Chciałabym kupić jedną z twoich ikon. Naprawdę kupić – dodałam, bo widzę, że chce mi zrobić prezent.

– Nie ma mowy. Proszę cię...

Miała piękny uśmiech. Przyjęłam od niej dar. Miałam nadzieję, że będzie gwoździem do trumny Momcziła, Petyra i Decza.

Milena i Nedko trzymali się za ręce, przechadzając się przed galerią wraz z tłumem turystów. Wcześniej dałam im znak, że pójdziemy pewnie do restauracji Sławej, czyli „słowik", należącej niegdyś do Momcziła, sprzedanej Petyrowi. Stało się jednak inaczej. Limuzyna zawiozła nas na przystań, a tam wsiadłam na jacht „Katerina". Zanim się obejrzałam, wypłynęliśmy na pełne morze. Momcził zaprowadził mnie do mojej kajuty.

– Czekam na ciebie na górnym pokładzie. Niecierpliwie...

Chciałam powiedzieć, że nie muszę odpoczywać w kajucie i możemy jeść od razu, ale umilkłam, kiedy zobaczyłam na łóżku sporych rozmiarów pudło przewiązane ognistą wstążką. Zastanawiałam się, czy wypada zdjąć pokrywkę i czy to lojalne wobec Dimityra.

– Jest piękna. Dziękuję – powiedziałam, kiedy wyszłam z kajuty i dotarłam na górny pokład.

– Została stworzona dla ciebie... – wyszeptał z przejęciem.

Jeżeli ma mnie wrzucić do wody, to mogę umrzeć tylko w takiej kreacji. Suknia z metką Valentino, czarna, obcisła, cudownie miękka. Jakiej kobiecie mogłaby się nie podobać? Zapewne Momcził nie kupił jej z myślą o mnie. Poznaliśmy się dziś. Nie zdążyłby. Ciekawe, kto tak naprawdę miał ją dostać.

– Umiesz stwarzać cudowną atmosferę – stwierdziłam z uznaniem.

Oprócz krewetek i ostryg na stole znajdowały się delikatne paski bakłażanów oraz kabaczków, duszone w pysznym sosie, i sałata z orzechami włoskimi, sery wszelkich rodzajów, croissanty. Tym ostatnim mnie ujął. Uwielbiam croissanty.

– Skąd widziałeś, co lubię? – spytałam, pijąc wino małymi łykami.

Obsługujący nas kelner stał w pogotowiu, aby dolać do kieliszków, ale ja się pilnowałam, żeby za dużo nie wypić. Miałam nadzieję, że ten kelner będzie stał przy nas cały czas.

– Nie zwracałem się do twoich rodziców, jeśli to masz na myśli. – Wyszczerzył zęby w uśmiechu. – Sam wydedukowałem, co sprawiłoby ci przyjemność.

Fakt, gdyby spytał matkę, może przypomniałaby sobie, że lubię banicę. Nic ponadto nie umiałaby o mnie powiedzieć.

– A rozmiar? – Częstuję go przewrotnym uśmiechem.

– Tajemnica...

On z kolei pił wino szybko, zachłannie. Kelner co chwilę mu dolewał. Za moment skończy się butelka.

– Czym zajmujesz się na co dzień? – Pochłaniałam ostrygi. – Oprócz galerii oczywiście. Przy okazji: naprawdę piękne miejsce i wspaniałe obrazy. I te ikony...

Choć przepadam za ostrygami, poprzestałam na zjedzeniu czterech. Chyba nie wypadało zjeść więcej.

– Jestem biznesmenem. Pół Sozopola należy w sumie do nas trzech. To znaczy do mnie, Cwetana i Petyra... Handlujemy. Wszystkim, na czym da się zarobić – śmieje się nieprzyjemnie.

– Krewetki, dzieła sztuki, kwatery wakacyjne, sól morska, leki, dewocjonalia.

Pokiwałam głową, że rozumiem.

– A Deczo? Nie jest waszym wspólnikiem?

– Nie – zaprzeczył, szybko opanowawszy skrzywienie. – On tylko zarządza niektórymi z naszych interesów. Wiesz, nie można nad wszystkim panować. Poza tym człowiek, jak się dorobi, chciałby mieć trochę wolności.

Jasne, wynajmuje się takiego, co pilnuje pralni pieniędzy, a samemu się zaprasza dziewczyny na statki, żeby użyć wolności.

– To dobrze mieć kogoś tak zaufanego – podsumowałam i uśmiechnęłam się do muzyków z kwartetu, który grał Czajkowskiego, Mozarta i Beethovena. Widać Momcził uważał mnie za staroświecką. W przeciwnym razie zatrudniłby miejscową gwiazdę pop.

– Pięknie grają – skomplementowałam.

– Wiesz, nie jesteś podobna do swojej mamy.

Zmiana tematu zbiła mnie nieco z tropu. W ogóle nie jestem do niej podobna. Ma inną twarz, ostre rysy, prosty nos, dosyć szeroko rozstawione oczy, czarne jak smoła włosy. Ja mam kręcone brązowe włosy i jasne oczy. Mój nos jest daleki od greckiego ideału, chociaż rysy mam klasyczne. Uważam się za ładną. Figury też mamy inne. Ona jest wysoka, mocniej zbudowana, biuściasta. Ja jestem niska, bardzo szczupła, mam wciąż ciało nastolatki. Tylko biust mogłabym mieć większy niż to małe B.

– Pod jakim względem nie?

– Twoja mama jest jak gwiazda Hollywood – dopił wino.
– Mogłaby wejść i wmówić wszystkim, że zagra główną rolę.
Albo przekonać szefa CIA, żeby powierzył jej jakieś zadanie. Albo zgłosić się do NASA. Byliby zachwyceni, gdyby zechciała polecieć w kosmos. Jest taka władcza.

Parsknęłam śmiechem. To dopiero wymyślił. Chociaż coś w tym jest. W Grecji przeżyła trzęsienie ziemi. Nie chciała opuścić wyspy, nie pamiętam, chyba Lesbos. Właśnie znalazła jakiś skarb, amfory na oliwę czy coś podobnego, starsze o sto lat niż najwcześniejsze znaleziska. Całą wyspę ewakuowali, bo zapowiadali kolejne wstrząsy. Matka stwierdziła, że to koniec i wstrząsów nie będzie. Podpisała jakieś papiery, żeby zostać na wyspie. Miała rację. Wstrząsy się nie powtórzyły. Dokończyła spokojnie pracę zadowolona, że nikt jej nie przeszkadzał.

– Ja nie jestem ani taka władcza, ani taka bystra – zauważyłam bez żalu w głosie.

– Jesteś piękna. Bardzo piękna.

Nie odpowiedziałam. Nie chcę zdradzić Dimityra nawet jednym uśmiechem.

– To co? – Kiwnął na kelnera, który przyniósł kolejne wino.
– Gramy w naszą grę?

– Handlujesz insuliną? Mówiłeś coś o lekach... – spytałam z niewinnym uśmiechem.

*

Dimityr skulił się na moim łóżku i zasnął przy zapalonej lampce nocnej. Dotknęłam jego czoła. Zerwał się.

– Zasnąłem, przepraszam – mamrotał, patrząc na mnie nieprzytomnie. – Czekałem...

Tak się niepokoił i zasnął o trzeciej nad ranem. Niezbyt to imponujące. Gdybym wzywała pomocy, nic by nie zrobił. Spałby spokojnie.

– Bosko wyglądasz – jęknął, masując sobie kark, który najwyraźniej mu zdrętwiał. – Ja też ci kupię taką sukienkę.

Nie kupi, bo musiałby wydać półroczną pensję szefa kryminalnych. Nigdy więcej jej nie włożę, chociaż wielka szkoda, bo jest przepiękna.

– On ci kupił taką sukienkę? Czemu ją włożyłaś? Przecież to jest... to jest... obrzydliwe – stwierdził niezręcznie.

Pewnie miał rację. Włożyłam tę sukienkę, a kiedy chciałam się przebrać w swoją, nie znalazłam jej. Na próżno pytałam, gdzie jest. Momcził bezradnie rozkładał ręce. Trafił ci się fetyszysta, Margarito.

– Moja wpadła do morza. – Wykręcałam się i dotarł do mnie sens moich słów.

Dimityr wpatrywał się we mnie szeroko otwartymi oczami.

– Nie, nie, nie! Żartuję – zapewniłam go. – Jedliśmy kolację na jachcie wśród tłumu ludzi. Kelner, kucharz, chociaż go nie widziałam, kwartet muzyczny... Do niczego nie doszło, zapewniam cię. Tylko nie znalazłam swojej sukienki, kiedy chciałam się na powrót przebrać.

– Boże... – Dimityr patrzył na mnie spod zmarszczonych brwi. – Czemu ja cię zostawiłem z tym gangsterem? O czym ja myślałem.

– O dobru śledztwa. – Usiadłam obok niego i zaczęłam głaskać go po twarzy, uśmiechając się miękko. – Mam tylko nadzieję, że Milena i Nedko nie sterczą do tej pory pod Sławejem.

– Nie sterczą. Zjedli tam i poszli do siebie. Nie odbierają telefonów...

Po raz pierwszy się uśmiechnął.

– Posuń się – poprosiłam.

Zdjęłam ostrożnie sukienkę. Pod spodem miałam koronkową bieliznę, zwyczajną w porównaniu z klasą sukienki. Dimityr chciał mi pomóc.

– Zostaw, chcę odesłać mu tę sukienkę, musi być nienaruszona...

– Nie ma szans, żebym ją zdarł z ciebie?

– Żadnych. Możesz ze mnie zdzierać moje własne sukienki.

– W takim razie zaraz ci jakąś kupię. Powinienem zrobić to już dawno... – mruknął, czekając, aż pozwolę się dotknąć. To słodkie.

Delikatnie poskładałam cudo od Valentino i odłożyłam na krześle. Weszłam do łóżka i przytuliłam się do Dimityra.

– Dowiedziałeś się czegoś od mojej matki?

– Oczywiście. Warzy rakiję... Powiedziała mi, a właściwie wyznała. To nielegalna działalność, więc pewnie będę ją musiał aresztować. Rozważę jednak przyjęcie od ciebie łapówki...

– Serio? – Pocałowałam go w szyję.

– Serio... – Jego wargi dotknęły moich powiek.

– Czyli nie puściła pary? – wyszeptałam.

– Mogłaby pracować w CIA...

Na chwilę wytrzeźwiałam. Momcził przecież powiedział to samo.

– A Krum? Co ci powiedział?

Tym razem westchnienie było prawdziwe i głębokie. Co się stało? Matka mu zabroniła?

– Kiedy wróciłem, nie było ani Kruma, ani Kubrata. Pojechali na obóz.

Niesamowite. Czy istnieje wróg groźniejszy niż wybitna archeolog Ewa Mitkowa, która chce przywłaszczyć sobie najbardziej niezwykłe znalezisko ostatnich kilkuset lat?

– Czyli poniosłeś klęskę... – Dobrze, że poszłam na tę kolację.

– Pan gangster mówił coś czy recytował ci wiersze przez całą noc?

Momcził na szczęście nie próbował tworzyć romantycznej atmosfery, przynajmniej nie po tym jak podarował mi sukienkę i nakarmił ostrygami. Raczej nie zamierzał mnie uwieść. Uznałam to wszystko za rodzaj łapówki.

– Bardzo jesteś zmęczona? – spytał Dimityr, całując moje piersi.

Pod koniec spotkania nie chciałam zostać na jachcie, „złożyć głowy na poduszce i zasnąć spokojnie". Kazałam się odwieźć na brzeg. Nie nalegał, zapewne miał mnie dość. Żegnając się, nie potrafił ukryć rozczarowania ani zmęczenia. Dostrzegłam coś jeszcze. Momcził się bał. Cwetan i Petyr sprawiali wrażenie pewnych siebie, Deczo wręcz promieniował pewnością. Momcził zaś pocił się ze strachu w swojej drogiej koszuli.

– Bardzo, bardzo zmęczona. – Przeciągnęłam się. – Zaraz zasnę...

Nie przerwał nawet na chwilę. Nie dał się sprowokować.

– Coś ty taka zadowolona?

Dobrze, że o to spytał, zanim jego język zawędrował niżej, bo nic by ze mnie nie wyciągnął prócz jęków.

– Jutro wracamy do Płowdiwu. Wiem, kto namalował znaki na ciele Tarkowskiego i kto zabił Metodego i jego żonę. Mam dowody.

Podniósł gwałtownie głowę. No nie, to mi się nie podoba. Wracaj z językiem w tamto miejsce...

– Serio?

– Serio – potwierdziłam i westchnęłam.

Miałam do czynienia z zawodowcem.

– A teraz podziękuj mi ładnie za dobrze wykonaną robotę – zachęciłam.

– Z rozkoszą! – Wrócił do pieszczot.

# PŁOWDIW, XXI WIEK

Dimityr zakończył relację z naszego pobytu w Sozopolu. Dla części zespołu, tych, którzy byli z nami nad morzem, stanowiło to pewnego rodzaju uporządkowanie wiadomości. Pozostali, czyli Wirginija, Christo i Jana, słuchali uważnie. Dimityr się spiął, a ja zastanawiałam się, czy chodzi o obecność Jany jako dawnej kochanki czy jako szefowej. Miałam nadzieję, że to drugie. Wczoraj był u niej na spotkaniu, sam. Nie pytałam o przebieg. Chyba powiedział jej o nas, a Jana przyjęła to ze zrozumieniem i pewną ulgą. Do głowy mi to wcześniej nie przyszło, ale zapewne i dla niej to jakieś oczyszczenie atmosfery. Przynajmniej taką miałam nadzieję.

– Wirginijo, weź pod lupę Momcziła, Petyra i Decza. To nowi *dramatis personae*. – Usłyszałam.

Wirginija kiwnęła głową. Dziś wystylizowała się na biznes-woman w szarą jedwabną spódnicę i elegancką bluzkę w kolorze malwy. Malwa to po bułgarsku „róża". A „róża" to *roza*. O czym ty myślisz, Margarito? Skup się na zadaniach, zamiast gadać do siebie głupoty. Powinnaś również myśleć o jakiejś pracy tutaj. Może nostryfikujesz dyplom psychologa i będziesz pracowała w zawodzie? Niegłupie, Margarito. Lepiej byłoby jednak całkowicie zmienić swoje życie i zająć się czymś nowym, na przykład tłumaczeniem książek na bułgarski. O tym pomyślałaś, prawda, Margarito? Stąd ciągle przychodzą ci do głowy niuanse translacyjne.

– Jakie persony? – Elegancka Wirginija skrzywiła wargi pomalowane krwistoczerwoną szminką, ale najwyraźniej przypomniała sobie, że w pokoju siedziała z nami Jana i przestała się przekomarzać. – Jestem na ukończeniu. Dajcie mi jeszcze wieczór i noc.

– Musimy działać szybko i zdecydowanie, a przy tym cały czas udawać, że wróciliśmy z Sozopola z niczym – kontynuował Dimityr.

Zwłaszcza ja powinnam udawać, że niczego się nie domyśliłam, przyjęłam sukienkę i jestem zainteresowana kontynuacją znajomości. Dimityr przydziela zadania Milenie i Nedkowi. Poczułam lekkie rozczarowanie. W końcu to ja zdobyłam pierwsze dowody, czemu nie miałabym zyskać kolejnych? Margarito, całkiem ci się przewróciło w głowie, chyba nie wyobrażasz sobie, że zabiorą cię na akcję. To doświadczeni policjanci, niech zajmą się swoją robotą. Ty szukaj odpowiedzi na swoje pytania.

– Christo? – rzuciła Jana.

Wyglądała niczym rusałka, a nie szefowa wydziału kryminalnego. Włosy rozpuszczone, sukienka w kwiaty i sandałki na płaskich obcasach. Może po pracy wybierała się na randkę albo zamierzała pobiegać po łące, śpiewając Beethovena? Odpuść jej, Margarito. Wycofała się, zostawiła ci Dimityra, czego jeszcze chcesz?

– Dwie sprawy. – Christo zerknął tęsknie na sporą torbę. Pewnie nie zdążył zjeść śniadania. Nie mógł się doczekać, aż zebranie się skończy i rozpakuje wałówkę od żony. Swoją drogą ta jego Maryjka to mistrzyni. I karmiła nas regularnie, dyskretnie. Musiałam znaleźć sposób, żeby jej podziękować.

– Tak jak mówiłem, dwie sprawy – powtórzył głośniej, bo rozległ się lekki szmer. – Pierwsza prostsza do zweryfikowania przez naszą szanowną konsultantkę.

Uniosłam się nieco na krześle.

– Dzwonił ten pan z ministerstwa. Jego angielszczyzna nie była lepsza niż moja, a po słowiańsku się nie dogadaliśmy... – Zrobił przerwę dla większego efektu. – Z tego, co zrozumiałem, pytał o jakieś sprawy prawne, o które pytał go znów jakiś Kościół. Bo znalazł się kupiec na mieszkanie denata.

Nabrałam gwałtownie powietrza. Kolejny element puzzli trafił na swoje miejsce.

– Nie wiedzieliśmy o tym – zdziwiła się Milena. – To miałoby sens.

– Zaraz zadzwonię i wyjaśnię szczegóły – zadeklarowałam.

– A druga sprawa? – spytała Jana.

– Tajemnicze zniknięcie Wancza... Przepytaliśmy wszystkich, szukaliśmy wszędzie. Nic.

Przed oczami stanął mi biedny chłopak ze strachem w oczach mówiący, że Tarkowskiego zabił diabeł.

– A ta lelja Sija?

– To byłaby trzecia sprawa. Nie wspominam o niej, ponieważ rzeczona lelja Sija raczej nie istnieje. Może istniała tylko w wyobraźni Wancza?

– Musi istnieć – uparłam się.

– Przy okazji poszukiwania Wancza przepytałem wszystkich jeszcze raz. Wierz mi, naprawdę się przyłożyłem.

Rozległy się pomruki pełne oburzenia. Machnęłam rękami. Nawet przez chwilę nie sugerowałam, że Christo się nie postarał. Tylko ciągle miałam wrażenie, że ta lelja Sija musiała istnieć i co ważniejsze, była świadkiem zbrodni.

– Może zniknęła razem z Wanczem? – zasugerował Nedko.

– Szukamy ich dalej – podsumował Dimityr. – Rozchodzimy się.

Jana uniosła rękę w geście pożegnania i wyszła z pokoju. Zerknęłam kątem oka, nawet nie skinęła Dimityrowi. Profesjonalistka. I potrafiła przyjąć porażkę. Imponujące.

Dimityr podszedł do mnie.

– Ty idziesz do domu i pakujesz się, dobrze? Będziesz mieszkała z nami na Radost.

Jak romantycznie i po bułgarsku. Wyznania, czułości, a potem mówi ci, co masz robić, gdzie mieszkać. Za chwilę co masz mu ugotować. Ogarnęła mnie złość.

– Tego nie uzgadnialiśmy. – Z mojej miny musiało wynikać, że bardzo mi się ten pomysł nie podobał. – Nie będziesz mi rozkazywał. Jak będę gotowa, to...

Popatrzył na mnie, jakby nie rozumiał, o czym mówię.

– Gitko... – Charakterystycznym gestem przeczesał włosy od czoła po potylicę. Zawsze mnie to rozczulało. – Ja nie mam tego na myśli.

Podszedł do nas Koljo. Zamilkłam. Dimityr przeciwnie, zamierzał z naszych spraw zrobić ogólnodostępną szopkę. Mówił dalej, mimo że spiorunowałam go wzrokiem.

– Po prostu myślałem, że będziesz się czuła lepiej na Radost, a nie w mieszkaniu służbowym policji.

O czym on mówił?

– Nie możesz zostać tam, gdzie teraz mieszkasz – wyjaśnił mi Koljo i po raz pierwszy był zupełnie poważny. – Zabawa się skończyła.

– Ustaliłem wszystko z Janą, myślałem, że to oczywiste – tłumaczył się Dimityr. – Nie możesz tam zostać, bo każdy może wejść do mieszkania.

– Nie możesz tam zostać – wtórował Koljo.

– Ale dlaczego?

Spojrzeli po sobie.

– Może ci grozić niebezpieczeństwo. – Koljo przemawiał łagodnie jak do dziecka.

– A kto niby miałby mi zaszkodzić? – Parsknęłam śmiechem.

Znów spojrzeli po sobie.

– Ci, którzy zabili co najmniej raz ... – powiedział Koljo cicho.

Popatrzyłam na nich zaskoczona.

– Gitko, to nie jest zabawa. Skoro nie chcesz mieszkać u mnie, odwiozę cię do bezpiecznego lokalu policji. I to nie jest prośba, tylko polecenie służbowe.

– Czyje? – spytałam zimno. – Twoje?

– Moje i... Jany. – Nie spojrzał na mnie. – Przypominam ci, że jesteś częścią zespołu i obowiązują cię...

Nie poddałam się bez walki. Wciąż wydawało mi się śmieszne, że ktokolwiek chciałby mnie zlikwidować. Co takiego by zyskał?

– Czy wy też się wyprowadzacie? – westchnęłam. – Bo skoro mnie coś grozi...

– My jesteśmy wyszkolonymi policjantami – stwierdził poważnie Dimityr. – Jesteśmy przyzwyczajeni do tego, że może nam coś grozić. Ty jesteś cywilem.

Naprawdę? Wirginija na obcasach też jest wyszkoloną policjantką? A Milena będzie w stanie się obronić? Nawet Nedko, który pręży muskuły, ale ma wzrok utkwiony w jeden punkt – biust Mileny – nie wygląda na takiego, co by zatrzymał choćby anemika.

– Jestem cywilem – powiedziałam z przekąsem. – Jeszcze wczoraj mogłam mieszkać...

– Nie możesz mieszkać w kwaterze dla turystów, do której jest dostęp z dołu i góry. – Ton Dimityra był stanowczy. – Koniec dyskusji.

No tak, jakby ktoś chciał wejść i mnie zamordować, nie musi się specjalnie wysilać. Drzwi wejściowe zamykały się na zamek w okrągłej klamce. Zdawałam sobie sprawę, że można go otworzyć spinką. Do mnie wchodziło się przez przeszkolone drzwi z zasuwką. Bez problemu można też spokojnie wdrapać się na dach sąsiedniego budynku i dotrzeć przez romantyczny taras. Dziecko by sobie dało radę. Oni chyba mieli rację.

– Czyli ze śpiewających fontann znowu nici?

– Obiecałem ci te fontanny, ale nie powiedziałem kiedy. Nie dziś. Przykro mi. – Dimityr odetchnął z ulgą.

Spojrzałam na Kolja. Zgodziłam się, więc przybrał ponownie pozę kpiarza i błazna.

– Ile potrzebujesz czasu, żeby się spakować? – Dimityr zerknął na mnie.

– Daj mi ze dwie godziny.

Koljo stał obok nas. Wiedziałam, że Dimityr chciał spytać, czy pojadę do niego, czy do służbowego apartamentu, ale nie przy Kolju, skoro tak protestowałam po pierwszej propozycji.

– Wiesz, dziewczyno... – powiedział w końcu i skrzywił się, jakby rozgryzał cytrynę. – Te służbowe apartamenty są w Trakii, w blokach. Pełno tam Cyganów. Nie ma klimatyzacji, ostatni raz ktoś tam zaglądał w minionym wieku. Będziesz tydzień sprzątała. Odradzam.

Zrobiłam teatralną minę, która miała wyrażać strach przed Cyganami. Dimityr wzniósł oczy ku niebu.

– Dobrze, pojadę na Radost – skapitulowałam. – Jeśli uprzedziłeś Silwiję.

– Uprzedziłem, oczywiście. – Podniósł ręce w geście „nie mam nic do ukrycia". – Przygotowała ci pokój gościnny. Będziesz miała wygodnie, własna łazienka.

Koljo odszedł, chichocząc.

– Tylko nie rozumiem, czemu nie możemy zobaczyć fontann – marudziłam.

– Proszę cię, to już nie jest zabawa. – Popatrzył na mnie poważnie.

– Dimityr, przepraszam, że tak...

– To nie twoja wina, że... Sozopol i... w ogóle.

Rozejrzałam się po pokoju. Milena siedziała przed laptopem i coś pisała zapamiętale, Wirginija po drugiej stronie też była zajęta pisaniem, ale w pięknych ustach trzymała ołówek i gryzła go. Zauważyłam, że tak robi. Miała całą szufladę pogryzionych ołówków.

– Wiem, że to moja rodzina, ale... – wyszeptałam.

Odwrócił wzrok. Oczywiście, to będzie także moja zasługa, jeśli ujmiemy sprawcę. Co się jednak stanie, jeśli będzie członkiem mojej rodziny?

– Dimityr, ja...

– Nie mogę, przecież wiesz... – Ciągle nie patrzył na mnie.

– Nie o tym mówię...

Dlaczego nie pomyślę, zanim czegoś nie powiem albo nie zrobię?

– Chodzi mi o to mieszkanie. Ja...

Do pokoju wszedł Nedko, minął nas i poszedł w stronę Mileny. Usiadł obok niej i położył rękę na jej ramieniu.

– Bo to mieszkanie, które zaproponowałeś... – męczyłam się i nie wiedziałam, jak go przeprosić, jak mu powiedzieć, że to naprawdę doceniam, tylko w pierwszej chwili pomyślałam, że zachowuje się wobec mnie jak pan i władca. – Naprawdę...

– Dwie godziny, dobrze? – rzucił ostro i wyszedł.

Rozległ się trzask, potem ciche przekleństwo. To Wirginija przegryzła na pół kolejny ołówek.

\*

Zbierałam swoje rzeczy do walizki. Niestety, nie wszystko się mieściło. Odkąd przyjechałam, dokupiłam co nieco. Sądziłam, że tylko kilka ciuchów, parę książek i ulubione płyty Leonarda. Może zostawić książki i część ubrań i poprosić Dimityra, żeby je odebrał przy okazji, pod warunkiem że się nie gniewa. Chyba tak zrobię. Albo zejdę do sklepu i kupię plastikową torbę, do której wpakuję to, co nie zmieści się w walizce. Albo poproszę o karton.

Pewnie Dimityr będzie miał pretensję, że wyszłam, ale ostatecznie tak samo mogę zostać zaatakowana na ulicy jak w mieszkaniu. Zastanawiałam się nad niebezpieczeństwem, czy rzeczywiście mi grozi, kiedy zadźwięczał telefon. Aż podskoczyłam. Gratuluję ci, Margarito, dałaś sobie wmówić, że na twoje życie czyha pięciu niebezpiecznych zbirów. Będziesz się teraz bała własnego cienia.

– Słucham – odebrałam, mimo że numer nieznany.

– To ja. Twój wielbiciel...

Momcził.

– Jeszcze raz dziękuję za piękny wieczór – powiedziałam miękko.

– Było mi przykro, kiedy znalazłem przesyłkę od ciebie...

Milczę dyplomatycznie. Nie powinnam wkładać tej sukienki. Cóż, chciałam, żeby myślał, że poddałam się jego urokowi. Po spotkaniu nie miałam wątpliwości, że nie powinnam przyjmować tak drogich prezentów.

– Hmm, zaimponowało mi to...

Milczałam. Niech sobie uświadomi, że coś poszło na tej kolacji nie po jego myśli. Może sprowokuje go to do jakichś wyznań.

– Czy moglibyśmy powtórzyć tamten wieczór?

– Nie wybieram się do Sozopola w najbliższym czasie.

– Ależ ja nie miałem na myśli randki w Sozopolu. Będę niedługo w Płowdiwie w interesach, może mógłbym cię zaprosić do teatru? W teatrze antycznym grają *Turandot*. Mam znajomości, moglibyśmy po spektaklu wejść za kulisy. Poznałabyś odtwórcę partii Kalafa, to mój znajomy.

Zrobiło mi się zimno. Zgodzić się czy nie?

– Wiem, kto śpiewa w *Turandot*. Nie wiem tylko, czy będę miała wolny wieczór... – Głupio to zabrzmiało. – Umówiłam się wstępnie z koleżanką z dawnych lat. Ma imieniny, przecież to będzie piętnastego sierpnia... – Zabrzmiało to bardzo głupio.

– Co w związku z tym, że piętnastego sierpnia?

Nic, tylko nie wiedziałam, czy powinnam z tobą iść, czy nie. Byłeś bardzo podejrzanym osobnikiem i na pewno coś masz na sumieniu, tylko jeszcze nikt ci tego nie udowodnił.

– U nas w Polsce to ważne święto. Nie idzie się do pracy.

– Spektakl jest wieczorem. Naprawdę warto usłyszeć. I w teatrze antycznym jest świetna akustyka. Nie wiem, czy miałaś okazję zwiedzić to miejsce.

Miałam. Zwiedziłam niezwykle szczegółowo. Czemu udaje, że nie wie, gdzie znaleziono trupa? I dlaczego chce się spotkać właśnie tam? Czy to coś oznacza?

Daj spokój, Margarito, po prostu tam wystawiają *Turandot*. Gdzie miałby cię zabrać w Płowdiwie, żeby cię olśnić? Przecież nie do kasyna w hotelu Bałkan. Musi udawać światowca.

– Skoro to wstępna umowa, chyba nic nie stoi na przeszkodzie, żebyś zmieniła nieco plany?

– Zgoda – postanowiłam. – Ale proszę, nie przysyłaj mi sukienek ani limuzyn.

– Jak sobie życzysz. – Dobiegł mnie cichy śmiech.

Rozłączył się. Będę musiała przekonać Dimityra, że to dla dobra sprawy. Przecież Momcził nie zamorduje mnie w obecności kilku tysięcy ludzi albo w garderobie Turandot. Skoro miałam iść z nim na operę, uświadomiłam sobie, że nie mogę się wyprowadzić przed wtorkiem. Wzięłam telefon, żeby wybrać numer Dimityra, i po namyśle odłożyłam. Powiem, jak Dimityr po mnie przyjedzie. Takich rzeczy nie omawia się przez komórkę.

Mój wzrok padł na półkę, na której stoi filiżanka od Georgiego. Zaczęłam podziwiać kunsztowne zdobienia. Właśnie, Georgi... Miał poszukać starych książek i skontaktować mnie z Goszkiem. Zerkam na zegarek i podejmuję decyzję. Pobiegnę do niego na chwilę, a przy okazji kupię jakąś torbę na rzeczy. Napisałam esemesa, że muszę zostać w tym mieszkaniu jeszcze kilka dni i później mu wyjaśnię dlaczego. Wyłączyłam komórkę na wypadek, gdyby zechciał natychmiast się ze mną skontaktować i przywołać mnie do porządku.

Dobiegłam do sklepiku w kilka minut. Georgi siedział przed witryną, pił kawę. Na mój widok nie okazał zdumienia. Wskazał miejsce obok siebie i uniósł tygielek.

– Przed sekundą zaparzyłem. Chcesz?

Pokiwałam głową, a potem poprawiałam się i pokręciłam nią, żeby nie zrozumiał opacznie mojego gestu.

– Znalazłeś dla mnie te książki? – spytałam, jakbyśmy się widzieli wczoraj.

Takie tu zwyczaje. W Polsce bym się tłumaczyła, gdzie byłam i czemu nie przyszłam zaraz następnego dnia. W Bułgarii nie muszę.

– Tak, ale wypij najpierw kawę. Czekają na ciebie...

Nie miałam cierpliwości. Chciałabym je zobaczyć od razu, ale nie powinnam się tak zachowywać. Po bułgarsku, Margarito, po bułgarsku. Wolno, *ne se pritesniawaj*, czyli „nie martw się", typowe powiedzenie Bułgarów oznaczające „wyluzuj, zwolnij, nie ma pośpiechu".

Sączyłam zatem kawę i zerkałam na nowy towar.

– Co to jest? – Pokazałam na stary zegar z kukułką. Podobny wisiał u mojej babci. Bardzo go lubiłam.

– Zegar. – Wzruszył ramionami. – Jedna tutejsza babcia umarła i wnuczek przyniósł trochę drobiazgów. Wziąłem tylko zegar i haftowaną makatkę, bo reszta to śmieci.

– Jak się nazywała ta babcia?

– Nie pamiętam. – Znów wzruszył ramionami. – Czemu pytasz?

– Zastanawiam się, czy ją znałam. – Jak cię zapytać, czy nie wiesz czegoś o lelji Sii.

– Wnuczek pochodził z Pawelska...

Typowo bułgarska odpowiedź. Jakby mi to coś mówiło, że wnuk zmarłej kobiety mieszkał w Pawelsku.

– Słuchaj, mieszka tu jakaś lelja Sija?

– Co wy z tą Siją? Policja mnie pytała, nudziła okropnie. Teraz ty... – Spojrzał na mnie lekko zdumiony.

– Poszukujemy jej – odpowiedziałam oględnie.

– W związku z tym zabójstwem w amfiteatrze?

Wydałam z siebie pomruki, które miały oznaczać, że nie mogę powiedzieć, ale domyślać się należy, że owszem.

– Podałem im wszystkie Sije, które tu mieszkają. Ten gruby policjant siedział ze mną pół dnia... – Skrzywił się. – W sklepie mi szperał.

– Może chciał coś kupić? – Uśmiechnęłam się.

– Kupił tę makatkę. Dla żony...

Milczeliśmy chwilę. Pora przystąpić do pytań.

– Chciałabym pogadać z Wanczern, tylko nigdzie go nie ma.

– Nie widziałem go od dawna. Nie wiem, gdzie jest. – Wzruszył ramionami.

– Czy ktoś o niego pytał?

– Policja. – Wstał i zniknął we wnętrzu sklepu za jakimś turystą w kapeluszu.

Kiedy wrócił, znów zaczęłam go wypytywać.

– A oprócz policji?

Zaprzeczył.

– Czy on wcześniej tak znikał?

Znów wzruszenie ramionami. Niebiosa, dajcie mi cierpliwość.

– Przypomnij sobie – poprosiłam.

– Chyba tak. Kiedyś zniknął na kilka miesięcy i się okazało, że był, wiesz... u czubków. Ze świętymi gadał czy coś. Ze trzy lata temu. Szukaliście u czubków? Może znów tam jest?

Muszę powiedzieć o tym Christowi. Mało prawdopodobne, ale trzeba to sprawdzić.

– O ciebie ktoś pytał – przypomniał sobie nagle Georgi.

– Kto? – rzuciłam niecierpliwie. – Taki przystojny mężczyzna?

– Taaa... Podjechał na białym koniu, zdjął zbroję, bo się spocił, i spytał gdzie jesteś. – Wybuchnął śmiechem. – Chciał się oświadczyć.

Bardzo śmieszne.

– Ten mój kumpel, Goszko. On o ciebie pytał. Zapewne ma różne teorie spiskowe, bo chce się spotkać. Oczywiście w głębokiej konspiracji...

– Spotkam się z nim w głębokiej konspiracji – powiedziałam.

– Tylko nas skontaktuj, dobrze? Najlepiej teraz.

Pokręcił głową, a potem ponownie wszedł do sklepu, bo jakaś turystka się niecierpliwiła. Nic dziwnego, chciała kupić zegar z kukułką, a właściciel sklepu wydawał się niezbyt zainteresowany transakcją. To Niemka, nie rozumie mentalności Bułgarów. Georgi niespiesznie pakował zegar, gawędząc z nią przyjaźnie. Znał niemiecki, kobieta wyraźnie się uspokoiła. Niestety, sprawa się przedłużyła, bo Georgi nie miał terminala. Niemka tego nie rozumiała i chciała za wszelką cenę zapłacić kartą. Georgi tłumaczył jej, że w tym kraju nie ma obowiązku posiadania terminala, zwłaszcza w małych sklepach. Proponuje jej transakcję w euro. Kwotę wyliczył z pokaźną górką. W końcu kobieta dała za wygraną, wysłała grubego mężczyznę, pewnie męża, do bankomatu. Sama przy ladzie nerwowo przebierała palcami. Musiało jej zależeć na tym zegarze.

– Gdzie masz te książki, Georgi? – spytałam, wchodząc do sklepu. – Nie chcę ci dłużej zabierać czasu. Obejrzałabym sobie...

Wskazał niewielką klapę w podłodze.

– Prawa ściana. Na samym dole. Niewiele tego jest, ale coś wybierzesz.

Podniosłam klapę i zeszłam po lekko spróchniałych schodach. Zapaliłam lampkę i ogarnęłam wzrokiem niewielkie pomieszczenie, niemiłosiernie zagracone. Musiałam się schylić, bo piwnica miała jakieś półtora metra wysokości. Na ścianach ktoś, pewnie Georgi, sklecił półki. Na półkach kurzą się książki. Spróbowałam, jak matka wyłapać te najstarsze, ale Georgi poustawiał je byle jak. Wydania lektur szkolnych z lat sześćdziesiątych mieszały się z pierwszymi wydaniami dzieł Jordana Jowkowa. Aż mnie zęby rozbolały, tak mocno je zacisnęłam. Jak on może tak traktować książki, przecież zniszczą się w podobnych warunkach! Schyliłam się, żeby poszukać obiecanych apokryfów na dole po prawej, kiedy nagle mój wzrok przykuła jedna pozycja. Nie apokryf, tylko monografia o języku staro-cerkiewno-słowiańskim. Stała sobie na półce między książkami świeckimi. Zalała mnie fala gniewu. Chwyciłam książkę i wyszłam z piwnicy.

– Pożyczam to na chwilę, dobrze? Oddam albo kupię...

– Ej, czekaj! – zawołał za mną Georgi. – Ktoś właśnie tu pytał...

Nie czekałam na to, żeby mi powiedział, kto i o co pytał. Pokonałam szybko trzy ulice, które dzieliły mnie od mieszkania popadii cerkwi Świętych Konstantyna i Heleny. Zapukałam energicznie. Na szczęście popadia była w domu. Nie czekając na zaproszenie, wpadłam do środka.

– Gdzie są książki popa?

– Nie rozumiem... – odparła najwyraźniej przestraszona. – Mój mąż ma...

Wyciągnęłam przed siebie wolumin.

– Chodzi mi nie o książki twojego męża, tylko o bibliotekę popa Wasyla. Co z nią zrobiłaś?

Kobieta cofnęła się i skrzyżowała ręce na piersiach.

– Kto ty w ogóle jesteś, co? Wpadasz tu najpierw sama, kłamiesz, że jesteś jego znajomą, potem widzę cię z policją...

– Cicho bądź! – przerwałam jej tyradę i podetknęłam książkę pod nos. – Znalazłam ją u Georgiego w sklepie. Należała do popa Wasyla. On jej nie sprzedał. Twojego męża także nie podejrzewam. Ty musiałaś to zrobić.

– Nie, nie, ja... – broniła się, ale po oczach poznałam, że mam rację.

– Komu sprzedawałaś i które książki?

Chwilę stała z zaciętą miną.

– Tylko Georgiemu – skapitulowała nagle. – I nic cennego... Pop Wasyl miał rację, że to głupia kobieta.

– Na pewno tylko Georgiemu?

– Tylko... Przysięgam ci.

Patrzyła przestraszona. Dotarło do niej, że poprzednim razem byłam tu w towarzystwie policji. Pewnie sądzi, że wyślę ją do więzienia. Niech tak myśli.

– Przecież to bezcenne dzieła. To karalne!

Zatknęła dłonią usta.

– Nie sprzedawałam tych najstarszych. Wszystko zostało. Tylko takie, które mogłam sprzedać. Myślałam, że mogę, bo on był taki uciążliwy, a przecież pod koniec życia nie mógł czytać... Mój syn...

– Sprzedawałaś za jego życia? – Na mojej twarzy musiała malować się odraza.

– Bo on nie mógł czytać i nawet nie chciał, żebym ja... – Pochyliła głowę. Nagle unosi wzrok i na jej pulchnej, grubo ciosanej twarzy ujrzałam zaciętość. – Nigdy mi nie podziękował za opiekę. A mogłam go oddać do domu dla starych. Nikt by pretensji nie miał nawet...

– Przestań. – Aż mi się niedobrze zrobiło. – Ile książek sprzedałaś Georgiemu?

Ta kretynka nie rozróżniłaby współczesnej książki pisanej cyrylicą i stylizowanej na starą od bezcennego dzieła.

– Dwie. – Pochyliła głowę. – Tę i taką z kazaniami jakichś starych popów...

Georgi niewątpliwie by poznał, że ma przed sobą bezcenny zabytek. Czy byłby na tyle głupi, żeby go sprzedać? Pieniądze wprawdzie nie śmierdzą, ale Georgi wyglądał mi na takiego, co ma instynkt samozachowawczy. Poza tym gdyby miał coś do ukrycia, nie wpuszczałby mnie do piwnicy.

– Gdzie reszta?

Na półkach w pokoju starego popa było sporo wolnego miejsca. Bałaby się sprzedawać więcej naraz. Resztę książek pewnie ukryła i czekała na lepsze czasy.

– Gdzie schowałaś resztę? Mów, bo przyjdzie tu policja i pogadamy z tobą i twoim mężem!

Bingo. Kobieta patrzy błagalnie.

– Nawet na pogrzeb nie przyszłaś – syknęła z pretensją w głosie. – A ja takie żyto zrobiłam, ciasta napiekłam i ugościłam tyle osób...

Miała rację. Powinnam była przyjść na pogrzeb, zwłaszcza że bardzo lubiłam tę kutię. Mogliśmy pojechać do Sozopola dzień później. Nie odwiedziłam grobu popa Wasyla.

– Pójdę na grób – powiedziałam pojednawczo. – A teraz pokaż, co zabrałaś.

– Nikomu nie powiesz?

– Jeśli znajdę, czego szukam, nie powiem – rzuciłam mglistą obietnicę.

Zaprowadziła mnie do kuchni i otworzyła szafkę pod zlewem. Była pełna starych książek.

\*

Nie wróciłam już do sklepu Georgiego. Książkę oddam mu przy okazji. Miałam przeczucie, że Dimityr mnie szukał wściekły albo zaniepokojony, albo jedno i drugie. Zawahałam się, czy włączyć komórkę. Po namyśle zrobiłam to. Dimityr pewnie czekał pod domem. No tak, trzy połączenia, ale tylko jedna wiadomość od Dimityra. Sprzed godziny, esemes, że coś pilnego w komendzie i będzie dopiero koło szesnastej. Żadnego komentarza na temat tego, że chciałam zostać w Pułapce jeszcze kilka dni. Odetchnęłam z ulgą. Odpisałam mu, że zgadzam się i odezwę, bo mnie też coś wypadło.

Drugi numer należał do Georgiego, trzeci – zastrzeżony. Już miałam zadzwonić do Georgiego, ale odezwał się ten zastrzeżony.

– Słucham.

– Słuchaj dalej – odezwał się nieznany mi męski głos. – Georgi mówił, że chcesz pogadać. Tylko żadnych glin, rozumiesz, kobieto?

– Ale... – Próbowałam zebrać myśli.

– Albo chcesz gadać, albo nie...

– Tak, tak... Ty jesteś Goszko, tak?

Może należało powiedzieć „Georgi"? Pomyśli, że go lekceważę. Przecież większość ludzi traktuje go jak nieszkodliwego świra.

– Za dziesięć minut w starym muzeum. Wiesz, gdzie to jest?

– Tak, ale tam jest...

Goszko nie dał mi dokończyć.

– Zajdź od tyłu bazaru Poniedziałek. Ostatni stragan jest lelji Dobrinki. Poznasz, bo ona jedyna ma kwiaty. Podejdź i kup od niej bukiet.

– Ale...

– Nie masz rozumu? Idź i kup bukiet. Ostatni stragan. Dziesięć minut. Dłużej nie czekam.

Miał rację Georgi, myślałam, biegnąc najpierw w dół do Dżamii, czyli meczetu, to jakiś oszołom. Czemu taka konspiracja? Napada go ktoś? Czyha na jego życie? Zdrowie? Skręciłam w lewo i główną ulicą dotarłam do Mozaik Rzymskich, potem znów w lewo, w Patriarchy Ewtimija, to ta ulica, ale muzeum jest po drugiej stronie, jeszcze spory kawałek, muszę przejść podziemiami. Dojście zajęło mi więcej niż dziesięć minut. Złapała mnie kolka, ale zacisnęłam zęby. Tyle razy biegałaś tędy, Margarito, i nie czułaś żadnego zmęczenia. Tyle że biegłaś od domu babci do ogrodów cara Symeona, żeby podglądać śpiewające fontanny. Jak babcia mogła cię puszczać samą, taką małą dziewczynkę?

Kupiłam kwiaty od lelji Dobrinki mokra od potu. Łypnęła na mnie wzrokiem, bezczelnie wręczyła mi ledwie żywe z upału margerytki i zażądała ceny jak za róże z kwiaciarni. Nie wyglądała mi na osobę, której na imię „dobroć" (*dobrina* po bułgarsku znaczy „dobroć").

– Idź przed siebie. – Usłyszałam za plecami. Odruchowo się obejrzałam, ale moja głowa wróciła na miejsce, kiedy ktoś syknął:
– Nie oglądaj się.

Szłam zatem posłusznie, dyskretnie rozglądając się na boki. Stragany wydawały mi się małe. Nic dziwnego, kiedy mieszkałam tutaj z babcią, miałam kilka lat. Wyszliśmy z bazaru. Zerknęłam tęsknie na ścianę naprzeciwko. Z okienka sprzedawali tu mekici, cienkie placki smażone w głębokim oleju, z dziurką w środku. Posypuje się je cukrem pudrem. Uwielbiałam je. Podchodziliśmy tam z Dimityrem, Angełem i Kaliną i staliśmy tak długo, aż kobieta z okienka usmażyła nam po placku i dała za darmo. Jak ona się nazywała? Donka? Dinka? Była chuda i miała tak wąskie wargi, że nazywaliśmy ją „bezusta".
– Skręć w lewo.

Posłusznie wykonałam polecenie, zastanawiając się, czy naprawdę ów Goszko nie mógłby iść koło mnie i zaprowadzić do jakiejś kawiarni, gdzie pogadalibyśmy jak człowiek z człowiekiem. Nie ma nic bardziej naturalnego niż chłopak, który siedzi z dziewczyną w kawiarni. Dokąd on mnie prowadził? Bo jeśli do jakiegoś domu, to ja z kimś tak dziwnym nie pójdę. Nie miałabym rozumu.

– Dokąd idziemy? – rzuciłam w przestrzeń.

– Do muzeum.

– Przecież idziemy naokoło, a poza tym nie ma tam nic...

– Idź – rozkazał.

Muzeum... Powód, dla którego wyburzono dom, w którym mieszkała babcia. Mogło być dumą tego miasta, stało się wyrzutem sumienia.

Płowdiw, jedno z najbardziej zabytkowych miast na świecie. Pod ziemią jest tu więcej zabytków niż na przeciętnej greckiej wyspie. Ilekroć kopano, aby zrobić tunel czy przeprowadzić kanalizację, natykano się na ruiny – trackie, rzymskie, co kto woli. Właściwie należałoby cały Płowdiw przenieść gdzieś i na jakieś sto lat uruchomić wykopaliska. Potem udostępnić turystom. Ruiny zatem dla mieszkańców miasta to nic specjalnego. Jednak to, co znaleziono na Patriarchy Ewtimija, było unikalne.

Dotarliśmy do końca wąskiej uliczki. Goszko szedł teraz koło mnie i wprowadził za stary dom, na podwórko. Weszłam tylko dlatego, że usłyszałam śmiech dzieci i zobaczyłam dwie kobiety rozwieszające pranie. Scena surrealistyczna. Kobiety wyglądały, jakby grały w filmie z lat pięćdziesiątych.

– Dalej nie idę – uprzedziłam.

Niedoczekanie, że dam się zaprowadzić do jakiegoś pomieszczenia i uwięzić.

– To tutaj – powiedział Goszko.

Doszliśmy do końca podwórza. Goszko odchylił wysoką kępę traw porastającą siatkę ogrodową dzielącą nas od muzeum. Dostrzegłam wąską dziurę. Goszko zachęcił wzrokiem, abym przeszła. Sam się obejrzał, jakby się spodziewał, że ktoś nas śledzi. Przeszłam przez dziurę i znalazłam się na terenie niedoszłego muzeum. Nie byłam tu od dzieciństwa. Zamknęłam oczy, bo chciało mi się płakać, tak tu okropnie.

– Widzisz to co ja? – spytał Goszko. – Trackie dziedzictwo? Kiedy odkryto ruiny trackiego miasta, przychodziłam tu bawić się z przyjaciółmi. Krążyliśmy w labiryntach wąskich uliczek mających pewnie kilka tysięcy lat, a co najmniej pamiętających czasy Chrystusa.

– Widzę – odpowiedziałam. – Mieszkałam tu...

– Tak? – Zerknął na mnie uważnie. – Gdzie dokładnie?

– Tu gdzie siedzimy – westchnęłam. – Z babcią.

Wspominam dwupiętrowy dom o wąskiej klatce schodowej i spróchniałych schodach. Na piątym schodku od góry, trójkątnym, była dziura. Ziała latami, coraz większa. Czemu w tamtych czasach nikt nie naprawiał takich rzeczy? Po prostu uważałam na nią i przeskakiwałam. Kiedyś, kiedy przyjechała mama, nie ostrzegłyśmy jej przed dziurą. Wpadła w nią po kostkę, skręciła nogę. Miała potem pretensje do właścicieli domu, ale oni mgliście obiecywali, że naprawią schody, i na tym się skończyło. Potem dziura pokazała się jeszcze na siódmym i ósmym schodku. Zanim jednak przedsięwzięto jakieś kroki, dom postanowiono zburzyć pod budowę muzeum.

– Tam, naprzeciwko – Goszko wskazał bar z kebabami – mieszkała z kolei moja babcia.

– Tam była mała pracownia. – Wzruszyłam ramionami. – Obszywali guziki i plisowali materiały. Pani Maryjka Guzikarka pozwalała mi czasem wycisnąć jakiś guzik i dawała na lody.

– To moja babcia – szepnął, jakby ktoś mógł nas usłyszeć. – A więc jesteś naprawdę nasza. Georgi miał rację.

– Co chciałeś mi powiedzieć? Chyba tutaj możemy rozmawiać.

– Tu wszędzie ściany mają uszy – przestrzegł mnie znów szeptem.

Wpatrzyłam się w miejsce, gdzie stały domy naszych babć, mojej i Dimityra oraz babci Kaliny i Angeła. Uświadomiłam sobie jedną rzecz. Wychowywały nas babcie, a gdzie byli nasi rodzice?

– Nie wiem, czy ty jesteś swój. Nigdy cię tu nie widziałam.

– Jak mnie nie widziałaś? Ja cię pamiętam. Biegałaś z takimi dwoma chłopakami i jedną dziewczyną. Byłem młodszy trzy lata, przeganialiście mnie.

W jego głosie słyszałam gorycz, jakby pozostał małym chłopcem z Sofii, z którym miejscowe dzieciaki nie chcą się bawić

– Słuchaj... Bardzo mi przykro, że nie chcieliśmy grać z tobą w berka sto lat temu. Powiedz mi, po co mnie tu sprowadziłeś, bo się trochę spieszę.

– Chcę, żeby było tu muzeum.

Westchnęłam. Też bym chciała, żeby stało tu muzeum. Teraz w miejscach, po których chodzili Rzymianie, jest pół metra wody, a z niej wystają rośliny. Antyczne ruiny znajdują się w opłakanym stanie. Miasto zasłoniło tę przestrzeń siatką i wywiesiło ostrzeżenie, żeby nie wchodzić. Nie mogę pojąć, jak można zaprzepaszczać takie dziedzictwo.

– Też bym chciała, żeby było tu muzeum, ale nie mam na to najmniejszego wpływu.

– Jak nie masz? Przyjechałaś z zagranicy i prowadzasz się z policją.

– Jakie to ma znaczenie? – Wzruszyłam ramionami. – Czasy, kiedy ktoś z zagranicy był atrakcją, minęły dawno temu. Poza tym jestem z Polski. To mało atrakcyjna zagranica.

– Twoja matka jest archeologiem. Najbardziej znanym archeologiem w Bułgarii. Czemu nigdy nie zadbała o to miejsce? Stał tu jej dom rodzinny.

No właśnie, ona mogłaby coś w tej sprawie zrobić, choćby nagłośnić fakt, że trackie ruiny porastają roślinnością wodną i straszą ludzi. Nie zrobiła tego.

– Nie wiesz tego, ale ja nie jestem szczególnie blisko ze swoją matką. Nie umiem ci odpowiedzieć na pytanie dlaczego. Mogę tylko dodać, że mnie to też dziwi. A teraz, jeśli pozwolisz... Mógł mi to wszystko powiedzieć przez telefon, skoro wiedział, że tu mieszkałam i znam to miejsce. Po co mnie tu ciągnął? Zbliżało się wpół do czwartej. Musiałam wrócić na czas, bo Dimityr mnie zabije.

– Pomóż mnie, a ja pomogę tobie. – Złapał mnie za rękę.

– Dobrze, powiem mojej matce. Poproszę ją, żeby... – Wstałam. Chwycił mnie mocniej za rękę i pociągnął. Usiadłam znów na kamieniu.

– Ty chyba czegoś nie rozumiesz... – wysyczał.

Zrozumiałam, że tak łatwo nie odpuści. Czyżby zamierzał mnie tu uwięzić, aż nie zamienię tego jeziora z szuwarami w nowoczesne muzeum?

– Goszko, Georgi... – poprawiłam się. – Obiecuję, że się postaram, ale teraz mam na głowie...

– Możesz mówić, jak chcesz, tylko nie traktuj mnie jak dzieciaka, z którym nie chcieliście się bawić!

To się tak nie zachowuj, chciałam powiedzieć, ale zamilkłam. Wyglądał na bardzo zdenerwowanego.

– Przyprowadziłem cię tu, narażając się bardzo...

Starałam się wyglądać na osobę pełną zrozumienia dla trudów, które poczynił, aby z tego zaniedbanego miasta wydobyć piękno.

– Mówię, że porozmawiam. Naprawdę się postaram.

Zamierzałam to zrobić. Powiem matce, żeby się tym zajęła. Albo Cwetanowi.

– Powiedz mi tylko jedno – wycedził. – Bawiłaś się tu, jak byłaś mała?

Potwierdziłam. Bawiłam się, i to jak. Wstyd przyznać. Leżało tu mnóstwo ludzkich kości w zakamarkach albo płytko zakopanych. Odkopywaliśmy je i zbieraliśmy na kupki bez świadomości, że mają tysiące lat. Pamiętam zwłaszcza jedną zabawę. Angeł ją wymyślił. Kto znajdzie czaszkę albo żuchwę z największą liczbą zębów. Zwykle Kalina miała najwięcej szczęścia albo już wtedy drzemał w niej archeolog. Ja wygrałam tylko raz. Znalazłam małą czaszkę z kompletem uzębienia. Ależ się cieszyłam. Chyba nie dostałam żadnej nagrody. Wystarczyła satysfakcja i nieco uważniejsze niż zwykle spojrzenie Angeła.

– Bawiłam – potwierdziłam.

– W znajdowanie kości i czaszek?

Niechętnie potwierdziłam. To raczej nie powód do dumy. Byliśmy dzieciakami, ale na pewno zniszczyliśmy tu wiele eksponatów. I to traktowanie ludzkich szczątków, jakby były zabawkami. Ciekawe, co się stało z tymi kośćmi? Wykopali je i pogrzebali? Przenieśli do innego muzeum? Ciągle są pod wodą?

– To mam dla ciebie taką radę – ściszył głos ponownie i wbił we mnie ciężkie spojrzenie. – Znów się tu pobaw...

– Ale... – Nie pojmowałam.

– Najlepiej ze swoimi kolegami policjantami. Pobawcie się tu wszyscy.

Wstał i zostawił mnie oszołomioną na kamieniu.

– Czekaj! – krzyknęłam za nim. – Będziesz zeznawał?

– Żebym skończył tak jak tamten? Nigdy!

*

W głowie miałam mętlik. Podążałam szybko w stronę domu, zbierając myśli. Przycisnęłam ramieniem torebkę z cenną zawartością. W drugiej ręce trzymałam książkę zabraną Georgiemu. Puzzle wchodzą na swojej miejsce. Aż podskoczyłam, kiedy usłyszałam dźwięk nadchodzącej wiadomości. „Gdzie jesteś?!!!". To Dimityr. „5 min", odpisałam. Natychmiast przychodzi drugi, od Momcziła: „Do zobaczenia". Nie odpisałam mu, przyjdzie na to czas później, kiedy ustalę z Dimityrem, jak to rozegrać.

– Gdzie ty byłaś?! – Dimityr stał na ulicy i patrzył z wyrzutem. – Naprawdę nie można cię zostawić na chwilę? Przecież ja tu umieram z niepokoju.

Pocałowałam go i otworzyłam drzwi wejściowe.

– Zaraz ci powiem, gdzie byłam. Będziesz zadowolony.

Musiałam wyglądać jak kot, który wylizał śmietanę, bo Dimityr uniósł swoje gęste brwi i przypatrywał mi się uważnie.

– Chyba nie narażałaś się na jakieś niebezpieczeństwo? – spytał, idąc za mną po schodach na górę. – Ty naprawdę sobie nie zdajesz sprawy, że...

Zatrzymałam się, odwróciłam i pocałowałam go.

– Jakbyś miał na względzie moje bezpieczeństwo, nie sprowadzałbyś mnie tutaj – powiedziałam bez wyrzutu.

– Nie mogę sobie tego darować. Z jednej strony to, że jesteś... A z drugiej... Miałaś być jedynie konsultantką, pomóc nam z Polakami, nakłonić matkę, aby spojrzała na te znaki.

Tak, znowu te jego strony, pierwsza, druga i trzecia. Dawno podejrzewałam, że w kwestii znaków nie liczyli na mnie. Nie obraziłam się. Nie musiałam niczego udowadniać.

– Posłuchaj. Pójdę na przedstawienie z Momcziłem... – Nie zgodził się. – Posłuchaj – powtórzyłam. – Pójdę z nim, wyciągnę z niego jeszcze kilka rzeczy i będziesz go mógł aresztować.

– Tłumaczyłem, że nie jesteś dziewczyną Bonda i nie możesz...

– Wiem, może iść Wirginija, bo jest przeszkolona. Tylko tak się składa, że główny podejrzany zaprosił mnie. – Popatrzył na mnie z ironią. – Zaprosił mnie na *Turandot* piętnastego sierpnia. Oboje wiemy, że to okazja, żeby go zwinąć – upierałam się.

Dimityr powinien wiedzieć, że jak coś postanowię, nie można mnie od tego odwieść. Zaprzeczył, ale nie patrzył na mnie.

– Aresztujemy go wcześniej. W każdej chwili możemy go zatrzymać.

– To czemu tego nie robicie?

– Gitka, to są sprawy operacyjne. Nie będę ci tłumaczył. – Wpatrywał się w ścianę przy schodach, jakby zauważył na niej coś szczególnie ciekawego.

– Oczywiście, nie zrozumiem. Jak wam pasuje, jestem częścią zespołu. Jak nie, to są sprawy operacyjne. Chodźmy na górę. Stoimy na schodach...

Patrzył poważnie i nie ruszył się nawet na centymetr. Za to złapał mnie za rękę i przyciągnął do siebie.

– Oficjalnie jesteś konsultantką – szepnął mi do ucha. – Przypominam ci, że nie masz żadnego przeszkolenia, nawet w zakresie pierwszej pomocy. Nie mówiąc o zatrzymywaniu podejrzanego. I nie mówiąc o tym, że po tamtej nocy wszystko się zmieniło.

Odsunęłam się i spojrzałam na niego uważnie. Nie powinien traktować mnie jak maskotkę.

– Dimityr, zrobię dla ciebie wszystko, ale musisz mnie traktować poważnie.

– Traktuję cię poważnie, ale nie mogę narażać na niebezpieczeństwo. – Znów mnie przyciągnął. – Ile razy mam ci powtarzać, że nie przeżyję, jeśli kolejny raz cię stracę. Możesz mnie nazwać typowym tępym Bułgarem, męską szowinistyczną świnią, nawet gorzej. Jeśli jednak coś będzie ci groziło, zamknę cię w ciemnej komórce, bylebyś tylko była bezpieczna.

– Też cię kocham – powiedziałam i ponownie wyswobodziłam się z uścisku.

Mierzyliśmy się wzrokiem. Otworzyłam drzwi. Dimityr miał rację, ale nie odpuszczę tak łatwo. Bo ja naprawdę czułam się częścią zespołu.

– Coś mi mówi, że Momcził zniknął i nie możecie go zatrzymać. – Skrzywił się. – Trafiłam?

Sięgnęłam po walizkę leżącą na łóżku, żeby ją zamknąć, i cofnęłam rękę. Coś się nie zgadza. Na pewno na wierzchu położyłam białą jedwabną bluzkę, pod nią leżała błękitna kosmetyczka. Teraz jest przesunięta i zamiast na środku leży bardziej na prawo. Rozejrzałam się po pokoju.

– Co jest? – spytał zaniepokojony Dimityr.

– Ktoś tu był – powiedziałam cicho. – Przeszukał walizkę...

– Brakuje czegoś? – Sięgnął odruchowo do miejsca, w którym powinna być kabura, choć nie miał przy sobie broni.

Rozejrzałam się. Jedna z szafek była niedomknięta, a ja na pewno ją zatrzaskiwałam. Filiżanka przesunięta o kilka centymetrów. Ktoś przejrzał książki. Reszta rzeczy była spakowana. Laptop wyłączony leżał tam, gdzie go zostawiłam. Nie wyglądało na to, żeby ktoś go włączał.

– Wydaje mi się, że niczego... – powiedziałam niepewnie.

Odruchowo zerknęłam na sufit. Dimityr zrozumiał, co mam na myśli, i dał mi znak, żebym była cicho. Drzwi balkonowe nie były zamknięte na zasuwkę. Musiał zapomnieć je zamknąć albo wyszedł przez balkon w pośpiechu. Pokręciłam głową, żeby zrozumiał, że nie zostawiłam ich otwartych. Popchnął je lekko i szybko wybiegł na balkon, spojrzał w dół i wbiegł schodkami na taras. Po chwili wrócił.

– Nikogo nie ma. Dlaczego wychodziłaś? Chociaż w sumie może i dobrze – powiedział z rezygnacją. – Gdyby cię tu zastał...

Tłumaczyłam, co robiłam, dając mu jednocześnie znaki, że nie chciałam tutaj rozmawiać. Kto wie, czy nie założyli podsłuchu. Myślałam, że mnie wyśmieje, ale nie, patrzył na mnie z niepokojem.

– Bierzemy wszystko i wychodzimy – zdecydował.

– Ale ja muszę... Muszę pójść na przedstawienie.

A potem teatralnie podwyższyłam ton i wykrzykiwałam inwektywy, jednocześnie dając mu znaki.

– Jesteś zazdrosny? Ty nigdy nie zaprosiłeś mnie do teatru! Nie możesz mnie trzymać jak w klatce!

– Gitka, proszę cię... – Wzniósł oczy ku niebu.

Nie wiedziałam, czy to element zaproponowanej przeze mnie gry czy też Dimityr nie wierzył, że mieszkanie mogło być na podsłuchu.

– To ja cię proszę – powiedziałam stanowczo. – Żebyś mi nie dyktował, z kim mam spędzać letnie wieczory.

Wziął walizkę i prawie siłą wyprowadził mnie z mieszkania. Zamknął drzwi i wrzucił klucze do skrzynki pocztowej. Protestowałam, bo zostawiłam tam kilka rzeczy, między innymi bezcenną filiżankę.

– Wszystko zabierzemy. Filiżanek kupię ci dziesięć, tylko chodź wreszcie, na litość boską!

– Nie będziesz mi! – wrzeszczałam, trzymając się swojej roli.

Nie mam pojęcia, czy Dimityr też grał, czy autentycznie był na mnie wkurzony.

– Nigdzie nie idziesz! – krzyknął i zaczął stawiać wielkie kroki. Walizka podskakiwała co chwila na kocich łbach i niemal fruwała. Biegłam za nim truchtem. Właściciele piekarni na rogu wyszli i zaczęli do nas machać. Zatrzymałam się i odmachałam im.

– Nie zdążyłam się pożegnać, ale jeszcze się zobaczymy! – krzyknęłam do nich jak jakaś kretynka. Na szczęście podobne przedstawienia są tu na porządku dziennym.

– Chodź! – Dimityr był świetnym aktorem albo wyprowadziłam go ostatecznie z równowagi.

Bezzębny dziadek, który zawsze siedział przed pokrytą kurzem witryną nieczynnej szwalni, pokręcił głową i pokazał dziąsła w uśmiechu.

– Słuchaj męża – doradził, a potem zawołał w stronę Dimityra. – Nie bij jej. Młoda jeszcze...

I w takich oto okolicznościach opuszczam Pułapkę.

# KONSTANTYNOPOL, XII WIEK

Nie nawykłem do przepychu. Mój dom rodzinny był biedny, klasztory, w których przebywałem, więcej niż skromne. Władca Aleksy I Komnen nie przywykł do wyrzeczeń ani do ascezy. Być może na wojnach zadowalał się skromniejszymi warunkami, ale w jego pałacu panował iście bizantyjski przepych. Oby złoto nie oślepiło go i nie zamknęło jego umysłu na to, co najważniejsze.

Ten najszlachetniejszy z kruszców był tu wszechobecny. Na ścianach gęsto pokrytych malowidłami co tylko możliwe błyszczało złotem. Ornaty królewskie zdobiło nie tylko złoto, lecz także purpura. Natomiast skórę koni wykonano z delikatnych listków hebanowych tak cienkich, że wyglądały niczym czarna farba. Złote wezgłowia łóżek, naczynia oraz brzegi ksiąg w bibliotece. Złote wszystko, co tylko może być. Złota także korona najmożniejszego władcy wschodu i zachodu, Aleksego I Komnena.

Przyjęto nas w pałacu z zachowaniem wszelkich ceremoniałów. Chociaż cesarz nie przyszedł nas powitać osobiście, przysłał jednego ze swoich przedstawicieli, aby przekazał nam uszanowanie i powiedział, że kiedy nadejdzie odpowiednia chwila, zostaniemy wysłuchani.

– Tymczasem rozgośćcie się, bracia, w naszych skromnych progach. – Pokłonił się każdemu z nas z osobna i znikł. Zaraz po nim pojawiły się dwórki i służące.

Nie nawykłem, aby mi usługiwano. Ten krótki czas, który spędziłem wśród starszyzny, nie zdołał nauczyć mnie przyjmowania służby. Po drodze do Konstantynopola to ja i brat Roman wzięliśmy na siebie ciężar przygotowywania pożywienia oraz wszelkie prace porządkowe. Kiedy dowiedziałem się, że każdy z nas będzie miał do dyspozycji własną komnatę oraz dziewczynę do posługi i dwórkę do towarzystwa, zdumiałem się i przestraszyłem. Zaskoczył mnie widok piękności, która stanęła przede mną, pochyliła głowę w głębokim, pełnym szacunku ukłonie i rzekła melodyjnym głosem:

– Witaj, czcigodny Cyrylu. Będę służyć ci podczas pobytu na dworze cesarza. – A potem dodała, że zaprowadzi mnie do komnaty przeznaczonej dla mnie.

Rozdziawiłem usta. Dziewczyna musiała zapewne uznać mnie za głupca, ale nie dała tego po sobie poznać.

– Mam na imię Alissa. – Na jej pięknej twarzy pokazał się pełen szacunku uśmiech. – Czego potrzebujesz, panie, aby poczuć się najmilszym gościem w domu pana mego, Aleksego, władcy nad władcami?

Nie wiedziałem, co mam powiedzieć. Czy zażądać jedzenia, pozostawienia mnie w spokoju, czy też poprosić, aby została przy mnie do końca moich dni.

– Chciałbym odpocząć – zdołałem wykrztusić, gdyż jej uroda onieśmielała mnie. – Za mną i moimi braćmi długa droga.

I chociaż byłem pewien, że nie zaznam już spokoju, uśmiechnąłem się przepraszająco i wskazałem na łóżko. Skłoniła się z szacunkiem i wskazała na worek, który trzymałem w rękach. Znajdowały się w nim kości brata Alberta

– Czy mogłabym? – Wyciągnęła białą dłoń, ale odruchowo zasłoniłem worek. Od razu zawstydziłem się tego gestu.

– To... coś bardzo... osobistego. – Przełknąłem ślinę. – I nie wymaga żadnego...

– Oczywiście, rozumiem, panie. – Ponowny ukłon.

Oczy miała niebieskie jak niebo, lecz nie w słońcu, tylko na chwilę przed burzą. Włosy kruczoczarne, opadające kaskadą na ramiona i plecy, na czole przytrzymane złotą opaską. Jej suknia uwydatniała kształtną kibić, nie była w żaden sposób nieskromna, chociaż niezwykle piękna, w kolorze nieba nocą i ze złotymi haftami na spódnicy.

– Nie tytułuj mnie panem, jestem tylko mnichem – wybąkałem, wciąż oszołomiony jej niezwykłą urodą.

– Tak nam kazano zwracać się do gości.

Jedyne kobiety, które widywałem, to biedne chłopki na targu albo w polu. Nigdy nie poświęcałem im wiele uwagi. Obserwowałem nieraz, jak orały ziemię czy sadziły kartofle. Współczułem im z powodu ich ciężkiej doli oraz litowałem się, kiedy widziałem, jak kuliły się ze strachu pod wzrokiem męża bądź batem pana. Miewałem grzeszne myśli o życiu z kobietą, ale nigdy nie wyobrażałem sobie jej w sposób materialny. Kobieta z moich zakazanych myśli nie miała twarzy.

Od tej chwili kobieta z moich marzeń będzie miał twarz Alissy.

– Chciałbym odpocząć, ale zanim to nastąpi, pragnąłbym, pragnąłbym... – powiedziałem, widząc, że czeka pokornie na moje rozkazy.

Zachęciła mnie uśmiechem.

– ...pragnąłbym zmyć z siebie trud podróży – zakończyłem niezręcznie.

– Oczywiście. – Ukłoniła się. – Proszę, pójdź, panie, za mną.

Pozostawiłem worek z kośćmi pod łóżkiem, wepchnąwszy go głęboko, i podążyłem za nią. Zaprowadziła mnie do zachodniego skrzydła zamku, gdzie w pomieszczeniu kąpielowym czekała na mnie inna dziewczyna. Zdumiałem się. Poprosiłem o kąpiel zaledwie kilka minut temu.

– Przypuszczałyśmy, że każdy z was jest utrudzony drogą. Kazałyśmy przygotować kąpiel. Pani nasza Anna osobiście poleciła nam, abyśmy o tym pamiętały.

Miała na myśli córkę cesarską, wpływową Annę Komnenę. Pomieszczenie było niewielkie, na środku stała duża balia pełna parującej wody, obok szczotka do mycia ciała i ług leżący na kawałku drewna. Dziewczyna, która nie miała więcej niż kilkanaście lat, dzierżyła w rękach płótno, zapewne służące do wycierania ciała. Nie była tak piękna ani dostojna jak Alissa, choć i tak zmartwiłem się, że zechce mi towarzyszyć podczas kąpieli.

Spojrzałem bezradnie na Alissę. Uśmiechnęła się do mnie zachęcająco i wskazała gestem balię. Zawahałem się. Pragnąłem zmyć z siebie brud trzymiesięcznej podróży, szczególnie jej ostatniego odcinka, kiedy nie minęliśmy żadnego większego źródła wody, aby móc oczyścić nasze ciała.

– Czy pragniesz, panie, zostać sam? – spytała Alissa.

Pokiwałem jedynie głową, bo nie zdołałem wykrztusić, że nie mógłbym obnażyć się przed nią.

Alissa skinęła głową na dziewczynę, która pozostawiła płótno na drewnianej ławie i stanęła za swoją panią.

– Gdybyś czegokolwiek potrzebował, panie, czekamy za drzwiami.

Pomyślałem, że włożę na czyste ciało brudną szatę zakonną, ale Alissa, która najwyraźniej czytała w moich myślach, się uśmiechnęła.

– Czy życzysz sobie, aby dziewczyna pomogła ci się rozebrać i odziać po kąpieli? Czy tylko przynieść czystą szatę?

Znów odpowiedziałem, że proszę tylko o czystą szatę. Musiały widzieć moje zawstydzenie, ale nie dały tego po sobie poznać. Ukłoniły się, odwróciły i zniknęły za drzwiami. Zrzuciłem z ulgą sztywną od brudu suknię zakonną. Potem ostrożnie rozpiąłem pas z przytroczoną Księgą oprawioną w skórę. Zobaczyłem podbiegniętą krwawo pręgę. W jednym miejscu otworzyła się rana i skrzepła krew zastygła razem z drobinkami kurzu. Odłożyłem ostrożnie Księgę na ławę obok płótna

Patrzyłem na swoje ciało wychudzone jeszcze bardziej niż w klasztorze, szare, brudne, zmęczone. Czułem się brudny i brzydki. Czy ktoś taki jak ja mógłby wzniecić żar w sercu istoty tak doskonałej jak Alissa?

Ciepło wody otuliło mnie ze wszystkich stron. Poczułem się senny, ale natychmiast opanowałem odruch rozkoszowania się kąpielą, gdyż przypomniałem sobie, że dwie kobiety czekają na to, aż skończę i wrócę do swojego pokoju. Użyłem mydła kilkakrotnie, aż woda w balii pokryła się szarym nalotem. Wtedy rozległo się ciche pukanie i do pokoju kąpielowego weszła służąca, niosąc ceber z czystą ciepłą wodą.

Poczułem straszliwy wstyd na samą myśl, że zobaczy mnie nagiego. Wydałem z siebie chrząknięcie, jakbym się zakrztusił, i zanurzyłem się cały w mydlinach.

– Czy mam pozostawić czystą wodę, czy też pomóc ci w kąpieli, panie? – spytała ze spuszczonymi skromnie oczami.

– Nie trzeba. – Odetchnąłem z ulgą. – Proszę, zostaw mnie samego.

Miałem nadzieję, że jej to nie obrazi, że zrozumie mękę zakonnika.

– Oczywiście. – Ukłoniła się i wyszła.

Dziewczyna weszła ponownie, tym razem z czystą szatą. Czekałem na to szczelnie owinięty płótnem kąpielowym, na powrót z przytroczoną do pasa Księgą.

Kiedy opuściłem pomieszczenie, Alissa powiodła mnie do mojego pokoju i ponownie spytała, czym mi może służyć.

– Chciałbym prosić o maść gojącą rany – wyznałem wstydliwie.

– Czy głęboka jest twoja rana? – Alissa była zatroskana. – Czy mogłabym przyprowadzić doktora, aby cię, panie, obejrzał?

– Nie trzeba. – Pokręciłem stanowczo głową, starając się na nią nie patrzeć, bo pod jej wzrokiem czerwieniłem się i zaczynałem się jąkać.

– Przyniosę zatem maść. – Oddaliła się, aby po chwili wrócić ze słoiczkiem pełnym bladozielonej papki.

– Pozwól, abym ja...

– Dziękuję ci, pani – przerwałem.

Nie mogłem na to pozwolić z wiadomych względów. Ona jednak odczytała to inaczej, bo pochyliła głowę.

– Czy wolałbyś, abym odeszła?

Chciałem, żeby usiadła przy mnie i zaśpiewała piosenkę albo recytowała wiersze. Mogła też nic nie mówić, tylko pozostać blisko mnie, abym mógł patrzeć na cienie, jakie rzucały jej powieki. Był dwunasty dzień sierpnia, wieczór. Chciałem spytać, gdzie są moi towarzysze, ale podejrzewałem, że każdy z nas dostał taką samą komnatę i obecnie zażywał snu lub kąpieli, jadł kolację bądź też czytał lub się modlił.

– Kiedy zostaniemy przyjęci przez największego z władców?

– Nie wiem tego. Moim zadaniem jest słuchanie rozkazów pani mojej Anny Komneny, pośredniczki między swoim czcigodnym ojcem a waszym zgromadzeniem.

Drgnąłem. Anna Komnena, córka cesarska, której sława jako filozofki i historyczki dotarła nawet za granice imperium, ma zaaranżować spotkanie? Mimo wszystko jest jedynie kobietą, choć niezwykle doświadczoną politycznie.

– Jej imię jest sławne także poza granicami imperium. – Ukłoniłem się.

– Jej czas jeszcze nie nadszedł – odpowiedziała cicho Alissa. – Jej imię jest wielkie, ale będzie jeszcze większe. Jej czyny opromienią ziemię niczym słońce, które wstaje na wschodzie i wędruje ku zachodowi.

Kiedy chwaliła swoją władczynię, pełna oddania i lojalna, stawała się jeszcze piękniejsza. Czy Anna Komnena jest orędowniczką naszej sprawy?

Anna, pierworodna córka wielkiego Aleksego, księżniczka urodzona w purpurze (przyszła na świat w purpurowej komnacie, stąd przysługiwał jej taki właśnie tytuł) i opiewana przez poetów, została obiecana po urodzeniu księciu Tesalii, aby mogła objąć po ojcu tron. Jak musiała się czuć, kiedy zaręczyny zerwano po przyjściu na świat jej brata Jana, gdyż wielki Aleksy Komnen miał męskiego potomka i nie musiał powierzać sukcesji zięciowi.

– Czy piękny Jan jest obecny na dworze? – spytałem Alissę.

Chmura przesłoniła jej oblicze. Jan zawdzięczał swój przydomek niezwykłej urodzie. Ponoć wzdychały do niego księżniczki wszystkich bez wyjątków dworów w Europie. Czy na pewno Alissa pozostała nieczuła na jego urok?

– Nie wiem, panie – odrzekła po chwili wahania. – Jego przybycie jest wyczekiwane, ponieważ ma wziąć udział w święcie Bogurodzicy Dziewicy.

– A twoja pani? – odważyłem się zadać kolejne pytanie. – Czy weźmie udział w tak wielkim święcie?

Tym razem uśmiechnęła się lekko. Zrozumiała, że wiele wiem o stosunkach panujących na dworze.

– Moja pani czyni przygotowania na ten dzień – odparła. – Jutro ma dołączyć do nas jej małżonek. Zajmie poczesne miejsce podczas święta. Jak zwykle.

O nim także słyszałem. Mężem Anny był generał Nicefor Bryennios, osoba wielce zasłużona dla imperium, prawa ręka cesarza. Nicefor był biegły w sztuce wojennej, wiele razy dowiódł swojej lojalności, walcząc u boku cesarza. Ja znałem go również jako historyka Bizancjum, kronikarza niezwykle skrupulatnego i podkreślającego na każdym kroku chrześcijańskie poglądy. Nic dziwnego, że zamierza pojawić się na tym największym ze świąt.

– Czy życzysz sobie jeszcze czegoś, panie, czy mogę poprosić o kolację dla ciebie?

Chciałem spytać, czy zobaczę swoich towarzyszy, czy kolacja zostanie podana nam do pokojów, czy też mamy zjeść wspólnie. I znów ona ubiegła pytania, jakby znała ich treść.

– Mamy w pałacu wielu gości. Kwiat rycerstwa z całego świata ma zjechać na uroczystości. Część dostojnych gości już przybyła. Dziś każdy z was proszony jest o to, aby spożyć wieczerzę w swojej komnacie. Dopiero jutrzejszego dnia spotkasz swoich braci.

Nie wiedziałem, jak powiedzieć jej, że najbardziej na świecie pragnąłem, aby to ona zjadła ze mną kolację. I znów właściwie odczytała moje myśli.

– Jeśli zechcesz, panie, przyjąć moje towarzystwo, z ochotą zjem z tobą.

Kiwnąłem głową, starając się nie okazywać wielkiej radości, która stała się moim udziałem. Nie potrzebowałem dobrego brata Romana ani obrażonego Matiasa, mądrego Edrana ani ascetycznych braci rodopskich. Nie chciałem myśleć o tym, jak mam pochować szczątki Alberta w Konstantynopolu lub zanieść je do Ziemi Świętej. Nie myślałem nawet, że mam przy sobie najświętszą tajemnicę i to mnie dane będzie powierzyć ją cesarzowi, który stanie się tym samym jednym z bogomiłów, najdoskonalszym z doskonałych. Po raz pierwszy myśl, że właśnie ja tego dokonam, nie była dla mnie istotna. Miałem przed oczami jedynie lazur jej oczu i delikatną skórę, a w uszach jej aksamitny głos.

Delikatną ręką sięgnęła po dzwonek i zadzwoniła. Staliśmy chwilę naprzeciwko siebie, aż do pokoju wniesiono niewielki stół, dwa miejsca do siedzenia, a następnie potrawy i dzban wina.

*

Alissa. Jej imię było jak powiew wiatru, który niesie subtelny zapach róż. Składałem obietnicę Bogu, że będę żył w czystości, i dotrzymałem słowa. Nie zgrzeszyłem uczynkiem. Myśli powstające wcześniej w mojej głowie były niczym w porównaniu z rodzącymi się teraz. Siedziałem naprzeciwko niej i razem jedliśmy kolację. Nie byliśmy sami, usługiwała nam służąca, a jednak byliśmy tylko my dwoje, ja i najpiękniejsza kobieta na świecie. Oddaliłem myśl o Księdze i swojej tajemnicy. Patrzyłem na nią i słuchałem każdego jej słowa. Myli się jednak ten, kto by twierdził, że urzekły mnie jedynie jej blada cera, piękne oczy i wiotka sylwetka. Nie mniej fascynujący okazał się jej umysł. Alissa należała do najbardziej wykształconych istot w cesarstwie bizantyjskim. Jej wiedza dorównywała mojej, a nawet w niektórych aspektach przewyższała ją. Ja czytywałem głównie pisma święte, te dozwolone oraz niektóre zakazane. Znałem teksty greckie i łacińskie, w tym *Poetykę* Arystotelesa, dzieła Tukidydesa, Sokratesa oraz dramaty greckie. Od dzieciństwa szukałem odpowiedzi na pytanie, czym jest natura ludzka, jak wiele człowiek jest w stanie poświęcić dla obrony wyznawanych wartości. Czytywałem kroniki ludów północy. Prawie ich nie rozumiałem, chociaż pisano je po łacinie, tak dalekie były mi zawarte w nich namiętności. Bardziej przystępne okazały się kroniki powstałe w Bizancjum, zwłaszcza te, które napisała Anna Komnena. Nie znałem jednak poezji. W klasztorze nie mieliśmy takich ksiąg. Alissa znała je wszystkie i chętnie przekazywała mi owo piękno zawarte w słowach. Słowa płynęły z jej pięknych warg i osiadały wprost na moim sercu. Stanowiły obietnicę poznania.

– Nie wiedziałem, że wiersze niosą prawdę o ludzkich pragnieniach oraz miłości do Boga – zauważyłem, kiedy zjedliśmy pieczone perliczki, duszone w ziołach, warzywa i kaszę i popiliśmy winem. – Sądziłem, że są jedynie pustosłowiem, dzbanem odlanym z gliny i bogato ozdobionym ornamentami, ale bez oliwy.

– Sam masz w sobie poetę, panie – uśmiechnęła się. – W poezji, którą wielbimy w pałacu, jest wiele o Bogu i miłości do niego.

– ...albo pochwałą pustoty czasów, które już nie wrócą, bitew, które nie powinny się odbyć, i wojen, które wygrali okrutniejsi i bardziej chciwi – kontynuowałem, jakbym nie słyszał jej słów.

– Homer by się z tobą nie zgodził, panie. Eustacjusz z Tesaloniki zaś nie czyniłby ci wyrzutów... – Uśmiech był tym razem szerszy. Alissa wyglądała na prawdziwie rozbawioną. Może okazałem się choć trochę interesującym kompanem? Moje towarzystwo zostało jej narzucone, ale gdzieś głęboko w sercu żywiłem nadzieję, że jest z niego rada.

– Twoja wiedza jest niezwykła, pani – powiedziałem, kiedy dziękowałem jej za wspólny posiłek. – Ufam, że mógłbym się od ciebie wiele nauczyć.

Zobaczyłem zaskoczenie na jej twarzy.

– Po raz pierwszy słyszę z ust mężczyzny – szepnęła – że kobieta mogłaby być jego przewodnikiem.

Nie chodziło mi o kobietę, tylko o nią.

– Mężczyzna, który nie wielbi kobiety wykształconej, jest głupcem. Ciebie można wyłącznie podziwiać. Jesteś filozofem, matematykiem, poetą. Pozostałaś przy tym kobietą. – Tym razem to ja się ośmieliłem i pozwoliłem sobie na uśmiech.

Widziałem, że się zawstydziła, ale moje słowa musiały sprawić jej przyjemność, ponieważ zobaczyłem lekki rumieniec na jej twarzy.

– Skąd taki klejnot na dworze?

– Na tutejszym dworze jest wiele klejnotów...

– Żaden z nich nie świeci jaśniej od ciebie – zaprzeczyłem.

– Ty, pani, jesteś klejnotem z duszą.

Nie wiem, czy wiedziała, jak niezwykłe były te słowa w ustach bogomiła.

– Moja pani, Anna, imię jej niech będzie wielkie po wsze czasy, wybrała nas spośród wielu dziewcząt, które chciały służyć na dworze.

Kryteriami, które stosowała wielka władczyni, były nie tylko uroda, ale także zdolności. Alissa długo o niej opowiadała. Znałem Annę Komnenę jedynie z niezwykłego dzieła literackiego jej autorstwa, *Aleksjady*, traktującego o zwycięstwach wielkiego ojca. Alissa przekonywała mnie, że jej pani to jeden z najbardziej niezwykłych umysłów naszych czasów.

– Choć jest kobietą, nie ustępuje w niczym mężczyźnie. Jej mąż, jego imię także niech będzie wielkie, pozostawia jej sprawy polityczne dotyczące całego imperium. Ojciec już dawno uczynił ją niemal równą sobie.

– Ile dziewcząt służy u twojej pani?

– Jest nas dwadzieścia, gotowych, by w każdej chwili służyć pani naszej rozmową. Musimy być przygotowane na konwersację, która ma ją rozweselić, sprawić, aby była gotowa stawić czoło intrygom dworskim, przyjąć gości lub zrelaksować się przed snem.

Były gotowe także, aby zabawiać mnichów rozmowami.

– Czemu ty trafiłaś akurat do mnie?

Musiała się domyślać, że oddałem jej cząstkę siebie.

– Moja pani kazała mi towarzyszyć właśnie tobie, czcigodny Cyrylu. Twoim towarzyszom służą inne siostry w pięknie.

Pozostałym braciom także przydzielono dziewczęta z intelektualnego haremu Anny Komneny. Nie wszyscy byli z tego faktu zadowoleni. Bracia Rajko i Miro kazali dziewczętom natychmiast odejść, chociaż pozwolili, aby służące przygotowały im kąpiel i przyniosły strawę. Z kolei bracia Tesar z Presława i Kusman z Warny nie życzyli sobie nawet kąpieli, nie zgodzili się także na oddanie brudnych szat. Zjedli w samotności i do nocy oddawali się modlitwie na przemian z domaganiem się widzenia z cesarzem lub z pozostałymi braćmi.

– A bracia z naszego zgromadzenia? Roman, Edran i Matias? Alissa uśmiechnęła się.

– Brat Edran także odprawił moją siostrę Rosarium. Nie wierszy potrzebował, lecz pomocy naszego medyka. Nastąpił u niego zastój krwi i nie docierała ona do wszystkich członków. Nastawiłem uszu. Czyżby i brat Edran był śmiertelnie chory? Kto nas wtedy poprowadzi z powrotem do naszego zgromadzenia?

– Czy wasz medyk umiał pomóc bratu Edranowi? – spytałem z niepokojem w głosie.

– O tak – uśmiechnęła się jednym ze swoich czarujących uśmiechów, którymi mnie hojnie obdarzała. – Nasz nadworny medyk jest Chińczykiem. Terminował na Wschodzie i cieszy się wielką sławą. Kształci innych lekarzy. Pan nasz chce, aby jego poddani korzystali z dobrodziejstw medycyny.

Kiedy odchodziła, abym mógł udać się na spoczynek, czułem fizyczny żal. Gdybym mógł, błagałbym ją, aby została, i nie zmrużył oka, chociaż jeszcze tego wieczoru moje myśli i pragnienia wobec niej pozostały czyste.

\*

Od rana graliśmy w szachy w oczekiwaniu na wezwanie przed oblicze brata Edrana lub kogoś z dworu. Nie znałem tej gry wcześniej, Alissa przeciwnie – grywała na dworze z innymi dziewczętami, z królewiczem Janem i ze swoją panią. Dawała mi fory i chwaliła moją strategię, choć mogłem założyć się o wszystko, że była mistrzynią.

– A brat Matias? – dopytywałem.

– Jemu służy Faratha. Wie najwięcej o prawie kanonicznym, ma ogromną wiedzę z dziedziny geografii. Brat Matias marzy o podróżach. Faratha odwiedziła najdalsze zakątki na świecie. Oboje czerpią ogromną radość z konwersacji.

– A Roman? – Popatrzyłem na nią uważnie. Kto zajmuje się nieszczęsnym, naiwnym, najmilszym z braci?

– Halenia. – Kiwnęła głową Alissa. – Poza ogromną wiedzą z historii, matematyki i medycyny ma wiedzę z chemii. Umie także wyrabiać biżuterię. Zapewniam cię, panie, że twój brat Roman jest niezwykle zadowolony z towarzystwa.

Wiem, co mnie niepokoiło. Pozwoliłem Alissie zabrać sobie najpierw wieżę, następnie królową. Osłabiwszy w ten sposób jej czujność, zapytałem nagle:

– Skąd wiedzieliście, jaką posiadamy wiedzę? Brat Roman nie opowiadał wszystkim o swojej przeszłości. Skąd wiedzieliście, czym zajmowała się jego rodzina? Skąd tak dobrze znasz książki, które przeczytałem?

Alissa nie stropiła się i przestawiła pionek.

– Był szach królowej, teraz jest szach i mat – uśmiechnęła się, a moje serce stopniało. – Pan nasz oczekiwał waszego przybycia. Po tym jak wyruszyliście z waszego klasztoru, przybyli tam nasi wysłannicy. Bez trudu dowiedzieliśmy się wszystkiego o każdym z was.

Milczałem. Nie potrafiłem powiedzieć dlaczego, ale odczuwałem zaniepokojenie.

– Czy nie zastanowiło cię to, panie, czemu po drodze nie napotykaliście większych trudności? – Ustawiała na nowo białe pionki, tym razem po mojej stronie, i czarne po swojej.

Owszem, ale przypisywałem to naszej modlitwie i mocy Księgi.

– Opłaciliśmy chrześcijańskich rycerzy, aby nas chronili.

Nie było powodu, abym ukrywał to przed nią. Na pewno doskonale wiedziała o towarzyszących nam konnych. Miałem jedynie nadzieję, że okoliczności ich śmierci i mój w niej udział pozostaną dla niej tajemnicą.

– Nie, panie. To ludzie pani Anny towarzyszyli wam przez całą drogę. Mieli rozkaz trzymać się z daleka, pozostawać dla was niewidoczni, ale gdyby zaistniało jakiekolwiek niebezpieczeństwo, ruszylibyśmy wam na odsiecz.

A więc to nie przypadek, że rycerze cesarza znaleźli nas na polnej drodze niedaleko Konstantynopola. Wstałem i spojrzałem przez okno. Wychodziło na podwórze, tuż przy zachodniej bramie. Od świtu przybywali do pałacu żołnierze i inni goście skryci w powozach, więc nie mogłem ich zobaczyć.

– Pan nasz życzył sobie, aby uroczystość Najświętszej Marii Panny uświetnili najmędrsi z mądrych i najwaleczniejsi z walecznych – powiedziała, jakby znów czytała w moich myślach. – Od kilku dni przybywa rycerstwo ze wszystkich stron świata.

– Czy każdy zostanie podjęty równie gościnnie jak ja? – spytałem cicho.

Nagle pomyślałem, że Alissa może zostać odwołana i zacząć grać w szachy z innym mężczyzną, innemu recytować Homera.

– Nie, panie... – Pokręciła przecząco głową i spuściła skromnie oczy. – Jesteście wyjątkowymi gośćmi. Sądzę, że wiesz o tym.

Cesarz musi ograniczyć wpływy chrześcijaństwa, jeśli nie chce, aby papież na powrót kazał mu składać hołdy. Powinien także okazać siłę, aby templariusze i krzyżowcy znali swoje miejsce w szeregu. Skoro ma szpiegów, wie o tym, co dzieje się w Jerozolimie pod rządami zakonników grabiących złoto i bezczeszczących ziemię, po której rzekomo stąpał Zbawiciel.

Musi się ziścić to, o czym wspominał brat Roman. Paulicjanie, manichejczycy, panoszący się po Europie i usiłujący wyrwać dla siebie kawałki chrześcijańskich ochłapów, powinni zniknąć ze swoich tak zwanych klasztorów. Należy wypędzić uzurpatorów, innowierców, zawłaszczających wiarę i po kryjomu składających bożkom złote cielce. Pokażemy cesarzowi Księgę, a on wywyższy nas ponad innych. Skończy się władza chrześcijan, jawne obrażanie Boga przez papieży. Szatan zostanie strącony w mrok.

– Nie chcę grać w szachy – powiedziałem. – Chciałbym zobaczyć pałac i królewskie ogrody.

Skinęła głową. Jednym ruchem zebrała pionki i umieściła je w wykwintnej szkatułce. Potem powiodła mnie na ścieżki ogrodu. Zobaczyłem rośliny znane mi i zupełnie nieznane, sprowadzane z dalekiej północy i najdalszych krain zachodu i wschodu. Alissa recytowała przy tym Plutarcha i fragmenty z Biblii, zawsze odpowiednie do sytuacji.

– Dlaczego nie wyszłaś za mąż? – spytałem, kiedy wracaliśmy, bo dano nam znać, że moi bracia zwołują naradę.

– Jestem służką swojej pani. Kiedy przyjdzie pora, pani wskaże mi tego, którego mam poślubić.

Zatrzymała się, zwróciła do mnie twarzą i zaczęła cicho recytować nieznany mi utwór po grecku, który opiewał miłość cielesną między kobietą a mężczyzną, dopełniającą tę duchową. Poemat nieznanego mi autora był prosty i piękny, każde jego słowo trafiało do mojego serca. Słowa płynące z jej ust miały siłę modlitwy, moc wyznań i wartość prawdziwej miłości.

– Alisso – wyszeptałem przez zaciśnięte gardło. – To jest...

– Zakazane, wiem. Na naszym dworze także. Chciałam, żebyś wiedział... – Zawiesiła na mnie wzrok, nieomal błagalny, pełen pasji i żarliwości.

– Ja nie mogę... – powiedziałem, topniejąc pod tym spojrzeniem.

Nagle ogarnęły mnie gorąco, wstyd i wielkie pragnienie, aby uciec z zamku, gdzie czyhała na mnie taka pokusa. Jeszcze był czas, aby odejść, nie zostać poddanym tak wielkiej próbie.

– Dobrej narady, Cyrylu. – Po raz pierwszy wypowiedziała moje imię.

Pożegnała mnie skinieniem głowy, zaprowadziwszy pod drzwi niewielkiego pomieszczenia. Zgromadziła się tam większość braci. Nie widziałem ich od wczorajszego dnia, miałem jednak wrażenie, jakby minął miesiąc. Patrzyłem na ich twarze, niektóre ogolone, inne zarośnięte. Zastanawiałem się, czy i oni zostali całkowicie przeobrażeni przez którąkolwiek z sióstr w pięknie.

Brakowało jedynie Romana oraz Edrana. Ten ostatni pojawił się po chwili, wspierany przez mężczyznę w stroju dworskim, który doprowadził go do pokoju, skłonił się i odszedł. Edran wyglądał, jakby mu przybyło co najmniej dziesięć lat.

Roman nadszedł po chwili sam, przeprosił nas za spóźnienie. Nie patrzył przy tym na mnie, co było dość dziwne. Nosił szatę podobną do mojej. Miał przystrzyżone włosy oraz ogoloną brodę. Jego twarz wyrażała spokój. Zastanawiałem się, czy Halenia, kimkolwiek była, tchnęła w jego duszę to, co w mojej pozostawiła Alissa.

Matias spojrzał na nas nieżyczliwym okiem. On sam nic się nie zmienił: brudna stara szata, długie włosy niestrzyżone od początku naszej wyprawy, zmierzwiona broda. Odpowiedziałem mu wyzywającym spojrzeniem.

– Otwieram nadzwyczajne zgromadzenie naszych braci bogomiłów dnia trzynastego miesiąca ósmego roku tysiąc sto osiemnastego po pierwszym kalendarzowym tysiącleciu. Jesteśmy w Konstantynopolu u miłościwie nam panującego i ochraniającego bogomiłów cesarza Aleksego Komnena. Oby panował sprawiedliwie w zdrowiu...

\*

Posiadłem Alissę tego samego dnia wieczorem. Nasze zbliżenie było krótkie, wstydliwe, naznaczone piętnem zakazanego owocu i mimo wszystko cudowne. Dla nas obojga był to pierwszy raz. Zwierzęcość tego aktu uderzyła mnie w pierwszej chwili niczym młot spadający na żelazo w kuźni. Potem poczułem gorąco i byłem niczym to żelazo, w pierwszej chwili twarde, czarne i brudne, mięknie pod wpływem ognia, aby na powrót stwardnieć, przybrawszy kunsztowny kształt. Alissa pragnęła mnie tak samo mocno, jak ja pragnąłem jej. Drżała pode mną jak liść na wietrze, kiedy daremnie usiłowałem szeptaniem strof *Iliady* uspokoić ją i przekonać o mojej miłości.

Kochałem tę kobietę od pierwszej chwili, kiedy ją ujrzałem. Kochałem ją miłością szatańską, pełną materii i natchnioną duchem. W tamtej chwili, kiedy obejmowałem ją nagą, przestraszoną i jednocześnie pełną oddania, zrzuciłem z siebie tajemnicę Księgi. Zrobiłem to. Odpiąłem pas i wyjawiłem Alissie największą tajemnicę.

– Nie chcę tego słyszeć, ukochany. – Zamknęła oczy. – Ani tym bardziej nie chcę o tym wiedzieć.

Poczułem jej piersi na swoim ciele. Na powrót stałem się tylko i aż mężczyzną, a ona jedynie kobietą należącą do mnie, którą pokochałem w jednej chwili i z którą miałem nadzieję spędzić resztę życia niezależnie od tego, jak nędzne i pełne hańby miałoby być.

– To ja mam prawdziwą Księgę – szepnąłem jej do ucha, chociaż ciągle wzbraniała się przed prawdą. – Pozostali bracia noszą duplikaty sporządzone na wypadek, gdyby ktoś chciał zabrać nam Księgę.

– Nie mów, błagam... – Zatykała sobie uszy rękami, lecz ja szeptałem jej te słowa nieubłaganie.

– Ja mam przedstawić tajemnicę twojemu panu Aleksemu. Mnie spotka największy zaszczyt. Cesarz nam sprzyja. Przyjmie naszą wiarę.

– Moja pani... – Otworzyła oczy, wyszeptała i natychmiast umilkła.

– Twoja pani Anna Komnena, oby pozostawała w dobrym zdrowiu, po ceremonii *consolamentum* obsypie nas... mnie, zaszczytami... Będę mógł poprosić o twoją rękę – wyznałem część planu kiełkującego we mnie podczas fałszowania Księgi w klasztorze, rosnącego w siłę podczas drogi i dojrzewającego ostatecznie w Konstantynopolu. Plan wymagał teraz modyfikacji ze względu na Alissę.

– Będziemy razem. W Konstantynopolu lub w Filipopolis.

Alissa drgnęła, spojrzała z nadzieją, zarzuciła mi ręce na kark i zaczęła mnie całować. Do tej pory leżała uległa, w pełni mi oddana, teraz to się zmieniło. Jej pocałunki sprawiły, że gorąco wróciło.

– Cesarz stanie się najdoskonalszym. Będzie do niego przemawiał sam Bóg. On wskaże cesarzowi drogę, a cesarz pobłogosławi nasz związek... – Mój umysł pracował mimo wszystko jasno.

– Jesteś zakonnikiem, Cyrylu – jęknęła.

– Nasza formuła dopuszcza wystąpienie z zakonu. Nawet najdoskonalsi mogą mieć rodziny... w pewnych okolicznościach. Jeśli cesarz zgodzi się, byśmy byli razem, staniemy na czele bogomiłów, którzy w Konstantynopolu zaczną krzewić naszą wiarę. Możemy także wrócić do Filipopolis.

– Będę wielką panią.

– Będziesz wielka panią... – zapewniłem ją.

Potem wypiłem wino i zasnąłem, mocno przyciskając ją do swojego boku. Rano nie zastałem jej przy sobie.

Dotknąłem nabrzmiałych lędźwi. Jakżeż cudownie się czułem po złamaniu wszystkich najważniejszych przyrzeczeń i niemal całkowitym zapomnieniu o Księdze. Nagle zerwałem się zaniepokojony. Mój wzrok padł na ławę. Odetchnąłem z ulgą. Największa Tajemnica, najświętsze słowa leżały ciągle ukryte w skórzanym pugilaresie. Dopiero następnego dnia miały ujrzeć światło dzienne. Zadrżałem na samą myśl o tym, jak zmieni się cały chrześcijański świat, kiedy pokażę Księgę.

*

Cesarz imperium rozciągającego się od wschodu do zachodu był stary i miał pomarszczone oblicze. Panował z górą trzydzieści siedem lat. Cieszył się dobrym zdrowiem, poddani go słuchali. Kiedy wstępował na tron, sądzono, że będzie słabym władcą, zaledwie cieniem swojego wielkiego poprzednika, Bułgarobójcy, który przywrócił imperium. Mimo to Aleksy utrzymał się na tronie, walczył za wolność chrześcijańskiej Jerozolimy. Jego dzieło mieli kontynuować córka wraz z mężem. Alissa powiedziała mi o tym oraz o tym, że Aleksego trawi od dłuższego czasu nieznana choroba. Chiński medyk potrafi zahamować jej rozwój, ale nie umie zlikwidować przyczyny. Te wiadomości były naturalnie ściśle tajne, ale nie mieliśmy przed sobą tajemnic. Ona znała moją, ja jej. Mieliśmy także wspólny sekret.

Imperium było w niezwykle trudnym położeniu. Od północy, południa i zachodu zagrażali mu Kumanowie, Połowcy, południowi Słowianie, Normanowie i Turcy seldżuccy, kąsali te ziemie niczym psy wyrywające sobie ochłap. Przy czym najgorsi byli Seldżucy, którzy sto lat temu po rozgromieniu wojsk imperium rozplenili się na całą Azję. Sułtan Alp Arslan zajął święte dla chrześcijan miasto Jerozolimę i zbezcześcił je samą swoją obecnością.

Cesarz wiedział, że jego państwo jest słabe. Wszyscy myśleli, że ruszy do boju z Turkami, tymczasem on zawarł pokój z sułtanem i zaczął walczyć z Normanami. *Aleksjada* opiewa jego męstwo. Anna Komnena opisuje, że sam ruszał do walki i bił się jak każdy z jego rycerzy, nie szczędząc sił i przelewając krew za ojczyznę. Trudno było o bardziej doświadczonego wodza, mężniejszego rycerza, silniejszego władcę. Czy był równie dobrym strategiem w czasach kruchego pokoju?

Spoglądam ukradkiem na pobrużdżone oblicze Aleksego Komnena. Brat Edran jest pewien, że cesarz na specjalnej ceremonii stanie się bogomiłem i da nam potrzebne przywileje.

W zamian za to poprzemy jego dążenia do odebrania niewiernym grobu świętego.

– Cokolwiek się stanie, najdroższy – wyszeptała wczoraj Alissa. – Pamiętaj, że cię kocham.

Z jej oczu bił żar, a ciało miała coraz bardziej chętne. Moja Alissa, najmądrzejsza z mądrych.

– Jan Komnen przybył wczoraj. Długo rozmawiał ze swoim ojcem. Coś poszło nie tak, gdyż po niej poszedł do stajni, wziął najlepszego wierzchowca i pojechał do lasu. Po kilku godzinach wrócili, koń i jeździec z pianą na ustach. Giermek przyprowadził ich do pałacu. Koń padł, a do Jana wezwano medyka.

– Skąd o tym wiesz? – spytałem, ostrożnie tuląc ją w ramionach.

– Moja pani ma wszędzie swoje uszy i oczy – odparła cicho.

– Musiała zrzec się tronu jako kilkuletnie dziecko, gdyż urodził się Jan. Nie odda władzy po raz drugi.

Anna Komnena liczy na sukcesję po ojcu. Chce się pozbyć Jana i zasiąść na tronie. Czy Jan Piękny ma tego świadomość? Co może zrobić filozofka Anna, aby przejąć władzę?

– Czy Jan cierpi na chorobę, która może udaremnić sukcesję? – spytałem.

Położyła palec na ustach.

– Postępujące duszności. Królewski medyk nie umie nic na to poradzić. Jan kazał sprowadzić swojego lekarza, ale pani Anna odprawiła go.

Jan musi być czujny i ja także. Anna Komnena jest chyba bardziej niebezpieczna, niż nam się wydaje. Chociaż gdyby chciała tronu, nie czekałaby, tylko zgładziła i ojca, i brata.

– Co powiedziałaś swojej pani?

– To, co kazałeś najdroższy. – Ponownie wsunęła się pode mnie i objęła mnie nogami. Stawała się coraz śmielsza w miłości.

– Co odparła?

– Żebym jej zaufała – wyszeptała Alissa. – Ty też musisz jej zaufać.

I wreszcie najbardziej paląca dla mnie kwestia.

– Czy pozwoli na chrześcijański pochówek kości mojego przyjaciela?

Ciało Alissy wygięło się w łuk, zastygło na chwilę i opadło na poduszki.

– Tak, tak... Tak, najdroższy. Moja pani wywyższy twojego przyjaciela. Kości staną się relikwiami, jego samego ogłosi prorokiem.

Podróżowaliśmy w zamkniętym wozie przez wiele dni, oddając mocz i kał pod siebie. Raz dziennie strażnik odpieczętowywał kratę i dawał nam miskę wody, którą przekazywaliśmy sobie z rąk do rąk. Nauczyciel zawsze pił na końcu, niewiele, kilka kropel zaledwie. Bezskutecznie błagaliśmy o możliwość opuszczenia tego wyjątkowo ciężkiego więzienia i spędzenia nocy choćby na pustynnym piasku. Dokąd mielibyśmy uciec? Strażnicy pozostawali głusi na nasze błagania.

Ostatni odcinek drogi okazał się wyjątkowo trudny. Konie z wysiłkiem ciągnęły wóz pod górę. Słyszeliśmy ich rżenie i stukot kopyt. O ile łatwiej by było, gdyby nas wypuszczono i kazano iść piechotą. Nagle urwał się dyszel wozu i zaczęliśmy się zsuwać Nie bałem się śmierci. Obojętnie przyjmowałem swój los. Żołnierze uwijali się w koło nas, krzyczeli jeden na drugiego i wreszcie udało im się zapobiec zsunięciu wozu w przepaść. Nie cieszyliśmy się. Śmierć Jezusa, uwięzienie i ta dziwaczna podróż sprawiły, że straciliśmy ducha. Wreszcie dotarliśmy na nieznaną górę i wygnano nas na powietrze. Chyba wyglądaliśmy strasznie.

– Oto ci, którzy towarzyszyli królowi żydowskiemu na Golgocie – powiedział jeden z pilnujących nas żołnierzy.

Kobieta, która stała na dziedzińcu, nosiła bogate szaty, a na twarzy miała ślady dawnej olśniewającej urody. Musiała być wielką panią, biły od niej władczość i dostojeństwo. Poczułem wstyd, że ogląda nas w tak żałosnym stanie. Ona jednak nie przestraszyła się ani nie skrzywiła, chociaż odór bijący od nas przyprawiał o mdłości.

– Który z was jest Janem z Galilei, zwanym Chrzcicielem? – spytała.

Nasze uwięzienie zaplanowano. To Nauczyciel miał zostać porwany. Czemu jednak zabrano i nas?

Nikt nie odpowiedział. Nauczyciel także nie, zatopiony w modlitwie.

– Odpowiadać! – zażądała. – Albo biczem wydobędę z was prawdę.

Przed oczami stanął mi bat, który spadał na ciało Chrystusa przed ukrzyżowaniem. Widziałem, jak zaostrzone na końcach haki odrywają nieszczęsnemu ciało od kości. Nauczyciel postąpił krok do przodu.

– To o mnie pytałaś, pani...

Kobieta skinęła głową. Jej twarz nieco złagodniała.

– Kim są ci ludzie? – Wysunęła brodę w naszym kierunku.

– To moi towarzysze podróży. – Nauczyciel stał z godnością, jakby jego szata nie była uszargana, a nóg nie oblepiały odchody. – Rybacy, którzy stali się apostołami.

– Uczniowie ukrzyżowanego? – dociekała kobieta. Potem zwróciła się do swoich ludzi:

– Po co ich tu przywieźliście? Mówiłam, że chcę tylko jego. – Wskazała Nauczyciela palcem. – Resztę należało zabić.

– Wybacz, pani. – Główny strażnik ugiął przez nią kolana. – Nie byliśmy pewni, czy nas nie oszukają. Mogliśmy zabić tego, którego zwą Nauczycielem.

Kobieta stała w milczeniu. Widać zastanawiała się, czy od razu nie wydać rozkazu zabicia nas.

– Rozkaż pani, a ja... – zaczął strażnik.

Wystąpiłem naprzód i stanąłem z nią twarzą w twarz.

441

– Jesteśmy uczniami Jana zwanego Chrzcicielem – powiedziałem. Wydawało się, że nasz los jest przesądzony, mogłem zatem pozwolić sobie na to, aby przygotować się na śmierć z godnością. – Ezdrasz, Samuel, Sariusz, Abiasz oraz ja, Ariel.

Przyjrzała mi się uważnie. Kim była i dlaczego nas uwięziła? Spojrzałem na towarzyszy niedoli. Ci wymienieni patrzyli na swoje sandały. Ledwie trzymałem się na nogach.

– Dobrze zatem, Arielu, uczniu Jana zwanego Chrzcicielem. – Usta kobiety wykrzywiły się pogardliwie. – Witaj w naszych skromnych progach.

Uniosłem głowę. Nad nami górowała potężna twierdza.

– Kim jesteś, pani? Czemu kazałaś nas uwięzić i przywieźć tutaj? – spytałem.

Żołnierze unieśli włócznie. To prawda, pytanie było nie na miejscu, ale nie przejąłem się tym.

Kobieta uniosła rękę i władczym gestem zatrzymała żołnierzy.

– Masz prawo do pytań – rzuciła w moją stronę. – A ja na nie odpowiem. Jestem Herodiada, czwarta tego imienia, królewska małżonka, prawowita dziedziczka tronu, pani Galilei z nadania Bożego.

Staliśmy w milczeniu porażeni wiadomością, że sama królowa Żydów kazała nas uwięzić i przywieźć do tego miejsca.

– Zabrać ich. Umyć, odziać, nakarmić. Wrzucić do pojedynczych cel i czekać na dalsze rozkazy – poleciła żołnierzom Herodiada.

Następnie odeszła w otoczeniu kilkuosobowej gwardii.

– Za mną! – rozkazał strażnik.

– Gdzie jesteśmy? – spytał Jan.

Zawahał się przez chwilę.

– Witajcie w twierdzy Macheront.

*

Zadziwiające, jak los może się odmieniać. Jeszcze niedawno byłem świadkiem męczeńskiej śmierci Jezusa Chrystusa na krzyżu. Potem uwięziono nas i wieziono niczym zwierzęta na rzeź. Teraz piękna dziewczyna zmyła z mojego ciała brud. Sprawiła przy tym, że nie czułem wstydu i przestałem być wierny Rebece. Odziano mnie w białą czystą szatę, oddano mi mój największy skarb: tobołek z kroniką.

– Śpij teraz, Arielu. – Dziewczyna zostawiła mnie w wąskiej celi, ułożyła na poduszkach i sprzątnęła miskę z niedojedzonymi resztkami chleba oraz duszonych warzyw. Od wina kręciło mi się w głowie. Nie miałem siły prosić ją, żeby została.

Szybko zasnąłem z myślą, że w winie musiało być coś, co sprawiło, że oddałem się cały tej dziewczynie o włosach czarnych jak niebo w nocy, oczach błękitnych jak niebo w dzień i ciele tak cudownym, jak tylko może być w piekle.

– Nie odchodź, Danailo – wymamrotałem. – Nie powiedziałaś mi, kim jesteś ani czy wrócisz.

– Wrócę. – Sen ogarnął mnie na dobre.

– Kocham cię... – wyszeptałem, ale ona zapewne już zniknęła i nie słyszała moich słów

Spałem dłużej niż czas, w jakim słońce wschodzi, zachodzi i ponownie wschodzi na nieboskłon. Obudziłem się z uczuciem głodu i naglącą potrzebą. Drzwi do mojej celi były zamknięte. Dziwna ta gościna. Czy godzi się zamykać mężczyznę na żelazną kłódkę i dawać mu do łóżka kobietę, która ma opanować jego myśli na jawie oraz we śnie? Waliłem pięścią w drzwi, aż podszedł strażnik.

– Czemu nas tu więzicie?

Nie odpowiedział.

– Otwórz drzwi, dobry człowieku – poprosiłem. – Choćby po to, abym ulżył swoim potrzebom.

– Pod łóżkiem masz urynał, głupcze. Służba przyniesie wam jedzenie, kiedy przyjdzie na to czas.

Odszedł. Czy to wszystko jedynie mi się śni? Z westchnieniem opróżniłem pęcherz. Następnie wyjąłem kawałek płótna ze skórzanego worka i zająłem się opisywaniem ostatnich wydarzeń.

W fiolce miałem niewiele sepii. Naostrzyłem pióro o kamienną ścianę i zacząłem opisywać mękę Chrystusową. Tego dnia ani następnego nikt mnie nie odwiedził. Jedynie strażnicy otwierali celę, aby przynieść mi jedzenie i opróżnić urynał. Milczeli niby kamienne kolosy, o których słyszałem, że stoją na straży wysp greckich. I chociaż wielokrotnie pytałem, gdzie dokładnie jesteśmy i jakie zamiary ma wobec nas królowa, nie otrzymałem odpowiedzi. Tak naprawdę pragnąłem tej drugiej, piękniejszej niż ona władczyni mającej nade mną potężną moc. Chciałem tej, której ciało znałem i która naznaczyła mnie grzechem, ale o nią nie odważyłem się spytać.

Kolejnego dnia zapędzono nas wszystkich do sali o kamiennych ścianach i oknach tak małych, że dziecko by się nie przecisnęło.

– Nie musicie nas pilnować – zwrócił się Samuel do strażników. – Nie uciekniemy.

– Zabiją nas – wyszeptał Abiasz.

– Jeśli mieliby nas zabijać, czemu wcześniej myli nas i karmili? – zauważył Ezdrasz.

Zawstydziłem się, przypomniawszy sobie piękną twarz Danaili i jej kuszące ciało. Czy moi towarzysze również otrzymali kobiety w darze? Czy skorzystali z ich wdzięków? Rzecz jasna, nie mogłem o to spytać wprost. Nie dostrzegłem na ich twarzach niczego, co potwierdzałoby moje przypuszczenia lub im zaprzeczało.

– Nauczycielu – zwróciłem się do Jana Chrzciciela. – Dlaczego chciano cię uwięzić? Czy masz wrogów?

– Szatan przychodzi do bogobojnego Żyda pod postacią pięknej kobiety – odpowiedział mi, a moja twarz pokryła się ciemnym rumieńcem.

– Mistrzu... – odezwał się Sariusz. – Nie uległem pokusie. Pozostawiłem rodzinę w swojej wiosce. Kiedy wypełnię misję, chciałbym do nich wrócić.

– Ja także nie – dodał szybko Ezdrasz.

– I ja – gorliwie zapewniali Abiasz i Samuel.

– I ja... – wyszeptałem, nie patrząc na Nauczyciela.

Kogo się w ten sposób wyparłem? Nauczyciela, Chrystusa, Danaili czy może samego siebie? Otrzymałem odpowiedź na swoje pytanie. Do nas wszystkich przyszły kapłanki miłości. Ja się nie oparłem, pozostali najwyraźniej tak.

– Umiłowani moi – powiedział Nauczyciel. – Modlę się, aby pokusa nie okazała się zbyt silna. Szatan jest wszędzie...

– Chrystus przecież zatriumfował – wyszeptałem.

Spojrzał na mnie smutnymi oczami.

– Wielu wierzy, że Zbawiciel zginął na krzyżu. Nie rozumieją, że dokonało się zbawienie. Nie wiedzą, że zmartwychwstał.

– Czego chce od ciebie królowa, mistrzu? – spytał Abiasz. – Jeśli będziemy wiedzieli, łatwiej nam będzie stanąć u twojego boku.

– Nie możecie mi pomóc, jeśli postanowiła mnie zgładzić. – Pokręcił głową. – Król Herod ulega jej we wszystkim. Na jedno jej skinienie zabije nie tylko mnie, ale także was. Kiedy przyjdzie pora, zaprzyjcie się mnie.

– Nie opuścimy cię, panie – zapewniliśmy go wszyscy gorliwie. – Nigdy to nie nastąpi. Miłujemy cię, panie.

Spojrzał na nas smutno. Wydawało mi się, że to spojrzenie przenika mnie na wskroś.

– Sprzeciwiłem się uznaniu małżeństwa królewskiej pary – powiedział Nauczyciel. – Herod Antypas jest synem Heroda Wielkiego, bratem Heroda Archealosa. Zapałał on nieczystą miłością do jego żony. Porzuciła zatem prawowitego małżonka i stała się...

– Nie znalazła właściwego słowa. – Wszyscy bogobojni Żydzi potępili to małżeństwo – kontynuował po chwili. – Również ja...

– Czego zatem może chcieć królowa od ciebie, Nauczycielu? – spytał Ezdrasz, chociaż odpowiedź wydała nam się oczywista.

– Pragnie zapewne podstępem lub siłą zmusić mnie, abym uznał jej grzech za niebyły. Może nawet chce spowiedzi, pokuty i rozgrzeszenia. Nie mogę go jednak udzielić.

W tej chwili drzwi się otworzyły i do sali weszła wspomniana Herodiada. Towarzyszyło jej kilka dwórek. Wśród nich ta, która sprawiła, że zapomniałem o wszelkich rozterkach i pytaniach, najpiękniejsza, czarnowłosa, odziana w zieloną suknię delikatnie spowijającą jej ciało, moja ukochana Danaila.

\*

– To nie Mesjasz został stracony na krzyżu – wyszeptała Danaila. – Słowa anioła, który zwiastował we śnie, nie mogą się wypełnić. Zbawienie ludzi się nie dokona. Arielu.

Spełniły się moje marzenia. Znów leżała obok mnie naga i kusząca. Sprawiła, że zapominałem o wszystkim i byłem gotów obiecać jej wszystko. Kiedy jednak powtórzyła żądanie królowej, pokręciłem głową.

– Nie wierzysz w nic, w co wierzę ja – zauważyłem z goryczą.

– Pewnie nie wierzysz także w moją miłość do ciebie.

Przybliżyła swoją twarz do mojej. Poczułem na ustach jej pocałunek słodszy niż wszystkie miody tego świata.

– Nie wątp. Apostołowi się nie godzi. Czyż nie czytałeś słów o miłości, które wypowiedział Samuel? Najświętsza księga o nich pisze...

Znów poddałem się jej urokowi i słodyczy jej głosu, kiedy recytowała *Pieśń nad Pieśniami*.

– Co miałbym uczynić? – spytałem, gotów ofiarować wszystko, o co prosiła, a jednak zdecydowany, by ochronić Nauczyciela przed knowaniem Herodiady.

– Pokornie proś swojego Nauczyciela, aby pobłogosławił małżeństwo królewskie.

– O co mnie prosisz, nieszczęsna? – Słowa ledwie przecisnęły mi się przez gardło. – Czy wiesz, że prosisz o zdradę?

– Nie jest zdradą to, co prowadzi do wypełnienia proroctwa.

– Pokręciła głową.

Namawiała do zdrady, kusząc swoim ciałem. Miała nade mną wielką moc. Była niczym anioł, który wpuszcza mnie do raju. Bezskutecznie próbowałem oprzeć się jej naleganiom.

– Dlaczego twoja królowa chce tego właśnie od Nauczyciela? Czyż nie może poprosić o to innych mędrców?

– Król Herod uważa Jana Chrzciciela za świętego męża. Jeśli on położy dłonie na ich głowach...

Zastanowiłem się głęboko.

– Mówi się, że Herodiada porzuciła męża, aby żyć u boku jego brata – wyszeptałem.

– Tak chciał Bóg – uśmiechnęła się Danaila. – Twój Nauczyciel nie ma prawa zabraniać mojej pani tego, na co pozwolenia udzielił jej sam Bóg.

– Skąd wiesz, że dostała zgodę Pana naszego, aby poślubić Heroda Antypasa, tetrarchę Galilei i Perei?

Echa oburzenia po zawarciu tego związku dotarły do najdalszych zakątków kraju. Pierwszy mąż Herodiady był jej stryjem, podobnie drugi. Czy łączyła ją z nim wielka miłość? Czy jedynie żądza władzy kierowała jej czynami?

– Czemu twoja pani trwa w uporze od lat? Czy nie widzi, że Jerozolima potępia jej uczynek? I cóż jej przeszkadza, że uczeni w piśmie patrzą na to małżeństwo złym wzrokiem? Czy nie tytułuje się królową? Czyż Herod nie jest królem?

– Jest – odparła. – Rzymski imperator nie uwolni naszego kraju spod swojego protektoratu, jeśli bogobojni Żydzi nie poprą tego małżeństwa i tym samym nie wskażą Heroda jako tego, który uwolni naród żydowski.

– Niech Herod opuści twoją królową, wtedy Rzym da mu autonomię. Jeśli twoja pani kocha męża, nie będzie przeszkodą dla jego celów.

Znów się do mnie uśmiechnęła, chociaż jej spojrzenie pozostało zimne i nieczułe.

– Z panem moim, Herodem, łączy ją wielka miłość. Powinieneś to zrozumieć, Arielu.

Przed oczami stanęła mi Rebeka. Do chwili, kiedy poznałem Danailę, uważałem ją za najpiękniejszą kobietę świecie i nie spojrzałem nigdy na żadną inną. Teraz wiedziałem, że Danaila i każda dwórka w pałacu przewyższa Rebekę urodą po stokroć.

– Herod dopuścił do tego, aby Rzymianie wydarli nam, Żydom, proroka i zabili go naszymi rękami. – Milczała, patrząc na mnie spod przymkniętych powiek. – Czemu twoja pani tak bardzo stara się złamać opór Nauczyciela? Czy nie wbito mu sztyletu w serce, kiedy musiał patrzeć, jak rozpinają na krzyżu Mesjasza?

– Na krzyżu nie zginął Mesjasz. Nie słyszałeś, co mówili w gminie? – Anielską twarz Danaili wykrzywiła złość.

Słyszałem przemowę Poncjusza Piłata, widziałem umycie rąk. Ze zdumieniem patrzyłem, jak ci, którzy uważają się za potomków króla Dawida, skazują Jezusa na śmierć, chociaż sami Rzymianie chcieli go uwolnić. Wreszcie patrzyłem, jak wszyscy jego uczniowie opuścili go, a pozostaliśmy tylko my, garstka naśladowców. Jakże przewrotny bywa los.

– Widziałem cuda, jakie czynił podczas ostatniej wieczerzy i potem, w gaju oliwnym. Widziałem pioruny, które spadły z nieba na ziemię, kiedy on wydawał ostatnie tchnienie, i ciemność, która potem osłoniła słońce.

– Każdy z proroków czynił cuda. – Wydawała się obojętna. – Nie każdego obwoływano Mesjaszem.

Dziwiła mnie jej obojętność.

– Prorocy zapowiedzieli jego nadejście. Cuda, które czynił, miały to udowodnić. Podobnie każde proroctwo, które mówi o jego nadejściu.

– Prawdziwy Mesjasz ma uwolnić naszych braci z rąk Rzymian. A kuzyna twojego Nauczyciela zabił Piłat z Pontu.

Piłat wydał go Sanhedrynowi, jego członkowie zgładzili Jezusa, chociaż nie uzurpował sobie praw do władania królestwem. Skoro Rzymianie nie czuli się zagrożeni jego obecnością, czemu my, Żydzi, go zabiliśmy?

– Czemu Herod nie zabije Nauczyciela? – wyszeptałem, podczas gdy jej wargi pokrywały pocałunkami moje ciało.

– Pan mój boi się twojego Nauczyciela, którego uważa za Mesjasza. On także nie wierzy w to, że Galilejczyk, który wraz z innymi łotrami wyzionął ducha, był zbawcą Żydów.

– Czemu w takim razie go uwięził? – pytałem uparcie, zamiast poddać się rozkoszy. Danaila jest wyjątkowo biegła w sztuce sprawiania mężczyźnie przyjemności.

– Król nic nie wie – powiedziała. – Królowa to uczyniła.

Ilu mężczyzn kusiła przede mną? Ilu szeptała słowa o miłości cielesnej? Czy mogłem jej wierzyć?

– Herod będzie królem. Ma po temu wszelkie prawa. Niedługo pokonamy imperatora Rzymu. Cesarz Tyberiusz będzie się smażył w piekle, a na tronie Jerozolimy ponownie zasiądzie król z Herodów. Wtedy Herod ogłosi Nauczyciela Mesjaszem i oznajmi Żydom, że ziściło się proroctwo. Aby tak się stało, Jan musi ogłosić, że im błogosławi.

Soki wytrysnęły ze mnie niczym gejzer i moje ciało opadło bezwładnie na atłasową pościel.

– Jan zaprzeczy – powiedziałem z wysiłkiem. – Nie jest Mesjaszem.

– Właśnie... Moja pani też tak twierdzi. Mesjasz nie nadszedł. Nic nie rozumiałem. Co chciała zrobić Herodiada?

– Jesteś uczony w piśmie, Arielu. – Danaila złożyła głowę na moim ramieniu i objęła nogą. – Potrafisz pomóc mojej pani, aby została królową. Moja pani ma ci wiele do zaoferowania.

– Co takiego może zaoferować więźniowi? – spytałem, wciąż analizując jej słowa.

– Wolność – wyszeptała, rozchylając zmysłowo wargi. – Chociażby wolność. A zobaczysz, jak wiele jeszcze może ci... nam... ofiarować.

– Wolność dla mnie i wszystkich moich towarzyszy? Uwolni nas?

Pokiwała głową. W jej oczach zapłonęła iskierka radości.

– Czemu Herodiada tak go nienawidzi?

– Otwarcie złorzeczy związkowi Herodiady i Heroda. Jest im przeciwny i mieni się sędzią Bożym. Mój pan będzie królem, pani królową. Będą władali Galileą. Mnie uczynią najbardziej zaufaną przyjaciółką.

Albo pozbędą się ciebie, tak jak ty chcesz pozbyć się mistrza.

– Co miałbym uczynić?

– Przekonaj Nauczyciela, że musi poprzeć sprawę mojej pani. Niech ogłosi, że małżeństwo Heroda i Herodiady zostało zawarte zgodnie z wolą Bożą. Wtedy odejdzie wolno.

– Przyrzekasz, że ja i moi towarzysze będziemy wolni, jeśli Nauczyciel poprze małżeństwo twojej pani? – spytałem.

– Potrafisz tego dokonać? – Jej język ponownie zagłębił się w intymne zakamarki mojego ciała.

– Tak – wyszeptałem.

Pozwoliłem jej dokończyć, a potem długo patrzyłem na nią, kiedy leżała obok mnie. Palcem rysowałem znaki na jej aksamitnej skórze. Nie widziałem nigdy istoty równie doskonałej.

*

Abiasz i Ezdrasz łkali bezgłośnie.

– Precz, zdrajco. – Sariusz zerwał się na mój widok.

Pozwolono im przebywać w jednym pomieszczeniu, ja miałem osobną celę. Dlaczego? Poczułem bolesny skurcz żołądka. Już nie byłem ich towarzyszem. Teraz stałem się jednym z „tamtych".

Spojrzałem na Nauczyciela. Jak zwykle pogrążył się w modlitwie.

– Nauczycielu... – Podszedłem, omijając wzrokiem złe spojrzenia.

– Nie jestem twoim nauczycielem – powiedział, nie odrywając wzroku od okna.

W celi śmierdziało odchodami. Moi towarzysze mieli znów brudne szaty i patrzyli z nienawiścią.

– Nauczycielu – upierałem się. – Wysłuchaj mnie.

Eliasz podszedł do mnie i splunął mi pod nogi. Plwocina przykleiła się do mojego palca. Nie drgnąłem.

– Mów zatem. – Spojrzał na mnie. W jego spojrzeniu kryła się rozpacz.

– Król Herod uważa cię za Mesjasza.

– Nie jestem nim, wiesz o tym dobrze. – Jego głos był zmęczony, ręka, którą uniósł, drżała.

– Król Herod twierdzi, że jesteś Mesjaszem. Podobnie jak wszyscy Żydzi nie wierzy, że Chrystus był Synem Bożym... – Ukląkłem przy nim.

– Damy świadectwo! – wykrzyknął Ezdrasz.

Odwróciłem się w jego stronę.

– Apostołowie uciekli. Pozostał jedynie ulubiony uczeń Jan, który sam nie pokona Sanhedrynu ani żądnych zemsty Żydów. Nas uwięziono tutaj. Jak mamy dać świadectwo? Świadectwo czego?

Po celi swobodnie przebiegały szczury.

– Zawsze byłeś zdrajcą. – Sariusz podszedł do mnie i uderzył w twarz. – Szkoda, że nie zginąłeś zamiast Metodego.

Jego słowa zabolały bardziej niż uderzenie, ale nie czułem nienawiści. Uratuję ich, choćby mieli pluć mi w twarz.

– Co zrobiłeś z naszą kroniką? – spytał Abiasz.

W jego głosie także brzmiała gorycz.

– Spisuję ją skrzętnie. Będzie świadectwem tego, co nas spotkało, oraz dzieła zbawienia na Golgocie. Nie dokonam tego jednak, jeśli zgniję w więziennej celi.

– Nie gnijesz w niej – odezwał się Samuel. – Ponoć śpisz na atłasach, pijesz wino ze srebrnych pucharów i łamiesz przykazania. Strażnicy nam donieśli.

Po mojej nodze przebiegł szczur.

– Jęki, które wydajesz, słyszymy w swoich celach – ocenił pogardliwie Abiasz.

– Kim jesteście, by mnie osądzać? Czyż Jezus nie nauczał, aby nie rzucać w nikogo kamieniem?

– Nie wymawiaj jego imienia! – Sariusz rzucił się na mnie.

– Zostaw go Sariuszu! – odezwał się ostro Nauczyciel. – Bóg dał nam wolną wolę. Każdy z nas postępuje, jak uważa za słuszne. Ariel także...

– Herodiada zabije nas wszystkich, jeśli nie ulegniemy jej życzeniom – powiedziałem dobitnie. – Wtedy nasze świadectwo zjedzą szczury. Nasi bracia Żydzi zrobią wszystko, aby człowiek zwany Jezusem Chrystusem został zapomniany. A Sanhedryn im w tym pomoże. Jedno twoje słowo Nauczycielu zwróci nam wolność. Pójdziemy głosić słowo Pana.

Odpowiedziało mi milczenie.

– Nauczycielu – próbowałem jeszcze. – Pomyśl nie tylko o nas tu uwięzionych, lecz także o tych, którzy pozostaną w kręgu starych wierzeń. O tych, którzy czekają na Słowo Boże. Musimy głosić po całej Galilei, że Sanhedryn się myli, a Chrystus zginął na krzyżu i trzeciego dnia zmartwychwstał...

Jan schylił głowę i złożył ręce do modlitwy. Pozostali uczynili to samo. Miałem już opuścić ich celę, kiedy usłyszałem głos Nauczyciela.

– Jest proroctwo, Arielu. Świadectwo samego Boga, wypowiedziane ustami proroków Izajasza, Jeremiasza, Ezechiela i – zawahał się chwilę – Daniela.

Spojrzał na mnie wyblakłymi oczami. Czemu wymienił Daniela? My, Żydzi, nie uważamy go za proroka.

– Oni wszyscy przepowiedzieli dzieło zbawienia w najdrobniejszych szczegółach – mówił dalej. – To im będą wierzyli potomni. Nie kilku Żydom, którzy wraz z hałastrą zniszczyli świątynię, którą był Jezus. On ją odbudował w trzy dni, stało się tak, jak mówili prorocy. Jezus Chrystus zasiada teraz po prawicy swojego ojca, który, wierz mi, uczyni wszystko, aby ofiara jego Syna się nie zmarnowała.

– Szatan zabił Jezusa. – Krótki Marek także splunął mi pod nogi.

Wierzyłem Danaili. Herodiada zabije wszystkich, jeśli nie przekonam Nauczyciela. Pragnąłem wykonać zadanie, które Danaila postawiła przede mną, i tym samym uratować Nauczyciela. Los pozostałych był mi niemal obojętny. Ocalę ich jednak.

– Tak – zgodziłem się. – Szatan zabił Jezusa. Ci jednak, którzy go zdradzili, przyczynili się do dzieła zbawienia. O tym także wspominają prorocy. Ten, który wskazał go pocałunkiem, zakończył swój nędzny żywot na gałęzi drzewa. Czyż jednak nie zmienił ludzkości swoim czynem? Będzie opluwany i lżony, jego czyn zostanie potępiony. Zapomnimy, że to w istocie temu zdradzieckiemu pocałunkowi zawdzięczamy zbawienie. – Uniosłem ręce, jakbym modlił się do niego.

– Przebacz im, Nauczycielu, bo nie wiedzieli, co czynili, kiedy kalali święte węzły małżeńskie – dodałem. – Bóg uczył nas miłosierdzia, Chrystus przebaczenia. Przebaczył oprawcom. Przebacz i ty kobiecie i mężczyźnie, których pokonała miłość.

– Przemawiasz jak zdrajca – prychnął Abiasz.

– Precz, zdrajco – syknął Sariusz.

– Czy ty także, Nauczycielu, uważasz mnie za zdrajcę? – spytałem. – Zdradą jest oddanie ciała kobiecie, która nie jest moją żoną. Wyznaję swoją winę. Tym bardziej rozumiem postępek królowej. Nie zdradziłem jednak Boga, zdradziłem kobietę mi poślubioną. Pychą byłoby twierdzić, że zdrada się nie dokonała albo że uczyniłem to dla Chrystusa, dla Nauczyciela czy dla was.

– Precz... – Nawet Abiasz mnie potępiał.

Pożegnałem się i podszedłem do drzwi celi. Zapukałem, aby strażnik mi je otworzył.

– Przemawiasz jak mędrzec. – Dobiegł mnie głos Nauczyciela. – Pozwól mi się zastanowić nad twoimi słowami i poprosić o radę Boga.

A zatem była nadzieja. Wyszedłem z celi i udałem się prosto do pokojów kąpielowych, aby zmyć ze stóp plwocinę, a z nozdrzy zapach brudnej celi. Tego wieczoru Danaila nie przyszła do mnie, ale nie żałowałem. Kontynuowałem spisywanie ostatnich wydarzeń. Potem modliłem się do Boga o światło dla mnie i łaskę wybaczenia dla Nauczyciela. Na końcu o miłość Danaili dla mnie.

*

Pan nasz, Herod, przyjechał do twierdzy na zaproszenie małżonki skuszony obietnicą uczty, nowych niewolnic oraz wielkich wydarzeń, które miałyby nastąpić w oddalonej od ludzi twierdzy Macheront. Danaila mi o tym doniosła, kiedy zakończyliśmy miłosne zapasy i leżałem obok niej wycieńczony. Ta kobieta umiała wyssać soki z każdego mężczyzny. Kto wie zresztą, ilu ich miała, ilu kusiła przede mną O takich kobietach mówi się, że nie zaprzedały duszy diabłu, przeciwnie, to diabeł błagał je o ich dusze.

– Gdzie dotychczas był Herod? – spytałem.

– W Jerozolimie – odparła. – Tam, gdzie największe zamieszki.

– Jakie zamieszki? – Uniosłem się na poduszkach.

Od kilku dni to ja przychodziłem do jej komnat, sypiałem na atlasach, piłem wino, które jej przynoszono, a po miłosnych uniesieniach jadłem suszone owoce i piłem najlepsze wina. Nauczyciel jeszcze nie udzielił odpowiedzi. Ponoć znów prawie nic nie jadł, pogrążony w modlitwie niczym Chrystus na pustyni.

– W Jerozolimie jest niespokojnie – relacjonowała. – Chodzą słuchy, że wykradziono ciało króla żydowskiego. Ludzie mówią, że zmartwychwstał.

Wypluła pestkę daktyla wprost na ziemię.

– Mówiłem ci, że zmartwychwstał. Kobiety, które przybyły namaścić ciało wonnościami, zastały grotę pustą. – Przewróciła się na plecy i wzięła kolejny daktyl. Bardzo lubiła te owoce. – To spisek – upierała się. – Zwolennicy Chrystusa otworzyli grób i wykradli ciało, aby złożyć je w innym miejscu.

– Ale Herod nie daje temu wiary? – Wróciłem do meritum.

– Nie wiem. Moja pani wczoraj kazała powiedzieć królowi, że nie jest zdrowa, i odmówiła przyjęcia go w komnatach. Sądziła, że król jak dawniej każe grać na cytrze pod jej pokojami. Ale król przywitał się z córką i poszedł do swoich komnat. Nie pytał o żonę, nie prosił o nałożnicę. Moja pani obawia się, że zupełnie straciła wpływy.

Rozumiałem. Jeśli Herod będzie musiał wybrać między żoną a koroną, kto wie, co zdecyduje. Królowa musi być tego świadoma.

– Dopiero dziś wezwał ją do siebie i spytał o uwięzionego Baptystę. Nie był zadowolony, kiedy usłyszał, że pojmała go wraz z towarzyszami.

Może każe nas po prostu uwolnić? Danaila jakby czytała w moich myślach.

– Liczysz na to, że każe was po prostu odesłać i uwolnić?

Nie powiedziałem tego głośno, ale Herodiada nie pozwoliłaby nam ujść daleko. Dopadliby nas jej siepacze i zabili.

– Skąd ty to wszystko wiesz? – spytałem zazdrosny, ponieważ wyobraziłem sobie, jak uzyskuje odpowiedzi na swoje pytania od innych mężczyzn.

– Służę mojej królowej od wielu lat. Poznaję jej nastrój po wyrazie oczu i uniesieniu brwi. Muszę, bo w przeciwnym razie...

Opowiadała mi już, jak Herodiada karze za najmniejsze przewinienia. Jedna ze sług potknęła się, wychodząc z komnaty, upadła i upuściła tacę z resztkami jedzenia. Herodiada rozebrała ją na oczach innych służących i wychłostała tak, że dziewczyna mało nie umarła.

– Król zrobi dla królowej wszystko?

– Nie chciał jej wczoraj wysłuchać do końca. – Skrzywiła się. – Kiedyś wystarczyło, żeby skinęła dłonią, a wybierał niewolnika i wrzucał go do celi z lwem. Sprowadzał muzyków z Afryki albo jedwabie z dalekich krajów. Teraz robi tylko to, co sam uzna za stosowne.

A zatem nie zabije Jana. Co więcej, mógłby go ochronić. Powiedziałem to Danaili, ale pokręciła głową.

– Królowa do tego nie dopuści. Błaga go, aby zabił Jana, jeśli nie uzna ich małżeństwa, ale on nie chce tego zrobić. Obawia się, że sprowadzi to na niego gniew Boga. – Podała mi owoc do ust. Potem wstała i narzuciła szatę. – Arielu, czasu mamy coraz mniej... Jutro odbędzie się na zamku uczta. Herod zaprosił kilku najmędrszych z gminy. Chce porozmawiać o tym, co się stało, i przedsięwziąć pewne kroki. Sądzę, że w niedługim czasie uda się do Rzymu, aby sięgnąć po koronę. Twój Nauczyciel musi pobłogosławić jego związek.

Pamiętałem. Wolność moich towarzyszy w zamian za przebaczenie złamania przykazań danych przez Mojżesza.

– Pamiętaj, że idzie o większą sprawę. Wiele zyskasz albo stracisz życie.

– Powiedz mi, Danailo. – Także wstałem i włożyłem szatę. Otumaniony winem i jej zapachem, nie chciałem odejść. – Czy ty także mnie wynagrodzisz, jeśli zyskam dla królowej przychylność Nauczyciela?

Tylko przez krótką chwilę jej spojrzenie wyrażało zdumienie. Po chwili znów stała się słodka i kusząca.

– Ależ tak... Żądaj ode mnie, czego tylko zechcesz. Mogę dać ci jeszcze więcej.

– Chciałbym pozostać z tobą na zawsze – powiedziałem. – Pić z twojego źródła, czerpać radość z obcowania z tobą, mieć pewność, że jesteś tylko moja.

Miała nieodgadniony wyraz twarzy. Kimże dla niej byłem, aby żądać niemożliwego? Nawet nie próbowała udawać, że mnie kocha. Obiecywała mi wolność, a to oznaczało, że odejdę na zawsze.

– Odejdź wraz ze mną, Danailo – poprosiłem. – Ofiaruję ci wszystko, co mam.

– Nie masz nic, Arielu – powiedziała smutno.

– Mam Księgę, która jest świadectwem wiary. Jest wielkim skarbem.

– Nie można za nią kupić szat ani naczyń ze złota.

– Nic za nią nie można kupić – zapewniłem gorliwie. – Ale Księga da świadectwo prawdzie. Twoja pani nakazuje ci, co masz robić i nawet jak myśleć, ale zobaczysz, Danailo. Ja dam ci więcej. Pan nas wywyższy, a po śmierci posadzi po swojej prawicy. – Upadłem przed nią na kolana. Poczułem jej ręce na mojej głowie, a potem uniosłem wzrok. W jej oczach po raz pierwszy zobaczyłem tlące się uczucie.

– Idź teraz, proszę. Śpij dobrze, kochany. – Pocałowała moją rękę. – Wszystko być może...

*

Salę tronową przygotowano na ucztę. Wielki Herod Antypas jest stary, bardzo dostojny. Herodiada siedzi u jego boku, nie mniej królewska, ubrana w złoto i purpurę. Patrzy ulegle na swojego pana i króla. On okazuje jej szacunek, ale widać, że namiętność dawno przestała ich łączyć.

Danaila mówiła, że Herod coraz częściej korzysta z wdzięków nałożnic, nawet wtedy, kiedy królowa pragnie spędzić z nim noc. Dawniej żadna nie mogła się z nią równać. Na jedno skinienie padał jej do stóp i ofiarowywał wszystko, czego pragnęła. Teraz nie chce z nią nawet jadać posiłków. Czy taki jest los królowych, których uroda więdnie?

Danaila wprowadziła mnie sekretnym wejściem. Stałem z tyłu, daleko, aby nikt nie wiedział, że i ja, do niedawna więzień, korzystam z przywilejów gości. Nie zostanę na uczcie.

– Witajcie, dostojni goście – Herod unosi puchar z winem.

Ci, którzy siedzą przy stole, także podnoszą kielichy. Przypomina mi się, jak Jezus Chrystus robił to w gospodzie w naszej obecności. Nie rozumieliśmy wtedy, co się dzieje, on wiedział, jaki los będzie jego udziałem.

– Witaj, najjaśniejszy panie, królu Judei i Galilei.

Taki tytuł Herod miał jedynie w twierdzy Macheront. Nikt się nie odważył, aby otwarcie Heroda nazwać królem. Panuje tu rzymski imperator Tyberiusz Klaudiusz, który głuchą prowincję żydowską ma za nic. Nie wie nawet, że przyszedł na świat Zbawiciel ani że został ukrzyżowany. Jak bardzo skrzywdziliśmy Jezusa, jak bardzo przysłużyliśmy się Rzymianom.

Uczta się rozpoczęła. Służący napełniali kielichy gości winem, stawiali na stole pieczone jagnięta i góry kaszy. Przełknąłem ślinę i wycofałem się powoli. Postanowiłem zaczekać u siebie na Danailę albo wieści.

Wczoraj poszedłem ponownie pokłonić się Nauczycielowi, a ten patrzył na mnie innymi oczami.

– Bądź pozdrowiony, Arielu.

– Bądź pozdrowiony, Nauczycielu. – Pokłoniłem się mu i zwróciłem do reszty obecnych. – Pozostańcie w dobrym zdrowiu i cieszcie się szacunkiem innych.

– Przemawiał przez ciebie Bóg. – Nauczyciel schylił głowę. – A kimże ja jestem, aby odrzucić jego radę.

Spojrzałem na towarzyszy. Wszyscy prócz Sariusza patrzyli na mnie. On jeden nie wydawał się przekonany. Sariuszu, wiem, że obawiasz się zdrady, ale dobry Bóg nie pozwoli, aby ofiara Chrystusa poszła na marne. Zaufaj mi, proszę.

Podzieliłem się dobrą nowina z Danailą, a ona powiedziała, że pod koniec uczty Jan Baptysta udzieli Herodowi i Herodiadzie symbolicznego sakramentu małżeństwa. Wcześniej król i królowa przyjmą chrzest. Święte oleje są przygotowane, szaty liturgiczne także. Kilka dni po ceremonii Herod zapewne uda się do Rzymu i poprosi o autonomię dla części Izraela. Mówi się, że Tyberiusz Klaudiusz Druzus Neron Agryppa sprzyja nam, Żydom. Dopełni się przeznaczenie. Żydzi nie zasługują na wolność po tym, co zrobili Jezusowi, ale ofiara nie pójdzie na marne za sprawą aktu Nauczyciela. To Jezus przyczyni się do wolności dla Żydów. Tak jak tego chcieli. Oddał Bogu, co boskie, cesarzowi, co cesarskie. I uwolnił nas. Ja będę miał w tym akcie swój udział.

Jeszcze tego samego dnia Nauczyciela i pozostałych przeniesiono do wygodnych cel. Wciąż nie mogli opuszczać ich bez pozwolenia, ale cieszyli się przywilejami takimi jak ja. To także wiem od Danaili.

– Twój Nauczyciel kazał odesłać dziewczynę – powiedziała z przekąsem.

– Czy ktokolwiek inny uległ kobiecie? – spytałem, puściwszy jej słowa mimo uszu.

Czekałem na nią długo. Przyszła, lecz była mniej chętna niż zwykle. Nie powtórzyłem słów, które ostatnio wyrwały się z moich ust, a które mówiły o tym, że jestem gotów uczynić wszystko, aby żyła ze mną jak żona. Nie mówiłem jej o Rebece. Kiedy zagłębiałem się w ciało Danaili, miałem grzeszną nadzieję, że Rebeka nie żyje, więc bez przeszkód mogę poślubić tę dziką i nieokiełznaną kobietę. Co więcej, głosić wraz z nią chwałę Pana.

– O tak... – odpowiedziała, wstając i wkładając szatę. – Prócz Nauczyciela jeszcze najmłodszy odrzucił wdzięki mojej siostry w miłości. Pozostali okazali się podobnie do ciebie, mój drogi, tylko słabymi mężczyznami.

Więc Abiasz nie uległ pokusie, chociaż nie ma żony.

– Dlaczego odchodzisz? – spytałem gardłowym głosem, widząc, że wstaje i się ubiera.

Pozostała zaledwie chwilę, oddawała mi swoje ciało nie tak namiętnie jak w pierwszych dniach, co mnie rozczarowywało i bolało ogromnie.

– Muszę pomóc swojej pani przygotować ucztę – rzekła, nie patrząc na mnie. – Wprowadzę cię tam, tylko musisz mi przyrzec, że odejdziesz, kiedy tylko powiem.

– Nie będę mógł zobaczyć, jak Jan Chrzciciel udziela parze królewskiej błogosławieństwa? Jak modli się o powodzenie misji Heroda w Rzymie?

– Odejdziesz, kiedy tylko powiem. – Zacisnęła wargi. – Obiecaj mi. – Po chwili wyszła.

Stałem zatem w sali tronowej i czekałem, aż Danaila każe mi odejść. Tymczasem byłem świadkiem niezwykłych wydarzeń. Drzwi się otworzyły i weszło czterech służących ubranych w odświętne szaty. Na barkach nieśli wielką paterę, na której spoczywała dziewczyna, naga, jeśli nie liczyć klejnotów zasłaniających jej sutki. Przyzwyczaiłem się do nagości Danaili, pięknej niczym Ewa w raju, ale ten widok był niezwykły. Paterę postawiono przed obliczem Heroda. Dziewczyna wstała i zaczęła wdzięcznie pląsać. Ciężkie piersi kołysały się w tańcu. Nieoczekiwanie pomyślałem o Rebece, pięknej, ale tak skromnej, że nigdy nie oddała mi się nago, nie chciała także patrzeć na moje ciało bez odzienia. W tej chwili byłem pewien, że nigdy jej już nie zobaczę. Podobnie jak mojej córki Miriam.

Dziewczyna tańczyła do rytmu wyklaskiwanego przez owych służących. Skończyła, wskoczyła na paterę, a służący ponieśli ją za drzwi. Herod uderzał w upierścienione dłonie, ale widać widowisko nie wywarło na nim wielkiego wrażenia. Herodiada skinęła ręką i do sali weszło sześć dziewcząt zupełnie nagich i z zakrytymi twarzami oraz jedna niosąca harfę. Na kolejny znak królowej harfistka wsunęła palce między struny i popłynęły niebiańskie dźwięki. Tak mógłby grać Dawid lwom w jaskini i one nie uczyniłyby mu krzywdy. Wpatrzyłem się w grającą dziewczynę, jej widok przysłoniły mi tańczące piękności. Nagle zrobiło mi się gorąco. W jednej z nich rozpoznałem Danailę. Zazdrość i gniew ścisnęły mi trzewia. Gdybym był jej mężem, nie pozwoliłbym, aby pokazywała się nago innym mężczyznom. Bezwstydnica. Poczułem ukłucie w sercu. Wyobrażałem sobie, jak chłoszczę trzciną te nagie pośladki i powtarzam przy każdym uderzeniu, aby nigdy więcej nie zgrzeszyła pustotą i bezwstydem, a ona wije się pod moimi uderzeniami, całuje moje stopy i błaga, abym przestał. Przestaję dopiero wtedy, kiedy zalana łzami obiecuje mi posłuszeństwo. Chciałbym się mylić. Stoję daleko, ciała kobiet są podobne jedno do drugiego. Twarze mają zasłonięte. Nie, na pewno nie ma wśród nich Danaili. Ona jest mi wierna. Opuści swoją królową i uda się ze mną w podróż. Osiądziemy na ziemi przyobiecanej mi przez królową Herodiadę. To wyspa na Morzu Czarnym, niedaleko wybrzeży miasta o nazwie Antheia, niedaleko, zaledwie dwa miesiące drogi stąd. Będziemy tam szczęśliwi. Danaila da mi syna. Razem będziemy głosić Słowo Boże wśród mieszkających tam ludzi.

Taniec się kończy, Herod pozostaje nieusatysfakcjonowany. Ma zachmurzone oblicze, chociaż po tańczących dziewczętach przybyli chłopcy i odtańczyli zapierający dech w piersiach taniec z szablami: szable krzyżowały się ze sobą i ledwie o włos mijały ludzkie ciała.

– Dość zabawy. Udajmy się na spoczynek. – Władca uniósł rękę. – Jutro przyobleczemy inne barwy.

Teraz Herodiada powie mu, że Jan Baptysta pobłogosławi ich związek i wobec świadków uczyni ich pomazańcami bożymi. Będą mogli ubiegać się o tron. Herod będzie z niej zadowolony. Będzie dumny i szczęśliwy. Przywróci ją do łask.

– Poczekaj, panie, choć trochę. Daleko jeszcze do świtu – powiedziała kusząco i wyszeptała mu coś do ucha. Herod spojrzał na nią zdumiony, lecz skinieniem głowy wyraził zgodę i ponownie usiadł na tronie.

Sądziłem, że wprowadzą Jana Chrzciciela, tymczasem do sali weszła nieznana mi młoda kobieta. Nie poruszała się jak niewolnica. Choć odziana, zachwycała kształtnym ciałem. Nie była tak piękna jak Danaila, ale jej twarz lśniła niczym jutrzenka, a w jej oczach nawet z oddalenia dostrzegłem niezwykły blask. Herod popatrzył na nią zdumiony. Uniósł się nieco i uspokojony uśmiechem żony znów opadł ciężko na tron. Dziewczyna ukłoniła się wdzięcznie władcy, skinęła głową królowej. Drzwi się otworzyły i wszedł hebanowo czarny niewolnik z instrumentem w ręku, chyba rodzajem kitary. Zaczął grać.

Dziewczyna uniosła splecione ręce i zaczęła nimi poruszać, jakby nie zawierały kości i nic nie hamowało ich płynnego ruchu. Po chwili jej głowa dołączyła do rąk, następnie szyja, tułów i całe ciało. Niezwykłe widowisko! Nigdy nie widziałem czegoś równie pięknego. Dziewczyna poruszała jednocześnie wszystkimi członkami ciała, przy czym uśmiech nie schodził jej z twarzy. Jej drobne bose stopy uderzały lekko i bezdźwięcznie o podłogę. Może dziewczyna była aniołem i dlatego sprawiała wrażenie istoty wręcz niematerialnej? Zgromadzeni wpatrywali się w nią jak urzeczeni. Nie było słychać szmeru rozmów, nikt nie sięgał po kielich. Służący nie poruszali się ani nie rozlewali wina, aby żadnym dźwiękiem nie zakłócić tego niezwykłego widowiska. Wreszcie dziewczyna znieruchomiała, melodia ucichła. Zamiast oklasków rozległ się jęk rozczarowania i głębokiego żalu, że ta nieziemska istota skończyła swój niezwykły taniec.

Pierwszy zaczął klaskać Herod.

– Córko moja! – wykrzyknął. – Ofiarowałaś mi królewski taniec!

Więc widziałem Salome, skrzętnie ukrywaną królewską córkę, uczoną przez najtęższe umysły Galilei. Jako że Herod nie cieszył się męskim potomkiem, przygotowywano ją do objęcia tronu po ojcu. Wszyscy zobaczyli, że oprócz wyjątkowego umysłu miała piękne ciało oraz wyjątkową grację.

– Córko! – krzyknęła Herodiada. – Twój ojciec i ja pragniemy wyrazić głęboką wdzięczność! Twój taniec był piękny!

– Wyraziłam nim swój podziw i miłość do ciebie, czcigodny ojcze. – Ukłoniła się.

– Sama królowa Saby nie potrafiłaby wdzięczniej i bardziej czule wyrazić miłości do swojego ojca! – wyznał głęboko poruszony Herod.

Salome znów ukłoniła się głęboko.

– Ojcze mój, królu i władco Galilei. Mój taniec był prezentem powitalnym dla ciebie.

W sali rozległy się głosy podziwu dla Salome. Stałem oniemiały i pragnąłem tylko jednego – aby znów zatańczyła.

– Czego pragniesz, Salome? – Herod miał w oczach żar. – Proś, o co tylko chcesz, a ofiaruję ci to w zamian za miłość, którą wyraziłaś tańcem.

Dziewczyna uśmiechnęła się i ukłoniła po raz trzeci.

– Nie trzeba wdzięczności, ojcze. To ja pragnę wyrazić wdzięczność, że pozwoliłeś mi zatańczyć przed tobą.

– Dam ci, co tylko zechcesz – powtórzył Herod. – Nie możesz odejść bez nagrody. Czy istnieją klejnoty, które mogę ci ofiarować? Niewolnice, które powinienem sprowadzić z dalekich krajów? Niewolnicy obdarzeni zdolnością gry na instrumentach? Proś, Salome, nie obawiaj się niczego.

Salome skinęła na czarnoskórego niewolnika, a ten zaczął grać. Wtedy ona podeszła blisko do matki i pochyliła się nad nią. Zaczęły szeptać. Herodiada wydawała się zadowolona, dziewczyna niepewna. Obie zerkały na Heroda. Zadowolony toczył wzrokiem po zebranych i kazał dolewać sobie wina.

– Idź do siebie – szept Danaili przestraszył mnie. Nie usłyszałem, kiedy stanęła przy mnie.

Odwróciłem się gwałtownie i złapałem ją za łokieć.

– Czy tańczyłaś nago dla tych ludzi? – spytałem cicho. Mój głos był zabarwiony złością.

Na jej twarzy pojawił się ciemny rumieniec.

– Kim jesteś, aby mnie osądzać? – wyszeptała przez zaciśnięte zęby. – Idź szybko do siebie i przygotuj się do drogi. Natychmiast!

Ostatnie słowa wypowiedziała natarczywie. Złagodniałem.

– Opuszczamy to miejsce? Czemu tak nagle, Danailo? Czy zabieramy ze sobą Nauczyciela?

Spojrzała na mnie ze smutkiem.

– Uratuję cię – wyszeptała. – Tylko bądź mi posłuszny. Pamiętasz miejsce, o którym ci opowiadałam? Tam się udasz.

Pamiętam, mieliśmy pójść na wyspę koło Anthei i tam osiąść. Mieliśmy pójść tam razem, obsypani zaszczytami przez Herodiadę.

– Bez ciebie nie pójdę – oznajmiłem także szeptem.

– Musisz, jeśli chcesz żyć.

Zaniepokoiły mnie jej słowa. Czyżby straciła łaski królowej? Królowa wydaje się zadowolona, Herod promienieje szczęściem. Taniec Salome go uszczęśliwił. Nie tylko Salome dostanie, czego pragnie. Herodiada wróci do łask zwłaszcza po zaślubinach udzielonych im przez Jana. Dlaczego miałbym uciekać? Opuścimy to miejsce wszyscy i każdy z nas, towarzyszy, pójdzie swoją drogą. Moim przeznaczeniem jest mieć żonę i synów, przeznaczeniem Nauczyciela jest powrót do Jerozolimy i głoszenie słów Chrystusa. Abiasz zaś uda się do stolicy Rzymu, by tam głosić Słowo Pańskie.

– Idź, nie zwlekaj! – Nie zdołałem jej pochwycić, bo zniknęła.

– Czy wiesz już, czego zażądasz? – spytał Herod Salome.

– Tak, ojcze mój i panie.

– Mów! – Salome się zawahała. – Dam ci wszystko, czego zażądasz. Słowo królewskie – zachęcił ją Herod.

– A zatem powiem, czego pragnę najbardziej na świecie. – Dziewczyna uniosła głowę. – Chcę otrzymać na tacy głowę Jana zwanego Chrzcicielem!

Byłem pewien, że się przesłyszałem. Stałem ukryty za kamienną kolumną i nie mogłem się ruszyć, mimo że Danaila nakazywała mi natychmiastowy powrót do celi. Musiała o tym wiedzieć, w przeciwnym razie nie kazałaby mi uciekać. Nie uciknę, nie ulęknę się. Najwyżej przyjdzie mi zginąć. Przecież nas także nie zostawią przy życiu. Boże, Panie nasz w niebiesiech. Czemu nas doświadczasz? Nie wystarczy Męki Pańskiej? Chcemy głosić Słowo Boże. Jak damy świadectwo, jeśli nas pozbawisz życia?

– Czy jesteś pewna, że właśnie tego pragniesz? – W głosie Heroda usłyszałem smutek.

Szmer rozszedł się po całej sali. Jej prośba oznaczała dla Nauczyciela śmierć. Dlaczego postąpiłaś w ten sposób, Salome? Twoja młoda dusza skala się grzechem. Na rękach będziesz mieć krew niewinnego. Herodiada, twoja samolubna matka, ci to podszepnęła, uknuła ten spisek przeciwko Nauczycielowi. Czyż Jan nie zgodził się pobłogosławić jej związkowi?

– Powiedziałeś, panie, że dasz mi wszystko, o co poproszę. – Głos Salome był jasny i czysty. – Przynieście mi na tacy głowę Jana Chrzciciela!

Muszę go ostrzec, dopóki nie jest za późno. Pobiegnę i uwolnię Nauczyciela oraz pozostałych.

– Kim jesteś? – Padło pytanie. – Czy nie jednym z nich?

To jeden z królewskich zarządców. Ten sam, który usługiwał Danaili. Odwróciłem się i pobiegłem do skrzydła twierdzy, w którym znajdowały się cele Nauczyciela, moich towarzyszy oraz moja.

– Stać! Zatrzymać go!

Nie zwolniłem biegu. Wydaje mi się, że lada chwila ktoś pochwyci mnie za szatę. Czego się bałem? Że zetną mi głowę wraz z Janem Chrzcicielem? Dobiegłem do naszego korytarza. Wydaje się tu spokojnie. Jeszcze nie dotarła wieść, że coś się wydarzy. Dwóch strażników grało w kości. Spokój tej sceny mnie przeraził.

– Bądźcie pozdrowieni, szlachetni panowie – odezwałem się do nich. – Nie zwracali na mnie uwagi. – Szlachetni panowie – mówiłem dalej, starając się, aby mój głos brzmiał spokojnie. – Król nasz Herod, miłościwie panujący w Galilei, przysłał mnie, abym przyprowadził Jana zwanego Chrzcicielem.

Oderwali wzrok od kości.

– Gdyby król chciał widzieć kogoś z was, przysłałby swoje straże – odezwał się jeden i przyjrzał mi się bacznie. – Czemu ty jesteś poza celą?

– Pani wasza, Danaila, zezwoliła mi chodzić swobodnie po całej twierdzy.

– Masz na myśli tę niewolnicę? – Rzucił kości, jedna z nich wpadła w szparę i potem prosto do celi Abiasza. Wybuchnęli śmiechem.

Zamknąłem oczy. Danaila jest niewolnicą. Danaila jest niewolnicą, powtarzałem. Nie będzie mogła pomóc Nauczycielowi. Co jej obiecała Herodiada w zamian za zdradę? Wolność? Teraz jej nie uwolni, skoro Jan nie udzieli im błogosławieństwa. Byleby jej nie ukarała. Jak mogłem przypuszczać, że Danaila odejdzie z zamku i będzie moją żoną? Ona jest niewolnicą. Widziałem tylko to, co chciałem widzieć.

– Z królewskiego rozkazu – powtórzyłem.

Za mną usłyszałem ciężki tupot nóg strażników. Zamknąłem oczy. Jest za późno. Strażnicy wstają. Jeszcze zdążę schować się w swojej celi, tchórzliwie patrzeć przez okienko, jak jeden z przybyłych wręcza spisane zarządzenie wielkiego Heroda Antypasa. Mogę się tylko domyślać treści zarządzenia. Strażnik spod celi nie umie czytać. Patrzy bezradnie na przybyłych. Tamci też nie potrafią.

– To rozkaz, aby wypuścić więźniów! – krzyczę jak oszalały i za takiego mnie biorą, bo spychają na bok. Wchodzę do swojej celi, zamykam ją i kulę się na ziemi. Potem jednak wstaję i patrzę przez wąskie okienko. Chcę widzieć i słyszeć, to będzie moja kara. Strażnik się pochyla. On chyba także nie umie czytać. Przekazuje wiadomość tamtemu. Słyszałem pojedyncze wyrazy: „Salome", „taniec", „głowa". Nie ma wątpliwości, że wiedzą, czego dotyczy rozkaz.

– Kat? – spytał cicho strażnik spod celi.

Tamten kręci przecząco głową. Tyle widzę. Potem przybyły dobywa miecza. Nie widzę, co dalej. Drzwi otwierają się z ledwie słyszalnym skrzypieniem. Kroki znikają w celi. Świst miecza słyszę być może we własnej głowie, ale głuchy stukot rozlega się w rzeczywistości. Upadło na ziemię coś, co jest głową Jana Chrzciciela, mojego Nauczyciela i towarzysza podróży. Jeszcze głuche pláśnięcie korpusu o kamienną posadzkę. Jan Baptysta umiera bez jednego jęku, zapewne zatopiony w modlitwie, nieświadomy, że właśnie jego przeznaczenie się dopełniło albo w pełni świadomy tego, co miało nastąpić. Serce bije mi jak oszalałe. Rozlega się krzyk moich towarzyszy. Abiasz wrzeszczy tak, że nie słyszę własnych myśli ani Danaili, która wdziera się do mojej celi.

– Czego chcesz, niewolnico? Jesteś zdrajczynią. Jesteś złem. Jesteś diablicą wcieloną...

Nie zwraca uwagi na moje słowa. Wyciąga rękę przed siebie. W niej trzyma fiolkę.

– Wypij to – żąda.

Wyciągam rękę i odtrącam fiolkę. Upada, ale się nie rozbija. Danaila podnosi ją i ponownie wyciąga rękę w moją stronę.

– Wypij to! – powtarza natarczywie.

– Nie! – krzyknąłem.

Podeszła do mnie i zatkała mi usta dłonią.

– Ryzykuję wszystko, przychodząc tu... – W oczach miała desperację.

– Dlaczego zabiliście Nauczyciela? Przecież zgodził się pobłogosławić ten związek.

– Mojej pani widać to nie wystarczyło – odpowiedziała szybko. – Błagam cię, wypij to.

– Co z nami będzie? – spytałem, próbując ją odtrącić.

Chciałem znów podejść do okna i spojrzeć na to, co się dzieje. Tupot stóp żołnierzy przybierał na sile. Co oni chcą zrobić?

– Zabiją nas wszystkich?

– Ocalę cię, tylko wypij to. – Jej ton był błagalny. – Proszę cię, kochany.

Nagle zrozumiałem, że nas wszystkich zabiją na rozkaz Herodiady. Król nigdy nie dowie się, że w twierdzy przetrzymywano jeszcze pięciu ludzi. Salome dostanie na tacy głowę Jana, nas pożrą ryby.

– Chcę umrzeć. – Pokręciłem przecząco głową. – Chcę umrzeć, słyszysz?

Wyciągnęła sztylet zza pleców. Nie zauważyłem go wcześniej.

– Jeśli chcesz umrzeć, wypij to – zażądała, wymachując sztyletem. – Jeśli chcesz żyć, też. Jeśli chcesz, żebyśmy oboje zginęli, nie pij.

Nic nie rozumiałem, niczego nie chciałem rozumieć. Moi towarzysze prawdopodobnie zginęli. Z jakiegoś powodu Danaila chciała, abym stracił życie z jej ręki. Niech i tak będzie. Nie chciałem żyć. Nie po zdradzeniu Chrystusa, nie po tym, jak opuściłem Nauczyciela dla kilku upojnych nocy z niewolnicą królowej. Byłem zdrajcą i powinienem zakończyć nędzny żywot.

Wyciągnąłem rękę, wziąłem fiolkę i wypiłem zawartość jednym haustem. Płyn piekł mnie straszliwie. Zobaczyłem jeszcze, jak Danaila wrzuca mi za koszulę woreczek wypełniony czerwoną cieczą i wbija w niego sztylet. Upadłem na kolana. Plama na moim brzuchu kwitła. Nie czułem bólu, tylko senność, ogarniającą mnie błogość. Poszedłem w kierunku światła.

*Turandot* w upale. Średnia przyjemność. Nawet wieczorem temperatura spadła jedynie o dwa stopnie. Przecież lubisz upał, Margarito. Ten wieczorny, urozmaicony lekkimi podmuchami wiatru, zawsze uwielbiałaś. Zdecydowanie tak, ale nie wtedy, kiedy mam pod sukienką przyklejony plastrami mikrofon i urządzenia mające nagrać przyznanie się Momcziła do winy. Zdecydowanie nie wtedy, kiedy w rękach trzymam torebkę tylko z telefonem, a w nim urządzenie namierzające nas.

Szczerze mówiąc, wolałabym siedzieć kilometr dalej, gdzie w parku cara zaczyna się widowisko, o którego zobaczeniu marzę od dziecka, a już na pewno od czasu, kiedy tu znów przyjechałam. Powinnam posłuchać Dimityra, stanowczo odradzającego mi tę wyprawę. Jana też była przeciwna, wraz z nią Koljo i reszta zespołu. Chciałam zostać Larą Croft, uparłam się jak muł i teraz umieram ze strachu. Typowy dla ciebie brak konsekwencji emocjonalnej, Margarito.

– Czy widzisz jakąkolwiek konieczność, żeby robić taką szopkę? – spytał zdenerwowany Dimityr na ostatnim zebraniu.

Wcześniej przytargał moją walizkę do komisariatu i kompletnie wyprowadzony z równowagi kazał mi się zamknąć, bo wykrzykiwałam jakieś teksty o Bułgarach seksistach. Oczywiście wszystko w ramach śledztwa i dawania do zrozumienia, że nie wiem o podsłuchu, czyli dla zmylenia przeciwnika. Żałosna byłaś, Margarito, wiesz o tym doskonale. Jak by cię niby mieli podsłuchiwać? Może Momcził zamienił się w gołębia i leciał za tobą po ulicy Benkowskiego, żeby dowiedzieć się, co masz do powiedzenia?

– Uważam, że nie ma żadnego powodu, by narażać współpracownika na coś takiego – skomentowała Jana, choć nie powiedziała jednoznacznie „nie".

– To co robimy? – spytał Nedko. Rozmontował mój komputer w poszukiwaniu podsłuchu (nie znalazł) i telefon (także nie znalazł, ale przy okazji zgubił trzy płyty Leonarda, które sobie ściągnęłam, co mnie rozzłościło, bo zapłaciłam za nie jakieś niebotyczne pieniądze).

– Trzeba ich zatrzymać. Wszystkich – odpowiedział Dimityr z większym niż zwykle naciskiem w głosie.

– Nic nie mamy poza poszlakami... – Jana rozłożyła ręce. – Za mało, żeby ich zdjąć.

A ty sądziłaś, Margarito, że zgromadziłaś twarde dowody.

– Nawet jeśli on opowie z detalami, jak zabił Tarkowskiego, przecież to nie będzie dowód – przypomniał Christo.

– Może się przyzna, jak go aresztujemy i przedstawimy nagranie? – Upierałam się przy swoim. – Przecież to amatorzy...

Wszyscy wzdychają. Dimityr siedzi z zaciętą miną.

– Dlatego powinni się nimi zajmować profesjonaliści. – Trwał przy swoim zdaniu.

Wzruszyłam ramionami, ale on nie patrzył na mnie, więc nie widział tego gestu.

– Jana? – Usłyszałam głos Kolja.

Ma rację. Powinna zdecydować, jak chce zakończyć śledztwo. Uważasz, że nie będzie stronnicza w swojej decyzji, Margarito?

– Dobrze – zgodziła się nieoczekiwanie Jana. – Zróbmy to. – Uniosłam ręce w geście triumfu. – Tylko... – dodała i wskazała na mnie – ona ma być do tego przygotowana. I wy wszyscy. Perfekcyjna akcja, jasne? Nie chcę trupa.

– To nieprofesjonalne – uznał Dimityr i się wzdrygnął.

Czy miał na myśli mojego potencjalnego trupa, czy też nie zgadzał się z decyzją przełożonej? Ona chyba tak to odebrała.

– Żebym ja nie powiedziała, co jest nieprofesjonalne – rzuciła Jana i po chwili dotarło do niej, jak to fatalnie brzmi. Nikt się nie zaśmiał z jej pomyłki. Ja też nie. Wiedziałam, że miała na myśli nie nasz romans, lecz pomysł włączenia mnie w śledztwo. Miałam przecież tylko tłumaczyć z bułgarskiego na polski i spróbować odszyfrować znaki, nie zaś przesłuchiwać popadię i zdobywać dowody. A na pewno nie powinnam brać udziału w śledztwie, w które była zamieszana moja własna matka.

Przypominam sobie, jakie mieli miny, kiedy wyjęłam z torby książkę znalezioną w szafce pod zlewem u popadii Lili. Rozmowę z Goszkiem pozostawiłam sobie na deser. Dlatego siedziałam teraz w amfiteatrze i czekałam, aż zacznie się *Turandot*. Nie cierpię tej opery. Poza tym z typowym dla siebie brakiem konsekwencji umierałam ze strachu i żałowałam, że się tu znalazłam. Niestety, za późno.

Wszystko szło nie tak. Pozwolono mi wrócić do domu na Benkowskiego, by uwiarygodnić moją decyzję o przyjęciu zaproszenia na *Turandot*. Na wypadek, gdyby ktoś jednak nastawał na moje życie, dostałam do ochrony Nedka, który ku utrapieniu Dimityra miał spać na balkonie i chronić mnie przed atakiem z dachu. Na dole miał czuwać jakiś zwyczajny policjant i patrzeć, czy Momcził nie forsuje zamka agrafką. Tak zarządziła Jana. Nedko pokiwał głową, a Dimityr spytał, czy on nie może zająć się moją ochroną. Jana nie patrzyła ani na niego, ani na mnie, tylko wyjaśniła, że to byłoby nieprofesjonalne. W ogóle to słowo padało tego dnia najczęściej i nie wróżyło nic dobrego. Na szczęście Milena zachowała się profesjonalnie i patrzyła na mnie nie wilkiem, tylko z pełnym zrozumieniem. Ja miałam nadzieję, że Nedko zachowa się profesjonalnie, jakkolwiek to rozumieć. Nie wiem tylko, czy za profesjonalne da się uznać chrapanie rozlegające się na balkonie przez pół nocy. Prawie nie spałam z dwóch powodów. Po pierwsze z powodu tego hałasu. Po drugie ze strachu, że nadejście wroga nie obudzi mojego strażnika. Na szczęście Dimityr nie chrapie. Demonstracyjnie manifestował niezadowolenie z obrotu sprawy, sprawiał wrażenie obrażonego albo urażonego, jak kto woli. To również było nieprofesjonalne. Jana kazała mu siedzieć w biurze i przejęła dowodzenie, bo przecież byłoby nieprofesjonalne, gdyby on kierował akcją. Słowem: profesjonaliści stawali się nieprofesjonalni, amatorzy zaś nie wzbogacali swojego doświadczenia.

Pierwotny plan zakładał, że Momcził po mnie przyjedzie. Śledziłby nas policjant na wypadek, gdyby Momcził chciał mnie dokądś wywieźć, uwięzić i szantażować policję. Chyba właśnie tego bał się Dimityr. Tymczasem dwie godziny przed spektaklem dostałam wiadomość, że Momcził wyśle po mnie taksówkę i mam sama pojechać na miejsce. Zadzwoniłam ze służbowego telefonu do Nedka kierującego akcją „Turandot" i spytałam, co mam robić. Pojechać taksówką czy pójść piechotą, chociaż nieco trudno by mi było na obcasach. Odpowiedział po dłuższej chwili, żebym napisała, że sama znajdę taksówkę. Oczywiście taksówka przyjechała, z policjantem za kierownicą. Dla mojego bezpieczeństwa. Napisałam jeszcze Momcziłowi, że nie wiem, gdzie mam go szukać. Odpisał, że bardzo przeprasza, bo nie tak miało być. Po prostu zatrzymały go interesy, kwestia życia albo śmierci, i on mnie znajdzie. Miałam podać swoje nazwisko przy wejściu, bo umieszczona na liście VIP-ów dostanę najlepsze miejsce i takie tam. Ta część przebiegła w miarę gładko. Przyjechał policjant, bez słowa zawiózł mnie na miejsce. Podałam nazwisko, dostałam wspaniałe miejsce, tuż pod sceną. Gdzieś na widowni liczącej trzy tysiące miejsc siedzieli Wirginija, Milena i pięciu policjantów, których nie znałam, a którzy mieli czuwać nad moim bezpieczeństwem. Po spektaklu śledziliby nas. Na finał zaplanowano aresztowanie Momcziła.

Siedziałam zatem i wypatrywałam Momcziła. Nie przychodził, choć spektakl się zaczął. Napisałam do niego kilka esemesów, za każdym razem natychmiast przychodziły przeprosiny i prośba, żebym cieszyła się operą, on jest właściwie tuż-tuż. Wbrew zapewnieniom nie przyjeżdżał, co stawało się i irytujące, i podejrzane.

Minął pierwszy akt, w którym krwawa księżniczka Turandot zabija pretendenta do swojej ręki, bo nie odgadł trzech zagadek. Pojawia się durny książę Kalaf i też chce spróbować swoich sił. Momcził się nie pojawiał, ja przestałam pisać esemesy.

W drugim akcie Ping, Pong i Pang wspominają dobre czasy, kiedy księżniczki nie było i nikt nie zabijał książąt. Absurdalnie mają nadzieję, że miłość skruszy lód w sercu krwawej bestii. Nic z tego. Księżniczka się nie zmienia, choć Kalaf odgaduje zagadki. Co więcej, Kalaf ciągle ma ochotę umrzeć, bo nie zamierza zmuszać biedaczki do zamążpójścia. Proponuje, żeby Turandot odgadła jego imię. Jeśli jej się uda, on zgadza się umrzeć. Momcził nadal nie przychodził. Prawie pochorowałam się ze zdenerwowania.

W trzecim akcie członkowie dworu torturują, kogo popadnie, aby poznać imię młodzieńca. Na męki idą sędziwy ojciec i dziewczyna, która nie wyjawia ani słowa. W chwili, kiedy widowisko ma się ku końcowi, uznaję, że Momcził mnie wystawił, co witam z ulgą. W tym momencie przychodzi esemes ze stokrotnymi przeprosinami i prośbą, abym udała się do garderoby Stojana Daskałowa, czyli Kalafa, bo mam go poznać osobiście. Momcził czekał tam na mnie.

Kalaf właśnie jak anioł zaśpiewał *Nessum dorma* i pocałował księżniczkę, która wreszcie się zakochała.

Pamiętam nauki Jany, Dimityra i Nedka, żebym pod żadnym pozorem nie pozwoliła się zaciągnąć do zamkniętego pomieszczenia, bo tam nie da się mnie strzec. Odpisuję zatem, żeby Momcził pozdrowił pana Daskałowa, bo zaczekam na niego na zewnątrz. Natychmiast przychodzi kolejna wiadomość, że Momcził obiecał panu Daskałowowi spotkanie ze mną i bardzo mnie prosi, żebym przyszła. Nie uległam. Odpisałam, że mam dość takiej randki, serdecznie mu dziękuję za zaproszenie na spektakl i wychodzę do domu. Owszem, zagrałam *va banque*. Nie widziałam innego wyjścia. Trudno, nie będzie dowodu. Dimityr zatriumfuje, a ja wyjdę ze sprawy jako tako z twarzą.

Ludzie klaszczą jak szaleni, Daskałow kłania się raz za razem. Zignorowałam kolejną wiadomość, że pójdziemy tylko na chwilę przywitać się i napić szampana, a potem Momcził zapraszał mnie do najlepszej restauracji w Płowdiwie, samochód czekał na nas. „Dziękuję za bilet, miejsce świetne, dobrej nocy".

Skierowałam się do wyjścia z niejaką ulgą, ponieważ miałam dość nerwów, było mi gorąco, buty na obcasach boleśnie mnie obtarły, a na dodatek ambicja mnie boli. Przecisnęłam się między ludźmi, pisząc zwięźle Dimityrowi i Janie, że Momcził nie przyszedł. Darowałam sobie szczegóły. Można odwołać Milenę, Wirginiję i pięciu policjantów, bo ja wracam na swoje poddasze. Wysłałam i odezwał się mój telefon. Dzwonił Momcził. Po namyśle odebrałam przygotowana na to, że usłyszę wymówki albo prośby. Może uda mi się odkręcić całą sprawę i doprowadzić do jego aresztowania?

– Mam twojego kochasia.

– Kto mówi? – Przystanęłam zdumiona, przechodzący ludzie trącają mnie. Głos jest zniekształcony.

– Mam twojego kochasia i zrobię mu krzywdę, jeśli w ciągu dwóch minut się tu nie zjawisz – powtórzył głos.

Ciągle stałam, zbierając myśli. Ktoś porwał Momcziła, sądząc, że jestem z nim związana. To dlatego nie przyszedł na przedstawienie, tylko wysyłał wiadomości. Co mam zrobić? Myśl, Margarito.

– Przepraszam – powiedziałam do słuchawki. – Nie wiem, o co chodzi. Ten pan nie jest ze mną związany. To znaczy ja nie jestem związana z nim.

– Minuta. – Ktoś się rozłączył.

Dzwonię do Jany.

– Wracaj... – usłyszałam. – Zaczekaj na Wirginiję. Dimityr ma was zgarnąć. Czeka gdzieś tam na dole, napisał mi też, że koniec zabawy. Teraz nie odbiera.

– Oni mają Momcziła i mówią, że go skrzywdzą. Nie wiem, co mam zrobić – przerywam jej. – Porwali go, dlatego nie przyszedł na przedstawienie. Teraz grożą, że zrobią mu krzywdę.

– Znaleźliśmy Momcziła... – Usłyszałam niepewną odpowiedź i nagle zrobiło mi się niedobrze. – O co ci chodzi?

– Gdzie Dimityr? – spytałam słabym głosem.

– Myślałam, że z tobą. Bo znaleźliśmy Georgiewa, odtrąbiliśmy koniec akcji i Dimityr pojechał po ciebie.

– Kiedy?

– Godzinę temu – odparła. – Nie odbiera telefonu, pewnie ma wyciszony. Wracajcie na komendę. Musimy porozmawiać. Sprawy się pokomplikowały. Mamy Georgiewa i Wancza, dzięki tobie zresztą, bo ten twój znajomy się nie mylił.

Rozłączyłam się. Dławił mnie strach. Jana mnie nie zrozumiała. Mój kochaś to Dimityr, nie Momcził. Mają Dimityra. Próbuję oddzwonić na numer Momcziła, ale „abonent jest poza zasięgiem lub ma wyłączony telefon". Zalewa mnie pot. Próbuję dzwonić do Wirginii, nie odbiera. Wybieram numer Dimityra, on też nie odbiera. Rozglądam się w panice. Co robić? Znaleźć Wirginiję? Jak? Duszę się.

– Czy pani jest słabo? – spytał mnie jakiś człowiek z silnym rosyjskim akcentem.

– Nie, nie... Proszę mnie zostawić. – Odwróciłam się, żeby pobiec w dół, tam gdzie uwięziono Dimityra.

– Proszę pani! – krzyknął za mną.

Gdybym była policjantką, wiedziałabym, co mam zrobić, a tak biegnę w stronę garderób, pilnując jedynie, żeby się nie potknąć. Buty na wysokich obcasach stukają o kamienne schodki. Obejrzałam się za siebie. Zadzwonił telefon. To Jana. Odebrałam.

– Wracaj – poleciła. – Koniec akcji. Wirginija na ciebie czeka. Nie mogę mówić, bo...

– Mają Dimityra! – krzyknęłam.

– Co za bzdury – usłyszałam, ale się rozłączyłam.

Jej na nim nie zależało, dla mnie on jest całym światem. Jeśli coś mu zrobili, nie wiem, jak będę z tym żyła. Już raz go straciłam z głupoty, drugi raz tego nie zrobię. Dotarłam pod garderoby.

– Proszę mnie wpuścić, pan Daskałow mnie oczekuje.

– Przykro mi – powiedział ochroniarz – nie może pani tam wejść.

– Ja muszę... – upierałam się i odrzucałam telefony od Jany.

Chyba wyglądałam dziwnie. Pewnie byłam rozczochrana, pot rozmazał mi makijaż. Zdjęłam buty i postawiałam je obok ochroniarza na podłodze. Patrzył zdumiony.

– Tam są moi znajomi. Niech mnie pan wpuści. Zrobię dla pana, co tylko pan zechce.

– Nie wiem, o co pani chodzi – zdenerwował się. – Tam jest wyłącznie pan Daskałow oraz dziennikarka z telewizji. Przeprowadza z nim wywiad. Proszę odejść.

Nie wierzyłam mu. Był z nimi w zmowie.

– Proszę pana... – Złożyłam błagalnie ręce. – To kwestia życia albo śmierci.

Miał minę, jakby chciał wezwać policję albo pogotowie. Od wschodniej strony sunęły wielbicielki. Jedne niosły kwiaty, inne szły na niebotycznie wysokich obcasach z pustymi rękami. Rzuciłam się na drzwi garderoby. Ochroniarz zagrodził mi drogę.

– Niech pani stąd idzie, zaraz wezwę policję!

Zaczęłam krzyczeć z niepokoju i bezsilności. Jednocześnie zadzwoniły dwie moje komórki. Na służbową nieznany numer, na prywatną – Wirginija. Odbieram tę służbową, Wirginija, przesyła esemesa w swoim stylu: „Ile jeszcze mam na ciebie czekać?". Zamiast głoski „cz", widzę cyfrę cztery. Wszyscy Bułgarzy tak piszą, jakaś plaga.

– Słucham – powiedziałam słabo.

– Twój chłopak stracił palec – poinformował mnie zmodyfikowany głos. – Mam mu odciąć nos? Albo może fiuta?

– Nie, nie... – Zginam się wpół, jakby mnie ktoś uderzył w brzuch. – Jestem tu, tylko ochroniarz nie chce mnie wpuścić. Nie mogę wejść.

– To nieaktualne. – Połączenie zostaje przerwane.

– Proszę pani – powiedział ochroniarz. – Wezwę policję.

Zignorowałam go, wpatrując się w telefon. Zadzwonił.

– Słucham! Dokąd mam iść?! Nie krzywdźcie go!

– Róg Samodumowa i Chałakowa, restauracja Grigorko. Za nią skręcisz w prawo, wejdziesz w pierwszą bramę. Daję ci siedem minut.

– Dobrze... – Zerwałam się.

Ochroniarz spojrzał na mnie spode łba. Drzwi się otworzyły i z garderoby mistrza wyszli starszawa dziennikarka oraz kamerzysta. Ochroniarz przestał zwracać na mnie uwagę. Wpadłam szybko do garderoby tenora, zanim ktokolwiek zdołał mnie powstrzymać. To szaleństwo, ale musiałam się przekonać, czy na pewno nie ma tam Dimityra. Nie ma. Siedział tam tylko zdenerwowany światowej sławy tenor Stojan Daskałow.

– Przepraszam. – Wybiegłam z garderoby z telefonem przy uchu. – Zaraz tam będę. Nie róbcie mu krzywdy!

– Stój! – zabrzmiał ostrzegawczy głos.

Stanęłam jak przyspawana do podłogi. Zapomniałaś butów, Margarito. Co teraz zrobisz? Będziesz biec boso i narazisz się na urazy, czy wrócisz po szpilki, w których będziesz równie sprawna jak ktoś, komu zdjęto gips z obu nóg po rocznym unieruchomieniu?

– Wyłącz drugi telefon. Teraz. Tak, żebym słyszał melodyjkę...

Robię, co każe. Może to największy błąd mojego życia, Jest kilka wiadomości od Jany, Wirginii, nawet Nedka, ale nie mam czasu ich przeczytać.

– Świetnie. Teraz wyrzuć wyłączony telefon.

– Ale...

– Wyrzuć!

Wyrzuciłam telefon do kosza na śmieci stojącego nieopodal. Zachciało mi się płakać. Telefon był nowy, na dodatek straciłam kontakt z zespołem. Co ja teraz zrobię? Błąd, trzeba było zapytać, co teraz powinnaś zrobić, Margarito.

– Wyrzuciłam! Dranie! – wrzasnęłam, doprowadzona niemal do histerii.

– Uspokój się, bo go więcej nie zobaczysz w jednym kawałku.

Głos stawał się coraz groźniejszy. Zaraz, przecież komórka, przez którą teraz rozmawiam, ma nadajnik. Zaraz mnie namierzą. Wszystko będzie dobrze.

– Idę do was – powiedziałam płaczliwym głosem. – Nie rozłączam się.

– Świetnie. Powtórz trasę.

Wyrecytowałam nazwy ulic, którymi miałam przejść.

– Świetnie. Masz pięć minut. Teraz wyrzuć i ten telefon. Jeśli za chwilę namierzę sygnał, odetnę kochasiowi ucho, jasne? – Połączenie zakończone.

Biegnij, ile sił w nogach, nie zastanawiaj się, dlaczego to wszystko uknuto. To cię przerasta, Margarito. Jesteś za głupia, żeby to rozwikłać. Po prostu biegnij i o niczym nie myśl. I tak nic mądrego nie wymyślisz. Jak mogłeś dać się złapać, Dimityrze? Tyle mówiłeś o profesjonalizmie, o tym, że nie mam przeszkolenia. Ty masz i co teraz? Tkwisz w piwnicy jakiejś restauracji. Na dodatek złapią mnie i podzielę twój los. Po co ja im w ogóle jestem potrzebna? Chcą szantażować policję?

Złapaliście Momcziła, ale pozostali okazali się sprytniejsi od was. Jano, zamiast się ubierać w sukienki w kwiatki, powinnaś myśleć, jak złapać sprawcę. Dimityrze, powinieneś mnie słuchać. Nie, wróć, Margarito, to ty powinnaś słychać Dimityra. Nie biegłabyś teraz ulicą boso, kalecząc stopy o kamyki, sycząc z bólu, bo wbija ci się w palec kawałek szkła. Nie wiesz, czego będą od ciebie chcieli, ale zrobisz wszystko, ty kretynko koszmarna, żeby mu pomóc.

– Gitka! – Usłyszałam krzyk za plecami i stanęłam, bo to on wołał.

Odwróciłam się i w dali dostrzegłam sylwetkę Dimityra. Wyglądał na zdrowego, nie wiem, czy ma wszystkie palce, ale stoi i macha do mnie zdumiony, czemu tak biegnę.

– Gitka!!! Nie!!! – Zastanawiam się, co ma na myśli, krzycząc „nie". To nieważne, bo on jest wolny i żyje, i najwyraźniej ma się zupełnie dobrze. Muszę mu to wszystko opowiedzieć, jak mi grozili, jak wyrzuciłam oba telefony. Biegłam środkiem ulicy. Byłam tak blisko, widziałam jego przerażone spojrzenie. Czemu tak na mnie patrzysz? Wypuścili cię, tylko to się liczy.

– Zejdź na chodnik, Gitka! – krzyknął Dimityr.

Nie wiedziałam, o co mu chodzi. Biegłam, bo musiałam znaleźć się w jego ramionach. On też biegł do mnie. Pewnie musiał w jakiś sposób im uciec, może ich pozabijał. Zamiast mnie objąć i powiedzieć, że wszystko w porządku, Dimityr popchnął mnie w biegu z całych sił. Chyba za słabo, ponieważ coś mnie bardzo mocno uderzyło. Wyleciałam w górę jak szmaciana lalka, podrzucona dla zabawy. Widziałam niebo i gwiazdy, a potem wszystko spowiła czerń. Nie zobaczyłam całego swojego życia w ułamku sekundy, tylko samochód, który chciał mnie przejechać, oraz leżącego na ulicy Dimityra. To chyba koniec, pomyślałam w ostatnim przebłysku świadomości.

KONSTANTYNOPOL, XII WIEK

Liczebność rycerzy zgromadzonych podczas święta mnie onieśmiela. Moich braci zapewne też. W wielkiej sali tronowej zajmujemy pierwsze rzędy po prawej stronie władcy Aleksego I Komnena, pana szlachetnego i walecznego, cesarza Bizancjum, który za chwilę zrzuci z siebie brzemię chrześcijaństwa i stanie się jednym z nas. Bratem miłym Bogu. Dopełni się przeznaczenie. Cesarz wypełni obietnicę złożoną nam, bogomiłom, cztery wiosny temu. My także dotrzymamy słowa i przywrócimy duchową świetność Jerozolimie. Ja pozostanę tu, w Konstantynopolu, jako doskonały. Będę mógł pojąć za żonę Alissę, najpiękniejszą z pięknych i najmądrzejszą z mądrych.

– Witajcie, najdostojniejsi – rozpoczął przemówienie Aleksy. – Zgromadziliśmy się tu, aby oddać pokłon Najświętszej Dziewicy i jej Synowi, Panu naszemu.

Po lewej stronie wywyższeni przez niego zasiadają dawni towarzysze broni cesarza. Alissa powiedziała mi, że szczególnie tłumnie na święto przybyli rycerze z królestwa Francji: Rywik z Boulogne, Eustachiusz V zwany Mistrzem, także z tego miasta, poza tym Aldemar z Monteil, Emeryk de Vermandois, Mateusz z Chambord, Gwidon z Carcassonne, Mikołaj de Latour. Ten ostatni jest tu obdarzany niemal nabożną czcią i nazywany świętym za życia. Alissa podczas ostatniej wspólnej nocy wyszeptała mi, że będzie także pogromca wojsk tureckich, towarzysz broni Aleksego, Rajmund IV z Tuluzy. Myliła się, bo Rajmund zmarł.

Ucieszyło mnie to, gdyż mógł zagrozić naszej sprawie. Zaraz w pierwszych słowach Aleksy wspomniał owego dowódcę wojsk prowansalskich i bohatera marszu na Dyrrachium, a następnie triumfalnego zwycięzcę, który w glorii chwały wrócił do Konstantynopola i dołączył do pozostałych krzyżowców. Widziałem poruszenie na twarzach wysłanników Rzymu i wiedziałem, z czego ono wynika. Rajmund został dwukrotnie ekskomunikowany. Ja i moi bracia potraktowaliśmy to jako znak, że cesarz nie będzie starał się przypodobać papistom.

– Drogi towarzyszu broni! – krzyknął Aleksy. – Ponownie wzywa nas Ziemia Święta! Ponownie musimy wydrzeć boskie miasto z rąk niewiernych!

Nawet jeśli druga wyprawa krzyżowa pochłonie więcej ofiar i przyniesie mniej korzyści, jest nieunikniona, przekonywał cesarz imperium.

– Zagrzej nas do walki! – apelował Aleksy. – Ty, który teraz zasiadasz przy samym Bogu! On wszak wywyższył cię i obsypał zaszczytami w podzięce za to, coś uczynił dla najświętszego miasta. Wyproś dla nas łaski! I spoczywaj w pokoju, dostojny towarzyszu, z innymi braćmi, którzy wraz ze mną przelewali krew za Chrystusa.

Wśród zgromadzonych nie ma Alissy ani żadnej z kobiet dotrzymujących nam towarzystwa od chwili, kiedy pojawiliśmy się w pałacu. Jedyną niewiastą wśród nas jest księżniczka Anna Komnena. Przyglądam się jej ukradkiem. Brakuje jej urody, za to emanuje dostojeństwem. Tak mówiła Alissa. To wielka władczyni. Kiedy sędziwy Aleksy zamknie oczy, Anna zechce walczyć ze swoim bratem Janem o tron. On także tu jest i ze skupieniem słucha przemowy ojca. Co dzieje się w jego umyśle? Ma nadzieję zostać dowódcą wyprawy krzyżowej czy chciałby pozostać w Konstantynopolu i przejąć schedę po ojcu? Każdy pragnie zaszczytów i tronu, zwłaszcza królowie. Aleksy może nie dożyć kolejnego miesiąca, tymczasem przemawia, jakby miał zostać dowódcą kolejnej wyprawy. Siłę daliśmy mu my, bogomili i nasza wiara.

Jesteśmy nieliczną grupą wobec zakonników papieskich, tych psów rzymskich węszących w poszukiwaniu zdrady, odstępstwa od swojej Biblii, uzurpujących sobie prawo do interpretacji nauk Chrystusa, które to rzekomo głosił. Wiem, że nas nienawidzą i uważają za wrogów. Szpiedzy donieśli nam, że planują stworzenie specjalnego zgromadzenia zwalczającego innowierców, czyli wszystkich tych, którzy ich zdaniem mogli zagrozić bogatym rzymskim biskupom. Niech tworzą. Już niedługo staną się psami trzymanymi przez nas na łańcuchu. Na tronie apostolskim zasiądzie najdoskonalszy z bogomiłów.

– Takijos... – powiedział Aleksy i patrzył na delegację papieską wymownym wzrokiem.

Mówił o jednym ze swoich generałów tureckiej krwi, którego pozbawił nosa, czyniąc nosicielem największej hańby. Pokazuje tym samym, że nie będzie znał litości nawet dla tych, których kiedyś uważał za braci. Przecież po koronacji stworzył dla towarzysza zabaw dziecinnych tytuł *megas primikerios*, a następnie walczyli ramię w ramię w licznych bitwach. Anna Komnena w *Aleksjadzie* nie mogła się go nachwalić. Obsypany zaszczytami, z nieznanego powodu zdradził cesarza, opuścił armię krzyżowców w trakcie oblężenia Antiochii pod błahym pretekstem. Cesarz stracił do niego zaufanie i srogo go ukarał. Papieże skąpani od setek lat we krwi, zasiadający na Tronie Piotrowym po tym jak zgładziliście innych, równie krwawych pretendentów, drżyjcie teraz i módlcie się o swoje życie, bo możecie skończyć jak Takijos. Nikt się nad wami nie ulituje.

– Tchórzostwo jest niewybaczalne i hańbi. Można je zmazać jedynie krwią przelaną w obronie wiary. Zdrada – przemawiał Aleksy – pozostanie zdradą. Niczym nie można jej zmazać. Plugawi do dziesiątego pokolenia, piętnuje synów i wnuki.

Spojrzałem na brata Edrana. Wczorajszy wieczór spędził w prywatnych komnatach Anny Komneny. Pouczyła go, jak ma się zachować w obliczu przyjęcia przez ojca wiary bogomiłów. Zaraz po nim na prośbę Alissy księżniczka zgodziła się wysłuchać mnie.

– Jeśli legaci papiescy i zakonnicy zechcą opuścić zgromadzenie – mówił nam Edran po spotkaniu z Anną – zostaną ujęci i skazani.

– Zapłoną stosy pełne innowierców – dodał Metody i wbił w Edrana wzrok pełen ekstatycznego uwielbienia.

– Widziałem przygotowane stosy – wyszeptał Roman.

Stosów ustawiono osiem. Tyle, ilu papistów brało udział w zgromadzeniu. Ten środkowy, najwyższy, przeznaczono zapewne dla namiestnika papieskiego, któremu brzuch wypychał czerwoną szatę. Ogień mocno zapłonie na takiej ilości tłuszczu.

– Nic nie działa tak dobrze na człowieka małej wiary jak widok bata. – Brat Tesar zaśmiał się krótko.

– Jeszcze lepiej działa widok stosu – poparł go brat Kusman, który musiał mieć doświadczenie w tym względzie. Po drodze opowiadał nam o procesach zakończonych śmiercią w płomieniach. Ofiarą nie zawsze padali innowiercy. Czasem wystarczyło, aby zazdrosny sąsiad doniósł na drugiego albo mąż chciał się pozbyć starej lub niepłodnej żony. Oburzało mnie to.

– Widok chrustu i wbitego pala przeraża mnie – wyjaśnił Roman. – Cesarz kazał ustawić stosy na bocznym dziedzińcu. Kogo chce spalić?

– Papistów – uśmiechnął się Matias. – Po tym, jak przyjmie naszą wiarę, cesarz spali na stosie rzymskich namiestników.

Matias szepcze do ucha swojej dziewczynie, że niesie prawdziwą Księgę. Wie to od samego brata Edrana. Powiedziała mi o tym Alissa. Na szczęście Anna Komnena zna prawdę, Alissa zaś przewyższa sprytem Farathę.

Nie wiem, jakie są zamierzenia brata Romana i czemu nie odzywa się do mnie. Pytałem Alissę. Wyznała, że Roman nie rozmawia z Halenią. Pozwala jej przynosić jedzenie i zamienia z nią kilka grzecznościowych słów. Czyżby bał się pokusy? Bracie Romanie, myślę, skupiając się ponownie na przemowie Aleksego, nie pozwolę, by ominęły cię zaszczyty.

– Najgorsza jest zdrada naszej wiary – rzekł cesarz. – Tylko wiara trzyma nas razem. Tylko sztandary Chrystusowe mogę zaprowadzić nas przed oblicze namiestników Boga na ziemi i przed jego oblicze w niebiosach.

Poczułem zaniepokojenie. Aleksy zbyt dużo mówił o wierze chrześcijańskiej. Papiści wydawali się zadowoleni. Psy zakonne patrzą na nas, bogomiłów, z wyższością. Może Aleksy chce osłabić ich czujność?

Wstał papista i gestem poprosił o pozwolenie na zabranie głosu. Aleksy udzielił mu go.

– Państwo nasze, święta ziemia Bizancjum jest dla nas niczym matka. My, jej najwierniejsi synowie, bolejemy nad bezczeszczeniem jej przez niewiernych. Twoim obowiązkiem, panie, jest być strażnikiem wiary w Chrystusa – rozpoczął.

Na twarzy Aleksego drgają mięśnie. Widać, że jest wzburzony.

– Zawarłeś pokój z Turkami, panie, ze względu na własne interesy, nie zaś ocalenie nauki Chrystusa! – odezwał się inny papista.

To jeden z templariuszy. Masowo wieszano ich pod Jerozolimą za nieposłuszeństwo. Jeśli nie powściągnie języka, zapłonie na stosie obok papistów. Templariusze... diabelskie nasienie. Powiadają, że tylko dlatego utrzymali jakiekolwiek wpływy, że nikt nie odkrył, gdzie ukrywają zrabowane w Jerozolimie bezbrzeżne bogactwa.

– Nie obroniłbym imperium, gdybym wtedy najechał Seldżuków – odpowiedział spokojnie Aleksy, a następnie pozwolił, aby rycerze świeccy i zakonni krzyczeli jeden przez drugiego jak przekupki na targu.

Zachowaliśmy w swoich szeregach spokój, chociaż ciężko nam słuchać o „kalaniu Słowa Chrystusowego". Wreszcie krzyki ucichły.

– Czy dość rzucaliście w siebie i we mnie kamieniami? – spytał wreszcie Aleksy, a jego twarz wykrzywił grymas bólu. – Zadaniem wodza nie jest walka z każdą hordą podchodzącą pod bramy miasta... – Oddychał głęboko. – Widziałem, jak podszedł do niego giermek, ale cesarz władczym gestem kazał mu odejść. – Mówię wam... Ci, którzy kąsają imperium najbardziej, to nie wyznawcy Allaha. Oni otwarcie mówią, że nie wierzą w dzieło Syna Bożego, i stają z nami do walki twarzą w twarz. Prawdziwym zagrożeniem są wierzący w cielce, które sami malują. Ci, którzy twierdzą, że nie było Chrystusa na ziemi.

Zapadła cisza. Aleksy zaczął kaszleć. Ponownie giermek podszedł do niego i ponownic został odprawiony.

– Zaprosiłeś, najjaśniejszy panie, jednych z tych innowierców, o których mówisz. Zastanawiamy się dlaczego. Poświęciłeś życie na zwalczanie tych szkodników, a teraz posadziłeś ich po swojej prawicy.

Brat Edran wstał i spojrzał na mówiącego te słowa rycerza z krzyżem na piersiach. Wszyscy zaczęliśmy odmawiać *Ojcze nasz*. Przez chwilę nikt nam nie wtórował, ale od słów „bądź wola twoja" przyłączyli się papiści. Modlitwa uspokoiła nastroje. Na chwilę skrzyżowały się spojrzenia moje i Romana, lecz Roman zaraz odwrócił wzrok.

– To prawda – przyznał Aleksy. – Zaprosiłem braci bogomiłów, aby przedstawili nam swoją wiarę.

Wstało kilku legatów papieskich i prawie wszyscy mnisi. Wrogo spoglądali na Edrana.

– To hańba! – krzyknął jeden z nich.

Aleksy zrobił krok wstecz i zwrócił się do najważniejszego z dostojników papieskich, tłustego mężczyzny z okrutnym wyrazem twarzy i ciałem zniszczonym rozpustą. Dotychczas siedział nieruchomo, zatopiony w myślach, i nie brał udziału w sporze.

– Cóż powiesz na te słowa, dostojny Censiusie Frangipani? Struchlałem. A więc to on przyjechał z Rzymu. Najbardziej wpływowa postać Stolicy Apostolskiej jest dostojnym gościem cesarstwa bizantyjskiego. On nie wahał się uwięzić samego papieża Gelazego II, następnie zwrócił mu wolność, wygnał go i powtórnie uwięził, kiedy ten wrócił do Rzymu po należny mu Tron Piotrowy.

– Bogomili i manichejczycy to plugastwo naszych czasów! – krzyknął Frangipani. – To plagi opisane w Apokalipsie!

Stoimy osamotnieni, podczas gdy wszyscy krzyczą i złorzeczą nam. Pokornie pochylamy głowy. Nie intonujemy modlitwy. Czekamy, aż nasi wrogowie stracą głos. Zaraz karta się odwróci i Aleksy wskaże Frangipaniego jako zdrajcę. Nie zabił wprawdzie Gelazego, ale strącił go z Tronu Piotrowego, a to tylko Bóg może uczynić.

– Masz rację, czcigodny Censiusie. – Aleksy uniósł dłoń, w której dzierży miecz. – Każdy, kto zdradza naukę Chrystusa, jest sługą Szatana! Podobnie jak ten, kto odbiera papieżowi tron i sam zajmuje jego miejsce!

Mój wzrok skrzyżował się tym razem ze wzrokiem tego, który wygnał papieża. Przez ułamek sekundy dostrzegam strach. Rozległy się pomruki. Aleksy wyglądał na bardzo zmęczonego. Spojrzałem teraz na Jana. Siedział nieporuszony. Anna Komnena wydaje się dość spokojna i obojętna. Królewskie dzieci nie zabierają głosu, zaczyna się więc widowisko.

– Nie ty mnie będziesz sądził! – rozległ się podniesiony głos Censiusa. – Jest nie winą, lecz zasługą, że wygnałem nikczemnika, który podstępem zdobył Tron Piotrowy. Wypełniałem wolę Boga!

– Święty Piotr był rybakiem. Wolał zginąć, niż odziewać się w purpurę! – Krzyknął jeden z franciszkanów.

– Wcześniej trzykrotnie zaparł się Pana! – wrzasnął Censius.

– Nieprawda! – gorączkował się franciszkanin. – To jedynie legendy... Święty Piotr nigdy nie zaparł się Jezusa!

– Twierdzisz, że słowa apostołów nie są prawdą?

Przez chwilę patrzyli na siebie wrogo. Purpurowy papieski bogacz i franciszkanin w brązowej szacie zakonnej. Mógłby zostać naszym sprzymierzeńcem, gdyby tylko zechciał zrozumieć naszą naukę. Aleksy cofnął się i z pomocą giermka wrócił na tron. Brat Edran wstał i wyciągnął ręce przed siebie.

– Na co czekasz panie?! – zwrócił się do Aleksego. – Przybyliśmy tu, abyś czerpał z Księgi, która jest naszą mądrością. Chcemy ją powierzyć tobie, Bizancjum, a co za tym idzie, światu. Pan Bóg czeka na to! Przyjmij naszą wiarę!

Głosy na przemian milkną i wybuchają z wielką siłą. Uczestnicy zgromadzenia są wzburzeni. Brat Edran wyjawił bowiem tajemnicę Aleksego, zanim ten zrobił to sam.

– Zdrada! Bogomili ukrzyżowali Jezusa!

Cóż za bzdury.

– Żydzi ukrzyżowali Jezusa! – Głos Romana przebija się przez wrzaski, ale nikt nie zwraca na niego uwagi.

Zgromadzeni zwracają się nagle przeciwko nam.

– Niepodobna! – wykrzyknął jeden z najwyższych dostojników papieskich. – Kim jest ten mnich i czemu siedzi z nami jak równy z równymi?!

– Jestem Edran z Filipopolis! Przebyłem jako pielgrzym drogę z miasta, gdzie brat nasz Bazyli założył najstarsze i najdostojniejsze opactwo, na zaproszenie samego cesarza świętego cesarstwa bizantyjskiego!

Rozległy się śmiechy i groźby.

– Zamilcz, starcze! – rozkazał rycerz niewielkiego wzrostu z twarzą pooraną zmarszczkami. – Czy walczyłeś z nami o wolność Jerozolimy?

Natychmiast rozległy się głosy poparcia dla rycerza także ze strony tych, którzy są zbyt młodzi i na pewno nie byli w Anatolii.

– Nie walczyłem – odparł brat Edran z godnością. – Jak powiedziałeś, panie, jestem mnichem. A mnisi, przynajmniej ci prawdziwi, patrzą w kierunku templariuszy, są oddani Bogu, nie wojnie.

Wrzaski z sali zagłuszają go całkowicie. Aleksy uniósł rękę kilkakrotnie, aż zgromadzeni w końcu uciszyli się nieco i brat Edran kontynuował przemowę.

– Uważamy jednak, że wiara wymaga wyrzeczeń. Jednym z nich, które my, bogomili, akceptujemy, jest święta wojna, czyli walka w obronie naszej wiary.

Ponownie rozległy się krzyki i złorzeczenia. I znów Aleksy uciszył zgromadzonych.

– Kogo nazywacie niewiernym?! – krzyknął Edran. – Mnie?! Wierzę w jedynego Boga, Syna jego Jezusa, którego nazywamy Logosem, i w Szatana. W Szatana i wy, chrześcijanie, wierzycie! Boję się go tak samo jak wy, ale od jego wpływu chroni mnie Święta Księga!

– Czym jest ta twoja księga? – zapytał rycerz z Anglii. Wiedziałem, że to towarzysz nieszczęsnego Roberta II Krótkoudego, który po rozsławieniu się bohaterstwem pod Antiochią oddał się pijaństwu i hulankom, uwięziony i oślepiony przez króla Henryka przebywał zamknięty w jakiejś twierdzy.

– Nasza Księga zawiera prawdę o stworzeniu świata, jaką przekazał Bóg naszemu ojcu Bazylemu we śnie, oraz zapowiedź zagłady tego świata, znaną z przekazów Jana Chrzciciela i jego uczniów.

– To nie może być prawda! – wrzasnął niski rycerz z Bayonne, najwyraźniej zamożny, bo w bogato zdobionej szacie.

– Apostoł Jan, ulubiony uczeń Chrystusa, dał nam świadectwo Apokalipsy, która zniszczy ziemię, jeśli tacy jak ty albo tobie podobni otumanią chrześcijański świat swoimi kłamliwymi dogmatami! – zawołał jeden z templariuszy wspierany okrzykami pobratymców.

– To wasze dogmaty są fałszywe! – krzyknął Edran, a my wtórowaliśmy mu, jako że nie potrafiliśmy opanować emocji.

– Nasze nauki pochodzą od Boga, a wy – Edran wskazał palcem papistów – sfałszowaliście je dwa wieki temu, aby uzasadnić wasze grabieże!

Ponownie rozległy się krzyki i złorzeczenia. Aleksy nie był w stanie opanować wzburzonych rycerzy ani nas. Jego gwardia biegała między skłóconymi gośćmi i uspokajała wszystkich. Wreszcie zapada niemal całkowita cisza.

– Zebraliśmy się, aby posłuchać tych mnichów – powiedział Aleksy Komnen, wskazując naszą ławę. – To prawda, że ich zaprosiłem. To prawda, że obiecałem im posłuchanie. Ci, którzy walczyli ze mną ramię w ramię, wiedzą, że nie ma władcy bardziej ode mnie oddanego sprawom chrześcijaństwa, ale... – zawiesił głos.

Napięcie staje się nieznośne. Patrzę na Jana, który wykazuje pewien niepokój, i na księżniczkę, która siedzi ze spuszczonym wzrokiem i sprawia wrażenie, jakby spała.

– ...ale – podjął temat Aleksy – jeśli nie przekonają nas, że nie są bluźniercami, a ich wiara nie ma na celu wywyższenia Szatana ponad Chrystusa...

– Nakarmimy nimi lwy! – wrzasnął jeden z papistów, sala zaś wybucha śmiechem.

– Niech mówią! – To głos Aldemara z Monteil.

Wstał brat Edran. Aleksy nakazał mu usiąść i wskazał mnie.

– Niech on mówi – zażądał.

Spojrzałem na Edrana zaskoczonego podobnie jak reszta braci. Roman posłał mi wreszcie spojrzenie pełne nadziei.

– Znamy wasze dogmaty – odezwał się Frangipani. – Kłamliwe, bluźniercze pisma. Nie macie świętych, bo nie znacie świętości. Nie piszecie ikon, bo modlicie się do Szatana. Jesteście robakami pełzającymi po ubóstwie tego świata...

– Wyrzeknij się tej wiary, mnichu, dobrze ci radzę! – Krzyknął niski, przysadzisty maltańczyk.

Wyprostowałem się i dumnie uniosłem głowę.

– Kim byłbym, gdybym wyrzekł się swojej wiary w obliczu szyderstw? – spytałem i śmiechy umilkły. – Wiara nie jest, panie, czymś, co da się zrzucić jak szatę... Jest łaską. Ja jej doznałem. Ty, panie, jak mniemam, również, skoro Bóg pozwolił ci zostać sędzią samego namiestnika Tronu Piotrowego...

Census poczerwieniał na twarzy.

– Milcz... – syknął. – Ty psie nieczysty.

– Możesz mnie lżyć i upokarzać. Nie poznasz odpowiedzi na żadne pytanie, jeśli go nie zadasz.

Zaległa cisza. Nieomal słyszałem bicie serc zgromadzonych.

– Jakież to pytanie mam tobie zadać, mnichu? – odezwał się.

– Milcz, bracie Cyrylu! – wykrzyknął Edran. – Milcz i pozwól przemawiać dostojniejszym od siebie!

Zignorowałem go. Census podszedł do nas blisko, stanął i patrzył. Tylko Matias opuścił wzrok. Byłem silny. Gdybym chciał, mógłbym go uderzyć, nawet zabić. Gwardzista papieski najwyraźniej też tak pomyślał, gdyż podszedł do nas i położył rękę na pochwie miecza.

– Milcz, starcze! – Frangipani zwrócił się do Edrana. – Niech przemawia mnich, który nie ma w sobie strachu!

– Żaden z nas nie ma w sobie strachu! – krzyknął Kusman i spojrzał na niego z pogardą. – Wszyscy możemy dać świadectwo!

– W takim razie niech on da świadectwo. – Aleksy Komnen próbował wstać, ale nie zdołał i opadł na tron.

– Co zatem masz do powiedzenia? – zwrócił się do mnie Censius.

Nabrałem powietrza.

– Przybyliśmy tu, aby dać świadectwo naszej wiary – zacząłem. Brat Edran wzniósł ręce ku niebu i zaczął szeptać modlitwę. – Nasza wiara jest prawdziwa, nasza miłość do Boga czysta, a ciało zdolne do poniesienia ofiary w imię najwyższego...

– Czcicie Szatana! – rozległy się głosy templariuszy.

– Nieprawda. Powtarzaliśmy to po wielekroć, także i tu, w tej sali. My nie czcimy Szatana. Boimy się jego wpływu bardziej niż wy. My tylko prawdziwie wierzymy w jego istnienie i w to, że Szatan jest złem.

– Nie budujecie cerkwi ani nie chowacie zmarłych zgodnie z obrządkiem! – wrzasnął inny spowity w barwy francuskiego miasta Carcassonne.

– Nie potrzebujemy obrzędów. Nie czcimy świętych. Dla nas jedynym świętym jest Bóg i jego synowie.

– Dochodzą nas słuchy o waszych orgiach! Bezcześcicie święte węzły małżeńskie! – krzyknął templariusz o imieniu Zygfryd.

– Żyjemy skromnie, z pracy własnych rąk... – zaprzeczyłem ponownie. – Nie mamy żon.

– Łżesz, mnichu! – Aleksy z pomocą giermka podszedł do mnie. Straszny grymas obnażył poczerniałe od choroby zęby. – Wprowadzić ją!

Drzwi się otworzyły. Dwóch rycerzy przywlekło Alissę po wysadzanej złotem posadzce i rzuciło ją tuż przed Aleksym. Alissa miała potargane włosy i suknię w strzępach. Oddychała ciężko, nie patrzyła ani na mnie, ani na cesarza. Serce podeszło mi do gardła. Co tu robiła Alissa, ulubienica królewskiej córki?

– Wstań! – rozkazał Aleksy.

Wydała z siebie spazmatyczny szloch i spróbowała wstać. Osunęła się jednak na posadzkę i uniosła spętane dłonie.

– Panie mój! – zawołała do Aleksego, ale to mnie prosiła o pomoc.

– Czarownica. – Rozległ się szmer zakonników.

Widziałem, z jakim wstrętem spogląda na nią legat papieski. Z jaką pogardą patrzą na nią zakonnicy papiści. Nie rozumiałem, co się dzieje. Moja Alissa nie była czarownicą. To anioł. Powinna teraz czekać w pokojach księżniczki Anny na zakończenie debaty, spokojna o powodzenie naszej sprawy.

– Wstań, nieszczęsna, i wyznaj swoje winy!

Co zrobisz, Aleksy? Twoje godziny są policzone. Pojednaj się ze swoim Bogiem, skoro nie chciałeś naszego. Zrób to, póki masz czas. Na prośbę Alissy sporządzono truciznę, którą połkniesz z winem tuż po tym, jak przyjmiesz naszą wiarę. Bogomili po twojej śmierci posadzą na tronie przyjazną im Annę Komnenę.

– Nie mam żadnych win... – płakała Alissa.

Chciałem do niej podejść, ale nie mogłem, nie potrafiłem. Może to część gry, próby, której mieliśmy zostać poddani? Szukałem wzrokiem Anny Komneny. Siedziała nieporuszona, na twarzy miała wypisany spokój. Najjaśniejsza pani, uratuj Alissę, przecież obiecałaś, ona zrobiłaby dla ciebie wszystko.

Aleksy podszedł do Alissy. Złapał ją za włosy i podniósł z kolan. Potem wymierzył jej policzek. Poczułem dudnienie serca. Chciałem, żeby cierpiał przed śmiercią.

– Z którym z tych bluźnierców Chrystusa spółkowałaś?

Alissa nie przestawała płakać. Następnie wskazała palcem legata papieskiego. Zerwało się kilku zakonników.

– Z nim! – krzyknęła Alissa. – Ofiarował mi złoto za to, że cię zdradzę, najjaśniejszy panie.

Censius Frangipani się zagotował.

– Zdrada! Czarownica! Na stos z nią! Nigdy wcześniej nie widziałem tej kobiety!

Czyżby Alissa dopuściła się zdrady? Czy w jej słowach było chociaż ziarno prawdy? Alisso, jak mogłaś złamać mi serce?

– Zostanie osądzona – powiedział spokojnie Aleksy i sięgnął po puchar pełen wina, z którego wypił potężny łyk. – We właściwym czasie. Teraz będzie świadkiem w procesie innowierców!

Znów rozległy się krzyki i tym razem szybko ucichły na widok mieczy gwardzistów cesarskich. Drżałem na całym ciele. Nie patrzyłem na żadnego ze swoich braci. Muszą wiedzieć, że rozmawiałem z Alissą i że to ona była tą, która towarzyszyła mi na dworze. Czy także mnie podejrzewają o zdradę? O knowania z papistami? Aleksy, kiedy osądzisz papistów i przykładnie ukarzesz za przeinaczanie imienia Boga, za okradanie Ziemi Świętej, napychanie brzuchów zbyt wielką ilością pokarmów, masowe mordy na niewinnych kobietach i dzieciach dokonane podczas krucjaty?

– Odbędzie się sąd... – Aleksy uniósł kielich w drżącej dłoni – ...nad odszczepieńcami, nad zdrajcami, którzy zakradli się tu zdradziecko, aby wyrwać nam z serc Chrystusa!

Zamarłem. Aleksy dał znak. Dziesięciu rycerzy ruszyło ku nam. Chwycili nas i wywlekli na środek. Spojrzałem na Alissę. Kręciła głową przerażona. Łkała.

– To nie ja zdradziłam! – krzyknęła do Aleksego. – Ja nic nie zrobiłam! To oni!

Wysunęła oskarżycielsko palec w moją stronę.

– Zamilcz, kobieto! – Brat Edran splunął i z pogardą zwrócił się do Aleksego. – Przyrzekałeś przyjąć naszą wiarę! Kłamco!

– Za takie słowa mógłbym cię zabić bez sądu. Nie zrobię tego jednak. Co więcej, powołam sprawiedliwy sąd, by was wysłuchał i wydał wyrok.

– Panie Boże nasz! – Edran uniósł ręce i zawył. – Pomóż wiernym tobie jedynemu!

– Jeśli Bóg cię kocha – powiedział Aleksy – będzie ci sprzyjał. Tymczasem niech zacznie się proces. Wysłucham stron, choć dość usłyszałem.

Zamilkł. Patrzyliśmy na siebie z braćmi. Byliśmy przerażeni, nawet na twarzach braci z Rodopów, na których nigdy nie widziałem gwałtownych uczuć, malował się lęk.

– Proszę, aby razem ze mną nad przebiegiem procesu czuwali Censius Frangipani oraz Gwidon z Carcassonne – odezwał się tymczasem Aleksy.

Jeśli mieliby sądzić papista i templariusz, już można podpalać dla nas stosy. Wezwani wystąpili na środek i zajęli miejsce obok Aleksego.

– Czy przyrzekacie sprawiedliwie osądzić tych o to mnichów?

– Przyrzekamy. – Na twarzach Censiusa i Zygfryda błąkał się uśmiech.

– Słuchamy was, drodzy bracia, mili Bogu – przemówił poważnie Aleksy. – Cóż macie do powiedzenia?

Tym razem mówił brat Edran. Przedstawiał nasze dogmaty jeden po drugim. Jego przemowa była pełna pasji i rzeczowa jednocześnie. Przemawiał z natchnieniem godnym greckich oratorów. Nie zwracał uwagi na okrzyki z sali. Aleksy nie pozwalał, aby mu przerywano. Kiedy skończył, Aleksy spojrzał na Frangipaniego. Ten pokręcił głową.

– Twoja wiara jest złem, wasza księga zasługuje na spalenie. Wasze klasztory powinny zostać zamknięte, mnisi zaś i współwyznawcy wygnani za morza.

– Co masz do powiedzenia, czarownico? – zwrócił się Gwidon do Alissy.

– Ja nic nie zrobiłam... – szlochała Alissa.

– Któremu z nich służyłaś? – spytał Censius.

Alissa wskazała mnie palcem.

– Czy spółkowaliście ze sobą? – Censius spojrzał na mnie z pogardą.

– Nie! – odpowiedziałem za nią. – Nie dotknąłem tej kobiety! Wydarła mi tajemnicę!

Musiałem kłamać, aby ocalić Alissę.

– Jaką to tajemnicę wydarłaś mnichowi, kobieto? – dociekał templariusz.

Potem podszedł do niej i uderzył ją w twarz. Alissa krzyknęła. Aleksy wysłał po coś giermka, a ten wrócił z kośćmi brata Alberta. Alissa nie patrzyła na mnie.

– Kim był człowiek, którego szczątki tu widzimy?? – spytał.

– Bogomiłem?

– To nie są kości bogomiła – wyznałem. – Tylko chrześcijanina!

Brat Edran wpatrywał się we mnie, a ja patrzyłem prosto w oczy Censiusowi.

– Głupcze – wycedził Census. – Chcesz powiedzieć, że się mylimy? To kości czarownicy! Spalić je!

– Możesz kazać je spalić – ciągnąłem pokornym tonem, choć moje słowa brzmiały stanowczo i były pełne wiary. – To tylko kości. Popiół spadnie na chrześcijańską ziemię i tutaj pozostanie. Tak jak pragnął tego brat Albert.

– Zdrajca! – Cienki głos należy do brata Matiasa.

– Skąd u was, bogomiłów, kości chrześcijanina? – spytał leciwy rycerz Geralt z Amiens, skłoniwszy się uprzednio Aleksemu.

– Brat Albert, kiedyś bogomił, odszedł od naszej wiary i przyjął chrzest. Jego kości są świadectwem drogi, którą przebył.

– Kłamie! – rozległy się głosy.

– Niech jego kamraci potwierdzą te słowa! – krzyknął młodzik z czarnym wąsem, syn zasłużonego rycerza Fryderyka z Bayonne.

Aleksy podszedł do Edrana.

– Cóż na to powiesz?

– Powiem, że ten oto Cyryl nie jest już bogomiłem. Niech scześnie, podobnie jak kości nikczemnika, który odwrócił się od prawdziwego Boga.

Censius krzywił twarz w uśmiechu, który fałszywie próbował ukryć.

– W takim razie jestem skłonny ci uwierzyć, mnichu. Ukorz się przed nami, przyjmij prawdziwą wiarę, a wybaczymy ci... Tobie jednemu.

– Korzę się jedynie wobec mojego Boga – powiedziałem. – Nie czynię tego nawet wobec stosów, które zdradziecko ustawiliście.

Zapadła cisza.

– Najjaśniejszy panie – zwróciłem się do Aleksego Komnena – czy godzi się, aby tak wielki władca zapraszał bogomiłów do Bizancjum i tu chciał ich zgładzić? Czy godzi się, aby strażnik wiary Chrystusowej sądził nas podobnie jak Poncjusz Piłat Chrystusa? – Aleksy uniósł gniewną twarz. Cisza trwała, a ja kontynuowałem. – Czy godzi się, aby cesarz imperium zgładził garstkę mnichów bez sądu?

– My jesteśmy waszymi sędziami, mnichu! – wrzasnął Frangipani. – Przez ciebie przemawia Szatan!

– Na stos z nimi! – Rozległy się krzyki.

– Wydałeś wyrok – patrzyłem na Aleksego – zanim tu przybyliśmy. Zaprosiłeś nas, potem ugościłeś... Przyjąłeś nasze dary. Czuliśmy się w twoim pałacu jak najmilsi goście. Czy godzi się głaskać psa, zanim każe się go rozerwać na strzępy?

Templariusz uniósł dłoń, ja umilkłem.

– Przemawiasz do cesarza imperium, ścierwo – powiedział. – Nie jesteś godzien stać przed jego obliczem. Nie jesteś godzien, abyśmy tracili czas na słuchanie jadu płynącego z twoich ust.

– Być może. Może nie jestem godzien niczego. Pewnie już spłonąłem na stosie. Spalcie nas i weźcie na swoje barki grzech najcięższy ze wszystkich, jakich się dopuścicie!

– Dostojni panowie – zaczął papista ponownie przemowę. – Oto co stanowi plugastwo naszych czasów! Tacy jak oni, mieniący się zakonnikami, którzy nimi nie są, wyznający wiarę, która jest jedynie pozorem wiary, kochający Boga, który nie jest prawdziwym Bogiem...

– Możecie urządzać kolejne krucjaty! – przerwałem mu. – Możecie z pieśnią o Bogu na ustach najeżdżać na Jerozolimę. Bóg się od was odwrócił i pokazał was Szatanowi! Nie macie umiaru! To początek waszego końca, dostojni panowie!

Censius podszedł do worka i go kopnął. Następnie chwycił jego brzeg i wysypał kości brata Alberta. Upadły z głuchym łoskotem na posadzkę. Zanim zdołano mnie powstrzymać, rzuciłem się ku nim i zasłoniłem je własnym ciałem. Poczułem batog, raz za razem spadający na moje plecy, należący do któregoś z dobrych chrześcijan, zapewne templariuszy. Nie dbałem o to. Prawie nie czułem bólu. Kątem oka patrzyłem na Alissę płaczącą cicho.

– Dość! – Usłyszałem głos papisty. – Zostawcie go!

Razy przestały na mnie spadać. Ci sami, którzy mnie bili, chwycili mnie za ręce i odciągnęli od kości.

– Zaiste, musiałeś być przywiązany do tego człowieka, skoro tak bronisz jego szczątków.

– Kochałem go jak brata! Nie zasłużył na śmierć!

Censius chwycił jedną z kości i uniósł niczym laskę.

– Patrzcie! – krzyknął. – Patrzcie, jak...

Nagle przerwał i wpatrzył się w nią. Przybliżył ją do oczu, następnie spojrzał na mnie dziwnie. Rycerze zaczęli krzyczeć, burzyć się i nawoływać do zniszczenia szczątków.

– To znak krzyża papieskiego! – krzyknął nagle Frangipani.

– Skąd masz kości najświętszego ucznia Chrystusowego? Skąd je masz?

– To kości naszego brata – powtórzyłem.

Censius Frangipani padł na kolana i zaczął zbierać kości. Włożył je do worka i przycisnął do piersi.

– Jest na nich krzyż papieski – powiedział w kierunku Aleksego Komnena. – A to oznacza, że nikt nie ma prawa ich dotykać. Nikt poza namiestnikiem Piotrowym!

– To kości proroka – rozległ się szmer

– Tak! – krzyczy Alissa. – To kości Świętego Jana! Panie, powiedz im.

Sądziłem, że zwraca się do mnie, ale odezwał się Roman.

– Prawda! To kości Świętego Jana. Nasz dar dla cesarstwa Bizancjum. Nasz dar dla ciebie, najjaśniejszy panie. Cóżeś uczynił z tym darem?!

– Kłamie! To jakieś ścierwo bogomiłów – zaprzeczyli templariusze i krzyżacy.

Censius Frangipani ponownie padł na kolana.

– Brakuje prawicy, którą Baptysta błogosławił lud. Nie ma także czaszki, bo tamta podła kobieta kazała odciąć Baptyście głowę i podać ją sobie na tacy.

– Prawica baptysty jest tu, w naszym świętym mieście! – Aleksy uderzył ręką o tron.

– A pozostałe członki tutaj! – grzmiał Roman.

– Nie – zaprzeczyłem ponownie i zamilkłem, ponieważ dobiegł mnie szyderczy śmiech Matiasa. Potem wyciągnął ręce i na podobieństwo brata Edrana wzniósł oczy ku niebu.

– Dziękuję ci, jedyny ojcze! Dziękuję, że pozwoliłeś mi wypełnić zadanie!

Znów jestem gotów wydrzeć Frangipaniemu kości brata Alberta, ale ten ściska worek zawierający skarb.

– Słyszysz, Cyrylu? – wrzasnął Matias, z ust cieknie mu piana jak szaleńcowi. – Myślałeś, że nikt nie zna twojej tajemnicy! Wiedzieliśmy, że chowasz je jak zdrajca!

Nie rozumiem. Przecież zabrałem kości Matiasowi i dobrze ukryłem. Czemu ktoś zamieniłby je na inne? Czy to możliwe, aby nasz zakon ukrywał najświętszą relikwię chrześcijan i przechowywał ją w worku na zboże?

– Skąd macie te kości? – wmieszał się Aleksy Komnen.

Był blady, po twarzy ściekał mu pot. Stał chwiejnie i podpierał się laską.

– Otrzymał je brat Bazyli, założyciel naszego zakonu – wyjaśnił brat Roman. W oczach miał żar, jakiego nigdy wcześniej u niego nie widziałem. – Przyrzekłeś, panie, przyjąć naszą wiarę. To miał być dar dla ciebie. Podobnie jak Księga.

– Przyjmijcie naszą wiarę, a my zwrócimy wam waszą relikwię! – rzucił Matias, zapomniawszy, że kości są w rękach papieża uzurpatora.

– Teraz – znów odezwał się Roman – kości proroka zostały zbezczeszczone przez tego oto człowieka. To on chciał spalić bezcenne relikwie.

Aleksy wycelował we mnie, Romana i Matiasa palcem.

– Który z was mówi prawdę?!

– Ja! – krzyknęliśmy wszyscy trzej jednocześnie.

– Dowodem na prawdziwość naszych słów jest Księga! – Usłyszałem nagle słowa brata Kusmana.

– Święta Księga bogomiłów, którą podyktował sam Święty Jan! – potwierdził brat Rajko. Brat Miro odmawiał *Ojcze nasz*.

– Pokażcie tę Księgę! – zażądał Aleksy. Nikt nie przyłączył się do modlitwy.

– Księga jest ukryta! – ucieszył się Matias. – Żaden z was jej nie znajdzie! Tylko sam Bóg może dać ją temu, kogo uzna za godnego!

– Trzeba zniszczyć tę ich księgę zawierającą plugastwa! – rozkazał sędzia templariusz.

– Księga i kości dają wielką moc! – odezwał się Rajko.

– Nigdy nie znajdziecie Księgi! – powiedział z mocą brat Roman i spojrzał na mnie triumfalnie.

Biedny głupcze, mam prawdziwą Księgę. Alissa zaraz to wyzna.

– Każdy z nich ma księgę ukrytą w skórzanym worku i przytroczoną do pasa. Jedna jest prawdziwa, pozostałe to bezwartościowe duplikaty.

Ze zdumieniem usłyszałem głos Anny Komneny. Rycerze ucichli, księżniczka opuściła swoje miejsce i stanęła naprzeciwko nas. Zwróciła się do brata Romana.

– Który z was niesie prawdziwą Księgę?

– Nie wiem, pani... – Brat Roman popatrzył na księżniczkę z triumfem.

– Wyjawisz to na torturach – zdecydowała Anna. Spojrzała na ojca i dała znak rycerzom, którzy nie podchodzą do brata Romana, tylko podnoszą Alissę z ziemi. Serce staje mi z przerażenia.

– Mów! – zażądał Aleksy. – Mów, gdzie jest Księga!

– Nie wiem, panie – płakała Alissa i padła na kolana. – Zlituj się nade mną, najjaśniejsza pani.

Teraz Aleksy dał znak. Do Alissy podszedł jeden z jego przybocznych rycerzy, wyjął i uniósł bat. Uderzenie spadło głucho na jej plecy. Wytrzymałem jeszcze trzy uderzenia i zrobiłem krok do przodu.

– Ja mam prawdziwą Księgę – powiedziałem. – Zostawcie ją w spokoju.

Aleksy uniósł rękę i bat znieruchomiał. Alissa szlochała. Jej suknia była rozerwana na piersiach. Widziałem krople krwi na śnieżnobiałej skórze. Wyjąłem worek i podałem księgę Annie. Wzięła ją i przekazała rycerzowi stojącemu za nią. Ten rozerwał mieczem skórę i uniósł Księgę. Censius Frangipani chwycił ją i odszedł na bok. Szybko przerzucił kartki i spojrzał z uwielbieniem na Aleksego.

– Ci złodzieje ukradli świadectwo Baptysty, zaginione w trzecim wieku po narodzinach Chrystusa, oraz jego kości.

– Niczego nie ukradliśmy – powiedział Roman, patrząc na Censiusa z pogardą. – To nasza własność.

– Zabrać im pozostałe Księgi i sprawdzić, czy nie kłamią – rozkazała Anna Komnena.

Rycerze odebrali pozostałym ich Księgi.

– Ci tutaj nie mają Ksiąg. – To o braciach Mirze i Rajce oraz Tesarze i Kusmanie. – Gdzie są wasze Księgi?

– Oni nie nieśli Ksiąg – wyjaśniłem. – Tylko my, bracia z Filipopolis.

– Zdrajca! – Edran plunął. Ślina padła mi na twarz. Czuję hańbę, która mnie okrywa, i czuję się zdrajcą.

Jeden z rycerzy uderzył brata Edrana skórzaną rękawicą. Edran padł.

– Panie! – zawołał do Aleksego. – Księga jest Tajemnicą! Nie będzie ci służyła, jeśli ją zbezcześcisz!

– Milcz, starcze. Proces trwa! – Frangipani nagle przypomniał sobie, że jest sędzią. Ścisnął w ręku worek z kośćmi brata Alberta oraz Księgę.

– Wydajmy wyrok – poparł go templariusz.

– Jaki wyrok wydamy na zdrajców, złodziei i plugawców? – Censiusowi spieszno było zakończyć proces.

– Na stos! Niech ich piekło pochłonie!

– Jak brzmi wyrok? – spytał Aleksy.

Spojrzałem na zapłakaną Alissę, a ona patrzyła na mnie nieodgadnionym wzrokiem. Co ci zrobili, ukochana moja.

– Śmierć – powiedział Frangipani.

– Śmierć – powtórzył Zygfryd Ventour.

– A więc śmierć. – Aleksy przypieczętował wyrok. – Wyprowadzić ich oraz tę dziewczynę.

Nie, nie możecie zabić mojej Alissy.

– Nie – odezwała się Anna Komnena. – Ona jest niewinna. Działała częściowo na moje polecenie. Oddaj ją, panie, mnie. Ukarzę ją z całą surowością.

Dziękuję ci, pani. Dotrzymałaś danego mi słowa.

Alissa posłała mi ostatnie spojrzenie i została wyprowadzona przez strażników swojej pani. Nas zawlekli na dziedziniec. Szarpani, lżeni i opluwani stanęliśmy przed przygotowanymi stosami. Jest ich osiem. Tylu nas, bogomiłów, przybyło na dwór cesarski. Rycerze rzucają odebrane nam Księgi przed stos. Rycerz z Carcassonne zabiera dwie z nich i szybko chowa.

– Zostaw to plugastwo, bracie! – powiedział Zygfryd. – To fałszywe księgi. A fałsz jest dziełem Szatana.

– Zgadzam się z tobą, panie – przyznał dostojnik. – Zabiorę jednak do mojego miasta coś, co pozwoli moim poddanym uwierzyć w to, co dziś się tu stało.

Jeśli się nie mylę, jedną z ksiąg, które trzyma Gwidon z Carcassonne, jest ta, którą ja fałszowałem. A więc to moja księga pojedzie do Carcassonne.

– Masz rację, dostojny panie. – Zygfryd sięgnął po kolejny egzemplarz. – Ja również zawiozę dowód zbrodni bogomiłów do mojego zgromadzenia.

Na ziemi pozostają cztery księgi. Jeden z giermków podchodzi i oblewa je oliwą. Potem podkłada ogień. Widzę, jak kartki płoną. Rozpoznaję brzydkie dzieło Metodego i staranne pismo brata Romana. Więcej nie mogę dojrzeć, bo ogień szybko je trawi. Nas zabierają i przywiązują do pali od stosów. Mnie trafia się ten najdalszy, ósmy.

Spojrzałem w czyste niebo i zastanowiłem się, czy Alissa jest bezpieczna i czy zdołała ukryć prawdziwą Księgę. Nawet jej nie ufałem całkowicie. Byłem pewien jej miłości i oddania, ale nie wiedziałem, czy nie złamie się na torturach. Ja umiałbym przetrzymać chłostę, ale nie jestem pewien, czy łamanie kołem i miażdżenie palców nie skłoniłyby mnie do wyjawienia prawdy. Dlatego zamieniłem Księgi. Anna otrzymała na moją prośbę księgę od Alissy. Księżniczka miała uwierzyć, że dzierży prawdziwy egzemplarz. Największa Tajemnica jest jednak głęboko ukryta. Alissa będzie wiedziała, co z nią zrobić.

Na kościach Alberta papieskie znaki wyrył brat Roman. To był jego pomysł, aby w ostateczności posłużyć się kośćmi, wmawiając papistom, że mają do czynienia z bezcenną relikwią. Ostateczność miała nigdy nie nastąpić, ale myliliśmy się co do Aleksego. Niestety wszyscy, także ja. Zapłacę za to życiem.

Alissa na pewno już to wie. Jest mądra. Kochana Alisso, musiałem wtajemniczyć brata Romana. Zauważył worek, kiedy zbliżaliśmy się do Edirne. Powiedziałem prawdę. Pozostawało tylko czekać.

– Tak bardzo się boję... – Drżała na całym ciele. – A jeśli coś pójdzie nie po naszej myśli?

– Wtedy spłonę na stosie – wyznałem z uśmiechem. – Ale ty, ukochana, będziesz bezpieczna. Tylko to się liczy.

Ziściły się najczarniejsze moje myśli. Posmarowano mnie smołą.

Censius Frangipani stanął przed nami.

– Czy wyrzekacie się waszej wiary?

– Nigdy! – odpowiedział mu brat Edran, a za nim pozostali. Na końcu i ja wykrzyknąłem swoje „nigdy". Nie bałem się śmierci. Czułem spokój.

– Wyrzeknijcie się fałszywych dogmatów. Pokłońcie się namiestnikowi papieskiemu, a będziecie wolni... – obiecał Aleksy Komnen.

Powtórzyliśmy słowo „nigdy". Dla mnie „nigdy" miało gorzką wymowę. Już nigdy nie dotknę ciała Alissy, nie poczuję smaku jej ust i nie zobaczę uśmiechu.

– Zdrajca! – krzyknąłem w stronę Aleksego Komnena.

– Będziesz się smażył w piekle! – dodał Matias.

– Niech piekło pochłonie twoje imperium! – wtórował mu Kusman.

– Niech cesarstwo bizantyjskie będzie przeklęte na wieki! – dołączył Rajko.

Miro przeklął kolejną wyprawę krzyżową.

– Obyście sczeźli pod bramami Jerozolimy! Niech Turek zabierze wam święte miasto i splugawi je do końca!

– Niech Żydzi zapanują nad grobem Pańskim, jeśli poganie nie zdołają go zniszczyć! – krzyczał z kolei Tesar z Presławia.

– Wygińcie na krucjatach – wyszeptałem. – Jeśli nie wszyscy zginiecie, niech wytrzebi was zaraza.

Brat Edran już płonął, kiedy podłożono ogień pod mój stos. Wzniosłem oczy ku niebu i zacząłem się modlić. Krzyki płonących braci zagłuszył jakiś jęk. To Aleksy Komnen, wielki cesarz Bizancjum, najpotężniejszy ze śmiertelnych, wydał ostatnie tchnienie i upadł u stóp Censiusa Frangipaniego. Zabiła go choroba, na którą cierpiał od dawna, i trucizna, którą Alissa dosypała mu do wina.

– Ratujcie najjaśniejszego pana! Medyka! – Wszystko mieszało mi się w głowie. Dym jest trujący. Nie widziałem nic, choć chciałem zobaczyć. Czy na pewno wydał ostatnie tchnienie? Czy przed śmiercią zrozumiał, że poniósł karę za to, co zrobił bogomiłom, i za to, że podniósł rękę na moją Alissę? Gdyby dotrzymał obietnicy lub jej nie dotrzymał, ale chociaż puścił nas wolno, nie skończyłby niczym pospolity kundel.

Ja też umieram. Dym wgryza mi się w płuca, majaczą mi się różne obrazy. Widzę moją matkę, która umiera, ojca, który zaklina Boga, aby mu jej nie odbierał, moich głupich braci, którzy pracują bez wytchnienia. Ostatnią moją myślą jest to, że Alissa ocaleje. Wreszcie wszystko spowija czerń.

# PŁOWDIW, XXI WIEK

Za chwilę się zacznie. Czekałam tyle czasu. Więcej niż osiem lat. Kiedy wyjeżdżałam z Bułgarii, fontanny od kilku lat były nieczynne. Teraz kilka razy próbowaliśmy z Dimityrem obejrzeć widowisko i zawsze coś nam przeszkadzało. Raporty dla Jany, śmierć starego popa, wyjazd do Sozopola, *Turandot*, wreszcie wypadek. Jestem podniecona. Czekam niczym dziecko wreszcie zaprowadzone do cyrku. Nie, to nie jest dobre porównanie, nienawidzę cyrku i męczenia zwierząt. Cieszę się jak wolna kobieta, która wreszcie wie, czego chce i czego nie chce. Po raz pierwszy w życiu, Margarito. Prawda, że to cudowne uczucie? Cieszę się jak ktoś, kto wraca do wspomnień z dzieciństwa: dobrych, radosnych, wysyconych kolorami. Wreszcie cieszę się jak ktoś, kto umie dzielić się z innymi najlepszym, co ma. Tak, Margarito, wreszcie jesteś szczęśliwa. I jest jak w bajce.

– Zaczyna się. – Dimityr wziął mnie za rękę.

Czajkowski brzmi dostojnie. Na początek fontanna wystrzeliła białym, pojedynczym strumieniem wody wysoko aż pod niebo. Strumień opadł i rozbryzgał się z hukiem. Kropelki wody dotarły do nas. Cudowne uczucie.

Biel powitała mnie, kiedy otworzyłam oczy w szpitalu. W polskich placówkach służby zdrowia jest raczej zielono. Zielone ściany, zielone pokoje. Pamiętam tę zieleń, kiedy leżałam po poronieniu. Nie była kojąca. Biel otuliła mnie w Płowdiwie, brzydka i ponura, wpadająca w szarość. Przygnębiający, pusty pokój oddziału pourazowego. Przeraziłam się. Nie tego, że umarłam i jestem w niebie czy tam gdziekolwiek. Tego, że Dimityr zginął. Zasłonił mnie przecież własnym ciałem. Widziałam go leżącego pod kołami samochodu.

– Miała pani dużo szczęścia. Wstrząśnienie mózgu. No i ręka w gipsie, tylko pęknięcie – powiedział lekarz, kiedy odzyskałam przytomność.

– A Dimityr? Gdzie on jest? – spytałam zachrypniętym głosem. Przerażenie przybrało postać kuli, która utkwiła mi w gardle.

– Kto? Aaa, w porządku... – Lekarz najwyraźniej zastanawiał się, o kogo mi chodzi. Powinnam była spytać: „Jak się czuje mężczyzna, który był ze mną w czasie wypadku?", ale kto myśli o precyzyjnym wyrażaniu się w takiej chwili.

– Pani przyjaciel jest w miarę cały.

– Co to znaczy? Gdzie on jest? – Wciąż czułam lęk, że lekarz, zupełnie jak na filmach, oszukuje mnie i za chwilę okaże się, że Dimityr nie żyje. Albo nie ma nóg. Albo naprawdę go złapali i odcięli mu palce i ucho. Nie wiem, co gorsze.

– Poproszę go, bo siedzi w korytarzu. – Lekarz był młody, zmęczony, chyba po dyżurze. Fartuch pognieciony, krzywo zapięty.

– Która godzina? – O to najpierw zapytałam Dimityra, kiedy wszedł. Nie, czy mu nic nie jest, nie jak się czuje, ani nie, czy aresztowali morderców. Tylko właśnie „która godzina?". Mój mózg najwyraźniej ucierpiał.

– Też cię kocham – odpowiedział z przekąsem. Rozpłakałam się natychmiast, bo puściło całe napięcie.

– Nic ci nie jest? – To też było bez sensu, bo skoro siedział przy mnie w normalnym ubraniu, miał obie nogi i ręce oraz wszystkie palce, to najwyraźniej nic mu się poważnego nie stało. Chociaż kiedy go objęłam, nieco gwałtownie, żeby mu pokazać, że naprawdę bardzo go kocham i cieszę się z jego widoku, syknął z bólu.

– Cztery żebra... – Skrzywił się. – Bardzo bolesne, ale do wesela się zagoi.

– Tak bardzo cię kocham. – Nie przestawałam płakać. – Gdyby ci się coś stało, nie wiem, co bym zrobiła.

Nie chciał rozmawiać o wypadku. Pewnie lekarz mu powiedział, że nie można mnie denerwować. Domyślałam się też innej przyczyny. Zachowałam się tak idiotycznie, że lepiej nic nie mówić, niż uświadomić mi, że dałam się nabrać jak dziecko. Nikt nie porywał ani Momcziła, ani Dimityra. Chodziło im o mnie. O to, żebym wyszła na ulicę i dała się przejechać. Najpierw chcieli mnie porwać spod garderoby tenora i wywieźć. Gdy to się nie udało, wpadli w panikę i byli gotowi na wszystko, bylebym tylko zniknęła. To wszystko było grubymi nićmi szyte, ale ja nie zauważyłam, że te telefony, groźby i polecenia kupy się nie trzymały. Wykoncypowałam, że schwytali Dimityra. Nie dałabym się tak nabrać, gdybym odebrała telefon od Jany albo chociaż przeczytała wiadomości od niej, Wirginii i Nedka oraz gdyby Dimityr odebrał telefon ode mnie, a także gdyby Jana mi powiedziała, co to znaczy, że „mają Momcziła". A przede wszystkim gdybym trochę pomyślała.

No i są rezultaty. Może wstrząśnienie mózgu dobrze mi zrobi, liczę na to.

Na razie nie planujemy wesela, mam nadzieję, że żebra przestaną go boleć. Obolały facet w domu to nieszczęście porównywalne jedynie do faceta z gorączką i katarem.

– Tak mi przykro... Aresztowaliście Momcziła? A tych, którzy próbowali nas przejechać?

Dimityr robił jakieś dziwne miny. Prawdę miałam poznać później, kiedy mogłam wyjść do domu. Wypuścili mnie ze szpitala dopiero po kilku dniach, po kolejnej tomografii komputerowej głowy, za którą musiałam zapłacić z własnej kieszeni, bo ubezpieczenie tego akurat nie obejmowało. Tutejsze ubezpieczenie jest koszmarne. Będę musiała coś z tym zrobić. Do lekarza mogę przecież chodzić prywatnie, ale... No powiedz to, Margarito, chcesz mieć z Dimityrem dziecko i już myślisz, jak je urodzisz. Daj mu odetchnąć, nie wpędzaj od razu w pieluchy. Trochę taktu życiowego, Margarito. No, chyba że on będzie chciał.

Czajkowski pasował do fontann. Nie pamiętam wiele z dzieciństwa. Oglądam widowisko, jakbym widziała je pierwszy raz. Moja pamięć przywołała jedynie uczucie oczekiwania na wytryskujące słupy wody i ekscytację, która się wtedy pojawiała. Nie pamiętam muzyki, nawet tego, czy siedziałam w kawiarni, czy w parku, na ławce czy na trawie. Tylko ten moment szczęścia, kiedy fontanna zaczynała śpiewać. Teraz mieliśmy miejsce przy białym stoliku kawiarnianym, sączyłam campari z sokiem pomarańczowym i patrzyłam na ulubione widowisko z zachwytem. Właśnie tak to sobie wyobrażałam.

Słupy wody zabarwiły się na zielono. W takiej zielonej wodzie znaleziono Momcziła. Siedział na kotwicy z XVII wieku w garniturze i koszuli Hugo Bossa, krawacie Hermèsa, kosztownych butach, kilka metrów pod wodą i patrzył przed siebie. Przywiązali go za nogi. Wyobrażam sobie jego zdumienie, kiedy go zabijali po tym, jak zadzwonił do mnie i zaprosił mnie na *Turandot*. Nie mogli zostawić go przy życiu – żałosnego, spłukanego gangstera, hazardzisty i mordercy. Kiedy dawni przyjaciele wlekli go na przystań, myślał pewnie, że chcą go tylko postraszyć. Przysięgał, że odda pieniądze. Był im jednak zbyt dużo winien i za wiele wiedział. Gdyby złapała go policja, śpiewałby jak słowik, byle tylko uchronić swoją skórę. Wyszło na jaw, że chciał sprzedać ziemię na wyspie jakiemuś biznesmenowi, ale ten nie dał się omamić perspektywą tłumu turystów szturmujących Wyspę Świętego Jana w poszukiwaniu duchowości. Strasznie to zdenerwowało Petyra i Decza. I przypieczętowało los Momcziła.

Małe rybki wyjadły mu oczy i usta. Po pięknym dumnym nosie też nie został ślad. Turystka, która go zobaczyła podczas wycieczki na statku, długo krzyczała. Pewnie nigdy więcej nie przyjedzie do Sozopola. Ponoć kiedy nurkowie go wyciągnęli, z jego ust wyszedł krab pustelnik, a z kieszeni garnituru wymaszerowała rodzina białych płaskich raków.

Nie my prowadziliśmy śledztwo. Zresztą szybko je zamknięto. Porachunki mafijne. Tutejsza policja nie miała żadnych wątpliwości po oględzinach rachunków bankowych, prześledzeniu wyjazdów z ostatniego pół roku oraz sprawdzeniu transakcji telefonicznych.

– Klasyczna egzekucja. – Wzruszył ramionami gruby posterunkowy. – U nas tak jest. Naraził się komuś, a że nie miał z czego zapłacić i potrzebował coraz więcej na granie...

Bałam się, że posterunkowy dostanie zawału. Pot lał mu się z czoła strumieniami.

– To on zabił waszego popa – wyrywało mi się spod serca, ale spocony funkcjonariusz wydawał się nieporuszony tym faktem. – Podał mu śmiertelną dawkę insuliny.

Zdobył też cyjanek potasu, by zabić Tarkowskiego. Bracia Ruscy mu przywieźli. Ponoć mają tego na litry.

– Rozumiem cię, kochana, ale trupa nie skażę. – Funkcjonariusz otarł pot i patrzył na nas błagalnie.

Odpuściliśmy. Pokonał nas okropny zapach, który wydzielał funkcjonariusz. Wyszliśmy z posterunku policji w Burgas.

Seria bieli, zieleni i błękitów ustąpiła miejsca żółci oraz ciepłym odcieniom pomarańczy. Pojawia się fiolet, delikatny, złamany złotem. Piękny kolor. Czajkowski gładko ustąpił miejsca Carlowi Orffowi. Dimityr wciąż trzymał mnie za rękę.

– Zadowolona? – przekrzyczał muzykę i szum wody spadającej z dużej wysokości na kamienne płyty. Za każdym razem spowijała nas kaskada mikroskopijnych kropelek, niczym mgła. Byliśmy cali mokrzy. To przyjemne w taki gorący wieczór.

Deczo Deczew został aresztowany pod zarzutem zamordowania Przemysława Tarkowskiego. Dimityr założył mu kajdanki. Deczewowi nie drgnął przy tym ani jeden mięsień twarzy. Do końca nie powiedział słowa. Mieliśmy dowody, lecz adwokat zapowiadał ich obalenie. Moim zdaniem były mocne. Napisy na ikonach w sozopolskiej galerii i na ciele zamordowanego wykonano tą samą farbą. Drewno, na którym pisano ikony, posłużyło też do zrobienia krzyża. Znaleźliśmy sklep w Płowdiwie, o którym wspomniała Matilda. Deczo wydawał się obojętny wobec tych faktów. Przedstawiliśmy zeznania jego szwagra, kowala, u którego zamówił artystycznie wykonane gwoździe. Z kolei adwokat przedstawił rachunek dowodzący, że gwoździe, którymi przybito Tarkowskiego do krzyża, zostały zamówione przez parafię w Nesebyrze. Tej wersji uparcie się trzymali.

Dimityr chciał sprowokować Deczewa i powiedział, że znaleziono odcisk jego palca na ciele denata. Deczew spojrzał tylko ironicznie. Jego adwokat wyśmiał ten dowód. Pewnie wiedział, że klient tamtego dnia pracował w rękawiczkach. Nie udało się ich, niestety, znaleźć. Dałabym głowę, że rękawiczki pobrudzone złotą farbą zostały po prostu wyrzucone do przypadkowego kosza na śmieci i spoczywają spokojnie na płowdiwskim wysypisku. Pilnowaliśmy sędziów, aby nie wypuścili Deczewa z aresztu. Dimityr nie ugiął się nawet przed dwoma panami z Moskwy, którzy odwiedzili go w towarzystwie adwokata i grzecznie, choć z groźnym błyskiem w oku pytali, czy coś się da zrobić. Jana Bibijana mi wtedy zaimponowała. Stanęła murem za Dimityrem, choć jeden z rosyjskich gangsterów miał naprawdę złe spojrzenie. Ja się go bałam i schowałam się z resztą zespołu w naszej kanciapie, Wirginija poszła o krok dalej i zatrzasnęła się w łazience. Szukaliśmy jej wszyscy. Po godzinie usłyszeliśmy głuche jęki. Nie miała już siły krzyczeć ani walić w drzwi. Mogła nie chować się na ostatnim piętrze. Ja i Milena też się bałyśmy. Milena nawet bardziej, chociaż na jej życie nikt nie nastawał. Nedko prężył muskuły i obejmował ją ramionami, ale był dziwnie małomówny Nawet Koljo nie żartował. Jedynie Christo spokojnie zjadł przygotowane przez żonę mielone i szopską. Stary wyga, gdyby nie jego i Kolja doświadczenie, w życiu nie rozwiązalibyśmy tej zagadki. Przynajmniej ja tak uważam, bo reszta zgodnie twierdzi, że to ja odegrałam główną rolę w tej aferze. Mogę się zgodzić – sprawiłam się jako konsultantka. Nie przyniosłam wstydu ani sobie, ani swojemu krajowi, ani nawet swojej matce. Dostałam dyplom od polskiego ministra spraw zagranicznych i uścisk dłoni w perspektywie, bo jeszcze się nie pofatygowałam po odbiór. Raczej się nie pofatyguję. W Bułgarii nie wręczono nam żadnego dyplomu. Nawet Jana nie dostała. Powinna, moim zdaniem, za postawę wobec Rosjan.

– Nasze państwa zawsze były tak zaprzyjaźnione – stwierdziła. – Nie narażajmy tej przyjaźni na szwank. Chyba panowie nie chcą powiedzieć, że wpadli tutaj, aby poddać nas jakimkolwiek naciskom... Chciałam także zwrócić uwagę, że mamy tu monitoring i każda rozmowa, która się toczy w którymkolwiek z gabinetów, jest nagrywana.

Potem kazała Rosjanom poczekać, a sama wzięła w obroty adwokata. Wyszedł zielony. Nie wiem, co mu powiedziała, ale po dwóch dniach Deczo powiesił się w celi na prześcieradle, które podarł w pasy. Dziwnym trafem nikt go nie pilnował.

Czerwony słup wody tryskał najwyżej, na jakieś sto metrów. Wtórowały mu małe słupki podskakujące wesoło wokół niego niczym dzieci przy matce. Muzyka się zmieniała. Rozpoznaję, to *Carmina Burana* Orffa, jeden z moich ulubionych utworów.

*Sors immanis*
*et inanis,*
*rota tu volubilis,*
*status malus,*
*vana salus*
*semper dissolubilis...*

Chór śpiewał słowa, które na lekcjach łaciny tłumaczyliśmy: „Kołem toczy się Fortuna, zła i nieżyczliwa, nasze szczęście w swoich trybach miażdży i rozrywa". Tak, Orff tu bardzo pasuje. Nie dla wszystkich Fortuna okazała się życzliwa.

Tak jak mówił Goszko, znaleźliśmy Wancza w ruinach mojego starego domu. Stracił przytomność od ciosu w głowę, potem Momcził wepchnął go do wody. Sprytne. Teren jest ogrodzony, nawet w suche lato jest tam woda, zielona, mułowata, więc ciało znaleźć byłoby trudno.

Kto mu powiedział, że jest jedno, jedyne miejsce w Płowdiwie, gdzie latem jest wystarczająco dużo wody, aby utopić dorosłego mężczyznę? Pewnie sam Wanczo, bo lubił dzielić się podobnymi informacjami. Momcził był w Płowdiwie, pewnie chodził tymi samymi ulicami co my, wracając nad ranem z kasyna kompletnie spłukany. Może pił kawę w tej samej kawiarni lub jadł banicę przy meczecie? Działanie Momcziła stanowiło akt desperacji. Przemysław Tarkowski, Wanczo, Dimityr, ja... Momcził daremnie próbował nas uciszyć Wancza mógł oszczędzić. Nikt przecież biedakowi nie wierzył. Nawet ja, wstyd się przyznać. Może Deczo, rosyjscy przyjaciele albo Petyr naciskali, żeby pozbywał się świadków. Temu ostatniemu też niczego nie udowodniliśmy. Uważam, że to on pozbył się ubrania Tarkowskiego i jego komórki. Znaleźliśmy ją za ogrodzeniem amfiteatru. Podejrzewaliśmy także, że jeden z imponującej kolekcji mieczy w jego domu posłużył do odrąbania głowy Polakowi, chociaż na żadnym nie znaleziono śladów krwi. Musiał go wyrzucić pewnie do morza. Petyr był nie w ciemię bity.

W jego samochodzie przystosowanym do przewozu żywności również nie znaleźliśmy żadnych podejrzanych śladów. Żadnych drobinek drewna ani śladów farby. Został świeżo polakierowany. Petyr zeznał, że miał wypadek kilka dni wcześniej. Rzeczywiście, to się zgadzało, zgłosił sprawę ubezpieczycielowi. Najechał na mur i zadrapał cały bok. Jak wygodnie, prawda? Nie ma przepisu, który zabraniałby lakierowania uszkodzonego pojazdu. Znów tkwiliśmy w ślepym zaułku, chociaż Petyr też siedział w więzieniu.

Przykro mi to mówić, ale tylko jedna osoba mogła zawiadomić Petyra, Decza i Momcziła, że śledztwo ruszyło. I był to Cwetan. Cwetan, który dostarczał do cerkwi mszalne wino. No i nie udało się udowodnić, że wino, które Tarkowski wypił ostatniego wieczoru, pochodziło od Cwetana.

Niemniej to on musiał zadzwonić do kumpli. Matka nie miała żadnego powodu, aby posądzać męża i jego miłych kompanów o jakiekolwiek nieczyste zamiary względem polskich posłów na sejm minionych kadencji. Nie obchodziły jej kości, wyspa, turyści ani budowa sanktuarium. Jej chodziło tylko o księgę, ponieważ wiedziała, że kości nie należą do Świętego Jana ani innego świętego. Cwetan i Momcził mogli sobie robić tysiące ekspertyz, prawdziwych albo sfałszowanych, co dzień oglądać kości i ekscytować się znaleziskiem. Ona nie musiała nawet odwiedzać wyspy. I tak wiedziała. Metody jej powiedział, ponieważ to on odnalazł księgę. Miał jednak mało rozumu, bo wyznał to również Cwetanowi. W księdze napisano, że szkielet należy do jakiegoś mnicha z XII wieku. Nie od razu odczytał zlepek liter i znaków, ale w końcu mu się udało. Zmienił zdanie dotyczące tego, czyje to są kości, i wydał na siebie wyrok. Metody mógł i – co więcej – chciał zniweczyć plany budowy sanktuarium. W jego uczciwości nie mieściło się wmawianie ludziom, że oglądają relikwie świętego, a potem zachęcanie ich, aby kupowali prażoną kukurydzę w kiosku obok.

Nie mam ochoty wiedzieć, czy Cwetan zdaje sobie sprawę, do czego doprowadziła jego chęć przypodobania się przyjaciołom z dzieciństwa i własnej żonie. Chciał ze mną porozmawiać, tak mówił Dimityr. Ja nie chciałam go widzieć. Nie miał krwi na rękach, nie był przy morderstwach ani ich planowaniu, ale dla mnie był współodpowiedzialny moralnie za te zbrodnie.

Fioletowoniebieskie rozbryzgi i małe, zielone, wirujące strumienie wody. Fontanna się rozkręca.

*Semper crescis, aut decrescis*
*vita detestabilis*
*nunc obdurat, et tunc curat*
*ludo mentis aciem,*
*egestatem,*
*potestatem,*
*dissolvit ut glaciem.*

„Ciągle rośniesz lub zanikasz ciemna lub promienna. Życie podłe wciąż kapryśnie chłodzi nas lub grzeje, niedostatek lub bogactwo jak lód w nim topnieje".

Uwielbiam tę pieśń, mama też. Czy lubi także śpiewające fontanny, tego nie wiem. Nigdy nie przyszłyśmy tu razem. Prawdopodobnie uznałaby kolorowe strumienie wody za coś trywialnego. Może słuchałaby jedynie muzyki? A może polubiłaby tę feerię barw? Na przykład niebieski, zielony i lila. Nic o niej nie wiem. Nigdy nie chciała mnie poznać ani nie pozwoliła, abym ja ją poznała. Nie wiem, co myśli. Mogę nazwać jedynie to, co widać z wierzchu, na przykład że kolory pasują bardziej do mnie, a nie do niej. To moje barwy. Ja jestem stonowana, skromna i elegancka. Ona kojarzy mi się z tą kaskadą odcieni w kulminacyjnym momencie pokazu. Zieleń przeplatała się z purpurą, fioletem, błękitem, żółcią, nawet czernią. Piękne.

Nie zdołałam jej pokonać, ona nie pokonała mnie. Remis. Dla mnie wiecznie przegrywającej – zawsze coś.

– Wyjaśnisz mi to? – spytałam, kiedy odwiedziła mnie w domu wkrótce po moim wyjściu ze szpitala. Przyjechała specjalnie z Sozopola na wieść, że jej córeczka została potrącona przez samochód. Cwetana na szczęście zostawiła w domu.

– Co mam ci wyjaśnić? – Popatrzyła autentycznie zdumiona. Wiesz, że wolałaby niczego nie tłumaczyć, Margarito.

– Czy zdajesz sobie sprawę, że mogłam zginąć przez twoje intrygi? – zaatakowałam.

Nie broniła się, chociaż mogła. Niby jakie intrygi, Margarito? To niewłaściwe słowo. Matka tylko chroniła księgę. Chociaż nie, raz była intrygantką. Wtedy, kiedy odmówiła Dimityrowi konsultacji. Zasugerowała, żeby zaangażował mnie. Chciała w ten sposób sprowadzić mnie do Bułgarii, bo wreszcie pojęła, jak złą była dla mnie matką. Chciała coś tam naprawić. Po swojemu, wyszło, jak wyszło. Miała dobre chęci. Gdyby nie te jej absurdalne chęci, zagadka nigdy nie zostałaby wyjaśniona. Aż mi się wierzyć nie chce, kiedy o tym myślę. Żaden trop nie prowadził do Sozopola. Ja ich tam zaprowadziłam. W odpowiedzi na jej wezwanie. Czyż to nie ironia? Cwetan powinien jej to odradzać, ile sił wmawiać, że swoim przyjazdem spowoduję same kłopoty. On myślał inaczej. Sądził, że to ona rozwiąże zagadkę. Postawił na szali nas dwie i uznał, że to ja stanowię mniejsze zagrożenie. Stwierdził, że jestem głupsza i nie domyślę się prawdy. Owszem, nie jestem tak bystra jak ona. Chociaż nie – mylił się: okazałam się wystarczająco inteligentna i zdeterminowana. Gdyby nie ta sprawa, nie wróciłabym jednak do Płowdiwu. Mam wobec niego dług wdzięczności. Wobec niej też. Niech tam.

Metody ją przejrzał. Nie wierzył jej ani na jotę. Interesował się wiekowym kościołem, ruinami bizantyjskiej świątyni, na której gruzach postawiono jego cerkiew. Dotarł do kości i księgi i od razu poznał wagę znaleziska. Tysiącletnia księga zachowana w dobrym stanie. Musiała być niezwykła. Może nawet „święta".

Zaczął ją studiować i odkrył coś więcej. Niektóre jej fragmenty były jeszcze starsze. Ile lat mogły mieć drewienka połączone wyprawionymi zwierzęcymi jelitami? Nawet dwa tysiące... Teraz nie wspomniałby o tym nikomu. Za późno. Napisał do swojego ojca. Raczej opisał, czym księga może być dla współczesnych ludzi, dla Bułgarów pozbawionych złudzeń, że uda im się odzyskać imperialną świetność utraconą przed wiekami.

Znaleźliśmy ten list. Znów dzięki mnie. To ja pomyślałam, żeby sprawdzić w Tukidydesie. Pop wkładał zapiski, listy i rachunki do książek. Potem książki odstawiał na półkę. Ot, dziwactwo, które kosztowało go życie. Wspominał, że lubi Tukidydesa, miałam zatem nadzieję, że to jedna z jego ostatnich lektur, i się nie pomyliłam. Książka leżała w szafce popadii, list zaś między kartkami. Ta kretynka zabrała książkę i chciała sprzedać, na szczęście nie zdążyła. List nie był wart śmierci starego popa. Metody naprawdę o niczym ważnym nie napisał. Wspominał, że znaleziono w Sozopolu kości i wyrażał radość z tego powodu. Twierdził, że nie są to autentyczne szczątki Jana Chrzciciela i że może przedstawić na to dowód. Nic więcej. Jedynie wspomniał o księdze, przepisał kilka liter. Dodał: „Musiałem ukryć tę rzecz, ponieważ jest bardzo cenna. Zupełnie wyjątkowa. Z przyczyny nie tyle jej wieku, ile wagi słów tam zawartych. Takie znalezisko zawsze zawiedzie na pokuszenie najsilniejszych, którzy będą chcieli je wykorzystać do swoich celów. Mam nadzieję, że dobry Bóg z moją pomocą nie dopuści do czegoś takiego".

Nie miał na myśli budowy sanktuarium. Trochę tak jak Chrystus, który powiedział: „Zburzcie tę świątynię, a ja ją odbuduję w ciągu trzech dni". Nie został zrozumiany podobnie jak Metody. Gdyby Momcził był odrobinę bardziej subtelny lub nieco mniej zniszczony przez nałóg i chciwość, dostrzegłby różnicę. Wanczo przychodził do starego popa, żeby mu poczytać. Zawsze wpadało mu wtedy kilka groszy. Znalazł list w dziele Tukidydesa i przeczytał, ale nie miał odwagi go zabrać. Wtedy jeszcze nie zdawał sobie sprawy z wagi znaleziska, nie łączył śmierci Metodego z listem. Dopiero kiedy się pojawiłam i spytałam o popa i morderstwo, Wanczo dodał dwa do dwóch i uległ pokusie. Jak się odnaleźli z Momcziłem? Prawdopodobnie to on go znalazł i wypytywał. Nie posądzam Wancza o chciwość. Pewnie biedak chciał uczestniczyć w sprowadzeniu relikwii do swojej cerkwi. To dopiero byłoby coś. Wspomniał o liście i o wątpliwościach Metodego. Nie chciał powiedzieć wprost, że kości nie są autentyczne. Może o tym napomknął, a Momcził przekonał go, że muszą odnaleźć list. Może twierdził, że kości wraz z listem stanowią komplet i tylko wtedy mają jakąś wartość. Momcził musiał zrobić szybki rachunek. Metody już nie żył, tajemniczej księgi nikt nie widział. Wystarczy pozostawić rzeczy swojemu biegowi. Pozostaje sędziwy, prawie ślepy pop, ale śmierć wkrótce i tak by go zabrała. Już nic nie przeszkodzi w wybudowaniu sanktuarium. Może tak było, a może nie. Momcził mógł docenić wagę księgi. Nawet jeśli kości nie były kośćmi Baptysty, księga mogłaby wskazać, od kogo pochodziły. Skoro zadano sobie tyle trudu, szczątki są tego warte. Sądził, że księga została wysłana do starego popa pocztą. Cóż za absurdalny pomysł. Tylko ktoś tak ograniczony mógł na to wpaść. Chociaż trzeba przyznać, że interesowało go tylko jedno. Znaleźć dokument, który przekonałby Watykan. Rozpaczliwie go potrzebował. I Momcził zaczął zabijać. Najpierw Metodego i Anę, potem wraz z kumplami Tarkowskiego, Wancza, starego popa. Wreszcie zapadła decyzja, że należy wyeliminować mnie. Zatem Wanczo sprowadził Momcziła do popa. Momcził próbował wyciągnąć ze staruszka wiadomości najpierw po dobroci, potem go przycisnął. Nieco za mocno i pop umarł.

Skąd wiem, że to on? Otóż lelja Sija go widziała. Ta od diabła. Długo jej szukaliśmy i wreszcie wpadliśmy na trop. A raczej to ona nas znalazła. Była „gledaczką", czyli „widzącą". I zobaczyła wszystko jak na dłoni – w filiżance kawy Georgiego. Zaraz kazała się skontaktować z Christem. Opisała go nawet: „gruby, nie taki stary i z wąsem, wcześniej jej szukał". Georgi przyszedł do komendy, pytał o mnie, ale nie zastał ani mnie, ani Dimityra, wreszcie posłużył się opisem jasnowidzącej. Na szczęście nikt go nie wyrzucił. Nie w Bułgarii, gdzie jasnowidzenie jest częste i dość oczywiste. Jedna z najbardziej znanych jasnowidzących w historii świata, czyli Baba Wanga, jest znana każdemu Bułgarowi powyżej piątego roku życia. Wszędzie roi się od jej naśladowczyń. Zdarzają się naprawdę dobre – jak choćby lelja Sija.

Christo Wapcarow wysłuchał z pełnym zrozumieniem relacji o tym, co ona „widziała". Problem polegał na tym, że nie dało się lelji Sii powołać na świadka. Staruszka nie mieszkała na starym mieście, tylko na osiedlu nieopodal. Przez okno nie widziała ani amfiteatru, ani uliczek do niego prowadzących, ani żadnego z podejrzanych, nie mówiąc o zamordowanym. Dlatego właśnie Christo jej nie znalazł, chociaż wnikliwie szukał. Bo lelja Sija widziała rzeczonego diabła wyłącznie w kawowych fusach. Poza tym wszystko się zgadzało. Opisy zabójców Polaka, znaki na jego ciele namalowane przez Decza, odcięcie głowy, przybicie do krzyża, wreszcie wycieczka na stare miasto i postawienie krzyża w amfiteatrze. Narysowała większość znaków na ciele, dosyć niewyraźnie, bo cierpiała biedaczka na chorobę Parkinsona, ale wiernie. Opisała trasę dojazdu. Nawet samochód. Sprytnie wybrany, wszyscy musieliśmy to przyznać. Pytanie za sto punktów. Jakim samochodem trzeba jechać, żeby nikt go nie zauważył nad ranem? Odpowiedź: furgonetką z zakuskami. To normalne, że nad ranem wiezie się bozę, banice i milinki, żeby ludzie od rana mogli je kupować. Wystarczyło namalować na samochodzie banice i napisać „Smaczne śniadanie" czy coś w tym stylu. Stali się dla potencjalnych świadków niewidzialni. Podjechali pod sam amfiteatr i wyciągnęli trupa na krzyżu. Deczo w młodości należał do reprezentacji Bułgarii w podnoszeniu ciężarów. Niestety, bojkot olimpiady w Los Angeles zaprzepaścił jego szanse na medal olimpijski. Siła jednak pozostała. W najlepszych swoich latach w rwaniu osiągał dwieście dwadzieścia dwa kilogramy. Z łatwością przeniósł zwłoki rozpięte na dwóch belkach. Zwłaszcza z pomocą Petyra i Momcziła.

Po wszystkim przejechał bokiem ciężarówki po kamiennym murze. Napisy zamalowano. Gdyby znalazł się jakiś świadek, samochód by zniknął.

Połączyliśmy zatem fakty. Zdobyłam dowody w pracowni Momcziła w Sozopolu, a Christo w sklepie z artykułami malarskimi dla profesjonalistów w Płowdiwie.

Pozostaje jeszcze pytanie, dlaczego właściwie zabito Przemysława Tarkowskiego. Otóż z tego samego powodu, dla którego zginęli Metody, pop Wasyl, Wanczo, Momcził i Deczo. On także pragnął kości. Wprawdzie nie dla siebie, tylko dla warszawskiej katedry, ale chciał je odebrać grupie sozopolskiej. Na jego usprawiedliwienie dodam, że nie planował kradzieży. Zamierzał kupić relikwie za pieniądze uzyskane ze sprzedaży swojego mieszkania. Gdyby pieniędzy zabrakło, chciał urządzić zbiórkę wśród wiernych.

Można zastanawiać się nad tym, dlaczego zabito go w tak okrutny sposób. Zapewne ku przestrodze. Skoro człowiek z zagranicy uzurpuje sobie prawo do odebrania świętości Bułgarom, trzeba pokazać innym, co się stanie, gdyby przypadkiem znalazł naśladowców. Tarkowski nie powiedział nikomu o swoim zamiarze, chciał tę transakcję przeprowadzić sam. Dzieło życia, akt wiary, hołd Bogu. Dopiero przy przewożeniu relikwii sprawa wyszłaby na jaw. Nawet tak wierzący i skromny człowiek jak Tarkowski chciał być podziwiany, a to go zgubiło i przypieczętowało jego los. Ludzka natura jest bowiem zawsze taka sama.

W pierwszej chwili Momcził i reszta odmówili sprzedaży kości. Nie skusiła ich nawet cena. Swoją drogą, czy relikwie mają wartość wyrażalną w pieniądzach? Relikwie są bezcenne, zawsze i wszędzie. I raczej nie na sprzedaż. Wykradano je, rabowano, zdobywano na wojnach, ale raczej nie kupowano ich za cenę mieszkania w centrum Warszawy. Przemysław Tarkowski nie rozumiał słowa „nie". Uznał, że oferta jest zbyt skromna i zasugerował, że przeprowadzi w Warszawie zbiórkę. Chciał także napisać do samego papieża i poprosić go o interwencję. Najwyraźniej uważał, że kościom Baptysty bardziej będzie odpowiadało spoczywanie w katolickiej katedrze niż na prawosławnej wyspie. Kto jest bliżej Boga? My czy wy? Tarkowski nie krył, że zrobi wszystko, aby sprowadzić kości Jana Chrzciciela do Polski. Deczo, Petyr i Momcził zdecydowali, że trzeba wyciszyć sprawę, bo Tarkowski zagraża całemu przedsięwzięciu. Zorganizowali spotkanie w Płowdiwie. Obiecali Tarkowskiemu, że sprzedadzą mu relikwie. Kto wie, jak to miało wyglądać. Może sugerowali, że sam Władyka będzie uczestniczył w spotkaniu. Na pewno musieli poprosić o zachowanie tajemnicy. Dopiero po udanej transakcji Tarkowski miał się pochwalić światu prezentem dla katedry. Księża byliby zachwyceni. Przecież to prezent lepszy niż mieszkanie i zostałby przekazany natychmiast, a nie dopiero po śmierci eksposła. Koljo mówił, że Tarkowski nie cierpiał. Cios pałką w głowę zabił go od razu. Wcześniej nakarmiono go dziwacznym jedzeniem, by zasugerować jakiś rytuał religijny. Czułam, że na pomysł z wieczerzą wpadł Deczo, ale nie potrafiliśmy tego udowodnić.

Ciało Przemysława Tarkowskiego wróciło do Polski i zostało pochowane przez księdza Mariana przy katedrze Świętego Jana Chrzciciela na Starym Mieście. Kościół przejął jego mieszkanie. O relikwiach nie mówiono.

W polskiej telewizji wspomniano lakonicznie, że śledztwo się zakończyło, sprawców ujęto. Nikogo to nie interesowało. Oglądałam ten program. Stek bzdur.

Widowisko powoli się kończy. Jest mi żal i mówię to Dimityrowi. Jest jeszcze piękniej niż w moich wspomnieniach, a wydawało się to niemożliwe.

– Gitko, przecież możemy tu przychodzić co tydzień...

To prawda. Możemy tu przychodzić co tydzień. Możemy wszystko. Jesteśmy razem.

*Sors salutis*
*et wirtutis*
*michi nunc contraria,*
*est affectus*
*et defectus*
*semper in angaria.*
*Hac in hora*
*sine mora*
*corde pulsum tangite;*
*quod per sortem*
*sternit fortem,*
*mecum omnes plangite!*

„Los zbawienia, cnót zasługi, przeciw mnie są teraz, w mej słabości albo woli wspierały mnie nieraz. A więc zaraz, nie mieszkając, uderzajcie w struny i użalcie się nade mną, ofiarą Fortuny!"

No i koniec. Wszystkie kolory wody zaśpiewały w finale. Wielki żal. Chcę zostać, czuję niedosyt, chociaż właściwie zaczynam nowy rozdział w życiu. Po pokazie jedziemy na Radost. Mieszkam z Dimityrem. Silwija wyjeżdża z końcem września do Edynburga, gdzie będzie studiowała ekonomię na tamtejszym uniwersytecie. Zapowiedziała, że nie wróci, chociaż mam nadzieję, że zmieni zdanie. Bułgaria potrzebuje młodych, zdolnych ludzi.

*Egestatem,*
*potestatem,*
*dissolvit ut glaciem.*
*Sors immanis,*
*et inanis,*
*rota tu volubilis.*

„Niedostatek lub bogactwo jak lód w nim topnieje. Kołem toczy się Fortuna zła i nieżyczliwa".

Muszę poruszyć jeszcze jedną sprawę. Ona zawsze będzie początkiem i końcem, alfą i omegą. Taki już mój los. Może się odmieni, kiedy będę miała własne dzieci. Chciałabym mieć córkę. Będę dobrą matką, inną niż moja dla mnie.

Fortuna okazała się dla niej życzliwa, jak zwykle. Można by powiedzieć, że spadła jak kot na cztery łapy, gdyby była kimś tak prostym jak kot. Nie, ona była jak całe stado tygrysów, czarnych panter i Bóg wie jakich drapieżników, które nie mają żadnych naturalnych wrogów. Miałam tego świadomość i postanowiłam pamiętać. Właśnie – będę ci to pamiętała.

Cwetan pozostał nietknięty. Jego nazwisko nie pojawiło się w trakcie śledztwa. Dowiedziałam się ze zdumieniem, że matka go porzuciła. Czy znudził się jej jak ojciec, czy w grę wchodziło co innego? Nie chciała mi tego zdradzić. Mój ukochany Herkules Poirot powiedziałby, że zamyka się niczym ostryga. Skonfrontowałam ją z faktami, atakowałam. Wreszcie wyznała mi ze wzruszeniem ramion, choć niewzruszonym tonem. O niczym nie wiedziała, chroniła rodzinę, nie mogła inaczej.

– Jak zdołałaś sfałszować datowanie kości?

– Niczego nie sfałszowałam – obruszyła się. – Ja tylko wiedziałam, że zrobił to mój kolega. Bo Cwetan mu zapłacił. Na prośbę tamtych.

Oczywiście. To „tamci" byli wszystkiemu winni.

Składałam właśnie swoje rzeczy. Wracałam na krótko do Polski, żeby uporządkować różne sprawy i zabrać ubrania, książki i płyty. Najbardziej brakuje mi Cohena.

– Dlatego porzuciłaś Cwetana?

Przytaknęła, a więc to nieprawda.

– Powiedz, o czym tak naprawdę wiedziałaś? – sondowałam dalej.

Ponownie wzruszyła ramionami. Dorosła kobieta, a zachowuje się jak uparta nastolatka.

– Mam się przed tobą tłumaczyć?

Wiedziałam, że to pytanie retoryczne, ale i tak odpowiedziałam.

– Tak, jeśli nie chcesz, żebym porozmawiała o tobie z policją.

Żadnej reakcji.

– Albo lepiej z Krumem i Kubratem.

Teraz patrzyła przerażona. Więc zależy jej na dzieciach. Cóż za odkrycie. Co się stało z Gitą, dobrą i cichą córeczką, która co najwyżej reagowała biernym oporem, nigdy nie walczyła, nie stawiała się ani nie konfrontowała? Powiedz jej prawdę, Margarito. Ta dobra córeczka poszła się jebać.

– Już ci mówiłam – zaczęła. – Nie przypuszczałam, że oni zrobią coś Metodemu... Ostrzegałam go, żeby nie mówił o księdze, nie dlatego. Chciałam ją mieć dla siebie.

Metody dał świętą księgę bogomiłów Krumowi. Od początku zdawał sobie sprawę z wagi swojego znaleziska. I też chciał ją dla siebie. Gdyby tak nie było, natychmiast posłałby ją do muzeum, prawda? Płowdiw, Warna, te miasta chętnie przyjęłyby tak cenne znalezisko. A może chciał ją oddać, tylko najpierw postanowił przestudiować? Odkryć stary tekst, poznać tajemniczego autora, jego myśli, lęki, pragnienia. O czym marzył? Myślał jedynie o boskiej chwale? Którego Boga wysławiał?

– I co byś z nią zrobiła? Włożyła do biblioteki? Przecież nie masz pamiątek z wykopalisk, nawet kota z Egiptu mi nigdy nie przywiozłaś, żebym na kominku sobie położyła.

– Nie masz kominka – odpowiedziała automatycznie.

– Jesteś niemożliwa. – Wzniosłam ręce ku niebu. – Własnemu synowi ukradłaś książkę. Co masz na swoje usprawiedliwienie?

Nic nie miała. Jest jak skorpion z tej starej historii, w której prosił żabę o przewiezienie na drugą stronę rzeki. „Ukąsisz mnie", protestowała żaba. „Skąd, przecież zależy mi na tym, by się dostać na drugi brzeg. Nie umiem pływać". I żaba wzięła go na grzbiet, a on ukąsił ją na środku rzeki. „Co zrobiłeś? Teraz oboje zginiemy". „Taka moja natura", zawołał skorpion, tonąc.

Taka natura... Przecież mówiła, że coś, co ma ponad sto lat, jest w stanie dostrzec przez ścianę albo na półce z książkami w drugim rzędzie. Te słowa się jej wymknęły, a ty nie zrozumiałaś Margarito. Niczego nie zrozumiałaś. Kiedy Metody dał Krumowi księgę, powiedział: „Musisz ją schować, bo znajdzie ją ktoś, kto nie zrobi z niej dobrego użytku. Posłuchaj, Krum, wiem, że to twoja mama, ale musisz mi przyrzec, że nie powiesz jej o tym. To bardzo ważne. Rozumiesz?". I Krum zrozumiał. Schował księgę w swoim pokoju, na półce, za *Igrzyskami śmierci* Suzanne Collins. „Przechowaj to dla mnie, a kiedy ci powiem, oddasz mi ją", dodał Metody. Dla Kruma to była przygoda, dopóki nie usłyszał, że Metody i jego żona zmarli w wyniku zaczadzenia.

Przeraził się. Podejrzewał, że z tą śmiercią jest coś nie tak, ale nie wiedział, z kim mógłby o tym porozmawiać. Nie chciał rozmawiać z matką. Bał się, że ojciec powtórzy jej wszystko, gdyby to jemu się zwierzył. Słowa Metodego zasiały w nim niepokój. Powiedział, żeby nie pokazywać jej księgi, a teraz nie żył. Krum nie wiedział, co robić. Chciał jakoś pozbyć się jej, bo sądził, że sprowadza na właściciela nieszczęście, naoglądał się filmów jak to chłopak i wymyślił coś durnego. Na szczęście zmienił zdanie i wpadł na lepszy pomysł. Stąd nocna wycieczka na wyspę. Moja matka i Cwetan podejrzewali już, że księga może być u nich w domu, po tym jak przeszukali niezależnie od siebie mieszkanie Metodego oraz cerkiew i niczego nie znaleźli. Krum postanowił zagrać *va banque*. Mądry chłopak. Popłynął na wyspę, dał się złapać i zainteresowanym wspomniał o tym, że Metody go tam posłał. Cwetan próbował wyciągnąć od Kruma coś więcej, sądził, że Metody przed śmiercią zdradził dzieciakowi, gdzie schował księgę. I Krum pozornie puścił parę, bredząc coś o nieodkrytych ruinach świątyni bizantyjskiej. Petyr oraz Deczo uwierzyli mu i zaczęli przekopywać nocą wyspę.

– Rzuciłam Cwetana, ponieważ romansował z Iliną, córką swojego wspólnika – wyznała nagle matka.

To też nieprawda, tylko pretekst.

– Ty będziesz rzucała kamieniem w inną kobietę? – Nie mogłam się powstrzymać.

Obruszyła się.

– Cwetan był sam, kiedy... kiedy się związaliśmy. Od razu zostawiłam twojego ojca. Nie okłamywałam go i nie ciągnęłam romansu w tajemnicy.

Jaka uczciwa.

– Ta mała wywłoka przychodziła do nas do domu. Pomagałam jej się uczyć do egzaminów. – Pokręciła głową z niedowierzaniem. – Krum i Kubrat ją uwielbiali.

Cóż, teraz nie będzie jej lubił, podobnie jak ja Cwetana. Chyba że Cwetan się z nią ożeni, urodzą się im dzieci i historia zatoczy koło. Muszę Krumowi i Kubratowi powiedzieć, jak to jest. Żeby nie mieli żalu do potencjalnych dzieci, które się urodzą. Przyrodnie rodzeństwo okazuje się przydatne. Cieszę się, że Krum mi zaufał i o wszystkim opowiedział.

– Dzieci zostają z tobą?

– Oczywiście – odpowiedziała chłodno. – Są niepełnoletnie.

Zostajemy w domu, chociaż Krum chce uczyć się w Płowdiwie, a Kubrat też niedługo wyfrunie z domu.

Pojechaliśmy do Kruma z Dimityrem na obóz, na który został wysłany niby to planowo. Czy naprawdę sądzili, że nie dowiemy się, gdzie chłopcy przebywają? Dimityr jest naprawdę świetnym detektywem Dokończył opowiadanie historii. Księga pozostała ukryta za *Igrzyskami*. Któregoś dnia po prostu jej tam nie znalazł. Ot, tak. Nie ma pojęcia, kto ją zabrał, chociaż stawia na matkę. Popłakał się z tego powodu, że okazał się tak niegodnym strażnikiem tajemnicy.

– Czy ona się znajdzie? – spytał.

– Ma ją nasza mama, tylko nie wiem, co z nią zrobiła – wyznałam.

– Nie powie ci za nic. – Wysmarkał nos w chusteczkę Dimityra. – Będę musiał opowiedzieć to w sądzie?

Oboje z Dimityrem zaprzeczyliśmy gorliwie.

– A mama?

– Też nie – odpowiedział Dimityr.

Krum westchnął w ulgą. Dobre dziecko.

– A tata? – odważył się jeszcze spytać.

– Nawet jeśli, to tylko jako świadek – odparł Dimityr, zerkając na mnie. – Ale nie sądzę.

No przecież nie chciałaś tak naprawdę wsadzić go za kratki, Margarito. Odparłaś pokusę. Jest ojcem twoich przyrodnich braci, a rodzinę się chroni. Zresztą za cóż byś go zapuszkowała? Spoczywa na nim tylko moralna odpowiedzialność. To on informował kogo trzeba i umywał ręce. Kto wie, jak się przestraszył, kiedy Metody zginął. Czy rozmawiał wtedy ze swoimi dawnymi kumplami? Czym go postraszyli? Cwetan miał rodzinę, nie mógł ryzykować. Sądził, że matka zajmie się odzyskiwaniem mojego zaufania. Kości wydawały się jej nie obchodzić, czemu miałby interesować ją jakiś trup? Trzymał rękę na pulsie i pilnował. Naiwnie wierzył, że ona nie ma o niczym pojęcia. No i że nie wie, gdzie jest księga. Już raz mówiłam, ale powiem to drugi raz. Nie docenił mnie.

– Czy mama wiedziała, że pop Metody mi ją dał? Wiedziała od początku? – zapytał Krum.

– Nie – odpowiedziałam szczerze.

– To jak ją znalazła? I czemu mi nie powiedziała? To... kradzież. Jak ona mogła?

Nie powtórzę jej tej rozmowy. Mimo wszystko nie chcę jej sprawiać przykrości. Od kiedy to jesteś taka szlachetna i dobra dla niej, Margarito? Nie dla niej, dla Kruma i Kubrata. Niech nie czują do niej tego, co ja czuję.

– Obiecałam Krumowi, że zaopiekujemy się nim w Płowdiwie. Ja i Dimityr. – Pakowałam kosmetyki.

– Dobrze. Dziękuję. Będę spokojniejsza.

– Jesteście niemożliwi. – Zamknęłam małą walizkę. Jestem gotowa. Dimityr ma przyjechać za godzinę, mam czas na dokończenie tej rozmowy. – Wysłaliście synów na obóz, żebym nie mogła z nimi porozmawiać.

– Nie dlatego – zaprzeczyła. – Mieli wykupione miejsca. I Krum, i Kubrat.

– Od następnego dnia, ale niech ci będzie – poddałam się. – Głupio zrobiłaś, że wysłałaś Kruma na obóz surwiwalowy. Ma lęk wysokości, a tam się łazi głównie nad ziemią.

– Wiem. On musi pokonać swoje lęki.

Wrzuciłaby go do wody, żeby nauczył się pływać. Nie nakręcaj się tak, Margarito. Znów zaczynasz jej nienawidzić. Złość cię otumani i nie rozwiążesz zagadki do końca.

– Chciałam ci podziękować, że mimo wszystko Cwetan... Cwetan pozostał na wolności.

Musiało jej być bardzo ciężko ze świadomością, że może zostać żoną kryminalisty.

– Zawsze chronię rodzinę – odparłam z naciskiem na słowo „rodzina". Matka odchyliła głowę, jakbym przyłożyła jej w twarz.

– Ja... – powiedziała, ale uniosłam rękę.

Cokolwiek by powiedziała, nie chciałam tego słuchać.

– Jak się dowiedziałaś, że Cwetan ma romans? Czytałaś esemesy? Przeglądałaś jego pocztę? Mówił przez sen?

– Nie. – Spojrzała w bok.

Zaraz, zaraz... Ależ ty jesteś beznadziejna, Margarito. Przecież to oczywiste. Siadłam na kanapie i złapałam się za głowę.

– Wyczułaś jej zapach na jego ubraniach, prawda?

Potwierdziła.

– Wyczułaś też zapach księgi w pokoju Kruma...

Nie pytam, wiem, że tak było. Legendarny węch pozwalający jej przez piasek wyczuć zakopany skarb. Mówiono o jej nosie do znalezisk, to nie przenośnia. Ona ma po prostu nadwrażliwość węchową. Od zawsze. Nie mogłam używać perfum, kiedy z nią mieszkałam, bo tego nie znosiła. Tolerowała tylko nieliczne potrawy. Rzadko gotowała, bo zapach ją męczył. Ojciec się śmiał, że powinna zatrudnić się w koncernie perfumeryjnym za wielkie pieniądze albo chociaż jako pies tropiący.

– Tak, wywąchałam ją. – Skrzywiła się. – Nie wchodzę do pokoju chłopców, bo nie cierpię bałaganu i tego zapachu. Oni pachną mieszanką potu, pryszczy i jeszcze tego...

– Tak, spermy, wiem – przerwałam jej.

– Ale weszłam, posprzątałam i natychmiast ją wyczułam. Księgę...

Czy jest sens pytać, gdzie ją ukryła?

– Pachniała. – Wzniosła oczy niemal w ekstazie. Pachniała skarbem. Rozumiem to.

– Gdzie teraz jest?

Opuściła gwałtownie głowę.

– Schowałam ją, ale...

Nie wierz jej, Margarito, nie wierz w ani jedno słowo.

– Ktoś ci ją ukradł? – zakpiłam. – Krasnoludki?

Jej spojrzenie wyrażało stratę. Wierzyłam jej. Gdybym ja zginęła pod kołami samochodu, Kubrat się utopił, a Krum zapadł w szczelinie po trzęsieniu ziemi, nie zrobiłaby smutniejszej miny. Nie ma księgi. Koniec. Zaginęła.

Nagle mnie olśniło. To dlatego nam w ogóle o niej powiedziała. Nie dlatego, że wiedzieliśmy o liście Metodego od popa Wasyla, tylko właśnie dlatego. Ktoś jej ukradł tę księgę i nie wiedziała, gdzie jej szukać. Pewnie wąchała Sozopol metr po metrze. Czy dlatego przyjechała do Płowdiwu? Liczyła, że wywącha ją u mnie? Zatem gdzie jest bezcenna księga bogomiłów?

– Kto mógł ją ukraść? – spytałam. – Cwetan? Momcził przed śmiercią?

Zaprzeczyła. Musiała jej zginąć po śmierci Momcziła, aresztowaniach pozostałych chłopaków i po naszym wypadku.

– Na pewno nie Cwetan? Gdzie ją przechowywałaś? Kto znał tę kryjówkę?

Na pewno sama zadawała sobie to pytanie setki razy. I nie znała na nie odpowiedzi.

– Pomogłoby mi, gdybym wiedziała, gdzie przechowywałaś księgę.

Czułam szczery żal. Chciałam zobaczyć tę księgę. Ja, jedna z najbardziej zainteresowanych, nie widziałam jej na oczy. Nie mogłam oprzeć się wrażeniu, że matka kłamała. A może nie? W takim razie kibicuję złodziejowi. Niech sprzeda ją na Allegro. Dzwonek do drzwi. To Dimityr. Przywitali się miło, ale niespecjalnie wylewnie. Dimityr nie rozumiał, jak można narazić życie własnych dzieci, i okazywał to spojrzeniem. Poza tym miał wypisane na twarzy, że przebywanie z moją matką pod jednym dachem nie prowadzi do niczego dobrego. Pod tym względem się z nim zgadzam.

– Musimy iść, bo spóźnię się na samolot – powiedziałam.

Matka niechętnie skierowała się do wyjścia.

– Dobrego lotu. Kiedy wracasz? Nie zmienisz zdania?

Złapałam zaniepokojone spojrzenie Dimityra.

– Muszę załatwić sporo spraw, ale sądzę, że nie zajmie mi to więcej czasu niż dwa tygodnie – odpowiedziałam bardziej Dimityrowi niż matce, chociaż sto razy mu mówiłam, czemu nie kupuję od razu biletu powrotnego.

– Zgłoś kradzież – poradziłam jej złośliwie, po czym wyszłam.

# SOZOPOL, XII WIEK

Wyspa okazała się niegościnna. Przywitały nas kolczaste krzaki jałowca i jaszczurki tak liczne, że Alissa łapała je rękami, kiedy chciała przygotować obiad. Bardzo długo stanowiły nasze podstawowe pożywienie. Jaszczurki w jagodach jałowca. Dopiero w drugim roku wykarczowaliśmy zarośla pod poletko na ziemniaki, marchew i fasolę. W kolejnym zaczęliśmy hodować kozy – popłynąłem po nie na stały ląd. Mleko nam się przydało. Alissa urodziła syna, lecz osłabiona ciążą i ciężkim porodem nie miała mleka. Przeżyłem wtedy najtrudniejsze chwile w swoim życiu, codziennie lękałem się o życie jej i naszego syna Alberta. Ta kobieta była, jest i będzie dla mnie wszystkim. Kocham ją ponad wszystko co materialne i duchowe. Mógłbym za nią oddać życie i próbowałem to uczynić. Bóg chciał jednak inaczej.

Wraz z moją ukochaną ciężko pracowaliśmy. Jestem do tego przyzwyczajony od najmłodszych lat. Ona – przeciwnie. Wychowana wśród ksiąg, uczona śpiewu i haftu nie nawykła do takich trudów. Najważniejsza jednak jest miłość. Połączyła nas i pozwoliła nam przetrwać na Wyspie Świętego Jana.

Anna Komnena dotrzymała słowa. Uratowała Alissę, za którą zgodziłem się umrzeć. Taka była cena. Życie Alissy w zamian za życie moje i moich towarzyszy oraz za Księgę. Nie doceniłem jednak kobiety kochającej mnie od pierwszego wejrzenia tak mocno, jak ja kochałem ją. Próbowałem ukryć przed nią swój plan. Widziałem stosy. Tylko głupiec pomyślałby, że przygotowano je dla któregokolwiek z chrześcijańskich rycerzy albo dla tłustych papistów. Od samego początku Aleksy Komnen chciał spalić nas, bogomiłów. Oczywiście po tym jak odbierze nam Księgę. Najpierw nas zwabił, a następnie poniżył i skazał. Spodziewał się zapewne, że to zapoczątkuje zagładę zgromadzeń bogomilskich w całym chrześcijańskim świecie. Może tak by się stało, gdyby tamtego dnia, 15 sierpnia 1118 roku, nie pokonała go przewlekła starcza choroba i belladona, którą kazałem Alissie przyprawić jego wino. Aleksy Komnen zgodnie z planem umarł, lecz nasze stosy już płonęły. Alissa miała zabrać prawdziwą Tajemną Księgę i uciec wraz z nią do miasta Sozopolis nad Morzem Czarnym. Księżniczka Anna Komnena zasiadłaby na tronie Bizancjum. Wszystko szło zgodnie z planem. Alissa mnie „zdradziła", aby ocalić siebie. Censius Frangipani wziął kości dobrego Alberta za szczątki Jana Chrzciciela, część fałszywych ksiąg spalono, podobnie jak nas na stosach podwórza pałacu cesarskiego w Bizancjum. Aleksy I Komnen umarł.

Potem nic nie szło zgodnie z planem. Straż zamknęła Annę wraz z pozostałymi służkami w jej komnatach. Jan Piękny obwołał się cesarzem, zanim ciało jego ojca ostygło. Pierwszym rozkazem było oślepienie i wygnanie z Bizancjum chińskiego medyka. Tuż za bramami miasta medyka dopadły bezdomne psy i rozszarpały na kawałki.

Anna zajęła się pochówkiem ojca i przekonywaniem brata, że nigdy nie chciała panować. Przecież ustąpiła mu tronu, kiedy miała zaledwie trzy lata, teraz również nie zamierza na nim zasiadać. Jan uwierzył.

Alissa usiłowała zrobić wszystko, abym nie spłonął na stosie. Wykorzystała to, że uwagę wszystkich przykuwali umierający Aleksy, wrzeszczący papiści oraz templariusze atakujący franciszkanów. Przekupiony przez nią i Annę Komnenę rycerz przeciął moje więzy i zaniósł mnie do cesarskiej stajni, gdzie czekała na mnie moja ukochana.

Ocknąłem się daleko za murami miasta. W pierwszej chwili nie poznałem Alissy. Przebrała się za chłopca stajennego, ubrudziła twarz, obcięła piękne włosy i ukryła kształtną figurę pod obszernymi łachmanami. Przykryty skórami jechałem na wozie ciągniętym przez osła. Balansowałem na granicy życia i śmierci przez kilka dni niczym linoskoczek na linie rozpiętej między balkonami pałacu.

Przeżyłem, chociaż mój głos ledwie wydobywał się z gardła podrażnionego ogniem i dymem. Udaliśmy się na brzeg Morza Czarnego i popłynęliśmy stamtąd na wyspę nazwaną przez nas Wyspą Świętego Jana na pamiątkę wydarzeń, które nas tam przywiodły. Nie chcieliśmy mieszkać w mieście. Baliśmy się, że pewnego dnia znajdą nas rycerze z krzyżem na piersiach i zażądają oddania kości i Księgi. Bo Alissa ukradła Frangipaniemu dobrego brata Alberta. Tak się zemściła na człowieku, który kazał ją okładać batem i chciał śmierci jej ukochanego.

Na czterdzieści lat wyspa stała się dla nas schronieniem. Zbudowaliśmy dom, uprawialiśmy ziemię, witaliśmy i żegnaliśmy dzieci, które rodziły się i pozostawały z nami lub przeciwnie, odchodziły do Boga. Nękani przez trzęsienia ziemi za każdym razem dźwigaliśmy się z nędzy i rozpoczynaliśmy wszystko od początku. Mieliśmy siebie i to nas radowało.

Wiele lat po osiedleniu wykarczowaliśmy szczególnie zarośnięty kawałek ziemi potrzebny pod uprawę kukurydzy. Natrafiliśmy tam na ruiny budynku zapewne zniszczonego przez jedno z trzęsień ziemi. Odkryliśmy schowek, a w nim niezwykłe znalezisko. Księgę. Nie wiem, kto i kiedy ją napisał, ponieważ autor nie podpisał się na żadnej ze stron, lecz zawierała ona mądrości dopełniające słowa zawarte w bogomilskiej Tajemnicy. Nie wiem także, co stało się z człowiekiem, który na skórze, płótnie, drewnie oraz papirusie przekazał niezwykłą historię wędrówki apostołów wraz z ich Nauczycielem do Ziemi Świętej, gdzie stali się świadkami niezrozumiałych wydarzeń. Sądzę, że Bóg nas tu przywiódł i pozwolił, abyśmy odnaleźli tę Księgę i połączyli ją z naszą, nie inaczej. Dopiero teraz świadectwo jest kompletne, a miejsce, które mogło być piekłem, stało się święte.

Do ostatniego dnia pobytu na wyspie modliłem się w tych ruinach, podobnie jak za życia moja Alissa. Pochowaliśmy tam kości dobrego brata Alberta.

Nie wiem, co stało się z naszym klasztorem w Filipopolis. Wieść o straceniu brata Edrana i pozostałych mnichów, w tym mnie, musiała dotrzeć do bram zgromadzenia. Czy moi bracia uciekli w obawie przed prześladowaniami, czy też udali się do Bizancjum, Rzymu i Carcassonne, aby prosić o oddanie Księgi, jeśli ta ocalała? Wielokrotnie zadawałem sobie to pytanie i naturalnie nie uzyskałem odpowiedzi.

Wiem skądinąd, że to, co stało się w Konstantynopolu, nie zaważyło na naszych działaniach na terenie cesarstwa. Kiedy przypływałem na ląd po nasiona, dawnym zwyczajem nastawiałem uszu. Czasem pytałem nawet, co się stało z bogomiłami, którzy poszli do Bizancjum. W zależności od tego, kogo pytałem, słyszałem, że bogomili wciąż się plenią niczym chwasty lub że kontynuują swoje dzieło w całym cesarstwie nieniepokojeni przez dostojników ze stolicy.

Sprawiła to nasza Księga albo opieka Boga – nie prześladowano nas. Co więcej, pozwalano, żebyśmy pielgrzymowali po całym cesarstwie i głosili prawdziwe Słowo Boże. Gdybym nie był wygnańcem i nie pragnął już tylko żyć z Alissą, i wychowywać naszych synów, także poszedłbym krzewić zasady wiary zawarte w obu Księgach.

Jako doświadczony życiem starzec dowiedziałem się, że zorganizowano kolejną krucjatę skierowaną przeciwko muzułmanom na terytorium Lewantu. Nawoływali do niej papież Eugeniusz III i Bernard z Clairvaux, którzy nie mogli ścierpieć, że despota Epiru został podbity przez prawdziwie niewiernych, czyli muzułmanów. Bogomili nie brali udziału w tej krucjacie. Cesarz Bizancjum Manuel Komnen (z tych Komnenów) nie stanął na czele owej wyprawy. To król francuski Ludwik XII oraz niemiecki Konrad III i wielki bohater Fryderyk Barbarossa poprowadzili żołnierzy do Ziemi Świętej. Każdy szedł przez Europę tylko ze swoim wojskiem. Armia Konrada wkroczyła do Anatolii, ale osłabiona marszem poniosła druzgoczącą klęskę w bitwie pod Doryleum. Konrad utracił dziewięciu na dziesięciu swoich rycerzy. Reszta w popłochu uciekła albo dołączyła do Francuzów. Może i wojna nie byłaby przegrana, gdyby nie państwa krzyżowe. Pod ich naciskiem zaatakowano Damaszek. Armia po pięciu dniach wycofała się w rozsypce do Królestwa Jerozolimy. Nie wiem, ilu krzyżowców umarło z pragnienia, bo nie zabrano zapasu wody, a ilu zginęło z rąk nękających ich muzułmanów. Miałem rację, twierdząc, że największym złem są nie niewierni, nawet nie chciwi, tylko waleczni krzyżowcy, tępi templariusze oraz pazerni krzyżacy. Wszyscy ci, którzy noszą krzyż na piersi, lecz obrażają Boga. Zginęły tysiące ludzi, rycerze Chrystusowi wracali jak kundle z podkulonymi ogonami do swoich domów. Nie jestem jednak pewien, czy to ich czegokolwiek nauczyło. Nie zdziwiłbym się, gdyby ogłoszono kolejne krucjaty. Natura ludzka jest bowiem zawsze taka sama.

Anna Komnena wciąż mieszka w pałacu cesarskim. Odstąpiła tron bratu, ocaliła życie i zachowała przywileje. Może Jan Piękny nigdy nie dowiedział się o knowaniach siostry, a może jej wybaczył. Tego nie wiem. Anna, kobieta niezwykle silna i mądra, zapewne wciąż czeka na swoją szansę. Napisała wielkie dzieło o życiu swojego ojca, wielkiego cesarza Aleksego Komnena, i wojnach, jakie prowadził. Chciałbym je przeczytać.

Nie dowiem się, czy Annie brakowało kiedykolwiek Alissy, jej ulubionej i najmądrzejszej wychowanicy. Ona zaś nigdy się nie dowie, że oboje przeżyliśmy.

Podczas czterdziestu lat spędzonych na Wyspie Świętego Jana nie czytałem żadnych ksiąg poza tą jedną, jedyną najświętszą, Tajemną Księgą Bogomiłów. Widzisz, bracie Odrisie? Broniłeś mi tajemnej wiedzy, tymczasem ja studiowałem ową Księgę w każdej wolnej chwili przez wiele lat. Alissa zna ją lepiej niż pieśni Homera oraz dramaty Ajschylosa. Nasi synowie Albert i Roman uczyli się czytać na Księdze. Obaj poszli w świat, jeden jako wyświęcony pop, drugi jako poeta. W listach od nich rozpoznawałem słowa zawarte w Księdze.

Po trzydziestu latach na wyspie moja ukochana Alissa, poślubiona przeze mnie wobec Boga, bez świadków i bez jakichkolwiek ceremonii, umarła we śnie. Rano znalazłem jej ciało i zapłakałem rzewnymi łzami. Moja najdroższa, moja ukochana odeszła tak samo piękna jak w dniu, kiedy ujrzałem ją po raz pierwszy. Przez te wszystkie lata codziennie dziękowałem Bogu za każdą chwilę spędzoną u jej boku.

Zgodnie z wolą Alissy spaliłem jej ciało, a prochy wrzuciłem do Morza Czarnego, które pokochała. Następnie opuściłem wyspę, także zgodnie z jej wolą, i ostatnie lata życia spędziłem w mieście Sozopolis, gdzie piszę te słowa. Codziennie proszę Boga, aby mnie zabrał do siebie i do mojej ukochanej.

Oprócz wspomnień i kości brata Alberta zostawiłem na wyspie największy skarb bogomiłów. W niewielkiej kamiennej skrytce, którą odnaleźliśmy w ruinach świątyni, pozostawiłem Księgę z nadzieją, że nie dostanie się w ręce niegodnych.

Opisano w niej bowiem nie tylko historię stworzenia świata przez Szatana. Zawiera także prawdę na temat rzekomych słów Jezusa przed ukrzyżowaniem i tego wszystkiego, co działo się z jego uczniami po ukrzyżowaniu. Pod tym względem bogomili nie mieli racji. Nic dziwnego, że ukrywali Tajemnicę nawet przed nami, braćmi zakonnymi, i kazali nam fałszować Święte Słowa.

Ja bowiem, Cyryl, bogomił z Filipopolis, uczestnik wyprawy do Bizancjum, cudem ocalały ze stosu, na który mnie skazał cesarz Aleksy Komnen, przeczytałem Tajemną Księgę i posiadłem jej mądrość. Choć bogomiłem pozostanę do końca życia, mogę z mocą powiedzieć, że Jezus Chrystus istniał naprawdę i poniósł ofiarę za grzechy ludzkie.

Mam nadzieję, że opuszczona przeze mnie wyspa zarośnie chwastem albo zniknie w morzu po trzęsieniu ziemi. Jeśli ktokolwiek odkopie grób w ruinach świątyni, niech uważa. Jest w niej Bóg i Szatan. Mogę mieć jedynie nadzieję, że nigdy to nie nastąpi.

Najbardziej brakuje mi Abiasza, dobrego młodzieńca, który opuścił chorą matkę na wezwanie Jana Chrzciciela i wraz ze mną spisywał kronikę naszej podróży. Pewnie jego matka dawno umarła, niech spoczywa w pokoju, oby dobrzy ludzie ją pochowali. Początkowo nie chciałem patrzeć na moje zapiski, gdyż wywoływały same bolesne wspomnienia. Kiedy trawił mnie jednak głód fizyczny, bo nie udało mi się złapać przez kilka dni bodaj szczura na obiad, otwierałem je i czytałem to, co napisaliśmy wraz z Abiaszem, oraz słowa skreślone w twierdzy Macheront. Zwłaszcza te ostatnie. Wracały wspomnienia. Przed oczami stawali mi Ezdrasz ze zbolałą miną, nieszczęśliwy i tęskniący za domem, myśliwy Sariusz, krępy, pocący się nadmiernie Samuel, dobry Abiasz i Nauczyciel. Mniej pamiętałem towarzyszy zmarłych, zanim nas pojmano i zawieziono do okrutnej Herodiady. Najlepiej śpiewających Matiasa i jego brata Długiego Marka, Lukę, który umarł pierwszy, i Krótkiego Marka, który chwalił Pana, trzymając w ręku własne trzewia.

W nocy budziły mnie koszmary. Wszystkich nas na powrót przybijano do krzyża, ale tylko ja skamlałem jak pies, aby mnie oszczędzono. Tak jak wtedy. Innej nocy wszyscy ginęliśmy od mieczy żołnierzy Herodiady, tylko ja zostawałem żywy.

Danaila nie chciała mojej śmierci. Czy wiedziała o planach swojej pani? Nawet jeśli tak, wierzę, że nie mogła pomóc Nauczycielowi ani moim towarzyszom. Była tylko niewolnicą, nawykłą do słuchania rozkazów królowej. Ocaliła mnie jednak i wierzę, że z miłości podała mi truciznę, która spowolniła bicie mojego serca i rozlała na moich piersiach zwierzęcą krew. Żołnierz, który zabrał mnie z celi, wierzył, że jestem martwy, podobnie jak tamci.

Ocknąłem się, kiedy wraz ze wszystkimi zabitymi wrzucono mnie do wody. Wypłynąłem na powierzchnię. Nikt nas nie pilnował. Pozostałem w wodzie, modląc się i patrząc na dryfujące zwłoki moich towarzyszy oraz bezgłowy korpus Jana. Przekleństwo Morza Martwego: jest tak pełne soli, że nie można w nim utonąć, bo wypycha ciało na powierzchnię. Po zapadnięciu ciemności odpłynąłem. Do ostatniej chwili czekałem, że ona przybędzie i odpłynie ze mną. Na próżno.

Dotarłem do wyspy. Zabije mnie ona prędzej czy później. Trudno o mniej gościnne miejsce. W dzień zmagam się ze słońcem, w nocy z insektami i duchotą. Żmije podpełzają do mojego szałasu. Co dzień spodziewam się, że któraś zatopi zęby w moim ciele.

Znalazłem tylko jedno źródło słodkiej wody. Kiedy podchodzę, aby się napić, jaszczurki pierzchają i kryją się w wyschniętej trawie lub kolczastych krzakach. Są sprytne. Kolce pozostawiają na skórze głębokie zadrapania niegojące się tygodniami mimo moczenia ich w słonej wodzie. Oto piekło na ziemi. Nie narzekam. Przygotowuje mnie ono do prawdziwego piekła, do którego udam się po śmierci.

Nazywam to miejsce Wyspą Jana albo Nauczyciela. Nazwa przypomina mi moją zdradę. Wspominam i jego, i braci codziennie. Ciekawe, że Jezus Chrystus nie zagościł tak głęboko w moich myślach i sercu jak ten milczący człowiek, który nie umiał zapanować nad czynionymi cudami, nie miał własnych opowieści i gniewał się, kiedy nazywano go prorokiem albo mylono z Mesjaszem.

Początkowo żywiłem się rybami i drobnymi żyjątkami morskimi łapanymi w sieć uplecioną z gęstej wikliny. Dopiero po miesiącu zbudowałem coś, co Sariusz nazwałby obrazą dla wnyków. Chwytałem w nie jaszczurki. Obdzierałem je ze skóry, moczyłem w słonej wodzie i piekłem. Przypadkiem natknąłem się na dzikie zboże. Zebrałem jego ziarna i posiałem w ziemi wzruszonej kijem. Nie wiem, czy coś z nich wyrośnie, bo podlewam ziemię słoną wodą. Źródełko wysycha i wody starcza mi tylko do picia.

Mimo wszystko postawię tu coś w rodzaju świątyni. Nie dla mnie, tylko aby ukryć kronikę. Sam mogę spać w szałasie.

Przypomniałem sobie, co o budowaniu domów mówił Izrael. Jego rodzina wzniosła ponoć świątynię w samej Jerozolimie. Otóż według niego najlepszym budulcem jest glina, ta zmora rolników. Gołymi rękoma wykopałem zatem fundamenty i wypełniłem je gliną wymieszaną z drobnymi kamieniami. Następnie lepiłem z gliny cegły, układałem je między kamieniami i oklejałem trzciną. Z czasem dodawałem także trzcinę między ściany, a budynek wydawał mi się stabilniejszy. Wreszcie powstało niewielkie pomieszczenie. Przykryłem je dachem ze zlepionej wodorostami trzciny i z warstwy błota. Nie wyglądało to pięknie, ale Księga mogła tam spocząć. Dobrze ją zabezpieczyłem, owijając w skóry jaszczurek. Jest świadectwem, że chodziłem po tej samej ziemi co pan nasz Jezus Chrystus, że dokonało się zbawienie i Bóg stał się człowiekiem, aby zapłacić za nasze winy. Jest kroniką wydarzeń daleko ważniejszych niż te w twierdzy Macheront.

Co dzień myślę o Rebece i Miriam. Okazałem się słaby w obliczu pokusy. Mógłbym wrócić do rodzinnej wsi i spojrzeć w twarz tej, którą kiedyś szanowałem, ale starszyzna niechybnie przepędziłaby mnie. Nie przyniósłbym radości, jedynie cierpienie i wspomnienie hańby. Mam nadzieję, że uznano mnie za martwego, a moja piękna żona znalazła opiekuna, prawdziwego mężczyznę. Zasługuje na to.

Wspominam Danailę. Co robi? Czy służy królowej? Co się z nią stanie, kiedy jej uroda przeminie? Może przypłynie wtedy na naszą wyspę. Musi wiedzieć, że mnie tu znajdzie.

Będę dźwigał swój krzyż. Nie wiem, jak długo. Pewnego dnia jedna ze żmij zlituje się nade mną i przyniesie mi wreszcie spokój wieczny. Jeśli tak się nie stanie, a ja uznam, że stoję u kresu żywota, resztką sił pójdę do morza i pozwolę mu się pochłonąć. Z wody się zrodziłem i pod wodą umrę. Na wyspie może pozostać jedynie moja Księga, nie ma tu miejsca na moje kości.

# SOFIA, XXI WIEK

Bar był obskurny. Jakby na zamówienie. Przyznaj się, Margarito, chciałaś zobaczyć go w takiej spelunie. Co byś czuła, gdyby został człowiekiem sukcesu, prowadził ekskluzywną restaurację i jeździł bmw? Naprawdę nie masz się czego wstydzić.

Przesuwam wzrokiem po ścianach pokrytych łuszczącą się farbą olejną. Odczytuję nabazgrane „mądrości życiowe”: „Życie jest zbyt krótkie, żeby nie pić”, „Od pierwszego kieliszka wódki lepszy jest tylko drugi kieliszek”. Metalowy odrapany bar sprawia wrażenie brudnego. Nad nim wiszą rzędy kieliszków. Założę się, że zakurzonych. Miejsce nie wygląda na uczęszczane. W kącie siedzi tylko jedna para klientów. Piją piwo i rozmawiają po cichu. Kelner patrzy na mnie wyczekująco. Zamawiam szklankę wody i kieliszek białego wina.

– Jakie macie wino?

Wzruszył ramionami.

– Mówiłaś, że chcesz białe.

– Białe może być różne... – zaczęłam, ale przerwałam. Widzę, że żartuje.

– Chardonnay... Jakiekolwiek.

Wyjął z lodówki butelkę i nalał do kieliszka. Na szczęście wcześniej przetarł go ściereczką. Mam nadzieję, że niedawno praną. Powinnam teraz zapytać o Angela. Nie jestem jednak jeszcze gotowa na to, żeby go zobaczyć. Potrzebuję chwili, kilku minut, żeby uspokoić bijące serce. Po tylu latach mogłabyś odpuścić, Margarito. Może dopisze mi szczęście i on sam się tu zjawi? Zyskam czas, żeby mu się przyjrzeć. A potem co zrobisz? Zaczniesz wrzeszczeć, że bardzo cię wtedy skrzywdził? Czemu nie poszłaś do niego do domu i nie porozmawiałaś z nim przy Kalinie? Byłoby lepiej dla ciebie, chociaż nie do końca wiadomo, czy rzeczywiście lepiej.

Kelner stawia przede mną małą miskę pełną orzeszków.

– Ciężki dzień?

Potwierdzam. Tak, ciężki dzień. Pokłóciłam się z Dimityrem, bo się uparłam, że nie wsiądę od razu do pociągu z Sofii do Płowdiwu, tylko spędzę w stolicy kilka godzin. Domyślił się, kogo chcę odwiedzić. „Czemu nie mogę jechać z tobą? Ochronię cię". Nie może mnie ochronić, sama muszę się z tym zmierzyć, wyjść z zaklętego kręgu.

– Macie coś do zjedzenia?

Patrzy zdumiony. Rzeczywiście, ta speluna nie wygląda na taką, która ma kuchnię na zapleczu.

– Mrożoną cacę i frytki. Podać?

Zamawiam, chociaż zbiera mi się na mdłości. Dimityr tego nie zrozumie, ale musi przyjąć do wiadomości, że robię to dla niego, dla nas. Nie mogę mu tego powiedzieć, on musi mi zaufać. Kelner przynosi frytki. Są gorące, dobrze wysmażone. Zjadam kilka. Trochę mi lepiej. Przez brudną szybę widzę miasto. Sofia jest dziwna. Nie poznałam jej, choć studiowałam tu dwa lata. Najwięcej czasu spędzałam w Płowdiwie, z Angełem i Dimityrem. To dziwne, że kiedy wyjechałam, Angeł przeprowadził się do Sofii.

– Smakują ci? – spytał kelner. – Chcesz cacę od razu czy za chwilę?

– Później. Powiem ci zresztą, czy w ogóle chcę. Może najem się frytkami.

– Okej. Jeszcze wina?

– Tak, proszę.

Chardonnay i frytki, Margarito, Margarito, nie upadaj tak nisko. Widok Angeła jest jak rąbnięcie pałką w łeb. Dimityr miał rację, nie jestem przygotowana na ten widok. Upijam potężny łyk wina. Trzeba było zamówić wódkę, Margarito, albo rakiję. chociaż nie, źle na ciebie działają mocne alkohole. Jak on się zmienił! Jest potężniejszy, niż pamiętam, widać, że ćwiczy w siłowni i nie stroni od anabolików. Koleżanka lekarka mówiła mi, że ciało jest wtedy charakterystycznie opuchnięte, widać, że mięśnie nie są naturalne. Tak właśnie wygląda Angeł, chociaż brzuch ma niewyrzeźbiony, na nim wyraźną oponkę. Kontrast między umięśnionymi ramionami, plecami i masywnymi nogami a brzuchem, który nie chce poddać się ćwiczeniom, wyglądał absurdalnie. Skuliłam się, ale on nie patrzył na salę. Zamienił kilka słów z kelnerem, widać, że są w dobrych stosunkach. Sprzedaje tu narkotyki? Dopalacze? Przecież z piwa i napojów bezalkoholowych takie miejsce się nie utrzyma.

Angeł się odwraca. Patrzę na jego twarz. Naturalna byłaby refleksja: „Co ja takiego w nim widziałam?". Tu chodzi jednak o coś więcej. Angeł wygląda jak Dorian Gray na portrecie. Zniszczony przez alkohol, napuchnięty przez prochy, pobrużdżony przez czas. W dodatku włosy mu się przerzedziły, niegdyś gęste, lśniące, zaczesywane ku górze. Widok nieprzyjemny, żałosny, wręcz wstydliwy. Czy Kalina jeszcze z nim jest? Z takim wrakiem?

Jestem gotowa na konfrontację. Zrób to, Margarito, a potem stąd idź. Macham ręką na kelnera.

– Zrób mi tę cacę. I powiedz Angełowi, że chodziliśmy razem do szkoły. Może ma ochotę się przywitać.

Patrzy zdumiony. Pewnie sobie uświadomił, że nie trafiłam tu przypadkiem. Tak, kotku, przyszłam do twojego szefa.

– Gita... – Angeł miał spłoszony wyraz twarzy. Zaskakuje mnie to. Zawsze był taki pewny siebie. – Cześć.

Nie wstaję, nie całuję go, nie podaję mu ręki.

– Cześć – odpowiedziałam po prostu. Głos mi nawet nie drży. – Przyjechałam zamienić z tobą kilka słów.

– Jestem zajęty, nie mogę stąd wyjść.

Czego się boi? Nic mu nie mogę zrobić.

– Nie chcę wychodzić. Nie zajmę ci też wiele czasu.

Chwilę się waha. Wreszcie siada naprzeciwko mnie.

– Co tam u Kaliny?

– Chyba dobrze – uśmiecha się. Górną czwórkę ma sczerniałą. Pozostałe zęby żółte. Brzydko to wygląda. – Odeszła ode mnie rok temu. Zabrała córkę.

– Współczuję. – Przez chwilę naprawdę mi go żal.

– Nie byliśmy dobrym małżeństwem. – Wzruszył ramionami.

Odwrócił się i spojrzał na kelnera. Ten po chwili przyniósł mu duży kufel zagorki.

– I orzeszki. – Skorzystałam ze sposobności.

– Co robisz w Bułgarii?

– Słyszałeś o śledztwie w sprawie trupa, który znaleziono w amfiteatrze?

– Coś tam słyszałem, piąte przez dziesiąte...

– No właśnie. – Skwapliwie częstuję się cacą i podsuwam mu talerz. – Przyjechałam jako konsultantka na prośbę Dimityra. On jest komendantem policji w Płowdiwie. Zatrudnił mnie. Pamiętasz Dimityra?

– Oczywiście, że pamiętam – oburza się. – Mitak... Twój rycerz, pewnie się ożenił i ma gromadkę dzieci.

– Nie ma.

– Pozdrów go ode mnie.

– Pozdrowię. On mnie o to nie prosił.

– Nie dziwię się, nigdy mnie nie lubił. Powiedz mu, że nie mam żalu.

– O co mógłbyś mieć do niego żal?

Patrzy zdumiony.

– Nie powiedział ci? To nie dlatego przyjechałaś?

– Nie powiedział i nie dlatego przyjechałam.

– To po co? Dimityr wykurzył mnie z Płowdiwu do Sofii, a ty pewnie chcesz, żebym wyjechał z kraju?

– Jest mi obojętne, gdzie będziesz. W kraju, za granicą. Przykro mi, że wyglądasz jak kawałek gówna i że opuściła cię żona. Przykro mi, że jesteś zerem.

Wydyma usta. Dawny Angeł uderzyłby mnie po takim tekście. Ten obecny nawet nie ruszył się z miejsca.

– Jestem prosty chłopak, prowadzę bar. Żałuję tamtego, co się stało, ale czasu nie cofnę. Mam przeprosić?

Nie potrzebuję przeprosin. Chciałam tylko zobaczyć, jak z demona opanowującego mnie i zatruwającego mi życie przemienił się w zgniłego osiłka, z zepsutymi zębami i byczym karkiem. Chciałam zobaczyć, jak bardzo jest żałosny. I zobaczyłam. Nie sprawiło mi to ani radości, ani satysfakcji.

– Twój chłopak odpowiednio mnie potraktował. – Wyszczerzył te okropne zęby. – Nie udawaj, że nie wiesz. Na pewno się pochwalił, jakby miał czym. Żeby jeszcze własnymi rękami.

– Nic nie wiem.

– Po twoim wyjeździe chodził za mną krok w krok. Skoro mu tak zależało, mógł jechać za tobą do Polski, ale nie. Skupił się na mnie. Szukał haka. Wreszcie znalazł. Przymknął mnie za handel prochami. Kalina mi pomogła, znalazła adwokata, udało się.

Patrzył wyzywająco. Oczekiwał, że ja go uratuję, znajdę lepszego adwokata niż Kalina, zapłacę więcej? W końcu zawsze o niego rywalizowałyśmy. Teraz to nie ma znaczenia.

– Wsadzili mnie na krótko, kilka miesięcy. Byli tam tacy jedni. Nie podobałem się im. Pobili mnie kilka razy do nieprzytomności. Wybili zęby, zgruchotali kości twarzy.

Mam mu współczuć? Przecież też mnie pobił.

– Kalina cię chciała mimo wszystko – stwierdziłam bez emocji.

– Chciała. Potem też. Dopiero niedawno się jej odwidziało. Za sprawą jakiegoś profesora od wykopalisk. Że też wy wszystkie macie fioła na punkcie starych kamieni.

Przetrawiam informacje.

– Czego chcesz? Pewnie chcesz mi pokazać zdjęcie tego dziecka, co to niby jest moje? Czy zmieniłaś zdanie, jak mnie zobaczyłaś? A może nigdy go nie było?

– Było. Poroniłam w Polsce.

Informacja nie zrobiła na nim wrażenia.

– To czego chcesz? – Skończył piwo i zjadł ostatnie rybki.

– Niczego. Chciałam ci powiedzieć, że straciłam przez ciebie osiem lat. Chowałam się przed ludźmi, nie miałam normalnego związku.

Zaśmiał się cicho, ale zaraz spoważniał.

– Też żałuję. Gdyby nie tamto, Dimityr by mnie nie wsadził do więzienia. Raz mnie pobili tak, że lekarze wycięli mi śledzionę.

Podniósł koszulkę. Po lewej stronie blizna ciągnęła się od żeber w dół.

– Współczuję. – Pokiwałam na kelnera, by zapłacić.

– Na koszt firmy. – Angeł skrzywił się, jakby ktoś go uderzył. – Stać mnie na zafundowanie ryby i frytek kobiecie, której podobno złamałem życie.

Podeszłam jednak do kelnera i zostawiłam dwadzieścia lewów na blacie. To bardzo dużo. Posłał mi pełne uznania spojrzenie. Angeł siedział przy stole. Nie odrywał wzroku od pustego kufla. Podeszłam.

– Żegnaj, Angeł. Nie wrócę tu. Ani ja, ani Dimityr.

Przez chwilę znów siedzę na murku naprzeciwko kamienicy, w której mieszka Angeł. Pali się światło w jego pokoju. Wiem, że on nie lubi uprawiać seksu po ciemku. Czekam, aż skończą i Kalina sobie pójdzie. Łzy spływają mi po twarzy. Właśnie zastałam ukochanego z inną kobietą. Żal i wstyd ściskają mi gardło. Żal, bo mój ukochany jest z inna kobietą. Wstyd, bo nie mam dość godności, żeby odejść, tylko czekam, aż ze mną porozmawia. Czego chcę? Przekonać go, że tylko ze mną będzie szczęśliwy? Nie, chcę mu powiedzieć o ciąży. Wreszcie widzę Kalinę. Wyszła z kamienicy i idzie ulicą niespiesznym krokiem. Łatwo mogłaby mnie dostrzec, gdyby odwróciła głowę. Zniknęła za zakrętem. Nie czekałam dłużej. Jestem zmęczona, senna. Ciąża jeszcze nie daje mi się we znaki, więc to na pewno żal i rozpacz. Angeł jest zaskoczony. Siedział, popijając rakiję. „Czego chcesz?", spytał. Zupełnie jak teraz. Coś tam bredziłam o miłości, a on ziewał. Naprawdę ziewał. Próbował mnie odpędzić, mówił, że nie nadaje się do związków, takie tam. Wreszcie, że wstaje rano do roboty. Powiedziałam mu o ciąży. Nie, że jestem w ciąży, tylko że będziemy mieli dziecko. Że jestem taka szczęśliwa. Kretynka, jak można być szczęśliwą, kiedy właśnie zastało się swojego faceta z inną?

Podszedł do mnie, uderzył. Dwa razy. Mocno. Otwartą dłonią w twarz, pięścią w brzuch. Zamroczyło mnie. Upadłam. Instynktownie zwinęłam się w kulkę, by uniknąć kolejnego ciosu. „Chroń dziecko", kołatało mi w głowie. Złapał mnie za włosy, zmusił, żebym stanęła, i powlókł do łóżka. Tam mnie zgwałcił. Czego się spodziewałam? Przecież sama do niego przyszłam i chciałam go przekonać, że spędzenie ze mną całego życia go uszczęśliwi. Wchodził we mnie brutalnie. Przy tym jedną rękę trzymał mi na gardle, a drugą bił po twarzy raz za razem. Brakowało mi powietrza. Myślałam, że mnie udusi. Kiedy wreszcie skończył i mogłam wstać, wypiłam kilka łyków rakii, obciągnęłam sukienkę, nie włożyłam ani majtek, ani butów. Angeł poszedł do łazienki. Kręciło mi się w głowie, nie mogłam złapać równowagi. Zwymiotowałam na łóżko – jedyna zemsta, na jaką mnie było stać. Trochę mi ulżyło. Przynajmniej mogłam trafić do drzwi. Zabrałam torebkę i wyszłam. Dotarłam do małego kranu na bocznej ścianie polikliniki. Umyłam się między nogami, rozglądając nerwowo na boki, czy ktoś mnie nie widzi. Na szczęście w tym miejscu nie paliły się latarnie. Ochlapałam kilka razy piekącą twarz. Potem z budki zadzwoniłam do Dimityra.

– Przepraszam! – krzyczał za mną dzisiejszy Angeł.

Nie odwróciłam się. Wyszłam na zakurzoną ulicę. Musiałam złapać taksówkę. Jeśli się pospieszę, zdążę na pociąg i za trzy godziny będę znów z Dimityrem. Wreszcie wolna.

– Dzień dobry, pani Małgosiu. – Pani Sabina wysuwa siwą głowę przez uchylone drzwi.

Ledwie weszłam do bloku, a ona mnie już usłyszała, chociaż dobiega setki. Kiedyś mi opowiadała, że w młodości pracowała jako szpieg dla aliantów. Może jest w tym ziarno prawdy.

– Dzień dobry, pani Sabino. – Uśmiecham się z wysiłkiem.

Lot miałam ciężki. Zjadłam kanapkę wyjętą z lodówki na lotnisku i wymiotowałam w samolocie.

– Wróciła pani na dobre czy tylko na chwilę?

Nie będę jej tłumaczyła zawiłości związanych ze świeżo zakończonym śledztwem, nowym szczęśliwym związkiem i całą resztą, zwłaszcza że nie zdecydowała się zdjąć łańcucha z drzwi. Widzę tylko jej spiczasty nos, kawałek policzka i jedno oko.

– Na razie jestem, pani Sabino. – Przekręcam klucz w zamku. – Ale zaraz wracam.

Pewnie mieszkanie tonie w kurzu.

– Małgosiu, dobijali się tu jacyś... – pani Sabina nie odpuszcza.

O Boże, czemu przekonałam Dimityra, żeby puścił mnie samą? To najpewniej ruscy gangsterzy. Zaraz mnie zamordują.

– Kto? – Przełykam ślinę.

– Z ministerstwa... – Pani Sabina marszczy nos.

Wymawia to słowo takim tonem, jakby mówiła o robakach, na których punkcie ma obsesję, albo myszach, których panicznie się boi.

– Skontaktuję się z nimi – uspokajam ją.

– Zostawili dla pani jakiś list i dyplom. Napuściłam na nich Tadeuszka...

Tadeuszek to jej mąż. Zmarł jakieś dwadzieścia lat temu, ale nie opuszcza pani Sabinki, przynajmniej nie w potrzebie.

– Proszę podziękować... panu Tadeuszowi – powiedziałam grzecznie.

Jeśli natychmiast nie wejdę do mieszkania, zwymiotuję na wycieraczkę.

– Mam dla pani listy i rachunki. Wszystkie co do jednego.

Nie wątpię. Pani Sabinka należała do dam starej generacji. Listonosz przynosi jej wszystko do mieszkania. Nie żeby go wpuszczała, przyjmowała listy przez szparę w drzwiach. Nasz listonosz, od lat ten sam pan Janek, przyzwyczaił się do tego i maszerował na trzecie piętro, żeby dostarczyć jej przesyłkę. Przed wyjazdem dałam mu na piśmie dyspozycję, żeby wszelką korespondencję dla mnie składał do rąk pani Sabinki, zwłaszcza listy polecone.

– Dziękuję bardzo, może jutro albo jak się trochę odświeżę.

– Byłam zmęczona i źle się czułam.

– A, nie, nie... – nie zgodziła się pani Sabinka. – Ja mam tu wszystko przygotowane. Pójdzie pani spać, pani Małgosiu, a ja może umrę, człowiek nie zna dnia ani godziny. I co wtedy będzie?

Pokiwałam głową z rezygnacją. Zastanawiam się, czy otworzyć walizkę i dać jej od razu olejek i mydełko różane. Mówiła mi, że lubi ten zapach, bo kojarzy się jej z młodością.

– Pani nie umrze, pani Sabinko – powiedziałam, choć to nieprawda, bo staruszka jest naprawdę wiekowa.

– Wszyscy kiedyś umrzemy – rzuciła filozoficznie. Drzwi się zamykają, usłyszałam szczęk łańcucha i po chwili pani Sabinka pojawiła się w całej jej pudroworóżowej krasie. Przyglądała mi się uważnie.

– Pani to się chyba zakochała, pani Małgosiu. I bardzo dobrze. Taka śliczna młoda kobieta powinna się zakochać, a nie tak sama i sama.

Nie dodała nic na temat moich kilkumiesięcznych, pożal się Boże, związków. Musiała widzieć, jak ten czy ów przychodził do mnie czasami. Jest damą, więc nie komentuje takich spraw.

– Skąd pani wie? – uśmiecham się z wysiłkiem, bo mdłości podchodzą mi do gardła.

– Widzę po błysku w oku. I Tadeuszek mówił, że tym razem to dobry chłopak.

No, skoro pan Tadeuszek zaaprobował Dimityra...

– Ma rację. – Modliłam się o koniec tej konwersacji. – Pan Tadeusz... – o mało nie dodaję „jest" – ...to mądry człowiek.

– Życiowy, owszem... – Pokiwała siwą głową z loczkami. Miała na nich siateczkę. Naprawdę.

Na szczęście w końcu wręczyła mi ciężką reklamówkę z listami i wspomnianym dyplomem. Podziękowałam jej raz jeszcze, obiecałam, że wpadnę z prezentem (kryguje się wdzięcznie) i schowam się we własnym korytarzu. Postawiałam reklamówkę z listami na stole i poszłam umyć twarz. Kurzu nie jest tak wiele. Jutro pójdę po jakieś zakupy. Położyłam się na kanapie, żeby napisać wiadomość do Dimityra – jestem w mieszkaniu, wszystko dobrze i idę spać. Piszę też do ojca, że pewnie odwiedzę go w najbliższych dniach, bo wróciłam. Obaj odpisują mi serduszkiem. Zmówili się chyba. Przeczekam mdłości, dopiero później się rozpakuję. Sięgnęłam po reklamówkę, żeby zobaczyć ten dyplom. Moja ręka natrafiła na jakąś paczkę. Ciekawe, co to jest. Wyciągnęłam prostokątną kopertę bąbelkową zaadresowaną dziecinnym pismem. Kochany Kubrat, wysłał mi tę swoją książkę. Przyszła tego samego dnia, w którym wyjechałam do Bułgarii. Ale numer! Muszę ją przeczytać, pomyślałam, szarpiąc kopertę oklejoną taśmą. Sądziłam, że dwunastolatek może napisać tylko jakieś opowiadanie. Książka jest ciężka.

Nagle zaparło mi dech i mdłości wróciły ze zdwojoną siłą. Nie, nie, nie... To nieprawda, Margarito. To niemożliwe, żeby mały Kubrat zabrał księgę bratu, a potem wysłał bezcenną księgę bogomiłów zwyczajną pocztą! To nie dzieje się naprawdę. Przecież żaden rentgen by tego nie przepuścił. Teraz wszędzie szukają bomb, zwłaszcza w przesyłkach pocztowych. Ręce mi się trzęsły. Nikt nie zwrócił uwagi na taką paczkę? Bezcenne znalezisko zawinięte jedynie w kilka warstw folii? Jak to się stało, że książka była praktycznie nienaruszona? Wyglądała, jakby miała pięćdziesiąt lat, a nie tysiąc. Teraz naprawdę zwymiotuję z nerwów. Co ja mam zrobić?! Oddychaj, Margarito, oddychaj...

Z koperty wypada złożona na pół kartka.

*Kochana siostro,*
*wszystkiego najlepszego z okazji urodzin. Pomyślałem, że chciałabyś*
*dostać wyjątkowy prezent. Chyba każdy by chciał, prawda? Więc Ci*
*go wysyłam. I powiem Ci jak profesor Dumbledore Harry'emu, kiedy*
*dawał mu pelerynę niewidkę. Korzystaj mądrze.*
  *Kubrat*
*PS Nie mów mamie ani tacie. Nie mów też Krumowi, bo mnie za-*
*bije. Nikomu nie mów. Ja na urodziny bym chciał, żebyś przyjechała*
*nas odwiedzić.*

# POSŁOWIE

Bogomili istnieli naprawdę. Sekta powstała w Bułgarii w IX wieku na podłożu buntu przeciw wpływom bizantyjskim. Jej wyznawcy ostro przeciwstawiali się ówczesnemu systemowi społeczno-religijnemu, w którym przywileje mieli duchowni oraz ludzie bogaci, natomiast biedni byli pozbawieni podstawowych praw.

Członkowie sekty odrzucali większość dogmatów. Negowali mękę Chrystusa, sprzeciwiali się opisanym w Księdze Rodzaju stworzeniu świata i człowieka. Uważali, że pierwotnie istniał tylko samotnie panujący Bóg, a Syn Boży i Duch Święty były jedynie Jego emanacjami. Szatan według bogomiłów był nie tylko upadłym aniołem, lecz także kimś w rodzaju syna marnotrawnego. Bóg pozwolił mu na stworzenie własnego królestwa i tak powstał świat materialny wraz z nowym niebem. To Satanael ulepił najpierw Adama, a następnie Ewę, którą uwiódł i spłodził z nią Kaina oraz Kalomenę. Bóg widział zło czynione przez Satanaela i posłał drugiego syna na ziemię, aby uratował ludzkie dusze.

Bogomili krzewili wiarę ostrożnie i w tajemnicy przed duchowieństwem prawosławnym. Wszystkie zgromadzenia praktykowały ascezę, niektóre stosowały ścisłe posty i samobiczowanie. Mnisi nie budowali świątyń, nie odprawiali liturgii, nie uznawali świętych. Rzeczy ziemskie nie stanowiły przedmiotu ich zainteresowania. Materię uważali za twór Szatana, tylko duch był boskim dziełem.

Tajemna księga bogomiłów także istniała. Bogomiliski mnich Bazyli Bułgar zaniósł ją do Konstantynopola. Tam w 1118 roku został spalony wraz z grupą swoich zwolenników. Odmówili oni wyrzeczenia się wyznawanych poglądów, choć widzieli przygotowane na kaźń stosy. Księga zachowała się wyłącznie w przekładzie łacińskim pod tytułem *Oto tajemna wiara heretyków z Concorezzo, przeniesiona przez ich biskupa, Bułgara Nazariusza, a przepełniona błędami*. Utwór ma formę dialogu Chrystusa z apostołem Janem, w którym przystępnie wyłożono naukę bogomiłów. Łacińskie kopie owej księgi znajdują się dziś w Carcassonne oraz w wiedeńskiej Bibliotece Narodowej. Nie wiadomo, kto i kiedy je wykonał, ale istnieją przypuszczenia, że powstały w Płowdiwie (wtedy Filipopolis), w jednym z najstarszych zgromadzeń bogomilskich (niektóre doniesienia mówią nawet o pierwszym zgromadzeniu).

Aleksy I Komnen istotnie panował w Bizancjum w latach 1081–1118. Zmarł 15 sierpnia. Pod koniec życia szczególnie aktywnie dążył do pokojowego ograniczenia wpływów sekt chrześcijańskich (głównie paulicjan i bogomiłów). Powodem mogło być szybkie rozprzestrzenianie się wyznawców tych odłamów chrześcijaństwa na obszarze cesarstwa na przełomie XI i XII wieku. Sprawa jego śmierci jest dość zagadkowa, dlatego pozwoliłam sobie na *licentia poetica* i opisałam ją tak, jak to sobie wyobrażam.

Niektóre źródła podają, że Jan Chrzciciel zginął w 32 roku, czyli przed śmiercią Chrystusa. Większość badaczy twierdzi jednak, że Baptysta był świadkiem męczeńskiej śmierci Mesjasza, a dopiero potem został zatrzymany przez Herodiadę i ścięty wskutek jej intryg. O wędrówce Jana i uczniów do Jerozolimy mówią niektóre z apokryfów. Większość tego wątku jest jednakże objęta *licentia poetica*.

Płowdiw to miasto w południowej Bułgarii, wszystko, co o nim napisałam, jest prawdą. W książce opisuję między innymi swoje wspomnienia. Moja babcia mieszkała na ulicy Patriarchy Ewtimija, jedna z moich kuzynek na ulicy Radost. Jest jedna różnica. Kamienicę wyburzono, kiedy byłam bardzo mała. Gitka, znacznie ode mnie młodsza, nie mogła mieć zatem wspomnień związanych z tym miejscem. Proszę mi to wybaczyć. Zależało mi ogromnie, aby przywrócić pamięci stary dom. Opis ruin niestety jest prawdziwy. Dziedzictwo trackie ogrodzono siatką, zalewa je woda, antyczne ruiny pokrywa dzika roślinność. Jako dziecko bawiłam się tam z przyjaciółkami. Znajdowałyśmy kości i naprawdę rywalizowałyśmy, która znajdzie więcej czaszek z zębami. Mam nadzieję, że to wyznanie nie spowoduje żadnych kłopotów. Dla usprawiedliwienia dodam, że miałam wtedy osiem lat.

Dziękuję wszystkim, którzy we mnie wierzyli i wspierali na każdym kroku, nie tylko podczas pisania *Kości proroka*. Dziękuję Hani, która zaprosiła mnie do Marginesów, redaktorowi Adamowi Pluszce – za wszystko – redakcję, dobre słowa, cierpliwość i fachowość. Dziękuję mojej mamie, która wytrwale tropiła błędy. Przy okazji – za te, które pozostały, odpowiadam sama. Moim dwóm przyjaciółkom – pierwszym czytelniczkom – Ewie i Monice Teresie za ich cenne rady. Przyjacielowi – Danielowi Wyszogrodzkiemu – za bezcenne wsparcie merytoryczne przy okazji wątku cohenowskiego. Zawsze – moim dzieciom, które są moim szczęściem.

REDAKTOR PROWADZĄCY Adam Pluszka
REDAKCJA Krystyna Podhajska
KOREKTA Jolanta Kucharska, Jan Jaroszuk
PROJEKT OKŁADKI I STRON TYTUŁOWYCH Sabina Bicz
ŁAMANIE **manufaktura** | manufaktu-ar.com

Fragmenty kantaty *Carmina Burana* Carla Orffa
w przekładzie Mariana Piechala.

ZDJĘCIE AUTORKI © Wojtek Rudzki
ZDJĘCIA NA OKŁADCE
© Alexandru Zdrobău / unsplash.com; velislava-bulgaria / Alamy

ISBN 978-83-65973-11-5

WYDAWNICTWO MARGINESY SP. Z O.O.
UL. FORTECZNA 1a, 01-540 WARSZAWA
TEL. 48 22 839 91 27
redakcja@marginesy.com.pl
www.marginesy.com.pl

WARSZAWA 2018
WYDANIE PIERWSZE

ZŁOŻONO KROJAMI PISMA Scala ORAZ Open Sans

KSIĄŻKĘ WYDRUKOWANO NA PAPIERZE Creamy 70 g vol 2.0
DOSTARCZONYM PRZEZ Zing Sp. z o.o.
**ZiNG**

DRUK I OPRAWA Abedik S.A.